FLORIAN SCHEIBE • DER BISS

FLORIAN SCHEIBE

DER BISS

ROMAN

btb

SCHWERKRAFT

Sand

Das Erste, was David an dem Jungen auffiel, war sein rasierter Schädel: schwarze Stoppeln, die eine dunkle Kopfhaut bedeckten. Das Zweite war seine Haltung. Er konnte nicht viel älter als Jonas sein, trotzdem bewegte er sich nicht wie ein Zwei- oder Dreijähriger, sondern mit der Selbstverständlichkeit eines erwachsenen Mannes. Das Dritte und vielleicht Befremdlichste war seine Kleidung: Obwohl die Frühlingssonne ihre wärmenden Strahlen durch die zarten Blätter des Ahorns schickte, der den Spielplatz schützend überthronte, trug der Junge eine Thermohose und eine blaue Steppjacke, aus der an einer aufgerissenen Stelle im Schulterbereich die Wattefüllung herausquoll. Dazu abgetragene, ehemals weiße Turnschuhe mit Klettverschluss, die ihm offenbar mehrere Nummern zu groß waren.

Der Junge war anders als die anderen Kinder auf dem Spielplatz. Eine Unregelmäßigkeit innerhalb eines einheitlichen Systems, eine wild wuchernde Pflanze inmitten einer gepflegten Blumenwiese. Mit leicht o-beinigen Schritten kam er zielstrebig den Weg entlanggestapft und hockte sich direkt neben Jonas, der selbstvergessen mit seiner Schaufel im Sand buddelte.

David selbst saß in diesem Moment auf einer Bank und dachte an Sex. Das heißt, genau genommen dachte er gar nicht an Sex, sondern er überlegte, wie lange er und Sybil keinen Sex mehr gehabt hatten. Im Zuge einer wohlwollenden Schätzung kam er auf gut drei Monate – und einer etwas weniger wohlwollenden auf knappe vier –, und er überlegte, wie er mit der Sache umgehen sollte.

Gleichzeitig versuchte er sich nicht zu sehr über die anderen Eltern zu ärgern. Darüber, wie sie mit ihren Wegwerf-Coffee-to-go-Bechern zwischen den Sandkästen herumliefen, achtlos Plastikdeckel und Holzrührstäbe verschwendeten und literweise unfair produzierten Kaffee schlürften; von der aufgeschäumten Kuhmilch, die mit Hilfe von unzähligen Methanrülpsern entstanden war, ganz zu schweigen.

Doch nun war da auf einmal dieser Junge und forderte seine volle Aufmerksamkeit. Nicht nur seine Erscheinung war auffällig, auch sein Verhalten. Er saß seltsam nah neben Jonas, und die Art, wie er den Kopf neigte und die Augen zusammenkniff, hatte etwas Forderndes.

David sah sich nach möglichen Bezugspersonen um. Nach jemandem, der Ähnlichkeit mit dem Jungen hatte oder mit einem Blick signalisierte, dass er zu ihm gehörte. Doch es war weit und breit niemand zu sehen.

Der Junge hatte sich inzwischen Jonas' Förmchen zugewandt. Er griff nach dem hellblauen Seestern und patschte Sand hinein.

Erst jetzt hielt Jonas in seinem Buddeln inne und schaute auf.

»Meins«, sagte er. Es klang wie eine Feststellung, aber David wusste aus Erfahrung, dass es nur der Auftakt eines großen, wenn auch einsilbigen Plädoyers zum Thema Eigentum war.

Der Junge beachtete Jonas nicht. Im Gegenteil, er griff nach einem zweiten und einem dritten Förmchen, die er ebenfalls mit Sand befüllte.

Hilfesuchend schaute Jonas zu David, der ihm trotz seines eigenen Befremdens aufmunternd zunickte, lächelte und mit sanfter Stimme sagte: »Lass den Jungen doch ein bisschen mit deinen Sachen spielen. Du hast doch noch deine Schaufel und deinen Eimer.«

»Meins!«, wiederholte Jonas. »Meins!«

»Ja, natürlich«, sagte David. »Und sie bleiben ja auch deine, wenn er ein bisschen damit spielt.«

Nun, da Jonas zu verstehen schien, dass er von David keine Unterstützung in dieser Angelegenheit erwarten konnte, wandte er sich dem Jungen zu.

»Meins!«, rief er noch einmal mit aller Bestimmtheit. Anschließend griff er nach dem Förmchen, das der Junge in der Hand hielt, und riss es an sich.

Der Junge schaute auf. Er fixierte Jonas. Eine Sekunde. Zwei Sekunden. Dann schnellte sein Oberkörper nach vorn, seine Kiefer klappten auseinander, und er biss zu.

Das war die Schreckensszene, die sich David einbrennen sollte. Unabhängig davon, wie sehr er sich um einen vernunftgeleiteten Überbau und die dazugehörigen psychologischen Erklärungsmuster bemühte – der lange, beschwerliche Weg vom Säugling zum ichbewussten Kleinkind, mangelnde Affektkontrolle, die Aggression als Kompensation fehlender Sprachkompetenz oder einfach nur: eine Übersprungshandlung –, dieser Moment verfolgte ihn nachts in seine Träume und tagsüber, was immer er tat: beim Einkaufen im Bioladen, beim Säubern der Bienenkästen, beim Chai Soja trinken, beim Spazierengehen im Park. Ein dunkelhaariger Junge in einer zerschlissenen Winterjacke, der seine kleinen, scharfen Zähne in Jonas' Unterarm versenkte und seine Kiefer so fest zusammenpresste, bis er endlich Blut schmeckte.

Ja, er wollte Blut!

In der unmittelbaren Gegenwart war es jedoch, als hinkte David den Ereignissen hinterher. Vermutlich lag es daran, dass der Junge gleich mehrere Stufen des normalen kleinkindlichen Konfliktverhaltens übersprungen hatte: kein Schubsen, Rangeln, Kneifen, Haareziehen, Kratzen. Keine sich allmählich steigernde

Auseinandersetzung, die in das unvermeidbare Weinen des unterlegenen Kindes mündete, sondern sofort der brutale Erstschlag.

Es dauerte einen Moment, bevor die Schmerzsignale über den Umweg von Jonas' Nervensystem in seinem Gehirn ankamen, und mindestens noch einmal so lang, bis David ein Gefühl für die Situation entwickelte.

»Hey«, rief er, wobei er sofort spürte, dass ein »Hey« nicht wirklich angemessen war. Aber David brauchte diesen Übergang, um innerlich zu den Ereignissen aufzuschließen.

Durch Jonas' Schrei waren sie unterdessen zum Mittelpunkt des Spielplatzes geworden. Die Kinder hatten ihre Schaufeln sinken lassen. Sie hockten auf Rutschen und neigten ihre kleinen Köpfe, schaukelten weiter, ohne zu schaukeln. Eltern unterbrachen ihre Gespräche, setzten ihren Coffee-to-go ab und schauten von ihren Smartphones auf.

Endlich kam Bewegung in Davids Körper: die übereinandergeschlagenen Beine entknoten.

Aufspringen.

Losrennen.

Kleine, weiche Sandberge und die dazugehörigen Täler stellten sich ihm in den Weg: einsinken, umknicken, auf der Stelle treten.

Er strauchelte, stolperte, fing sich wieder, und schließlich warf er sich der Länge nach hin und packte den Jungen am Kopf. Mit seinen Handballen drückte er gegen die kleinen Kiefer und versuchte die Zahnreihen von Jonas' Arm zu lösen. Doch der Junge wirkte wie angefeuert von Davids Eingreifen und schien seine Beißkraft sogar noch einmal zu erhöhen.

Jonas' Schrei war nun ein Riss im Universum: hoch, spitz und unwirklich grell. Er schien aus einer tieferen Sphäre zu kommen, aus einer früheren Zeit, als Raubtiere noch Raubtiere waren und die Menschen in Höhlen lebten.

»Hör sofort auf!«, brüllte David. »Lass ihn los!« Und dann, als der Junge unbeirrt weiterbiss, einfach nur noch: »Aus! Aus! Aus!«

Davids Stimme überschlug sich, und doch kam es ihm so vor, als wäre sie lediglich ein dünner Windhauch in dem gewaltigen Sturm von Jonas' archaischem Schrei. Seine Daumen waren am Kinn des Jungen angelangt, und er zog mit aller Kraft nach unten. Die Kiefer wirkten wie miteinander verschraubt. David spürte, wie seine Handballen verkrampften, während Jonas' Schrei sich in seinen Kopf bohrte wie eine heiße Nadel.

Und dann, endlich, klappten die beiden Zahnreihen auseinander, öffneten sich wie eine Schnappfalle, die eine Wildtierpfote erwischt hatte, und der Junge, überrascht von dem plötzlich fehlenden Halt, stürzte kopfüber in den Sand.

Ein tiefer Abdruck hatte sich in Jonas' Unterarm gegraben, Zahn an Zahn, wie ein sorgsam gemeißeltes Miniaturrelief, in den Mulden sammelte sich bereits Blut.

David zog Jonas an sich heran. Der kleine Körper zitterte, und jedes Mal, wenn er für eine neuerliche Schluchz-Attacke nach Luft schnappte, befürchtete David, dass der komplette Systemausfall nun unmittelbar bevorstand: Schockstarre, Ohnmacht, Katatonie.

Inzwischen weinte auch der Junge. Er lag mit verkniffenem, sandverklebtem Gesicht auf die Ellbogen gestützt, während ihm die Tränen über die Wangen liefen.

Nach wie vor waren sie der unangefochtene Mittelpunkt des kleinen Spielplatzuniversums. Das schwarze Loch, das alle Aufmerksamkeit ansaugte, der Fixstern, auf den sich alles bezog. Aber niemand machte Anstalten, ihnen zu helfen. Keiner fragte, ob er etwas tun könnte. Alle starrten nur herüber.

Erneut suchte David in den Gesichtern nach jemandem, der sich für den Jungen verantwortlich fühlte: nach der Mutter, die kurz auf dem Klo gewesen war. Dem Vater, der vor dem Spielplatz eine Zigarette geraucht hatte und nun suchend zwischen den Sandkästen herumlief. Doch es war niemand zu sehen. Nur diese stummen, leeren Blicke.

Während Jonas sich allmählich beruhigte – die Auf- und Abstiege wurden flacher, die schroffen Berge zu kleinen Hügeln und die Schluchten zu sanften Tälern –, rappelte sich der Junge wieder hoch und rieb schniefend mit einer sandverklebten Faust an seinem Auge.

David streckte ihm anklagend Jonas' Arm hin. »Siehst du das? Siehst du, was du getan hast?«, rief er. »Du hast ihn gebissen! Er blutet!«

Jonas wimmerte. Der Junge senkte den Kopf und betrachtete die Wunde, und einen Moment lang kam es David so vor, als ob er verstände. Als ob er weit über sein biologisches Alter hinauswüchse und die Schuld einsähe, die er auf sich geladen hatte – bereit, Abbitte zu leisten.

Doch dann beugte sich der Junge nach vorn, griff nach der roten Schaufel und dem blauen Seesternförmchen, sprang auf und rannte los.

»Hey«, rief David und fühlte sich wie in einer seltsamen Wiederholungsschleife.

»Laufel«, sagte Jonas, der Davids Blick gefolgt war, mit dünner, weinerlicher Stimme.

David atmete ruckartig aus. Nun hatte der Junge Jonas also nicht nur blutig gebissen, sondern ihm zudem sein geliebtes Sandspielzeug geklaut. Und nicht etwa unter menschenunwürdigen Bedingungen produzierte Plastikförmchen aus Fernost, die für 99 Cent pro Stück den gesamten europäischen Markt überschwemmten, nur um schließlich als Müllberg an den Stränden ihrer Herkunftsländer zu enden – ein weiterer Kreislauf des Schreckens –, sondern fair produziertes Öko-Spielzeug aus Maiskunststoff, in Deutschland hergestellt, vollständig recycelbar und bestimmt zehnmal so teuer wie der glänzende Plastikschrott aus Taiwan, Vietnam oder China.

»Hey«, rief David noch einmal. »Das sind unsere! Gib sie wieder her!« Doch der Junge lief einfach weiter. Inzwischen hatte er den Sandkasten verlassen und überquerte in einiger Entfernung den gepflasterten Weg, vorbei an den Bänken, auf denen sich die Eltern längst wieder ihren Coffee-to-go-Bechern, Smartphones und Unterhaltungen zugewandt hatten. Er schien dabei nur ein einziges Ziel zu kennen: den Ausgang auf der anderen Seite.

»Laufel«, sagte Jonas. Und dann, eingebettet in einen herzzerreißenden Schluchzer: »Dern!«

Der Seestern.

Etwas in David verselbstständigte sich.

»Warte kurz hier«, sagte er, während er sich von dem weinenden Jonas löste, »ich bin gleich wieder da.«

Nun, da der Junge seinen Rhythmus gefunden hatte, war er erstaunlich schnell: Wie eine Nähmaschinennadel flog er vorbei an der hölzernen Kletterburg und der breiten Rutsche, während er mit der Schaufel und dem Förmchen den Takt seiner Flucht in die laue Frühlingsluft schlug.

David spürte den weichen, haltlosen Sand unter seinen Füßen, spürte, wie er einsank und wegrutschte, wie er lief, ohne zu laufen, und er kam sich vor wie in einem Albtraum. Dann hatte er endlich den Weg erreicht und die verlässliche Schwerkraft zurückerobert. Die Hindernisse waren hier ganz anderer Natur: krabbelnde Babys, Ball spielende Klein- und Seil springende Schulkinder, Eltern, die mit Säuglingen in Tragen vor dem Bauch zusammenstanden und sich, ständig leicht auf der Stelle hüpfend, unterhielten oder die – schlimmer noch – rückwärtsliefen, um mit dem in Fernost unter unsäglichen Bedingungen produzierten Smartphone Fotos oder Videos von ihren schaukelnden, kletternden oder rutschenden Lieblingen zu machen.

Hinzu kamen all die Gerätschaften, die Laufräder, Kinderwagen, Roller und Buggys, die den Spielplatz säumten wie geparkte Fahrzeuge eine beliebte Strandpromenade.

Haken schlagend rannte David über die Gehwegplatten, wich aus, bremste, beschleunigte wieder, während der Sand unter seinen Sohlen knirschte. Schon war er davon überzeugt, dass er den Jungen nicht mehr einholen könnte. Dass dieser es bis zum Ausgang schaffen und auf den Gehweg rennen würde und anschließend mitten auf die Straße vor ein Auto. Dass der Junge also nicht nur Jonas blutig gebissen und anschließend seine Spielzeuge geklaut hätte, sondern er David zudem lebenslange Schuldgefühle hinterlassen würde.

Doch dann geschah etwas Unerwartetes. Der Junge verlangsamte seinen Lauf und blieb stehen. Er drehte den Kopf und schaute in Richtung der Bäume und Sträucher. Zwei, drei Sekunden verharrte er so, dann änderte er plötzlich die Richtung und lief direkt auf den Zaun zu.

Nun war er in der Sackgasse, und David würde ihn stellen.

Noch einmal erhöhte David seine Schrittfrequenz und sprintete, den Kopf nach oben gereckt und die Brust herausgestreckt wie ein Zweihundertmeterläufer kurz vor dem Ziel.

Zwischen zwei Müttern hindurch, die auf einem kleinen Mäuerchen hockten, sprang er in den Sand. Er hörte die Proteste: »Spinnt der?«, »Sind Sie verrückt geworden?!«, doch er hatte keine Zeit, darauf zu reagieren. Er war nun direkt hinter dem Jungen, griff nach der Jacke und erwischte den Kragen. Der kleine Körper wurde in die Höhe gerissen, während die Beine noch einen Moment lang in der Luft weiterliefen.

David setzte den Jungen ab, hielt ihn aber weiterhin an der Jacke gepackt: »Gib das her«, keuchte er.

Wie ein Ertrinkender klammerte sich der Junge an die Spielzeuge und presste sie gegen seinen Oberkörper.

»Gib das sofort her!«, rief David.

Und im selben Moment geriet etwas aus dem Gleichgewicht. David hatte das Gefühl zu fallen, aber ohne aufzuschlagen. Alles in ihm kulminierte, die ganzen letzten Jahre: die ermüdende Schwangerschaft von Sybil, der anstrengende Umzug in ihre neue Wohnung, die aufreibende Baby-Zeit mit Jonas, die Schlaflosigkeit, der Mangel an regelmäßigen Mahlzeiten, seine Sorge um den Zustand des Planeten und zu guter Letzt der Burnout, den er vor gut drei Jahren gehabt hatte.

Die Welt verlangsamte sich, bildete seltsame Schleifen aus dem immer gleichen Moment, der sich wie in Zeitlupe wiederholte: der Junge, der die Förmchen an seinen Oberkörper presste, als würde sein Leben davon abhängen, und dazu seine verzweifelte Grimasse. Und dann wurde alles schwarz.

Als er wieder zu sich kam, hielt David das Förmchen in der Hand, und der Junge, dessen Kragen er immer noch gepackt hielt, schrie wie am Spieß. Im selben Moment ertönte eine Stimme. Es war eine tiefe, dröhnende Stimme, und kurzzeitig war David davon überzeugt, dass sie aus dem weit aufgerissenen Mund des Jungen käme wie eine Art Untertongesang, der ihn verwirren sollte. Doch dann folgte der Stimme ein Schatten und eine Erschütterung, und den Bruchteil einer Sekunde später spürte David einen heftigen Stoß gegen die Brust. Er taumelte nach hinten und landete auf dem Hintern im Sand, während der Junge in einer fließenden, beinahe anmutigen Bewegung nach oben schwebte.

David sah sich einem südländischen Mann Mitte zwanzig gegenüber. Der Mann sah auffallend gut aus. Schlank, kräftig, mit hohen Wangenknochen, und bereits auf den ersten Blick erkannte David, dass es sich um den Vater des Jungen handelte. Alles an ihnen war gleich, die Haltung, die Mimik, der rasierte Schädel, die billigen, abgetragenen Klamotten, und sogar die Art und Weise, wie sie sich bewegten: schnell und direkt.

Der Mann balancierte seinen weinenden Sohn auf dem Arm, wischte ihm den Sand aus dem Gesicht und redete beruhigend auf ihn ein. Davids Brust schmerzte von dem Stoß, und er verspürte ein diffuses Schuldgefühl, weil er den Jungen so hart gepackt und ihm den Seestern entrissen hatte. Aber vor allem war er wütend. Wütend auf den Vater. Wo kam der auf einmal her? Wo war er während der vergangenen zehn Minuten gewesen? Pinkeln? Einen Kaffee holen? Hatte er vielleicht mal etwas von Aufsichtspflicht gehört?

David rappelte sich hoch und klopfte seine Hose ab. Er entschied sich für den Mittelweg. Eine Entschuldigung, ja, aber eben auch die Begründung für sein Verhalten und daraus abgeleitet die Anklage.

»Es tut mir leid«, sagte er. »Ich wollte ihm nicht wehtun, aber Ihr Sohn ist unbeaufsichtigt auf dem Spielplatz …«

Weiter kam David nicht. Der Mann fuhr herum. Seine dunklen Augen waren weit aufgerissen, aus seinem Mund sprudelte ein wilder Wortschwall in einer fremden Sprache, deren zahlreiche Konsonanten sich als ein feiner Sprühregen über Davids Gesicht legten. Was war das? Rumänisch?

David hob abwehrend beide Hände. Er spürte, wie das Adrenalin durch seinen Körper pumpte. Der Mann kam ihm nah. Sehr nah. Zu nah.

»Hey!«, rief David. *»I told you: I'm sorry! But your son was completely unattended. He was walking around, came to us. He played with our sand toys. And all of a sudden your son bit my son. He bit him really hard. And then he took the sand toys and ran away with them!«*

David griff nach der Schaufel, die der Junge immer noch umklammerte. Er zog daran, um zu zeigen, was das Problem war: dass der fremde Junge sich nicht nur der Körperverletzung, sondern auch des Diebstahls schuldig gemacht hatte!

Der Griff nach der Schaufel war offenbar das falsche Signal, denn mit einem Mal war ihm der Mann nicht nur sehr nah, zu nah, sondern er schlug seine Hand beiseite und packte ihn am Jackenkragen. David spürte die Fingerknöchel des Mannes an seiner Brust. Seine geschlossene Faust war wie eine Schraubzwinge. Offenbar verstand der Mann nicht. Oder er wollte nicht verstehen.

Einen Moment lang betrachtete David die Szene von außen, wie in einem Film. Gleichzeitig wurde ihm bewusst, dass er seinen *»son«* Jonas mit blutig gebissenem Arm am anderen Ende des Spielplatzes zurückgelassen hatte, nur um einem wildfremden Jungen und zwei *»sand toys«* hinterherzujagen und sich mit dessen Vater anzulegen. Es war absurd! Idiotisch. Fahrlässig. Und je stärker dieses Gefühl in ihm wurde, desto größer war der Drang, sich vor dem Mann zu rechtfertigen.

»My son is bleeding«, sagte David. Er hielt sich den Unterarm vor den Mund und deutete einen Biss an. *»And this is our shovel!«* Erneut griff er nach der Schaufel.

Nun begann der Mann, ohne Davids Jacke locker zu lassen, mit der Faust gegen dessen Brust zu boxen. Hart und rhythmisch.

»Hey«, rief David. »Hören Sie sofort auf! *Stop it!*«

Doch der Mann boxte einfach weiter, trieb David Schlag für Schlag durch den Sandkasten. Und jeder Schlag war eine Schmerzexplosion in seinem Brustbein.

»Hey! *Stop! Please stop!*«, rief David. Er versuchte sich gegen die Schläge zu schützen, indem er seine Arme vor die Brust hob, doch vergeblich. Denn selbst mit nur einer freien Hand war ihm der Mann körperlich weit überlegen.

»Help!«, rief David nun und drehte den Kopf. *»Heeeeelp!«*

Auch das war ein Bild, das ihn noch lange begleiten sollte. Das ihn nachts in seinen Träumen heimsuchte und ihn mit hämmerndem Herzen hochschrecken ließ. Das morgens beim Frühstück vor seinem inneren Auge aufflackerte, als er gerade dabei war, sein Hafermilch-Müsli zu löffeln, oder am Schreibtisch vor dem Laptop, wenn er an seinem Blog schrieb: wie dieser dunkeläugige Mann den Kragen seiner Jacke gepackt hielt und ihn quer durch den Sandkasten boxte. Wie er ihn mit nur einer Hand komplett unter Kontrolle hatte und David nichts weiter war als eine Marionette, eine Stoffpuppe, ein Hampelmann.

Hilfesuchend schaute David sich nach einem Vater um, der ihn unterstützen könnte, oder besser noch nach drei oder vier Vätern, denen es vielleicht gemeinsam gelang, dieses Tier von einem Mann zu bändigen. Doch offenbar wollte niemand etwas mit dem plötzlichen Gewaltausbruch zu tun haben. Einige Eltern packten ihre Sachen, andere zogen ihre Kinder in Richtung Ausgang. Niemand sagte etwas oder machte auch nur Anstalten, das Handy zu zücken, um die Polizei zu rufen. Sie schauten weg, waren teilnahmslos. Genau so, wie sie sich gegenüber dem Klimawandel und der ökologischen Krise verhielten.

Noch ein Wortschwall, noch ein harter Stoß. David machte einen Ausfallschritt nach hinten und spürte einen Widerstand in seinen Kniekehlen. Er schwankte, stolperte, ruderte mit den Armen und landete auf dem Rücken im Sand, direkt neben einem hölzernen Sprungfederpferd, das ihn höhnisch angrinste, während es hektisch hin- und herwackelte.

Der Mann stand nun direkt über ihm. Seine Augen waren zu schmalen Schlitzen verengt, und David spürte den Hass und die Gewaltbereitschaft in jeder Faser seines Körpers. Er war fest davon überzeugt, dass der Mann ihm nun sämtliche Knochen brechen würde. Dass er ihn, ohne seinen Sohn abzusetzen, blutig prügelte, um ihn anschließend direkt hier, an diesem Ort der Unschuld, zwischen dem grinsenden Wackelpferd und der großen Rutsche, vor den Augen aller Kinder und Eltern mit nur einer Hand zu erwürgen.

Die Zeit schien endgültig stillzustehen.

David schloss die Augen.

Er hörte Kinderstimmen. Lachen. Das Quietschen von Schaukeln. Er hörte, wie eine Mutter einen Namen rief – Lara? Oder Clara? –, er hörte einen Mopedmotor in der Ferne und eine Fahrradklingel, und dann von irgendwoher Weinen – Jonas?

Langsam öffnete er die Augen und hob den Kopf.

Der Mann war verschwunden.

Nur das türkisfarbene Seesternförmchen, das einige Meter von David entfernt im aufgewühlten Sand lag, zeugte davon, dass der Fremde und sein Sohn überhaupt existiert hatten.

Meer

Die Sonne war schuld. Diese warmen, weichen Strahlen, die zwischen den knospenden Zweigen hindurch auf ihn einströmten wie eine nie enden wollende Welle. Diese Strahlen, die in seine offene Jacke krochen, unter sein T-Shirt und durch seine halb geschlossenen Augenlider direkt in seinen Kopf, in seine Gedanken und Gefühle. Diese verdammte Sonne, die so viel Hoffnung in sich trug. Die aus winzigen Samen riesige Pflanzen machte. Die Tomaten wachsen ließ, Auberginen, Kartoffeln, Pfirsiche, Zitronen, Äpfel, Wein! Und nun flüsterte ihm diese Sonne zu, dass das Schlimmste überstanden sei und alles besser werde.

Petre saß auf einer Bank und spürte, wie ihm die Augen zufielen. Er hörte die Geräusche. Das Zwitschern der Vögel. Das Rauschen des Verkehrs in der Ferne, das Singen der Gleise. Und irgendwo dazwischen oder darunter das Brabbeln von Nelu.

Er wusste, dass er nicht einschlafen durfte, aber seine Augenlider waren so schwer, seine Augäpfel wollten nach oben rollen, unter den Schutz der Stirn. Nur eine Minute schlafen, nein, eine halbe, das würde schon reichen. Nur kurz Kraft schöpfen und die Sonne ihr wunderbares Werk tun lassen.

In der vergangenen Nacht hatte er kaum geschlafen und auch in den Nächten davor nicht. Nicht wegen Nelu, sondern wegen der anderen: ihres Schnarchens, ihrer Schritte. Wegen des Hauses. Wegen der Sorgen, die er sich um die Zukunft machte.

Nur ein paar Sekunden, dachte er. Nur eine kurze halbe Minute!

Und dann war er auf einmal in Bacău. Nur dass Bacău nicht war, wie Bacău wirklich war, sondern viel schöner. Eine gepflegte Stadt mit frisch gestrichenen Häusern, neuen Balkonen und üppigen Gärten. Und Bacău lag nicht länger an einem Fluss, sondern direkt an der Küste, auf einem kleinen Hügel, und unten war ein breiter muschelweißer Strand.

Woher kam das Meer? Woher all diese Schönheit? Bacău war nicht mehr Bacău, sondern eine Mischung aus Bacău und Triest. Eine Symbiose, die aus beiden Städten das Beste herausholte.

Mit wiegenden Schritten ging er zum Strand. Er grüßte, wen er kannte, und alle grüßten zurück. Und neben ihm lief Aurica. Sie hielt seine Hand, oder vielmehr: Ihre schmale, zarte Hand wurde von seiner gehalten, ihre Hände gehörten zusammen.

Es folgte die Promenade und auf der anderen Seite der Strand: weicher, feiner Sand. Er zog die Schuhe aus und warf sie in hohem Bogen über die Schulter, und Aurica tat es ihm gleich. Ein leichter Wind. Kaltes, salziges Wasser, und so türkis, als hätte jemand eimerweise Farbe hineingekippt. Muscheln. Kleine Wellen, die seine Knöchel umspülten. Er zog seine Jacke aus, sein Hemd, seine Hose, nur die Boxershorts behielt er noch an. Aurica hatte ihr Kleid an den Strand gelegt und trug nur noch ihren Slip und einen BH. Weiße Spitze. Sie lächelte, küsste ihn, griff nach seiner Hand und zog ihn hinter sich her. In seinen Shorts spannte etwas, und nun wollte er am liebsten wieder zurück: sie an den Strand führen, ihr die Unterwäsche vom Körper ziehen, um sie dann … Ja, was dann? Sie waren mitten in der Stadt. Überall waren Menschen.

Sie gingen tiefer und tiefer, und das türkisfarbene Meer kletterte an seinem Körper empor und überspülte seine Hose. Schon reichte es ihm bis zur Hüfte. Dann bis zur Brust und nach zwei weiteren Schritten bis zu den Schultern: Oh, wie weich es war, wie angenehm kühl. Und dann dachte er daran, dass er irgendetwas vergessen hatte. Etwas, das in Zusammenhang mit dem Meer stand, mit dem vielen Wasser, den Wellen, und der Tatsache, dass er sich darin bewegte. Nur was? Er wusste es nicht. Aber wenn es ihm nicht einfiel, dann war es vermutlich auch nicht wichtig, oder? Und so ging er weiter, bis das Wasser so tief wurde, dass er den Boden unter den Füßen verlor und nur noch auf Zehenspitzen den Kopf herausrecken konnte. Und dann wusste er es plötzlich wieder: Er konnte nicht schwimmen! Hatte es nie gelernt. Nicht in der Schule und auch nicht später während der Lehre. Aurica hatte sich bereits von ihm gelöst und glitt durch die Wellen wie ein Delfin, kraulte, tauchte und tanzte mit dem Element. Aber er konnte nicht schwimmen.

Er wedelte mit den Armen und reckte den Hals. Er paddelte wie ein Hund, aber es hatte keine Wirkung. Das Wasser zog ihn hinab, schon schluckte er das salzige Meer und schnappte nach Luft. »Aurica«, versuchte er zu rufen, aber es kam nur ein Gurgeln heraus. Und dann war das Wasser überall. Nicht nur um ihn herum, sondern auch in ihm drin: in seiner Brust, seinem Kopf, seinen Beinen, sogar in seinen Finger- und Zehenspitzen, und alles implodierte.

Er schreckte hoch. Sein Mund war trocken. Sein Herz schlug ihm durch den Hals bis in die Schläfen. Wo war er? Wo war das Meer? Wo war Aurica? Er sah die Zweige über sich. Die Bank, auf der er saß. Er sah eine große grüne Wiese, Bäume, Menschen. Eine Sekunde völliger Ortlosigkeit umfing ihn.

Und dann wusste er es wieder. Er war in Deutschland. In Berlin. Weit weg von jedem Meer. Weit weg von Triest und noch weiter weg von Bacău. Er saß in dem Park auf der anderen Seite der Gleise. Es war Frühling – endlich warm! –, und er war in der Sonne eingenickt. Er hatte geträumt, nur geträumt.

Er hielt inne. Etwas stimmte nicht. Etwas fehlte. Drei Atemzüge lang bewegte er sich durch ein unschuldiges Niemandsland in seinem Innern, hell und leicht. Dann traf es ihn wie ein Schlag: Nelu! Wo war Nelu? Gerade eben hatte er noch direkt neben ihm gehockt, unten im Kies, hatte vor sich hin gebrabbelt und die kleinen, hellen Steinchen in das Gebüsch hinter der Bank geworfen. Eines dieser befreiend sinnlosen Kinderspiele: Steine von der einen Seite zur anderen bewegen und wieder zurück. Aber jetzt war er verschwunden. Petre sprang auf.

»Nelu? Nelu!«

Keine Antwort, kein Nelu weit und breit.

Er beugte sich hinunter, bog die Zweige hinter der Bank auseinander. Nichts. Er lief über den geteerten Weg auf die große Wiese. Er drehte sich einmal um die eigene Achse, kniff die Augen gegen die Sonne zusammen und suchte den Horizont nach der blauen Jacke ab. Nelu war nirgendwo zu sehen. Panik überkam ihn.

»Nelu!«

Der Park war voll. Menschen, die auf Decken in der Sonne lagen. Die Frisbee spielten, Fahrrad fuhren oder auf Rollerblades über den Asphalt glitten wie auf einem zugefrorenen See. Eine Welt in Bewegung. Eine Welt im Überfluss. Und zu diesem Überfluss gehörten natürlich auch Kinder. Kinder, die Bälle warfen, Verstecken spielten oder einfach nur sinnlos hintereinander herrannten.

Kinder! Fremde Kinder! Aber wo war Nelu?

Petre hatte keine Ahnung, in welche Richtung er laufen sollte. Ob nach rechts, wo sich die Straße befand – vier Spuren voller nagelneuer, glänzender Autos –, oder nach links, tiefer in den Park hinein. Oder vielleicht sogar wieder zurück in die Richtung, aus der er gekommen war: zu der Brücke und den Gleisen.

Den Gleisen! Auf denen Züge fuhren! Kilometerlange Güterwaggons, in denen Tonnen von Lebensmitteln transportiert wurden. Große weiße Expresszüge, die 300 Stundenkilometer schnell waren. Unzählige Nahverkehrszüge, quietschende S-Bahnen und ratternde überirdische U-Bahnen.

Das Schlimmste war, dass er sich hier, auf dieser Seite der Gleise, überhaupt nicht auskannte. Er hatte keine Ahnung, was sich hinter der Straße befand oder auf der anderen Seite des Parks. Diese Welt hier war ihm fremd, noch fremder als die Straßen um das Haus, in dem sie wohnten. Und vor allem war *er* hier noch fremder als irgendwo sonst in dieser Stadt.

Es war ein Albtraum! Es musste ein Albtraum sein! Ja, das war die Lösung: Er war eingeschlafen, und er träumte, und gerade eben hatte er im Schlaf sein eigenes Aufwachen geträumt, auf einer Bank, in einem Park, den er nicht kannte. Er kniff sich in den Oberarm und, als das nichts half, mit den Fingernägeln in die Nase. Er hielt die Luft an und biss sich auf die Unterlippe. Doch er wachte nicht auf. Einen Moment lang spielte er mit dem Gedanken, nach vorn zur Straße zu rennen und dann auf die Brücke, um sich vor die darunter entlangrauschenden Autos zu werfen. Das hatte bisher immer geklappt: sich umbringen, um aus einem bösen Traum zu erwachen. Aber was, wenn es doch kein Traum war und er nicht aufwachte? Dann wäre er tot, und Nelu wäre verloren, noch verlorener, als er es jetzt schon war.

Er dachte an Aurica. Daran, was sie sagen würde, wenn er ihr gestand, dass Nelu verschwunden war. Dass er nicht aufgepasst hatte. Dass er eingeschlafen war, während Nelu neben ihm gespielt hatte, dass er tief geschlafen und vom Meer geträumt hatte und von ihrer Unterwäsche. Aber er wusste, dass es die falsche Frage war. Die Frage lautete nicht, was Aurica sagen, sondern, was sie tun würde. Und die Antwort darauf war ganz einfach: Sie würde ihn umbringen. Sie würde ihm die Augen auskratzen und ihn so lange würgen, bis er blau anlief. Und wenn er dann immer noch am Leben wäre, würde sie ihn von einem Hausdach auf die Straße werfen. Und schließlich, wenn er endlich tot und begraben war, würde sie auf sein Grab spucken.

»Nelu!« Seine eigene Stimme schreckte ihn aus seinen Gedanken. Nelu war weg. Er musste ihn finden, und zwar so gesund und unversehrt, wie er ihn zuletzt gesehen hatte – und wenn es das Letzte war, was er in diesem Leben zustande brachte.

Sein Körper reagierte schneller als sein Kopf. Er war es, der entschied, in welche Richtung es zuerst ging: weg von der Straße und tiefer in den Park hinein. Seine Beine hatten sich verselbstständigt und rannten schon, lange bevor er ihnen den Befehl dazu erteilt hatte.

»Nelu!«

Keine Antwort, kein Nelu weit und breit. Nur ein paar fragende, bleiche Gesichter von Jugendlichen, die auf dem gepflegten Rasen in der Sonne saßen und Popmusik aus einer dieser winzigen Zauberboxen hörten.

»My son!«, rief er in ihre Richtung und machte dazu eine Geste mit der Hand, um zu zeigen, wie groß Nelu ungefähr war. »Nelu! *My Son!*«

Stirnrunzeln. Schulterzucken. Die Musik spielte weiter.

Petres Gedanken überschlugen sich. Sein Herz setzte kurzzeitig aus, nur um im nächsten Augenblick wie wild von innen gegen seinen Brustkorb zu trommeln. Unter einem Baum ein paar Hundert Meter weiter entdeckte er eine Gruppe Kinder, und einen Moment lang war er sicher, Nelu zu erkennen: die blaue Jacke, die dunklen Stoppelhaare, die O-Beine. Mit einem Mal fühlte er sich ganz leicht und frei, alles fiel von ihm ab.

»Nelu!«, rief er, »Nelu!«, und er rannte.

Dann erkannte er, dass es ein anderer Junge mit einer dunklen Jacke und kurzen Haaren war, ein Junge, der keinerlei Ähnlichkeit mit seinem Sohn hatte, und alles in ihm verklumpte sich von Neuem.

Er verlor die Orientierung. Die Welt hatte keine Richtung mehr. Kein Rechts, kein Links, kein Vorwärts, Rückwärts, Osten, Westen, Süden oder Norden – nicht einmal mehr oben und unten. Er war wie erstarrt, und doch bewegte er sich. Er lief auf der Stelle, drehte sich im Kreis, versank im Boden.

Es hatte keinen Zweck. Er würde ihn nicht finden. Nelu war verloren, und er war es auch.

Doch wieder gab es eine Kraft, die ihn zurückriss, die ihn packte und schüttelte, eine Stimme, die ihm zurief: Reiß dich zusammen! Such ihn! Finde ihn!

Er lief zurück zu dem geteerten Weg. Hier war alles voller Menschen. Pärchen, die Hand in Hand in der Nachmittagssonne spazierten, Jogger, die in teurer Funktionskleidung und mit Handytaschen an den Oberarmen rannten, als ob ihnen jemand viel Geld dafür bezahlte. Nicht zu vergessen die Rollerblader, die Fahrradfahrer und die Eltern mit Kinderwagen.

Petre lief auf sie zu, suchte den Augenkontakt und sagte immer wieder: »Nelu!« und »My son!«, doch niemand machte Anstalten, ihm zu helfen. Im Gegenteil: Die Leute wandten sich demonstrativ ab oder schauten einfach durch ihn hindurch, als wäre er nicht vorhanden, ein Unsichtbarer, ein Geist, der nur von sich selbst dachte, dass er existierte. Er versuchte sie mit ausgestreckten Armen aufzuhalten, aber auch das funktionierte nicht. Sie sahen ihn nur missbilligend an und umrundeten ihn dann, ein lästiges Hindernis, eine liegen gelassene Mülltüte, ein Hundehaufen, in den sie nicht treten wollten.

Er verfluchte sich dafür, dass er kaum Englisch konnte, geschweige denn Deutsch. Wie sollten sie verstehen, was er von ihnen wollte, wenn er immer nur wie ein Schwachsinniger dieselben drei Wörter wiederholte: »Nelu!«, »My son«, »Nelu! Son!«?

Andererseits hätte zumindest einer von ihnen stehen bleiben und nachfragen können. Zumindest *versuchen*, ihm zu helfen! Doch dazu hätten sie ja ihre wichtigen Gespräche unterbrechen, ihre Kopfhörer absetzen, ihre Handys vom Ohr nehmen müssen. Sie liefen, fuhren und spazierten einfach weiter, und er kam sich vor wie mitten in einem Fluss, und die Menschen waren das Wasser, das ihn unaufhaltsam umspülte.

Er entschied sich, es mit Italienisch zu versuchen, auch wenn er nur wenig Hoffnung hatte. Denn obwohl die Deutschen ständig nach Italien in den Urlaub fuhren, für ihr Leben gern in italienischen Restaurants aßen, italienischen Cappuccino tranken, in italienischen Feinkostläden einkaufen gingen und italienische Wochen in den Supermärkten veranstalteten, hatte Petre in den vergangenen Monaten die Erfahrung gemacht, dass er sich in Deutschland mit Italienisch kaum besser verständigen konnte als mit seiner Muttersprache.

»Mi scusi, avete visto mio figlio? Ha due anni!«

Nun ging er noch näher an die Leute heran, versuchte sich ihnen in den Weg zu stellen, aber es war zwecklos. Der Fluss floss einfach weiter.

Und dann kam ihm der rettende Einfall: Er hatte doch ein Foto von Nelu! Nicht nur eines, sondern Dutzende: Nelu im Hof hinter dem Haus, Nelu in Bacău in ihrer Wohnung und sogar Nelu, als er noch ein Baby war und nicht einmal laufen konnte. Er zog das Smartphone mit dem Sprung in dem Display aus der Jackentasche, öffnete den Bilderordner und wählte einen der neuesten Schnappschüsse: Nelu vor dem Haus auf dem Gehweg, wie er lachend auf ihn zurannte, im Hintergrund Aurica. Er streckte das Handy aus wie eine Polizeimarke, sagte seinen italienischen Satz und lief auf die Leute zu, aber das ausgestreckte Handy und seine Hartnäckigkeit schienen die abwehrenden Reaktionen noch zu verstärken. Nun machten sie unwillige Handbewegungen, sagten »Nein«, eines der wenigen deutschen Wörter, die er verstand. Ein Mann mit einer Sonnenbrille zischte etwas, von dem Petre überzeugt war, dass es sich um eine Beleidigung handelte, und eine Frau zog ihren drei- oder vierjährigen Sohn mit einem kräftigen Ruck hinter sich her, als dieser auf das Bild von Nelu deutete.

Petre hielt inne. Er entdeckte zwei Mütter, die mit ihren Babys auf einer großen karierten Decke auf der Wiese saßen, wie auf einer bunten Insel in einem grünen See. Windeln, Feuchttücher, Breigläschen und Spielzeug lagen quer darüber verteilt. Vermutlich waren sie schon eine ganze Weile hier. Und wenn Nelu sie ebenfalls entdeckt hatte, dann war er bestimmt zu ihnen gelaufen. Er liebte Babys über alles.

»Scusate«, sagte er, während er an die Decke herantrat.

Beide Frauen wandten ihm den Kopf zu. Sie schauten ihn freundlich und offen an. *»Mi scusi«*, sagte er noch einmal, während er ihnen sein Handy hinstreckte. Er sprach nun ganz langsam und betonte jedes Wort einzeln. *»Questo e mio figlio. E scappato. L'avete visto per caso?«*

Die rechte Frau sagte etwas auf Englisch, das er nicht verstand. Also konnten auch sie kein Italienisch. *»Son«*, sagte Petre. *»My son! Please!«* Nun wechselten die Frauen einen kurzen Blick, und die linke nickte. Hoffnung keimte in Petre auf: Sie hatten Nelu gesehen! Sie wussten, wohin er gelaufen war, und würden seiner Suche zumindest eine Richtung geben.

Doch dann tat die rechte Frau etwas Seltsames. Sie griff in ihre Handtasche, holte ein Portemonnaie heraus und kramte darin. Kurz darauf hielt sie eine große, glänzende Zwei-Euro-Münze zwischen Zeigefinger und Daumen und streckte sie ihm hin. Und bevor er etwas sagen konnte, war die Münze bereits in seiner Hand gelandet. Die Frau lächelte und wandte ihren Blick wieder den Babys zu.

Und mit einem Mal verstand er: All diese Leute dachten, dass er bettelte! Dass er Geld von ihnen wollte! Dass er sogar so weit ging, ein Bild von seinem Sohn zu zeigen, um ihnen ein paar Münzen aus der Tasche zu leiern!

Am liebsten hätte Petre die zwei Euro zwischen die Babybreigläschen geschleudert. Aber er hatte keine Zeit für Nebenkriegsschauplätze. Er musste seinen Sohn finden.

Er stieß sich von der Insel ab und war zurück im offenen grasgrünen Meer. Ziellos lief er über die Wiese, drehte seinen Kopf von links nach rechts, rief immer wieder Nelus Namen.

Und dann entdeckte er den Spielplatz. Es war ein riesiger Spielplatz, mit mehreren Rutschen, Schaukeln, Klettergerüsten und einer Holzburg in der Mitte, und sofort hatte er wieder diesen Gedanken im Kopf, den er schon oft gedacht hatte, seit sie hier waren: Wenn man sich einen Eindruck von dem Reichtum dieses Landes machen wollte, dann musste man sich nur die Spielplätze anschauen. Spielplätze, für Kinder gebaut! Für die niemand Eintritt bezahlen musste! Riesige Rutschen und Klettergerüste. Piratenschiffe, in deren Masten die Kinder herumturnen konnten. Gewaltige Burgen mit Türmen und Zinnen. Und alles geprüft, gesichert und regelmäßig gewartet.

Hier musste Nelu sein. Ganz bestimmt war er hier!

Der Spielplatz war voll, und Petres Blick flog hin und her, aber Nelu war nirgendwo zu sehen. Er überlegte, ob er über den Zaun steigen und suchend durch die Sandkästen und um die Burg herumlaufen sollte. Doch dann würden die besorgten Eltern vermutlich sofort die Polizei rufen, weil ein dunkelhaariger, kinderloser Mann über den Spielplatz lief, ein Fremder, und sie Angst davor hatten, dass er ihre Kinderwagen oder gleich ihre Kinder klaute.

Petres Hoffnung schwand erneut. Sackte von seinem Brustkorb durch den Bauch in seine Beine. Und dann, genau in dem

Moment, in dem er bereits aufgegeben hatte und darüber nachdachte, sich nun tatsächlich – und nicht nur zur Beendigung eines vermeintlichen Traums – von einer Brücke zu stürzen, in genau diesem Moment geschah das Wunder. Da war er! Nelu! Tauchte auf wie aus dem Nichts! Er kam quer durch den Sandkasten gerannt. Mit kurzen, schnellen Schritten. Und er hielt etwas in den Händen, rechts und links, rot und türkis, was war das? Zwei Sandspielzeuge? Aber es war auch egal. Selbst wenn es zwei abgerissene Duschköpfe, zwei lebendige Kaninchen oder zwei tote Tauben gewesen wären, Hauptsache, Nelu lebte. Hauptsache, es ging ihm gut!

Petres Stimme überschlug sich.

»Nelu! Nelu!«

Nelu verlangsamte seinen Schritt, blieb stehen, schaute in seine Richtung, blinzelte – »Nelu!«, dieser dritte Ruf war fast ein Schrei –, und nun erkannte ihn das Kind, strahlte übers ganze Gesicht und rannte auf ihn zu.

Das sollte der Moment werden, an den er noch Wochen, ja Monate später zurückdachte. Eine Erinnerung, die ihm in schwersten Zeiten zuflüsterte: Du musst dir keine Sorgen machen! Alles wird gut werden! Nelu, den er bereits tot geglaubt hatte, für unwiederbringlich verloren an die Straßen dieser krakenhaften Stadt, war wieder aufgetaucht. Er lebte. Es ging ihm gut. Er lachte!

Petre machte sich nicht die Mühe, dreißig Meter weiterzugehen, um den Spielplatz durch die Eingangstür zu betreten. Nein, er würde den direkten Weg nehmen, und wenn er dafür sämtliche Verbote dieses seltsamen Landes auf einmal übertrat. Sollten sie ihn doch verhaften. Sollten sie ihn einsperren, Hauptsache, er würde gemeinsam mit Nelu verhaftet und eingesperrt werden, alles andere spielte keine Rolle. Er wollte gerade über den Zaun klettern, um Nelu entgegenzurennen und ihn in seine

Arme zu schließen, als er noch einmal innehielt. Denn was war das? Da war ein Mann, der quer über den Spielplatz rannte. Ein großer, dünner Mann. Er trug einen hellen Leinenanzug und ein Hemd. Er sah aus wie ein englischer Lord, der durch seinen Park rannte, um ein durchgegangenes Pferd einzufangen. Doch er verfolgte kein Pferd, er verfolgte Nelu. Und wie er ihn verfolgte: In genau diesem Moment sprang er zwischen zwei erschrockenen Frauen hindurch über ein Mäuerchen in den Sandkasten. In seinen Augen loderte Wut. Nein, Hass. Mordlust. Ein Jäger, der hinter einem Truthahn her war und ihm, sobald er ihn erwischt hätte, den Hals umdrehen würde.

Wenn Nelu sieben Schritte machte, machte der Mann einen, und es dauerte nur zwei Sekunden, dann war er bei ihm, neben ihm, vor ihm und hatte ihn am Kragen gepackt, wie einen ungezogenen Welpen im Nacken. Er riss ihn in die Höhe, schüttelte ihn, und dann warf er ihn der Länge nach hin und presste ihn mit dem Gesicht in den Sand.

Petre war wie erstarrt. Nein, er war nicht *wie* erstarrt: Er *war* erstarrt, in seinem bewegungsunfähigen Körper gefangen wie in einem Käfig. Alles war so unglaublich schnell gegangen. Die Erleichterung darüber, dass Nelu lebte, dass es ihm gut ging, dass er lachte. Und im gleichen Atemzug die Erkenntnis, dass er von einem fremden Mann verfolgt wurde. Und gerade, als Petre das begriffen hatte, als es in sein Bewusstsein eingedrungen war, musste er mitansehen, wie der Mann Nelus Gesicht in den Sand presste und an dem Förmchen zerrte, das sein Sohn in der Hand hielt.

Nelu zappelte und schrie, und erst jetzt hatte Petre seine Schockstarre überwunden. Er warf sich über den Zaun. Seine Beine stampften wie Dampfhämmer – auf und ab und auf und ab –, und währenddessen rief er: *»Lascialo andare! Lascialo andare! Adesso!«* Doch der Mann reagierte nicht. Er hatte Nelu wieder in die Höhe gerissen und griff nach der Schaufel. Er schien vollkommen besessen zu sein. Ein Irrer, ein Geisteskranker. Noch einmal rief Petre, diesmal nach seinem Sohn: »Nelu, ich komme!« Und dann war er bei ihnen, stieß den Mann zur Seite und nahm Nelu auf den Arm. Nelu weinte. Mit seiner Faust umklammerte er die rote Schaufel. Sein Gesicht war voller Sand.

»Es ist alles gut«, sagte Petre. »Ich bin wieder da. Jetzt bin ich wieder da!«

Mit den Fingerspitzen wischte er Nelu den Sand von der Stirn, von den Wangen und aus den Augenwinkeln.

»Tată«, sagte Nelu weinend, und Petre nickte. »Ja, Papa ist wieder da.« Er spürte, wie ihm selbst die Tränen kamen. Nelu lebte, es ging ihm gut. Sie waren wieder zusammen! Aurica würde ihm nicht die Augen auskratzen, sie würde nicht auf sein Grab spucken.

Unterdessen rappelte sich der verrückte Mann hoch und klopfte seine Hose ab. In der Hand hielt er das türkisfarbene Sandförmchen. War das etwa der Grund gewesen, warum er Nelu über den halben Spielplatz verfolgt hatte? Ein Spielzeug? Konnte das wirklich sein?

Petre war es egal. Er wollte gehen. Er wollte weg von hier. Zurück in den Park. Und dann zurück in das Haus, sosehr er es hasste. Er wollte etwas zu essen für sich und Nelu kochen und die vergangenen zwanzig Minuten einfach vergessen.

Inzwischen hatte sich allerdings der verrückte Mann vor ihm aufgebaut und auf ihn einzureden begonnen. Er stand breitbeinig im Sand, und während er sprach, gestikulierte er mit dem türkisfarbenen Sandförmchen. Petre verstand nicht, was er sagte, aber der Tonfall des Mannes war selbstgerecht. Dazu kam dieser Blick: kalte, arrogante Augen, die Petre abschätzig betrachteten.

Die Wut schoss als ein Hitzeschwall durch seinen Körper und explodierte in seinem Kopf.

Die Brücke ins Italienische war nun gerissen. Auf Rumänisch fragte er den Mann, ob er verrückt sei, *nebun?!* Wie kam er dazu, einen kleinen Jungen zu packen und ihm das Gesicht in den Sand zu pressen? Wegen einem Spielzeug? Petre sagte, dass er den Mund halten solle. Dass er froh sein könne, wenn er nicht das Gleiche mit ihm machte: ihn im Nacken packen, sein Gesicht in den Sand pressen.

Aber der Mann ließ ihn nicht in Ruhe. Im Gegenteil. Jetzt redete er Englisch. Er redete schnell, und Petre verstand nur *»sorry«*, *»son«* und *»sand«*. Seine Körperhaltung sagte allerdings nicht *sorry*, im Gegenteil: Er fuchtelte die ganze Zeit mit dem Sandförmchen vor Petres Gesicht herum, und seine Augen waren reine Anklage. Er machte einen Schritt nach vorn und griff nach der Schaufel, die Nelu in der Hand hielt.

Und das war die Grenze.

Petre schlug die Hand beiseite und packte den Mann an der Jacke.

»Basta!«, sagte er.

Der Mann schien nicht zu verstehen. Oder er wollte nicht verstehen. Er redete und gestikulierte einfach weiter. Er bleckte die Zähne, riss seinen Arm in die Höhe und hielt ihn sich vor den offenen Mund. Dann beugte er sich nach vorn, um erneut nach der Schaufel zu greifen.

Petre packte so fest zu, wie er konnte, und schlug dem Mann mit der Faust gegen die Brust. Einmal, zweimal, dreimal. Bei jedem Schlag knickte der Mann in den Knien ein und taumelte einen Schritt zurück. Petre hielt ihn am Kragen der Jacke fest und riss ihn jedes Mal wieder hoch.

Der Mann wurde hysterisch. Er fuchtelte und schrie in einem fort: *»Stop! Please stop!«* Und dann: *»Help, help, heeeeeelp!«*

Petre spürte die Blicke der anderen Eltern. Er sah, wie sie sich an den Rand des Sandkastens zurückzogen, und hörte, wie sie nach ihren Kindern riefen. Jemand schrie etwas in seine Richtung.

Er betrachtete sich selbst von außen, wie in einem Film. Was tat er hier? Vermutlich entsprach er genau dem Bild, das sich all diese Menschen von ihm machten: Der bettelnde Rumäne war zu einem gewalttätigen Rumänen geworden. Zu jemandem, vor dem sie sich selbst und ihre Kinder schützen mussten.

»*Stop!*«, schrie der Mann.

Petre schlug noch einmal zu und ließ den Kragen dann los. Der Mann stolperte, ruderte mit den Armen und fiel auf den Rücken in den Sand.

Dort lag er wie ein Käfer und hielt sich die Hände vors Gesicht. Petre fixierte ihn, und einen Moment lang wünschte er sich nichts sehnlicher, als dass der Mann aufspringen und sich wehren würde. Dass er den Mut hätte, sich ihm gegenüber genauso zu verhalten, wie er sich Nelu gegenüber verhalten hatte, und dass sie einen Kampf auf Augenhöhe führen konnten.

Dann war alles wieder vorbei.

Die Wut war gelöscht wie ein Lagerfeuer, auf das jemand einen großen Eimer Wasser gekippt hatte. Petre fühlte sich leer. Er schaute zu Nelu, der seine Schaufel umklammerte. Er schaute zu den anderen Eltern, die ihn mit großen Augen anstarrten.

Er drehte sich um und ging mit schnellen Schritten in Richtung Ausgang.

Licht

Von oben betrachtet hatte das Gebäude die Form eines großen, etwas windschiefen L – ein L wie Licht. Wenn die Sonne schien, spiegelte sich der Himmel darin, da das gesamte Dach mit einer leistungsstarken Photovoltaik-Anlage bedeckt war.

Alle Balkone und Terrassen waren bienenfreundlich begrünt und blickten in Richtung Süden auf einen neu angelegten Park, der sich auf einem ehemaligen Güterverkehrsgelände befand. Daher auch der Name des Wohnkomplexes: »Gleisgärten«. In den *Gleisgärten* befanden sich fünfundvierzig Wohnungen unterschiedlicher Größe, in denen viele junge Familien, aber auch ältere Menschen lebten, die das Glück hatten, nicht jeden Cent umdrehen zu müssen. Es war ein Vorbildhaus, fast ausschließlich aus Carbonbeton und Holz gebaut, was gewährleistete, dass die CO_2-Bilanz deutlich besser war als bei herkömmlichen Neubauten.

Natürlich rief ein solches Projekt auch Neider auf den Plan. Seit der Einweihung zwei Jahre zuvor behaupteten Journalisten immer wieder schlagzeilenträchtig, dass es sich bei den *Gleisgärten* um eine Gated Community nach englischem, französischem oder US-amerikanischem Vorbild handele. Eine linke Tageszeitung hatte ein weitwinklig und leicht untersichtiges Foto von dem Zaun, der die Anlage umgab, mit den Worten versehen: »Südafrika? Nein, mitten in Deutschland! Sieht so unsere Zukunft aus? Hoffentlich nicht!« Anfangs hatte David sich über diese tendenziöse Berichterstattung und die absurden Diskussionen, die darauf in den einschlägigen linken Foren folgten, noch aufgeregt und sogar mehrere Leserbriefe und drei Beiträge in seinem Blog als Richtigstellung geschrieben. Doch irgendwann hatte er einfach aufgegeben; gegen die grellen Schlagzeilen von der »Geschlossenen Gesellschaft« und den »Öko-Millionären« kam er sowieso nicht an.

Zugegeben, die Details waren keine Erfindung. Tatsächlich gab es einen gut zwei Meter hohen Zaun um das Gelände, mehrere Kameras und einen sogenannten Doorman. Es gab zwei private Straßen, durch die allerdings nur Fahrräder und Elektrofahrzeuge fahren durften, sowie zwei Spielplätze, deren Besuch den Kindern der Bewohner vorbehalten war. Aber das große Tor stand fast immer offen, und die Doormen – die alle drei weit über Tarif bezahlt wurden – waren eher so etwas wie Hausmeister, bei denen man sich melden konnte, wenn die Heizung nicht funktionierte oder eine der Solarlaternen ausgefallen war. Und die Privatspielplätze? Sie wurden kaum genutzt, denn die meisten Familien gingen, genau wie Sybil und David, auf den großen, neu angelegten Spielplatz nahe der Gleise am anderen Ende des Parks.

Das Hauptärgernis waren für David nicht die Schlagzeilen, sondern es bestand darin, dass sich nur wenige Journalisten tiefer mit dem Konzept der *Gleisgärten* beschäftigten. Sie weigerten sich zu verstehen, um was es sich dabei tatsächlich handelte: um ein ökologisch wegweisendes Bauprojekt, dem es gelang, einen Nullenergie-Standard in fairer und nachhaltiger Bauweise mit einer modernen und behaglichen Architektur zu verbinden. Vermutlich lag auch hier das Missverständnis, dem die Öffentlichkeit bereitwillig aufsaß: dass Öko-Gebäude im besten Fall funktional und in den meisten Fällen schlicht hässlich waren. Denn die *Gleisgärten* waren alles andere als hässlich:

ein breites, ausladendes Gebäude, das mit seiner Holzfassade bereits in der Entwurfsphase mehrere Architekturpreise gewonnen hatte. Es gab große Fensterfronten, die aus einem Mineralglas gefertigt waren, das Energie speicherte und in das Stromnetz einspeiste. Hinzu kamen eine in der ganzen Stadt einzigartige Wärmepumpenheizung, der Wasserkreislauf mit einem hauseigenen Klärsystem und die Biogasanlage, in der sämtliche biologischen Abfälle in Energie umgewandelt wurden.

Natürlich gab es auch gewisse Verbote in den *Gleisgärten.* So war es den Bewohnern untersagt, eigene Fahrzeuge mit Verbrennungsmotor zu besitzen, und entsprechend gab es in der kleinen Tiefgarage nur Platz für zehn Elektroautos, die über eine hauseigene App von allen Bewohnern genutzt werden durften. Und man durfte keine Haustiere halten, denn die Ökobilanz eines Hundes oder einer Katze – und sogar die eines Meerschweinchens oder eines Hamsters – war einfach verheerend.

Das war der Preis. Aber dafür wurde man reich belohnt. Wenn man in den *Gleisgärten* wohnte, konnte man – je nachdem, wie man sein Leben außerhalb des Projektes gestaltete – seinen ökologischen Fußabdruck auf bis zu 1,8 globale Hektar senken, und somit auf knapp drei Hektar unter dem durchschnittlichen Wert in Deutschland.

Das waren die Faktoren gewesen, die David und Sybil von einem Wohnungskauf überzeugt hatten. Nicht der Zaun, nicht der Doorman, nicht die Kameras und nicht der Privatspielplatz. In den *Gleisgärten* zu wohnen war ein Statement, ein Bekenntnis. Wer hier wohnte, der setzte sich für eine bessere Welt ein. Für eine Welt, in der die Temperatur nicht alle zwei Jahre um 0,1 Grad stieg. Für eine Welt ohne Massentierhaltung und ohne Verpackungsmüll. Für eine Welt, in der nicht nur die eigenen Kinder, sondern auch die Kinder dieser Kinder noch leben konnten. Eine Welt, die lernte zu verzichten, ohne unter diesem Verzicht leiden zu müssen. Im Gegenteil: Verzicht als Chance.

Und dieses Bekenntnis war nicht nur die Grundlage für die *Gleisgärten*, sondern auch für Davids und Sybils Beziehung. Bevor sie sich kennengelernt hatten – nicht über eine dieser anonymen Dating-Plattformen, sondern durch Zufall während eines Work-Life-Balance-Seminars, das Sybil in Davids Agentur gegeben hatte –, waren sie zwei frei flottierende Teilchen gewesen, zwei Puzzlestückchen auf der Suche nach dem Teil unter Tausenden, das sich ohne Zwang mit dem eigenen zusammenfügte. Beide hatten sie längere, schwierige Beziehungen hinter sich gehabt. Sie hatten ähnliche Lebensläufe, ähnliche Vorstellungen davon, wie eine Wohnung eingerichtet werden sollte – spartanisch, aber stilvoll –, und vor allem hatten sie beide eine ganz ähnliche Vision von einer besseren Welt.

David war zu diesem Zeitpunkt schon seit Längerem unzufrieden mit seiner Arbeit bei *Dreiender* gewesen, der Werbeagentur, die er viele Jahre zuvor mit zwei Freunden gegründet hatte. Alles fühlte sich leer und sinnlos an, und nur wenn er ab und zu eine Kampagne für eine NGO oder ein nachhaltiges Produkt an Land ziehen konnte, blühte er auf. Und auch Sybil war auf der Suche nach einem Sinn in ihrem Leben gewesen. Zwar arbeitete sie zu diesem Zeitpunkt schon seit Jahren erfolgreich als Coach und hatte gerade ihren ersten Ratgeber-Bestseller veröffentlicht, aber das befriedigte sie nicht. Genau wie David sehnte sie sich nach einem Ziel, nach einer Aufgabe.

Ein halbes Jahr nachdem sie zusammengekommen waren, verkaufte David seinen Anteil bei *Dreiender* und leistete sich den Luxus, sich seiner eigentlichen Leidenschaft zu widmen. Er begann einen Blog zu schreiben. Keinen Blog, der nur warb und pries und aufforderte, sondern einen, der auch die Schwierigkeiten benannte, die es mit sich brachte, ein gutes Leben zu führen. Ein Blog, der ehrlich war, authentisch.

Wiederum ein halbes Jahr später wurde Sybil schwanger, und fast zeitgleich kauften sie sich in die *Gleisgärten* ein, in denen sie zwei Monate vor Jonas' Geburt ihre traumhafte Hundert-Quadratmeter-Dachterrassen-Wohnung bezogen. Alles war so ökologisch und nachhaltig wie möglich eingerichtet, und als besonderes Extra teilten sie sich ihre Terrasse mit drei Bienenvölkern, um die sich David mit großer Hingabe kümmerte. Die Ernte – er hatte sie »Großstadtblüte« getauft und eigenhändig dafür ein Label entworfen – verschenkte er an Freunde, Bekannte und Verwandte, verloste sie auf seinem Blog, und den Rest spendete er an gemeinnützige Organisationen, die den Honig an Bedürftige weitergaben.

Kurz gesagt: Hier in den *Gleisgärten* hatte David das Gefühl, etwas Sinnvolles, Beispielhaftes zu tun. Etwas, von dem er hoffte, dass andere es ihm nachtun würden. Es war genau der Platz, an den er gehörte. Hier hatte er festen Boden unter den Füßen. Und entsprechend sicher fühlte er sich nun, da er endlich wieder zu Hause war.

Er tat das, was er immer gegen Abend tat: Er kochte. Schnippelte rohes Gemüse – dünne Gurkenscheiben ohne Schale, die Karotten in schmale Stifte, Paprika in halbe Ringe –, setzte Wasser für die Nudeln auf und bereitete eine schnelle Tomatensoße vor – vielmehr zwei Tomatensoßen: eine mit Zwiebeln, Knoblauch und italienischen Kräutern für sich selbst und eine ohne allem für Jonas –, und während die Nudeln im Wasser vor sich hin brodelten, rieb er veganen Parmesan auf ihrer Vierkantreibe.

Kochen beruhigte ihn. Die Bewegungen, die Geräusche, der Geruch. Etwas zu tun, das notwendig war. Essen zubereiten. Regionales, ökologisch angebautes Essen, das zu großen Teilen aus einer Landkiste stammte, die ihnen – wie auch den meisten anderen Bewohnern der *Gleisgärten* – von einer Bio-Kooperative wöchentlich direkt vor die Wohnungstür geliefert wurde. Kochen, das hieß einfache Handgriffe ausführen. Die Zwiebeln häuten, in zwei Hälften zerteilen und dann einmal quer und einmal längs zu kleinen Würfeln schneiden. Und währenddessen zuerst das Brennen in den Augen und dann die Tränen zu spüren, die ihm die Wangen hinunterliefen, und zu wissen, dass dies der natürliche Gang der Dinge war, seit Tausenden von Jahren schon: Ursache und Wirkung im unerschütterlichen Zusammenspiel. Die Hände zu waschen und währenddessen daran zu denken, dass das Wasser einen Kreislauf bildete. Kreisläufe! Sich der Natur anpassen! Darum ging es, wenn man nachhaltig leben wollte, darum und um nichts anderes.

Dann war alles getan. Nicht nur die Vorbereitung des Essens, sondern auch das Essen selbst und sogar das Aufräumen und Saubermachen. Jonas hatte sein Gesicht und das aus recyceltem Silikon angefertigte Lätzchen komplett mit Tomatensoße beschmiert, und mindestens eine Hand voll Nudeln waren unter dem Tisch gelandet. Aber das gehörte bei einem Zweijährigen eben dazu: Essen war spielen, experimentieren, Grenzen austesten.

David spürte die Erschöpfung. Er saß an dem großen Küchentisch und beobachtete Jonas dabei, wie er die Töpfe aus den Schränken räumte und sie neu ineinanderstapelte, und wenn der Verband an Jonas' Arm nicht gewesen wäre, hätte David sich einbilden können, es sei alles wie immer.

»Ich geh mal auf die Terrasse und schau nach den Bienen«, sagte er.

»Tasse«, sagte Jonas, während er vergeblich versuchte, einen Topf mit einem zu kleinen Deckel zu verschließen.

»Ja, auf die Terrasse. Zu den Bienen.«

»Opf«, sagte Jonas in Richtung des Topfes. »Tumachen!«

Die Abendsonne schien, die Bienen summten, und es wehte ein leichter Wind. Alles war in goldenes, unwirklich schönes Licht getaucht. Endlich Frühling! Die Jahreszeit der Wunder: Neubeginn, Wachstum. Wiederauferstehung. David inspizierte die Bienenbeuten, die am rechten Rand der Terrasse standen. Die Larven sahen gut aus, die Waben wuchsen.

Er holte die Gießkanne und befüllte sie am Außenhahn mit Wasser. Als er mit dem letzten Blumenkasten fertig war, blieb er an der Brüstung stehen. Ein Hubschrauber kreiste knatternd über den *Gleisgärten*, kein ADAC, kein Notarzt. Also vermutlich Touristen, die nicht begriffen, welche Folgen so ein kleiner Vergnügungsflug für die Atmosphäre und das Klima hatte.

David betrachtete den Park, den Spielplatz hinten rechts, die Gleise und die Häuser auf der anderen Seite, und unwillkürlich musste er wieder an den Jungen denken und an den fremden Mann. Den Vater und seinen Sohn.

Warum hatte er sich eigentlich nicht gewehrt? Warum hatte er den Mann nicht einfach zurückgeschubst? Oder ihn zumindest auch angeschrien? Warum hatte er nicht versucht, die Hand von seiner Jacke zu lösen? Und warum war er über dieses dämliche Holzpferd gestolpert und anschließend einfach im Sand liegen geblieben?

Warum war er so feige gewesen?

Er stellte sich vor, dass er anders reagiert hätte. Mutiger. Entschlossener. Dass er, nachdem er verstanden hatte, dass der Mann ihn nicht verstand – ihn nicht verstehen wollte! –, seine Rechte zu einer Faust geballt und in das fremde Gesicht geschlagen hätte, und zwar mitten ins Gesicht, dort, wo die auffallend gerade Nase saß. Dieser eine Schlag wäre auf jeden Fall möglich gewesen: ein Überraschungsangriff, denn der Mann hatte ja keine Hand frei gehabt. Vielleicht hätte er es geschafft, dem Mann die Nase zu brechen, ein kurzes, trockenes Knacken und danach ein Blutsturzbach. Aber selbst wenn er nicht die Nase getroffen hätte, sondern nur die Wange oder die Schläfe, ja selbst, wenn er den Mann überhaupt nicht getroffen hätte: Er hätte es zumindest versucht!

Vermutlich hätte ihm der Mann anschließend sämtliche Knochen gebrochen, hätte ihn zu Tode geprügelt, aber dann wäre er zumindest im Kampf gefallen, auf dem Schlachtfeld, und nicht über ein dämliches Holzwackelpferd gestolpert.

»David!«

Plötzlich war da Sybils Stimme. Sie schien aus dem Nichts zu kommen, aus einem leeren Raum, der zwischen ihm und der Welt lag. Doch als er sich umdrehte, war Sybil tatsächlich da. Sie stand keine zwei Meter von ihm entfernt, hatte Jonas auf dem Arm, und Jonas hielt einen Kochlöffel in der Hand.

Sybils Haare waren wirr, ihre Gesichtszüge wirkten unscharf, und ihre Schultern saßen schief auf ihrem Rumpf. War sie etwa betrunken?

»David«, wiederholte Sybil, als ob sie sich seines Namens vergewissern müsste, »was … machst du da?«

Jetzt war er sicher, dass sie betrunken war. »Ich habe die Blumen gegossen«, sagte er.

»Die Blumen?«

»Ja.«

»Du hast mein Klingeln nicht gehört, und auch nicht mein Rufen … Jonas saß allein in der Küche. Er hatte … ein Messer in der Hand.« Sybils Zunge war schwer, und David spürte, dass sie sie sich beim Sprechen konzentrieren musste.

»Ein Messer?«, fragte er.

»Ja, ein großes Messer.«

»Oh … Das …« Er wusste nicht, was er dazu sagen sollte, außer dass er sich beim besten Willen nicht erklären konnte, wie Jonas an ein Messer gekommen war.

»Und was ist mit seinem Arm?«, fragte Sybil.

»Seinem Arm?« Ein hilfloses Echo, das er zurückwarf wie eine Felswand und dessen einziger Sinn darin bestand, die Antwort ein wenig hinauszuzögern. Er war es nicht gewohnt, die Kontrolle zu verlieren. Nicht über Jonas und vor allem nicht Sybil gegenüber. Doch das Bild, das sich ihr darbot, verlangte nach einer Erklärung: Der Arm war vom Handgelenk bis fast zum Ellbogen in einen dicken weißen Verband eingewickelt. Das Jod, mit dem die Ärztin in der Notaufnahme die Wunde desinfiziert hatte, zeichnete sich auf der Mullbinde ab wie das Aquarell einer großen, buchtreichen Insel, und die blaue Klebebinde, mit der der Verband oben und unten abschloss, verlieh dem ganzen Gebilde etwas Martialisches. Es sah so aus, als ob Jonas mit einer Kreissäge gespielt, sich in einem Stacheldraht verfangen oder mit einem Alligator gekämpft hätte.

»Es sieht schlimmer aus, als es ist«, sagte David.

»Was ist denn passiert?« Sybils Gesichtszüge blieben weich. Sie war nicht wütend, sie schien nicht einmal besonders besorgt. Sie war einfach nur betrunken.

»Wir … waren auf dem Spielplatz«, sagte David. »Da war ein Junge. Er … hat Jonas gebissen.«

»Gebissen?«

»Ja«, sagte David. Er versuchte so wenig Gefühl wie möglich in die Antwort zu legen, denn er hatte Angst, dass sonst alles aus ihm herausbrechen könnte: der seltsame Junge, der Streit um die Förmchen, der Biss, der Schrei, der hinterhältige Diebstahl, die Verfolgung – der brutale Vater. »Es hat geblutet, und zur Sicherheit bin ich mit ihm in die Notaufnahme gegangen. Dort haben sie die Wunde desinfiziert und den Verband gemacht.«

»Der Junge hat ihn blutig gebissen?« Nun schien Sybil doch besorgt zu sein. Oder vielleicht auch nur verwundert.

»Ja«, sagte David.

»Aber warum?«

David zuckte mit den Schultern. »Er hat mit Jonas' Förmchen gespielt, aber Jonas wollte ihn nicht damit spielen lassen. Und dann hat der Junge einfach zugebissen.«

»Oh. Verstehe.« Sybil wandte sich Jonas zu. »Mein armer kleiner Schatz«, sagte sie und küsste ihn auf die Stirn. Aber wie so oft, wenn sie zärtlich mit Jonas sprach, wirkte es aufgesetzt.

»Laufel«, sagte Jonas für Schaufel und dann »Dern« für Seestern. Es klang vollkommen neutral. Als ob er gerade dabei wäre, eine Inventarliste seiner Verluste aufzustellen.

Ein Moment des Schweigens. Um sie herum das Rauschen der Großstadt. Dazu das Summen der Bienen.

Nun schien Sybil wieder ganz woanders zu sein. Weit weg von dem Spielplatz und der Tatsache, dass Jonas gebissen worden war. Nun war sie wieder die Mutter, die ab und zu vorbeikam und nach dem Rechten schaute. Die Frau, die das Geld verdiente. Und er war der Mann, der sich um alles kümmerte.

»Entschuldige«, sagte Sybil, als ob sie seine Gedanken gelesen hätte. »Ich bin ein wenig angetrunken. Nach der Sendung gab es Crémant.«

Erst jetzt fiel David wieder die Talkshow ein, von der Sybil bereits seit über einer Woche sprach und von der sie auch den ganzen Morgen gesprochen hatte, während er damit beschäftigt gewesen war, Jonas das Frühstück zuzubereiten, ihn anzuziehen, die Spülmaschine auszuräumen und eine Waschmaschine zu füllen.

»Ach ja, die Talkshow«, sagte David, erleichtert darüber, dass sich das Gespräch nun einem anderen Thema zuwandte. »Wie ist es denn gelaufen?«

»Wie es gelaufen ist?« Sybil lächelte.

»Ja, dein großer Auftritt!« Nun lächelte auch er.

»Willst du es wirklich wissen?« Sybil schaute ihm direkt in die Augen.

»Unbedingt sogar.«

»Dann musst du herkommen, denn ich traue mich nicht, es laut auszusprechen.« Ein erneutes Lächeln. Diesmal mehr als nur eine Andeutung. Dazu ein Zwinkern. Davids Gedanken stockten. Ein Prickeln überfiel ihn: feine Kohlensäure, die gegen die Schwerkraft durch seinen Körper perlte, von seinem Kopf bis in die Füße, um sich schließlich in seinen Zehenspitzen zu entladen. Sein Mund war mit einem Mal ganz trocken, denn er ahnte etwas: Sie würden Sex haben. Heute noch. Das erste Mal seit Monaten.

Schon war er bei ihr. Vor ihr. Neben ihr. Lehnte sich nach vorn, während sie sich ihm zuwandte. »Papa«, sagte Jonas, doch David konzentrierte sich nur auf das, was Sybil ihm zu sagen hatte. Auf ihren Atem an seinem Ohr – jetzt roch er den Weißwein –, und das Prickeln wurde zu einem Feuersturm, der alles in Brand setzte.

»Mein großer Auftritt war ...«, flüsterte Sybil und machte eine kurze Pause: »... einfach perfekt!«

Das K und das T am Ende prallten als kleine Explosion an Davids Ohrläppchen und ließen die Härchen in seinem Nacken zittern. Er versuchte zu schlucken, doch dazu fehlte ihm der Speichel.

Er zwang sich von ihr fort. Hob den Kopf und lehnte sich zurück. Bemühte sich mit aller Kraft darum, die Gier aus seinem Blick zu vertreiben.

»Wow«, sagte er. »Das klingt gut. Ich bin stolz auf dich!«

»Dolz«, wiederholte Jonas, während er mit dem Kochlöffel dazu dirigierte, und nun mussten sie beide lachen.

Später lagen sie nackt nebeneinander im Bett und lauschten dem Klopfen ihrer Herzen. Das Fenster stand offen. Die Luft war deutlich kühler geworden. Die Bienen schliefen, und die Ereignisse des Nachmittags waren in weite Ferne gerückt. Fast vollständig verschwunden hinter dem, was Sybil von der Talkshow erzählt hatte, aber vor allem hinter dem, was danach passiert war.

David fühlte seinen Herzschlag. Das war das Tolle am Leben, an der Liebe, an dem Alltag mit Kindern. Alles ging so schnell. Alles veränderte sich. Alles war beweglich. Himmelhochjauchzend, zu Tode betrübt und wieder zurück. Leben war wie Atmen – ein und aus und wieder ein –, man musste es nur sehen, es sehen wollen, und er wollte es sehen, verdammt noch mal!

Sybil lag auf dem Rücken und schaute zur Decke. Ihr Busen zeichnete sich als Silhouette im Halbschatten vor dem Fenster ab, und ihr Oberkörper hob und senkte sich. David roch ihr Parfüm. Er wandte sich ihr zu, küsste sie auf den Hals und spürte, wie ihn eine zweite Welle überkam. Vier Monate – jetzt war er sich ganz sicher, dass es vier gewesen sein mussten! – waren nicht mit einem einzigen Mal wiedergutgemacht. Nun ging es darum, dranzubleiben, weiterzumachen. Er rückte mit seinem Becken an sie heran und begann, Sybils Bauch zu streicheln.

»Was haben die Eltern eigentlich dazu gesagt?«

David hatte keine Ahnung, wovon Sybil sprach. Seine Lippen waren an ihrem Hals, und gerade wollte er damit anfangen, an ihrem Ohrläppchen zu knabbern.

»Welche Eltern? Was meinst du?«, fragte er, ohne von ihr abzurücken.

»Die Eltern von dem Jungen, der Jonas gebissen hat.«

»Ach so, die … die Mutter meinst du …« Ihm wurde schwindlig. Er holte tief Luft. »Sie … hat sich entschuldigt. Es war ihr natürlich … unangenehm.«

»Unangenehm?«

»Ja, sehr sogar.«

»Und sonst nichts?«

»Was meinst du?«

»Hat sie sonst nichts gesagt?«

»Was soll sie denn noch gesagt haben?«

»Zum Beispiel, ob ihr Sohn so etwas häufiger macht.«

»Nein … Keine Ahnung.«

»Hat sie dir denn wenigstens ihre Nummer gegeben?«

»Warum sollte sie?«

»Also wenn Jonas ein anderes Kind blutig beißen würde, würde es mich interessieren, wie es dem Kind danach geht. Ob es noch Schmerzen hat, ob sich die Wunde entzündet oder eine Narbe zurückbleibt. Oder was auch immer.«

»Wahrscheinlich hat sie nicht daran gedacht. Und ich auch nicht. Es ging ja alles so schnell.«

Nachdenklich schüttelte Sybil den Kopf, und einen Moment lang war David davon überzeugt, dass sie ihn durchschaute und ihn gleich zur Rede stellen würde.

Doch dann seufzte sie nur und sagte: »Das ist genau der Grund, warum ich keine Spielplätze mag. Diese vielen fremden Kinder, die dort aufeinandergehetzt werden wie Wildtiere.«

David brummte zustimmend. Sie schwiegen.

Er schob seinen Körper wieder näher an Sybils heran, seine Lippen hin zu ihren Lippen. Er schloss die Augen, atmete tief ein und – plötzlich hielt er inne.

Irgendetwas war da. Ein seltsamer Ton. Eine Art Wimmern, ein Miauen wie von einer rolligen Katze.

Er selbst lag noch, aber Sybil saß bereits aufrecht. Das Wimmern wurde zu einem Heulen und das Heulen zu einem Schrei. Und nun verstand David: Es war keine Katze, die da miaute, es war Jonas, der schrie. Sybil warf die Decke beiseite, sprang auf und umrundete das Bett, nackt und mit schaukelndem Busen. Und dann war auch er in Bewegung, hinter Sybil her, ihrem Rücken, ihrer Taille, ihrem Po. Und während er ihr folgte, mit erigiertem Schwanz, der im Rhythmus seiner Schritte auf und ab wippte, tauchte eine Erkenntnis in ihm auf, ein tiefes, gefühltes Wissen: dass von nun an alles immer nur noch schlimmer werden würde, egal, was er dagegen unternahm.

Schutt

Von der gegenüberliegenden Straßenseite aus betrachtet war es ein unauffälliges Mehrfamilienhaus. Einfachfenster. Keine Balkone. Der Putz war teilweise abgesprungen, aber die graue Fassade sah nicht schlechter aus als viele andere Fassaden in der Straße. Der Schein trog allerdings. Denn sobald man das Haus betrat – und eigentlich reichte es schon, nur den Hof zu betreten –, landete man auf einer Müllhalde.

Alles war verrottet und baufällig. Viele der Heizungen funktionierten nicht. Das Warmwasser kam nur sporadisch, das Dach war undicht, die Wände waren von Schimmel befallen, und überall liefen Ratten herum. Das Haus war wie ein kariöser Zahn: außen nur ein paar kleine braune Stellen, aber innen vollkommen verfault.

Mehr als einmal hatte sich Petre dafür verflucht, so leichtgläubig gewesen zu sein. Eine eigene Wohnung hatte Dacian ihnen versprochen. Eine kleine Wohnung zwar, aber eine Wohnung. Eineinhalb Zimmer, Küche, Bad. Sogar einen Grundriss hatte er ihnen vorgelegt. Dazu einige Musterfotos, auf denen ein Wohnzimmer mit großen Fenstern zu sehen gewesen war, ein kleines Schlafzimmer, ein Flur mit einem Einbauschrank, alles ausgelegt mit pflegeleichtem Laminat. Die Küche war winzig gewesen, aber groß genug, um darin ein Abendessen zuzubereiten.

Ein Abendessen! Nur für sie drei!

Und stattdessen? Wohnten sie in diesem schrecklichen Haus und teilten sich ein Zimmer mit einer vierköpfigen Familie. Und das Bad? Mussten sie sich mit acht weiteren Menschen teilen. Die Küche befand sich auf der anderen Seite des Flurs und wurde von der gesamten Etage genutzt. In den anderen Stockwerken des Hauses sah es nicht besser aus, im Gegenteil: Direkt über ihnen lebten drei Familien mit insgesamt acht Kindern in einer Zwei-Zimmer-Wohnung.

Laut Dacians Aussage war die Wohnungsbaugesellschaft, mit der er eine Kooperation vereinbart hatte, spontan abgesprungen. Deshalb mussten sie in das Abbruchhaus. Angeblich nur übergangsweise, aber dieser Übergang dauerte nun schon vier Monate.

Hinzu kam: Sie waren einfach zu viele. Zu viele Menschen auf zu engem Raum. Einige der Männer schliefen auf dem Flur, weil sie sonst kein Auge zubekamen und die Gefahr bestand, dass sie vor Übermüdung von den Baugerüsten, auf denen sie tagsüber bis zu vierzehn Stunden schwarz arbeiteten, hinunterstürzten und sich das Genick brachen. Aber immerhin hatten sie Arbeit – im Gegensatz zu Petre und Aurica. Auch ihnen war Arbeit versprochen worden: gute Arbeit, mit einer fairen Bezahlung. Petre als Koch in einem Hotel oder einem Restaurant, Aurica als Krankenschwester.

Doch in Berlin suchte niemand einen Koch, der nur Rumänisch und Italienisch konnte, während Auricas Ausbildung als Krankenschwester nicht anerkannt wurde, da sie nur zweieinhalb statt der erforderlichen drei Jahre Berufserfahrung hatte.

Ein halbes Jahr. Und das, obwohl man in Deutschland händeringend nach Pflegekräften suchte!

Schon längst wartete Petre nicht mehr darauf, dass ihm eine Anstellung als Koch angeboten wurde. Er war bereit, zumindest vorübergehend etwas anderes zu tun – Abwaschen, Lebensmittellieferungen schleppen und sortieren, Pakete stapeln oder als Hilfskraft im Tiefbau Schubkarren befüllen –, sofern er nur dafür bezahlt würde. Denn Arbeit war die Voraussetzung für alles andere. Dafür, dass sie krankenversichert wären und einen Anspruch auf Sozialleistungen hätten. Dafür, dass sie weiter hierbleiben konnten und nicht mit leeren Händen wieder nach Rumänien zurückkehren mussten.

»Du kannst ja erst mal betteln gehen. Oder Flaschen sammeln«, hatte Anghel zu ihm gesagt. »So haben die meisten hier angefangen.«

»Ich gehe aber nicht betteln«, hatte er geantwortet. »Ich bin hier, um zu arbeiten!«

»Na gut, wenn du meinst.« Anghel hatte mit den Schultern gezuckt und sich abgewandt.

Als sie angekommen waren, hatten sie als Erstes ihre Pässe abgeben müssen. Dann hatte Dacian ihnen unzählige Formulare vorgelegt, die sie alle unterschreiben sollten. In seinem ganzen Leben hatte Petre nicht so oft seine Unterschrift unter irgendwelche Dokumente gesetzt.

»Warum müssen wir das alles unterschreiben?«, hatte Aurica gefragt.

»Wir sind hier in Deutschland«, hatte Dacian geantwortet. »Hier hat alles seine Ordnung.«

Nach und nach hatten sie von den anderen erfahren, wie das System funktionierte: Solange sie noch keine Arbeit hatten, beantragte Dacian für sie Kindergeld – vorerst die einzige staatliche Unterstützung, auf die sie ein Anrecht hatten –, das er ihnen anschließend komplett für die Miete abzog.

Inzwischen war fast alles Ersparte aufgebraucht, und die meisten hätten vermutlich längst aufgegeben. Tatsächlich gab es viele, die das Haus und die Stadt schon vor Wochen verlassen hatten und wieder zurück nach Rumänien gegangen waren. Vor allem Familien mit kleinen Kindern. Denn allein oder als Paar konnte man so etwas vielleicht noch durchstehen. Aber mit einem zweijährigen Kind? Was war das für ein Leben? Mitten auf einer Müllkippe, in einem der reichsten Länder der Welt?

Vor einer Woche hatten Ratten auf ihre Klamotten uriniert. Irgendwie waren sie in die unterste Etage des Schranks gelangt, den sie sich mit zwei anderen Familien teilten, und hatten dort mit Hilfe von Nelus Turnschuhen und seinen Socken eine Art Nest gebaut, um ihre Jungen zu bekommen. Alles andere war so von Rattenpisse durchtränkt gewesen, dass sie die Sachen wegwerfen mussten. Seitdem lief Nelu mit dieser kaputten Thermojacke herum, die Ada ihnen geschenkt hatte. Seine Schuhe stammten aus dem Altkleidercontainer am Ende der Straße, genau wie Petres Hose; Nelu würde sie zumindest so lange tragen müssen, bis sie ein bisschen Geld hätten, einen Job oder zumindest die sichere Aussicht auf eine Festanstellung.

Zwei Tage nach den Ratten waren die Läuse gekommen. Von einem der Kinder waren sie auf alle anderen übergesprungen, und es waren so viele gewesen, dass sie Nelu schließlich die Haare abrasieren mussten. Seitdem hatten Nelu und er die gleiche Frisur.

Natürlich könnten auch sie wieder zurückgehen. Zurück nach Bacău in das städtische Krankenhaus, in dem sie sich kennengelernt hatten. Vermutlich könnten sie dort wieder arbeiten, Aurica als Krankenschwester, Petre in der Kantine, wo er tiefgekühlte Fleischklößchen briet, Kartoffelbrei aus Flocken zusammenrührte und Rührei aus Tetrapaks in riesige Pfannen kippte. Aber was dann? Bacău war die größte Stadt in Moldova, einer der ärmsten Regionen im nicht gerade reichen Rumänien. Petres Vater war Fleischer, kam aber mit dem Geld, das er im Schichtdienst im Schlachthof verdiente, kaum über die Runden. Parallel betrieben seine Eltern gemeinsam mit Petres Großeltern eine

Art Subsistenzwirtschaft, bauten Gemüse an und hielten sich Schafe und zwei Schweine. So lebten die meisten Menschen in Bacău: Konsumgüter konnten sie sich nicht leisten, und ein Einkauf in den Supermarktketten war so teuer, dass sie gezwungen waren, so viele Lebensmittel wie möglich irgendwo anders herzubekommen.

Zudem ging es um die Frage, was in Bacău aus ihren Träumen werden würde. Aus ihrer Idee von einer Zukunft. Als Petre und Aurica sich ineinander verliebt hatten – am Tresen der Krankenhauskantine, Petre auf der einen, Aurica auf der anderen Seite, wie in einem Film: auf den ersten Blick –, waren sie beide unzufrieden gewesen. Petre hatte zu diesem Zeitpunkt schon mehrere Anläufe hinter sich, als Koch in Italien Fuß zu fassen. Er hatte in Triest in einem Hotel gearbeitet, in Jesolo in einer Ferienanlage und in Padua sogar in einem Restaurant, das eine Empfehlung von Michelin bekommen hatte.

Doch nirgendwo war er länger als ein halbes Jahr geblieben. Es war nicht die Arbeit selbst gewesen, die ihm zu schaffen gemacht hatte – im Gegenteil, er liebte die Stimmung beim Kochen, das Adrenalin, das Tempo, den ständigen Ausnahmezustand –, sondern die Begleitumstände: In Jesolo waren die Arbeitszeiten eine Zumutung gewesen. In Padua war ihm nach ein paar Monaten das Zimmer gekündigt worden, und jede andere Unterkunft hätte sein komplettes Gehalt gefressen. In Triest hatte nach einigen Monaten der Souschef gekündigt, und mit dem neuen hatte ein regelrechtes Terrorregime Einzug gehalten. Hinzu kam, dass es viele Italiener gab, die Gastarbeiter wie den letzten Dreck behandelten. In Jesolo hatte er mitansehen müssen, wie einer der senegalesischen Küchengehilfen so erniedrigt wurde, bis er weinend zusammenbrach. Ständig war es zu Streit und mehrfach zu körperlichen Auseinandersetzungen gekommen, und obwohl Petre die Sprache, das Land und die italienische Küche liebte, war er schließlich nach Bacău zurückgekehrt, wo er von dem vielsagenden Schweigen seiner Eltern empfangen worden war. Sie waren von vornherein der Ansicht gewesen, dass Gottes Plan es nicht vorsah, die Heimat zu verlassen und irgendwo anders sein Glück zu suchen.

Aurica hingegen hatte ihr ganzes bisheriges Leben in Bacău verbracht. Sie war in einem Heim aufgewachsen und hatte dort ihren Schulabschluss und die Ausbildung zur Krankenschwester gemacht. Sie war gut in der Schule gewesen – sehr gut sogar, vor allem in den Naturwissenschaften –, hatte eine Klasse übersprungen und als Jahrgangsbeste das Abitur bestanden. Ihr Traum bestand darin, Medizin zu studieren und Ärztin zu werden. Doch in Bacău konnte man nicht Medizin studieren, und auch wenn sie woanders hingegangen wäre, nach Iasi, nach Cluji oder sogar nach Bukarest: Wie sollte sie das Studium finanzieren? Allein die Gebühren für ein Medizinstudium in Rumänien betrugen 30 000 Euro.

Dann hatten Petre und Aurica sich ineinander verliebt, und ihre Träume vom Auswandern waren miteinander verschmolzen. Sie hatten überlegt, welche italienische Stadt für sie infrage kommen könnte, und schnell hatten sie sich auf Rom geeinigt. Rom war eine Millionenstadt, in der eine große rumänische Community lebte. Es gab unzählige Hotels und Restaurants. Die Sprachbarriere war niedrig. Petre konnte als Koch arbeiten und Aurica als Krankenschwester. Und wenn sie ein wenig Geld gespart hätten, würde Aurica studieren können. Außerdem hatte Aurica in Rom Kontakte: Lavinia, eine Sozialpädagogin aus dem Kinderheim, in dem sie aufgewachsen war, arbeitete dort in einer karitativen Einrichtung. Sie würde ihnen bei der Zimmer- und Jobsuche behilflich sein.

Schnell war alles geplant und vorbereitet gewesen. Eine Zeit lang könnten sie zur Untermiete bei einer Bekannten von Lavinia wohnen. Petre hatte sich eine lange Liste von Hotels und Restaurants herausgesucht, bei denen er sich bewerben würde. Sogar eine Zwanzig-Stunden-Stelle in der mobilen Altenpflege hatte Aurica in Aussicht gehabt. Und dann war sie schwanger geworden – und alle Pläne hatten sich zerschlagen. Schwanger ohne Krankenversicherung in ein fremdes Land zu gehen, das war genauso unmöglich, wie schwanger in der Pflege oder als Krankenschwester zu arbeiten. Und in Italien ein Kind zu bekommen? Ohne Unterstützung und Sicherheit? Nur finanziert von einem Job, den Petre noch gar nicht hatte? Das war unvorstellbar.

Also waren sie in Bacău geblieben. Sie hatten geheiratet. Petre hatte weiter in dem Krankenhaus gearbeitet. Sie hatten so viel Geld gespart wie möglich. Nelu war zur Welt gekommen. Nelu war getauft worden. Er war vom Baby zum Kleinkind herangewachsen. Er hatte viel Zeit bei Petres Eltern verbracht, die überglücklich gewesen waren und Gottes und ihren eigenen Willen als erfüllt ansahen.

Die Idee, Bacău zu verlassen, hatte wieder Gestalt angenommen. Ja, sie hatte sogar etwas noch Zwingenderes bekommen. Denn nun hatten sie ein Kind, und ein Kind zu haben bedeutete, dass sie an die Zukunft dachten. Sie wollten nicht, dass Nelu in Bacău aufwuchs. Dass er die gleiche Enge ertragen musste wie sie selbst, das Gefühl, keine Luft zu bekommen und ständig mit dem Kopf gegen die Decke zu stoßen. Außerdem waren sie immer noch jung – Petre fünfundzwanzig, Aurica dreiundzwanzig –, ihr ganzes Leben lag noch vor ihnen.

Und dann war Dacian aufgetaucht. Dacian war Mitte dreißig, kam ursprünglich auch aus Bacău, lebte aber seit vielen Jahren in Berlin. Er hatte dort einen Verein gegründet, mit dessen Hilfe er Rumänen Arbeitsplätze in Deutschland vermittelte. Dacian hatte sie vor Italien gewarnt, insbesondere vor Rom. Vor dem offenen Rassismus der Italiener und davor, dass man in manchen Teilen der Stadt als Ausländer wie Freiwild behandelt wurde. Und er hatte von Berlin geschwärmt. Von dem Multikulturalismus, der dort herrschte. Von den unzähligen Hotels und Restaurants, viele sogar mit einer osteuropäischen Spezialisierung – von italienischen Küchen ganz zu schweigen. Er hatte ihnen das deutsche Schul- und Sozialsystem angepriesen, die kostenlosen Kindergärten, die kostenlose Krankenversicherung, und ihnen erzählt, dass sie nach einem halben Jahr Festanstellung Anspruch auf Sozialleistungen hätten – und zwar in einer Höhe, die nur knapp unter dem rumänischen Mindesteinkommen lag. Und das Beste daran war: Die Miete wurde extra bezahlt! Und als Dacian erfahren hatte, dass es Auricas Traum war, Medizin zu studieren, hatte er ihr von einem Stipendium erzählt, mit dessen Hilfe man das gesamte Studium finanzieren konnte – bis zu 75 000 Euro nur für den Lebensunterhalt! –, sofern man sich verpflichtete, anschließend für eine gewisse Zeit im Berliner Umland als Ärztin zu praktizieren.

All das sprach für Berlin. Alles sprach für Berlin – alles bis auf die Sprache, aber die würden sie schon irgendwie lernen.

Dann waren sie nach Berlin gekommen, und alles war anders. Schwieriger. Viel schwieriger. Und es waren nicht nur das Haus und die Sprache, es war auch die Stadt. Sie war grau und kalt. Und im Gegensatz zu den Italienern waren die Deutschen verschlossen und abweisend. Sogar die Türken und Araber, die in einigen Vierteln deutlich in der Überzahl waren, spiegelten dieses Verhalten, indem sie nur unter sich blieben. Nie bekam man ein Lächeln geschenkt, einen offenen Blick oder eine Geste des Willkommens.

Immerhin war es nun endlich Frühling. Die Sonne schien, und das erste Mal seit vier Monaten war es richtig warm. Petre saß im Hof auf einem der weißen Plastikstühle, deren Lehnen so große Risse hatten, als ob sich jemand mit einer Axt an ihnen abgearbeitet hätte. Aus irgendeinem Grund war das Haus an diesem Nachmittag fast vollkommen leer. Vermutlich lag es an dem schönen Wetter. Alle waren unterwegs.

Es herrschte eine gespenstische Stille. Nur das stete Nagen der Ratten in dem Müllberg neben den Tonnen und die schabenden Geräusche von Nelu, der in dem kleinen verdreckten Sandkasten hockte und voller Hingabe mit seinem neuen Lieblingsspielzeug buddelte: der roten Schaufel, seiner Beute. Nichts deutete darauf hin, dass er am Nachmittag mutterseelenallein durch einen riesigen, fremden Park geirrt und von einem Verrückten verfolgt worden war. Im Gegenteil: Er wirkte so fröhlich und ausgeglichen wie seit Wochen nicht. Nur das Auge war ein wenig gerötet, offenbar war Sand hineingekommen.

Petre legte den Kopf in den Nacken und schloss die Augen. Er dachte ans Kochen, und wie sehr er es vermisste. An die Arbeit als Koch, nicht als Essenzubereiter in einer Krankenhauskantine. Er dachte an diesen seltsamen Raum, den die Küche innerhalb eines Restaurants bildete: eine Welt in der Welt, die vom Rest vollkommen abgeschnitten war und nur über die Speisen mit dem Außen in Kontakt trat. Er dachte an die Zeit, bevor die Gäste kamen, an die Vorbereitungen, an das Warten, die Gespräche, die Frotzeleien. An die Ruhe vor dem Sturm. Die ersten Bestellungen, die hereinkamen wie vereinzelte Tropfen eines Gewitters bei noch fast blauem Himmel. Der erste Donner, danach der Wolkenbruch. Plötzlich Ausnahmezustand. Dauerkrise. Zu viele Essen auf einmal. Und trotzdem alles fein säuberlich nacheinander und jeder Teller mit dem Ehrgeiz, es so gut wie möglich zu machen, den unsichtbaren Gast vor Augen. Längst kein Gespräch mehr. Keine Frotzelei. Nur noch Adrenalin. Fünf, sechs, sieben Stunden lang. Und dann: endlich geschafft.

Das war es, was die Arbeit als Koch ausmachte. Kein Abend war wie der andere. Und je besser die Küche, desto größer die Herausforderung: mitten im größten Chaos die größtmögliche Perfektion zu erreichen. Es war ein Abenteuer. Und es machte süchtig.

Petre hörte Nelus Schritte, und dem Geräusch der schabenden Schaufel entnahm er, dass er seinen Standort verändert hatte: nicht mehr im Sandkasten, sondern bei dem Schutthaufen hinten an der Mauer.

Er dachte an den riesigen Spielplatz mit der Holzburg in der Mitte, und auf einmal hatte er wieder den verrückten Mann vor Augen. Er sah, wie er Nelu gepackt hielt und ihm das Gesicht in den Sand presste. Er sah seinen wilden Blick und seine gebleckten Zähne vor sich. Und wie er redete und dazu mit dem Förmchen fuchtelte.

Warum hatte er sich von dem Mann provozieren lassen? Warum hatte er ihn nicht einfach beiseitegeschubst, Nelu auf den Arm genommen und war gegangen? Was hatte er sich dabei gedacht, den Mann mitten auf dem Spielplatz am Kragen zu packen? Ihn anzuschreien und gegen die Brust zu boxen?

In seinem ganzen Leben hatte Petre sich noch nie mit jemandem geschlagen, außer beim Boxen natürlich im Verein in Bacău, da aber mit dicken Handschuhen und Helmen und mit klaren Regeln. Er hatte sich ganz bewusst aus allen körperlichen Auseinandersetzungen herausgehalten, während der Schulzeit und Ausbildung, und sogar in Jesolo, wo es ständig Schlägereien gegeben hatte. Gewalt beunruhigte ihn. Ja, sie machte ihm Angst – auch im Hinblick darauf, was passieren könnte, wenn er selbst einmal zuschlug.

Doch vorhin auf dem Spielplatz hatte etwas in ihm ausgesetzt. Die Wut war über ihn hereingebrochen wie eine große Welle, und er hatte sich nicht mehr unter Kontrolle gehabt. Er hatte den Mann geschüttelt und geschubst und auch dann nicht damit aufgehört, als der Mann um Hilfe gerufen hatte. Und was wäre wohl passiert, wenn der Mann sich gewehrt hätte? Wenn er versucht hätte, ihn zurückzuschubsen? Ihn zu stoßen oder sogar zu treten oder zu schlagen? Dann wäre alles möglich gewesen.

Dann hätte er ihn …

Bei diesem Gedanken blieb Petre hängen. Wie eine Schallplatte mit einem Kratzer.

Dann hätte er ihn …

Er hätte ihn …

»Petre?«

Er fuhr herum. Direkt hinter ihm stand Aurica. Wo kam sie auf einmal her? Sie musste sich angeschlichen haben. Auf ihrem Arm war Nelu, von ihm abgewandt. Er spielte mit ihren Haaren.

»Aurica …«, sagte er.

Sie trug die blaue Putzuniform, die sie am frühen Morgen, als es noch dunkel gewesen war, angezogen hatte – diese sackartige Hose, das viel zu große Hemd und den etwas helleren Kittel darüber. Und sie wirkte erschöpft. Nein, nicht nur erschöpft, sie sah aus wie eine Soldatin, die aus einer Schlacht kam. Die Haare waren ihr aus dem Pferdeschwanz gerutscht und hingen ihr in dunklen Strähnen in die Stirn. Und die Augen, ihre Augen! Tiefe Ringe hatten sich darunter eingegraben. Das Weiße war trüb und gerötet. Er wollte schon aufspringen, sie in den Arm nehmen, er wollte sie küssen und ihren Kopf an seine Schulter legen. Gleichzeitig war da etwas in ihrem Blick, das ihn an seinen Stuhl fesselte. Ihr Mund war schmal, ihre Kiefermuskeln arbeiteten, und ihre Augenbrauen bildeten einen durchgehenden Balken.

»Was machst du hier?«, fragte sie.

»Ich … sitze hier.«

»Ja, du sitzt da. Und was macht Nelu?«

»Er ist doch auf deinem Arm.«

»Jetzt. Aber was hat er gemacht?«

»Er … hat gespielt.«

»Ja«, sagte Aurica und nickte im Stakkato, wobei sie ihre Augenbrauen so hochzog, dass sie fast unter ihrem Haaransatz verschwanden, »genau, er hat gespielt. Und weißt du auch, womit?«

»Nein«, sagte Petre.

Aurica hob eine dünne, durchsichtige Plastiktüte in die Höhe, in der sich etwas befand, das wie eine alte Wollmütze aussah.

»Was ist das?«, fragte Petre, doch es war die falsche Frage, denn kaum hatte er sie gestellt, gab Aurica der Tüte einen Schwung und ließ die Henkel los, und schon flog dieses Ding in einem hohen Bogen durch die Luft und landete mit einem dumpfen Klatschen direkt auf seinem Schoß.

Mit einem spitzen Schrei fuhr er in dem Stuhl hoch, stieß die Tüte von sich und stöhnte laut auf: Es war eine Ratte. Eine tote Ratte. Ihre Barthaare waren abgeknickt, ihre Augen blicklos, und aus ihrem Bauch quollen die grauen Eingeweide.

»Şobo«, sagte Nelu, seine Abkürzung für *»şobolan«*, Ratte.

»Er hat sie auf einer Schaufel durch die Gegend getragen«, sagte Aurica, »und er hat ihr ein Grab gebaut.«

»Ein Grab?«

»Ja, genau. Ein Grab. Und du hast nichts davon mitbekommen?«

»Nein … ich … Ich war in Gedanken …«

»In Gedanken, ja?«, sagte sie. »Und was ist mit seinem Auge?«

Petre kam sich vor wie in einem dieser amerikanischen Gerichtsfilme, in denen der Staatsanwalt immer neue Beweise hervorzauberte, zu denen der Angeklagte nichts sagen konnte.

»Sein Auge?«, wiederholte er.

»Ja, sein Auge! Es ist rot und dick. Sehr rot und sehr dick.«

Petre wollte protestieren – »Jetzt übertreibst du aber, es ist nur ein bisschen Sand hineingekommen!« –, aber im selben Moment sah er, dass Nelus Auge tatsächlich dick und rot war, fast vollständig zugeschwollen. Als ob sich Nelu mit einem anderen Kind einen Boxkampf geliefert hatte, der von dem Ringrichter nach ein paar Runden wegen technischen K.o.s abgebrochen worden war. Petre fragte sich, ob das Auge schon vorher so rot und dick gewesen war und er es einfach nicht gesehen hatte oder ob es sich in den vergangenen zwanzig Minuten derart verschlimmert hatte.

»Ich glaube, es ist ein bisschen Sand reingekommen«, sagte er.

»Sand? Ein bisschen Sand?«

»Ja.«

»Und wo ist das passiert?«

»Wir … Wir waren auf dem Spielplatz.«

»Auf dem Spielplatz? Auf welchem Spielplatz? Bei den Ratten hier um die Ecke?«

»Nein, nein. Drüben, auf der anderen Seite der Gleise. Da ist ein schöner, großer, neuer Spielplatz.«

Aurica holte noch einmal Luft, doch dann entwich alle Energie aus ihrem Körper. Sie schloss die Augen, schüttelte den Kopf und seufzte. Nelu begann zu strampeln, und sie setzte ihn auf dem Boden ab. Sofort lief er zurück zu dem Schutthaufen. Aurica schaute ihm gedankenverloren hinterher.

»Aurica«, sagte Petre, stand auf und ging zu ihr. Sie lehnte den Kopf an seine Schulter, und er nahm sie in den Arm. Er roch Desinfektionsmittel und Schweiß. Aber auch diesen leicht herben Eigengeruch, den er so liebte.

»Es tut mir leid«, sagte sie. »Ich … hatte einen langen Tag.«

»Ja. Wie war es denn? Hast du den Job?«

Aurica schüttelte langsam den Kopf. Petre wusste nicht, ob es eine Antwort auf seine Frage war oder nur ein allgemeines, resigniertes Schütteln. »Es war … einfach nur schrecklich«, sagte sie.

»Was denn? Das Putzen? Oder Dacian?«

»Ja. Nein. Ich …« Sie holte tief Luft, und Petre hatte das Gefühl, dass sie etwas sagen wollte. Etwas loswerden. Dann atmete sie stimmlos wieder aus und winkte ab.

»Was?«, fragte Petre. »Was war so schrecklich?«

»Nichts«, sagte sie.

»Bitte sag es mir!«

»Es ist egal. Es war einfach … alles.«

Petre spürte, dass sie etwas zurückhielt, aber er spürte auch, dass es nichts brachte, wenn er sie weiter bedrängte. Vielleicht würde sie es ihm später erzählen. Oder auch nicht.

Gemeinsam schauten sie zu Nelu, der wieder vollkommen in sein Spiel versunken war: Steine aufeinanderschichten. Ein Grab bauen. Baute er denn wirklich ein Grab?

»Was ist denn das für eine Schaufel?«, fragte Aurica.

»Ach so, die Schaufel … Wir … Wir haben sie gefunden. Auf dem Spielplatz.«

»Und sie hat niemandem gehört?«

»Nein … Sie lag dort im Sandkasten.«

Aurica sah ihn an, und einen Moment lang war er davon überzeugt, dass sie ihn durchschaute. Dass sie wusste, dass er log. Dass sie aus einem unerfindlichen Grund alles wusste: sein versehentlicher Mittagsschlaf auf der Bank, Nelus Verschwinden, seine verzweifelte Suche, die Schaufel, Petres Faust am Jackenkragen des verrückten Mannes, und wie er ihn geboxt und zu Boden gestoßen hatte.

Dann war der Moment vorbei.

Sie schwiegen. Von der Straße her näherten sich Stimmen. Schon bald würde sich das Haus wieder füllen, und die Ruhe wäre nur noch eine ferne Erinnerung.

»Du hast bestimmt Hunger«, sagte Petre.

Aurica nickte. »Mein Magen ist ein großes schwarzes Loch.« Sie lächelte ein wenig gequält.

»Verstanden!«, rief er und stellte sich in Habt-Acht-Stellung. »Ich werde es stopfen! Und wenn ich die ganze Nacht dafür kochen muss!« Er schlug die Hacken zusammen und deutete einen Militärgruß an.

Jetzt lachte Aurica. Das erste Lachen seit Tagen. »Es reicht, wenn du mir einen Teller Spaghetti machst.«

»Spaghetti! Va bene, Signora!«, sagte er mit übertrieben italienischer Aussprache. *»Cosa desidera: arrabiata o Aglio e olio?«*

Wieder lachte Aurica. Ein schönes Lachen.

»Aglio e olio per favore«, sagte sie.

Als Petre an der Tür angelangt war, drehte er sich noch einmal um. Er sah, wie sich Aurica zu Nelu hinunterbeugte, ihn auf den Arm nahm und küsste. Nelu deutete auf die Steine und sagte etwas. Aurica antwortete lächelnd. Petre stand unter dem Türsturz, und für eine Sekunde hatte er dieses Bild als ein Foto aus einem Erinnerungsalbum vor Augen, durch das er in der Zukunft einmal blättern würde: Mutter und Sohn im warmen Frühlingslicht des Nachmittags vor einem Schutthaufen. Der Tag, an dem alles besser geworden war.

Feuer

Das Lampenfieber kam, als sie in der Maske saß. Nein, es kam nicht, es überfiel sie ohne jede Vorwarnung, sprang sie an, packte sie an der Kehle wie ein Raubtier, das hinter einem Baum gelauert hatte. Gerade eben war sie noch ganz ruhig gewesen, ganz bei sich und tief in ihrem Körper. Sie hatte in den von Glühbirnen umrahmten Spiegel geschaut, in ihre eigenen grau-grünen Augen, und sie war erstaunt gewesen, wie gut sie in dem weichen Licht aussah: wie jung, wie glatt, wie gesund und ausgeschlafen. Keine fünfunddreißigjährige Mutter eines zweijährigen Jungen. Keine gestresste Erfolgsautorin. Keine heillos überbuchte Motivationstrainerin. Nein, sie sah genau so aus, wie ihre Klienten sie sehen wollten: eine Frau, die unendlich viel Zeit hatte, ganz einfach, weil sie sich diese Zeit nahm.

Die Finger der Visagistin waren über ihr Gesicht geglitten, und sie hatte ein warmes Kribbeln verspürt, das von ihrem Bauch aus auf ihren Unterleib abstrahlte. Sie hatte die Augen geschlossen und sich vorgestellt, wie die Hände weiter nach unten wanderten. Wie sie ihre Bluse aufknöpften und über das schmale Plateau zwischen ihrem Schlüsselbein und ihrem Busen streichelten. Sie hatte sich in dem bequemen Schwingstuhl zurückgelehnt und daran gedacht, wie die Hände über ihren BH strichen. Es hatte sie einige Kraft gekostet, kein Stöhnen von sich zu geben, und dann hatte sie doch gestöhnt, gestöhnt und gehustet, in dem hilflosen Versuch, Ersteres durch Zweiteres zu überspielen.

»Alles okay?«

Die Stimme der Visagistin hatte sie gerettet. Sie klang metallisch, schnarrend, wie ein kleines Teilchen einer großen Maschine, das sich gelöst hatte. Sybil hatte die Augen geöffnet und geantwortet: »Ja, alles okay … Ich hab mich nur … verschluckt.«

»Möchten Sie etwas trinken?«

»Nein. Danke. Es geht schon.«

Erleichtert hatte sie festgestellt, wie einfach es war, die Fantasie wieder loszulassen. Sie hatte die unförmigen Hände der Frau betrachtet, ihre schwarz lackierten Nägel, ihre plumpen Gesichtszüge. Die Nase, die zu breit war, und die leicht hervorstehenden Augen. Die Erregung hatte sich wieder zurückgezogen, in eine dunkle Ecke ihrer Psyche, sich dort zusammengerollt wie eine Katze. Und währenddessen hatte sie sich wieder im Spiegel betrachtet – die Wangen gut durchblutet, ein Rest von Hitze im Gesicht – und erneut gedacht, wie unverschämt gut und erholt sie aussah.

Doch dann kam wie gesagt das Lampenfieber. Kam und packte sie an der Kehle. Und ließ sie nicht mehr los.

Sie fragte sich, warum es sie so plötzlich überfiel. Sie würde im Fernsehen auftreten. Aber es war nicht das erste Mal in ihrem Leben – und im Gegensatz zu den Morgenshows, in denen sie gewesen war, war die Sendung nicht einmal live. Natürlich hatte die Talkshow heute eine andere Reichweite: Sie wurde zur besten Sendezeit ausgestrahlt und von über zwei Millionen Menschen gesehen – und vermutlich von noch einmal einer Million in der Mediathek. Aber darum ging es bei ihrem Lampenfieber gar nicht. Es ging um das, was sie vorhatte. Sie wollte über ein Thema reden, das mit dem Thema der Sendung nichts zu tun hatte.

Auf der Hinfahrt, in dem Erster-Klasse-Abteil des ICE, hatte sie keinen Zweifel gehabt, dass sich alles ganz natürlich ergeben würde. Jetzt vor dem Schminkspiegel, mit dem panikartigen

Herzschlag in ihrem Hals, hatte sie keine Ahnung mehr, wie die Sache gelingen sollte. Wie sollte sie von »Burnout« auf »Erderwärmung« kommen? Sollte sie etwa sagen: »Apropos Burn, die Erde brennt ja auch, hihi«? Oder vielleicht: »Heißer und trockener als der letzte Sommer kann kein Burnout sein«? Nein, so ging es natürlich nicht. Aber wie dann? Sie hatte keine Ahnung. Die Brücke war ihr mit einem Mal abhandengekommen.

Sie versuchte sich zu beruhigen. Das Schlimmste, was ihr passieren konnte, war, dass sie die Brücke nicht fand. Und dann? Würde sie eben über das Thema diskutieren, zu dem sie als Expertin eingeladen worden war. Ein wichtiges Thema. Ein Thema, das ihr am Herzen lag. Ein Thema, zu dem sie immer etwas zu sagen hatte und bei dem sie sich vor niemandem verstecken musste.

Doch genau das war unvorstellbar. Denn wenn sie es nicht schaffte, über die Klimakrise zu sprechen, dann wäre sie gescheitert. Und zwar auf ganzer Linie.

»So.«

Sybil schreckte aus ihren Gedanken. »Ja?«

»Sie wären dann fertig.«

»Ach so. Ja … Danke.«

»Kurz vor der Sendung komme ich noch mal, um Sie nachzupudern.«

Das Wort zerfiel in Sybils Kopf in seine Einzelteile und wirkte wie ein dadaistisches Arrangement: Na-ch-zu-pu-de-rn.

»Das … klingt … gut«, sagte sie.

Es klang nicht gut. Es klang einfach nur lächerlich.

Die Maskenbildnerin sagte noch etwas, das Sybil nicht verstand, dann verschwand sie durch die Tür zum Flur.

Außer Sybil gab es noch vier weitere Talkshowgäste: einen Neurologen, der ein Buch mit dem reißerischen Titel »Die Burnout-

Lüge« geschrieben hatte und nun für dessen Verkauf warb. Einen Manager, der durch einen Burnout arbeitsunfähig geworden war, einen Philosophie-Professor, der zum Thema Müßiggang forschte, und die Gründerin eines börsennotierten Online-Partnerschafts-Portals, die nebenbei eine erfolgreiche Pferdezucht betrieb.

Die Rollenverteilung der Besetzung war klar definiert. Sie und der Manager sollten die Funktion der Mahner übernehmen – Ja, wir sitzen in der Burnout-Falle, und wir müssen dringend etwas dagegen tun! –, der Neurologe und die Unternehmerin würden diese These infrage stellen – Burnout ist eine reine Modeerscheinung, eine Erfindung der Medien, und wir sollten aufhören, uns damit zu beschäftigen! –, und der Philosophie-Professor würde irgendwo dazwischenstehen. Er war für den Überbau zuständig, für den hermeneutischen Rahmen, für die historische und ideengeschichtliche Einordnung.

So funktionierte das Konzept der Sendung: jeweils zwei Gäste, die für die gegensätzlichen Lager standen und die von dem Moderator – einem Mann Anfang fünfzig mit dunkel gefärbten Haaren und grauen Schläfen, der aussah, als ob er einen Porsche fuhr – aufeinandergehetzt wurden wie Gladiatoren in einer Manege: Konfrontation! Konfrontation! Das war die Dramaturgie. Und das war das, was die Zuschauer sehen wollten. In dieser Sendung wurde nicht gekleckert, es wurde geklotzt.

Sie saßen auf Barhockern an einer Art Tresen, vermutlich um das Stammtischartige des Formats zu unterstreichen: sie selbst von der Kamera aus gesehen ganz links, neben ihr der Burnout-geplagte Manager, ein leicht übergewichtiger Mann Ende vierzig mit Halbglatze, der eine ungesunde Gesichtsfarbe hatte und vermutlich Psychopharmaka nahm. In der Mitte der Philosophie-Professor, schlank, fast sphärisch, Mitte sechzig, mit schmaler Brille und grauem Kinnbart. Dann die Unternehmerin, Anfang vierzig, eine typische Pferdefrau mit dunklen, zusammengebundenen Haaren, unangenehm attraktiv und dominant, mit auffallend weißen Zähnen. Und ganz rechts der Neurologe, vermutlich in ihrem Alter, dunkelblond und glatt rasiert, einer dieser Durchschnittsmänner, deren Gesichter sie vergaß, sobald sie für ein paar Sekunden die Augen schloss.

Gegenüber dem Tresen befand sich eine steile Tribüne, die das Studio umfasste wie ein Amphitheater. Die Plätze waren voll besetzt, so viel konnte sie auch gegen das helle Licht der Scheinwerfer erkennen. Und paradoxerweise beruhigte sie die Tatsache, dass es Zuschauer gab. Viele Zuschauer.

Im Vorfeld hatte sie nie an die Zuschauer gedacht. Natürlich hatte sie gewusst, dass es eine Talkshow mit Publikum war – es wurde ja oft genug während der Sendung eingeblendet, und die Reaktionen, das Applaudieren, das Buhen und Pfeifen und Lachen und nicht zuletzt die kurze Runde, in der die Leute sich an der Diskussion beteiligen durften, waren ein fester Bestandteil des Konzepts –, aber in ihren Überlegungen hatten die Zuschauer nie eine Rolle gespielt. Sie hatte immer nur an den Moderator gedacht. An die anderen Gäste. An das Thema. Das offizielle und an ihr persönliches. Jetzt spürte sie, dass ihr das Publikum auf der Tribüne helfen konnte. Nicht nur weil sie es gewohnt war, vor vielen Menschen zu sprechen – manche ihrer Vorträge hielt sie vor fünfhundert Teilnehmern –, sondern weil es möglich war, dass sie durch ihre Reaktionen die entscheidende Unterstützung erhielt.

Noch waren es ein paar Minuten, bis die Aufzeichnung begann, aber die Anspannung im Studio war bereits mit Händen zu greifen. Ein junger, auffallend gut riechender Tonassistent fummelte umständlich an ihrem Ansteckmikrofon herum, und beruhigt stellte sie fest, dass sie weit von jeder wie auch immer gearteten sexuellen Fantasie entfernt war.

»Ganz schön heiß hier«, sagte der Ex-Manager, während er mit der Höheneinstellung seines Barhockers kämpfte. Und dann, nach einer kurzen Pause: »Schade, dass es kein Bier gibt.«

»Stimmt«, antwortete Sybil und lächelte. »Wobei ich einen Longdrink bevorzugen würde.«

Sie schaute wieder in Richtung der Scheinwerfer, hin zum schemenhaften Publikum. Nun, da sie die Hitze der Studiolampen auf ihrem gepuderten Gesicht fühlte, war das Lampenfieber verschwunden. Und im selben Moment hatte sie auch wieder die Brücke vor Augen, die Verbindung zwischen der Burnout-Sackgasse und der Notwendigkeit, die Welt zu retten. Und das Verrückte war: Es war überhaupt keine Brücke vonnöten. Sie spürte wieder, wie eng die Themen miteinander verbunden waren. Dass es hier eigentlich gar nicht um zwei, sondern nur um ein einziges großes Thema ging und sie lediglich auf den richtigen Moment warten musste. Weniger auf ein bestimmtes Stichwort, mehr auf die richtige Stimmung, die es ihr ermöglichte, einen Schritt zur Seite zu machen. Nicht zu früh, aber auch nicht zu spät. Am besten dann, wenn die Diskussion richtig in Gang gekommen wäre, aber noch mit genug Luft nach hinten.

Und dann ging es endlich los. Die Maskenbildnerin tupfte ihr mit ihren unförmigen Händen noch ein paarmal übers Gesicht, der Tonassistent verströmte noch einmal seinen angenehmen Geruch, das Scheinwerferlicht nahm an Intensität zu. Schon glühten die roten Lampen auf den großen roboterhaften Studiokameras, die Kabelhilfen bewegten sich gebückt am Boden hin und her wie neurotische Zoo-Schimpansen, dann applaudierte das Publikum, trampelte und johlte, beinahe so, als ob es sich nicht um eine Talkshow, sondern um ein Popkonzert handelte und sie keine Burnout-Diskutanten wären, sondern eine Band, die seit Jahren regelmäßig Top-Ten-Hits landete.

Es folgte die Vorstellungsrunde: drei knackige Sätze zu jedem von ihnen, heruntergebrochen, zugespitzt, vereinfacht. Menschen auf Pamphlete reduziert: der kritische Neurologe. Die Power-Unternehmerin. Der gestresste Manager. Der bedächtige Philosoph. Und sie selbst, die erfahrene Burnout-Therapeutin.

Genau wie das Skript der Sendung es vorsah, nahm die Diskussion schnell Fahrt auf. Jeder brachte sich in Stellung, und der Moderator gab sich alle Mühe, das Feuer zwischen ihnen anzufachen. Sybil sagte ihre Sätze und brachte ihre Argumente vor. Sie machte es gut, lässig, elegant. Sie hatte es nicht nötig, jemanden zu bekehren. Sie sprach aus Erfahrung. Burnout war eine Realität, die man nicht wegdiskutieren konnte. Er war ein fester Bestandteil ihrer allseits vernetzten und globalisierten Welt. Und dabei war das, was sie davon sahen – das, was offiziell als Diagnose in den Krankenakten beziehungsweise Krankendateien auftauchte – nur die Spitze des Eisbergs. Sie lebten in einer vollkommen überdrehten und überforderten Welt, und wenn sie nicht aufpassten, würde es bald zur Normalität gehören, dass jeder Bürger im Verlauf seines Lebens mindestens einen Burnout hatte. Und wenn sie *Burnout* sagte, dann meinte sie damit keine banale Erschöpfung, die durch einen zweiwöchigen Urlaub auf den Kanaren wieder ausgeglichen werden konnte, sondern eine klinische Erkrankung, die die Leute über mehrere Monate, wenn nicht Jahre arbeitsunfähig machte.

Der Neurologe hielt mit Schärfe dagegen: Alles selbst gemacht! Die postindustrielle Gesellschaft hatte eine Krankheit erfunden, und die Medien und das Internet stürzten sich darauf und schlachteten sie aus. Allein dieser Name: Burnout! Was für ein provokanter, vollkommen unmedizinischer Begriff. Und auf welcher Basis wurden die Diagnosen gestellt? Unwohlsein. Schwindelgefühle. Panikattacken. Es gab keine wissenschaftlichen Belege für diese Krankheit, und deshalb existierte sie auch nicht!

Die Argumente der Datingportal-Unternehmerin waren angereichert mit selbst gebastelten Kalenderweisheiten und naiven biografischen Anekdoten: Wer viel arbeitet, ist glücklich, so wie sie selbst und wie die Menschen, die für sie arbeiteten. Stress sei nichts Negatives, im Gegenteil: Er verleihe Kraft und Selbstbewusstsein. Sie habe asiatische Geschäftsfreunde, die vollkommen verständnislos den Kopf schüttelten, wenn sie ihnen davon erzählte, dass sich Menschen in Deutschland krankschreiben ließen, weil sie zu viel arbeiteten. Jeder, der behaupte, dass heutzutage mehr gearbeitet werde als früher, der solle sich mal mit ihrer fünfundneunzigjährigen Großtante unterhalten, einer Trümmerfrau, die den Wiederaufbau nach dem Krieg mit eigenen Händen und im Schweiße ihres Angesichts vorangetrieben habe. Nein, der Burnout-Wahn sei nichts weiter als der Auswuchs einer Gesellschaft von Memmen und Mimosen. Kein Wunder, dass rechte Parteien wieder im Aufwind wären, wenn alle nur noch über Stress und Überforderung klagten!

Die Zuschauer johlten und pfiffen und buhten, vor allem, als sie die rechten Parteien erwähnte. Es war genau so, wie die Macher der Sendung sich eine solche Auseinandersetzung vermutlich ausgemalt hatten. Es fehlte nur noch, dass jemand aus dem Publikum »Arbeit macht frei« rief und die Regie gezwungen wäre, ihn mit Ordnern aus dem Saal zu entfernen.

Sybil kannte die Beweisführungen ihrer Gegner und reagierte gelassen. Sie lächelte, nickte und nahm die Bewegung der Argumente auf, um sie für sich selbst zu nutzen. Das Wing Tsun der Kommunikation. Ja, richtig, es gebe keine abschließenden wissenschaftlichen Beweise für das Krankheitsbild Burnout, hielt sie dem Neurologen entgegen, aber das gelte auch für die Diagnose »Depression«, und trotzdem sei sie inzwischen längst anerkannt und auch neurologisch messbar. Inhaltlich sei der Burnout übrigens nicht weit von der Depression entfernt, mit dem entscheidenden Unterschied, dass eine Depression multifaktoriell zu begründen sei, wohingegen ein Burnout – neben einer gewissen Veranlagung des Betroffenen – nur einen einzigen Grund habe: zu wenig Ruhe oder vice versa zu viel Stress! Sie wandte sich der Pferdefrau zu und machte sie darauf aufmerksam, dass, bei allem Respekt für die Leistung ihrer Großtante, die Vierziger- und Fünfzigerjahre andere Zeiten gewesen seien. Damals hatten die meisten Familien noch nicht einmal ein Telefon oder einen Fernseher besessen, ganz zu schweigen von einem Computer und dem Internet. Heute liefen schon Zehnjährige mit Hochleistungs-Smartphones herum, in denen sich die ganze Welt im Miniaturformat verbarg, und die meisten Menschen in Führungspositionen hatten mindestens zwei von ihnen, mit denen sie rund um die Uhr irgendwelche Nachrichten empfingen. Es gab keinen Feierabend mehr und kaum noch eine Trennung zwischen beruflich und privat. Weder bei Managern noch bei Krankenschwestern oder Kindergärtnerinnen. Der Mensch war online und ständig verfügbar – und das lernte er von klein auf.

Ihre Argumente saßen, das spürte sie nicht zuletzt an der Reaktion der Zuschauer, die ihr applaudierten.

Selbst die Tatsache, dass sich ihr Frontpartner, der Manager neben ihr, als ein Totalausfall entpuppte – er schwitzte, grunzte, zitterte und schaffte es kaum, einen Gedanken inhaltlich kohärent und grammatikalisch korrekt zu Ende zu führen –, spielte keine allzu große Rolle. Immerhin gab er auf diese Weise ein gutes Beispiel dafür ab, was der Burnout aus einem Menschen machen konnte. Außerdem schlug sich der Philosophie-Professor deutlich häufiger auf Sybils Seite als auf die des Neurologen und der Pferdefrau, und diese Unterstützung war mehr wert als alles andere.

Und dann war der Moment gekommen, auf den sie gewartet hatte. Das erste große Pulver war verschossen. Die Pferdefrau hatte noch einmal einen kläglichen Anlauf unternommen, den Burnout als Diagnose zu diskreditieren, indem sie den immensen Schaden der vielen Krankschreibungen für die Wirtschaft herausstrich – »Jedes Jahr über vier Milliarden Euro allein in Europa!« –, den der Manager noch kläglicher gekontert hatte, indem er auf den großen Erfolgsdruck, unter dem CEOs heutzutage standen, verwies und behauptete, unter diesen Vorzeichen sei die Bezahlung von Führungskräften viel zu gering: »Jede einzelne sollte mindestens das Doppelte verdienen, quasi als Schmerzensgeld dafür, dass sie ihre Gesundheit aufs Spiel setzt!«

Buhen und Pfiffe aus dem Publikum, vor allem von den Jüngeren. Und nun war sie wieder an der Reihe. Sie lächelte, nickte. »Ich denke, Herr Siebert hat vollkommen recht, wenn er von dem immensen Erfolgsdruck der Manager spricht«, sagte sie, »aber ich glaube kaum, dass sich das Problem über ein höheres Gehalt lösen lässt.« Applaus. »Abgesehen davon bin ich überzeugt, dass es hier um mehr geht.« Sie machte eine kurze Pause. »Um viel mehr sogar.« Nun waren alle Blicke bei ihr. Die ganze Aufmerksamkeit. Sie holte tief Luft. »Wir reden hier über Burnout. Über Stress. Über die Notwendigkeit, bewusster mit den eigenen Ressourcen umzugehen. Aber ich frage mich, in welchem Kontext wir darüber sprechen. Ich denke, wir müssen unseren Blick weiten, den Fokus vergrößern. Denn das, was wir uns selbst im kleinen Maßstab zufügen, fügen wir der Welt im Großen zu!« Erneut machte sie eine kurze Pause. Stille. Alle warteten gespannt darauf, was als Nächstes folgte. »Die Welt leidet an den gleichen Symptomen wie wir. Nur, dass sie sich davon nicht wieder erholen wird. Durch keine Therapie. Keine Medikamente. Und erst recht kein Geld. Denn wenn wir so weiterleben wie heute, wird diese Welt – übrigens die einzige Welt, die wir haben – schon bald nicht mehr wiederzuerkennen sein. Ein Viertel von Europa wird unter Wasser stehen. Große Teile Spaniens werden eine Wüste sein. Und das ist nur unser kleiner, unbedeutender Kontinent. Die Menschen in Afrika werden verdursten. In Asien werden die Strände von unserem Plastikmüll überschwemmt. Und in Australien wird man in wenigen Jahrzehnten nicht mehr leben können. Worüber reden wir hier? Ich glaube, wir müssen darüber reden, dass ein bewusstes Leben nicht nur bedeutet, mit sich selbst bewusster zu sein, sondern auch, die Welt miteinzubeziehen. Denn gegen den Stress, den die Klimakrise verursacht, ist das, was wir heute Burnout nennen, ein Kindergarten.«

Jubel und Getrampel im Publikum, Pfiffe. Aber auch vereinzelte Rufe: »So ein Quatsch«, und: »Klimalüge!«

Der Moderator wirkte irritiert. Vermutlich hatte er den Abend längst abgehakt – wieder ein Thema erledigt, eine weitere Sendung im Kasten, so mundgerecht aufbereitet, dass die drei Millionen Zuschauer bis zum Schluss den Brei löffeln würden –, und innerlich saß er längst in seinem Porsche, ließ den Ellbogen aus dem Fenster hängen und schaute einer jungen Frau hinterher, die vor ihm die Straße überquerte. Er schüttelte kurz den Kopf. Dann rang er sich ein Lächeln ab. »Also … bei allem Verständnis für die Dringlichkeit des Themas«, sagte er, »wir reden hier heute über Burnout und nicht über die Erderwärmung.« Murren im Publikum und sogar einzelne Buhrufe. Die anderen Gäste starrten Sybil an, als ob sie sich gerade vor laufender Kamera auf den Tresen übergeben hätte. Doch das kümmerte sie nicht. Nun war sie dort, wo sie hinwollte. Sie fixierte den Moderator, dem man sein Alter auf einmal ansah: die grauen Schläfen, die Tränensäcke unter den Augen, die Falten auf der Stirn. »Aber sehen Sie denn nicht, dass das eine mit dem anderen zu tun hat? Und wie haben Sie es gerade genannt? *Erderwärmung*!

Allein dieser Begriff. Was für ein Euphemismus! Wärme ist positiv besetzt, Erde auch. Dieser Begriff macht uns vor, es würde nur ein bisschen wärmer werden, und was wäre dagegen bitte zu sagen? Wir brauchen Wärme. Wir lieben Wärme. Wenn wir im Winter nach Hause kommen, drehen wir die Heizung auf oder werfen Holz in den Kamin. Der Säugling braucht die Wärme der Mutter, und in unseren Beziehungen sehnen wir uns nach Wärme und Geborgenheit. Und gerade deshalb ist dieser Begriff vollkommen irreführend! Genau wie sein Synonym: *Klimawandel.* Auch der Begriff des Wandels ist positiv besetzt. Wir wollen uns alle wandeln, verändern, weiterentwickeln. Das Klima wandelt sich, na und? Ist doch egal. Soll es sich doch wandeln und verändern, was ist daran so schlecht? Hauptsache, wir können so leben wie bisher: Billigfleisch, Billigflüge, billiger Strom aus Kohle- und Atomkraftwerken, Autos, die mehr als 200 PS haben und Benzin und Diesel tanken, alle zwei Jahre ein neues Handy, alle fünf einen neuen Fernseher. Eier aus Hühner-KZs und Kaffee und Kakao von riesigen, mit Insektiziden verseuchten Plantagen, für die große Teile des Regenwaldes abgeholzt werden. Von der Futtermittelproduktion ganz zu schweigen. Und fast alles, was wir kaufen, ist in Plastik verpackt! Das ist Wahnsinn! Das ist vollkommen verrückt! Und daher plädiere ich dafür, dass wir diese euphemistischen Begriffe endlich aufgeben und stattdessen von dem sprechen, um das es hier geht, nämlich von Weltuntergang, von mutwilliger Zerstörung, von millionenfachem Mord, einem schrittweisen kollektiven Selbstmordattentat, das ein langsames und qualvolles Aussterben unzähliger Tier- und Pflanzenarten inklusive von uns Menschen zur Folge hat.«

Der Moderator wollte etwas sagen. Seine Hand zuckte, sein ganzer Körper stand unter Strom, aber noch war Sybil nicht fertig.

»Warten Sie einen Moment. Habe ich gerade langsam gesagt? Das ist natürlich Unsinn. Denn so langsam, wie wir es uns vorstellen, wird es nicht vonstattengehen. Dafür umso qualvoller. Wir sind längst mittendrin. Und wenn wir keinen Weg finden, diesen Irrsinn hier zu beenden« – sie wandte sich der Pferdefrau zu – »dann wird Ihre Großneffin in fünfzig Jahren in einer vollkommen anderen Welt leben, ausgedörrt und zugleich halb überschwemmt, eine Welt der Kriege und der Agonie, mit brennenden Wäldern und Hurrikans, die ganze Landstriche entvölkern. Und sie wird Sie – sofern Sie dann noch am Leben sind – fragen: ›Wie konntet ihr nur zulassen, dass es so weit kommt? Warum habt ihr nichts dagegen unternommen?‹ Und das ist die Frage, die ich uns allen hier und heute stelle: Warum unternehmen wir nichts gegen den Burnout der Welt? Warum gehen wir nicht alle auf die Straße und zwingen die Politik und die Wirtschaft, endlich umzusteuern?«

Ein paar Sekunden herrschte Stille. Sybil spürte, wie ihre Worte wirkten. Wie sie in die Köpfe der Zuschauer drangen und vielleicht sogar in den Kopf der Pferdefrau. Und dann kam der Applaus. Die Leute klatschten, trampelten und pfiffen, und die wenigen, die noch immer dagegen anblökten, gingen einfach unter.

Eine gute halbe Stunde später, nach der Sendung, war Sybil der strahlende Stern des Nachmittags. Sie stand neben dem Philosophie-Professor, der ihr voller Begeisterung von seinem Naturgarten in der Eiffel erzählte – und hatte er nicht sogar versucht, ein wenig mit ihr zu flirten? –, und die anderen umschwirrten sie wie Motten das Licht. Alle hatten sie zu ihrem Exkurs beglückwünscht, manche explizit und wortreich – »ganz schön mutig von Ihnen«, hatte der Moderator gesagt und ihr zugezwinkert, und der Philosophie-Professor wollte unbedingt wissen, ob ihre »grandiose Abschweifung«, wie er es nannte, von Anfang an geplant gewesen sei –, andere nur mittelbar, durch Blicke oder einen Nebensatz. Nur der Neurologe hatte etwas auszusetzen gehabt: »Wir sind keine Experten für dieses Thema«, hatte er gesagt. »Und deshalb finde ich es falsch, wenn wir in der Öffentlichkeit darüber reden.« Sie hatte es sich verkniffen, darauf hinzuweisen, dass es kein Expertenwissen brauche, um zu versuchen, den drohenden Weltuntergang zu verhindern, aber die Diskussion war es nicht wert. Vor allem, weil ihr ja schon alle während der Sendung grundsätzlich zugestimmt hatten, sogar er selbst, der Moderator und die Pferdefrau, die auf einmal sehr nachdenklich wirkte. Natürlich hatte es vor laufender Kamera noch die üblichen Einwände gegeben. Der Neurologe hatte gesagt, dass ja schon viel getan werde, es aber Zeit brauche. Der Manager hatte davon gesprochen, dass man als Einzelner sowieso nichts tun könne und es ein Kampf gegen Windmühlen sei. Der Philosophie-Professor hatte über Kant gesprochen und über den kategorischen Imperativ, und Sybil hatte zugegeben, dass es kein leichter Weg sei, dass es nur über Verzicht gehe, über eine grundlegende Änderung der Lebensgewohnheiten. So war es ein paar Minuten hin- und hergegangen, bevor der Moderator schließlich den Bogen zurück zum Ursprungsthema geschlagen hatte, zum Burnout.

Und nun, nach der Sendung, war ihre Einlassung das einzige Gesprächsthema. Mehrere Zuschauer – junge Leute, die aussahen, als ob sie noch zur Schule gingen oder gerade erst mit dem Studium angefangen hatten – kamen zu ihr und bedankten sich. Eine Frau mit einer Kurzhaarfrisur hatte ihr mit Tränen in den Augen die Hand gedrückt, und ein älterer Mann hatte ihr von seiner fünfjährigen Enkelin erzählt, für die er sich so sehr eine Zukunft wünsche.

Sybil trank von dem Crémant, der herumgereicht worden war, und sie schwebte. Sie hatte es geschafft! Sie hatte ihre Angst überwunden und ihre Mission erfüllt. Sie konnte stolz auf sich sein. David konnte stolz auf sie sein. Endlich hatte sie ihre eigene Marke im Kampf um eine bessere Welt gesetzt!

Irgendwann – sie trank inzwischen schon den dritten Crémant – schaute sie auf die Uhr und stellte fest, dass sie bereits einen Zug verpasst hatte und der nächste schon in vierzig Minuten fuhr. Sie trank schnell aus und verabschiedete sich – nun war sie sicher, dass der Philosophie-Professor versuchte, mit ihr zu flirten: Was bildete er sich eigentlich ein? Er könnte ihr Vater sein! –, griff nach ihrer Tasche und ihrer Jacke und rauschte in Begleitung des Chauffeurs durch die Gänge zur Tiefgarage. Es kümmerte sie nicht, dass es natürlich kein Elektroauto war, und auch alles andere kümmerte sie nicht. Sie hatte etwas erreicht, das jede Umweltsünde ausglich: Sie hatte die Herzen der Menschen berührt. Vorerst nur die Herzen des Publikums im Studio, aber in einer Woche würden es die Herzen von Millionen sein.

Zitrus

Es war noch dunkel. Und es war kalt. Sehr kalt sogar. Aurica trug nichts weiter als diese seltsame blaue Uniform, die ihr Dacian zwei Tage zuvor akkurat zusammengefaltet auf die ausgestreckten Hände gelegt hatte wie eine Opfergabe: dünner Baumwollstoff und nur halblange Ärmel. Ihr Pullover war zwei Wochen zuvor durchtränkt von Rattenurin im Müll gelandet, und ihre Jacke hatte sie in der Dunkelheit nicht gefunden.

Daher stand sie nun hier und fror. Sie schlang sich die Arme um den Oberkörper und hüpfte auf und ab, aber es half nichts. Wie viel Grad mochte es haben? Fünf? Oder sogar noch weniger? Warum war es immer noch so kalt? War nicht eigentlich längst der Frühling gekommen? Es war doch schon Mitte April!

Ihre Haare hatte sie wie gewünscht zu einem Dutt hochgesteckt. Als sie sich kurz im Spiegel angeschaut hatte, war sie sich vorgekommen wie in einer kaputten Zeitmaschine. Mit ein paar Abweichungen sah sie aus wie drei Jahre zuvor. Nur dass der Schwesternkittel nicht dunkel-, sondern hellblau gewesen war und sie damals noch keine Ringe unter den Augen gehabt hatte.

Aber der Dutt fühlte sich gut an. Fest und ordentlich.

Noch vor zwei Tagen war sie davon überzeugt gewesen, Läuse zu spüren. Dieses Krabbeln und Jucken, das sie eine Woche lang fast in den Wahnsinn getrieben hatte – so schlimm, dass sie kurz davor gewesen war, sich ebenfalls die Haare abzurasieren und sie anschließend zu einem Haufen im Hof zu schichten und mitsamt allem Ungeziefer und der kleinen weißen Eier zu verbrennen. Aber wie hätte das ausgesehen? Sie mit einer Glatze? Dann hätte sie vermutlich nicht einmal einen Putzjob bekommen – von der Möglichkeit, irgendwo als Krankenschwester zu arbeiten, ganz zu schweigen. Und wenn sie zu dritt unterwegs gewesen wären, hätten die Leute sich auf der Straße nach ihnen umgedreht und mit dem Finger auf sie gedeutet: Schau mal da, die Glatzenfamilie!

Zum Glück hatte das viel zu teure Mittel, das sie in einer Apotheke besorgt hatten, nach der dritten Anwendung gewirkt, und als Petre am Vortag ihre Kopfhaut untersucht hatte, war nichts mehr zu sehen gewesen.

»Halb vier«, hatte Dacian gesagt, »vor dem Haus, auf der Straße. Und sei pünktlich!«

Sie war pünktlich. Trotz ihrer bleiernen Müdigkeit und obwohl sich alles in ihr gesträubt hatte, Nelu allein zu lassen. Allein mit Petre! Hier, in dieser riesigen Stadt. Was war, wenn ihm etwas zustieß? Wenn er über die Straße rannte und ein Auto kam? Wenn er in den Kanal fiel? Was, wenn Petre nicht aufpasste? Wenn er, wie so oft, seinen Gedanken nachhing und vergaß, was um ihn herum geschah? Natürlich: Sie hatte es ihm eingeschärft. Sie hatte ihm gesagt, dass er an diesem Tag keine andere Aufgabe hatte, als sich um Nelu zu kümmern, egal, was passierte! Sie hatte ihm strengstens verboten, Nelu in die Obhut von Savina zu geben, denn die hatte genug mit ihren eigenen drei Kindern zu tun, und das letzte Mal, als Nelu mit Arian und Camil gespielt hatte, waren die drei durch ein Loch im Zaun gekrabbelt und gerade noch von ihr entdeckt worden, als sie vom Nachbarhof aus auf die Straße laufen wollten. Sie hatte Petre gesagt, dass dieses Verbot selbst dann galt, wenn ihm jemand spontan hundert Euro für einen Job anbot – sie wusste, dass er von solchen Momenten träumte, irgendeine Gelegenheit werde sich ergeben, sagte er immer wieder, du wirst schon sehen. Sie hatte ihm in die Augen geschaut und ihm gesagt, dass sie ihn für alles, was Nelu zustieß, persönlich verantwortlich machen würde. Er hatte immer wieder genickt und hoch und heilig versprochen, Nelu keine Sekunde aus den Augen zu lassen. Doch konnte sie ihm wirklich vertrauen? Was, wenn Nelu einfach davonlief? Wenn er verloren ging und sie ihn nie wieder fanden?

Und dennoch, trotz all dieser Sorgen und Bedenken war sie pünktlich gewesen. Überpünktlich sogar, zwei Minuten zu früh, aber derjenige, der nicht pünktlich war, war Dacian. Schon seit zehn Minuten stand sie nun in dieser Scheißkälte und wartete darauf, endlich abgeholt zu werden. Wut wallte in ihr auf, und einen Moment lang war sie kurz davor, einfach wieder reinzugehen. Sich diese dämliche Uniform vom Leib zu reißen und sie aus dem Fenster auf die Straße zu werfen: jedes Teil einzeln, inklusive ihres Slips und ihres BHs, auf dass die Autos darüberfuhren. Und sich dann wieder unter ihre drei Decken zu legen, neben Nelu, seinen kleinen regelmäßig atmenden Körper, und zu schlafen, einfach weiterzuschlafen.

Dann dachte sie wieder an Petre. An seinen flehentlichen Blick. »Wenn wir hier rauswollen, dann müssen wir irgendwo anfangen!«, hatte er gesagt. »Irgendwann finde ich Arbeit als Koch, gute Arbeit, das weiß ich ganz sicher. Und du wirst als Krankenschwester arbeiten. Und nach einem halben Jahr kannst du dich für das Medizinstipendium bewerben. Wir werden eine Wohnung finden, und Nelu kommt in den Kindergarten – und alles wird gut!«

Alles wird gut ... Wie gern hätte sie Petre geglaubt. Aber das, was er ständig wiederholte, was er wiederkäute wie eines der Schafe seiner Eltern, waren die Träume, die sie in Bacău gehabt hatten. Es waren die Bilder, die ihnen Dacian in die Köpfe gepflanzt hatte: eine Wohnung, Arbeit, ein Studium. Eine gesicherte Existenz, eine Zukunft. Und nun waren sie hier, in dem reichsten Land Europas, einem der reichsten Länder der Welt – und alles war viel schlimmer als in Rumänien.

Die Kälte war unerträglich, Aurica zitterte am ganzen Körper, doch immerhin kam jetzt ein Auto. Zähneklappernd trat sie an den Straßenrand, damit Dacian sie nicht übersah. Damit er, noch während er bremste, die Tür öffnen und sie einsteigen konnte, in das warme Innere, vielleicht sogar mit einer Sitzheizung, ganz bestimmt gab es eine Sitzheizung!

Die Scheinwerfer kamen näher, aber das Auto verlangsamte nicht. Im Gegenteil, es beschleunigte sogar, als sie an den Straßenrand trat, und im nächsten Moment rauschte es an ihr vorbei.

Erneut fing sie an zu hüpfen. Erneut schlug sie sich mit den Händen auf die Schultern. Längst war die Kälte zu etwas Allgegenwärtigem geworden, zu einer Macht, die über sie herrschte. Sie war in sie eingedrungen, war ihr unter ihre Haut gekrochen, in ihre Muskeln, zwischen ihre Knochen. Alles war nur noch Kälte, und das Einzige, was sie denken konnte war: kalt, kalt, kalt!

Dann war auf einmal das Auto da. Wie aus dem Nichts. Als ob sich eine Erdspalte aufgetan hätte, um es auszuspucken. Es war ein schwarzer Bus mit verdunkelten Scheiben. VW? Mercedes? Sie wusste es nicht, aber es war auch egal. Denn es war genau so, wie sie es sich erträumt hatte: eine automatische Schiebetür öffnete sich, ein Licht erhellte den Innenraum, und sie schlüpfte in die Wärme, die sie auffing und an sich drückte wie eine Mutter. Zitternd ließ sie sich auf den Platz fallen, der ihr am nächsten war, und die Tür schloss sich wieder wie von Geisterhand. Und natürlich gab es eine Sitzheizung. Schwarzes glattes Leder, das so warm war, als ob bis gerade eben eine ganze Katzenfamilie darauf geschlafen hätte. Und nicht nur am Po und an den Beinen, sondern auch am Rücken. Alles war warm. So wunderbar warm.

Erst als der Wagen längst angefahren war, nahm sie ihre Umgebung wahr. Mit ihr saßen noch fünf, nein, sechs andere Frauen auf dem schwarzen Leder, und alle sahen genauso aus wie sie: blaue Hosen, blaues Sackhemd, die Haare zu einem Dutt hochgesteckt – eine uniformierte Putzarmee, nur mit dem kleinen Unterschied, dass die anderen alle Jacken auf ihren Schößen hatten.

Auf dem Fahrersitz erahnte sie Dacians Hinterkopf. Oder vielmehr: Sie ging davon aus, dass es sein Hinterkopf sein musste, denn schließlich war es ja auch seine Putzarmee, genau wie es auch sein Bus war, seine Sitzheizung, sein Leder. Und vielleicht war es sogar sein Rattenhaus – er war zumindest ihr Vermieter –, und nicht zum ersten Mal kam es ihr so vor, als ob er der heimliche Herrscher über die ganze Stadt war, über die ganze verdammte Welt, zumindest die Welt, in der sie sich bewegten.

Sie fuhren durch die noch schlafenden Straßen. Ladenbeleuchtungen, Ampeln, ein paar Autos. Kehrmaschinen, Taxis, ein Bus, ein Krankenwagen mit Blaulicht, aber ohne Sirene. Die Frauen schwiegen, und aus irgendeinem Grund kam es Aurica so vor, als ob sie wegen ihr schwiegen. Als ob sie sich bis gerade eben noch angeregt unterhalten hätten und nun, da sie zugestiegen war, verstummt wären.

Eine ganze Weile fuhren sie an dem Fluss und der Hochbahn entlang, bevor sie auf einer Brücke einen U-Turn machten und nach rechts abbogen. Hier wirkte alles vollkommen anders als rund um das Rattenhaus: neu und hell und sauber. Die Häuser waren weiß und hoch und hatten große dunkle Fenster, sie wirkten genauso uniformiert wie die schweigenden Frauen um sie herum und sie selbst. Die Bäume schienen erst vor Kurzem gepflanzt worden zu sein. Ihre Stämme waren zu einem Drittel weiß angestrichen und zwischen schmalen Holzpflöcken festgebunden wie Kleinkinder in einem Laufstall. Alles war leer. Keine Autos, keine Menschen.

Der Bus hielt, das Licht ging an, und die Tür öffnete sich. Der Hinterkopf auf dem Fahrersitz wurde zu Dacians Gesicht. Seine Augen fixierten sie. »Ionela wird dir alles erklären«, sagte er und deutete auf eine etwas ältere Frau, die einen schmalen, fast lippenlosen Mund hatte.

»Gut«, sagte Aurica und nickte, während sie den Blick der Frau spürte wie eine kalte Hand, die sich um ihren Hals legte. Oder war das nur die Kälte, die von draußen kam?

Und dann war plötzlich alles in Bewegung. Gurte wurden gelöst, Uniformen raschelten. Der Kofferraum wurde aufgeklappt, und drei Putzwagen wurden herausgeholt, mit Eimern und Wischmopps und unzähligen Flaschen. Dacian sagte noch etwas zu der lippenlosen Frau, das sie nicht verstand, dann schlossen sich alle Türen, und der schwarze Bus fuhr mit quietschenden Reifen an und verschwand in der Flucht zwischen den kleinen Bäumen und den großen weißen Häusern.

»Ich bin Ionela. Hast du schon mal geputzt?« Die Aussprache der Frau war seltsam hart und abgehackt.

»Nein … Das heißt: ja, aber nicht so …«

»Was denn nun: ja oder nein?«

»Nein.«

Die Frau, die Ionela hieß, verdrehte die Augen, und erst jetzt fiel Aurica auf, dass die anderen Frauen sie beobachteten. Dass sie sie anstarrten, als wäre sie ein seltenes Tier in einem Zoo. Ein seltenes, gefährliches Tier. Oder nein, noch schlimmer: ein Tier, vor dem sie sich ekelten. Eine große Spinne, eine Schlange oder eine Ratte.

Sie atmete wieder aus, und der Moment war vorüber.

Der Tross setzte sich in Bewegung, die Armee überquerte den Platz. Die Kälte war sofort wieder unter Auricas Haut gekrochen, wobei die Bewegung dagegen half, die Muskeln anspannen, ein Bein vor das andere, die Arme hin- und herschlenkern lassen.

Sie steuerten auf eines der Gebäude zu. Alles war dunkel und ausgestorben, niemand außer ihnen war zu sehen.

Von innen wirkten die Häuser noch neuer, sie sahen nicht nur neu aus, sie rochen auch neu, als ob der Beton noch nicht richtig getrocknet wäre. Und dann war da noch ein anderer Geruch: nach Kräutern und nach Zitrus, eine Art Raumduft, der vermutlich über einen Zerstäuber in die Halle gesprüht wurde. Ein angenehmer und zugleich anregender Geruch, der sie leicht schwindlig machte.

Während sie vor der dunklen Stahltür des rechten Aufzugs warteten – natürlich gab es hier zwei Aufzüge, damit niemand auch nur eine Sekunde zu lange warten oder gar die Treppe nehmen musste –, ertappte sich Aurica dabei, wie sie kurz die Augen schloss und die Luft durch die Nase einsaugte. Sie sah eine der Zitronenschnitten vor sich, die es an manchen Sonntagen in Barati gab, und sofort befand sie sich wieder in dem Kinderheim am Rand von Bacău, in dem sie aufgewachsen war. Ihre Eltern hatten sie in einer Plastikwanne auf der Straße ausgesetzt. Ein kleines, namenloses Baby, das niemals seine Familie kennenlernen würde. Aber dafür wussten alle auf den ersten Blick, wer sie war und von wem sie abstammte: eine Roma. Eine Cigani. Eine, die fast überall, wo sie hinkam, falsch war.

Dann öffneten sich die Türen des Aufzugs, und die Vergangenheit verschwand.

Im obersten Stockwerk traten sie in einen breiten Flur. Bei den Räumen handelte es sich um ein Büro oder um eine Praxis, denn an der Tür hatte Aurica mehrere Namen gesehen, vor denen »Dr.« stand. Das Dach über dem Eingangsbereich war aus Glas, und sobald der Tag anbräche und die Sonne schiene, würde alles von Licht durchflutet sein.

Die Frauen hatten während der gesamten Fahrt geschwiegen, auch noch im Aufzug, doch jetzt, wo sie sich routiniert in zwei Richtungen verteilten, begannen sie sich gedämpft zu unterhalten, was Auricas Gefühl noch verstärkte, sie hätten nur wegen ihr nicht gesprochen. Wegen der Neuen ohne Jacke. Der Cigani mit den Augenringen.

Ionela war neben ihr stehen geblieben und schaute sie von der Seite aus an. Als ob sie nach etwas in ihrem Gesicht suchte, das ihren Verdacht bestätigte. Aber was für einen Verdacht? Was hatte sie denn getan?

»Komm«, sagte Ionela schließlich, drehte sich um und ging den Flur hinunter. Im hinteren Bereich blieb sie abrupt stehen. »Zuerst musst du gründlich saugen«, sagte sie. »Den Flur bis zum Eingangsbereich. Diese beiden Räume, das Bad und die Küche.« Während sie sprach, deutete sie auf die entsprechenden Türen. »Ich zeige dir gleich, wie es geht. Und wenn du fertig bist, zeige ich dir, wie du die Toilette und die Küche putzt und alles wischst.«

Aurica spürte, wie die Wut in ihr hochkochte. Was dachte sich diese Frau eigentlich? Dass sie nicht wusste, wie man Staub saugte? Wie man putzte oder wischte? Wenn diese Ionela wüsste, wie oft sie in dem Heim hatte putzen müssen. Putzen. Abstauben. Abwaschen. Beten. Das war ihr Alltag gewesen.

»Ich weiß, wie man putzt«, sagte sie und schaute Ionela dabei direkt in die Augen. »Wo ist der Staubsauger?«

Ionela lächelte, aber es war nur eine Grimasse. Sie spannte die entsprechenden Muskeln an und zog die Brauen hoch, die Augen darunter blieben kalt. »Ach ja?«, sagte sie. Dann fiel die

Grimasse in sich zusammen. »Hier weißt du gar nichts, verstanden? Und deshalb machst du genau das, was ich dir sage!«

Aurica wollte etwas entgegnen. Sie wollte der Frau sagen, dass sie sie mal gernhaben und ihren Dreck allein machen konnte! Und anschließend würde sie sich auf dem Absatz umdrehen und gehen. Nur: Was dann? Sie wusste ja nicht einmal, wie sie von hier wieder zurück zu dem Haus kommen sollte. Und was war mit Dacian? Würde er ihr noch einmal einen Job anbieten? Vermutlich nicht. Und noch viel wichtiger: Was war mit Petre? Würde sie seine Enttäuschung ertragen können? Seinen Hundeblick?

Das Blut pulsierte in ihrem Kopf und drückte von innen gegen ihre Augen. Sie holte tief Luft. »Okay«, sagte sie dann und atmete wieder aus.

Sie sah, wie Ionela die Flurwand öffnete, und einen Moment lang kam es ihr vor, als ob sie halluzinierte. Als ob ihr die unterdrückte Wut einen Streich spielte und sie im wahrsten Sinne des Wortes in den Wahnsinn trieb. Aber nein, sie halluzinierte nicht: Die Wand öffnete sich tatsächlich, und dahinter befand sich eine Art Geheimfach, eine versteckte Nische, aus der Ionela einen Schlauch herausholte. Es war ein dicker, langer Schlauch, so dick wie ein Elefantenrüssel, und er wurde immer länger, je stärker Ionela daran zog. Aurica hörte, wie Ionela etwas dazu sagte, aber sie verstand es nicht. Es war ein Wort, das sie noch nie gehört hatte, es klang wie ein Fantasiebegriff in einer Fantasiesprache. Dann sah sie das silberne Saugrohr, und sie erfasste intuitiv, worum es hier ging: Mit dem dicken Schlauch, der aus der Wand kam und dabei immer länger und länger wurde, konnte Staub gesaugt werden. Wie das genau funktionierte, wo der Sauger war, wo der Staub landete und was überhaupt der Sinn dieser Installation war, all das verstand sie nicht. Aber das musste sie ja auch nicht verstehen. Was sie verstehen musste, war nur, wo sich der Knopf zum An- und Ausschalten befand – am Schlauch, direkt oberhalb des Saugrohres –, und wie man den Schlauch zog, damit er wieder kürzer wurde und zurück in die Zaubernische glitt. Und noch viel wichtiger schien es Ionela zu sein, ihr das Saugen selbst zu zeigen. Sie zeigte ihr, wie sie das Rohr halten sollte. Sie zeigte ihr, wo sie in dem Zimmer anfangen und wo sie aufhören sollte. Sie zeigte ihr, in welcher Geschwindigkeit sie den Sauger über den Parkettboden führen sollte, und nachdem sie ihr all das gezeigt hatte, musste Aurica vorführen, dass sie es genau so machte, wie Ionela es demonstriert hatte.

Dann war Ionela verschwunden, und Aurica stand allein in dem großen Büroraum mit dem Saugrohr in beiden Händen und dem Schlauch, der auf dem Boden lag wie eine schlafende Würgeschlange. Sie drückte auf den Knopf, und genau wie eben während der Vorführung war kaum spürbar, ob der Sauger an war oder nicht: kein Laut, nur eine leise Vibration und die Tatsache, dass die Schlange ein wenig ihre Muskeln anspannte. Um sicherzugehen, dass er auch wirklich saugte, hob Aurica das Rohr ein wenig an und hielt sich den Plastikfuß an das Hosenbein, und sofort verschlang der Fuß den Stoff.

Aurica begann zu saugen. Sie saugte eine Bahn und eine zweite und dann eine dritte. Sie versuchte es so zu machen, wie Ionela es ihr erklärt hatte, so, als ob Ionela immer noch hinter ihr stände und über ihre Schulter schaute oder als ob in dem Raum versteckte Kameras eingebaut wären und Ionela in einem Kontrollraum säße und jede ihrer Bewegungen auf einem Monitor beobachtete.

Aber irgendetwas irritierte sie. Verwirrte sie. Etwas stimmte nicht. Es war etwas, das nichts mit dem seltsamen Schlauch, dem Rohr, mit Ionela oder den möglichen Kameras zu tun hatte. Es war etwas Allgemeineres, Übergeordnetes. Etwas Großes, so groß, dass es allem den Boden entzog. Aber was? Sie versuchte sich nicht von dem Gefühl verunsichern zu lassen und begann die vierte Bahn zu saugen. Mach deine Arbeit, sagte sie sich. Und dann, ganz plötzlich, wusste sie es. Und es wunderte sie, dass es ihr nicht schon im allerersten Moment aufgefallen war, in dem Augenblick, als sie dieses Gebäude und dieses Büro betreten hatten: Alles war sauber. Es war so sauber und staubfrei, wie ein Raum nur sein konnte. Die Böden, die Fenster, die Stühle und der große Konferenztisch – alles glänzte und blitzte in dem hellen Halogenlicht. Nirgendwo ein Krümel, ein Erdklümpchen, eine Wollmaus oder ein Fettfleck. Aber: Wenn alles sauber war, so sauber, wie es nur sein konnte, warum sollte sie dann saugen? Warum sollte sie putzen? Staub wischen? Und nicht nur sie, auch die fünf anderen Frauen? Warum trug sie diese bescheuerte Uniform und zog diesen riesigen Saugschlauch hinter sich her?

»Was machst du da?«

Die Stimme schien direkt aus ihrem Kopf zu kommen. Aurica fuhr herum und sah Ionela im Türrahmen stehen. Sie starrte sie böse an, hatte die Hände in die Hüften gestemmt, ihre Augenbrauen waren so eng zusammengezogen, als wären sie miteinander verwachsen.

»Was … machst … du … da?«, wiederholte Ionela.

»Ich …«, sagte Aurica und brach dann ab. Sie wusste nicht, was sie antworten sollte. Tatsächlich machte sie ja gerade gar nichts. Sie stand mit dem Saugrohr in den Händen mitten im Raum und bewegte sich nicht. Und warum sollte sie sich auch bewegen? Es gab keinen Grund, sich zu bewegen.

»Du sollst hier nicht rumstehen, du sollst saugen!«, bellte Ionela.

»Ja, aber … ich … Hier ist überhaupt kein Staub. Kein Schmutz. Nichts.«

Ionelas Brauen sprangen nach oben, ihre Augen waren so groß wie Untertassen.

»Du saugst jetzt! Und zwar sofort! Sonst rufe ich Dacian an und sage ihm, dass er mir eine andere schicken soll! Verstanden?«

Aurica nickte. »Ja … Okay.« Und mit einer gewissen Erleichterung stellte sie fest, dass sie nicht einmal mehr wütend war, beinahe so, als ob Ionelas Wut ihre eigene Wut verschluckt hätte. Sie war nun eher verwirrt, aber sie schob dieses Gefühl einfach fort.

Alles ausblenden und einfach nur saugen, sagte sie sich. Und so richtete sie ihren Blick auf das glänzende Parkett, packte den großen Rüssel und saugte immer weiter, Bahn für Bahn.

Galopp

When the wildfires
Were burning out on the lawn
You held your arms out
Primed for the ready line
With your crusader cross
And your small-dose amphetamine

Sybil saß mit ihren Kopfhörern im Erster-Klasse-Großraumwagen des ICE und hörte Musik, Shearwater.

Sie hatte eine kleine Flasche Weißwein vor sich, summte leise die Melodie und schaute aus dem Fenster. Späte Nachmittagssonne. Flache Landschaft. Frühes Grün. Bäume mit jungen Blättern. Braune Äcker. In der Ferne Windräder. Ein Raubvogel. Ein paar Kraniche. Ein Bahnübergang. Dann wieder Felder. Trügerische Idylle.

Alles flog und schwebte: die Natur dort draußen und die Gedanken in ihrem Kopf. Sie war betrunken, ihr war schwindlig, aber das war egal. Sie hatte es sich verdient, wann, wenn nicht jetzt, wann, wenn nicht heute, an diesem Tag! Heute durfte sie alles!

Ihr Handy brummte, und die Musik setzte kurz aus. Es war die Erinnerung, die sie jeden Tag um diese Zeit bekam und die sie auch bitter nötig hatte: »Pille« stand da. Sie wühlte in ihrer Handtasche und zog den runden Blister hervor. Nestelte am

Samstag herum, drückte die kleine Tablette in ihre Hand, hob ihre Handfläche in Richtung Mund. Doch dann hielt sie plötzlich inne. Sie zögerte. Ließ ihren Arm auf halber Höhe schweben.

Eine Sekunde.

Zwei.

Drei.

Und dann, langsam – ganz langsam, als ob es kein Arm, sondern die Laderampe eines Lkws wäre –, ließ sie ihn wieder in Richtung Tisch zurücksinken.

David und sie waren sich immer einig gewesen: ein Kind, nicht mehr. Denn aus globaler Perspektive war ja schon ein Kind zu viel. Andererseits: Wie sollte man mit voller Energie für eine bessere Zukunft kämpfen – für das Überleben der Menschheit und der Welt –, wenn man nicht dem Gang der Natur folgte und sich fortpflanzte? Denn darum ging es doch im Leben: sich fortzupflanzen und auf die Zukunft zu vertrauen, oder?

Sie dachte daran, dass sie Jonas kaum kannte. Oft war sie mehrere Wochen weg. Sie hatte ihn nicht gestillt und nur selten gewickelt. Sie hatte noch nie länger als ein paar Stunden mit ihm verbracht. Sie verdiente eben das Geld, David kümmerte sich um den Haushalt und um die Erziehung.

Sybil war stolz auf diese Rollenverteilung, auch wenn sie versuchte, es nach außen als etwas ganz Natürliches darzustellen. »Keine Ahnung«, sagte sie oftmals, wenn ihr eine Frage zu Jonas gestellt wurde, »darum kümmert sich mein Lebensgefährte.« Aber natürlich wusste sie, dass ihre Aufteilung ungewöhnlich und bemerkenswert war. Wie viele Frauen mit Kindern arbeiteten denn noch Vollzeit? Wie viele verdienten das Hauptgeld für den Familienunterhalt? Wie viele von ihnen verfolgten die eigene Karriere? Sie kannte keine einzige.

Doch die Karriere hatte eine Schattenseite. Immer wieder nahm sie sich vor, mehr Zeit mit Jonas zu verbringen, und immer wieder schreckte sie davor zurück. Jonas war ihr unheimlich. Sie hatte Angst vor seinen Gefühlsausbrüchen. Vor seiner Wut. Seinen Heulanfällen. Aber auch vor seiner Liebe. Davor, dass er keinerlei Kontrolle über diese Zustände zu haben schien. Jedes Mal, wenn sie ihn länger nicht gesehen hatte, näherte sie sich ihm wie einem Wildtier. David behauptete, es handle sich um eine Veranlagung. Eine besondere Sensibilität. »Er ist eben ein gefühlsstarkes Kind. Wenn du willst, kann ich dir Bücher darüber geben«, hatte er gesagt.

»Bücher?«

»Ja, sie erklären das Phänomen.«

Das Phänomen.

Sie betrachtete die Pille in ihrer halb geöffneten Hand, und auf einmal hatte sie das Gefühl, dass ein zweites Kind vielleicht die Lösung wäre. Für sie und für Jonas. Jonas wäre kein verzogenes Einzelkind mehr, sondern müsste sich mit einem Bruder oder einer Schwester arrangieren. Und sie wäre gezwungen, sich endlich wirklich auf ihre Rolle als Mutter einzulassen. Wäre nicht heute genau der richtige Tag, um dem Schicksal die Stirn zu bieten? Direkt nach ihrem großen Talkshowauftritt? Zu sagen: Ich werde mich nicht damit abfinden, dass die Welt untergeht? Mehr noch: Ich glaube nicht, dass sie untergeht, und das zeige ich euch, indem ich Kinder bekomme! Und zwar nicht nur eines, sondern zwei, drei oder sogar noch mehr? Und noch weitergedacht: Wäre es nicht wichtiger denn je, mehr vernünftige Menschen in die Welt zu setzen? Kinder, die so aufwuchsen, dass sie als Erwachsene den Kampf, den sie beide begonnen hatten, fortführten? Ihre Erben, die in ihre Fußstapfen traten?

Das waren Sybils Gedanken. Und dann, beinahe so, als ob sie nicht selbst die Bewegung ausführte, sondern jemand von außen, klappte sie den Metalldeckel des kleinen Abfallbehälters zwischen dem Tisch und dem Fenster auf und ließ ihre Hand nach rechts wandern, hin zu dem Sicherheitsglas und den in der Bewegungsunschärfe verwischten braunen Feldern dahinter.

Der Rest war reine Physik: die Hand umdrehen und die Tablette der Schwerkraft überlassen. Sie fiel schnell und verlässlich in die dunkle Öffnung, und während Jonathan Meiburg seine Hymne »Believing makes it easy« sang, klappte Sybil den Deckel langsam wieder zu und nahm einen Schluck von ihrem Weißwein.

Der Zug hatte eine Viertelstunde Verspätung – eine Signalstörung kurz vor Berlin –, was dazu führte, dass sie bei dem Schaffner noch einen Weißwein bestellte, und als sie schließlich am Hauptbahnhof ankam, war Sybil so betrunken, dass sich alles um sie herum drehte.

Hoch konzentriert und mit beherrschten Schritten ging sie in die falsche Richtung und nahm den falschen Ausgang; sie musste noch einmal durch das gesamte Gebäude zurück, vorbei an den vielen sinnlosen Läden und Coffee-Shops, vorbei an dem ganzen unerträglichen Strandgut, das die Globalisierungswelle über die Welt verteilte. Dann war sie endlich draußen. Die Luft war angenehm frisch. Frühling. Alles schwirrte und pulsierte, und die Menschen wirkten wie ausgewechselt. Nicht mehr diese zurückgezogene, eckige Winterträgheit, sondern offene Gesichter und runde, fließende Bewegungen.

Sie lief über den in die Nachmittagssonne getauchten Vorplatz und suchte ihr Fahrrad, suchte genau dort, wo sie es ihrer Meinung nach am Vormittag abgestellt hatte, und einen Moment lang war sie davon überzeugt, dass es gestohlen worden sei – ihr maßgefertigtes weißes Hollandrad aus ausschließlich fair produzierten Einzelteilen –, dann fiel ihr ein, dass sie es an einen Ständer auf der anderen Straßenseite geschlossen hatte, und genau da stand es auch, stolz und erhaben, den Lenker nach oben gereckt wie ein junger Schimmelhengst seinen Kopf. Sie löste das Schloss und packte es in die Tasche am Rahmen. Dann steckte sie sich die Kopfhörer in die Ohren, wählte ihre Singer-Songwriter-Playlist im Random-Verfahren, schwang sich auf den Sattel und trat, so fest sie konnte, in die Pedale.

Sie genoss es, wie der Fahrtwind in ihrem Haar spielte. Die Stadt glitt an ihr vorüber, zugleich durch sie hindurch, und alles schwebte und wirbelte und war im Fluss.

Jetzt, auf dem Fahrrad, fühlte sie sich deutlich weniger betrunken als noch im Zug. Es war, als ob die Luft und das regelmäßige Treten der Pedale – dieser runde, gleitende Galopp, in dem sie über den Asphalt flog – den Alkohol aus ihrem Kopf verscheuchten. Vielleicht fuhr sie ein wenig schneller als normalerweise, und vielleicht bremste sie auch ein wenig später, wenn ein Hindernis auftauchte, gut möglich. Na und? Sie hatte alles unter Kontrolle, ihr Schimmelhengst gehorchte ihr aufs Wort.

Spontan entschied sie sich, einen kleinen Schlenker zu machen. Nicht den direkten Weg zu nehmen und parallel zur Hochbahn an der vierspurigen Straße entlangzufahren – nicht inmitten all der Feinstaubpartikel, die bei jedem Atemzug in ihre Lunge strömten –, sondern durch das kleine Wohngebiet auf der anderen Seite, das wie eine Halbinsel zwischen dem Kanal und den Gleisen lag. Es hatte einen vollkommen anderen Charakter als das Viertel, das sich in dem Rücken ihrer Wohnanlage erstreckte. Hier wirkte alles ärmlich und heruntergekommen. Keine Cafés. Keine Restaurants. Keine Kinderklamottenläden und Biobäckereien. Nur Häuser, dicht an dicht, und dazwischen ein paar Eckkneipen, vor denen Fußballfahnen hingen.

Sie schaute auf die andere Straßenseite und entdeckte alte Matratzen, kaputte Kühlschränke, eine Waschmaschine, und noch einmal erhöhte sie ihre Trittfrequenz. Und dazu sang Lou Reed: *Just a perfect day*.

Und dann tauchte plötzlich direkt vor ihr etwas auf. Es war blau, sehr blau, mehr konnte sie nicht erkennen. Sie bremste, riss den Lenker herum und malträtierte die Klingel mit ihrem Daumen. Erst jetzt erkannte sie eine Frau mit dunklen Haaren, die eine blaue Uniform trug und über die Straße rannte.

»Hey!«, rief sie, nachdem sie zum Stehen gekommen war und sich die Kopfhörer aus den Ohren gerupft hatte. Doch da war die Frau schon hinter den Autos auf der anderen Straßenseite verschwunden.

Adrenalin pumpte durch Sybils Körper, und einen Moment lang war die Betrunkenheit wie weggewischt. Als sie sich allerdings wieder auf den Sattel schwang, um weiterzufahren – diesmal ohne Lou Reed –, fühlte sich der Rausch stärker an als zuvor: als ob die Aufregung den Weißwein erst richtig zur Entfaltung gebracht hätte.

Kurz darauf kam sie in den Park, der sich vor ihrem Haus erstreckte. Sie glitt durch das Eingangstor, nickte dem Doorman zu und schloss ihr Fahrrad an den überdachten Ständer.

Als sie vor der Wohnungstür stand, zog sie zuerst den Schlüssel heraus, besann sich dann jedoch eines anderen, Besseren, wie sie fand. Heute war ein besonderer Tag, und entsprechend wollte sie auch empfangen werden: David sollte ihr die Tür aufmachen, am besten gemeinsam mit Jonas, und dann sollte er sie küssen und in den Arm nehmen, so als ob sie ein Rendezvous wäre, eine Affäre, die er zum Essen eingeladen hatte. Und dann würden sie Wein trinken und später vielleicht sogar mal wieder miteinander schlafen – wie lange hatten sie schon keinen Sex mehr gehabt? Zwei Monate? Oder sogar noch länger? –, und wer wusste schon, was sich daraus entwickelte? Unwillkürlich musste sie lächeln und wartete, bis es abklang

Dann drückte sie die Klingel.

Sie hörte die Glocke auf der anderen Seite. Keine dieser schrägen elektronischen Melodien, die jedes Läuten zu einer Lärmbelästigung machten, sondern eine echte kleine Glocke aus Messing, die in einem eigens dafür angefertigten Birkenholzhäuschen saß. Eher ein Singvogel als eine Türklingel.

Tiriliiiiiiii.

Sie wartete. Lauschte. Nichts. Zumindest keine Schritte, die näher kamen. Dafür ein seltsames Klappern, als ob jemand an einem Metallteil herumhämmerte.

Sie klingelte noch einmal. Wartete noch einmal. Wieder nichts. Das Klappern wurde lauter, es klang wie der Lärm in einer Großküche oder in einer Autowerkstatt. Hatte David etwa Besuch? Wie auf ein Stichwort verschwand das Geräusch, und nun herrschte völlige Stille.

Sie klingelte noch ein drittes Mal, diesmal lang und durchdringend – Tiriliiiiiiiiiiiiiiiiiiiii! –, wieder vergeblich.

Sie begann sich Sorgen zu machen, und gerade wollte sie nach ihrem Handy greifen, um David anzurufen, als ihr einfiel, dass sie ja ihren Schlüssel in der Hand hielt und nur deswegen geklingelt hatte, weil sie persönlich empfangen werden wollte.

Sie steckte den Schlüssel ins Schloss, öffnete die Tür und trat in den Flur. Das Klappern war nun zu einem Schaben geworden, Metall auf Metall.

»Hallo?« Keine Reaktion. »Hallo? Jonas? David?«

Sie dachte an Einbrecher, daran, dass jemand über die Terrasse in ihre Wohnung eingedrungen war. Dass er David und Jonas gefesselt und geknebelt hatte und nun in ihrer Wohnküche war und dort … Ja, was? Was tat er da? Was war das für ein Geräusch?

Auf Zehenspitzen schlich sie durch den Flur bis zu dem großen, offenen Zugang zur Küche. Sie hielt die Luft an und beugte sich vor. Das Erste, was sie sah, waren Töpfe, Pfannen und

Schüsseln. Viele Töpfe, alle Töpfe, die sie hatten, außerdem die dazu passenden Deckel, völlig wahllos um den großen Kochblock verteilt. Das Zweite war Jonas mit einem dicken Verband am Arm, der inmitten dieser Töpfe saß. Und das Dritte war, dass Jonas ein großes Messer in der Hand hielt, mit dem er an einem der Topfhenkel herumschabte.

Es dauerte einen Moment, bis Sybil die Einzelteile innerlich zusammenbrachte: die Töpfe, der Verband, das Messer. Sie versuchte sie zu ordnen – Ursache und Wirkung, eine logische Abfolge, irgendein Kausalprinzip –, doch es gelang ihr nicht. Denn auch wenn das Messer und der Verband gefühlt in einem engen Zusammenhang standen, so war es doch ausgesprochen seltsam, dass Jonas jetzt gerade, in genau diesem Moment, ein Messer in der Hand hielt, aber die Schnittverletzung, die er sich damit zugefügt hatte, bereits verarztet war.

»Jonas!«

Der Junge hielt in seinem Schaben inne und schaute auf. Einen Moment lang hatte Sybil das Gefühl, dass er einfach durch sie hindurchstarrte, als wäre sie gar nicht vorhanden. Dann begann er übers ganze Gesicht zu strahlen. »Mama!«, rief er. Und im nächsten Moment rappelte er sich hoch, bereit, mit dem Messer in der Hand auf sie zuzustürmen und ihr in die Arme zu fliegen – oder vielleicht auch zu stolpern und sich selbst zu erdolchen.

»Nein! Warte!«, rief sie. »Nicht mit dem Messer!«

Und schon war sie bei ihm und griff nach seiner Hand.

»Mama«, sagte Jonas.

»Jonas«, sagte Sybil. »Was machst du hier?«

Keine Antwort.

»Gibst du mir das Messer?«

Jonas Miene verfinsterte sich. Er umklammerte den Schaft, seine Knöchel traten hervor. »Meins!«, sagte er.

»Nein, es ist nicht deins. Und es ist gefährlich. Gib es mir bitte.«

»Meins!«, wiederholte Jonas.

Wie so oft, wenn sie mit Jonas allein war, fühlte sie sich vollkommen hilflos. Wie sollte sie ihm etwas verbieten? Wie sollte sie ihm erklären, dass etwas gefährlich war, wenn er noch nicht einmal einfachste Sätze verstand?

Sie hob den Kopf »David? David!«

Keine Antwort.

Sie wandte sich wieder Jonas zu. Und dem Messer.

»Also ... dann ...«, sagte sie. »Dann ... muss ich es dir leider wegnehmen.«

»Messe, meins!«, rief Jonas. »Meins!«

»Bitte! Gib es mir!«

Vorsichtig versuchte sie, seine Finger von dem Griff zu lösen, doch sobald sie zum nächsten Finger überging, klammerte sich der vorangegangene wieder an dem Holz fest.

Und dann machte Jonas einen Laut, der sich anhörte, als ob er ein großes Geschäft in seine Windel verrichtete, und im nächsten Moment zog er das Messer weg, so ruckartig, dass ihr seine Hand entglitt.

Für eine Sekunde war alles in der Schwebe: Jonas ihr gegenüber, die Töpfe um sie herum, die 25 Zentimeter lange Klinge zwischen ihnen wie ein schmaler Abgrund. Sybil sah eine Schlagzeile vor sich: »Mutter (36) von Sohn (2) erstochen.«

Sie überlegte, ob sie einen Überraschungsangriff wagen könnte, aber das Risiko schien ihr zu groß. Jonas wirkte wild entschlossen, das Messer zu verteidigen.

»David! David, wo bist du?« Ihre Stimme hatte nun etwas Flehentliches. Aber es half nichts. Kein David weit und breit.

Sie schaute sich um und entdeckte neben sich einen Holzkochlöffel. Sie griff danach, sagte: »Hier, schau mal!«, und begann mit dem Löffel auf die Töpfe und Deckel zu schlagen. Es schepperte. Neugierig beobachtete Jonas sie, dann streckte er fordernd seine freie Hand aus. Sybil reichte ihm den Kochlöffel, und ohne jeden Protest erhielt sie im Austausch das Messer.

Erleichtert atmete sie aus.

Geschafft! Die Gefahr war abgewendet. Niemand war verletzt worden, die Boulevardzeitungen mussten sich eine andere Schlagzeile ausdenken.

Womit sie endlich bei der Frage angelangt war, die hinter allen anderen Fragen stand: Wo war David? Die Tür zur Terrasse war halb geöffnet. Durch die großen Panoramafenster ließ sie ihren Blick über die Pflanzen und die Bienenstöcke schweifen. Doch David war nirgendwo zu sehen.

»David?«

Keine Reaktion.

»David!«

Nichts.

Untermalt von Jonas' schepperndem Schlagzeugkonzert, lief sie durch die Wohnung: Sie schaute in Jonas' Zimmer, ins Schlafzimmer, ins Bad, in Davids Arbeitszimmer und sogar in die Abstellkammer. Doch er war nirgendwo zu finden. Sie ging zurück in die Wohnküche, wo Jonas inzwischen dazu übergegangen war, mit dem Kochlöffel gegen die Kühlschranktür zu schlagen.

»Weißt du, wo Papa ist?«, fragte sie.

»Tasse«, sagte Jonas.

Tasse? Was meinte er damit? Zugleich war sie erstaunt, dass er überhaupt schon so ein konsonantenreiches Wort sagen konnte. Das Letzte, das sie bewusst mitbekommen hatte, war Wawa für Waffel gewesen.

»Tasse?«, wiederholte sie fragend.

Jonas deutete in Richtung Terrasse. »Tasse!«, rief er bestimmt.

Auf der Terrasse? Wo? Sie sah ihn nicht.

Entschlossen griff sie Jonas, nahm ihn auf den Arm und ging mit ihm gemeinsam hinaus.

Ein Hubschrauber kreiste über dem Haus und verschluckte alle Geräusche.

Wie in Zeitlupe bewegte sie sich durch die Tür, als ob sie versuchte, die Gewissheit hinauszuzögern.

David tot. Beim Blumengießen von der Terrasse gestürzt, von aggressiven Bienen angegriffen. Er hatte das Gleichgewicht verloren.

Sie eine alleinerziehende Mutter.

Jonas würde ohne Vater aufwachsen.

Und sie musste sich um alles kümmern.

Un-vor-stell-bar.

Und dann entdeckte sie ihn. Da stand er, in der vorderen rechten Ecke, hinter den Bienenbehausungen, in dem einzigen toten Winkel, den die Terrasse bereithielt. Er stand da vollkommen bewegungslos, die Hände an dem Rand des Blumenkastens geklammert wie an eine Reling, und starrte in die Ferne.

Erleichterung machte sich in Sybil breit. David war nicht verunglückt. Natürlich nicht! Er lebte!

Und während sich ihr Atem allmählich wieder beruhigte, wartete sie darauf, dass er sie bemerkte und sich umdrehte. Ihre Anwesenheit in seinem Rücken spürte, ihre Energie. Aber er blieb dort vollkommen reglos stehen, die Hände an den Blumenkasten geklammert und starrte ins Nichts.

Schweiß

Je länger sie saugte und wischte, desto mehr gewöhnte sie sich an die Sinnlosigkeit ihres Tuns. Ja, es kam ihr sogar so vor, als ob gerade diese Sinnlosigkeit, gepaart mit Ionelas übertrieben genauen Anweisungen und flankiert von ihrer bleiernen Müdigkeit sie in eine Art Trancezustand versetzten. Als ob nicht sie selbst diejenige war, die saugte und putzte, sondern nur ihr Körper, während sich ihr Geist auf einer anderen, höheren Ebene befand. Und zwischendurch gab es sogar ein paar Erfolgserlebnisse oder besser gesagt: unverhoffte Erfahrungen von Sinn. Zum Beispiel als sie in der Küchenzeile die riesige silbern glänzende Kaffeemaschine mit einem Mikrofasertuch und verdünntem Essigreiniger polierte und dabei tatsächlich Flecken fand: weiße Kalkablagerungen und kleine, getrocknete Kaffeeinseln. Es ging eben auch darum, wie genau man schaute, und sie schaute nun sehr genau. Sah jedes winzige Haar, jeden Brotkrümel, jedes Reiskorn, und als sie in dem kleinen silbernen Kühlschrank einen trockenen Käserest entdeckte, der sich vermutlich schon seit ein paar Wochen in einer Ecke des Milchfachs versteckt hatte, wäre sie am liebsten aufgesprungen, um Ionela und die anderen zu holen. Um ihnen zu zeigen, dass sie etwas gefunden hatte, wie eine Goldgräberin, eine Schatzsucherin, eine Archäologin an einer historischen Fundstätte.

Doch das war wie gesagt die Ausnahme. Den Großteil der Zeit verbrachte sie damit, zu saugen, wo nicht gesaugt werden musste, und zu wischen, wo es aussah, als hätte erst gestern jemand gewischt.

Nach dem Büro in der fünften Etage folgte das Büro in der vierten Etage. Und nach dem in der vierten Etage folgte das in der dritten. Irgendwann befanden sie sich in einer riesigen Praxis, die aussah wie ein futuristisches Labor, und erst mit einiger Verzögerung erkannte sie die Bestimmung der vielen weißen, roboterhaften Geräte: Zahnarzt. Bohren. Füllungen machen. Gebisse anpassen. Aber wozu dann die ganzen Monitore? Die unzähligen Computer? Die Musikboxen? Die Kaffeemaschine? Die voll ausgestattete Küche? Und die gerahmten Schwarz-Weiß-Fotografien an den Wänden?

Nachdem sie das erste Gebäude geschafft hatten, folgte das zweite. Und nach dem zweiten das dritte. Es gab keine Frühstückspause, nur ein kurzes Innehalten zwischen den Gebäudewechseln. Sie sah, wie die anderen Frauen aus ihren Jacken und Taschen Brotdosen und Wasserflaschen holten, und sie spürte, wie der Hunger sie überfiel.

Inzwischen war es längst Tag geworden, die Sonne schien. Und nicht mehr nur diese kühle gelbe Wintersonne, die sie die vergangenen beiden Monate zum Narren gehalten hatte, sondern eine helle, warme Sonne, die Leben in sich trug. Sie hörte die Vögel zwitschern, während die Wärme durch ihre blaue Uniform kroch und sie auf der Kopfhaut kitzelte.

Es war Frühling! Diese Erkenntnis traf sie wie ein Schlag. Echter, richtiger Frühling! Also gab es ihn auch hier, selbst wenn er mit einiger Verspätung gekommen war. Der erste richtige Frühlingstag!

Sie dachte an Nelu. Und an Petre. Und die Sorge, die sie dabei empfand – was machten sie wohl gerade? Wie ging es ihnen? Passte Petre wirklich gut auf Nelu auf? –, mischte sich mit einem unbekannten Glücksgefühl.

Nach dem vierten oder fünften Gebäude – noch mehr leere Praxen, noch mehr Flure, noch mehr Fenster, durch die die Sonne schien – sagte Ionela, als sie wieder unten zwischen den Laufstall-Bäumen standen: »Mittagspause. Eine halbe Stunde. Um Punkt halb eins treffen wir uns hier wieder.«

Aurica blieb nah bei den anderen stehen, in der Hoffnung, dass die junge Frau mit der Brille, die ihr während des Putzens ein paarmal aufmunternd zugelächelt hatte, sie vielleicht einlud, mit ihr die Pause zu verbringen. Dann könnte sie mehr über den Job erfahren und über Ionela. Vor allem aber wäre es nett, einfach ein paar Worte zu wechseln, ein wenig zu quatschen, egal über was. Doch die junge Frau mit der Brille verschwand mit einer anderen Gruppe, ohne sie auch nur eines Blickes zu würdigen. Ionela blieb zurück, zückte aber zum Glück ihr Handy, hielt es sich ans Ohr und wandte sich dann ab.

Aurica hatte eine halbe Stunde, um etwas zu essen aufzutreiben. Denn wenn der Hunger zuvor nur ein leises Gefühl gewesen war, eine Art Leere, gepaart mit einem leichten Schwindel, dann war er jetzt ein Alarmzustand. Sie musste etwas zu essen finden, irgendwas! Nur wo? Alles, was sie bisher gesehen hatte, waren leere Bürogebäude gewesen. Alle Cafés in dieser Arbeitssiedlung hatten geschlossen, es war ja Wochenende. Sie überlegte, ob sie Ionela fragen sollte, wo man etwas zu essen bekam, aber die saß in der Sonne, neben sich eine Thermoskanne, und telefonierte.

Also blieb ihr nichts anderes übrig, als in irgendeine Richtung zu laufen und zu hoffen, dass sie eine Bäckerei oder einen Kiosk fand.

Sie lief einfach los, bog rechts ab, nach links, dann wieder rechts und versuchte sich dabei den Weg zu merken, während der Hunger sie immer weiter vorantrieb.

Schließlich – sie hatte keine Ahnung, wie lange sie schon gelaufen war, fünf Minuten, zehn Minuten oder sogar noch länger? – kam sie zu einer großen, vierspurigen Straße. Auf der anderen Seite waren Wohnhäuser. Einfache, kastenartige Gebäude mit abgeblättertem Putz und kleinen Balkonen, ganz ähnlich wie das Haus, in dem sie und Petre in Bacău gewohnt hatten. Und dort hinten, am Ende des zweiten Blocks sah sie etwas. Etwas Buntes, Flatterndes. Eine Fahne! Vielleicht eine Zigaretten- oder eine Eiswerbung. Und wo es Zigaretten und Eis gab, da gab es auch etwas zu essen, und sei es nur ein Schokoriegel. Entschlossen überquerte sie die Straße, und nun erkannte sie, dass es sich tatsächlich um einen kleinen Laden handelte. Nur die Fahnen waren keine Zigaretten- oder Eiswerbung, sondern Nationalflaggen: eine schwarz-rot-gelb, die Fahne von Deutschland, die andere rot mit einer weißen Mondsichel und einem Stern, die Fahne der Türkei.

Vor dem Café stand ein weißer Plastiktisch, und um ihn herum gruppierten sich vier weiße Plastikstühle, auf denen drei Männer in der Sonne saßen. Jeder hatte vor sich ein Bier. Aurica blieb kurz stehen und griff in die Hosentasche, um zu überprüfen, wie viel Geld sie hatte. Sie zählte drei Euro und fünfundsiebzig Cent. Als sie wieder aufschaute, bemerkte sie, wie die Männer sie anstarrten – alle um die fünfzig und bierbäuchig, einer mit einem Schnauzbart wie ein Walross, die anderen mit grauen Dreitagebärten –, und aus irgendeinem Grund war sie sich sicher, dass sie gerade über sie gesprochen hatten und dass es nichts Freundliches gewesen war.

Als sie den Laden betrat, spielte eine elektronische Melodie. Im Innern war es hell und kühl. Hinter der Theke hingen mehrere Wimpel eines Sportvereins, es sah nach Fußball aus, und darunter stand ein Mann. Jünger als die Männer dort draußen, klein, mit dunklen Haaren, dunklen Augen und glatt rasiert. Er sah nicht aus wie ein Deutscher, vermutlich war er türkischer Herkunft.

Doch all das nahm sie nur an der Peripherie wahr. Denn ihre eigentliche Aufmerksamkeit galt den beiden verschlungenen braunen Salzgebäcken, die ein wenig verloren an einem Holzständer hingen, der auf dem Tresen stand, und die darauf warteten, von ihr gekauft und gegessen zu werden. Und wenn das Geld reichte, dazu noch einen Schokoriegel, am besten mit Erdnüssen und Karamell, oder auch zwei oder drei.

Sie deutete auf den Holzständer und sagte: »Bitte zwei«, und hob dazu zwei Finger in die Höhe.

Der Mann griff nach einer Zange, holte die beiden Gebäcke von dem Ständer und steckte sie nacheinander in eine braune Papiertüte. Seine Bewegungen waren sehr langsam und sehr akkurat, so, als ob er sie lange Zeit geübt hätte, es aber noch große Konzentration erforderte, sie korrekt auszuführen.

Anschließend legte er die Tüte auf den Tresen und nannte den Preis, den Aurica jedoch nicht verstand. Sie lächelte, zuckte entschuldigend mit den Schultern und warf dann alle Münzen, die sie hatte, auf den rechteckigen Teller, der auf dem Tresen stand. Der Teller blinkte weiß und blau. Werbung für Zigaretten.

Der Mann schaute sie weiter an, eine Sekunde, zwei, ein bisschen zu lang, dann wandte er sich dem Geld zu. Mit dem Zeigefinger wischte er nacheinander so viele Münzen vom Teller in seine Handfläche, bis der Betrag erreicht war. Dann nickte er.

Aurica griff einen der Riegel, die vor dem Tresen in Fächern lagen, und legte ihn neben den Teller. Erneut nahm der Mann etwas von dem Geld, wieder mit der gleichen Technik und wieder mit dem gleichen Nicken am Ende.

Aurica hatte keine Ahnung, ob das verbliebene Geld reichte, um noch einen zweiten Riegel zu kaufen, aber sie sah, dass sich die Miene des Mannes verfinstert hatte. Oder war sein Blick die ganze Zeit schon so abweisend gewesen? Sie konnte es nicht sagen, sie hatte sich ja nur auf das Geld, das Salzgebäck und die Schokoriegel konzentriert.

»Danke«, sagte sie, griff rasch nach der Tüte, dem Riegel und dem Geld, drehte sich um und durchquerte mit gesenktem Kopf den Laden. Ein Schatten erschien in ihrem Blickfeld, und im selben Moment spürte sie einen Widerstand, etwas Weiches, Schweres, das ihr im Weg stand. Es fühlte sich so an, als wäre sie in eine Matratze gelaufen. Sie hob den Blick und entdeckte einen der drei Männer von dem weißen Plastiktisch. Es war der mit dem Walrossbart. Er war sehr groß und sehr breit, und er hatte einen sehr dicken Bauch, der sich über seine Hose wölbte wie eine Naturgewalt.

Der Mann hielt eine leere Flasche in der Hand. Aurica roch das Bier. Aus jeder Pore strömte es, sein gesamter Körper schien in Bier gebadet worden zu sein. Der Mann sagte etwas, das sie nicht verstand. Zuerst zu ihr und dann zu dem Mann hinter dem Tresen. Und dann antwortete der Mann hinter dem Tresen, und sie lachten beide.

»Sorry«, sagte sie. Und dann, weil der Mann nicht reagierte, gleich noch einmal: *»Sorry.«* Sie machte einen Schritt zur Seite, um an ihm vorbeizukommen, aber sie kam nicht an ihm vorbei. Mit seinem massigen, nach Bier stinkenden Körper versperrte er ihr den Weg wie ein riesiger Baum, der auf eine Landstraße gekracht war.

Sie machte noch einen Schritt zur Seite, diesmal nach rechts, und im selben Moment machte der Mann einen Schritt nach links, und als sie daraufhin links an ihm vorbeiwollte, machte er einen Schritt nach rechts. Zuerst dachte sie, es läge vielleicht eines dieser typischen nonverbalen Missverständnisse vor: Beide wollen am anderen vorbei und machen einen Schritt zur selben Seite. Und dann schauen sich beide in die Augen, lachen und lösen die Situation auf. Doch als sie den Blickkontakt mit dem Mann herstellte – seine Augen waren gerötet und schienen in einem Biersee zu schwimmen –, war da nicht die Spur eines Lachens oder Lächelns. Erneut sagte er etwas zu dem Mann hinter dem Tresen, einen längeren deutschen Satz mit unzähligen Konsonanten und etlichen scharfen Zischlauten. Sie verstand nichts, bis auf ein einziges Wort: »Zigeuner.«

»Bitte!«, sagte sie. Sie spürte, wie ihr das Herz bis in den Hals schlug.

Der Mann blieb stehen. »Bitte!«, äffte er sie nach. »Bitte!«

Er drehte den Kopf und rief den Männern draußen etwas zu. Und wieder meinte sie dieses Wort zu erkennen: »Zigeuner«, und dazu ein Wort, von dem sie intuitiv wusste, dass es ein böses Wort war, vielleicht sogar das böseste Wort, das es in dieser Sprache überhaupt gab, mit einem scharfen, zischenden Z.

Die Männer lachten, und der Mann lachte auch, und dann hörte er auf zu lachen und machte einen halben Schritt auf sie zu. Nun war sein Gesichtsausdruck sehr ernst, und neben der Verachtung hatte sich noch etwas anderes darin breitgemacht, etwas ganz anderes.

Sie machte einen Schritt zurück, spürte in ihrem Rücken jedoch das Regal und dahinter eine Wand.

Der Mann stand nun direkt vor ihr. Der Biergestank war unerträglich. Hinzu kam alter Schweiß, der tief in die Fasern seines T-Shirts eingedrungen war und in Wellen von ihm abstrahlte.

Er bewegte sich. Bewegte seinen Arm. Bewegte ihn auf sie zu, und im nächsten Moment war seine Hand zwischen ihren Beinen.

Und mit einem Mal wusste sie, was sich in seinem Blick breitgemacht hatte: Gier. Geilheit. Sex.

Seine Hand war riesengroß, und er hielt sie damit in ihrem Schritt gepackt.

Aurica dachte an tausend Dinge, und zugleich dachte sie an nichts. Da war etwas, das in ihr das Denken übernommen hatte, ein Rädchen, das bestimmte Vorstellungen, Bilder und Abläufe produzierte. Petre. Nelu. Das Heim, in dem sie aufgewachsen war. Das Krankenhaus in Bacău. Ratten und Läuse. Der Schutthaufen im Hof. Und dann dachte sie, dass doch irgendwann jemand in den Laden kommen müsste. Sie dachte, dass sie um Hilfe schreien könnte, dachte aber auch, dass sie vermutlich niemand hören würde. Und dann war da noch ein ganz anderer Gedanke. Der Gedanke, dass sie sich wehren musste. Und dieser Gedanke drängte alle anderen Gedanken beiseite.

Der Mann hatte die Augen nun halb geschlossen, und seine riesige Hand bewegte sich hin und her.

Aurica wusste, dass das, was sie vorhatte, Wahnsinn war. Aber zugleich wusste sie, dass sie es tun musste, und wenn es das Letzte war, was sie in ihrem Leben tat. Sie konnte nicht anders.

Der Mann stand breitbeinig. Aurica holte tief Luft, imitierte ein leises Stöhnen – sie musste ihn in Sicherheit wiegen – und verlagerte ihr Gewicht von dem einen auf das andere Bein. Dann holte sie aus und rammte dem Mann mit aller Kraft ihr Knie in die Hoden.

Der Mann grunzte, sein Oberkörper sackte nach vorn, und seine Hand ließ von ihr ab. Aurica duckte sich, sprang zur Seite und rannte los. Aus dem Augenwinkel sah sie die beiden Männer an dem Tisch und hörte, wie sie etwas riefen. Sie rannte, so schnell sie konnte – sie konnte sehr schnell rennen –, und erst als sie vorn bei der großen Straße war, drehte sie sich außer Atem um. Die Männer standen vor dem Kiosk und schauten ihr hinterher. Keiner von ihnen machte Anstalten, sie zu verfolgen. Sie drückte die Papiertüte mit den Brezeln an ihre Brust und überquerte die Fahrbahn.

Den Rest des Tages verbrachte sie wie in Trance. Sie putzte, saugte, wischte. Sie antwortete, wenn sie etwas gefragt wurde, nickte, wenn ihr etwas aufgetragen wurde, und versuchte alle Anweisungen so exakt wie möglich auszuführen. Sie ließ alles über sich ergehen, vielmehr durch sich hindurchfließen, ohne dass es eine Wirkung auf sie gehabt hätte: die Sinnlosigkeit ihres Tuns, Ionelas Ungeduld und ihr Kontrollwahn, die schweigende Ignoranz der anderen Frauen, sogar ihre zweite Hungerwelle, die am frühen Nachmittag kam.

Sie hatte also Hunger. Na und? Es gab Schlimmeres, viel Schlimmeres.

Und dann sagte Ionela auf einmal: »Das war's für heute«, und der Arbeitstag war vorbei. Aurica schaute auf ihr Handy und sah, dass es bereits halb fünf war. Sie hatte über zwölf Stunden gearbeitet. Alles tat ihr weh. Ihre Füße fühlten sich an, als wären sie in einen Schraubstock gezwängt, ihre Beine brannten, ihre Oberschenkelmuskeln zitterten. Ihre Hände sahen durch das stundenlange Tragen der Gummihandschuhe aus wie zwei Wasserleichen: weiß und weich und aufgedunsen, und sie hatte Schmerzen in der rechten Schulter von der immer gleichen Bewegung beim Staubsaugen.

Während sie auf Dacian warteten, beobachtete sie eine Familie mit zwei Kindern, die zwischen den Bürogebäuden entlangspazierte. Das größere Kind trug einen rosa Helm und fuhr – noch ein wenig wacklig – Fahrrad. Das kleinere Kind saß in einem Buggy und kaute an einem Croissant. Der Vater telefonierte. Die Mutter trank einen Coffee-to-go in einem Pappbecher. Alles schien vollkommen selbstverständlich zu sein. Ein reibungsloses Leben ohne jeden Widerstand.

Dacian fuhr mit seinem großen schwarzen Bus vor – es war ein VW, jetzt erkannte sie es –, und sie stiegen alle ein. Sie wusste nicht, woher der Eindruck kam, aber die anderen Frauen schienen deutlich besser auszusehen als sie selbst. Konnte es sein, dass sie sich die Arbeit anders eingeteilt hatten? Dass sie weniger geputzt hatten als sie? Vielleicht war es auch eine Frage der Routine. Oder lag es nur daran, dass Ionela ihr den ganzen Tag im Nacken gesessen, sie beobachtet hatte, während die anderen Frauen vollkommen unbehelligt geblieben waren. Ja, das musste es sein: Sie war ständig unter Beobachtung gewesen.

Der Bus hielt, und die Frauen öffneten die Gurte. Aurica hatte keine Ahnung, wo sie waren. Sie sah eine vierspurige Straße, ein großes terrassiertes Haus mit üppig bepflanzten Balkonen und einen Park.

Die Frauen stiegen aus, verabschiedeten sich voneinander und verteilten sich in alle Richtungen. Nur sie blieb sitzen. Ionela trat neben die Fahrertür. Dacian beugte sich durch das offene Fenster hinaus, und sie unterhielten sich. Der Motor lief, das Radio auch. Durch die Seitenscheibe sah sie, wie Ionela gestikulierte und zwei- oder dreimal in ihre Richtung schaute, wenn auch nicht genau in ihre Richtung, denn die Scheiben waren ja von außen blickdicht.

Dann war Ionela verschwunden. Aurica hatte noch immer keine Ahnung, wo sie sich befanden, und deshalb ging sie davon aus, dass Dacian sie genau dorthin zurückbringen würde, wo er sie heute Morgen – heute Nacht! – in der Kälte eingesammelt hatte. Doch Dacian tippte auf einem seiner Smartphones herum – er hatte mindestens zwei, wahrscheinlich sogar drei, die er abwechselnd benutzte – und beachtete sie nicht. Sie überlegte, ob er sie vielleicht vergessen hatte, eine Frau unter vielen, eine einzelne, verlorene Uniformträgerin. Doch gerade als sie ihn ansprechen wollte, drehte er sich um und sagte: »Ich muss noch weiter. Wenn du da vorn im Park über die Brücke gehst und dich dann links hältst, kommst zu dem Haus. Es ist nicht weit.«

»Okay«, sagte sie, auch wenn es eigentlich überhaupt nicht okay war, denn jetzt, wo sie so lange gesessen hatte – das erste Mal am heutigen Tag –, waren ihre Beine vollkommen taub, und sie wusste nicht, wie sie damit jemals wieder laufen sollte, und wenn es nur zweihundert Meter waren.

Sie schnallte sich ab. Dacian war schon wieder mit seinem Smartphone beschäftigt.

»Und was ist mit meinem Geld?«, sagte sie.

Er drehte sich um und schaute sie fragend an.

»Das Geld für heute. Ich habe den ganzen Tag gearbeitet.«

»Für heute gibt es kein Geld.«

»Und warum nicht?«

»Das war nur ein Probearbeiten, das habe ich dir doch gesagt.«

Er hatte tatsächlich gesagt, dass sie erst mal einen Probetag machen müsste, bevor er entschied, ob sie häufiger bei der Putzkolonne dabei sein konnte. Aber von einem *unbezahlten* Probetag war nie die Rede gewesen.

»Ich habe zwölf Stunden lang gearbeitet«, sagte Aurica. »Ich habe mindestens so viel geputzt wie alle anderen! Und ich bekomme kein Geld dafür?«

»Niemand bekommt Geld für den Probetag. Du kannst die anderen fragen.« Er machte eine kurze Pause. »Aber ich glaube, Ionela war zufrieden mit dir. Vielleicht kannst du bald wieder einspringen. Und dann wirst du auch bezahlt.«

Aurica spürte, wie die Wut kam, eine Welle, die sich in ihr auftürmte, haushoch und bedrohlich, aber im selben Moment wusste sie, dass sie nicht die Kraft hatte, sie zu reiten.

Wortlos stieg sie aus. Die Tür glitt zu, und Sekunden später war der schwarze Bus nur noch eine Erinnerung.

Erst als sie schon mitten im Park an der Brücke stand, umgeben von unzähligen Menschen, die sich in alle Richtungen bewegten, kam sie wieder zu sich. Zu ihrer Rechten lag das große Terrassenhaus in der Nachmittagssonne. Die Holzfassade schimmerte, die Fenster blitzten, und es wirkte so, als ob der Bau von innen heraus leuchtete. Unter ihr glitt ein Schnellzug vorüber. Sie war so müde, dass sie das Gefühl hatte, im Stehen einschlafen zu können, am liebsten hätte sie sich einfach ins Gras gelegt, um kurz die Augen zu schließen, ein erholsamer Fünf-Minuten-Schlaf. Dann musste sie plötzlich an Nelu denken, daran, dass sie ihn fast vierzehn Stunden nicht gesehen hatte, und mit einem Mal machte sie sich wieder Sorgen.

Was, wenn etwas passiert war? Wenn Petre nicht aufgepasst hatte? Vierzehn Stunden waren eine halbe Ewigkeit, und soweit sie wusste, hatte Petre kein Guthaben mehr auf dem Handy.

Nun rannte sie. Sie ignorierte die Schmerzen in ihren Beinen und ihren Füßen. Die Sorge um Nelu überlagerte alles.

Sie rannte die Straße entlang, vorbei an einer Autowerkstatt, an einem Imbiss. Sie hatte keine Ahnung, wo sie war, sie hielt sich bei der nächsten Möglichkeit links, genau wie Dacian es ihr gesagt hatte. Zwei-, drei-, vierhundert Meter rannte sie weiter, ohne etwas zu erkennen – eine fremde Gegend, eine fremde Stadt, eine unbekannte Welt –, und sie hatte schon Angst, nie wieder zu dem Rattenhaus zurückzufinden, als plötzlich alles vertraut vor ihr lag: die Bushaltestelle, die Kleingartensiedlung und das Haus mit den Matratzen und dem Sperrmüll davor. Sie hatte es geschafft! Ohne ihr Tempo zu verringern, sprang sie in eine Parklücke zwischen einem Bus und einem Kleinwagen und überquerte die Straße.

Ein Quietschen, ein schrilles Klingeln. Aurica riss den Kopf herum: eine blonde Frau auf einem weißen Fahrrad mit einem silbernen Lenker wie ein Geweih. Die Frau musste schnell gewesen sein, sehr schnell. Obwohl sie bremste, pflügte sie immer noch über den Asphalt wie eine Ente, die aus vollem Flug in einem Fluss gelandet war. Und währenddessen klingelte sie und klingelte und klingelte. Aurica kümmerte sich nicht darum. Sie rannte einfach durch die Wolke des Parfums, die die Frau als Kondensstreifen hinter sich herzog, schlüpfte zwischen zwei parkenden Autos auf der anderen Straßenseite hindurch und steuerte auf die offene Hofeinfahrt zu.

ZUGKRAFT

Fleisch

Es war Samstag, und die Kooperative so voll, wie sie es noch nie erlebt hatte. Fahrräder standen kreuz und quer, etliche davon Lastenräder, die alles blockierten, und Sybil war gezwungen, den Buggy hundert Meter weiter am Kanal an einer Laterne anzuschließen und den quengelnden Jonas und die drei großen Hanfeinkaufstaschen über die Straße zu tragen. An der Eingangstür stand wie immer die alte Roma-Frau und streckte ihr den Becher hin.

»Bitte! Bitte!«, sagte sie.

Sybil seufzte. Mit einer Hand fischte sie ihr Portemonnaie aus der Tasche und öffnete das Kleingeldfach: nur ein paar Cents.

Jonas rief: »Wagen! Wagen!«, und deutete auf die Einkaufswagen.

»Tut mir leid«, sagte sie zu der Frau, »ich habe nichts. Das nächste Mal.«

»Bitte! Bitte! Bitte!«, wiederholte die Frau und streckte den Becher so vor, dass Sybil nicht daran vorbeikam.

»Wie gesagt: Ich habe nichts. Es tut mir leid.«

Der Gesichtsausdruck der Frau veränderte sich. Ihre Augen wurden schmal, und sie zischte etwas, das Sybil nicht verstand. Dann zog sie den Becher mit einem Ruck zurück, und Sybil schob sich an der Frau vorbei. Sie spürte den Blick in ihrem Nacken und einen leichten Schwindel.

Die Schlange an der Backtheke musste mehrere Kurven nehmen, bevor sie, flankiert von der Kuchenauslage, an den Vollkornbroten ankam. Überall waren Kinder mit verschmierten Eismündern und Brezelresten in ihren Fäusten, und Sybil ärgerte sich, dass sie nicht zu dem großen Biosupermarkt auf der anderen Seite des Parks gegangen war. Dort gab es breite Gänge und übersichtliche Regale, eine getrennte Obst- und Gemüseabteilung, eine große Auswahl an Teesorten und sogar eine Klimaanlage, die für Frischluft sorgte und die Temperatur auf angenehmem Niveau hielt.

Aber David bestand darauf, dass sie hier einkauften, und da sie nur äußerst selten überhaupt einkaufte, fügte sie sich. Es handelte sich um eine Genossenschaft, in der sie Mitglied waren – »eine weitere große Familie«, wie David es formulierte –, die Angestellten wurden deutlich besser bezahlt, und der Gewinn wurde komplett für Öko- und Klimaschutzprojekte gespendet. »Das ist Kapitalismus 2.0«, sagte David immer. »Exponentiell wachsen und mit dem Geld die Welt retten!«

Darüber hinaus gab es deutlich mehr vegane Lebensmittel, und Regionalität und Saisonalität wurden praktiziert wie eine Religion. Zu vielen Produkten gab es eine genaue Auflistung, wie viel CO_2 sie »gekostet« hatten – inklusive Anbau oder Aufzucht, Transport und Kühlung –, und sogar die Entsorgung des Mülls, der bei den Verpackungen anfiel, wurde mit einberechnet. Hier konnte sich keiner damit beruhigen, dass er schon das Richtige tat, wenn er sich für eine Biokuhmilch im Tetrapak entschied – der Einkauf wurde zu einer Gewissensprüfung. Doch so gut und wegweisend Sybil diesen Ansatz eigentlich fand, so sehr wünschte sie sich in diesem Moment, sie könnte sich in die geordnete, gepflegte Welt des stumpfen Öko-Konsums auf die andere Seite des Parks beamen.

Sie stand im Eingangsbereich des Ladens und wartete darauf, dass endlich ein leerer Wagen zurückkam. Währenddessen versuchte sie, Jonas im Blick zu behalten, der sofort zur Kuchentheke gerannt war. Dann kam ein Wagen, aber Sybil war zu langsam, weil sich Jonas in diesem Moment suchend nach ihr umdrehte und »Mama« rief.

»Jonas! Hier bin ich! Hier!«

Die Frau, die den Wagen bekommen hatte, hatte drei Kinder, eine sieben- oder achtjährige Tochter, einen drei- oder vierjährigen Sohn und einen Säugling, der an ihrer Brust in einem Tragetuch hing wie ein großes Brathähnchen. Sie war blass und hatte tiefe Ringe unter den Augen. Sybil überlegte, ob sie darauf hinweisen sollte, dass sie schon deutlich länger wartete, aber sie entschied sich dagegen. Sie sagte sich selbst, was sie ihren Klienten immer sagte: Geduld walten lassen. Ruhe bewahren. Konflikte vermeiden.

Dann hatte auch sie endlich einen Wagen, und Jonas thronte vor ihr auf dem Kindersitz. Über seiner Bisswunde klebte ein Bambuspflaster mit Kokosöl, verziert mit einem Koalabären, der auf einem Blatt herumkaute.

»Oala«, sagte Jonas und deutete darauf.

»Ja, genau, ein Koalabär«, sagte Sybil.

»Oalabär«, wiederholte Jonas.

Der digitale Einkaufszettel, den David Sybil geschickt hatte, kam auf über fünfzig Zeilen, leider auch Obst und Gemüse, da ihre Landkiste in dieser Woche aus irgendwelchen Gründen nicht hatte geliefert werden können. Eine Frau mit kurzen Haaren grüßte Sybil lächelnd, und Sybil grüßte zurück, auch wenn sie keine Ahnung hatte, woher sie sie kannte. Vermutlich aus dem Kindergarten, in den Jonas seit diesem Frühjahr ging. Sybil lud Zwiebeln, Spinat, Lauch, Kartoffeln und Pastinaken in den Wagen. Außerdem eine Hand voll Walnüsse. Als sie die Gemüseabteilung schon verlassen hatte und bei den unverpackten Nudeln stand, bemerkte sie, dass sie die Champignons, Gurken, Tomaten, Paprika und den Salat vergessen hatte.

Sie seufzte und ging gegen den Verkehr der meisten Einkaufenden noch einmal zurück. Rempelte, entschuldigte sich und wurde gerempelt. Jonas, der es anfangs lustig gefunden hatte, durch die Gegend geschoben zu werden, begann zu protestieren, und Sybil ärgerte sich, dass sie ihn überhaupt mitgenommen hatte. Aber erstens brauchte David ein paar Stunden, um an seinem Blog zu schreiben, und zweitens hatte sie ab der kommenden Woche ein einwöchiges Seminar in Stuttgart und wollte noch ein wenig Zeit mit Jonas verbringen. Zumindest sagte sie sich das, und sie hatte es sich in der vergangenen Woche immer wieder gesagt – endlich bist du mal zu Hause, genieße die Tage mit Jonas, als Mutter, mit deinem Sohn! –, aber zwischendurch hatte sie das Gefühl, dass sie es vielleicht ein wenig zu laut sagen musste, um wirklich daran zu glauben.

Wo waren die Champignons?

Jonas' Quengeln ging in lautes Gejammer über. Er bog den Rücken durch und wollte aus dem Sitz gehoben werden. Aber sie konnte ihn weder während des Einkaufens auf den Arm nehmen noch in den überfüllten Gängen herumlaufen lassen.

Vermutlich war er einfach nur müde. Oder hungrig. Oder beides. Er hatte in den Nächten nach der Bissattacke auf dem Spielplatz schlecht geschlafen und tagsüber nur wenig gegessen. Zwei Tage lang hatte er erhöhte Temperatur gehabt, und sie und David waren besorgt gewesen, dass es vielleicht etwas mit der Wunde zu tun haben könnte: eine Infektion. Aber die Wunde heilte gut ab, und das Fieber verschwand wieder. Dennoch war etwas mit ihm.

»Aus, aus! Laufen!«, rief Jonas, stemmte sich in die Höhe und versuchte, seine Beine aus den rechteckigen Aussparungen in dem Kinderwagen zu befreien.

»Jonas, das geht jetzt nicht«, sagte sie, »wir müssen kurz den Einkauf machen« – auch wenn sie natürlich wusste, dass »kurz« eine heillose Untertreibung war, weil sie noch mindestens vierzig

Zeilen auf ihrer digitalen Einkaufsliste durchstreichen musste. Sie zog eine Dinkelstange aus ihrer Tasche und hielt sie Jonas hin, aber Jonas schob ihre Hand beiseite.

Schließlich wusste sie sich nicht anders zu helfen, als Jonas aus dem Wagen zu heben und ihn auf den Arm zu nehmen. Aber auch das fand er nicht gut. Er wollte laufen! Sie überlegte, ob sie David anrufen sollte, um ihn zu bitten, dass er entweder den Einkauf machte oder Jonas übernahm, aber sie verwarf den Gedanken sofort wieder. Diese Niederlage würde sie nicht ertragen können: die ständig abwesende Mutter, die nicht dazu in der Lage war, die banalsten alltäglichen Aufgaben zu bewältigen – einen Wochenendeinkauf, und zwar nicht mit drei Kindern, sondern mit einem einzigen! –, und die daraufhin den Mann und Vater, der mal zwei Stunden Zeit für sich haben wollte, um Hilfe anflehte.

Also setzte sie Jonas ab, und er lief sofort los – immerhin in die Richtung, in die sie auch musste.

~~3 Hände voll Champignons~~
~~3 Gurken~~
~~10 Tomaten~~
~~5 rote Paprika~~
~~1 Salatkopf~~
~~500 g Rigatoni~~
~~500 g Farfalle~~
~~3 Flaschen Passata~~
~~3 Liter Hafermilch~~

Sie war auf einem guten Weg, ein Drittel des Einkaufs hatte sie geschafft. Zwischendurch hatte Jonas ihr sogar »geholfen«, hatte ungefragt zwei Packungen Kekse, drei Tafeln Schokolade und ein Paar Alpaka-Wollstrümpfe gebracht, allesamt Dinge, deren genauen Herkunftsort sie erst finden musste, um sie anschließend wieder in die Regale zu räumen. Allein bei den Strümpfen hatte das zwei Minuten gedauert, aber nun war Jonas plötzlich verschwunden.

»Jonas?«

Sie schaute bei den Süßigkeiten. Kein Jonas. Bei Kaffee und Tee. Kein Jonas. Dafür überall tausend andere Menschen, die sich ihr in den Weg stellten, die sie anrempelten, denen sie ausweichen musste. Ihr wurde heiß. Wo war Jonas? Er konnte sich doch nicht einfach in Luft aufgelöst haben!

»Jonas!«

Gerade als sie schon hinausrennen wollte, auf den Gehweg, auf die Straße, dorthin, wo es wirklich gefährlich war, entdeckte sie ihn. Er stand direkt vor der Fleischtheke, mitten in der Schlange, und betrachtete die Auslage.

Sybil stellte den Wagen ab.

»Jonas, da bist du ja! Kommst du bitte?«

Jonas reagierte nicht. Seine Hände waren an die Scheibe gelegt, und vollkommen gebannt starrte er die blutigen Koteletts an, die wie Ausstellungsstücke vor ihm in der Vitrine lagen.

Sybil entschuldigte sich bei dem Mann und der Frau, die Jonas in der Schlange einrahmten, und ging in die Hocke.

»Esse«, sagte Jonas.

»Ja«, sagte Sybil. »Das ist Fleisch, und das kann man essen. Aber wir essen es nicht.«

»Nis esse? Leisch!«, sagte Jonas.

»Doch, man kann Fleisch essen, und viele Menschen essen es«, sagte Sybil. »Aber wir nicht!«

»Leisch!«, wiederholte Jonas.

»Ja. Und jetzt müssen wir weiter einkaufen.«

Sybil stand auf und griff nach Jonas' Hand. Doch Jonas entzog sie ihr und patschte erneut gegen das Glas der Auslage.

»Leisch!«, sagte er.

Sybil seufzte. Sie hatten Jonas von Anfang an nicht nur vegetarisch, sondern konsequent vegan ernährt, und aller Unkenrufe ihrer Eltern zum Trotz hatte er eine normale Körpergröße, kein Untergewicht und eine stabile Konstitution. Er hatte nie besonderes Interesse an Milch, Käse, Butter oder Fleisch gezeigt. Aber seit er im Kindergarten war, hatte sich das geändert. Ein paarmal hatten sie bereits den Verdacht gehabt, dass ihm vielleicht beim Mittagessen aus Versehen ein Teller mit Würstchen vorgesetzt worden war, aber die Erzieherinnen hatten das vehement abgestritten. Sie hatten allerdings zugegeben, dass es mehrfach zu Problemen gekommen war, wenn die anderen Kindern Würstchen bekamen und er nicht.

»Jonas, komm jetzt bitte.«

Jonas reagierte nicht. Um sie herum wurden Bestellungen aufgegeben. Bewegung von links nach rechts und wieder zurück, und sie behinderten den gesamten Ablauf.

Von David wusste Sybil, dass es auch in der Kooperative immer wieder Diskussionen über den Fleischverkauf gab. Nicht in erster Linie wegen des Tierwohls – das Fleisch war bio, regional und hofgeschlachtet –, sondern vor allem wegen der verheerenden CO_2-Bilanz. Doch offenbar herrschte die Angst vor, ohne Fleisch im Sortiment zu viele Mitglieder und Kunden zu verlieren, was angesichts der langen Schlange, die sich an diesem Nachmittag vor der Theke gebildet hatte, nicht ganz unberechtigt zu sein schien.

»Jonas«, sagte Sybil. »Komm jetzt bitte.« Sie griff erneut nach seiner Hand.

Im selben Moment nahm sie hinter der Theke eine Bewegung wahr, und den Bruchteil einer Sekunde später rückte ein Wiener Würstchen in ihr Blickfeld.

»Wenn er darf, kann er gern eine haben.«

Die Frau hinter der Fleischtheke war ein bisschen jünger als sie selbst, vielleicht Anfang dreißig. Sie trug einen Nasenring und hatte ein Tattoo auf dem Oberarm. Keine typische Fleischfachverkäuferin, aber es war ja auch kein typischer Supermarkt.

»Nein, danke«, sagte Sybil. »Wir … essen kein Fleisch.«

»Ach so … Verstehe.«

Die Frau zog die Hand mit dem Würstchen wieder zurück.

»Haben«, rief Jonas. »Haben!«

»Du kannst nachher etwas anderes haben«, sagte Sybil. »Eine Brezel oder einen Keks. Aber kein Fleisch.«

»Haben!«, rief Jonas. »Leisch!«

»Nein, Jonas«, sagte sie. Und dann mit flehendem Unterton: »Und jetzt komm bitte!« Sie zog an seiner Hand.

Der Ausbruch kam so unvermittelt, dass Sybil im Nachhinein davon überzeugt war, dass Jonas die ganze Zeit darauf hingearbeitet hatte. Er hatte Anlauf genommen, und nun sprang er. Sprang in die Wut. Er riss sich von Sybil los, trommelte mit beiden Fäusten gegen die Theke und brüllte: »Leiiiisch!«

Sybil war so überrascht, dass sie einen Moment lang vollkommen regungslos blieb. Sie spürte die Blicke auf sich. Den Blick der Frau hinter der Theke. Die Blicke der Leute in der Schlange. Die Blicke des gesamten Ladens.

»Jonas, bitte! Bitte komm!«, flehte sie ihn an.

Doch Jonas brüllte einfach weiter. »Leiiiiiisch!«

Sie hatte schon einige Wutanfälle von Jonas mitbekommen, aber noch nie war er so außer sich gewesen. Was sollte sie tun? Normalerweise übernahm David in diesen Fällen. Wie reagierte man als Mutter, wenn das Kind jenseits von Gut und Böse war?

»Jonas! Bitte beruhig dich!«

Es hatte keinen Sinn. Sie drang nicht durch.

Sie packte Jonas unter den Achseln und riss ihn hoch. Jonas strampelte.

»Jonas! Bitte! Sei vernünftig!«

Jonas bog seinen Körper durch, bäumte sich auf, boxte und trat.

»Leiiisch!«, brüllte er. »Leiiiiiisch!«

»Jonas! Hör auf!«

Sie warf ihn sich über die Schulter und ging zu dem Wagen. Sie versuchte, den Wagen mit nur einer Hand zu schieben, während sie mit dem anderen Arm den strampelnden Jonas festhielt. Menschen wichen zur Seite. Andere traten ihr in den Weg. Jonas strampelte und boxte und schrie. Es ging nicht, sie brauchte beide Hände. Sie stellte den Wagen an die Seite, doch gerade, als sie mit dem anderen Arm zupacken wollte, trat Jonas mit dem Fuß in das Regal hinter ihnen. Es klirrte, und eine Flasche fiel krachend zu Boden. Dickflüssiges gelbgrünes Olivenöl verteilte sich zwischen dunklen Scherben auf dem Sichtbeton wie ein See um kleine Vulkaninseln herum. Nun hatte sie Jonas sicher, fixierte seine Arme und Beine, aber er hatte ja noch seine Stimme. Er schrie. Brüllte, weinte gleichzeitig. Und was war das? Versuchte er sie etwa zu beißen? Er schnappte nach ihrem Hals! Sybil änderte den Griff, aber nun waren seine Zähne an ihrem Oberarm, und wieder biss er zu.

»Hör auf!«

Sie drehte seinen Körper. Trug ihn jetzt mit dem Kopf nach unten, mit dem Mund so weit wie möglich von sich entfernt.

Sie kam sich vor wie auf einem roten Teppich: Alle Blicke waren in ihre Richtung gewandt.

Der Kassierer stand auf und beugte sich nach vorn, um zu sehen, was los war.

»Mir ist gerade eine Flasche Olivenöl heruntergefallen«, rief ihm Sybil zu, »ich bezahle sie gleich.«

Der Kassierer nickte unsicher und setzte sich wieder.

Sybil drängelte sich durch die endlose Schlange im Eingangsbereich und trat direkt vor die Kuchentheke. »Ich brauche ein Stück Schokokuchen!«, sagte sie. »Veganen Schokokuchen bitte!«

Die Verkäuferin schaute sie mit großen Augen an. Der Mann, der hinter ihr stand, ein älterer Herr mit einem Vollbart und einer dünnen, runden Brille, räusperte sich. »Entschuldigung. Aber ich glaube, Sie sind noch nicht an der Reihe.«

»Ich weiß«, sagte Sybil mühsam beherrscht. »Und es tut mir leid, dass ich mich vordrängeln muss. Aber wie Sie sehen, handelt es sich um einen Notfall!«

»Um einen Notfall?« Der Mann zog die Augenbrauen hoch.

»Ja. Ich brauche ein Stück Kuchen. Jetzt.«

Die Frau hinter der Theke wirkte unsicher. Sie wandte sich dem Mann zu. »Ist das okay für Sie?«, fragte sie.

»Bitte«, sagte er und verzog das Gesicht zu einem schiefen Lächeln. »Wenn es sich um einen Notfall handelt …«

Weiter hinten begannen die Leute zu protestierten. »Unglaublich« – »Frechheit« – »Das gibt's doch nicht!« Aber Sybil blendete alles aus.

»Also ein Stück Schokokuchen, richtig?«, sagte die Frau.

»*Veganen* Schokokuchen bitte.«

»Tut mir leid. Veganen Schokokuchen haben wir nicht mehr.«

Sybil zuckte mit den Schultern. Inzwischen war ihr alles egal: die Eier, die Milch, die Hühner, die Kühe und das Methan, das sie in die Atmosphäre rülpsten. Hauptsache, kein Fleisch. Und Hauptsache, Ruhe!

»Geben Sie mir irgendeinen Schokokuchen! Auf einem Teller bitte.«

Und dann saß sie mit Jonas an einem Tisch. Jonas starrte den Kuchen an. Genau wie erhofft war seine seltsame Lust auf Fleisch von der Lust auf Zucker überlagert worden. »Choko«, schniefte er.

»Ja, ein Schokokuchen …«

Sybil nahm Jonas auf den Schoß und bröckelte den Kuchen in kleine Stückchen. Sofort griff er zu. Kaute. Schluckte. Griff erneut zu und kaute wieder. Sybil spürte, wie ihr Adrenalinspiegel sank, sich ihr Herzschlag verlangsamte und ihr Atem allmählich ruhiger wurde. Die Krise war überstanden.

Der Rest des Einkaufs verlief vollkommen reibungslos. Jonas saß zufrieden in dem Wagen, knabberte eine Dinkelstange und nahm ab und zu einen Schluck Apfelschorle. Es gab kaum noch Gedränge in den Gängen. Sybil fand alles schneller als erwartet, und als sie zu den Kassen kam, war die Schlange verschwunden. Einzig als sie mit dem Preis für das Olivenöl konfrontiert wurde, zuckte sie kurz zusammen: 25 Euro, was die Gesamtsumme auf knapp 200 Euro erhöhte. Aber was sollte sie tun? Es war nun mal, wie es war, und es brachte nichts, sich darüber aufzuregen.

Sie packte die Sachen in die Taschen und schob den Wagen zurück.

Dann waren sie endlich draußen. Es war warm. Sehr warm, wie die ganze Woche schon, und auf jeden Fall zu trocken. Das war die Klimakrise, so wie sie hier in Deutschland ankam. In anderen Ländern sah das ganz anders aus. Schon jetzt. Bei gut einem Grad. Wie sollte es erst werden, wenn es zwei oder sogar drei wären? Das musste um jeden Preis verhindert werden.

In diesem Moment allerdings genoss sie die Sonne. Genoss es, dass Jonas sofort zu dem kleinen Spielplatz mit dem Holzhaus gerannt war, der zu dem Laden gehörte, und dort im Sand wühlte. Unglaublich, wie schnell er sich von seinem Ausbruch wieder erholt hatte. Und nun verhielt er sich, als wäre nie etwas gewesen. Bei ihr selbst war das ganz anders. Sie spürte den Ausbruch noch in jeder Faser ihres Körpers, sein Schreien und Umsichtreten, der Versuch, sie zu beißen. Sie atmete tief ein und wieder aus. Dann legte sie den Kopf in den Nacken und schloss für einen Moment die Augen.

Als sie zehn Minuten später den voll beladenen Buggy mit dem schlafenden Jonas – keine zwei Minuten nachdem sie losgegangen waren, hatte er die Augen geschlossen und den Kopf zur Seite gelegt – in Richtung Park schob, kam ihr der gesamte Einkauf seltsam unwirklich vor. Die Sonne schien, und es war Frühling. Sie hatten einen gesunden Sohn, eine wunderschöne Wohnung in einem zukunftsweisenden Öko-Projekt und keine finanziellen Sorgen. Ja, die Welt stand auf der Kippe, aber sie hatten den Kampf angenommen! Morgen würde ihr großer Fernsehauftritt ausgestrahlt werden. Und danach würden weitere Auftritte und Kämpfe folgen

Auf der gegenüberliegenden Seite der Straße rückten die *Gleisgärten* in ihr Blickfeld. Wie ein großes Schiff lagen sie da, wie eine Arche. Ja, genau, die *Gleisgärten* waren die Arche Noah, und nun ging es darum, dafür zu kämpfen, dass sie nicht in die Fluten musste.

Sybil überquerte den Zebrastreifen. Sie beugte sich ein wenig nach vorn und schob den schweren Buggy den Hügel hinauf. Eine Krähe flatterte krächzend über ihren Kopf, und plötzlich hatte sie die gezischte Stimme der alten Roma-Frau in den Ohren, und sie dachte: Es war ein Fluch! Die Frau hat mich verflucht!

Einen Moment lang blieb sie stehen und starrte auf ihre Arme, die sich gegen das Gewicht von Jonas und den Einkäufen stemmten. Dann packte sie fest zu und schob den Buggy mit Schwung die letzte Steigung hinauf.

Reibung

Es war ein wunderschöner Abend. Die Sonne versank hinter den Häusern auf der anderen Seite des Parks. Die Bienen hatten sich in ihre Kästen zurückgezogen, und die noch feuchte Kühle, die die Bäume ausschickten, mischte sich mit der Wärme der Terrakottafliesen. David stand auf der Terrasse und reichte die Gläser mit dem Crémant herum, neun Gläser, für jeden eines.

Sie waren alle gekommen: Jule und Andreas, Ina und Bert, Carsten und Steven. Und Leyla. Alle ihre Freunde, die kleine Gruppe Menschen, die sie in den letzten drei Jahren um sich geschart hatten, nachdem zuvor viele ihrer alten Freundschaften in die Brüche gegangen waren. Aber wie sollte es auch anders sein? Wie konnte man noch mit jemandem befreundet sein, wenn man nicht mehr die gleichen Werte teilte? Wenn man mitansehen musste, wie der andere im Angesicht der Bedrohung einfach weitermachte wie bisher: ein dickes Auto fuhr, Fleisch aß – womöglich nicht einmal bio –, literweise Milch trank – womöglich nicht einmal bio – und durch die Weltgeschichte flog? Wie er einfach vollkommen unbewusst weiterkonsumierte, als gäbe es kein Morgen. Und deshalb waren diese neuen Freunde auch Menschen, die eine ähnliche Haltung hatten wie sie. Nicht alle von ihnen wohnten in einem Nullenergiehaus. Nicht alle lebten vegan, und Ina und Bert aßen sogar ab und zu Fleisch. Nicht alle verzichteten auf ein Auto mit Verbrennungsmotor oder hatten dem Fliegen komplett abgeschworen. Aber wenn sie sündigten – Steven und Carsten mussten beruflich sogar recht oft fliegen –, dann versuchten sie es verantwortungsvoll zu tun: Sie fuhren grundsätzlich nicht mit dem Auto in der Stadt, sie leisteten für jeden Flug eine hohe CO_2-Ausgleichsabgabe, und natürlich kauften sie ausschließlich regionale Biomilch in Pfandflaschen und Fleisch direkt beim Erzeuger. Kurz gesagt: Sie hatten ein Bewusstsein dafür, was sie taten. Und bei jeder Entscheidung wägten sie ab. Und nebenher engagierten sie sich. Gingen gemeinsam auf Demonstrationen und kämpften für mehr Bewusstsein, jeder auf seine Weise.

Jule und Andreas wohnten bei ihnen in den *Gleisgärten*. Jule war Professorin für Umwelttechnik in Potsdam, und Andreas war IT-Experte. Ina arbeitete als freischaffende Fotografin und Bert war Architekt. Carsten und Steven waren Inhaber einer Firma, die modulare Recycling-Möbel in einem ansprechenden Design herstellte und die inzwischen Ableger in der halben Welt hatte. Die Firma machte keinen Gewinn: Alles Geld, das übrig blieb, nachdem die Gehälter gezahlt waren, floss in den Aufbau neuer Recycling-Standorte.

Und Leyla? Sie war der Hippie in ihrer Gruppe. Sie arbeitete als Model, jedoch ausschließlich für Unternehmen, die nachhaltig produzierten, lebte in einem Bauwagen und schlief, soweit David es mitbekam, mit Männern, Frauen und allen Geschlechtern, die irgendwo dazwischen lagen. Eine Zeitlang hatte sie in Natur-Pornos mitgespielt, durch die die Wiederaufforstung des Regenwaldes finanziert wurde. Ein paarmal hatte sich David bei der Fantasie ertappt, wie es wohl wäre, wenn Sybil und er gemeinsam eine Affäre mit ihr anfangen würden, aber den Gedanken sofort wieder verworfen. Denn auch wenn er manchmal das Gefühl hatte, dass Leyla und Sybil sich zueinander hingezogen fühlten, käme so eine Konstellation für sie beide vermutlich nicht infrage.

Jule und Andreas hatten ihren Beamer mitgebracht, eine Leinwand und zwei weitere Stühle, damit sie alle Platz hatten. Doch vorerst standen sie auf der Terrasse und tranken Crémant.

Jonas schlief seit einer halben Stunde. Die Sonne hing als roter Ball über dem Park, und die Wolken sahen aus wie dunkle Watte. Es war einer dieser Abende, an denen man spüren konnte, was auf dem Spiel stand, wenn die Welt noch stärker aus dem Gleichgewicht geriete. Anders gesagt: Es war der perfekte Abend, um ein wenig Kraft zu sammeln für den gemeinsamen Kampf. Und der perfekte Abend, um Sybils Auftritt in der Talkshow zu feiern, ihr trojanisches Pferd, das sie auf die große Bühne des Abendprogramms geschmuggelt hatten.

Sybil sah fantastisch aus. Sie trug eine weite schwarze Hose und eine beige Bluse. Nach außen war sie gelassen, wie ja eigentlich fast immer. Sie lächelte und flirtete ein wenig mit Leyla und zugleich mit Carsten, der sagte: »Du siehst wirklich zum Anknabbern aus! Wenn ich hetero wäre, würde ich dich auf der Stelle hinter eine der Topfpflanzen zerren und dich vernaschen.«

»Danke für das Kompliment. Aber was, wenn ich nicht vernascht werden möchte?«

»Dann würde ich mich im Liebeswahn von der Terrasse stürzen.«

Alle lachten. Und Sybil am schönsten von allen.

Aber David ließ sich nicht täuschen. Er spürte ihre Anspannung, und er wusste, dass es für sie bei ihrem Talkshowauftritt um mehr ging, als nur die Öffentlichkeit in der Klimafrage wachzurütteln. Es ging um Sinn. Sie wollte nicht mehr länger ihre Burnout-Seminare geben und irgendwelchen Managern dabei helfen, wieder ins Erwerbsleben zurückzufinden, auf dass sie weiterhin die Ressourcen des Planeten ausbeuten konnten. Sie wollte sich etwas widmen, das ihr wirklich wichtig war. Manchmal spürte David sogar Sybils Neid. Darauf, dass er seinen Blog hatte. Seinen Instagram-Kanal. Darauf, dass ihm unzählige Menschen im Netz folgten. Dass er mit ihnen im Austausch war – mit Menschen, die die gleichen Ziele hatten, und nicht nur mit Unternehmern, die ihre Bilanzen verbessern wollten. David spürte, dass Sybil ein anderes Leben wollte und dass sie hoffte, der heutige Abend werde der Startschuss dafür.

Sie tranken das Glas Crémant, und alle bis auf Leyla aßen von dem Buffet. Sie tranken ein zweites Glas Crémant und setzten sich dann mit dem dritten auf die improvisierte Kinobestuhlung. Inzwischen war es draußen schon fast dunkel, dennoch fuhr David die Rollläden herunter.

Die Vorstellung konnte beginnen.

David sah nie fern, entsprechend hatte er auch diese Talkshow noch nie gesehen. Sie war konfrontativ, um nicht zu sagen reißerisch konzipiert. Es gab schnelle Kamerafahrten, harte Schnitte, aufgepeitschte Zuschauer, und der Moderator war ein Arschloch. Aber Sybil sah großartig aus, und sie schlug sich wacker gegen die Anfeindungen der Burnout-Leugner.

Eine gute halbe Stunde ging es hin und her. Argument, Gegenargument, Sarkasmus, Abwinken, Lächerlich-Machen, Unterbrechen und Unterbrochen-Werden. Doch die ganze Zeit ging es dabei um Burnout. Wann würde Sybil denn das Thema wechseln? Wann *hatte* sie das Thema gewechselt? Die Talkshow ging doch nur eine Stunde, oder?

Als er sich fragend zu Sybil drehte, sah er, dass sie sich vorgebeugt hatte und nervös auf ihrem Stuhl hin- und herrutschte.

»Hey«, flüsterte er. »Was ist los?«

Die Sybil im Fernsehstudio lächelte gerade und sagte mit fester Stimme: »Ja, genau das meine ich!«, während die Sybil, die neben ihm saß, den Kopf schüttelte und murmelte: »Das kann doch nicht wahr sein!«

David beugte sich zu ihr hinüber. »Was? Was kann nicht wahr sein?«

»Es …« Sybil unterbrach sich. »Sie haben … Ich meine …« Erneut schüttelte sie den Kopf. »Das ist unglaublich!«

Inzwischen hatten auch die anderen bemerkt, dass etwas nicht stimmte.

»Was ist denn los?«, fragte Jule.

Wieder keine Antwort. Stattdessen vergrub Sybil das Gesicht in beiden Händen. Was war los? Weinte sie etwa?

Steven beugte sich zu ihr: *»Hey, my dear, what's wrong?«*

Ruckartig richtete sie sich auf. Der Stuhl, auf dem sie saß – natürlich hatten sie das Sofa ihren Gästen überlassen –, fiel polternd um. Sie hatte nicht geweint, aber ihr Gesicht war wutverzerrt.

»Mach es aus!«, sagte sie zu Andreas, der die Fernbedienung hatte.

»Warum? Was ist los?«, fragte David.

»Sie haben es herausgeschnitten! Sie haben alles rausgeschnitten!« Und so wie sie es sagte, klang es, als hätte ihr jemand ein Körperteil amputiert.

Andreas machte den Ton aus.

»What? What have they done?«, fragte Steven.

»They cut it out. Everything! Every single word I said concerning the clima crisis!«

»Bist du … sicher?«, fragte David.

»Ja, ganz sicher.«

»Aber vielleicht haben sie es nur umgeschnitten. Lass es uns doch weiter anschauen. Vielleicht kommt es noch.«

»Warum sollten sie es denn umschneiden? Sie haben es rausgeschnitten!«

»Ich finde, David hat recht, wir sollten es zu Ende anschauen«, sagte Bert. »Vielleicht kommt ja zumindest noch ein Teil.«

Zustimmendes Gemurmel.

»Okay, wenn ihr wollt. Gut.«

Sybil setzte sich. Andreas machte den Ton wieder an. Die Frau mit der Partnervermittlungsagentur sagte gerade: »… und härter arbeiten. Vielleicht auch weniger schlafen. Disziplin, das ist die Lösung!«

»Das kann nicht Ihr Ernst sein!«, sagte die Sybil im Studio.

»Das ist mein voller Ernst. Wir leben in einer Leistungsgesellschaft. Und Leistung macht Spaß. Der Wille, weiterzukommen. Was glauben Sie denn, wie wir es vom Jäger und Sammler bis in die Gegenwart geschafft haben? Meine Mitarbeiter bekommen ein angemessenes Grundgehalt, aber vor allem bekommen sie eine Erfolgsprämie.«

Die Sybil auf der Leinwand schüttelte den Kopf. »Mit dieser Argumentation befeuern Sie nur die Spirale, in der wir uns befinden.«

Die Dating-Frau wollte sofort antworten, aber der Moderator hob die Hand: »Moment, Moment. Bevor das hier zu einem reinen Streitgespräch unter Damen wird, würde ich gern noch mal die Herren der Schöpfung befragen …«

David schaute wieder zu der Sybil, die neben ihm saß. Sie hatte ihr Smartphone in den Händen, und ihre Daumen tanzten über das Display. In dem bläulichen Licht wirkten ihre Gesichtszüge wie versteinert.

Und dann war die Sendung vorbei, und tatsächlich war die Klimakrise mit keinem Wort erwähnt worden. Es war eine Sendung, die in jeder Sekunde bei ihrem Thema geblieben war: Burnout. Für und Wider, Hin und Her. Und schließlich Abspann und Schluss. Andreas machte den Beamer aus.

Ina schüttelte den Kopf. »Ich versteh das nicht. Die haben doch eine bestimmte Sendezeit. War das denn jetzt kürzer als im Programm angekündigt?«

»Nein, genau eine Stunde«, sagte Andreas.

»Diese Arschlöcher!« Leyla war aufgesprungen. »Das ist genau das, was immer wieder passiert! Sie machen uns mundtot! Und währenddessen geht die Welt unter!« Sie nahm den Crémant von der Anrichte und schenkte sich ein weiteres Glas ein.

Sybil schien nur halb anwesend zu sein. Sie saß auf ihrem Stuhl und schüttelte immer wieder den Kopf. »Ich hätte es wissen müssen«, murmelte sie. »Ich hätte es wissen müssen …«

»Aber das konntest du doch nicht«, sagte Carsten.

»Sie haben sogar Aussagen, die ich zum Klima gemacht habe, in den Burnout-Teil reingeschnitten! Mein Satz: ›Mit dieser Argumentation befeuern Sie doch nur die Spirale, in der wir uns befinden‹, war auf die Klimakrise bezogen und nicht auf den Burnout!«

»Aber das dürfen die doch nicht!«, rief Leyla.

Sybil schüttelte resigniert den Kopf. »Die dürfen alles. Ich musste eine drei Seiten lange Abtretungserklärung unterschreiben … Und selbst wenn ich sie im Nachhinein verklagen könnte, jetzt ist die Sendung ja gelaufen.«

»Trotzdem bleibt die Frage, die Ina gestellt hat«, sagte Bert. »Wie haben sie es gemacht? Wie sind sie auf eine Stunde Sendezeit gekommen?«

»Vielleicht drehen sie immer ein bisschen mehr«, sagte Jule. »Wie lange habt ihr denn über das Klima gesprochen?«

Sybil zuckte mit den Schultern. »Ich weiß es nicht. Eine Viertelstunde bestimmt. Aber ich hatte überhaupt kein Zeitgefühl.«

»Weißt du, wie lange ihr insgesamt geredet habt?«, fragte David. »Hast du denn zufällig vor und nach der Sendung auf die Uhr geschaut?«

»Nein, natürlich nicht.« Sybil überlegte. »Aber wenn ich jetzt darüber nachdenke, dann …« Sie brach ab.

»Was dann?«

»Dann kommt es mir eher länger vor …«

»Diese Arschlöcher«, sagte Leyla und leerte ihr Glas, um sich gleich ein neues einzuschenken.

»Außerdem …«, sagte Sybil.

»Ja?«, sagte David.

»Ich glaube, diese Filme zwischendurch waren kürzer.«

»Du meinst die Einspieler?«

»Ja.«

»Dann haben sie darüber ein paar Minuten rausgeschlagen und den Rest durch die verlängerte Diskussion«, sagte David.

Alle standen betreten herum. Die Stimmung war ruiniert, die Party ins Wasser gefallen. Bert nahm sich einen Dinkelcracker mit Hirsefrischkäse, und Jule zückte ihr Handy und schrieb eine Nachricht.

Zwei Stunden später waren sie allein. Das Buffet war kaum berührt worden. Dafür hatten sie gemeinsam vier Flaschen Crémant geleert, eine Flasche Rotwein und mehrere Flaschen Bier. Zwischendurch hatte Leyla sie mit ihrer Wut angesteckt, und sie hatten darüber diskutiert, ob es nicht doch militante Aktionen geben müsste, um auf die Klimakrise aufmerksam zu machen: Farbbeutelanschläge auf den Bundestag, Blockaden, Hungerstreik. Doch bis auf Leyla waren sie alle übereingekommen, dass sie dafür erstens zu alt waren und es zweitens entscheidend war, die Mitte der Gesellschaft zu mobilisieren. Und das konnte man nicht mit Farbbeuteln. David hatte angekündigt, über den »Skandal« in seinem Blog zu schreiben, und Steven hatte gesagt, dass er es auf allen Kanälen verbreiten würde, die er kannte – und es waren viele Kanäle. Sie hatten sich gegenseitig Mut zugesprochen, und Leyla hatte – inzwischen deutlich angetrunken – gerufen: »Wir werden uns nicht unterkriegen lassen! Wir kämpfen weiter!«

Sie hatten sich vorgenommen, die Köpfe nicht in den Sand zu stecken. Leyla hatte Sybil lange in die Arme genommen, so lange, dass David den Eindruck gehabt hatte, dass es hier um mehr ging als um den Trost unter Freundinnen.

Kurz gesagt: Sie hatten die große Depression abgewendet, und auch Sybil hatte so gewirkt, als ob sie den Schock verarbeitet hätte.

Und nun waren alle weg, und David hegte die Hoffnung, dass er und Sybil vielleicht noch einmal an das anknüpfen könnten, was vor einer Woche so unverhofft zwischen ihnen stattgefunden hatte: Sex! Heute wäre die letzte Gelegenheit dazu, bevor Sybil morgen früh für eine Woche zu einem Workshop nach Stuttgart fuhr. Es wäre die perfekte Ablenkung nach dem enttäuschenden Abend.

Sie standen noch im Flur. Carsten und Steven waren als Letzte gegangen, und Stevens *»We wont give up!«*-Energie war noch spürbar.

»Trotzdem: Schön, dass sie alle mal wieder hier waren«, sagte David.

Sybil schwieg.

»Wollen wir noch was trinken? Einen kleinen Absacker vielleicht?«, fragte er, während sie ins Wohnzimmer gingen.

Sybil nickte. »Warum nicht.«

David schenkte sich einen Whiskey ein und Sybil einen Kräuterlikör auf Eis mit Zitrone.

»Hast du noch die Zigaretten?«, fragte Sybil, als er ihr das Glas überreichte.

»Welche Zigaretten?«

»Die Packung in deinem Nachtschrank.«

Erst jetzt verstand David: die angebrochene Packung Öko-Zigaretten, die dort lag, seit er vor zwei Jahren mit dem Rauchen aufgehört hatte. Sybil hatte in der Zeit, seit sie sich kannten, noch nie geraucht. Zumindest nicht, dass er es wüsste.

»Seit wann rauchst du?«, fragte er.

»Ich rauche nicht. Aber jetzt will ich rauchen.«

David überlegte, ob er mit ihr diskutieren sollte. Darüber, ob es sinnvoll wäre, in einer solchen Situation mit einer schlechten Gewohnheit anzufangen. Einer sehr schlechten Gewohnheit, einer Sucht. Und noch dazu einer, die nicht nur schlimme Folgen für einen selbst, sondern auch für den Planeten hatte. Denn selbst Öko-Zigaretten brauchten Tabakplantagen, und für Tabakplantagen wurden Wälder abgeholzt.

Aber er entschied, dass es nicht der richtige Zeitpunkt war, um mit Sybil über Selbstdisziplin und die Rettung der Welt zu diskutieren, und daher ging er zum Nachtschrank und holte die Zigaretten heraus und sein silbernes Zippo, das daneben lag wie ein Relikt aus einem früheren Leben.

Dann standen sie auf der Terrasse. Es war kühl geworden. Laut Davids Wetter-App sollte es in der Nacht regnen: eine gute Aussicht für die Natur, denn wie schon in den vergangenen Jahren war es in diesen ersten Frühlingswochen, die so wichtig für die Bäume und Pflanzen waren, viel zu trocken gewesen.

Sybil inhalierte tief, und David wunderte sich, wie routiniert ihr Rauchen war. Wie oft rauchte sie, ohne dass er davon wusste?

Irgendwo lief Musik.

David stellte sein Glas auf der Terrassenbrüstung ab und nahm Sybil von hinten in den Arm. Gemeinsam schauten sie in die Ferne. Er spürte den Alkohol in seinem Kopf und ihren Hintern an seinem Schwanz – unter der dünnen Hose ihr Slip – und roch ihr Parfum. Seine Hände ruhten knapp oberhalb ihrer Lenden, und er übte ein wenig Druck aus, nur ganz leicht, nur nicht zu fordernd. Nach einer Weile schloss er die Augen und beugte sich nach vorn, um ihren Nacken zu küssen.

»Weißt du was?«, sagte Sybil.

»Nein, was?«, raunte David knapp oberhalb ihres Ohrs.

»Ich mache mir Sorgen um Jonas.«

David öffnete die Augen. Der feine Flaum auf Sybils Hals flimmerte im Gegenlicht der Laternen im Park.

»Um … Jonas?«, sagte er und lockerte seine Umarmung.

»Ja.« Sybil drehte sich um. »Er ist in letzter Zeit so … unausgeglichen. Besonders seit diesem Vorfall auf dem Spielplatz.«

David hatte sich gerade vorgestellt, Sybil die Klamotten vom Leib zu reißen, sie zur Küchenanrichte zu tragen und dort mit ihr zu vögeln. Die ganzen Sorgen und Ärgernisse der Welt einfach mit Sex zu überfluten – und Jonas hatte in dieser Fantasie nichts zu suchen. Und schon gar nicht der Junge und dessen Vater, der ihn in aller Öffentlichkeit gedemütigt hatte.

»Findest du?«, sagte David.

»Ja. Er ist so … ungehalten. Du hättest ihn gestern beim Einkaufen erleben sollen, als er diese Wurst haben wollte. Er war völlig außer Rand und Band.« David sah die Sorge in Sybils Gesicht. Aber er sah auch noch etwas anderes. Angst. Jonas' Wutausbruch hatte ihr Angst gemacht. Sie war Psychologin. Sie konnte mit den Problemen von Erwachsenen im Berufsleben umgehen, mit Panikattacken, psychosomatischen Beschwerden und mit Stresssymptomen, aber nicht mit den Wutanfällen ihres eigenen Sohns.

»Jonas geht es gut«, sagte David und griff nach ihrer Hand.

»Und was ist, wenn es doch etwas mit dem Biss zu tun hat?«, sagte Sybil. »Wenn er dadurch irgendwie … traumatisiert wurde?«

»Traumatisiert?«

»Ja.«

»Ach, Unsinn.« David machte eine wegwerfende Handbewegung.

»Aber beim Einkaufen gestern, da war er … Da war er wie von Sinnen … Er hat mich geschlagen, getreten und sogar versucht mich zu beißen!« Sie machte eine Pause, schluckte. Atmete aus und wieder ein. »So habe ich ihn noch nie erlebt!«

»Jonas muss gerade viel aus dem Kindergarten verarbeiten«, sagte David. »Und er ist eben sehr sensibel.«

»Ja, das ist er«, sagte Sybil gedankenverloren und wandte sich wieder in Richtung Park.

David ärgerte sich. Er wollte über all das jetzt nicht nachdenken. Nicht über die Klimakrise, nicht über den Kindergarten, nicht über den Spielplatz und nicht über den Biss. Jonas schlief, und morgen würde es regnen. Das musste reichen.

Er trat wieder näher an Sybil heran. Nun würde er es ein wenig forscher angehen lassen. Er umarmte sie erneut, küsste ihren Nacken und ihren Hals.

»Hey«, sagte Sybil, und es klang nicht unbedingt einladend. Eher im Gegenteil. Aber David stachelte es an. Es gab da diese alte Werber-Weisheit: Leidenschaft generiert Leidenschaft. Er musste also weitermachen. Je deutlicher er zeigte, dass er Sybil begehrte, desto wahrscheinlicher war es, dass sie darauf einging. Sie musste sich einfach nur fallen lassen, der Rest würde sich ergeben.

Er vergrub sein Gesicht in der Mulde zwischen ihrem Hals und ihrer Schulter und küsste und knabberte und rieb sich an ihrem Hintern. Sybil machte einen Laut – war das ein Stöhnen? Noch hatte er es nicht geschafft. Aber bald, er spürte es genau, nur noch ein wenig Reibung, noch ein bisschen Beharrlichkeit. Von hinten griff er mit beiden Händen an ihren Busen, drückte zu und …

Mit einem Ruck löste sie sich von ihm und stieß ihn weg.

»Sag mal, spinnst du? Ich will nicht! Merkst du das denn nicht?«

»Oh … ich … dachte …« Er brach ab. Er hatte keine Ahnung, was er gedacht hatte. Genau genommen hatte er gar nichts gedacht. Außer, dass ihnen ein wenig Sex guttun würde – oder zumindest ihm guttun würde.

Sybil starrte ihn wütend an. Dann drehte sie sich um, und er sah nur noch ihren Rücken und ihren Hintern, die sich zielstrebig von ihm entfernten.

»Sybil, warte!«, rief er.

Doch da war ihr Rücken schon im Rahmen der Terrassentür angelangt und kurz darauf aus seinem Blickfeld verschwunden.

Sein Schwanz pochte. Ein leichter Wind kam auf.

Dann spürte er den ersten Regentropfen.

Hunger

Am anstrengendsten war es, die ganze Zeit den Kopf in den Nacken zu legen. Aber der Kopf im Nacken war wichtig, um die Blicke der Leute einzufangen. Einzufangen und festzuhalten, so lange, bis sie ihr entweder Geld gaben oder sich abwandten.

»Guten Tag!«

»Guten Tag!«

»Guten Tag!«

Für ungefähr dreißigmal »Guten Tag« durfte sie einmal »Danke« sagen. Das war kein schlechter Schnitt. Und immerhin konnte sie sitzen und sich an die Hauswand lehnen, während Nelu zwischen ihren Beinen hockte.

Offiziell verkaufte sie eine Obdachlosenzeitung, die 1,50 Euro kostete. Fünfzig Cent musste sie selbst für eine Zeitung bezahlen, wobei die meisten Leute ihr fünfzig Cent oder einen Euro gaben und gar keine Zeitung wollten. Am Ende eines Tages musste sie ein Drittel aller Einnahmen an Dacian abgeben. Aber es lohnte sich trotzdem. Vorgestern hatte sie knapp achtzig Euro gehabt, von denen sie fünfzig Euro behalten durfte – und das in gerade einmal sechs Stunden! Gestern waren es über hundert Euro gewesen, also 65 Euro für sie. Und heute hatte sie nach gerade einmal zwei Stunden schon knapp dreißig Euro zusammen.

Dacian hatte ihr gesagt, dass dies einer der besten Orte in der ganzen Stadt sei und dass sie dankbar sein könne, hier verkaufen zu dürfen. Er hatte tatsächlich »verkaufen« gesagt, *a vinde*, auch wenn das, was sie machte, natürlich nichts anderes war als betteln, *cerşi.* Ja, sie bettelte, und Petre konnte es kaum ertragen – er war sogar drauf und dran gewesen, es ihr zu verbieten –, aber als sie ihm nach knapp sieben Stunden fünfzig Euro in die Hand gedrückt hatte, änderte er seine Meinung. Außerdem war er spürbar erleichtert gewesen, dass sie beim Betteln im Gegensatz zum Putzen Nelu mitnehmen konnte. Denn er wollte ja auch endlich arbeiten – endlich Geld verdienen wie alle anderen –, und ein Kind mit auf den Bau oder in eine Küche zu schleppen war natürlich ausgeschlossen. Und nicht nur Petre war froh, dass Nelu nicht bei ihm bleiben musste, sie war es auch. Ja, mehr noch: Nach ihrem Putzjob in der vergangenen Woche hatte sie sich geschworen, Nelu nie mehr länger als zwei Stunden mit Petre allein zu lassen. Denn aus irgendeinem Grund war sie davon überzeugt, dass Petre ihr nicht alles erzählt hatte. Sie hatte keine Ahnung, woher dieses Gefühl kam, ob es etwas mit der Schaufel, mit Nelus entzündetem Auge oder mit Petres Schweigsamkeit bei ihren Nachfragen zu tun hatte, aber sie wusste aus Erfahrung, dass sie sich selten irrte.

Es klapperte in ihrem Becher. Eine Mutter mit zwei Kindern: eine drei- oder vierjährige Tochter und ein Baby, das sie in ein regenbogenfarbenes Tragetuch gewickelt um den Oberkörper trug. Diesmal hatte Aurica nicht »Guten Tag!« gesagt und keinen Blick gesucht, aber es hatte trotzdem funktioniert.

Ein Euro! Diese schöne, dicke, schwere Münze! Das silbern glänzende Innere und der goldene Rand.

»Danke«, sagte Aurica.

Die Frau nickte und lächelte müde, wobei sie nicht Aurica, sondern Nelu betrachtete. Die Tochter zog an ihrer Hand, und das Baby gab Laute von sich, die nicht besonders zufrieden klangen. Vermutlich war die Frau mit einem dieser seltsamen Dreirad-Fahrräder unterwegs, die aussahen wie kleine Kutschen oder diese Dinger, die man in Indien fuhr. Nur dass sie nicht von Eseln gezogen oder von Motoren angetrieben wurden, sondern von Menschen bewegt, und zwar meistens von Müttern, die die Transportboxen mit Einkaufstaschen und Kindern vollluden, um dann mit aller Kraft in die Pedale zu treten. Aurica verstand nicht, warum die Leute sich ein solches Gefährt zulegten, wenn sie sich genauso gut ein Auto kaufen konnten. Am Geld konnte es nicht liegen, denn erstens waren diese Fahrräder bestimmt nicht billig, und zweitens kauften die Leute ja auch in diesem Laden ein, dem vermutlich teuersten Lebensmittelgeschäft in ganz Berlin. An ihrem zweiten Tag hatte Aurica die engen Gänge auf der Suche nach dem Pfandautomaten durchquert, weil ihr ein Mann drei leere Wasserflaschen neben den Becher gestellt hatte. Staunend war sie vor den Regalen stehen geblieben und hatte die Auslage betrachtet.

Sie kannte die Preise in dem großen Supermarkt, in dem sie immer einkaufen gingen – kannte sie sogar sehr gut: für Milch, für Eier, für Margarine, für Kartoffeln, für Nudeln, für Äpfel, für Bananen, für Marmelade, für Schokocreme und für Schweinefleisch. Manchmal wartete sie, bis ein bestimmtes Produkt im Angebot war, und kaufte es dann auf Vorrat. Aber die meisten Lebensmittel waren auch ohne Angebot kaum teurer als in Rumänien. Manche sogar billiger – von der Auswahl ganz zu schweigen. Was die Lebensmittel anging, war Deutschland ein Paradies.

Aber hier, in diesem seltsamen Laden, war das vollkommen anders: Äpfel kosteten nicht 99 Cent das Kilo, sondern 3,99 Euro. Und diese Äpfel hier waren auch noch klein, hatten seltsame Formen und tiefe Dellen. Ähnlich war es mit Kartoffeln. Die kaufte sie normalerweise für 35 Cent das Kilo – vorgesäubert und in einem praktischen Plastikbeutel –, hier hingegen kostete das Kilo 2,50 Euro! Und sie lagen einfach in einer offenen Kiste, waren klein und voller Erdklumpen, die noch mitgewogen wurden und die man abbürsten musste, bevor man die Kartoffeln schälen und kochen konnte. Und so ging es weiter: Die Milch war mehr als doppelt so teuer, genau wie die Nudeln. Bei dem Schweinefleisch hatte sie im ersten Moment gedacht, dass es sich um den Preis für ein Kilo handeln musste: 3,90 Euro, aber hier ging es um hundert Gramm. Das war doch vollkommen verrückt!

Am meisten schockierte sie jedoch der Preis für die Schokocreme: Ein 400-Gramm-Glas kaufte sie in dem großen Supermarkt für 1,29 Euro. Hier kosteten 500 Gramm 12,99 Euro. Zehn Mal so viel! Wie konnte das sein? Und wer konnte sich das leisten? Für dreizehn Euro bestritt Aurica mit ein paar Sonderangeboten einen kompletten Wocheneinkauf! Und hier bekam man dafür gerade einmal ein Glas Schokocreme! Womöglich schmeckte diese Creme ja besonders gut. Vielleicht bekam man Glücksgefühle, wenn man sie aß. Aber wie gut konnte eine Schokocreme schmecken, damit der Preis von dreizehn Euro pro Glas gerechtfertigt war?

Dacian hatte Aurica erklärt, dass es den Leuten, die hier einkauften, darum ging, besonders gesund zu leben und mit ihrem Einkauf Gutes für die Umwelt zu tun, und dass sie deswegen auch bereit waren, Zeitungen von Obdachlosen zu kaufen. Natürlich waren Aurica sofort die großen Plakate vor dem Laden aufgefallen: Demonstrationsaufrufe. »Klima« stand darauf und »CO_2«. Sie wusste, dass das ein wichtiges Thema war, vielleicht sogar das wichtigste Thema überhaupt. Während der Ausbildung hatten sie Besuch von einer Gruppe italienischer Schwesternschülerinnen gehabt, und mit einer von ihnen, Gaia, hatte sie sich angefreundet. Gaia war anders als die anderen Schülerinnen gewesen. Sie hatte kurze Haare, trug einen Nasenring und hatte ein Tattoo in ihrem Nacken. Sie fiel auf, genau wie Aurica auffiel, als einzige Roma in ihrer Gruppe. Gaia kannte nur ein einziges Thema: das Klima. »Wir müssen um unsere Zukunft kämpfen!«, hatte Gaia immer wieder gesagt und Aurica alles, was sie darüber wusste, erklärt. Und das war viel, sehr viel sogar. Nachdem die Schwesternschülerinnengruppe wieder abgereist war, hatten Aurica und Gaia den Kontakt gehalten, und Gaia hatte ihr weiterhin E-Mails mit Klimainfos und WhatsApp-Nachrichten mit Aufrufen zu Demos und Klimastreiks geschickt. Und dann war da natürlich Petres Opa, der ständig darüber sprach, wie sehr sich die Menschen an der Natur und damit gegenüber Gott versündigten. Und dass, wenn es so weiterging, das Jüngste Gericht bevorstand.

Aber würden Gaia und Petres Opa in diesem Laden hier einkaufen können? Oder sie selbst und Petre, wenn sie einen Job hätten? Ganz bestimmt nicht! Gaia war Krankenschwester, Petres Opa Rentner. Was half es also, wenn die Lebensmittel, die hier verkauft wurden, fünf- bis zehnmal so teuer waren wie im Supermarkt um die Ecke? Wie sollten sich normale Menschen so etwas leisten können? Wie sollte man so die Welt retten?

Die Frau mit den beiden Kindern war in den Laden verschwunden, und Aurica schüttete den Euro aus dem Becher in ihre Handfläche, um die Münze anschließend in ihre Jackentasche zu stecken. Auch das war eine Regel, die Dacian ihr auferlegt hatte: »Der Becher muss immer leer sein. Es darf keiner sehen, wie viel du schon bekommen hast. Sonst geben sie dir nichts mehr. Verstanden?«

»Ja, verstanden.«

Und noch eine dritte Regel gab es: immer freundlich bleiben, egal, wie die Leute auf sie reagierten. Dieser Punkt war Dacian besonders wichtig gewesen. Es hatte mit der Frau zu tun, die vor Aurica den Verkaufs- beziehungsweise Bettelplatz vor dem Laden innegehabt hatte: »Sie hat nicht kapiert, wie man sich verhalten muss«, hatte Dacian gesagt.

Aurica hatte keine Ahnung, was genau vorgefallen war. Aber das war auch nicht wichtig. Wichtig war, dass sie die Regeln befolgte.

Nelu stemmte sich in Auricas Schoß hoch. Er wollte sich bewegen. Hin und her rennen oder zu dem kleinen Sandkasten hinübergehen, der aussah wie ein großes Katzenklo.

Aber er durfte nicht rennen und auch nicht in dem Katzenklo sitzen. Denn wenn er rannte, musste sie hinter ihm herrennen, und wenn er im Sand buddelte, musste sie ihn ständig im Blick behalten. Abgesehen davon musste er bei ihr bleiben, damit die Leute ihr auch weiterhin Geld gaben, vor allem die Mütter. Denn natürlich war Nelu der Hauptgrund, warum sie so viel bekam: Eine Mutter mit Kind, das erregte Mitleid. Und wenn dieses Kind zudem ein halb zugeschwollenes Auge hatte, erhöhte das den Mitleidsbonus.

»Nelu!«, sagte Aurica. »Setz dich auf meinen Schoß. Und trink noch ein bisschen was.« Sie hielt ihm die Flasche mit dem Kakao hin.

Aber Nelu wollte nicht trinken. Und er wollte nicht auf ihren Schoß. Er wollte sich bewegen. Rumrennen. Fangen spielen. Die Welt erobern.

»Mama!«, rief Nelu und zerrte an Auricas Ärmel.

»Nein, Nelu! Setz dich!«

»Nelu Hunger!«, sagte Nelu. *»Foame!«*

Hunger? Wie konnte er Hunger haben? Er hatte gerade einen halben Liter Kakao getrunken und vorher zwei Brote gegessen! Sie packte die Kekse aus.

»Hier.«

Nelu zog die Augenbrauen zusammen und schüttelte den Kopf.

»Banane!«, sagte er und deutete auf ein Kind, das eine Banane in der Hand hatte.

»Wir haben keine Banane. Du kannst einen Keks haben.«

Nelu schüttelte den Kopf. »Banane!«, rief er und stampfte mit dem Fuß auf.

Seufzend stand Aurica auf und packte ihre Zeitungen ein. Dann nahm sie Nelu an die Hand und ging mit ihm in den Laden.

Das Obst und Gemüse befand sich im Eingangsbereich, direkt hinter dem Drehkreuz. Die Bananen waren klein und hatten viele braune Stellen. Sie nahm zwei, die noch ganz gut aussahen, und bewegte sich durch die engen, verwinkelten Gänge in Richtung Kasse.

Sie spürte die Blicke der Leute. Sie starrten sie an: die Bettlerin, die eben noch mit ihrem Sohn vor der Tür gekauert und sie mit ihrem »Guten Tag!« belästigt hatte. Oder bildete sie sich das nur ein, und die Leute nahmen sie gar nicht wahr? Sie wusste es nicht.

Die müde Mutter, die ihr vor ein paar Minuten den Euro in den Becher geworfen hatte, stand vor dem Regal mit dem Kaffee und studierte die Aufschrift auf einer der Packungen, während sie rhythmisch auf und ab wippte, um das jammernde Baby zu beruhigen. Die vierjährige Tochter zog unterdessen an ihrer Hand und sagte immer wieder: »Mama! Mama! Mama!«

Es war nur eine Kasse geöffnet, und davor hatte sich eine lange Schlange gebildet.

Aurica betrachtete die Regale mit der Kosmetik zu ihrer Rechten. Cremes in allen möglichen Ausführungen: Tuben, Pumpflaschen, Dosen. Außerdem Deos, Puder, Lippenbalsam, Zahnpasta. Wenn die Preise der Lebensmittel unanständig hoch waren, dann waren die Kosmetikpreise astronomisch. Aurica betrachtete eine Cremedose und starrte auf den Preis darunter: 53,90 Euro! Über fünfzig Euro! Für eine winzige Gesichtscreme! Die Creme hatte einen silbernen Deckel, und einen Moment war Aurica davon überzeugt, dass genau das die Lösung des Rätsels sein musste: Der Deckel war aus echtem Silber. Aber als sie die Dose in die Hand nahm und wog, musste diese Möglichkeit wieder ausscheiden. Kein Silber. Nur eine Creme in einem Glasgefäß mit einem Edelstahldeckel.

Sie stellte die Dose zurück ins Regal und rückte in der Schlange auf. Inzwischen hatte eine zweite Kasse geöffnet, und die Kunden vor ihr hatten sich verteilt. Nelu war auf die andere Seite gelaufen und stand vor den Schokoriegeln.

»*Colată*«, sagte er, seine Kurzform für *ciocolată*, Schokolade.

»Nein«, sagte Aurica. »Komm zu mir. Hier sind deine Bananen.«

Sie legte die Bananen auf das Band und suchte in ihrer Tasche nach Kleingeld. Ein Schatten fiel direkt vor ihr auf den Boden. Sie schaute auf und sah sich einem großen, kräftigen Mann mit Dreitagebart und Ohrring gegenüber. Er trug ein Namensschild und schaute sie durchdringend an.

»Kommen Sie bitte mit«, sagte er.

Aurica drehte sich um. Hinter ihr stand ein zweiter Mann. Er war jünger, kleiner, mit einer runden Brille, die aussah wie aus Draht selbst zusammengebastelt.

»Tschuldigung?«, sagte sie.

»Kommen Sie mit!«, wiederholte der Mann.

»Warum?«, fragte sie.

»Kommen Sie!«

Aurica spürte, wie Wut in ihr aufwallte. Was wollte er von ihr? Sie hatte ihre Bananen auf das Band gelegt und war gewillt, sie zu bezahlen, auch wenn sie winzig waren, unzählige braune Stellen hatten und mindestens das Vierfache vom Supermarktpreis kosteten.

Sie seufzte, nahm Nelu auf den Arm und ging zwischen den beiden Männern in Richtung der Kühlregale. Nun starrten sie tatsächlich alle an und ganz besonders die müde Mutter, die gerade mehrere Flaschen Milch in ihren Einkaufswagen lud.

»Banane«, sagte Nelu.

Die Bananen. Sie hatte sie auf dem Band liegen gelassen.

»Ja«, sagte sie. »Gleich bekommst du deine Banane.«

Der Mann öffnete eine Tür, die sich ganz hinten neben dem Regal mit dem Müsli befand. An der Wand stand ein weißes Sideboard mit unzähligen Ordnern darauf und in der Mitte ein Schreibtisch, auf dem, umgeben von unzähligen Papieren, ein Computerbildschirm thronte.

Der Mann mit der selbst gebastelten Brille schloss die Tür, während der Mann mit Bart und dem Ohrring auf einen Stuhl vor dem Tisch deutete. Aurica setzte sich. Er selbst blieb stehen, sagte etwas und deutete auf ihre Tasche.

Was wollte er von ihr?

»Will Banane!«, sagte Nelu, der an ihren Beinen lehnte. Diesmal hatte seine Stimme etwas Befehlendes.

»Gleich«, sagte sie.

Wieder sagte der Mann etwas, das sie nicht verstand, und deutete erneut auf ihre Tasche, machte aber dazu eine Geste mit beiden Händen. Und nun begriff sie: Sie sollte ihre Tasche öffnen. Sie hielt ihre Tasche fest umklammert auf dem Schoß. Auf keinen Fall würde sie sie öffnen, geschweige denn von dem Mann durchwühlen lassen. All die persönlichen Sachen: ein Bild, das Nelu ihr auf einen Karton gemalt hatte, ein Rosenkranz mit Holzperlen, den sie in dem Heim zu ihrem siebten Geburtstag bekommen hatte. Ihr Handy. Feuchttücher, Windeln. Außerdem Tampons und vermutlich sogar Kondome.

»Polizei!«, sagte der Mann drohend und griff nach dem Telefon.

»Nein! *No!* Bitte! *Please!*«, rief Aurica. Sie musste an all die Geschichten denken, die sie in dem Haus gehört hatte. Von Polizisten, die Männer vom Bau in Handschellen abgeführt und sie anschließend die ganze Nacht in eine Zelle gesperrt hatten. Von Frauen, denen der Schmuck abgenommen worden war, und von einer Mutter, der ein Polizist vor ihren Kindern die Nase gebrochen hatte.

Außerdem erinnerte sie sich daran, dass Dacian ihr gesagt hatte, sie solle sich unbedingt von der Polizei fernhalten, da es in Berlin eigentlich verboten war, mit Kindern Obdachlosenzeitungen zu verkaufen.

»Nein! Bitte!«, sagte sie noch einmal, als sie sah, dass der Mann noch immer den Hörer in der Hand hielt und sein Zeigefinger über der Tastatur schwebte.

Sie gab auf, schüttelte kurz den Kopf, nickte dann und stellte ihre Tasche auf den Tisch.

Während der Mann darin wühlte, schloss sie die Augen.

»Banane!«, sagte Nelu. Und nach einer kurzen Pause: »Hunger!«

Aurica hielt ihre Augen geschlossen. Sie hörte, wie Dinge auf den Tisch fielen und wie der Mann etwas auf Deutsch zu dem anderen Mann sagte.

Nun hörte sie wieder Nelu, wie er einen unbestimmten Laut von sich gab und dann »Mama« sagte, und als sie Augen öffnete, sah sie, wie der Mann mit der runden Brille an ihm herumtastete.

»Hey!«, rief sie.

Sie wollte aufspringen, aber da griff der große Mann wieder nach dem Telefonhörer, und sie sackte in sich zusammen.

Der Tascheninhalt lag auf dem Schreibtisch, und nun bewegte sich der Mann um den Tisch herum, auf sie zu. Er machte eine befehlende Geste und sagte etwas.

Aufstehen, sie sollte aufstehen.

Sie gehorchte. Schob den Stuhl zurück und stellte sich hin. Seine Hände tasteten über ihre Jacke und an ihrer Hose entlang.

Es war erniedrigend, aber immerhin war sein Tasten rein technisch, und er stank nicht nach Schweiß und Bier.

Schließlich machte er einen Schritt zurück und betrachtete sie von oben bis unten. Misstrauisch, ja wütend. Dann begann er erneut, in ihrer leeren Tasche zu wühlen, befühlte sie von außen, schüttelte sie.

Der Mann mit der runden Brille sagte etwas, auf das der große Mann nichts erwiderte. Er ließ ihre Tasche auf den Tisch fallen, und einen Moment lang wirkte er ratlos. Dann machte er eine unwirsche Geste und trat einen Schritt zurück.

Sie hatten also nichts gefunden. Natürlich nicht. Aurica hatte ja auch nichts geklaut. Bis auf das Betteln mit einem Kind hatte sie überhaupt nichts Verbotenes getan. Aber warum entschuldigte sich der Mann dann nicht bei ihr? Stattdessen schaute er sie immer noch genauso böse an wie vorher, genau genommen sogar noch böser.

»Get out!«, sagte er.

Aurica stand auf, griff nach ihrer Tasche und warf die Sachen wieder hinein. Ein Tampon rollte zu Boden, und sie bückte sich danach.

Der Mann mit der runden Brille öffnete die Tür, und genauso, wie sie nach hinten gegangen waren, führten die beiden Männer sie nun wieder in Richtung Kasse: der große neben ihr, dahinter der kleine mit der Brille.

Alle starrten sie an: Schau, da ist sie. Die Bettlerin. Die Zigeunerin. Sie hat etwas geklaut. Zusammen mit ihrem kleinen Sohn. Und wir geben ihr unser Geld!

Eigentlich wäre es doch an dem großen Mann gewesen, den Irrtum aufzuklären. Sich an seine Kunden zu wenden und zu sagen: Wir haben einen Fehler gemacht. Sie hat sich nichts zuschulden kommen lassen und ihr Sohn auch nicht! Es tut uns leid! Aber der Mann dachte nicht daran.

Als sie an der Kasse angelangt waren, sagte er etwas zu dem Mann mit der runden Brille, wandte sich dann abrupt ab und verschwand in einem der Gänge. Der Mann mit der runden Brille deutete in Richtung Ausgang.

»*Banana*«, sagte Nelu und deutete zu dem Obst und Gemüse.

»Nein«, sagte Aurica und zog an seiner Hand. »Jetzt nicht.«

»*Banana!*«, schrie Nelu.

So fest sie konnte, griff Aurica Nelus Hand und zog ihn in Richtung Ausgang. Die Tür öffnete sich, Nelu schrie, Aurica zog ihn mit einem Ruck nach draußen in die Sonne.

Und nun? Musste sie sich eigentlich wieder setzen, den Becher vor sich hinstellen und ihre Zeitungen präsentieren. Aber sie wollte sich nicht wieder setzen. Sie wollte nicht, dass die Leute aus dem Laden, die gerade noch Zeugen ihrer Erniedrigung geworden waren, sie nun als Bettlerin sahen. Außerdem hatte sie Angst, dass der große Mann die Polizei rufen könnte. Einfach nur, um sich an ihr zu rächen. Dafür, dass er nichts bei ihr gefunden hatte.

Die Tür ging auf, aber es war nicht der große Mann mit dem Bart und auch nicht die müde Mutter oder ein anderer Kunde. Es war der Mann mit der runden Brille. In der Hand hielt er drei Bananen, die er Aurica hinstreckte.

Wortlos nahm sie die Bananen entgegen. Der Mann machte eine kurze Geste mit der Hand, und schon war er wieder verschwunden.

Beim Anblick der Bananen hatte Nelu sofort mit dem Weinen aufgehört.

»Danke«, sagte Aurica in Richtung der geschlossenen Tür.

Sie setzte sich, stellte den Becher vor sich hin, legte die Zeitungen daneben und zog Nelu auf ihren Schoß. Dann schälte sie eine der Bananen und drückte sie Nelu in die Hand.

Blut

Dacian kam zu spät. Viel zu spät. Nicht eine Viertelstunde, nicht eine halbe und auch nicht eine Stunde. Er kam über eineinhalb Stunden zu spät! Die Länge eines Spielfilms. Die Zeit, die ausreichte, um eine große Geschichte zu erzählen, ein Abenteuer, eine Liebesverwirrung, einen Krieg, ein ganzes Leben. Und alle warteten! Fünfzehn Menschen, die sich Klärung von ihm erhofften. Entscheidungen. Taten. Menschen, für die er verantwortlich war. Weil er sie aus Rumänien hierhergelockt hatte! In diese verdammte Stadt. In dieses abbruchreife Haus. Mit unzähligen Versprechungen, die er nicht hatte halten können.

Petre hatte alle fünf bis zehn Minuten auf die Uhr geschaut. Am Ende waren es genau 97 Minuten. Und währenddessen saßen die Menschen, die sich extra hier versammelt hatten, herum und warteten. Warteten auf ihn, als ob er eine Art Heiland wäre, der Erlöser.

Je nach Temperament regten sie sich auf oder blieben ruhig, ärgerten sich oder zuckten mit den Achseln. Die Stimmung war nicht schlecht: Nelu spielte mit ein paar anderen Kindern, es gab mehrere angeregte Gespräche. Aber die Situation war absurd. Denn schließlich hatte Dacian selbst den Termin auf genau diese Uhrzeit festgesetzt. Und er hatte gesagt, dass sie unbedingt pünktlich sein mussten. Auf die Minute pünktlich, da er nur wenig Zeit habe.

Petre versuchte sich zu sagen, dass es nicht seine Verantwortung war. Dass er nur einer unter vielen war und nicht derjenige, der die Gruppe führte. Dass er hier nicht im Mittelpunkt stand. Aber es fiel ihm schwer. Er selbst war es gewesen, der Dacian angesprochen und das Treffen gefordert hatte, so wie er von Anfang an immer wieder ihre Anliegen im Namen aller vorgebracht hatte. Vielleicht lag es daran, dass er besser reden konnte als andere, dass er immer ruhig blieb und versuchte, alle Seiten miteinzubeziehen. Seine Persönlichkeit hatte etwas Ausgleichendes. Zumindest nach außen hin. In seinem Inneren allerdings sah es anders aus. Er litt unter der Ungerechtigkeit, und er litt darunter, dass er offenbar mehr darunter litt als andere. Egoismen griffen ihn an. Das war auch der Grund, warum er bei einigen Jobs nach kurzer Zeit das Weite gesucht hatte: Er fühlte sich zu schnell für alle verantwortlich. Und das führte zu Schwierigkeiten, vor allem wenn er auf Menschen traf, die nur auf ihren eigenen Vorteil bedacht waren.

Als Dacian den Raum betrat, war er wie gesagt genau 97 Minuten zu spät. Trotzdem kam er nicht etwa auf Knien angerutscht und bat um Verzeihung. Nein. Telefonierend schlenderte er in den Raum und beachtete sie überhaupt nicht. Nur ein kurzes Nicken, kein Blick. Dafür machte er eine herrische Geste, und sie alle mussten sofort ihre Gespräche unterbrechen, damit er sein Telefonat in Ruhe zu Ende bringen konnte. Dann steckte er sein Smartphone ein und stand in seinem Anzug und mit seiner dicken silbernen Uhr am Handgelenk da und sagte: »Okay, was gibt's? Ich hab nur wenig Zeit.«

Einen Moment lang war Petre davon überzeugt, dass er nicht richtig gehört hatte: Er hatte nur wenig Zeit? Hatte er das wirklich gesagt? Das konnte doch nicht sein! Aber an Dacians Haltung sah er, dass er genau das gesagt haben musste: Wie er da im Raum stand. Ein Business-Typ wie aus einer Werbeanzeige. Als ob ihn das alles nichts anging. Und was machte er jetzt? Er schaute auf die Uhr! Er streckte den linken Arm aus, ließ seinen Jackettärmel über das Handgelenk rutschen, winkelte den Ellbogen an und schaute auf das dicke silberne Ding an dem dicken silbernen Armband.

So schwer es ihm fiel, auch jetzt mahnte sich Petre zu Gelassenheit. Schließlich wollten sie Lösungen finden: Das Dach musste endlich abgedichtet werden. Wenn es regnete, regnete es rein, und die Töpfe, die im vierten Stock verteilt waren, reichten nicht aus. Und dann waren da nach wie vor die kaputten Fenster. Der Schimmel im zweiten Stock. Die Ratten im Hof und in allen Stockwerken. Die kaputten Bäder im ersten und dritten Stock. Die Hauptsicherung, die immer wieder raussprang, was alle paar Tage dazu führte, dass sie keinen Strom hatten. Manchmal mehrere Stunden! Immerhin war nun, da es wärmer geworden war, die Heizung in der Problemliste ein wenig nach hinten gerückt. Aber dieses Haus war eine Katastrophe. Es war eine Bruchbude, schlimmer als die meisten Wohnhäuser in Rumänien.

Nur wenige Hundert Meter weiter, hinter dem Park, gab es diese neuen Luxusappartements mit ihren riesigen Fenstern und begrünten Terrassen. Dort konnte man sehen, wie gut es den Menschen hier ging. In welchem verschwenderischen Überfluss sie lebten. Am Geld konnte es also nicht liegen.

Aber es ging nicht nur um das Haus. Es ging um mehr, viel mehr. Dacian hatte ihnen Arbeit versprochen, jedem Einzelnen von ihnen. Er hatte sie gelockt, sie hatten ihm Geld im Voraus bezahlt, damit er sich um alles kümmerte. Und was war passiert? Nichts! Zumindest so gut wie nichts. Ja, einige hatten einen Job auf dem Bau. Aber die meisten schufteten schwarz, waren nicht versichert und würden nie eine offizielle Arbeitserlaubnis erhalten. Die andere Hälfte saß herum und wartete auf die versprochene Arbeit. So wie auch Petre wartete. Seit über vier Monaten schon.

Sie mussten reden. Die Sache klären. So konnte es nicht weitergehen!

Plötzlich starrten alle Petre an.

Er hatte nicht gesagt, dass er derjenige sein würde, der ihre Anliegen vorbrachte. Im Gegenteil. Er hatte gesagt, dass er es gut fände, wenn auch andere mal etwas sagen würden. Aber niemand sagte etwas.

Und so atmete Petre tief ein und begann zu sprechen. Zuerst von dem Haus und allem, was damit zu tun hatte. Dann von den Jobs. Davon, dass Dacian jedem Einzelnen eine goldene Zukunft versprochen hatte. Dass er vorab Geld von ihnen bekommen hatte – allein von ihm und Aurica 2 000 Euro – und dass er auch jetzt noch Geld bekam. Dieses seltsame Geld, das Deutschland dafür bezahlte, wenn man Kinder hatte, und von dem Dacian den Großteil als Miete betrachtete. Petre wusste nicht genau, wie viel Geld es monatlich war. Aber irgendjemand hatte gesagt, dass es über 200 Euro wären! Pro Kind! Sie hatten nur ein Kind, aber es gab andere Familien im Haus, die hatten drei oder sogar vier Kinder. Und was bekamen sie davon? Ein Taschengeld! Gerade mal fünfzig Euro im Monat! Vermutlich verdiente Dacian allein damit über 10 000 Euro jeden Monat. Und dann zog er ihnen noch mindestens ein Drittel von dem ab, was sie verdienten, wenn sie einen Job hatten. Kein Wunder, dass er maßgeschneiderte Anzüge trug und eine dicke Armbanduhr.

Während Petre ihre Beschwerden vorbrachte, versuchte Dacian nicht einmal, den Anschein zu erwecken, als ob er sich dafür interessierte. Immer wieder schaute er auf seine glänzende Uhr, zwischendurch schrieb er eine Nachricht auf seinem Smartphone, sagte aber zu Petre, als dieser daraufhin eine Pause machte, er solle bitte weiterreden.

Und schließlich hatte er alles gesagt. Das Haus. Die Ratten. Die Jobs. Die falschen Versprechungen.

Dacian steckte das Handy in die Hosentasche und seufzte. Dann schüttelte er den Kopf. »Ihr habt ja keine Ahnung«, sagte er. »Ihr habt keine Ahnung, wie schwierig es ist. Seit Monaten mache ich kaum etwas anderes, als irgendwelchen Handwerkern für das Haus hinterherzutelefonieren. Bei dem Kammerjäger ist es genauso. Und eine Arbeit? Alle wollen Arbeit. Und natürlich versichert, was denn sonst? Aber die Zeiten sind schwierig. Seit dem Herbst gibt es kaum noch feste Anstellungen. Ihr müsst Geduld haben.«

»Das sagst du seit Wochen. Seit Monaten«, entgegnete Petre.

»Was wollt ihr? Ich kann nicht zaubern.«

»Wenn du keine Handwerker bekommst, dann lass uns die Arbeiten am Haus machen. Und bezahl uns dafür. Radu ist Elektriker. Ianis kann das Dach abdichten, und Sever kann sich den Heizkessel anschauen.«

Die anderen nickten.

»So einfach ist das nicht«, sagte Dacian.

»Warum nicht?«

»Weil es hier in Deutschland bestimmte Regeln gibt. Viele Regeln. Viel mehr als in Rumänien. Hier kann man nicht einfach selber an einem Haus herumschrauben. Das müssen Firmen machen, und die haben keine Zeit.«

»Dann such eben eine Firma, die uns anstellt!«, sagte Radu.

»Ja, genau!«, rief Sever.

»Das ist unmöglich.«

»Warum?«

»Aus vielen Gründen. Zum Beispiel weil ihr kein Deutsch könnt. Aber auch weil Festanstellungen für die Firmen teuer sind. Alles ist teuer in Deutschland.«

»Aber du hast uns Anstellungen versprochen!«, sagte Petre. »Und wir haben dir Geld dafür bezahlt. Viel Geld!«

Erneut zustimmendes Gemurmel.

»Das Geld war für die Flüge, für die Zimmer hier im Haus und für die Anträge. Die Arbeitsverträge haben damit nichts zu tun.«

»Aber du hast gesagt, dass wir Verträge bekommen«, sagte Radu.

»Ja, als Hilfskraft auf dem Bau, nicht als Facharbeiter.«

»Von mir aus auch das!«, rief Sever

Dacian seufzte. »Im Herbst hätte ich jeden von euch irgendwo unterbekommen. Es läuft eben mal besser und mal schlechter in der Wirtschaft. Besonders auf dem Bau. Und gerade läuft es sehr schlecht.« Er machte eine kurze Pause. »Und trotzdem habe ich fast allen von euch eine Arbeit verschafft.« Er schaute Petre an. »Übrigens auch euch. Ich finde, ihr könntet ein bisschen dankbarer sein.«

Dankbar? Aurica bettelte. Zusammen mit Nelu. Ja, sie verdiente damit ein bisschen Geld. Aber wie sollten sie auf diese Art eine Wohnung finden? Eine Krankenversicherung bekommen? Ein normales Leben führen?

»Aurica bettelt«, sagte Petre. »Das ist keine Arbeit!«

»Sie bettelt nicht, sie verkauft Zeitungen«, sagte Dacian. »An einem der besten Orte der ganzen Stadt.«

»Obdachlosenzeitungen!«, rief Aurica.

»Na und? Hauptsache, du verdienst damit Geld.« Dacians Blick war abfällig. »Um eine Arbeit zu bekommen, muss man sich Mühe geben. Du bist ein gutes Beispiel. Hättest du besser geputzt, dann wärst du in der Kolonne aufgenommen worden.«

Auricas Gesichtszüge versteinerten. Petre spürte ihre Wut. »Wer hat gesagt, dass ich nicht gut geputzt habe?«

»Ionela.«

»Aber … Du hast mir doch gesagt, dass sie zufrieden mit mir war!«

Dacian zuckte die Schultern. »Andere waren eben besser als du.«

»Besser? Ich habe doppelt so viel geputzt wie alle anderen. Ich habe alles getan, was sie von mir verlangt hat!«

»Was soll ich sagen?«, sagte Dacian und hob die Hände. »Ich war nicht dabei.« Er schaute auf die Uhr und stieß sich von der Wand ab. »So. Und jetzt muss ich los. Ich bin schon viel zu spät.«

Wütendes Gemurmel erfüllte den Raum. Radu sagte: »Wir wollen Arbeit, so wie du es uns versprochen hast!« Jemand murmelte: »Es reicht!«, und Ada rief: »Sieben Monate! Seit sieben Monaten sind wir hier, und nichts ist passiert!«

Petre spürte, wie ihm das Blut in den Kopf schoss und von hinten gegen seine Augen drückte. Hatte Dacian gerade wirklich gesagt: Jetzt muss ich los? Ich bin schon viel zu spät? Er war eineinhalb Stunden zu spät zu ihrer Verabredung gekommen. Und nun dieser Satz? Nachdem nichts geklärt war?!

Dacian verdrehte die Augen und machte eine theatralische Geste mit beiden Armen, wobei seine Jackettärmel nach oben rutschten und seine Uhr rasselte. »Regt euch ab!«, sagte er. »Ich gebe mir ja Mühe. Mehr kann ich nicht machen.«

»Das reicht nicht!«, rief Sever.

Doch Dacian hatte sich bereits abgewandt und ging in Richtung Tür.

Vier schnelle Schritte, dann war Petre bei ihm, schnitt ihm den Weg ab.

»Lass mich durch«, sagte Dacian.

»Wir möchten, dass du deine Versprechen einhältst«, sagte Petre.

»Geh mir aus dem Weg!«, sagte Dacian, und ohne eine Reaktion abzuwarten, stieß er mit beiden Händen gegen Petres Brust.

Petre machte einen Ausfallschritt, dann packte er zu.

»Petre! Nein!«

Das war Aurica. Aber es kümmerte ihn nicht. Der Stoff des Jacketts fühlte sich weich an. Angenehm glatt. Zugleich so fest und stabil wie ein Fallschirm. Mit einem Ruck riss Petre Dacian herum und stieß ihn gegen die Wand.

»Spinnst du?«, rief Dacian.

»Mach ihn fertig!«, brüllte Radu.

»Lass ihn los!«, rief Aurica.

Es war ein seltsames Gefühl: Das zweite Mal innerhalb von zwei Wochen hielt Petre einen Mann gepackt und schaute ihm in die Augen. Was war los mit ihm? Was machte er hier? Sein ganzes Leben hatte er sich aus körperlichen Auseinandersetzungen herausgehalten, und mit einem Mal war er ständig mittendrin.

Diesmal war es anders als mit dem Vater auf dem Spielplatz. Denn Dacian gab nicht klein bei. Im Gegenteil: Er griff Petre an die Handgelenke und versuchte ihn wegzustoßen. Und er hatte Kraft. Aber nicht genug Kraft, um sich zu befreien. Petre packte noch fester zu. Der Stoff des Anzugs spannte sich um seine Knöchel.

»Lass mich sofort los!«, sagte Dacian.

»Ich lasse dich erst los, wenn du uns versprichst, dass etwas passiert. Dass das Haus gemacht wird und dass wir Arbeit bekommen.«

»Einen Dreck verspreche ich euch! Und jetzt lass mich los, sonst …«

»Sonst was?«, rief Petre, während er Dacian gegen die Wand drückte.

»Sonst schicke ich euch alle wieder zurück nach Rumänien. Zurück in die stinkenden Löcher, aus denen ich euch herausgeholt habe. Dich und dein Zigeunermädchen.«

Er wandte den Kopf zur Seite und spuckte aus.

Etwas in Petre entkoppelte sich. Als ob sich eine Befestigung gelöst hätte und nun in ihm umherschwirrte. Es war etwas Kleines, Glühendes, das im Zickzack mitten durch seinen Kopf flog und seine Synapsen versengte.

Er roch Dacians Rasierwasser.

Er sah seine Wangenknochen.

Seine schmale Nase.

Er hörte Aurica, die etwas rief.

Und dann federte sein Kopf nach hinten und schnellte mit aller Kraft wieder nach vorn. Den Bruchteil einer Sekunde später spürte er einen Widerstand an seiner Stirn. Etwas Weiches, Instabiles. Und dazu hörte er ein Knacken.

Im selben Moment ließ er das Jackett los und machte einen Schritt zurück.

Dacian stöhnte laut auf, ging in die Knie und schlug sich die Hand vors Gesicht. Ein paar Sekunden passierte nichts. Petre hörte nur seinen eigenen Atem, der stoßweise kam und ging. Dann quoll Blut zwischen Dacians Fingern hervor: erstaunlich hell und erstaunlich viel. Es lief an seinem Handgelenk entlang, saugte sich in seinen Jackettärmel und tropfte auf den Boden. Jemand murmelte etwas, und eine Frauenstimme begann leise zu beten. Aber Dacian selbst gab keinen Laut mehr von sich. Ohne die Hand von der Nase zu nehmen, richtete er sich auf. Er warf er einen Blick in die Runde und nickte langsam. Ganz am Schluss fixierte er Petre. Seine Kiefermuskeln arbeiteten, und sein Körper war angespannt, wie zum Sprung bereit.

Dann drehte er sich um und ging.

Die Treppen knarrten, kurz darauf fiel die Haustür ins

Schloss. Erst jetzt kam wieder Bewegung in den Raum. Jemand rief: »Endlich! Das geschieht ihm recht!« Radu klopfte Petre auf die Schulter. Und Sever sagte: »Das hätten wir schon viel früher machen sollen!«

Petre sagte nichts. Er fühlte sich leer. Was hatte er getan? Er hatte sich provozieren lassen. Er hatte Dacian die Nase gebrochen. Er hatte nicht nur eine, sondern mehrere Grenzen überschritten, Grenzen, die es in ihrer kleinen Welt nun einmal gab.

»Bist du verrückt geworden?« Aurica stand neben ihm und sagte genau das, was er selbst dachte.

»Er hat dich … beleidigt«, sagte Petre. »Uns alle.«

»Ja, aber erst, als du ihn bedroht hast.«

»Ich …« Er wusste nicht, was er sagen sollte. Aurica wandte sich von ihm ab, und kurz darauf waren sie und Nelu verschwunden.

Jemand holte eine Flasche Tuica aus einem Schrank, und sie tranken. Petre ließ sich treiben. Er versuchte sich zu sagen, dass es richtig gewesen war, sich zu wehren. Dacian behandelte sie wie Idioten, und nun hatten sie ein Zeichen gesetzt. Aber es gelang ihm nicht, sich selbst zu überzeugen.

Als er oben neben Aurica lag und ihrem regelmäßigen Atmen lauschte, drehte sich alles. Er hatte zwei, drei Schnäpse zu viel getrunken, und erst jetzt fiel ihm ein, dass er vor dem Treffen mit Dacian vor lauter Aufregung kaum etwas gegessen hatte. Er überlegte, ob er sich noch etwas aus der Küche holen sollte, ein Stück Brot und den Scheibenkäse, den Aurica immer kaufte. Aber er wollte auf keinen Fall die anderen wecken, denn auch Anyana und Todor schliefen längst. Und so blieb er auf dem Rücken liegen, starrte an die Decke und hoffte, dass sich alles irgendwie in Wohlgefallen auflösen würde.

Am nächsten Morgen wachte er mit Kopfschmerzen auf. Er hörte laute Stimmen und rappelte sich hoch. Dacian war wieder da. Er stand im Flur und trug einen neuen Anzug, eine breite, blaue Schiene und ein riesiges Pflaster über der Nase. Und er war nicht allein. Er hatte acht oder neun Männer mitgebracht. Keine Rumänen, sondern Bulgaren. Alle waren auffallend kräftig.

»Raus!«, sagte Dacian. »Alle, die gestern dabei waren, fliegen raus.«

Schweigend nahmen die Männer sich ein Zimmer nach dem anderen vor. Als Radu einen von ihnen schubste, hielten sie ihn einfach zu zweit fest, so lange, bis er sich beruhigt hatte. Und als Ada anfing zu schreien und zu spucken, zog einer von ihnen einen Elektroschocker hervor und hielt ihn drohend vor ihr Gesicht. Es knatterte, und das Gerät warf einen Lichtbogen. Sofort verstummte sie.

Petre spürte, wie das Adrenalin den Restalkohol zurückdrängte. Das hier war seine Schuld! Nun musste er versuchen, zumindest noch Schlimmeres zu verhindern. Er rief alle zur Vernunft. »Räumt eure Sachen zusammen! Bleibt ruhig! Wir haben keine Chance!«

Mehrmals versuchte er mit Aurica zu reden, aber sie ignorierte ihn.

Er blieb bis zuletzt, redete beruhigend auf alle ein, sagte, dass sie schon eine Lösung finden würden. Er kam sich vor wie ein Kapitän auf einem sinkenden Schiff. Aber offenbar wollte auch Dacian, dass er bis zuletzt blieb, denn als er Ada mit einer der Kisten half, stellten sich ihm zwei Männer in den Weg.

Dann waren alle draußen. Alle bis auf ihn. Dacian beugte sich zu einem der Männer, deutet auf Petre und sagte etwas auf Deutsch. Petre überlegte, ob er den Stuhl greifen sollte, um sich zu verteidigen, aber was hätte das für einen Sinn gehabt? Er hatte schon genug Schaden angerichtet. Außerdem waren es zu viele.

Sie kamen auf ihn zu. Petre hob beschwichtigend die Hände, und den Bruchteil einer Sekunde später fuhr ein unglaublicher Schmerz in seinen Körper – ein Schmerz, wie er ihn noch nie zuvor gespürt hatte. Er war überall zugleich: in den Armen, den Beinen, in der Brust, im Kopf. Es fühlte sich an, als ob sein gesamter Körper explodierte. Er hörte einen Schrei und verstand, dass es sein eigener Schrei sein musste, auch wenn er fremd klang. Er konnte sich nicht mehr bewegen. Er verlor jedes Zeitgefühl. Wie lange war er gelähmt? Eine Minute? Eine Stunde? Oder nur ein paar Sekunden? Er wusste es nicht. Er wusste nur, dass er zusammengekrümmt auf dem Boden lag. Und dass er dann wieder stand. Aber nicht allein, sondern zwischen zwei Männern, die ihn unter den Armen gepackt hielten. Und dass der dritte Mann vor ihm stand und die Faust geballt hatte. Petre sah etwas auf sich zufliegen. Und dann spürte er, wie seine Nase brach. Der Schmerz war so lächerlich im Vergleich zu dem Ganzkörperschock, den der Starkstrom ihm zugefügt hatte, dass er ihn kaum wahrnahm.

Die beiden Männer ließen ihn los. Etwas Warmes lief ihm über seine Oberlippe, und er schmeckte Eisen.

Blut.

Dacian sagte etwas, und einer der Männer warf ihm eine Klopapierrolle hin, nach der er griff und mehrere Lagen abriss und sich unter die Nase presste.

Dann war er bei den anderen unten auf der Straße. Aurica kam sofort auf ihn zu. Vermutlich hatte sie den Schrei gehört.

»Was haben sie mit dir gemacht?«

»Nichts«, sagte er. »Es geht schon.«

»Nichts? Was ist mit deiner Nase?«

Er versuchte zu lächeln. »Du kennst doch die Bibelstelle:

Auge um Auge, Zahn um Zahn.«

»Du bist ein Idiot«, sagte Aurica, aber es klang schon nicht mehr so wütend wie zuvor.

Um sie herum standen unzählige Taschen und Kartons. Sie waren fünfzehn Erwachsene. Hinzu kamen sieben Kinder. Alle schauten in seine Richtung, warteten darauf, dass er ein Zeichen gab und ihnen sagte, wie es weiterging. Er hatte sie in diese Situation gebracht, und nun sollte er sie wieder herausführen.

Es nieselte, und es war deutlich kühler als in den vergangenen Tagen.

Er hatte von Notübernachtungen gehört. Und von Essensausgaben für Bedürftige. Aber dafür waren sie zu viele, viel zu viele.

»Was jetzt?« Es war Sever, der es endlich aussprach. »Was machen wir jetzt?«

Ja, das war die Frage: Was machten sie jetzt? Er hatte keine Ahnung. Ihm fiel ein, dass sie mehrere Zelte hatten. Radu und Ada hatten gezeltet, bevor sie von Dacian in dem Haus aufgenommen worden waren, genau wie Todor und Anyana. Und sie selbst hatten auch ein Zelt dabei. Außerdem hatten sie alle Schlafsäcke. Er schloss die Augen. Und dann dachte er an den Baumstreifen zwischen der großen Brücke und dem Park. Er befand sich an einem Hang direkt neben den Gleisen. Petre öffnete die Augen und sagte: »Wir gehen in den Park.«

»In den Park?« Die Frage kam von Aurica. Ihr Tonfall war ungläubig. So, als hätte er vorgeschlagen, sie sollten alle zusammen eine Pauschalreise buchen.

»Ja«, sagte er. »In das Birkenwäldchen. Dort bleiben wir ein paar Nächte, und dann sehen wir weiter.«

»Unter freiem Himmel?«, sagte Ada.

»Mit den Zelten, die wir haben. Wir finden dort vielleicht auch Holz, mit dem wir uns ein paar Hütten bauen können.«

»Hütten?«, wiederholte Radu.

»Ja. Oder hat jemand einen besseren Vorschlag?«

Keiner sonst sagte etwas. Aber er sah, wie ihre Blicke von ihm wegwanderten, nach unten, in Richtung Boden.

»Scheiße«, murmelte Sever.

Und dann setzten sie sich in Bewegung.

Wie ein Flüchtlingstreck gingen sie die Straße entlang, bis zur Kreuzung und nach rechts in Richtung Park.

Gewitter

Es waren mehr Teilnehmer da als angekündigt. Viel mehr. Nicht dreißig, sondern hundertfünfzig. Dementsprechend war es auch kein Seminarraum, sondern ein Konferenzsaal, und sie stand nicht vor einem Flipchart, sondern auf einer Bühne und hatte ein Headset mit Mikrofon bekommen. Sybils gesamte Vorbereitung war hinfällig. Sie konnte keine Arbeitsgruppen bilden und keine Rollenspiele spielen. Keine Schaubilder aufmalen, keine Kärtchen verteilen. Stattdessen musste sie einen Vortrag halten. Natürlich keinen wirklich neuen Vortrag, sondern einen, den sie so oder so ähnlich schon viele Male gehalten hatte. Trotzdem war sie jetzt und in dieser Woche nicht darauf vorbereitet. Nicht in diesem Rahmen. Nicht zu diesem Thema.

An irgendeiner Stelle hatte die Kommunikation versagt. Und zwar nicht nur ein bisschen, sondern komplett. Wie konnte so etwas passieren? Immerhin handelte es sich nicht um irgendein mittelständisches Familienunternehmen, sondern um einen der größten Automobilkonzerne der Welt, einem internationalen Flaggschiff der deutschen Wirtschaft.

Die zuständige Managerin hatte sich tausendmal bei ihr entschuldigt, und Sybil hatte spüren können, wie peinlich ihr die Angelegenheit war.

Sybil hatte mit dem Gedanken gespielt, einfach alles abzubrechen. Die Veranstaltung platzen zu lassen. Die Vorbereitung mit zwei Tagessätzen à 2 500 Euro in Rechnung zu stellen und wieder zurück nach Berlin zu fahren. Und vermutlich hätte sie das unter normalen Umständen auch genauso gemacht: eine geschenkte Woche zu Hause mit David und Jonas. Aber es waren keine normalen Umstände. Da war zum einen Jonas, der noch anstrengender war als ohnehin schon. David redete von einer Entwicklungsphase, aber diese Wutanfälle, dieses Ausflippen, dieses Rumschreien, Treten und Schlagen und Beißen – das war eine neue Dimension. Seit dem Vorfall im Bioladen hatte Sybil regelrecht Angst vor Jonas. Da war er kein Kind mehr gewesen, sondern ein wildes Tier. Und dann war da noch David. Natürlich spürte sie seit Langem, dass er mit ihrem Sexleben unzufrieden war, und sie war ja selbst nicht glücklich damit. Aber wie er sie an dem letzten Abend bedrängt hatte! Er hatte sich an ihr gerieben wie ein läufiger Hund! Hatte an ihrem Ohr herumgeknabbert und ihren Busen betatscht, ohne jedes Gefühl für die unpassende Situation und die eigene Lächerlichkeit. Und zu guter Letzt war da noch die Scham wegen der Talkshow. Überall hatte sie ihren Auftritt angekündigt, fest davon überzeugt, dass sie endlich ihren Teil zum großen Kampf beitragen würde. Und dann? War alles rausgeschnitten worden. Schon an dem Abend hatte sie die Mitleidsbekundungen kaum ertragen, und deshalb war sie froh gewesen, eine Woche wegfahren zu können, weit weg von Berlin, und sich mit Arbeit abzulenken.

Also hatte sie der Managerin gesagt, dass sie die Veranstaltung durchführen würde, aber nur unter der Bedingung, dass das Unternehmen eine großzügige Spende an eine noch zu benennende Umweltorganisation leistete.

»Was verstehen Sie denn unter einer großzügigen Spende?«

»Ich würde sagen, 25 000 Euro wären angemessen. Aber Sie können natürlich gern mehr spenden.«

Die Frau schluckte. »Fünfundzwanzigtausend Euro?«

»Ja, mindestens.«

»In Ordnung. Das … muss ich natürlich absprechen. Ich kümmere mich darum.«

Und sie hatte sich darum gekümmert. So schnell, dass Sybil sich geärgert hatte, nicht dreißig-, vierzig- oder sogar fünfzigtausend Euro als Mindestsumme genannt zu haben. Aber 25 000 Euro waren besser als nichts. Und so stand sie jetzt also auf dieser Bühne, schaute ins Publikum und hielt ihren Vortrag.

Dafür, dass sie nicht vorbereitet war, lief der Nachmittag erstaunlich gut. Vielleicht lief er sogar besser als mit einem bis ins Kleinste durchgeplanten Konzept. Sie war locker, sie fand Vergleiche, die passten, und spürte, wie das Publikum an ihren Lippen hing – und vielleicht auch der eine oder andere an ihrem Hintern. Na und? Das gehörte eben dazu.

Danach zog sie sich wie immer sofort zurück. Keine Gespräche. Am besten keine persönliche Begegnung. Sie durfte keine reale Person werden, sondern musste eine Projektionsfläche bleiben. Eine Expertin, die unbestechlich war und sich nicht vereinnahmen ließ.

Sie mochte keine Hotels und hatte sich deshalb privat ein Appartement gemietet. Leider hatte sie keines gefunden, das in einem nachhaltig gebauten Niedrigenergie-Haus lag, und so war sie, wie so oft, einen Kompromiss eingegangen. Es war ein kleines Appartement. Gemütlich. Modern. Es gab eine Küchenzeile mit neuem Kühlschrank und einem Induktionsherd mit Energieeffizienzklasse A+++. Auf dem Dach befand sich eine Photovoltaik-Anlage, und es gab eine große Terrasse, von der aus man einen wunderschönen Blick in die Weinberge hatte.

Sibyl überlegte, ob sie sich bei David melden sollte. Er hatte zweimal geschrieben und gefragt, ob sie gut angekommen sei. Und er hatte ein Bild von Jonas geschickt, wie er lächelnd auf einen der Bienenstöcke deutete, und dazu geschrieben: »Zitat Jonas: ›Dienen, Papa, Dienen!‹«

Sie überlegte, ob sie ihm ein Foto von ihrem Terrassenausblick zurückschicken sollte, aber nach dem gestrigen Abend fühlte sich eine solche Geste falsch an. Sie wollte über das, was geschehen war, nicht einfach hinweggehen noch es irgendwie thematisieren. Also war es am besten zu schweigen. Ein wenig zu warten, bis sich die Wogen geglättet hätten.

Sie hatte Hunger, aber keine Lust, einkaufen zu gehen oder gar etwas zu kochen. Auf dem Rückweg vom Seminar hatte sie in einem Reformhaus eine Hafermilch, Teebeutel, Dinkeltoast, Margarine und Marmelade geholt. Zum Frühstück musste sie also nichts mehr besorgen. Daher entschied sie, das vegane Restaurant auszuprobieren, das Leyla ihr empfohlen hatte. Es war sieben Kilometer entfernt, aber sie hatte sich ja extra ein E-Bike gemietet, denn aus ihrer Zeit als Unternehmensberaterin wusste sie noch zu gut, dass man bei den Stuttgarter Hügeln ohne Radsporthintergrund mit einem normalen Fahrrad schnell verloren war.

Sie klemmte ihr Smartphone in die Halterung am Lenker, stellte auf Maps die Route ein und machte sich auf den Weg.

Sie mochte Stuttgart nicht, hatte es nie gemocht. Nicht wegen der Industrie oder der Mentalität, sondern wegen der Kessellage. Alles war eng. Überall staute sich der Verkehr. Und nach keiner Richtung konnte man weiter als ein paar Kilometer schauen. Sie hatte das Gefühl, in einer Art Sandburg zu sitzen und darauf zu warten, dass sie endlich jemand befreite.

Hier im Süden war es deutlich wärmer als in Berlin, wo es in der Nacht sogar geregnet hatte. Die Hitze staute sich, und als sie in dem Restaurant ankam, war sie trotz E-Bike vollkommen durchgeschwitzt. Das Essen war in Ordnung, rechtfertigte aber in keiner Weise Leylas begeisterte Ausführungen.

Auf dem Rückweg machte Sybils Akku schlapp, obwohl er kurz zuvor noch bei über zwanzig Prozent gewesen war. Es handelte sich um ein altbekanntes Problem bei nachhaltig produzierten Smartphones – neben vielen anderen Ärgernissen –, aber bei ihr war es schon lange nicht mehr vorgekommen.

Inzwischen hatte sich der Himmel verdunkelt, und als sie an der großen Neckarbrücke ankam, begann es zu donnern und fast im selben Moment wie aus Kübeln zu schütten.

Sie fuhr noch einige Meter, stieg dann ab.

Der Regen fiel als undurchdringliche Wand aus Wasser herab, und innerhalb von Sekunden bildeten sich auf der Brücke teichgroße Pfützen, durch die die Autos pflügten, als wären sie Schnellboote.

Auf einmal kam ihr alles vollkommen sinnlos vor. Was machte sie hier? Wie kam sie dazu, einen Workshop bei einem der größten Umweltverschmutzer der Welt zu geben? Ja, sie hatte ihnen eine 25 000-Euro-Spende abgerungen, und auch das Geld, das sie verdiente, würde, zumindest mittelbar, in nachhaltige Kreisläufe eingebracht werden. Aber konnte sie sich das wirklich zugutehalten? Woher wusste sie, ob das Unternehmen die 25 000 Euro nicht an anderer Stelle wieder herauszog? Eine bereits geplante Spende dafür strich? Und das Geld, das sie verdiente, war sowieso schmutziges Geld. Geld, an dem Öl und Blut und Tierkadaver klebten.

Innerhalb von dreißig Sekunden war Sybil bis auf die Knochen durchweicht. Der Regen prasselte; sie stand einfach nur da, das Fahrrad einige Meter neben sich an das Brückengeländer gelehnt, und starrte auf den schwarzen Fluss unter sich.

Die folgenden Tage verliefen vollkommen reibungslos. Sybil improvisierte viel. Und sie fand spontan viele gute Bilder, die auf das Klientel passten. Sie sprach von Tanks, die leer waren, und Akkus, die man aufladen musste. Davon, dass die Zukunftsfähigkeit eines Mitarbeiters mit der Zukunftsfähigkeit eines Unternehmens korrespondierte. Und immer schwang in ihren Sätzen mit, dass die Autoindustrie sich neu aufstellen musste, wenn sie weiter Erfolg haben wollte. Weg von den fossilen Brennstoffen, hin zu erneuerbaren Energien.

Die Woche verging wie im Flug. Das Seminar war ein großer Erfolg, und die Managerin bedankte sich mehrfach bei ihr, dass alles so gut geklappt hatte.

»Ihre Vergleiche zwischen Elektromobilität und den persönlichen Ressourcen haben mir sehr gut gefallen«, sagte sie. »Unter uns gesagt: Ich bin schon seit Langem überzeugt, dass wir da deutlich mehr machen müssen.«

Sybil nickte. »Es geht um viel. Nicht nur um das Unternehmen.«

Sie tauschten noch einige Floskeln aus, und dann verabschiedete Sybil sich.

Wenig später war sie am Bahnhof. An dieser riesigen, ewigen Baustelle, für die nach offiziellen Schätzungen 1,5 Millionen Kubikmeter Zement verbraucht würden und damit Unmengen an CO_2 emittiert. Sybil zog ihren Rollkoffer hinter sich her und dachte an Berlin: an David und an Jonas. Daran, dass sie nun, falls nicht noch ein spontaner Auftrag hereinkam, für zwei Wochen zumindest morgens und abends bei ihnen sein würde. Sie versuchte Freude bei diesem Gedanken zu empfinden. Wenigstens ein kleines bisschen. Aber da war nur Unbehagen.

Sie hob den Koffer die Stufen hoch und betrat den Wagen der ersten Klasse. Sogar hier war es voll, aber sie hatte das Privileg, sich auf einen der Bedarfsplätze zu setzen, die Bahn-Card-100-Inhabern vorbehalten waren.

Sie verstaute ihre Tasche und zog ihren E-Book-Reader hervor. Schon nach den ersten Zeilen spürte sie die Erschöpfung. Menschen kamen und setzten sich, es piepte, und der Zug fuhr an. Sybil versuchte ihren Blick weiter auf den Zeilen zu halten, aber sie entglitten ihr immer wieder, und ihr Kopf sackte nach hinten.

Etwas berührte sie. Sie zuckte zusammen und fuhr herum.

»Oh, tut mir leid. Ich wollte sie nicht erschrecken.«

Eine Frau. Sie war um die vierzig, hatte dunkle, halblange Haare und sah ausgesprochen gut aus. Sybil war davon überzeugt, sie noch nie gesehen zu haben, gleichzeitig war da ein seltsam vertrautes Gefühl. War sie eine Prominente? Eine Schauspielerin? Oder eine Fernsehmoderatorin?

»Schon okay …«, sagte Sybil.

»Ist der Platz neben Ihnen noch frei?«

»Ja, ja, natürlich.«

Sybil stellte ihre Handtasche auf den Boden zwischen ihre Beine. Die Frau hob ihren Koffer auf die Ablage und setzte sich. Sie lächelte erneut. Es war ein warmes, einnehmendes Lächeln.

»Hallo«, sagte die Frau, nachdem sie sich gesetzt hatte.

»Hallo …«, sagte Sybil unsicher. »Kennen wir uns irgendwoher?«

»Sie erinnern sich nicht«, sagte die Frau.

»Nein … also nicht direkt …«

»Wir waren zusammen in einer Talkshow. Eigentlich ging es um Burnout.« Sie lächelte. »Aber Sie haben daraus eine Sendung über den Klimawandel gemacht …«

»Ach so, ja.« Jetzt wusste Sybil es. Es war die Pferde-Domina. Diese schlimme Frau mit ihrer Dating-App. Aber hatte sie nicht lange Haare gehabt? Und einen Pferdeschwanz? Und war sie nicht überhaupt ganz anders gewesen?

»Ich habe mir die Haare abschneiden lassen«, sagte die Frau, als hätte sie Sybils Gedanken gelesen. »Endlich. Das wollte ich schon seit Ewigkeiten.«

»Ja. Natürlich. Jetzt erkenne ich Sie.« Sybil war irritiert. Während der Sendung war ihr die Frau so kalt und verschlossen vorgekommen, und auf der Leinwand zu Hause in der Wohnküche hatte sie sie regelrecht gehasst, aber jetzt wirkte sie offen und sympathisch.

»Haben Sie die Sendung denn gesehen?«, fragte die Frau.

»Die … Sendung?«, wiederholte Sybil.

»Ich meine die Talkshow.«

»Ach so … ja, natürlich … Sie etwa nicht?«

»Gott bewahre!«

»Warum nicht?«

»Ich habe eine Gegenfrage, die zugleich die Antwort ist: Mochten Sie sich?«

»Ob ich mich … mochte?«

»Ja. Als Sie sich gesehen haben. Fanden Sie sich gut? Attraktiv? Sexy?«

»Äh, nein … aber …«

»Sehen Sie!« Die Frau lächelte. »Das ist auch der Grund, warum ich mir diese Sendungen nie anschaue. Weil ich mich jedes Mal schrecklich finde! Bewegte Bilder zerstören das Karma.«

»Sind Sie denn öfter in solchen Talkshows?«, fragte Sybil.

Die Frau seufzte. »Leider ständig. Zu allen möglichen Themen.«

»Aber warum?«

»Warum was?« Die Frau schaute sie fragend an.

»Ich meine … Warum machen Sie das?«

Die Frau zuckte mit den Schultern. »Werbung. Kostenlose Werbung. Nein, besser noch: bezahlte Werbung. Nach jeder dieser Sendungen verdoppeln sich die Anmeldungen in unserem Portal.«

»Ach so, verstehe.«

Sybil atmete tief ein und dann wieder aus. »Darf ich Ihnen denn ein bisschen was davon erzählen? Ich meine, von der Talkshow?«

»Na klar. Wenn Sie nur davon erzählen, dann sehe ich mich ja nicht.« Sie lachte, und Sybil lachte ebenfalls. Plötzlich spürte Sybil eine seltsame Energie. Etwas, das sie zu dieser Frau hinzog. Sie roch gut. Und Sybil hatte das Gefühl, dass ihre Körperwärme auf sie abstrahlte.

Und dann erzählte Sybil. Und die Frau hörte ihr zu. Sie schien nicht überrascht zu sein, dass die Klimadebatte herausgeschnitten worden war.

»Ich war mal in einer Talkshow, da ging es um Pornografie im Internet, da wurde die Hälfte der Sendung rausgeschnitten. Und anschließend wurden die Aussagen vollkommen anders zusammengesetzt.«

Sie sprachen über den grau melierten Moderator und den schwitzenden Manager. Über den sphärischen Professor. Und schließlich sprachen sie über den Klimawandel. Und die Frau sagte ihr, dass sie glaube, dass der Zug abgefahren sei, sie deutete in die Landschaft und lachte über ihren Kalauer. Sie sagte, dass der Mensch einfach über seine Verhältnisse lebe, seit Langem schon. Nun gehe es eben darum, ein gutes Leben zu führen. Hart zu arbeiten. Sich um die Menschen zu kümmern, für die man Verantwortung habe. »Ich habe keine Kinder«, sagte sie. »Bei mir sind es meine Mitarbeiter. Und meine Pferde.«

»Aber es ist doch auch unsere Verantwortung, den Planeten zu retten!«, protestierte Sybil.

»Es geht nicht um den Planeten. Es geht um den Menschen. Die Erde wird es weitergeben, auch wenn wir weg sind.«

»Aber ich verstehe nicht, wie Sie das übereinkriegen. Wie Sie so gelassen bleiben können.«

»Vielleicht hat es mit meinem Glauben zu tun.«

»Mit welchem Glauben?«

»Wahrscheinlich klingt das komisch für Sie. Aber ich glaube an Gott.«

»An Gott?«

»Ja …« Sie lachte. »Ich glaube an das ganze Paket. An Gott, an Jesus und an den Heiligen Geist … Ich bin Christin. Keine Ahnung, warum ich Ihnen das erzähle. Normalerweise rede ich nicht darüber. Ist ja auch seltsam für jemanden, der Seitensprünge organisiert.«

»Seitensprünge?«

»Ich meine dieses Datingportal, das ich betreibe … Da geht es vor allem um Seitensprünge.« Wieder lächelte sie. Aber diesmal schwang in dem Lächeln noch etwas anderes mit. Es hatte mit ihrem Blick zu tun. Damit, wie sich ihre Augen in Sybils Augen legten. Und dann hörte sie plötzlich auf zu lächeln, aber schaute Sybil weiterhin an.

Ihr wurde heiß. Und zugleich kalt. Es war, als ob sie mitten in einer Wüste stand, während es Eiskristalle regnete.

»Das heißt also, Sie vertrauen darauf, dass Gott es schon richten wird?«, fragte sie.

»Nein, im Gegenteil.«

»Im Gegenteil? Also dann … dass er uns bestraft?«

»Nein, das würde er nicht tun. Das hat er Noah versprochen.«

Sybil schaute sie fragend an.

»Der Noah-Bund. Der Regenbogen steht bis heute als Zeichen dafür, dass Gott die Menschen nicht mehr bestraft.«

Dunkel erinnerte sich Sybil an die Geschichte aus dem Religionsunterricht. »Aber wenn Gott die Menschen weder rettet noch bestraft, was hat er dann mit dem Klimawandel zu tun?«, fragte sie.

»Gott hat mit allem etwas zu tun. Er lässt die Menschen eben einfach machen. Er verhindert nicht, dass wir in unser Verderben marschieren. Außerdem hat er uns bereits seinen Sohn geschickt. Seitdem sind wir erlöst, so oder so.«

Sybil war verwirrt. Sie verstand nicht, was es vor diesem Hintergrund für einen Unterschied machte, ob man an Gott glaubte oder nicht. Aber für die Frau schien es einen Unterschied zu machen. Und offenbar war sie viel mehr im Reinen mit sich als Sybil.

Sie unterhielten sich, bis die Frau in Frankfurt ausstieg. Zwei volle Stunden lang. Die Frau erzählte von ihrer dementen Mutter, die in einer Seniorenresidenz lebte, von ihren Pferden und von ihrer Finca auf La Palma. Und Sybil erzählte von David und von Jonas. Und von ihren Zweifeln, ob sie eine gute Mutter wäre. Und alles schien ganz leicht und natürlich zu sein.

Als sich die Frankfurter Skyline hinter dem Zugfenster abzeichnete wie ein Scherenschnitt, sagte die Frau: »Ich heiße übrigens Nina.« Und streckte ihr die Hand hin.

»Sy-bil«, sagte Sybil stockend.

Die Hand war warm und trocken.

»Würdest du mir denn deine Telefonnummer geben, Sy-bil?« Diesmal kein Lächeln. Dafür aber ein Blick, der sie packte und festhielt.

Sybils Mund war trocken. Sie räusperte sich. »Ja, klar«, sagte sie mit belegter Stimme. »Warum nicht?«

Umständlich holte sie ihr Portemonnaie aus der Jacke, und noch umständlicher fingerte sie ihre Visitenkarte daraus hervor.

»Ich bin öfter in Berlin«, sagte die Frau, die Nina hieß, während sie die Karte betrachtete. »Vielleicht gehen wir mal einen Kaffee trinken?« Und dann war da wieder dieser Blick.

Sybil nickte. »Ja. Gern. Klingt. Gut«, sagte sie abgehackt.

»Schön.«

Noch ein letztes Lächeln, dann war die Frau verschwunden.

Eine Ansage ertönte und ein Warnpiepen auf Höhe der Türen. Der Zug fuhr wieder an. Sybil lehnte den Kopf an die Scheibe, schloss die Augen und atmete tief ein und wieder aus.

Schweben

Er flog. Flog hoch hinauf und schaute hinab auf die Erde. Er sah die Menschen, klein wie Ameisen. Er sah ihre Häuser. Ihre Straßen. Ihre Autos. Ihre Felder. Diese ganze seltsame Kultur, die sich innerhalb von wenigen Tausend Jahren gebildet hatte. Wie lächerlich all das von hier oben wirkte. Und wie seltsam. Eine Spielzeuglandschaft. Er wollte sich damit nicht aufhalten, flog höher und höher, durchstieß die Wolken: ein Meer aus weißen Bergen. Unendlich weit. Und noch höher. Die Wolken verschwanden. Er konnte bereits die Krümmung der Erdkugel erahnen. Er sah Gebirge. Einen großen See. Und dann das Meer. Trotzdem war er noch nicht angekommen. Noch lange nicht.

Es ging noch höher.

Und schließlich war er im leeren All. Und er schaute auf die Erde hinab. Und er sah sie in all ihrer Schönheit. Die Umrisse der Kontinente. Die Meere. Die Wolken, die sie umgaben. Verwirbelte Schleier. Flüchtig und zugleich so unvorstellbar groß. Längst waren keine Menschen mehr zu erkennen. Keine Häuser. Keine Straßen. Keine Städte. Keine Häfen. Keine Monokulturen. Keine Fabriken. Keine Kohle- oder Atomkraftwerke. Keinerlei Zivilisation. So hatte die Erde vermutlich schon vor zwanzig Millionen Jahren ausgesehen, kurz nach der Kontinentaldrift, lange bevor der Mensch einen Fuß auf den Planeten gesetzt hatte.

Dann hörte er etwas. Ein Rascheln. Flattern. Ganz nah bei ihm. Wo kam das her? Hier war doch nichts. Nichts außer ihm und dieser wunderschönen blauen Murmel in dem schwarzen Samt des Weltalls. Wieder ein Rascheln. Und noch ein Flattern. Dann schlug er die Augen auf, und mit einem Mal war alles vorbei.

Er lag auf der Terrasse. Es war windig, aber die Sonne schien. Unten von der Straße her ertönte das Martinshorn eines Krankenwagens. Es dauerte einen Moment, bevor er sich in der realen Welt zurechtfand. Er hatte an seinem Blog geschrieben und danach eine halbe Stunde mit seiner Mutter telefoniert, die in ihrem Haus in Andalusien saß und ihre Bilder malte. Wie so oft hatte er sich darüber geärgert, wie wenig sie sich für Jonas und sein Leben als Hausmann interessierte – von seinem Kampf gegen die Klimakrise ganz zu schweigen. Und wie immer hatte es ihn am meisten geärgert, dass es ihn so ärgerte.

Danach war er eingeschlafen und hatte diesen Traum geträumt. Und nun lag er wach, und direkt neben ihm raschelte es.

Er wandte den Kopf.

Eine Tüte. Eine dieser dünnen orangenen Henkeltüten, die schon seit Jahren verboten waren. Und da war noch eine. Und noch eine. Drei, nein, vier Tüten auf ihrer Terrasse!

Er richtete sich auf. Und im selben Moment schwebte eine fünfte Tüte, eine weiße, vom Wind gebläht wie ein Segel, über die Terrassenbrüstung. David stemmte sich von der Liege hoch und trat an das Geländer. Er traute seinen Augen nicht: Das, was er dort sah, war wie eine Fortsetzung seines Traums, aber als eine Art spiegelverkehrte Verzerrung. In seinem Traum hatte er die Welt menschenleer gesehen, ohne jeden sichtbaren Eingriff der Zivilisation. Aber hier unter ihm im Park, in dieser grünen Lunge inmitten der Großstadt, war in mikroskopischer Genauigkeit die schreckliche Schattenseite eben jener Zivilisation zu sehen: Alles war voller Tüten. Voller Plastik. Die gleichen dünnen, seit Jahren verbotenen Henkeltüten, die auf ihrer Terrasse gelandet waren.

Woher kamen sie? Und warum flogen sie hier durch die Gegend?

Er lief über die Terrasse. Durchquerte die Wohnung, griff nach dem Schlüssel, machte die Tür auf und joggte die Treppe hinunter. Er lief durch die Wohnanlage und in den Park.

Nun, da die Böen ein wenig nachließen, erkannte er die Richtung. Die Tüten kamen vom Birkenwäldchen her: diesem gut 200 Meter breiten Baumstreifen, der den Abhang zu den Gleisen säumte und der in der Zeit entstanden war, als die alte Güterstrecke bereits stillgelegt gewesen war, es aber noch keine Planung für einen Park oder ihre Wohnanlage gegeben hatte. Irgendwo dort mussten die Tüten herkommen.

David joggte den Weg entlang. Ein Hund jagte einer orangenen Tüte hinterher. Ein kleines Kind hatte eine weiße Tüte am Henkel erwischt und beobachtete, wie sie sich blähte, während die Mutter es ermahnte, damit aufzuhören. Ein Mann stopfte eine Tüte in den Abfall.

Die Birkenblätter waren noch zart, aber dicht genug, dass David das Wäldchen von oben nicht überblicken konnte. Er verließ den Weg und zwängte sich den Abhang hinunter, durch die Zweige.

Und dann stand er auf einmal vor einer Lichtung, vielleicht so groß wie ein halber Fußballplatz, genau dort, wo die alten Gleise verliefen. Und mitten darauf befand sich ein Camp, ein Lager: Zelte und Baracken. Die Baracken waren aus alten, halb verrotteten Bahnschwellen und Brettern zusammengezimmert, und die Dächer – wenn man das, was die Wände schief und krumm bedeckte, Dächer nennen konnte – waren notdürftig mit eben jenen Tüten abgedichtet, die nun vom Frühlingswind durch den Park bis hoch auf ihre Terrasse getragen wurden.

David duckte sich. Am anderen Ende entdeckte er mehrere dunkelhaarige Männer, die um ein abgebranntes Lagerfeuer saßen und sich unterhielten.

Innerlich wurde er in zwei entgegengesetzte Richtungen gezerrt. Auf der einen Seite erschütterte ihn das Elend. Die Tatsache, dass diese Menschen offenbar in so großer Not waren, dass sie in einem Camp unter freiem Himmel leben mussten. Gab es denn keine Unterkünfte? Hilfen für Obdachlose? Sie mussten doch irgendwo wohnen können!

Auf der anderen Seite sah er die Feuerstelle und den Müll und inzwischen auch die Quelle der Tüten: Ein Haufen Bretter und Bahnschwellen lag kreuz und quer auf dem Boden, und dazwischen Tüten, Tüten und nochmals Tüten. Offenbar war eine der Baracken zusammengebrochen oder abgerissen worden, und die Tüten wurden nun von dem Wind über den gesamten Park verteilt. Und die Feuerstelle? Was, wenn das Birkenwäldchen auf einmal brannte? Was war dann?

Er machte ein paar Schritte den Hügel hinauf und zückte sein Handy. Er brauchte ein paar Fotos, um das Lager in der Vollversammlung nächste Woche zur Sprache bringen zu können. Und dann würden sie sich gemeinsam eine Strategie überlegen. Sie mussten etwas tun. Sie mussten diesen Menschen helfen. Und diese Hilfe musste dazu führen, dass die Menschen von hier verschwanden.

Auf dem Bildschirm seines Smartphones sah das Lager noch erbärmlicher aus als in der Realität: Die Plastiktüten wirkten wie ein Ausschlag auf dem Boden, wie Geschwüre zwischen den jungen Birkentrieben. Was war das für ein Leben? Hier draußen? Bei Wind und Wetter?

David zoomte gerade an ein schmutziges Zelt heran, vor dem kreuz und quer leere Plastikflaschen lagen, als er aus dem Augenwinkel eine Bewegung wahrnahm. Er wandte den Kopf. Offenbar waren die Männer auf ihn aufmerksam geworden. Sie schauten zu ihm herüber, gestikulierten wütend, und einer stand auf und rief ihm etwas zu.

Davids Herz schlug im Dreivierteltakt. Er überlegte, ob er ihnen klarmachen konnte, dass er ihnen helfen wollte. Dass er und die anderen Bewohner der *Gleisgärten* versuchen würden, ihnen Unterstützung zu vermitteln. Eine Unterkunft. Doch dann dachte er an den Mann auf dem Spielplatz, der ähnlich ausgesehen hatte wie diese Männer, und an seine begriffsstutzige Brutalität. David steckte schnell das Handy ein und setzte sich in Bewegung. Er hörte Rufen. Pfeifen. Schritte. Sie folgten ihm. Er rannte, stolperte über eine Matratze, fing sich, hetzte weiter. Nun war er im Birkenwäldchen. Zweige schlugen ihm ins Gesicht, Bäume standen ihm im Weg, und Bienen umschwirrten ihn.

Einen Moment lang verlor er die Orientierung. Wo war das Lager? Wo der Park? Wo die *Gleisgärten*? In welche Richtung musste er?

Die Männerstimmen kamen näher. Sie sprachen Rumänisch, genau wie der Mann auf dem Spielplatz, jetzt war er sich sicher. Zwischen den Blättern sah er ein wutverzerrtes, dunkeläugiges Gesicht, und er hetzte weiter.

Dann hörte er Kinderlachen – da, links oben –, und wenige Sekunden später brach er durch die Zweige eines dornigen Buschs und stand auf dem Weg inmitten einer Familie, die ihn mit großen Augen anstarrte.

Kurz darauf war er wieder zu Hause. Auf ihrer Terrasse. Bei den Bienen. In Sicherheit. Sein Gesicht sah aus, als hätte er während einer Nassrasur einen epileptischen Anfall bekommen: Alles war voller blutiger Schnitte und Schrammen. Aber es war egal. Die Männer waren ihm nicht gefolgt. Die Öffentlichkeit des Parks hatte ihn vor ihrem Zugriff geschützt. Schimpfend waren sie an der Baumgrenze stehen geblieben, während er den Park durchquert hatte.

Er schaute auf die Uhr. In einer halben Stunde musste er Jonas aus dem Kindergarten abholen, und wiederum eine halbe Stunde später käme Sybil vom Bahnhof.

Sybil.

Ganze zwei Nachrichten hatte sie ihm in der vergangenen Woche geschickt. Hinzu kam ein kurzes Videotelefonat mit Jonas. Ansonsten Schweigen. Bilderlosigkeit. Liebesentzug.

Aber wofür eigentlich? Dafür, dass er sie begehrte? Dass er Sex mit ihr haben wollte und ihr das auch zeigte? Dass er ab und zu das einforderte, was eine Liebesbeziehung nun mal beinhaltete: Zärtlichkeit und Leidenschaft?

Natürlich ärgerte er sich über seine Unbeherrschtheit. Ärgerte sich darüber, dass er nicht gespürt hatte, dass sie nicht bereit gewesen war. Vielmehr: dass sie *wirklich* nicht bereit gewesen war und nicht nur *scheinbar* nicht, wie er es sich eingeredet hatte. Aber andererseits: Wann war sie denn wirklich bereit? Wenn es hochkam, alle zwei Monate, und auch dann wirkte sie nicht richtig bei der Sache. Als wäre sie noch bei einem ihrer Seminare. Oder bei ihren Büchern. Oder bei der Klimakrise. Oder ganz woanders.

Der Tag vor gut zwei Wochen, als sie betrunken von der Talkshow zurückgekommen war – dieser unselige Tag, an dem Jonas gebissen worden war –, war die Ausnahme gewesen. Die einzige wirkliche Ausnahme seit Jonas' Geburt! Seit über zwei Jahren! Und neulich auf der Terrasse hatte sie ihn angeschaut, als wäre er ein Triebbesessener, schlimmer noch: ein Vergewaltiger. Hatte er das denn wirklich verdient? Nein, ganz sicher nicht!

Als David im Kindergarten ankam, hatte er die Kratzer in seinem Gesicht schon wieder vollkommen vergessen, und umso anstrengender war es, all die Fragen der Mütter und Kindergärtnerinnen dazu zu beantworten.

Jonas hingegen schien von seinem veränderten Äußeren kaum Notiz zu nehmen.

Wie so oft in letzter Zeit war er unerträglich. Er wollte sich nicht wickeln lassen, schrie die ganze Zeit, trat nach ihm und versuchte ihn zu kneifen. David musste sich zusammenreißen, ihn vor all den Müttern und Kindergärtnerinnen nicht zu packen und anzuschreien oder sogar zu schütteln – so lange, bis er endlich Ruhe gab.

Dann war Jonas schließlich doch gewickelt, und sie hatten das Gelände des Kindergartens verlassen. David kaufte bei dem Bäcker im Biosupermarkt zwei Brezeln und eine Apfelschorle und entschied sich, im Park zu bleiben. Er wollte Sybil auf neutralem Terrain begegnen. Nicht in ihrer gemeinsamen Wohnküche und schon gar nicht auf der Terrasse, auf der sie ihn vor einer Woche im einsetzenden Regen hatte stehen lassen.

Er setzte sich auf die große Wiese und schickte Sybil eine Nachricht mit ihrem Standort. Dann beobachtete er Jonas dabei, wie er mit einer Tüte Drachenfliegen spielte.

Zehn Minuten später fiel ein Schatten über ihn, und er blickte auf. Sybil stand direkt hinter ihm. Sie hatte kein Gepäck dabei, also war sie kurz in der Wohnung gewesen. Sie war geschminkt und trug ihre Business-Uniform: der blaue Hosenanzug aus Merinowolle, den sie in drei- oder vierfacher Ausführung besaß.

Sie sah gut aus, sehr gut sogar.

»Mama …«, rief Jonas und lief auf sie zu.

»Hallo, mein Kleiner«, sagte sie, ging in die Knie und nahm ihn in den Arm.

»Hallo«, sagte sie schließlich zu David.

»Hallo«, echote David.

»Was ist mit deinem Gesicht?«

»Ich … habe mit einem Dornenbusch gekämpft.«

Sie lächelte. »Klingt biblisch. Hat er dich angegriffen?«

»Eher umgekehrt. Aber er wusste sich zu verteidigen.«

»Das sieht man.«

Sie schwiegen und schauten zu Jonas, der sich wieder mit seiner Tüte beschäftigte. David war erleichtert. Der Abend auf der Terrasse war mit einem Mal weit weg. Sybil schien bereit zu sein zu vergessen, und er war es auch.

Er erzählte von seinem Traum und von den Tüten. Davon, wie er das Lager entdeckt und fotografiert hatte, und von den Männern, vor denen er geflohen war.

Sybil hörte zu, aber sie wirkte abwesend. Vermutlich war sie immer noch in Stuttgart bei ihrem Seminar.

»Aber ich versteh das nicht«, sagte sie. »Woher haben sie all diese Tüten?«

»Keine Ahnung. Wahrscheinlich gefunden. Zum Beispiel in einem der alten Güterwaggons, die dort unten stehen.«

Sybils Handy piepte, und sie las eine Nachricht. »Entschuldige«, sagte sie. »Ich muss kurz antworten.«

David nickte. Aus dem Augenwinkel beobachtete er, wie Sybils Daumen über das Display tanzten. Dann steckte sie das Handy wieder weg.

»Und? Wie war es in der Höhle des Löwen?«, fragte er.

»Anstrengend«, sagte sie. »Es ist ein alter Löwe, und er versteht die Zeichen der Zeit nicht. Weder die unserer heutigen Arbeitswelt noch die des Klimaschutzes.«

»Das wird er schon noch«, sagte David.

Noch gute zehn Minuten blieben sie sitzen und unterhielten sich. Dann wurde Jonas unruhig, und sie entschieden, zum Spielplatz zu gehen. Jonas saß auf Davids Schultern, wühlte in seinen Haaren und sang. Sybil lachte.

In diesem Moment fühlte sich alles richtig an. Die Sonne schien, dazu wehte ein leichter Wind, Sybil und er gehörten zusammen. Sie hatten eine schwierige Phase, aber sie würden sie meistern, genau wie die Menschheit die Klimakrise meistern würde.

Und dann tauchte plötzlich das Paar auf. Im ersten Moment hatte David das Gefühl, in einen Spiegel zu schauen: eine Mutter, ein Vater und ein Sohn, der auf den Schultern des Vaters saß. Dann sah er die Unterschiede. Der Vater war jünger und kräftiger. Er hatte einen rasierten Schädel. Seine Nase war geschwollen – das Gesicht eines Schlägers –, dennoch sah er auffallend gut aus. Die Mutter war zierlich und hatte dunkle Haut. Und der Junge: Er hatte die Frisur seines Vaters und hielt eine rote Schaufel in der Hand.

Der Mann starrte David an, und David starrte den Mann an. Er dachte an sein zerkratztes Gesicht. Und daran, dass jemand dem Mann die Nase gebrochen haben musste.

Er senkte den Blick.

Die Spiegelfamilie ging links an ihnen vorbei. Ihre Schatten berührten einander auf dem asphaltierten Weg, und nach oben hin ragten die Umrisse der Schaufel auf, spitz wie ein Wimpel auf einer Burg.

David atmete wieder aus. Er schaute zu Sybil, um zu überprüfen, ob sie etwas bemerkt hatte. Aber Sybil schaute schon wieder auf ihr Smartphone.

Weiter, dachte David. Einfach weitergehen!

Und tatsächlich schien sich alles aufzulösen. Die beiden Spiegelfamilien entfernten sich voneinander, und jeder Schritt voneinander fort war ein guter Schritt.

Doch dann rief Jonas plötzlich »Laufel«, und als David den Kopf drehte, bemerkte er, dass der Vater ebenfalls den Kopf gedreht hatte. Eine Sekunde lang starrten sie einander an.

David beschleunigte seine Schritte.

Sybils Blick war längst nicht mehr bei ihrem Smartphone, sondern bei ihm. »Wer war das?«, fragte sie.

»Was meinst du?«

»Der Mann.«

»Welcher Mann?«

»Dieser Typ mit dem Jungen auf den Schultern.«

»Ach so, der … Keine Ahnung.«

»Keine Ahnung? Ich hatte das Gefühl, ihr kanntet euch.«

»Hm … Vielleicht war es einer der Männer, die mich vorhin verfolgt haben. Aus dem Lager im Birkenwäldchen.«

»Und was war mit der Schaufel?«

»Laufel!«, rief Jonas. Und dann: »Dern!«

David wurde schwindlig. Er musste Zeit gewinnen. Und hoffen, dass Sybil wieder von dem Thema abließ.

»Welche Schaufel?«, fragte er.

»War das nicht Jonas' Schaufel, die der Junge in der Hand hatte?«

»Jonas' Schaufel?«

»Ja. Die Schaufel aus dem Öko-Kunststoff. Sie sah genauso aus.«

»Keine Ahnung. Vielleicht haben wir sie auf dem Spielplatz vergessen. Oder ein anderes Kind hat sie mitgenommen. Du weißt ja, wie schwierig es ist, den Überblick über diese Sandspielzeuge zu behalten. Sie sind wie eine Schar kleiner Kaninchen. Ständig verliert man eines von ihnen aus den Augen.«

Inzwischen waren sie beim Spielplatz angekommen, und David war dankbar für den Trubel und die Ablenkung. Sybil grüßte eine Frau, die er nicht kannte, und dann begaben sie sich auf die Suche nach einem Sitzplatz. Die Bänke waren alle voll, aber sie fanden ein freies Stück auf dem Mäuerchen, das den großen Sandkasten umrahmte: derselbe Sandkasten, in dem der Vater des Jungen ihn zwei Wochen zuvor malträtiert hatte. Derselbe Sandkasten, in dem er hilflos auf dem Rücken gelegen hatte.

Und dann kam ihm der Gedanke, dass seine Ausrede vielleicht sogar zutraf. Dass der Vater, die Mutter und der Sohn womöglich in dem Camp lebten. Dass der Junge, der kaum älter als Jonas war, in einer der Baracken oder in einem der Zelte hausen musste. Konnte das wirklich sein? Was wäre das für eine Kindheit? David versuchte den Gedanken wegzuschieben.

»Soll ich uns vielleicht einen Kaffee holen?«, fragte er. »Oder einen Chai?«

»Danke. Für mich nicht«, sagte Sybil, während sie die Spielzeuge aus dem Hanfbeutel in den Sand schüttete. Nun würde ihr sicher auffallen, dass die Schaufel fehlte. Doch Sybil schien mit ihren Gedanken schon wieder woanders zu sein. Sie zog ihr Handy heraus, wischte über das Display, las, wischte erneut.

David schaute zu Jonas, der gerade das Seesternförmchen mit Sand befüllte. Und auf einmal war alles wieder ganz nah: der Junge. Der Biss. Jonas' Weinen. Der Diebstahl. Die Verfolgung. Der Mann. Wie er ihn mit seinen Schraubstockhänden am Kragen packte, ihm gegen die Brust boxte, ihn währenddessen anschrie. Davids hilfloser Versuch, sich zu erklären, schließlich sein jämmerlicher Sturz über das Wackelpferd. Nun hatte er den Mann und den Jungen wiedergetroffen, und vermutlich würde er sie noch mehrfach treffen, denn wahrscheinlich lebten sie in dem Camp ganz in der Nähe.

David holte tief Luft. »Du hast recht«, sagte er.

Sybil schaute vom Display auf. »Womit?«

»Mit der Schaufel und ... mit dem Mann.«

»Was meinst du damit?«

David seufzte. Noch einmal holte er Luft. Und dann erzählte er die Geschichte. Die ganze, lange, dramatische Geschichte: vom plötzlichen Auftauchen des Jungen, über die Verfolgung, bis zu dem Moment, in dem er allein auf dem Rücken im Sand lag.

Als er fertig war, fühlte es sich erstaunlich gut an. Es war wie eine Beichte. Er hatte sich Sybil geöffnet. Hatte ihr seine Schwäche gestanden und seine Hilflosigkeit. Vor allem aber hatte er die schrecklichen Ereignisse des Nachmittags mit jemandem geteilt, und allein das war ungeheuer erleichternd.

»So«, sagte David. »Nun kennst du die Wahrheit. Es tut mir leid, dass ich dich belogen habe …«

Am Anfang seiner Erzählung hatte Sybil noch ab und zu etwas gesagt. Einen kurzen Kommentar – »oh Mann, das ist ja schrecklich« –, eine Nachfrage oder auch nur ein Stöhnen. Doch gegen Ende hatte sie geschwiegen. Nun bemerkte David, dass sich Sybils Haltung verändert hatte. Sie saß aufrecht, ihre Augen waren schmal. »Wie lange?«, fragte sie.

David verstand nicht. »Was meinst du? Wie lange … was?«

»Wie lange du Jonas allein gelassen hast!«

David hätte mit allen möglichen Fragen gerechnet, nur mit dieser nicht. Aber natürlich hatte sie recht: Es war unverantwortlich gewesen, Jonas allein zurückzulassen, egal, was vorher passiert war.

»Keine Ahnung. Nicht lange«, sagte er.

»Nicht lange? Wie lange? Wenn du den Jungen über den halben Spielplatz verfolgt und dich anschließend mit seinem Vater geprügelt hast, kann es so kurz nicht gewesen sein.«

Ihr Tonfall hatte etwas Provozierendes: die rhetorische Nachfrage einer Richterin, die ihr Urteil längst gefällt hatte.

»Ich habe mich nicht mit ihm geprügelt«, sagte David. »Er hat mich an der Jacke gepackt und immer wieder geboxt. So …« Zur Verdeutlichung schlug er sich mit den Knöcheln seiner Faust hart und rhythmisch gegen den Brustkorb. Ein hohles Geräusch erklang, wie von einer Trommel. »Dieser Mann ist ein Tier! Er ist gemeingefährlich!«

»Das heißt, es waren mehrere Minuten.«

»Wie gesagt: Ich habe keine Ahnung. Ja, vielleicht zwei oder drei Minuten, vielleicht auch vier. Ich weiß es nicht, es ging alles so …«

»Vier Minuten?«, unterbrach Sybil ihn. »Nachdem Jonas gerade gebissen worden war? Blutig gebissen?«

»Maximal vier Minuten, wahrscheinlich weniger. Noch einmal: Der Junge hat Jonas' Spielzeug geklaut, und Jonas hat deshalb geweint. Und der Mann hat mich angegriffen. Er hat mich geboxt und zu Boden gestoßen, und einen Moment lang war ich davon überzeugt, er würde mich umbringen!«

Sybil schüttelte erneut den Kopf. »Mehrere Minuten allein«, sagte sie halblaut vor sich hin.

David atmete ruckartig aus. Offenbar wollte Sybil ihn einfach nicht verstehen. »Jonas war nicht allein«, sagte er. »Das habe ich doch erzählt. Als ich zurückkam, waren diese beiden Mütter bei ihm.«

»Ja. Zwei wildfremde Frauen!«

»Zwei Frauen, die sich um ihn gekümmert haben!«

Einen Moment lang schwiegen sie beide. David schaute zu Jonas, der in aller Ruhe weiterbuddelte, er hoffte, dass das Thema versickern würde, so wie es das vorhin schon einmal getan hatte. Doch Sybil dachte nicht daran, die Sache auf sich beruhen zu lassen. »Und du sagst, er hat keinen Schaden davongetragen, ja? Er ist nicht traumatisiert?« Nun hatte die Psychologin übernommen.

»Nein. Ich meine: Ja … natürlich nicht!«

»Und ich sage dir: Kein Wunder, dass er sich in letzter Zeit so verändert hat!«

»Verändert? Was meinst du damit?«

»Das Weinen in der Nacht. Der Wutanfall beim Einkaufen. Die Unberechenbarkeit.«

David spürte, wie etwas in ihm die Richtung wechselte, als ob sein Denken und Fühlen einen U-Turn machten, mit quietschenden Reifen und Gummiqualm.

»Woher willst du denn wissen, wie Jonas normalerweise ist?«, sagte er. »Ob er zum Beispiel beim Einkaufen durchdreht? Du bist ja nie da. Du bist eine Wochenendmutter, während ich mich um den Alltag kümmere!«

»Wie … Wie meinst du das?«

»Wie ich das meine? Du kennst Jonas doch gar nicht! Und manchmal habe ich das Gefühl, er kennt dich auch nicht!«

Sybil sah verwirrt aus. Und zugleich verletzt. »Darf ich dich daran erinnern, dass wir gemeinsam entschieden haben, dass du zu Hause bleibst und ich arbeite?«

»Das stimmt. Aber da wusste ich noch nicht, in welche Rolle du mich drängen würdest!«

David war laut geworden, und Jonas hob den Kopf und schaute sie beide an.

»Aha. In welche Rolle dränge ich dich denn?«

Nun war jede Grenze überschritten. David hatte das Gefühl, dass er in einem Einmannkanu mitten in einen reißenden Wildbach geworfen worden war, und nun hatte er keine Wahl mehr: um zu überleben, musste er paddeln.

»Ich stelle dir mal eine Gegenfrage«, sagte er. »Wie oft hatten wir Sex, seit Jonas auf der Welt ist?«

»Wie bitte? Was … hat das denn damit zu tun?«

»Beantworte mir die Frage! Wie oft hatten wir Sex?«

Eine Frau, die neben ihnen saß, drehte sich in ihre Richtung. Einige Meter weiter warf sich ein Paar einen Blick zu.

Sybils Körper straffte sich. »So lasse ich nicht mit mir reden!«

»Wenn du es mir nicht sagen kannst«, fuhr David fort, »dann werde ich es dir verraten: Wenn es hochkommt, zehn Mal! Jonas ist jetzt zweieinhalb, das heißt, wir hatten im Schnitt alle drei Monate Sex.«

»Na und? Das ist vermutlich nicht viel weniger als andere Paare mit einem Kleinkind. Wenn du möchtest, können wir ja mal eine kleine Umfrage starten.« Sie schaute zu dem Nachbarpaar, das den Blick inzwischen peinlich berührt abgewandt hatte. »Außerdem geht es darum überhaupt nicht«, fuhr Sybil fort. »Es geht darum, dass du mich belogen und deine Aufsichtspflicht als Vater vernachlässigt hast!«

Das Kanu war in einen Strudel geraten, und einen Moment lang dachte David daran, sich einfach fallen zu lassen. Aufzugeben, um sich schwimmend ans Ufer zu retten. Aber dann steckte er das Paddel tief ins Wasser und stieß sich mit aller Kraft von einer Welle ab.

»Okay«, sagte er, »du hast recht, ich habe wirklich meine Aufsichtspflicht vernachlässigt. Aber nur für ein paar Minuten! Du hingegen vernachlässigst deine Rolle als Mutter und als Partnerin seit über zwei Jahren!«

Und dann war Sybil weg. Sie hatte noch etwas gesagt, das David in dem tosenden Rauschen des Wildbachs nicht hatte verstehen können, dann hatte sie mit schnellen Schritten den Spielplatz überquert und war in Richtung Park verschwunden.

Jonas hatte ihr für ein paar Sekunden hinterhergeschaut, einmal »Mama« gesagt und sich dann wieder seinem Förmchen zugewandt.

David spürte, wie der Atem seinen Brustkorb hob und senkte, und fühlte die Sonne auf seinem Gesicht. Er schloss die Augen. Alles in ihm war leer, er war wie ausgehöhlt, als ob ihn der Streit mit Sybil entkernt hätte.

Zwei, drei Minuten saß er so. Dann hörte er direkt neben sich ein Rascheln. Er öffnete die Augen und drehte den Kopf. Zwei Tüten – rosa und weiß – lagen, von dem Frühlingswind bewegt, eng beieinander an der Mauer.

QUERKRAFT

Brummen

Sie war in ihrem Zelt. In dem Birkenwäldchen. Sie hatte sich hingelegt. Kurz die Augen zugemacht und war eingeschlafen. Tief und fest. Und sie hatte geträumt. Aber das war nicht alles. Da war ein Brummen. Viele verschiedene Brummen. Direkt neben ihr. Um sie herum. Sie drehte den Kopf. Bienen. Zwei, drei, nein, vier Bienen, die sich in das Zelt verirrt hatten und nun immer wieder gegen den schmutzig grünen Stoff flogen.

Wo kamen die Bienen her?

Erst jetzt fiel Aurica auf, dass da noch etwas anders war. Nelu fehlte. Sie war mit ihm gemeinsam eingeschlafen. Der übliche Mittagsschlaf. Aber wo war er jetzt?

»Nelu?«

Keine Antwort. Nur ein leises Wimmern. War das Nelu?

»Nelu!« Aurica sprang auf, stieß mit dem Kopf gegen die Zeltstange, stolperte über irgendetwas, etwas Hartes, das schepperte – der Topf mit den restlichen Nudeln von gestern Abend –, verhedderte sich mit den Füßen in einem Klamottenhaufen, und dann, endlich, zwängte sie sich durch den Eingang nach draußen.

»Nelu!«

Da saß er. Hockte neben den Resten des Lagerfeuers in der Sonne, hielt sich den nackten Fuß und wimmerte. Drei Schritte, dann war sie bei ihm.

»Was ist los? Was ist passiert?«

»Aua«, sagte Nelu. Dicke Tränen liefen ihm über die Wangen.

Aurica betrachtete den Fuß. Vielleicht war er irgendwo hineingetreten. In eine Glasscherbe oder in einen rostigen Nagel, der aus einem Brett ragte. Es wäre kein Wunder, denn das gesamte Lager war eine einzige Müllhalde. Und das, obwohl sie selbst, Petre und zwei, drei andere Eltern kleinerer Kinder ständig aufräumten und gefährliche Gegenstände beiseiteschafften.

Sie waren viel zu viele. Und es wurden täglich mehr. Längst stammten die Bewohner des Camps nicht mehr nur aus ihrem Haus, und es waren auch nicht mehr nur Rumänen, sondern auch Bulgaren, Albaner und Tschetschenen. Sogar einige Deutsche, die aussahen wie Penner. Das waren die schlimmsten. Sie waren diejenigen, die Bierflaschen gegen das kleine Mäuerchen geschleudert hatten und denen es vollkommen egal war, ob hier Kinder herumliefen, die sich daran schneiden konnten.

Noch gefährlicher waren die Tüten. Sie hatten sie in einem großen Container unten bei den Gleisen gefunden – Tausende und Abertausende dünne Henkeltüten –, und jemand war auf die Idee gekommen, damit die Baracken gegen den Regen abzudichten. Dann war in der Nacht eine dieser Baracken zusammengebrochen, und seitdem flogen die Tüten im gesamten Lager umher. Mehrfach hatte Nelu sich eine der Tüten über den Kopf gezogen, und jedes Mal hatte Aurica sie ihm weggerissen: »Das darfst du nicht! Das ist gefährlich!«

Aurica packte Nelus Bein und betrachtete von allen Seiten den Fuß. Er sah vollkommen unversehrt aus. Kein Blut. Keine Wunde. Auch kein Nagel, den er sich eingetreten hatte. Dennoch schien ihm der Fuß wehzutun. Sein Weinen war zu einem lauten Schmerzensgesang geworden.

Aurica ließ den Fuß wieder los. »Was ist passiert?«, fragte sie noch einmal, auch wenn sie kaum Hoffnung hatte, eine Antwort zu bekommen.

»Aua, aua!«, jammerte Nelu. »Heiß!«

»Heiß?«

»Ja.«

»Hast du dich verbrannt!«

»Aua«, sagte Nelu.

Vielleicht eine Zigarettenkippe? Aber dann müsste doch eine Spur an dem Fuß zu sehen sein, Asche und eine Rötung. Und plötzlich fiel ihr doch etwas auf. Es war keine bestimmte Stelle. Kein Schnitt, keine Verletzung oder Wunde. Aber der Fuß war insgesamt größer als der andere. Er war angeschwollen.

Bienen! Er musste in eine Biene getreten sein. Das Gift fühlte sich heiß an, das wusste sie aus Erfahrung.

Sie schaute sich um. Die Bienen waren auch hier draußen, natürlich waren sie das, sonst wären sie ja nicht in ihr Zelt geflogen. Offenbar hatten sie es auf die Blüten der Birken abgesehen, aber viele von ihnen schwirrten auch knapp über dem Boden der Lichtung.

Erneut griff Aurica nach dem Fuß, und wieder heulte Nelu protestierend auf. »Halt still«, sagte sie, »ich muss kurz etwas schauen.«

Nun, da sie wusste, wonach sie suchte, fand sie es sofort. Ein Bienenstachel, ungefähr so groß wie ein Stecknadelkopf, halb durchsichtig, dennoch deutlich sichtbar. Er steckte in der Ferse. Aurica musste ihn herausziehen und anschließend die Wunde aussaugen. Aber das war leichter gesagt als getan. Nelu wehrte sich. Er strampelte, boxte und trat nach ihr.

»Halt still!«, sagte sie.

Aber Nelu hielt nicht still. Im Gegenteil. Mit aller Kraft stemmte er sich gegen das, was getan werden musste.

Kurzentschlossen packte Aurica Nelus Fuß, kniete sich auf das andere Bein und auf seinen Oberkörper und hielt den Knöchel, so fest sie konnte. Nelu schrie. Er prügelte auf ihren Oberschenkel und versuchte, sie in die Waden zu beißen, aber sein Kampf war aussichtslos. Sie arbeitete mit ihrem ganzen Gewicht und mit all ihrer Kraft. Und wenn sie wollte, hatte sie viel Kraft.

Das erste Mal, als sie nach dem Stachel greifen wollte, zuckte Nelu noch zur Seite. Aber das zweite Mal erwischte sie ihn und warf ihn beiseite. Dann beugte sie sich über die Ferse und begann zu saugen. Sobald ihre Lippen den kleinen Fuß berührten, beruhigte sich Nelu. Es war, als ob jemand einen Schalter umgelegt hätte: Plötzlich hörte er auf, sich gegen die Fixierung zu wehren. Aurica lockerte ihren Griff und hob ihr Knie von Nelus Bein und seinem Brustkorb.

Sie saugte, bis ihre Lippen schmerzten. Dann ließ sie den kleinen Fuß sinken. Sofort fing Nelu wieder an zu weinen. Der Fuß war um die Ferse herum stark geschwollen, die Einstichstelle war gerötet. Eigentlich hätte sie etwas zum Kühlen gebraucht, aber woher? Sie hatten hier keinen Strom, von einem Kühlschrank ganz zu schweigen.

Zum hundertsten Mal in den vergangenen Tagen verfluchte sie Petre. Dafür, dass er die schlimmen Bedingungen, unter denen sie in dem Höllenhaus gelebt hatten, zu noch schlimmeren gemacht hatte. Dafür, dass er es tatsächlich gewagt hatte, Dacian anzugreifen. Ihn am Kragen zu packen und ihm seinen Kopf gegen die Nase zu rammen. Was hatte er sich dabei gedacht? Was war auf einmal los mit ihm? Im Gegensatz zu ihr hatte er sich immer aus allen Konflikten herausgehalten. Er war immer ruhig und besonnen gewesen. So ruhig und besonnen, dass er sie manchmal damit in den Wahnsinn getrieben hatte.

Und nun war alles vorbei. Sie lebten in einem Wald. Sie hatten kein Dach mehr über dem Kopf. Denn auch wenn es im Haus an einigen Stellen reingeregnet hatte, war es immerhin ein *Dach* gewesen. Ebenso das fließende Wasser, das zwar oft nur kalt und trüb gewesen war, aber es war immerhin *Wasser* gewesen. Oder die Toilette, die zwar gestunken hatte und ständig verstopft gewesen war, aber es war immerhin eine *Toilette* gewesen, kein Loch im Boden mit einer vermoderten Bahnschwelle davor, auf die man sich hocken musste. Von dem fehlenden Herd, einem Kühlschrank und der Elektrizität ganz zu schweigen. Sie lebten hier wie in einem Flüchtlingscamp. Und noch dazu illegal: Jederzeit konnten es geräumt werden. Und dann? Was wäre dann? Dann müssten sie wieder zurück nach Bacău. Und das mit leeren Händen. Die 2000 Euro, die sie mit hergebracht hatten, um sich ein neues Leben aufzubauen, waren weg! In Luft aufgelöst! Und all das hatten sie Petre zu verdanken und seiner Unbeherrschtheit.

Doch es gab noch eine andere Seite in Aurica. Und diese Seite hatte Verständnis, ja sie bewunderte Petre sogar dafür, dass er sich gewehrt hatte. Dacian war ein Arschloch. Er hatte sie unter falschen Vorzeichen hergelockt. Er hatte sie belogen, sie alle. Er hatte ihr den Lohn für das Putzen verweigert. Hatte sie betteln lassen, weil sie eine Roma war. Und er hatte sie persönlich beleidigt. Als Zigeunermädchen beschimpft und danach ausgespuckt. Es geschah ihm recht, dass Petre ihm die Nase gebrochen hatte. Ja, am besten wäre es gewesen, wenn er ihm alle Knochen gebrochen hätte. Wenn er ihn so verprügelt hätte, dass er jetzt nicht nur eine kleine blaue Schiene im Gesicht bräuchte, sondern auch an den Armen und Beinen und eine Halskrause und ein Korsett in einem Krankenhausbett.

An dem ersten Abend im Zelt hatten Petre und sie das erste Mal seit Wochen wieder Sex gehabt – und seitdem jeden weiteren Abend. Petre hatte wegen seiner gebrochenen Nase kaum atmen können, und wenn er gestöhnt hatte – leise und unterdrückt –, dann hatte sie nicht genau sagen können, ob es vor Schmerz oder vor Lust gewesen war, und die Welle in ihr war dadurch noch größer geworden. Sie hatte versucht sich einzureden, dass es vor allem daran lag, dass sie bei allen widrigen Umständen in dem Zelt endlich wieder ein wenig Privatsphäre hatten: ihr eigener kleiner Raum anstelle des Zimmers, das sie sich mit drei anderen teilten. Und das stimmte natürlich. Aber es war nur die halbe Wahrheit. Die andere Hälfte bestand darin, dass sie diese neue Seite an Petre mochte. Die Unbeherrschtheit. Die Wut. Dass er nicht immer nur ruhig und ausgleichend war, sondern klare Grenzen zog. Bis hierhin und nicht weiter! Und so hatten sie zwar kein fließend Wasser, keine Elektrizität, kein Klo und keine festen Wände, aber dafür hatten sie guten Sex – und das war, so albern es ihr in dieser Situation vorkam, auch nicht zu verachten.

Nelu weinte. Tränen liefen ihm über das Gesicht, und um ihn zu besänftigen, begann sie erneut an seiner Ferse zu saugen. Doch diesmal beruhigte er sich nicht. Im Gegenteil. Sein Atem wurde immer schneller. Er begann mit den Armen zu fuchteln, und sein Blick war ganz starr.

»Nelu?«

Erst jetzt fiel Aurica auf, wie blass er war. Sie fühlte seine Stirn. Sie war kalt. Aber zugleich feucht. Und was war mit seinen Armen? Waren das rote Stellen? Pickel? Wo kamen all die Pickel auf einmal her?

Und plötzlich wusste sie es. Er hatte einen allergischen Schock! Sie hatte noch nie einen allergischen Schock miterlebt, aber sie hatte eine Krankenschwester darüber sprechen gehört, und es passte alles. Und nun schien ihm auch noch schlecht zu sein. Er würgte, und währenddessen zitterte er. Das hieß, er brauchte Hilfe, und zwar schnell. Er brauchte Adrenalin und Antihistaminika. Und dazu brauchten sie einen Arzt oder einen Sanitäter, am besten einen Krankenwagen. Aber wo sollte sie einen Krankenwagen herbekommen, mitten in dem Birkenwäldchen? Sie hatte nicht einmal ein Handy, ihr Akku hatte am Vorabend den Geist aufgegeben, und in Ermangelung einer Steckdose hatte sie ihn nicht laden können.

Nelus Atem war schnell und flach. Seine Augen waren geschlossen. Ein Schweißfilm glänzte auf seiner Stirn. Kurz war Aurica davon überzeugt, vor Panik selbst ohnmächtig zu werden.

Dann wurde sie auf einmal ganz ruhig. Als Erstes musste sie zur Straße. Dann brauchte sie jemanden mit einem Handy. Jemanden, der den Straßennamen kannte und dem Notarzt sagen konnte, wo sie sich befanden. Der Notarzt würde schnell kommen. Und bis dahin musste Nelu durchhalten. Ganz einfach.

Sie hob ihn auf ihren Arm. Sein Atem war nun so schnell, dass Aurica die einzelnen Züge gar nicht mehr unterscheiden konnte. Immerhin hatte er die Augen wieder geöffnet. Aber sein Blick wirkte starr.

Aurica presste den kleinen Körper an ihre Brust und lief los. Sie stolperte über eine Zeltschnur. Dann war sie zwischen den Birken. Den Hügel hinauf, der zu einem Berg wurde. Wo war der Weg? Der Park? Erst jetzt bemerkte sie, dass sie offenbar quer lief, parallel zu den Gleisen. Sie musste höher, noch höher, und dann, endlich, sah sie den Weg. Ein Zweig schlug ihr ins Gesicht, es fühlte sich an wie ein Peitschenhieb. Aber das war nicht wichtig. Nichts war wichtig, außer Nelu zu retten, Nelu – ihren Sohn.

Im Park herrschte das übliche Frühlingstreiben: Jogger, Radfahrer. Händchen haltende Pärchen. Kinder mit Holzlaufrädern. Eine verstörende Normalität, während sich ihr Leben in völligem Ausnahmezustand befand. Sie sah das große Haus mit den vielen Terrassen und überlegte, ob sie vielleicht dort klingeln und um Hilfe bitten sollte. Aber um das Haus herum war ein hoher Zaun mit Kameras. Dann doch besser die Straße. Dort, wo viele Menschen waren. Autos. Taxis. Ein Krankenwagen.

Sie brauchte einen Krankenwagen!

»Nelu, halt durch!«, sagte sie. »Ich hole Hilfe! Gleich bekommst du Hilfe!« Nelu war nun vollkommen blass. Seine Arme waren übersät von roten Pickeln, sein Atem überschlug sich.

Während sie weiterrannte, begann sie zu beten. Wie lange hatte sie schon nicht mehr gebetet? Sieben Jahre? Zehn Jahre? Sie wusste es nicht. Nur dass es sehr lange her war. Sie glaubte nicht, dass es helfen würde, aber es beruhigte sie, und es war wichtig, dass sie ruhig blieb.

Und dann war sie endlich an der Straße.

Sie sah eine Frau mit Kinderwagen, rannte auf sie zu. *»Help! My son! Please! Help!«* Aber die Frau machte einen großen Bogen um sie, und Aurica sah, dass sie weiße Stöpsel in beiden Ohren trug und auf ihr Handy starrte. Aurica winkte nach den Autos, die in einem nie enden wollenden Strom an ihr vorbeirauschten. Ein Auto hupte. Niemand hielt.

Hundert Meter weiter entdeckte sie eine Baustelle. Die Männer trugen orangene Westen und gelbe Helme. Einer von ihnen stand am Rand und rauchte. Als sie schreiend auf ihn zurannte, drehte er sich zu ihr um. Er war vielleicht Mitte fünfzig, hatte dunkle Augen und einen grauen Schnauzbart.

»Help! Help!«, rief sie. *»My Son. Allergy! Ambulance!«*

Der Mann schaute zuerst sie an, dann Nelu.

Er nickte. Dann hielt er ein Handy in der Hand. Tippte mit großen, haarigen Fingern darauf herum. Hielt es sich ans Ohr. Wartete. Stand da und starrte ins Nichts, als wäre er kein Mensch, sondern eine große Puppe.

Aurica nahm das alles nur noch wie in Zeitlupe wahr. Einzelne Blicke und Gesten, voneinander losgelöst und ohne Bezug. Warum dauerte das so lange? Oder war es gar nicht lange? Wie viel Zeit war vergangen? Eine Minute? Zwei Minuten? Was war Zeit? Eine Ansammlung aneinandergereihter Ewigkeiten.

Sie betrachtete Nelu, der die Augen wieder geschlossen hatte. Sein Atem war wie ein Gegentakt zur Zeitlupe der Welt: Er flatterte, flog, raste.

Eine Berührung an ihrem Arm. Der Mann. Er sagte etwas. Sie verstand nicht. Er sagte noch etwas, das sie wieder nicht verstand. Und schließlich sagte er: *»Ambulance!«* Und dann nickte er und lächelte.

»Danke«, sagte Aurica.

Sie streichelte Nelus Kopf. Sie küsste seine Stirn. Die Stirn war kalt. Sie begann zu summen. Summte ein Lied, das die Schwestern immer an ihrem Bett gesungen hatte: *»Tarancuta, tarancuta.«*

Die Zeit war eine leere Ewigkeit.

Und dann ging plötzlich alles ganz schnell. Eine Sirene. Blaulichter. Ein Krankenwagen. Zwei Sanitäter, die ausstiegen.

Aurica presste Nelus Körper an ihre Brust. Noch atmete er, noch lebte er. Sie ließ ihn wieder locker, setzte sich auf den Boden und legte Nelu auf ihren Schoß.

»Allergie«, sagte sie. Sie überlegte, was Biene auf Englisch hieß, aber es fiel ihr nicht ein. Stattdessen drückte sie Zeigefinger und Daumen zusammen, machte dazu »Bssssssssss« und deutete einen Stich an. Sie zeigte auf Nelus Fuß.

Einer der beiden Sanitäter beugte sich über Nelu, befühlte seine Stirn und überprüfte seinen Puls. Er öffnete Nelus Mund und schaute hinein.

Der Mann nickte, sagte etwas zu dem anderen, der sofort im Auto verschwand. Aurica hielt Nelus Hand. Obwohl er vollkommen weggetreten zu sein schien, murmelte er: »Mama, Mama.«

»Ich bin da«, sagte Aurica. »Ich bin da!«

Nelu wurde auf eine orangene Decke gelegt und bekam eine viel zu große Atemmaske auf das Gesicht gepresst. Ein Sanitäter hielt ihn fest, der andere drückte ihm etwas, das wie ein dicker Kugelschreiber aussah, auf den Oberarm.

Und dann war es vorbei: Die Krise war überstanden. Der Sanitäter nahm Nelu die Atemmaske vom Gesicht, und Nelu richtete sich langsam auf.

Seine Arme waren noch voller roter Pusteln, er war blass und wirkte ein wenig desorientiert. Aber abgesehen davon schien es ihm gut zu gehen.

»Nelu«, sagte Aurica.

»Mama«, sagte Nelu.

Die Sanitäter überprüften noch einmal Nelus Blutdruck, aber sie schienen mit ihren Gedanken ganz woanders zu sein. Vermutlich bereits bei den Formalitäten, die kurz darauf folgten. Mehrere Bögen mit tausend Feldern und Kästchen auf einem Klemmbrett. Ein Kugelschreiber, dessen Mine knackte. Unzählige Fragen, von denen sie viele erst im zweiten oder dritten Anlauf und mit Hilfe von Gesten verstand. Immerhin konnte einer der Sanitäter Spanisch, das half ein wenig.

Krankenkasse? Nein.

Ausweis? Nicht dabei.

Führerschein? Hatte sie nicht.

Staatsangehörigkeit? Rumänisch.

Welche Stadt in Rumänien? Bacău.

Seit wann war sie in Berlin? Vier Monate. Oder waren es schon fünf? Sie wusste es nicht.

Bei der Adresse kramte sie nach dem zerknickten Zettel, auf dem die Straße und Hausnummer des Rattenhauses standen, denn sie konnte ja schlecht sagen, dass sie auf einer Lichtung in einem Birkenwald neben den Gleisen wohnten. In einem Zelt. Ohne fließendes Wasser.

Die Sanitäter wirkten genervt, der eine von ihnen geradezu vorwurfsvoll. Beide gaben ihr das Gefühl, dass sie ihnen Ärger bereitete. Schließlich gaben sie ihr einen gelben Durchschlag von dem Zettel, stiegen in ihren Wagen ein, blinkten und reihten sich wieder in den Verkehr ein. Aurica war nicht einmal dazu gekommen, sich zu bedanken.

Sie schaute zu der Baustelle, und erst jetzt bemerkte sie, dass der Bauarbeiter, der den Notarzt gerufen hatte, die ganze Szene von der Absperrung aus beobachtet hatte.

»Alles gut?«, rief er.

»Ja, gut«, rief sie zurück. Und dann: »Danke! Vielen Dank!« Wenigstens das war sie jetzt losgeworden.

Der Mann lächelte und hob den Daumen.

Nelu wirkte ein wenig geschwächt, war aber ansonsten wie immer. Als ob er einen etwas zu langen Mittagsschlaf gemacht hätte und noch etwas bräuchte, um richtig wach zu werden. Sie trug ihn bis in den Park. Dann setzte sie ihn vorsichtig ab und kniete sich neben ihn. Er stand sicher, auch der Stich schien ihm nicht mehr wehzutun.

»Ball!«, sagte er und deutete auf zwei Jungs, die einen Ball hin- und herschossen. Er machte ein paar Schritte in ihre Richtung und deutete einen Schuss an.

Aurica spürte, wie ihr die Tränen in die Augen stiegen.

Sie dachte an ihr Gebet. Hatte sie vorhin wirklich gebetet? Sie, die sich schon vor Jahren von dem ganzen religiösen Hokuspokus der orthodoxen Kirche losgesagt hatte? Die immer wieder mit den Schwestern in dem Heim darüber diskutiert hatte, wie unwahrscheinlich die Auferstehung eines Menschen von den Toten war?

Ja, sie hatte gebetet.

Und dann dachte sie an die Bienen.

Wo kamen die alle her? Was hatten sie hier zu suchen? Hier, in diesem Park, zwischen all den Straßen und Häusern und Gleisen? Zwischen Obstbäumen gab es Bienen, am Rand von Feldern, wo Imker ihre Kisten aufstellten, aber doch nicht hier, mitten in Berlin! Einmal hatte sie beobachtet, wie jemand in dem Garten rund um das Terrassenhaus in einem weißen Schutzanzug herumgelaufen war. Waren das vielleicht seine Bienen? Oder waren es die Bienen von den Bewohnern dieser Luxuswohnungen? Aber wozu sollte sich jemand Bienen halten? Die Leute in diesen Wohnungen hatten wohl genug Geld, um sich ein Glas Honig im Supermarkt zu kaufen. Oder ging es bei den Bienen um etwas anderes? Um Artenvielfalt, Bestäubung und das heilige Gleichgewicht, von dem Petres Opa immer sprach?

Was auch immer es war: Sie schwor sich, dass sie Nelu ab sofort stets seine zu großen Turnschuhe anziehen würde. Und, egal, wie warm es war, ein langärmeliges Hemd. Aber vor allem schwor sie sich, dass sie ihn nie wieder aus den Augen lassen würde. Und sobald sich ihm eine Biene auch nur näherte, würde sie sie erschlagen. Oder verbrennen, am besten mit einem Flammenwerfer, den sie aus einer Spraydose und einem Feuerzeug basteln würde, so wie es die Jungs in dem Heim getan hatten.

»Aurica! Nelu!«

Sie drehte sich um. Petre kam aus der Richtung des Terrassenhauses, das hinter den Bäumen hindurchschimmerte wie ein riesiges Kreuzfahrtschiff. Also hatte er heute wieder keine Arbeit gefunden. Ebenso wenig wie gestern, vorgestern und vorvorgestern. Aber er wirkte gut gelaunt. Seine Arme schlenkerten vor und zurück, seine gebrochene Nase sah weniger geschwollen aus als die Tage zuvor. Aurica winkte zurück. Auch Nelu hatte ihn entdeckt, und er riss sich von Aurica los und rannte in seine Richtung.

Es war unglaublich: Er rannte wirklich. Ein wenig humpelnd zwar, aber er rannte. Gerade eben war er beinahe tot gewesen, und nun konnte er schon wieder rennen!

Petre ging in die Knie, packte Nelu unter den Achseln, warf ihn zweimal in die Höhe wie einen Volleyball und nahm ihn anschließend auf den Arm.

Gemeinsam kamen sie auf sie zu. Vater und Sohn. Wie unglaublich ähnlich sie sich sahen. Der gleiche Mensch in groß und klein.

Die Liebe, die Aurica in diesem Moment empfand, war so stark, dass sie wehtat. Doch sie hatte nicht viel Zeit, sich auf das Gefühl einzulassen. Denn während Petre sich ihr näherte, hatte sich seine Haltung verändert. Sein Körper wirkte angespannt. Er bildete ein Fragezeichen. »Was hat er da?«, sagte er und deutete auf die Pusteln auf Nelus Arm.

»Was … meinst du?«, antwortete Aurica, nur um ein bisschen Zeit zu gewinnen.

»Die Pickel.«

»Ach so, das … Er … Er ist von einer Biene gestochen worden. In den Fuß. Vermutlich eine Allergie.«

»Eine Allergie?«

»Ja, gegen Bienengift. Wir müssen in Zukunft ein bisschen aufpassen.«

Aufpassen.

Ein bisschen.

In Zukunft.

Aurica wurde von einem Hochgefühl ergriffen. Was kümmerte es sie, dass sie in einem dreckigen Lager neben den Gleisen lebten! Dass sie keine Arbeit hatten und kein Geld. Dass die Menschen in diesem Land sie hassten! Es war Frühling! Sie lebten! Sie atmeten! Sie konnten riechen, schmecken, die Sonne spüren. Sie konnte Nelu in die Arme nehmen. Sie konnte ihn küssen. Und sie konnten sich lieben, Petre und sie, nachts oder frühmorgens im Zelt. Das war alles, was zählte. Es ging um das Leben. Darum, dankbar zu sein!

Und dann küsste sie sie beide, Klein und Groß, und umarmte sie.

Schlürfen

Den ganzen Abend über hatte Sybil kein Wort mehr mit David gesprochen. Sie hatte sich in ihrem Arbeitszimmer eingeschlossen, sich dann spät in der Nacht auf das Sofa gelegt. David hatte sie an ihrem wundesten Punkt getroffen – ihrer Rolle als Mutter und als Partnerin –, und es war nicht einfach so aus ihm herausgebrochen, sondern er hatte den Angriff ganz bewusst gesetzt. Doch als sie morgens ihren Tee mit heißem Wasser übergoss, war ihre Wut auf einmal verschwunden. Ja, sie hatte sogar Verständnis. Was hätte sie wohl getan, wenn ein anderer Junge Jonas blutig gebissen und anschließend mit seinem Spielzeug weggelaufen wäre? Wäre sie ihm nicht auch hinterhergerannt? Und wie würde sie sich fühlen, wenn David ständig unterwegs wäre? Sogar was den Sex und ihre Rolle als Mutter anging, musste sie ihm Zugeständnisse machen. Er hatte ja vollkommen recht, dass sie in diesen Fragen nicht besonders viel Energie aufbrachte. Aber was sollte sie tun? Sie konnte doch nicht einfach einen Knopf drücken, damit sich das änderte.

Aber vielleicht konnte sie sich ein bisschen mehr Mühe geben. Ein wenig weicher werden. Ein bisschen verständnisvoller. Hilfsbereiter.

Sie räumte die Geschirrspülmaschine aus, bereitete das Frühstück vor, wünschte David, der nun auch hereinkam, freundlich einen »Guten Morgen« und schlug vor, dass sie Jonas wickeln könnte.

David wirkte irritiert, aber das war ihr egal. Sie war bereit, sich zu versöhnen, und der beste Weg, ihren guten Willen zu zeigen, war, sich auf David zuzubewegen.

Während sie schweigend beim Frühstück saßen, leuchtete Sybils Handy. Eine Nachricht. Sie betrachtete die Nummer, die sie nicht kannte und nicht gespeichert hatte.

»Musste gestern Abend spontan nach Berlin«, stand da. »Lust auf einen Kaffee am Nachmittag? Liebe Grüße Nina.«

Es dauerte einen Moment, bis sie wusste, wer Nina war, und als es ihr einfiel, verspürte sie sofort dieselbe heiße Kälte wie im Zug.

Es folgte eine zweite Nachricht. »Kleine Erinnerungshilfe: Ich bin die mit Gott und den Seitensprüngen …«

Zu der heißen Kälte gesellte sich nun ein erhöhter Herzschlag und ein trockener Mund. Warum schrieb sie das von den Seitensprüngen? Warum machte sie keine Anspielung auf die Talkshow, das Klima oder den Zug, was doch viel naheliegender gewesen wäre? Und vor allem: Hatten sie sich nicht gestern erst gesehen?

Was wollte sie von ihr?

Später, nachdem Sybil Jonas in den Kindergarten gebracht hatte, saß sie auf der Terrasse und trank eine zweite Tasse Tee. David trat neben sie. Einen Moment lang betrachteten sie gemeinsam die schwirrenden Bienen

»Kannst du Jonas heute vielleicht auch abholen?«, fragte David.

»Eigentlich gern«, antwortete Sybil. »Aber ich fürchte, dass ich am Nachmittag für zwei Tage nach Hamburg muss.«

Der Satz war ganz spontan gekommen, ohne dass sie darüber nachgedacht hatte. Es war, als ob sie ihn gar nicht selbst gesagt hätte, sondern eine fremde Macht in ihrem Kopf, die kurzzeitig ihren Mund, ihre Zunge und ihre Stimmbänder unter Kontrolle gebracht hatte. Hamburg. Warum Hamburg? Und warum gleich zwei Tage?

»Ach ja?«, fragte David.

»Ja, ich … habe eine spontane Anfrage.«

»Das ist ja ganz schön kurzfristig.«

»Jemand ist krank geworden, und ich soll einspringen.«

»Und wo?«

»Bei … einer Reederei.«

Ihre Antworten waren rein assoziativ. Krankheit. Einspringen. Und Hamburg war Agentur oder Reederei. Die Agenturen kannte David alle, er hatte etliche persönliche Kontakte. Bei den Reedereien war das anders. Allerdings hatte Sybil nun Angst, er könnte vielleicht nachfragen, um welche Reederei es sich handelte. Außer *Lloyd* kannte sie keine einzige, und es wäre wohl ziemlich auffällig, wenn es gleich die größte und bekannteste wäre.

Aber David fragte nicht nach. Er machte nur einen abschätzigen Gesichtsausdruck – Reederei ist gleich Container- und Kreuzfahrtdampfer, und das ist gleich Klimakrise –, betrachtete die Bienenkästen und schwieg.

Sybil griff nach ihrem Smartphone: »Kaffee klingt gut«, schrieb sie. »Am Nachmittag passt auch. Schlagen Sie mir gern was vor, dann komme ich dorthin.« Sie zögerte. Schließlich hatten sie einander am Schluss im Zug die Vornamen genannt. Aber bisher hatte Nina keine direkte Anrede benutzt, außerdem hatte Sybil das Gefühl, dass es gut wäre, ein wenig distanziert zu klingen.

Die Antwort kam sofort. »Café Fabian. Gendarmenmarkt. 15 Uhr.«

Sybil spürte ein Kribbeln in ihrem Hinterkopf. Ihr Mund war noch trockener als zuvor, ihr Herz schlug bis in den Unterkiefer. Erst jetzt stellte sie sich die Frage nach dem Zweck ihrer Hamburg-Lüge: Was hatte sie überhaupt vor? Was war ihr Plan? Sie antwortete sich selbst darauf, dass sie einfach noch mal zwei Tage für sich brauchte. Gewissermaßen eine Verlängerung ihrer anstrengenden Tage in Stuttgart. Ein bisschen an der Alster spazieren gehen. Einen Nachmittag in der Kunsthalle verbringen. Und sich in Ruhe Gedanken darüber machen, wie sie in Zukunft besser mit David und Jonas zusammenleben könnte. Das war das, was sie sich selbst sagte. Aber tief in ihrem Inneren wusste sie, dass Hamburg lediglich ein Alibi war.

Sybil beobachtete David, der einen der Blumentöpfe inspizierte. Sie räusperte sich. »Aber ein bisschen Zeit hätten wir vorher noch«, sagte sie.

David schaute sie fragend an.

»Es sei denn, du hast etwas Wichtiges zu tun.« Sybil lächelte.

»Ich habe nur Wichtiges zu tun«, sagte David. »Das weißt du doch.« Er machte eine Pause. »Aber es ist nichts, was nicht ein wenig warten könnte.« Nun lächelte auch er.

»Gut«, sagte Sybil, ging zu ihm hinüber und griff nach seiner Hand.

Später packte sie ihren kleinen Rollkoffer, verabschiedete sich und fuhr zum Bahnhof. Dort stellte sie den Koffer in ein Schließfach. Dann stieg sie in die U-Bahn und fuhr zu dem Treffpunkt.

Sie hatte lange überlegt, was sie anziehen sollte, nur um schließlich ein sehr klassisches und schlichtes Outfit zu wählen. Dunkel und zurückhaltend. Als sie sich im Vorbeigehen in einem Schaufenster spiegelte, zweifelte sie daran, ob es die richtige Entscheidung gewesen war: Sie sah aus, als ob sie auf dem Weg zu einem Business-Termin wäre. Andererseits: Offiziell war sie das ja auch. Nach Hamburg. Zu einer Reederei.

Das Café, das Nina ihr genannt hatte, war ausgesprochen touristisch. Holzvertäfelung. Große Spiegel an den Wänden.

Kronleuchter. Normalerweise wäre Sybil hier nie hingegangen, wie sie überhaupt nur selten in diesem Viertel war, in Mitte, zwischen Friedrichstraße und Gendarmenmarkt.

Nina saß bereits an einem Tisch. Sie hielt eine Zeitung in der Hand. Vor ihr stand ein Kaffee. Kurz bevor Sybil an den Tisch herantrat, schaute sie auf, und Sybil kam es so vor, als ob sie sie bereits durch die Zeitung beobachtet hätte.

»Hallo«, sagte Nina. Sie stand auf und gab ihr die Hand. Warm und trocken.

»Hallo«, sagte Sybil.

»Schön, dass es so spontan geklappt hat.«

»Ja, ich … habe die Woche frei.«

Sie setzten sich.

»Das ging ja schneller als gedacht«, sagte Sybil.

Nina schaute sie fragend an.

»Ich meine, dass … Sie nach Berlin kommen.«

»Du.«

»Was?«

»Wir waren schon beim Du. Ich Nina. Du Sy-bil.« Sie lächelte.

»Ach so, ja. Stimmt.« Sybil kicherte und ärgerte sich darüber. Sie kam sich vor wie ein Teenager.

»Ich hatte einen spontanen Termin«, sagte Nina. »Und da habe ich gedacht, ich kann das Nützliche mit dem Angenehmen verbinden.«

Unwillkürlich regte sich in Sybil Widerstand. Das Nützliche mit dem Angenehmen verbinden. Was für eine Floskel. Alte Frauen sagten so etwas. Rentnerinnen. Vielleicht sogar ihre Mutter. Und vermutlich würde ihre Mutter auch dieses Café hier als Treffpunkt aussuchen, von den übereinstimmenden Haltungen in Sachen Religion, Klimakrise und Wirtschaftsfragen ganz zu schweigen. Mit anderen Worten: Was machte sie hier? Warum saß sie mit trockenem Mund einer Frau gegenüber, die sie vor drei Wochen noch gehasst hatte? Eine Frau, die ein Pferdegestüt ihr Eigen nannte und eine Dating-App betrieb und damit Millionen verdiente?

»Alles in Ordnung?« Nina schaute sie fragend an. Ihr Blick war warm und offen.

»Ja, ich … Ich hatte gestern einen anstrengenden Nachmittag. Und die Nacht war auch nicht besonders erholsam.«

»Familie?«

Sybil nickte.

Die Kellnerin kam, und Sybil bestellte einen grünen Tee.

Sie schwiegen. Sybil überlegte, ob sie etwas von ihrem Streit mit David auf dem Spielplatz erzählen sollte. Vielleicht würde sich dadurch das Gefühl einstellen, dass sie einfach nur einer Freundin gegenübersaß. Aber wollte sie Nina denn von dem Streit erzählen? Etwa dass David ihr vorgeworfen hatte, dass sie zu wenig Sex hätten?

»Es stimmt übrigens nicht, was ich gesagt habe«, sagte Nina. Sie schaute Sybil direkt in die Augen. Sybil blinzelte.

»Äh … Was stimmt nicht?«

»Dass ich einen Termin in Berlin habe. Oder hatte.«

»Ach nein …?«

»Nein«

Schweigen.

Nina beugte sich ein wenig vor. »In meiner Familie gibt es ein Sprichwort: Man muss die Suppe löffeln, solange sie noch heiß ist.«

Sybil spürte, wie ihr im Gegensatz zu dem, was Nina gerade gesagt hatte, kalt wurde. Gänsehaut an den Armen und Beinen.

»Das … klingt … sehr vernünftig«, sagte sie und ärgerte sich im selben Moment darüber, dass ihr nichts Geistreicheres eingefallen war. Was war denn daran vernünftig?

Aber Nina schien sich nicht daran zu stören.

Sie lächelte. »Ich komme aus einer sehr vernünftigen Familie.«

Sybil atmete tief ein und aus. Sie fühlte sich unwohl. Sie durfte nicht die ganze Zeit nur reagieren. Sie musste in eine bessere Position kommen. Das Ruder übernehmen. Oder sich zumindest einen Platz auf der Kommandobrücke sichern. Vom Teenager zu einer erwachsenen Frau werden.

»Aber was ist, wenn man sich an der Suppe die Zunge verbrennt?«, fragte sie.

Nina lachte. Es war ein schönes Lachen, das ihre Zähne zeigte. Die kleinen Falten um ihre Augen, die in alle Richtungen abstrahlten. »Das ist eine Gefahr, das stimmt.« Das Lachen verebbte. Ihr Blick drang tief in Sybils Augen. »Da kommt es auf die richtige Technik an.«

»Ach ja?«

»Zum Beispiel kann man pusten.«

»Pusten.«

»Ja.«

Sie beugte sich nach vorn und nahm Sybils Hand in ihre Hände, Sybils Fingerkuppen waren nach oben gerichtet. Nina senkte den Blick und begann zu pusten. Ihr Atem war warm, und Sybil fühlte ihn weniger an den Fingerkuppen als an dem zweiten Glied, genau genommen in der Falte zwischen erstem und zweiten Glied.

Eine warme Welle spülte durch ihren Körper.

»Das scheint mir eine sehr gute Technik zu sein«, sagte Sybil. Ihre Stimme hörte sich tiefer an. Sie schien direkt aus ihrem Bauch zu kommen.

Nina hob den Blick.

»Ja, aber es ist nur Schritt eins.«

»Aha. Und was ist Schritt zwei?«

Nun waren sie beide auf der Kommandobrücke. Jede von ihnen mit einer Hand am Steuer.

»Wenn du magst, dann zeige ich es dir.«

»Ja, unbedingt.«

Nina führte Sybils Hand noch höher, öffnete ihren Mund ein wenig, schob Sybils Finger zwischen ihre Lippen, und im nächsten Moment spürte Sybil Ninas Zungenspitze an ihrer Fingerkuppe. Sie bewegte sich langsam hin und her.

Am liebsten hätte Sybil die Augen geschlossen und den Kopf in den Nacken gelegt. Ihre Beine ausgestreckt. Die Schuhe abgestreift, um dann mit dem Fuß zwischen Ninas Beine zu gleiten. Ihre Wärme zu spüren, ihre Erregung.

Aber sie waren hier in der Öffentlichkeit. In einem Café. Und nicht nur in irgendeinem Café, sondern in einem Café voller Touristen. Voller Familien und alter Leute mit zu hohen Renten.

Nina schien sich nicht darum zu kümmern. Sie hatte die Augen geschlossen und umschmeichelte weiter Sybils Fingerkuppe mit ihrer Zunge.

»Eine sehr interessante Technik«, sagte Sybil, und ihre Stimme vibrierte in ihrer Brust. »Und was wäre das dann bezogen auf die Suppe? Schlürfen?«

Nina öffnete die Augen und ließ Sybils Finger langsam aus ihrem Mund gleiten. Aber sie hielt ihre Hand noch immer fest in ihren beiden Händen. Sehr fest sogar.

»Ich würde es eher ›vorsichtig einsaugen‹ nennen. Schlürfen klingt mir zu sehr nach schlechten Manieren.« Sie lächelte. Währenddessen begann sie damit, Sybils Hand mit ihren Daumen zu massieren.

Die Kellnerin steuerte mit einem großen Henkelglas auf ihren Tisch zu. Sybil vermied es, sie anzuschauen.

»Der grüne Tee«, sagte die Kellnerin.

»Danke«, sagte Sybil mit einem kurzen Seitenblick.

Und da stand der Tee nun zwischen ihnen und dampfte.

Vorsichtig einsaugen. Es käme auf die richtige Technik an.

»Willst du den noch trinken?«, fragte Nina. Sie schien ihre Gedanken zu lesen.

»Was wäre denn die Alternative?«, antwortete Sybil.

»Die Alternative wäre ein Glas Champagner in meiner Hotelsuite direkt um die Ecke.«

»Das klingt gut.«

»Schön.«

Nina ließ Sybils Hand los und legte einen Zwanzig-Euro-Schein auf den Tisch. Gemeinsam standen sie auf.

Alles, was nun folgte, kam Sybil seltsam unwirklich vor. Langsam und schnell zugleich. Laut und leise. Teilweise fast stumm. Dann wieder schrill und grell. Die Welt zerfiel in unzählige Einzelteile.

Der Moment, als sie hintereinander auf die Straße traten.

Menschen, die vor Schaufenstern standen.

Ein hupendes Taxi.

Eine Gruppe Fahrradfahrer, die nebeneinander fuhren. Natürlich Touristen.

Flatternde Tauben.

Das Hotel. *Regent.* Fünf Sterne.

Die wuchtige Rezeption.

Der Concierge, der wirkte wie aus einem Film.

Der riesige Aufzug.

Die Suite.

Der Ausblick wie eine Fototapete: der Französische Dom.

Der Augenblick, als ihre Gläser gegeneinanderstießen.

Lust durch Verzögerung.

Warten.

Es war, als ob ihr gemeinsames Empfindungszentrum entschieden hätte, sich noch ein wenig Zeit zu lassen. Keine Berührung mehr. Keine Doppelbödigkeiten. Keine Anspielungen. Nina erzählte von ihrer Finca auf La Palma, und Sybil hörte zu. Immer wieder sprang der Gedanke in ihren Kopf, dass nichts davon ihrem Leben entsprach. Zumindest nicht ihrem neuen Leben. Dem Leben, das sie mit David führte. Denn all das, was sie hier sah und von dem sie hörte, war Überfluss und Verschwendung. Diese Suite. Die Minibar. La Palma. Das zweite Haus. Die Flüge dorthin. Der Strom. Die Heizung. All das war bezifferbares CO_2, das die Klimakrise befeuerte. Diese Gedanken waren kurz da, und dann waren sie wieder weg, weil es nun einmal Gedanken waren und keine Gefühle. Etwas, das sich in ihrem Kopf abspielte und nicht in ihrem Bauch – und schon gar nicht in ihrem Schoß.

Und dann folgte die Explosion. Der Moment, in dem sie kollidierten und alles verschmolz. Die Gläser fielen zu Boden. Ein Stuhl kippte um, Baumwolle zerriss. Plötzlich waren sie aneinander. Übereinander. Untereinander. Zuerst auf dem Sofa. Dann auf dem Boden und schließlich im Bett. Und nachdem es abgeebbt war, flammte es sofort wieder auf. So ging es den ganzen Nachmittag. Den Abend. Die Nacht. Zwischendurch bestellten sie sich etwas zu essen. Sie badeten in der marmornen Wanne. Tranken noch mehr Champagner. Unterhielten sich über Gott und die Welt. Und danach ging es immer wieder weiter. Nein, es ging nicht weiter, es hörte nie auf. Die Pausen waren nur Hochebenen vor dem nächsten Gipfelsturm.

Und jetzt war es früher Morgen, und Sybil lag in dem King-Size-Fünf-Sterne-Bett und lauschte Ninas Atem. Sie schaute auf die Uhr. Halb sechs. Wie lange hatte sie geschlafen? Drei Stunden? Oder nur zwei? Sie fühlte sich wund an. Vollkommen überreizt. Ihre Haut war wie Seidenpapier, ihre Lippen brannten. Zugleich wollte sie mehr, viel mehr.

Sie versuchte sich einzureden, dass es etwas mit dem Streit zu tun hatte. Damit, dass David sie in einer Weise angegriffen und beleidigt hatte, wie es in den vergangenen dreieinhalb Jahren noch nicht vorgekommen war, wie es vielleicht in ihrem ganzen Leben noch nie vorgekommen war. Und das vor dem Hintergrund, dass er sie eine Woche zuvor sexuell bedrängt hatte. Dass er sich an ihr gerieben hatte und sie sich hatte losreißen müssen, um zu verhindern, dass er über sie herfiel.

Sie wünschte sich, dass es genau so wäre. Dass er ein Schwein wäre. Jemand, der es verdient hatte, dass sie ihn betrog. Aber sosehr sie sich um dieses Gefühl bemühte: Es wollte sich nicht einstellen. Es stimmte einfach nicht. David war kein Schwein. Er war kein Arschloch, nicht einmal ein Ignorant. Und selbst wenn er es gewesen wäre, hätte ihre Entscheidung, mit Nina ins Bett zu gehen, nichts damit zu tun. Sie fand sie einfach toll. Ihr wurde heiß, wenn sie an sie dachte. Und zugleich kalt. Und dann wieder heiß. David gegenüber empfand sie im besten Fall eine angenehme Wärme. Das war der Unterschied. Und er war entscheidend.

Sybil drehte sich um und betrachtete Nina. Sie lag auf der Seite, das Gesicht abgewandt. Sie sah ihren Nacken. Und ihre Schulter.

Sie überlegte, ob sie sie wecken sollte, denn alles in ihr verlangte danach, dass es weiterging. Dass sie den Rest ihres Lebens hier in dieser Suite verbrachten. Sie würden das Please-do-not-disturb-Schild hinaushängen, und die Mahlzeiten würden ihnen einfach vor die Tür gestellt werden. Genau wie der gekühlte Champagner, der Tee, das Mineralwasser und das Obst. Und nicht irgendwelche Mahlzeiten, sondern das Essen aus einem der besten Restaurants der Stadt, das seit vielen Jahren erfolgreich seinen Michelin-Stern verteidigte.

Sie dachte an das vegane Restaurant in Stuttgart. An die veganen Aufläufe, die David so gern zubereitete. Sie dachte überhaupt an *vegan*. An Soja. Tofu. Seitan. Tempeh. Bohnen. Rote Beete. Und sie fragte sich, ob das wirklich ihre Welt war oder ob sie dieses Leben vor allem David zuliebe lebte. Früher hatte sie ab und zu gern ein Steak gegessen und für ihr Leben gern Butter und Käse und Eier. Und wenn in einem richtig guten Restaurant die Zutaten einmal nicht bio oder öko waren, musste das doch auch in Ordnung sein. Denn es ging doch auch um den Geschmack, um sinnliche Erfahrung.

Um Leidenschaft.

Vorsichtig robbte Sybil an den Rand der Matratze und stand auf. Es fühlte sich an, als ob sie sich mit aller Kraft aus einem Magnetfeld herausziehen müsste. Sie kam sich vor wie eine Süchtige. Für fünf Sekunden, die ihr vorkamen wie eine Ewigkeit, stand sie nackt neben dem Bett, spürte den weichen Teppich unter ihren Füßen und kämpfte gegen den Sog an, der sie zurückzog. Vier Sekunden lang war sie davon überzeugt, dass sie den Kampf verlieren würde.

Doch während der fünften Sekunde atmete sie tief ein, drehte sich um und ging in den Vorraum, wo sie so leise wie möglich ihre Klamotten zusammensuchen würde.

Stufen

Der Kaffee war eine Zumutung. Vollkommen ungenießbar: eine hellbraune Brühe, die aussah, wie aus einer schlammigen Pfütze geschöpft. Genau genommen war es gar kein Kaffee, sondern bitteres, heißes Wasser, ohne jede Wirkung. Petre war es nur mit Mühe gelungen, nicht alles auf die Straße zu spucken und den Inhalt des Pappbechers danebenzugießen. Er hatte drei Packungen Zucker und zwei Döschen Kondensmilch hineingeschüttet, und nun schlürfte er das Gebräu Schluck für Schluck und hoffte, dass ihn zumindest der Zucker ein wenig wach machte.

Obwohl es erst Viertel nach sechs war, herrschte auf der vierspurigen Straße bereits reger Verkehr. Busse, Taxis, private Pkw, Mopeds und vereinzelt sogar schon Fahrräder. Vor allem aber Lieferwagen, die ihre Waren vor der Einkaufspassage ausluden. Sie standen mit Warnblinkanlage vor Einfahrten oder in zweiter Reihe und fuhren ihre Laderampen herunter.

Petre saß mit Dorin und Bobe am Tisch und hoffte inständig, dass eines der Autos hier vor diesem Backshop halten würde, weil der Fahrer auf der Suche nach billigen Arbeitskräften war. Dass er ausstieg und sie zu sich heranwinkte. Und vor allem: dass er genau auf der Suche nach ihren Fertigkeiten oder Sprachkenntnissen wäre, damit sie sich gegen die zehn bis fünfzehn anderen Männer durchsetzen könnten, die an den Tischen herumsaßen und ebenfalls warteten. Doch da fing das Problem schon an. Denn außer Körperkraft hatte Petre nicht viel zu bieten. Bobe war gelernter Zimmermann und Dorin Elektriker. Sie waren beide versierte Handwerker. Aber er? Er war Koch! Was sollte er den Leuten sagen? Ich kann zwar weder verputzen noch tapezieren, aber wenn Sie möchten, kann ich Ihnen was Leckeres zum Mittagessen zubereiten? Oder: Ich kann Ihnen zwar keine Elektrokabel durch die Wohnung ziehen, aber meine Fleischklößchensuppe ist unschlagbar? Oder vielleicht: Ich weiß zwar nicht, wie man eine Trockenbauwand einzieht, aber wenn Sie eine leckere rumänische Nachspeise kosten wollen, kann ich Ihnen in vierzig Minuten *Papanaşi* auf den Teller zaubern – ein Teiggericht mit Quark, das Sie Ihren Lebtag nicht mehr vergessen werden!

Nein, das Einzige, womit Petre auf dem Bau punkten konnte, war seine Kraft. Er konnte schleppen, volle Schubkarren von rechts nach links fahren, sie ausleeren und wieder befüllen. Er konnte einen Vorschlaghammer schwingen, Wände einreißen, Gehwegplatten, Pflastersteine oder Fliesen tragen. Und vermutlich würde er es unter Dorins Anleitung sogar schaffen, mit Hilfe eines Meißels oder einer Mauerfräse einen Unterputzkanal für ein Kabel vorzubereiten oder eine Wand oder eine Decke zu streichen. Aber alles, was darüber hinausging, überstieg seine Fähigkeiten.

Seit über einer Woche kam er nun hierher, und die bittere Bilanz lautete: nichts. Kein Abriss. Kein Schlaghammer. Kein Vibrationsstampfer. Keine Schubkarren voller Betonbruchstücke. Keine Pflastersteine. Kein Gehweg, der verlegt werden musste. Mit anderen Worten: keine schwere körperliche Arbeit, für die er genau der Richtige wäre. Nur Spezialaufträge für Spezialisten. Arbeiten für Handwerker. Und er war kein Handwerker, verdammt noch mal. Er war Koch!

Auch heute sah es nicht gut aus. Inzwischen war es schon halb sieben, und außer einem Lieferwagen, in den einer der Bulgaren eingestiegen war, hatte niemand gehalten. Meistens wartete er nur bis mittags, dann ging er, weil nach zwölf sowieso niemand mehr kam. Heute hatte er sich vorgenommen, bis eins oder sogar zwei zu warten, denn was wäre, wenn doch noch jemand später käme? Das wäre seine Gelegenheit! Die meisten anderen wären schon weg, aber er würde hier sitzen und wäre bereit! Was sollte er auch anderes tun? Er musste jeden Strohhalm ergreifen. Er brauchte Geld. Sie brauchten Geld. Selbst wenn es nicht viel Geld wäre, so würde es ihnen zumindest helfen, über die Woche zu kommen. Sie mussten durchhalten. Diese schwere Zeit überstehen.

Die Alternative wäre aufzugeben. Zurück nach Bacău zu gehen und zuzugeben, dass es nicht geklappt hatte. Dass die Idee von einem besseren Leben ein Tagtraum gewesen war. Den Offenbarungseid zu leisten und wieder in der Krankenhauskantine zu arbeiten. Und dann den Rest der Tage zu verbringen wie Lorian oder Adelin, die schon jetzt so lebten, als ob ihr Leben vorbei wäre. Die keine Träume mehr hatten. Aber das wollte er nicht! Er wollte eine Zukunft. Für sich, für Aurica, für Nelu und für die zwei Kinder, die ihm noch folgen sollten. Und er wollte kochen.

Das war der zweite und vielleicht sogar noch wichtigere Grund, warum er hier saß und wartete: Er brauchte dringend einen Türöffner. Denn wer wusste schon, was sich ergab, wenn er irgendwo einen Job bekam? Vielleicht würde er ja den Gehweg zu einem Restaurant oder Hotel verlegen? Oder einen Gastraum neu streichen? Oder er musste die Küche eines Restaurants entrümpeln? Oder der Auftraggeber kannte jemanden, der Inhaber eines Restaurants oder Hotels war? Und auch wenn all das nicht eintrat: Vielleicht entdeckte er zufällig irgendwo einen Aushang, auf dem stand: »Koch gesucht!« Denn diese beiden deutschen Wörter hatte er sich gut eingeprägt, »Koch« und

»gesucht«. Man wusste nie, was geschah, die Wege des Schicksals waren unergründlich.

Petre trank seinen letzten Schluck Kaffee, stand auf und warf den Becker in den roten Plastikmülleimer. Inzwischen war der Verkehr so dicht, dass die Autos in der Gegenrichtung nur noch zäh vorankamen. Er hatte Hunger und überlegte, ob er sich eine Brezel oder ein Croissant holen sollte, aber dann dachte er an die fünfzig Cent, die er dafür auf den Tresen legen musste, und entschied sich dagegen.

Ein alter, kleiner, gebeugter Mann kam mit einem Einkaufstrolly aus dem Backshop. Als er auf den Gehweg einbog, stieß er gegen Dorins ausgestrecktes Bein. Dorin hob entschuldigend die Hände. Doch der Mann begann sofort zu schimpfen. Er fuchtelte mit den Armen, seine Gesichtszüge waren verzerrt, und aus seinem Mund flogen Spucketröpfchen, die in der tief stehenden Morgensonne aussahen wie kleine, glitzernde Kristalle.

Je länger er schimpfte, desto klarer wurde, dass der Mann nicht nur sie drei meinte, sondern sie alle. Alle Männer, die hier saßen und auf einen Job hofften, die Polen, die Bulgaren, die Ukrainer – vor zwei Tagen hatte Petre mit einem von ihnen ein wenig Rumänisch gesprochen – und vermutlich überhaupt alle, die nicht in seine kleine Welt passten. Und dann war er wieder weg – genauso plötzlich, wie er aufgetaucht war, verschwunden im Strom der Passanten, wodurch Petre der Auftritt noch unwirklicher vorkam. War er tatsächlich da gewesen? Oder hatte er ihn sich nur eingebildet?

Unwillkürlich musste er wieder an den verrückten Mann vom Spielplatz denken. Daran, wie er ihm vor gut einer Woche im Park gegenübergestanden hatte: auf den Schultern sein Sohn, neben ihm seine Frau. Er hatte schlimm ausgesehen. Sein Gesicht war voller blutiger Schrammen gewesen. Der Sohn war in

Nelus Alter, und die Frau sah so aus, als ob sie einer Zeitschrift entsprungen war: blond und makellos – eine etwas in die Jahre gekommene Prinzessin.

Es war nur eine kurze Begegnung gewesen – ein paar Sekunden –, aber plötzlich war alles wieder ganz nah: Nelu, der Spielplatz, der Mann, seine gebleckten Zähne, Dacian und seine Stirn an Dacians Nase.

Es war der Tag gewesen, als Nelu von der Biene gestochen worden war. Ein schöner Tag – die Sonne, die Luft und die Bäume. Nelu saß mit seinen Pickeln an den Armen und seinem geschwollenen Bienenstichfuß auf Petres Schultern, Aurica war an seiner Seite, und auf einmal hatte Petre den Drang verspürt, Aurica alles zu erzählen. Und noch bevor er darüber hatte nachdenken können, ob es eine kluge Idee war, hatte er schon angefangen: sein Nickerchen auf der Bank, Nelus Verschwinden, seine verzweifelte Suche, der Spielplatz, der Mann, das Sandförmchen, die Schaufel. Wie der Mann Nelus Gesicht in den Sand gepresst hatte. Wie Petre eigentlich hatte gehen wollen, der Mann ihn aber nicht in Ruhe gelassen hatte und wie er ihn daraufhin gepackt und ihm gegen die Brust geboxt hatte. Und schließlich: die Blicke der Eltern und die Scham, die er dabei empfunden hatte.

Er hatte damit gerechnet, dass Aurica ausflippen würde. Dass sie ihn anschreien und schlimmstenfalls sogar verlassen würde. Mindestens aber, dass sie ihm noch Tage später seine Nachlässigkeit zum Vorwurf machen würde. Doch nichts davon war geschehen. Im Gegenteil. Aurica hatte Tränen in den Augen gehabt und hatte gesagt: »Wie gut, dass Nelu nichts passiert ist! Und dir auch nicht!« Und dann hatte Aurica sie beide geküsst und umarmt, und sie hatte kein weiteres Wort mehr darüber verloren.

Petre wurde von einem lauten Hupen aus seinen Gedanken gerissen. Er sah einen schmutzig weißen VW-Bus in zweiter

Reihe. Der Fahrer stieg aus und steuerte auf die Tische zu. Sofort hatte Petre ein gutes Gefühl. Er drückte den Rücken durch und spannte die Muskeln an, und als der Mann ein fragendes *»Românesc?«* in die Runde rief, war er der Erste, der aufsprang und rief: »Ja! Hier! Ich!«

Der Mann musterte ihn. Er war vielleicht Mitte vierzig, ein wenig kleiner als er selbst, und er trug ein rosa Hemd, das ihm halb aus der Hose heraushing. »Wir machen einen Umzug«, sagte er. »Uns fehlt noch ein Mann.«

»Ja! Das mach ich!«, rief Petre.

Inzwischen waren auch Bobe und Dorin aufgestanden und noch zwei weitere Männer, zwei der Bulgaren, die sich neben Petre drängten, aber der Mann hatte sich Petre zugewandt.

»Er ist genau der Richtige«, sagte Dorin und deutete auf Petre. »Er ist stark!«

»Stimmt das?«, fragte der Mann.

»Ja«, sagte Petre, obwohl er plötzlich daran zweifelte, dass er wirklich stark war. Was, wenn alle anderen stärker wären als er? Wenn Starksein bei einem Umzug nicht das Gleiche war wie im normalen Leben? Wenn es darum ging, ganz allein einen Schrank zu tragen oder eine Waschmaschine?

Der Mann schien seine Unsicherheit nicht zu bemerken. »Okay«, sagte er, »dann komm.«

Petre nickte Dorin und Bobe zu und folgte dem Mann zum Auto. Ihm fiel ein, dass er gar nicht gefragt hatte, wie viel Geld er bekam. Als ob der Mann seine Gedanken gelesen hätte, sagte er: »Vierzig Euro. Kein Trinkgeld.«

»Gut«, sagte Petre, auch wenn vierzig Euro für schwere körperliche Arbeit nicht unbedingt gut waren. Wenn sie zehn Stunden bräuchten, verdiente er vier Euro in der Stunde. Andererseits waren vierzig Euro nun einmal vierzig Euro – zwei knisternde Zwanziger, vier knisternde Zehner, acht Fünfer oder eine bunte Mischung aus allen drei –, und er könnte sie in das Marmeladenglas packen, das er unter dem Zelt verbuddelt hatte.

In dem Bus saßen fünf Männer. Drei waren in seinem Alter, zwei deutlich älter. Sie sahen müde aus. Die beiden älteren unterhielten sich in einer slawischen Sprache, die er nicht genau einordnen konnte: Russisch? Oder Polnisch? Die jüngeren waren Rumänen, die ihn knapp grüßten. In dem Bus roch es nach Zigarettenrauch. Auf dem Boden lagen leere Plastikflaschen, die in den Kurven hin- und herflogen. Etwas schien mit dem Keilriemen nicht in Ordnung zu sein. Im ersten Gang quiekte das Auto wie eine Schar ängstlicher Ferkel.

Der Verkehr war dicht. Ampeln. Fußgänger. Doch der Mann mit dem rosa Hemd fuhr wie ein Verrückter. Er beschleunigte und bremste so abrupt, dass Petre sich festhalten musste, um nicht von der Sitzbank zu rutschen. Nach wenigen Minuten war ihm schlecht. Sie kamen in einen Tunnel, in dem man laut der Schilder fünfzig fahren durfte. Doch der Mann blieb durchgehend auf der linken Spur und fuhr mindestens achtzig. Die Männer, die ihm gegenüber auf der Bank saßen, schienen von dem halsbrecherischen Fahrstil überhaupt keine Notiz zu nehmen. Sie unterhielten sich in aller Ruhe weiter, und einer von ihnen hatte sogar die Augen geschlossen und lehnte mit dem Kopf an der Fensterscheibe.

Nach dem Tunnel fuhren sie eine Weile neben einem großen Fluss, dann bogen sie mit quietschenden Reifen ab, und zwei Minuten später hielt der Bus in zweiter Reihe neben einem großen Lkw. Sie stiegen aus. Auf der Laderampe saß ein kräftiger Mann Mitte dreißig.

Der Mann mit dem rosa Hemd sagte zu Petre: »Das ist Marian, er ist euer Chef während des Umzugs.«

»Petre«, sagte Petre und nickte ihm zu.

Marian nickte zurück.

»Er sagt, er ist stark«, sagte der Mann.

»Wir werden sehen«, sagte Marian.

Petre zählte die Stockwerke nicht. Aber es waren viele, vier oder sogar fünf. Und es war ein altes Haus mit hohen Decken und entsprechend vielen Stufen.

Die Wohnungstür stand offen. Davor lagen übereinandergestapelt ein paar Kisten. Im Flur empfing sie ein Mann mit grau melierten Haaren, einem Vollbart und einer roten Baseballkappe. Er trug Jeans, Turnschuhe und ein halb aufgeknöpftes Holzfällerhemd. Im ersten Moment dachte Petre, dass der Mann Selbstgespräche führte, aber dann sah er den blau leuchtenden Knopf im Ohr und begriff, dass er offenbar telefonierte.

Es war eine große Wohnung. Vier Zimmer, Küche, Bad. Weit über hundert Quadratmeter. Petre hatte damit gerechnet, dass die Sachen fertig verpackt herumstanden und sie sie einfach nur die Treppe heruntertragen müssten. Aber weit gefehlt. Zwar gab es einige gepackte Kisten, aber das meiste stand noch genauso in der Wohnung, wie es vermutlich seit Jahren hier gestanden hatte: fast die gesamte Kücheneinrichtung. Ebenso das Bad mit einer Waschmaschine und einem Trockner, das Schlafzimmer mit dem großen Bett und dem noch viel größeren Einbauschrank und die beiden Kinderzimmer, in denen das Spielzeug kreuz und quer herumlag. Vor allem aber das riesige Wohnzimmer: Stühle, Tische, ein gigantischer Fernseher, ein Sideboard, ein Klavier. Und das war nur die Vorspeise. Denn an der Längswand befand sich ein Regal mit Büchern. Es war mit Abstand das größte Regal, das Petre in seinem Leben gesehen hatte. Es bedeckte die gesamte Wand, vom Boden bis zur Decke. Sechs oder sieben Meter lang und knapp vier Meter hoch. Und alles war voller Bücher!

Marian gab ihnen Anweisungen: Tische und Stühle runterbringen. Leere Kartons aus dem Lkw holen. Bücher packen. Klamotten packen.

Schon nach dreimal runter und wieder rauf war Petre völlig außer Atem. Als sie mit dem großen Esstisch unten ankamen – mehrfach hatte er sich in dem engen Treppenhaus verkeilt, sie mussten immer wieder vor- und zurückrangieren, um weiterzukommen –, war Petre so heiß, dass er seine Jacke auszog und auf die Laderampe warf. Und dann ging es wieder hoch: vier Stockwerke – inzwischen hatte er sie gezählt, und sogar die Stufen: genau hundertachtzehn –, während sein Herz knapp unter dem Kehlkopf saß und bis in seinen Unterkiefer schlug.

Nach zehn- oder fünfzehnmal rauf und wieder runter beorderte ihn Marian zum Bücherpacken. Inzwischen waren die Kisten nummeriert, und die Bücher mussten genau in der Reihenfolge gepackt werden, in der sie auch im Regal standen.

»Sei vorsichtig«, sagte Marian.

Er nickte. Und dann packte er.

Im mittleren Regalteil stieß er auf eine Reihe Kochbücher. Es war eine lange Reihe, bestimmt ein halber Meter, Küchen aus aller Welt: Italien, Frankreich, Vietnam und viele, die er nicht zuordnen konnte. Petre ertappte sich dabei, wie er die Umschläge betrachtete und mit der Hand darüberstrich, bevor er die Bücher in die Kiste legte. Bei einem dicken Kochbuch hielt er inne. Es war auf Italienisch, bestimmt drei Kilo schwer: »Accademia Italiana della Cucina« stand in verschnörkelter Schrift darauf. Er blätterte mit dem Daumen durch die Seiten. Keine Fotos, nur Rezepte. Und dazu die Herkunft der Gerichte, geordnet nach Regionen. Es war mehr eine lose Sammlung von Familienrezepten als ein klassisches Kochbuch. Und genauso waren auch die Rezepte selbst gehalten: Es wurde nicht minutiös vorgegeben, wie man etwas zubereiten sollte, sondern man musste die Leerstellen selbst füllen, ausprobieren, verbessern und ergänzen.

»*Parli italiano?*«

Petre fuhr erschrocken herum. Direkt hinter ihm stand der Mann mit der Baseballkappe und dem Knopf im Ohr.

»*Si*«, sagte Petre. Instinktiv zog er die Schultern hoch. Er machte sich darauf gefasst, dass der Mann ihn zur Eile antrieb. Dass er ihm sagte, er solle die Bücher gefälligst einpacken und nicht darin blättern. Was glauben Sie, wo Sie hier sind?! In einer Bibliothek? Ich bezahle Sie nicht fürs Lesen, verdammt noch mal!

Doch stattdessen lächelte der Mann und sagte: »*Un grande libro!* Das beste italienische Kochbuch, das es gibt. Und das einzige, das man wirklich braucht.« Sein Italienisch war gut, aber es klang ein wenig gestelzt. Offenbar machte es ihm Spaß, Italienisch zu sprechen.

»Ja«, sagte Petre.

»Kochen Sie denn gern?«

»Es ist mein Beruf.«

»Sie sind also Koch?«

»*Si.*«

Die Augen des Mannes begannen zu leuchten, und plötzlich war Petre davon überzeugt, dass nun der Moment gekommen war, auf den er so gehofft hatte: Der Mann war Inhaber eines Restaurants. Nein, nicht nur eines Restaurants, sondern einer ganzen Restaurantkette. Und natürlich waren es italienische Restaurants! Die Kette hieß »Bella Italia«, »Andiamo« oder »Venezia«, und der Mann war immer auf der Suche nach guten Köchen. Und er, Petre, war ein guter Koch!

Der Mann seufzte. »Ich wollte auch immer Koch werden. In meiner Jugend war das mein Traumberuf. Jetzt ist es ein Hobby. Ich koche viel für die Familie und für Freunde.«

Das Kartenhaus stürzte in sich zusammen. Der Mann war kein Restaurantinhaber. Er betrieb keine italienische Kette.

Petre wusste nicht, was er sagen sollte. Aber der Mann erwartete auch gar nichts. Er hatte sich schon wieder abgewandt, und kurz darauf redete er wieder mit dem Knopf in seinem Ohr.

Die Stunden verflogen. Packen. Schleppen. Schwitzen. Den Herzschlag im Unterkiefer spüren. Die Muskeln in den Oberschenkeln. Wasser aus Plastikflaschen.

Petre hatte Hunger, aber noch mussten Kisten und Schrankteile und Kommoden und Kinderbetten und wieder Kisten heruntergetragen werden. Unendlich viele Kisten.

Und schließlich, ganz am Ende, kam das Klavier.

Petre hatte gesagt, dass er Kraft hatte, nun musste er es beweisen. Er bekam einen Schulter- und Brustgurt umgelegt, der mit einem zweiten Schulter- und Brustgurt auf der anderen Seite verbunden wurde. Und dann ging es die Treppen hinunter. Das Klavier war so schwer, dass er das Gefühl hatte, damit durch die Stufen zu brechen, durch alle Stockwerke hindurch, bis ganz nach unten in den Keller. Und natürlich war er oben, an der schwereren Seite, und Marian war unten.

Es war eine Tortur, und auf den knapp zehn Metern zwischen dem Hauseingang und der Laderampe war er davon überzeugt, dass er gleich ohnmächtig würde. Aber dann hatte er es geschafft, und Marian klopfte ihm auf die Schulter. »Gute Arbeit«, sagte er.

Die Laderampe fuhr nach oben, und alle bis auf Marian stiegen in den VW-Bus. Sie bogen um zwei Häuserecken, wo der Mann mit dem rosa Hemd vor einem Imbiss hielt und ausstieg. Nach ein paar Minuten kam er mit einer großen Tüte und öffnete die Schiebetür.

»Döner«, sagte er.

Mit zitternden Händen riss Petre die Alufolie auf und biss in das Fladenbrot. Selten in seinem Leben hatte ihm etwas so gut geschmeckt. Knoblauchsoße. Zwiebeln. Salat. Fleisch. Ja, vor allem Fleisch!

Als sie alle fertig gegessen hatten, stiegen sie wieder ein. Petres Bauch war bis obenhin voll, und er hatte Angst, sich übergeben zu müssen, wenn der Mann mit dem rosa Hemd wieder so fuhr wie am Morgen. Aber zum Glück fuhr er langsamer. Und vor allem kürzer. Zwei, höchstens drei Minuten auf schmalen Straßen, bis sie zu einer größeren Straße kamen. Dort hielten sie an. Petre dachte im ersten Moment, dass es sich vielleicht um einen Zwischenstopp handelte, weil sie noch etwas abholen oder vorbeibringen mussten. Doch der Lkw stand bereits vor dem großen Mehrfamilienhaus, das ziemlich genauso aussah wie das Haus, aus dem sie die Sachen gerade herausgetragen hatten. Nun bekam auch Marian seinen Döner.

Konnte es denn tatsächlich sein, dass die Familie nur drei oder vier Straßen weiterzog? Im gleichen Viertel?

Kurz darauf standen sie in einer großen leeren Wohnung im vierten Stock, und Petre wusste, dass die Antwort auf seine Frage »Ja« lautete.

Dadurch ergab sich eine andere Frage: Warum? Warum zog die Familie von einer Vier-Zimmer-Wohnung im vierten Stock in eine andere Vier-Zimmer-Wohnung, die ebenfalls im vierten Stock lag? Wo war die Verbesserung? Vielleicht war diese Wohnung hier noch ein bisschen größer und hatte noch höhere Decken, aber sie schien auch dunkler zu sein und lag an einer größeren Straße. Machte es der Familie etwa Spaß, umzuziehen? Vielleicht brauchten sie diese Veränderung? Alle vier, fünf Jahre eine neue Umgebung, sonst wurde das Leben langweilig? Vielleicht war es in Deutschland auch einfach üblich, ab und zu umzuziehen? Oder der Mann mit der Baseballkappe und den Turnschuhen hatte eine sadistische Ader. Vielleicht machte es ihm einfach nur Spaß, Leute für sich arbeiten zu lassen. Ihnen dabei zuzuschauen, wie sie schwitzten und keuchten und Kisten schleppten. Und deshalb zogen sie auch nicht vom Erdgeschoss ins Erdgeschoss oder vom ersten in den zweiten Stock, sondern vom vierten in den vierten. Je mehr Treppen, desto besser, und natürlich ohne Aufzug!

Er überlegte, ob er den Mann danach fragen sollte, aber er wusste nicht, wie. Er konnte ja schlecht hingehen, ihm auf die Schulter tippen und sagen: Entschuldigung, ich hätte mal eine kurze Frage. Gibt es einen bestimmten Grund, warum Sie umziehen? Ist das ein deutscher Brauch? Oder sind Sie Sadist?

Er hatte gerade hatte zwei Kisten mit Büchern neben dem Fenster abgestellt und drehte sich um, als der Mann plötzlich neben ihm auftauchte.

»Und? Gefällt Ihnen die Wohnung?«, fragte er in seinem gespreizten Italienisch.

»Wie bitte?«

»Ob Ihnen die Wohnung gefällt.«

»Mir?«

»Ja, Ihnen.«

»Na ja … Sie ist auf jeden Fall … sehr … groß.«

»Das stimmt. Wissen Sie, wie lange wir gesucht haben? Drei Jahre! Drei Jahre von Besichtigung zu Besichtigung! Ein Wahnsinn!«

»Oh, das ist lang.« Petre versuchte sich nichts anmerken zu lassen, aber es war mehr als Wahnsinn. Es war vollkommen verrückt! Drei Jahre, um eine Wohnung zu finden, die fast exakt so aussah wie die alte! Mit dem einzigen Unterschied, dass sie ein bisschen größer und dunkler war und an einer größeren Straße lag.

»Berlin ist inzwischen wie London oder New York«, sagte der Mann. »Selbst wenn man bereit ist, viel Geld auszugeben, man findet einfach nichts!«

Nun lag die Frage wie auf einem Silbertablett vor Petre, er musste nur noch nach ihr greifen. Er räusperte sich. »Aber warum sind Sie denn überhaupt umgezogen?«

»Wir waren auf der Suche nach etwas Eigenem – *qualcosa di proprio.*«

»Qualcosa di proprio?«, wiederholte Petre. Er verstand nicht, was der Mann damit meinte.

»Ja, wir wollten eine Wohnung kaufen. Und die andere Wohnung war nicht zu verkaufen. Wir hatten sie nur gemietet.«

Und auf einmal verstand Petre. Es ging gar nicht um die Wohnung, sondern darum, eine Wohnung zu *besitzen*. Es ging darum, dass die Wohnung ihnen *gehörte*, genau wie die Möbel, der Kühlschrank, die Spülmaschine, die Katzen und die Spielsachen der Kinder. Aber wenn eine Wohnung in Berlin tatsächlich so teuer war – und Petre hatte keinen Zweifel daran, dass sie teuer war, bei dem Gesichtsausdruck, den der Mann gemacht hatte, als er gesagt hatte: *»costoso«* und *»molto soldi«* –, warum kauften sie dann überhaupt eine Wohnung? Warum kein Haus am Stadtrand? Mit einer Garage, einem Garten und einem hübschen Zaun zu den Nachbarn hin? Mit Beeten, in denen man Gemüse anbauen konnte, und einem Apfelbaum?

Doch diese Frage konnte er dem Mann nicht mehr stellen. Er hatte sich wieder von Petre ab- und seinem Handy zugewandt, und Petre durchquerte das Wohnzimmer und den Flur, um anschließend die vier Treppen mit leeren Händen hinunter- und dann wieder mit einer schweren Kiste hinaufzugehen.

So ging es bis spät in den Abend. Die Waschmaschine wurde angeschlossen. Die Betten wurden wieder zusammengeschraubt. Die Regale wurden aufgebaut und mit den Büchern bestückt.

Die Schränke wurden eingeräumt und die Kinderspielsachen in die Kinderzimmer gelegt. Und am Ende wirkte es tatsächlich so, als ob die Familie hier schon seit Wochen, Monaten, ja schon immer lebte. Es war wie ein Zaubertrick, und wenn Petre nicht jeden einzelnen Muskel in seinem Körper gespürt hätte, wäre es ihm vollkommen surreal vorgekommen.

Als sie sich alle im Flur versammelten, kam der Mann mit der Baseballkappe auf sie zu. Er wandte sich an Petre: »Da vorn steht eine Kiste«, sagte er auf Italienisch. »Das kann alles weg. Nehmen Sie sich, was Sie brauchen.«

Es befanden sich lauter tolle Sachen in dem Umzugskarton, und am liebsten hätte Petre alles mitgenommen: einen Kochtopf, eine Pfanne, einige Teller, Gläser, Besteck, zwei Baseballkappen, ein Kinder-Puzzle, eine kleine Digitalkamera – doch erstens war er nicht allein – und Marian hatte sofort nach der Digitalkamera gegriffen –, und zweitens: Wo sollte er die Sachen lagern? In ihrem Zelt? Und so nahm er nur eine Sonnenbrille für Aurica und einen kleinen Stoffpinguin für Nelu.

Der Mann mit der Baseballkappe gab dem Mann mit dem rosa Hemd ein dickes Bündel Geldscheine und anschließend noch ein paar Scheine extra. Und dann gab der Mann mit dem rosa Hemd Petre zwei Zwanziger und am Ende noch einen Fünfer obendrauf.

»Trinkgeld«, sagte er. »Gib mir deine Nummer, dann melde ich mich, wenn ich wieder was habe. Treffpunkt ist der Backshop.«

Petre gab ihm die Nummer und verabschiedete sich von den anderen.

Es war Viertel nach neun, als er in die U-Bahn stieg, und er rechnete aus, dass er selbst mit dem Trinkgeld weniger als drei Euro in der Stunde verdient hatte. Und dafür tat ihm jeder einzelne Muskel weh, und sein Rücken fühlte sich an, als ob er nach einem Unfall in einem Autowrack eingeklemmt gewesen wäre. Aber jetzt, wo er das Geld in der Tasche hatte, war es ihm egal. Das erste Mal, seit er hier in Berlin war, hatte er Geld verdient! Es war ein Anfang. Langsam ging es bergauf!

Die U-Bahn hielt, und die Türen öffneten sich. Menschen stiegen aus, andere stiegen ein. Menschen, die eine Wohnung hatten. Eine Arbeit.

Petre fasste in die Jackentasche und befühlte die Sonnenbrille und den Pinguin, und auch wenn es nur ein Zelt in einem vermüllten Wald war, freute er sich darauf, nach Hause zu kommen.

Härte

Der große, achteckige Raum im Erdgeschoss war das Herzstück der *Gleisgärten*. Eine Art Atrium in der Mitte des Gebäudes, das sie deswegen auch so nannten: Atrium. Von oben kam das Tageslicht und flutete den Raum bis in den kleinsten Winkel. Wenn man jedoch Dunkelheit brauchte – etwa für Vorträge oder Filmvorführungen –, konnte man innerhalb von dreißig Sekunden ein Solardach davorziehen, und plötzlich befand man sich im Innersten einer Burg. Wenn man neben dem Atrium nach draußen trat, kam man in einen Innenhof. Er war als Steingarten angelegt, mit Thymian, Blaukissen und Aloe vera. Natürlich kamen die Steine nicht aus den Alpen, sondern es waren Feldsteine aus Brandenburg, aber trotzdem konnte man, wenn man dort draußen saß, den Eindruck haben, man befände sich auf einer abgelegenen Hütte im Tessin.

Einmal im Monat hatten sie im Atrium ihre Vollversammlung. Außerdem gab es noch verschiedene wöchentliche Treffen: die Gartengruppe, die Orga-Gruppe, die Finanzgruppe, die Öffentlichkeitsgruppe, zu der auch David gehörte, die Imkergruppe, zu der er natürlich ebenfalls gehörte. Es gab einen Beamer und eine große Leinwand, und in den Winterhalbjahren fanden regelmäßige Kinovorführungen statt. Häufig hatten sie Gäste. Wissenschaftler, die Vorträge zum Klimawandel hielten. Alternative Ökonomen, die darüber sprachen, wie die Welt nachhaltiger und regionaler organisiert werden könnte. Und sogar Pioniere der Umweltbewegung, die von ihren Solarprojekten und ihrem lebenslangen Kampf für eine bessere Welt berichteten.

Zu diesen Anlässen öffneten sich die *Gleisgärten* einem großen Publikum. Es gab Abende, da war es so voll, dass die Gäste an den Rändern stehen und sie etliche abweisen mussten. Bis spät in die Nacht wurde über die richtigen Strategien diskutiert, über die Taktik gestritten und zur Versöhnung getrunken – nun natürlich nicht mehr selbst organisiert, sondern mit Hilfe eines Studentendienstes, der den Tresen und die Aufräumarbeiten übernahm.

Seit einiger Zeit trafen sich im Atrium zudem regelmäßig streikende Schüler und Schülerinnen, um ihre Freitagsdemos zu planen. Das war etwas, das David ganz besonders beeindruckte: all die jungen Leute, die sich hier zusammenfanden, um gemeinsam für ihre Zukunft zu kämpfen. Dafür, dass sie noch in einer Welt leben konnten, die der heutigen zumindest ähnelte. Dafür, dass sie selbst noch guten Gewissens Kinder haben konnten. Und diese Kinder auch noch Kinder.

Beschämt musste er daran denken, was er in diesem Alter getan hatte. Was seine Interessen gewesen waren, oder vielmehr sein einziges Interesse: seinen Weg machen. Kreativ sein. Erfolgreich. Besser als andere. Es war reine Eitelkeit gewesen. Keine Sekunde hatte er daran gedacht, dass sie in einer Welt lebten, die über ihre Verhältnisse lebte. Dass *er* über seine Verhältnisse lebte und dazu beitrug, dass andere es auch taten, mit seinem Interesse für Werbung und Konsum und Marken.

Doch all das war heute nicht das Thema. Kein Kongress. Keine Demovorbereitung. Kein Symposium. Es war eine ganz normale Vollversammlung, wie sie einmal im Monat stattfand, mit all den vielen banalen und weniger banalen Fragen, die ihr Projekt betrafen: ob es in Ordnung war, dass der Putzdienst eine

Bodenseife verwendete, die nicht nach allerhöchsten ökologischen Standards zertifiziert war, ob es gebilligt wurde, dass eine dänische Dokumentarfilmregisseurin ein paar Tage bei ihnen drehte, oder ob in dem *Gleisgärten*-Blog für eine Berliner Photovoltaik-Firma geworben wurde. Angereichert wurde diese lose Auswahl mit der immer wiederkehrenden Diskussion zur korrekten Terrassenbegrünung, zum Spielen von Kindern innerhalb der Anlage, und wie man mit Farbbeutelattacken von linken Aktivisten gegen die *Gleisgärten* umgehen sollte.

Obwohl bei den Vollversammlungen die Anwesenheit aller – oder zumindest aller Wohnparteien – ausdrücklich erwünscht war, kamen im Durchschnitt nur zwei Drittel der »Gleisgärtner«, wie sie sich selbst augenzwinkernd nannten. Und meistens waren es immer dieselben, die kamen, und dementsprechend auch dieselben, die *nicht* kamen. Doch heute war es anders. Heute war *alles* anders. Der Raum war bis zum letzten Platz besetzt, und die Stimmung war angespannt. Und das lag nicht daran, dass die Leute sich auf einmal für Putzmittel, Dokumentarfilme oder für Blogeinträge interessierten, sondern für die Situation, die sie seit gut zwei Wochen direkt vor ihrer Haustür hatten. Die Situation in dem Birkenwäldchen, die von Tag zu Tag schlimmer wurde. Jeden Tag kamen neue Obdachlose hinzu, und inzwischen war eine kleine Zeltstadt entstanden, ein regelrechter Slum. Es kam zu immer mehr Problemen: laute Musik. Fäkaliengestank. Bettelnde Rumänen im Park und sogar direkt vor ihrem Zaun. Es gab sogar Gerüchte, dass Lebensmittel aus den Landkörben verschwunden waren, die die meisten von ihnen einmal in der Woche geliefert bekamen, was bedeuten würde, dass die Lagerbewohner sich nicht nur bis vor ihren Zaun, sondern auch hinter ihn gewagt hatten.

Und natürlich der Müll. Alles war voller Müll.

Und die Politik? Sie müsste diesen Menschen doch helfen.

Ihnen eine Unterkunft zur Verfügung stellen. Aber nichts passierte.

David stand am Pult und erzählte davon, wie er das Lager vor knapp zwei Wochen entdeckt hatte. Er ließ eine Diashow seiner Fotos über die Leinwand gleiten: die Zelte. Die Baracken. Die Tüten.

Er berichtete von seinen Telefonaten mit dem Innensenat, mit dem Grünflächen- und dem Ordnungsamt. Er erzählte, wie er immer wieder an eine andere Stelle verwiesen worden war, weil sich niemand zuständig fühlte. Er berichtete, was alle längst wussten: dass das Lager angewachsen war und dass auffällig viele Familien mit Kindern darin lebten. Er berichtete von den Problemen, die es gab. Von dem Lärm, den Ratten, den Lagerfeuern. Aber vor allem betonte er, dass diesen Menschen geholfen werden musste. Dass sie eine Unterkunft brauchten. Eine Perspektive.

Während David sprach, streifte sein Blick Sybil. Sie saß in der zweiten Reihe am Rand. Ihre Aufmerksamkeit war nicht bei ihm und seinem Vortrag, stattdessen war ihr Blick auf ihr Handy gerichtet. Sie tippte mit zwei Daumen und lächelte. Lächelte sie wirklich? Mit wem schrieb sie sich?

Seit Tagen wirkte sie abwesend. Vor allem seit sie aus Hamburg zurückgekommen war. Nicht *abweisend* abwesend, sondern einfach nur *abwesend* abwesend. Ständig schien sie innerlich woanders zu sein. Reagierte nicht auf Jonas und genauso wenig auf ihn. Er kannte diese Phasen, wenn sie mit Auftraggebern kommunizieren musste, mit Klienten, mit ihrem Verlag oder ihrer Agentin. Aber so wie in der vergangenen Woche war es noch nie gewesen.

David bemerkte, dass er den Faden verloren hatte. Gerade hatte er über seine Kontaktaufnahme mit der Sozialstadträtin gesprochen, die genauso erfolglos gewesen war wie alle anderen Versuche, die Politik miteinzubeziehen, aber mitten im Satz war er stecken geblieben. Und er hatte keine Ahnung, wo. Die Leute schauten ihn fragend an. Alle, bis auf Sybil, die weiter auf ihr Handy starrte.

»Auf jeden Fall denke ich, dass wir … dass wir etwas unternehmen sollten«, sagte er. Er versuchte, seine Stimme so fest und sicher wie möglich klingen zu lassen: »Ich habe ein bisschen recherchiert, was es für Orte gäbe, an denen die Menschen unterkommen könnten. Zum Beispiel gibt es eine leere Sporthalle in Lichtenberg, die bis vor zwei Jahren als Flüchtlingsunterkunft genutzt wurde. Diesen Vorschlag habe ich der Sozialstadträtin unterbreitet. Da warte ich noch auf Rückmeldung. Ich denke, wenn der Senat nichts tut, dann sollten wir selbst etwas tun. Wir sollten uns auf die Suche nach einer Lösung für diese Menschen machen. Letztlich ist es genau wie mit dem Klima. Die Politik kümmert sich nicht, also nehmen wir die Sache selbst in die Hand!«

Er schwieg, schaute in die Runde, nickte und klappte seinen Laptop zu. Bewegung im Publikum. Klatschen und Klopfen. Kein tosender Applaus, aber das wäre dem Thema auch nicht angemessen gewesen.

Sybil hatte endlich den Kopf gehoben. Mit ihren langen Fingern und schmalen Händen klatschte auch sie, aber sie wirkte aufgeschreckt, als ob kein Wort von dem, was er gesagt hatte, bei ihr angekommen wäre.

David blieb neben dem Rednerpult stehen und wartete auf Fragen. Darauf, dass eine Diskussion in Gang käme, die sie weiterbrächte. Aber es meldete sich niemand. Es herrschte Ratlosigkeit. Er wusste, dass viele Gleisgärtner sauer waren und sich wünschten, »die Rumänen«, wie sie sie hinter vorgehaltener Hand nannten, mögen so schnell wie möglich wieder verschwinden – und zwar egal, wohin. Aber offenbar traute sich hier in der großen Runde niemand, diese Meinung offen zu vertreten.

Gritt, eine pensionierte Kunstlehrerin, die eines der kleinen Appartements im Erdgeschoss der Gleisgärten bewohnte, hatte bereits im Vorfeld vorgeschlagen, man könne doch zumindest die Familien mit den Kindern im Atrium aufnehmen. David mochte Gritt mit ihren verrückten Ideen, und eigentlich mochte er auch diesen Vorschlag. Erstens weil sie damit ganz konkret Hilfe leisten könnten und zweitens weil sie mit einer solchen Aktion das Bild der *Gleisgärten* in eben jenen linken Kreisen, in denen sie als Öko-Millionäre verschrien waren, in ein anderes Licht rücken würden. Allerdings bestand die Möglichkeit, dass er dann mit dem Mann und dem Jungen unter einem Dach leben müsste, ihnen jeden Tag begegnen würde, und als der Vorschlag von den meisten anderen vehement abgeschmettert worden war, hatte er Gritt nur entschuldigend angelächelt und mit den Schultern gezuckt. Es war nicht fair diesen Menschen gegenüber, aber er konnte sich nicht aufraffen, noch einmal das Wort zu erheben.

All das war schon ein paar Tage her. Und nun herrschte abermals Schweigen.

Ein langes, unangenehmes Schweigen.

Schließlich, nach zwanzig oder dreißig Sekunden, die David vorkamen wie eine Ewigkeit, hob sich eine Hand in den hinteren Stuhlreihen. Sie gehörte zu dem Filmproduzenten, der seit ein paar Monaten mit seiner Frau und seinen drei Kindern bei ihnen wohnte. Wie hieß er doch gleich? Tim? Er hatte eine große Wohnung übernommen, die von einem Paar, das sich getrennt hatte, wieder verkauft worden war. Bei seiner Aufnahme in die *Gleisgärten* hatte es viele Diskussionen gegeben. Einige – unter ihnen auch David – hatten ihre Zweifel gehabt, ob der Filmproduzent wirklich voll hinter ihrem Konzept stand oder ob er in erster Linie auf der Suche nach einer guten Geldanlage, einem schönen Ausblick und einer großen Sonnenterrasse gewesen war und alles andere eben so mitnahm. Aber er war sehr eloquent, hatte einen bekannten niederländischen Dokumentarfilm zum Klimawandel in Sibirien koproduziert und einen Film über einen Schweizer Öko-Aktivisten entwickelt, der im Herbst in die Kinos kommen sollte. Und nicht zuletzt verfügte er über einen soliden finanziellen Hintergrund, und daher hatte sich am Ende auch die nötige Zwei-Drittel-Mehrheit gefunden, die für einen Einzug nötig war.

David deutete in Tims Richtung, und Tim stand auf. Er war Anfang fünfzig, auffällig klein und hatte eine glänzend rasierte Glatze, die vermutlich seine echte Glatze kaschieren sollte. Tim war mit Zarina verheiratet, die als Influencerin einen eigenen Bio-Beauty-Kanal betrieb, und David fragte sich, wie Tim es geschafft hatte, eine solche Frau zu erobern. Zarina war indischer Abstammung und wirklich atemberaubend schön. Es hatte wahrscheinlich mit seinem Geld zu tun, mit Geld und mit Macht.

»Danke, David«, sagte Tim. »Danke für deine Mühe und für deinen Vortrag, der sehr … aufschlussreich war.« Er hielt inne, und David spürte die Herablassung, die in dem Wort »Mühe« mitschwang, und die Bösartigkeit, die sich in der Pause vor »aufschlussreich« verbarg.

Im selben Moment fiel David ein, dass Tim nicht Tim hieß, sondern Tillmann. »Aber meine Freunde nennen mich Till!«, hatte er bei seiner ersten persönlichen Vorstellung gesagt.

»Ich finde, du hast vollkommen recht, David«, fuhr Tillmann fort. »Wir müssen unser Schicksal selbst in die Hand nehmen.«

Von Schicksal hatte David zwar nichts gesagt, aber egal. Vermutlich neigte Tillmann zum Pathetischen. Und offenbar liebte er es, Menschen, die er kaum kannte, beim Vornamen zu nennen.

»Und ich habe auch schon eine Idee, wie wir das hinbekommen.«

Nun hatte er die Aufmerksamkeit des gesamten Saals.

»Es ist ein zweigleisiges Konzept«, sagte Tillmann, »das ehrlich gesagt nicht von mir stammt, sondern von einem Sozialwissenschaftler, mit dem ich befreundet bin. Es läuft unter der Abkürzung HH, wie das Kennzeichen von Hamburg.« Er lachte. »Und H und H steht für ›Hilfe und Härte‹.«

Er ließ die Worte ein paar Sekunden wirken und schaute in den Saal. Dann redete er weiter. »Der Begriff *Hilfe* steht dafür, dass man den Menschen Angebote machen muss. Hier braucht man Sozialpädagogen, die entsprechende Sprachkenntnisse und den kulturellen Hintergrund mitbringen und eine Alternative zum Ist-Zustand aufzeigen können. Auf der anderen Seite muss man aber – und das ist mindestens genauso wichtig – klare Grenzen ziehen. Hier kommt die *Härte* ins Spiel. Man muss privates und öffentliches Eigentum schützen und geltendes Recht durchsetzen. Und wenn die Polizei dieser Aufgabe nicht gewachsen ist, dann muss man es eben selbst tun. Genau wie David es gesagt hat: Wir müssen die Sache selbst in die Hand nehmen.«

Gemurmel im Atrium. David empfand Widerwillen. Wozu wurde hier aufgerufen? Dass sie unter den Gleisgärtnern Schlägertrupps rekrutierten, die für Zucht und Ordnung sorgten?

Davids Blick schwenkte zu Sybil. Sie textete schon wieder.

»Damit meine ich natürlich nicht, dass wir uns uniformieren und mit Baseballschlägern losziehen«, sagte Tillmann, als ob er Davids Gedanken gelesen hätte. »Ich kenne da einen Sicherheitsdienst, der für eine solche Aufgabe perfekt geeignet wäre. Eine Firma, die sich sehr um ihre Mitarbeiter kümmert, sie lange ausbildet – vor allem pädagogisch – und sie weit über Tarif bezahlt. Wenn ihr wollt, kann ich mal anfragen, ob sie momentan Kapazitäten haben.«

Erneut Gemurmel. Sybil textete immer noch.

»Außerdem habe ich bereits Kontakt zu einem Verein von der Caritas aufgenommen, der sich auf Streetwork mit Obdachlosen aus Osteuropa und dem Balkan spezialisiert hat. Sie haben mir zugesichert, dass sie versuchen werden, den Leuten eine tragfähige Anschlussperspektive aufzuzeigen.«

Er blickte in die Runde. »Das wäre mein Vorschlag: Hilfe und Härte. Oder eben einfach H und H!« Dann lächelte er und breitete die Arme aus wie ein Fernsehprediger.

Das, was nun folgte, war eine der längsten Diskussionen in der Geschichte der *Gleisgärten*. Die Meinungen gingen hin und her. Es gab entschiedene Gegenstimmen und ebenso entschiedene Befürworter. Die Bedenken reichten von »Staat im Staat« bis »Selbstjustiz«, während die Befürworter »Hilfe zur Selbsthilfe« und »Verteidigung der eigenen Ziele« dagegenhielten. David selbst beteiligte sich kaum, einerseits weil er viel zu sehr mit der Moderation der Diskussion beschäftigt war, andererseits weil ihm Tillmanns Vorschlag allein deshalb unsympathisch war, weil er Tillmann nicht mochte. Vor allem aber fiel es ihm schwer, sich vorzustellen, wie ein privater Sicherheitsdienst durch den Park patrouillierte. Sie hatten schon so genug Probleme, ihre Ziele in der Öffentlichkeit zu vermitteln: der Zaun, die Kameras, die Doormen. Die riesigen Terrassen, auf denen sie sich, fernab von den vielen Problemen, die die Stadt hatte, sonnten. Und nun auch noch eine private Schutztruppe? Das war schwierig.

Die Diskussion wurde auch in der Pause noch weitergeführt, doch am Ende stand ein klares Ergebnis: Fast drei Viertel der Gleisgärtnerinnen und Gleisgärtner waren für Tillmanns Vorschlag, wobei das erste H, also der Teil, bei dem es um die Sozialpädagogen ging, so gut wie keine Rolle mehr spielte, und somit nur über das zweite H, die Härte, den Sicherheitsdienst, abgestimmt wurde.

Als sie nach Hause kamen, war es fast zwölf. Rebecca, ihre Babysitterin, fläzte sich auf dem Sofa und schaute YouTube-Filmchen auf ihrem riesigen Smartphone.

Fünf Minuten später war sie verschwunden, und zwanzig Minuten später lagen sie nebeneinander im Bett. Das Licht war aus.

»Du hast dich ja heute rege an der Diskussion beteiligt«, sagte David.

»Wie meinst du das?«

»Immer wenn ich zu dir hingeschaut habe, warst du an deinem Handy.«

»Ja. Ich habe gerade viele Anfragen.«

»Aha.«

»Was heißt hier ›Aha‹?«

»Es wirkte eher wie eine private Unterhaltung.«

»Wie kommst du darauf?«

»Dein Gesichtsausdruck. Du hast gelächelt.«

»Ach ja?«

»Ja.«

Sybil schwieg und David ebenfalls. Auf einmal hatte er keine Lust mehr, weiter nachzufragen. Sollte sie sich doch schreiben, mit wem sie wollte. Sie waren beide erwachsen. Wenn sie ihm etwas zu sagen hatte, dann würde sie es ihm schon sagen, und wenn nicht, dann eben nicht.

Stattdessen überlegte er, ob er vielleicht Lust hatte, mit ihr zu schlafen. Aber dann musste er an das letzte Mal denken, als sie Sex gehabt hatten, an dem Tag, an dem sie nach Hamburg gefahren war. Sie war vollkommen teilnahmslos gewesen und er ebenfalls. Es hatte sich angefühlt, als ob sie nicht erst drei, sondern schon vierzig Jahre zusammen wären. Ein altes Ehepaar, das nur noch aus reiner Gewohnheit miteinander schlief. So weit war es schon gekommen.

»Gute Nacht«, sagte er.

»Gut Nacht«, sagte Sybil.

David drehte sich zur Seite, und nur wenige Sekunden später war er eingeschlafen.

Mitten in der Nacht schreckte er hoch. Sein Herz pochte ihm bis in die Schläfen, und sein Schwanz stemmte sich von innen gegen die Schlafanzughose.

Was war los?

Er hatte etwas geträumt. Aber was?

Er griff nach seinem Handy, schaltete die Taschenlampe ein und ging ins Bad. Im harten, kalten Lichtkegel sah seine gewölbte Hose aus wie ein Indianer-Tipi.

Einen Moment lang stand er unschlüssig zwischen Toilette und Waschbecken und starrte auf seine Erektion. Dann machte er die Taschenlampe aus und knipste Licht an. Im selben Augenblick fiel es ihm wieder ein. Er hatte von Lea geträumt. Und das schon zum vierten oder fünften Mal. Lea gehörte zu den Schülerinnen, die sich regelmäßig für ihre Streik- und Demovorbereitungen im Haus trafen. Sie war eher klein. Hatte blonde Haare, blaue Augen, große weiße Zähne, volle Lippen und eine für ihr Alter beindruckende Oberweite. Sie trug fair produzierte Jeans. Kautschuk-Turnschuhe und T-Shirts mit Klima-Slogans. Alles an ihr war jung, hübsch und glatt, mit einer werbekompatiblen Prise von Öko. Eine Cheerleaderin des ökologischen Wandels.

Aber auf den zweiten Blick, wenn sie über den Klimawandel sprach – und soweit David wusste, sprach sie über nichts anderes –, entpuppte sie sich als eine Radikale. Ihre Augen begannen zu glühen, und sie predigte Verzicht, Entsagung und Umkehr. In ihrem Umfeld war sie ein Star. Sie bediente das gesamte Online-Social-Media-Paket, hatte einen eigenen YouTube-Kanal, Instagram, Facebook, Twitter und unzählige Follower. Und nun hatte sie sich in den Kopf gesetzt, ein Interview mit ihm zu führen und einen kleinen Film über die *Gleisgärten* zu drehen. Für sie war er ein »Netz-Dino«, ein alter Mann, der immer noch einen Blog schrieb, aber offenbar beeindruckte er sie. Das hatte sie ihm deutlich zu verstehen gegeben.

»Du bist ganz anders als die meisten anderen Erwachsenen.«

»Ach ja?«

»Ja, wenn ich mir da zum Beispiel meine Lehrer anschaue oder meinen Dad.«

»Ah … Was ist denn mit deinem … Dad?«

»Ach … Er hat ein Bauunternehmen. Klima ist nicht unbedingt sein *subject*. Aber du bist anders. Du bist cool.«

»Ach ja?«

»Ja. Und ziemlich *sweet*.« Und dann zwinkerte sie ihm zu und wandte sich ab.

In dem Traum, den er gehabt hatte, waren sie auf einer Wiese gewesen. Sie hatte neben ihm gesessen. Sie hatte seine Hose geöffnet, sich über ihn gebeugt und …

Er versuchte die Bilder abzuschütteln, schüttelte tatsächlich den Kopf, um sie daraus zu verscheuchen, aber die Bilder blieben. Alles war ganz real gewesen, und im Nachhinein fühlte es sich weniger an wie ein Traum, eher wie eine Erinnerung. Lea, die lächelte und ihre blonden Haare nach hinten strich. Lea, die sich neben ihn setzte. Lea, die ihn zwischen den Beinen massierte und ihm währenddessen ins Ohr atmete. Lea, die ihn küsste.

Er setzte sich auf den Klodeckel, wischte über sein Handy und las die letzte SMS, die sie ihm geschrieben hatte. »hey david, wenn du deine meinung wegen des videos doch noch änderst, dann melde dich. würde mich freuen. Le«

Es war die fünfte oder sechste WhatsApp in den vergangenen zwei Wochen, und er hatte sie alle ignoriert. Er hatte ihr klar zu verstehen gegeben, dass er für kein Interview zur Verfügung stand. Aber sie ließ sich nicht abwimmeln. Sie war hartnäckig, sehr hartnäckig sogar, und wenn er ehrlich war, gefiel ihm das.

Es war nicht das erste Mal, dass er auch im wachen Zustand an Lea dachte. Im Gegenteil, in den letzten Wochen tauchte sie regelmäßig in seinen Gedanken auf, vor allem dann, wenn er sich einen runterholte. Aber diese Gedanken waren immer von Widerwillen und Scham begleitet, denn schließlich war Lea ein Teenager. Ein Kind. Eine Schülerin, sechzehn oder siebzehn Jahre alt. Das hieß, sie war minderjährig, und er könnte nicht nur sprichwörtlich, sondern im wahrsten Sinne des Wortes ihr Vater sein. Und das hieß auch, dass sie einen Vater hatte, der vermutlich in seinem Alter war.

Und nun saß David auf dem Klodeckel und atmete tief ein und dann wieder aus. Und dann schrieb er. Er schrieb schnell und ohne zu überlegen, was die Folgen sein könnten. »Hi Lea, du bist ja wirklich hartnäckig. Okay, wenn du meinst, dass ein Film über einen alten Mann irgendjemanden interessieren könnte, dann bin ich dabei. Gruß David« Er tippte auf den weißen Papierflieger und atmete tief ein. Erst jetzt merkte er, dass er die ganze Zeit die Luft angehalten hatte.

Er starrte auf seinen Schwanz, der sich mit unverminderter Spannkraft gegen die Schlafanzughose stemmte, und er stellte sich Leas Vater vor. Einen vierschrötigen Mann, Typ Maurer oder Fliesenleger, der ihm die Nase brach und ihm anschließend mit einem Teppichmesser die Genitalien amputierte.

Sein Handy brummte, und unter seiner Nachricht war eine Antwort erschienen.

»hey david, ja für meine hartnäckigkeit bin ich berüchtigt. wie schön, dass du deine meinung geändert hast! lass uns nächste woche treffen. ich texte dir. gut nacht: le.«

Davids Mund war ganz trocken. Er versuchte zu schlucken, aber es ging nicht. Sein Schwanz pochte. Sie hatte ihm geantwortet. Sofort. Mitten in der Nacht! Warum war ein sechzehn- oder siebzehnjähriges Mädchen um diese Zeit noch wach? Was machte sie?

Er stellte sich vor, wie sie auf ihrem Bett lag. Sie hatte nur eine Unterhose und ein T-Shirt an. Ein kurzes T-Shirt, das ihren Bauchnabel freigab. Es war warm. Sehr warm, wärmer als momentan. Sie hatte die Augen geschlossen und den Kopf zur Seite gelegt. Ihre Hand glitt über ihren Busen und ihren Bauch und dann zwischen ihre Beine, und sie begann sich selbst zu streicheln. Und David stellte sich vor, dass sie währenddessen an ihn dachte, und er zog sich die Hose herunter, packte seinen Schwanz und schloss die Augen.

Gold

Es war früh am Morgen, die einzige Tageszeit, zu der es im Lager ruhig war. Die Männer, die nach Arbeit suchten, waren schon unterwegs, und der Rest schlief noch. Sogar die besoffenen obdachlosen Deutschen, die die ganze Nacht herumgeschrien hatten, gaben endlich Ruhe. Petre war vor einer halben Stunde gegangen. Aurica hatte gehört, wie er aus seinem Schlafsack gekrochen war. Er hatte sie auf die Stirn geküsst, und sie hatte die Arme um ihn geschlungen und gefragt, ob er nicht noch ein bisschen bleiben könne. Er hatte gelächelt und ihr ins Ohr geflüstert, dass er so leider kein Geld verdienen könne.

»Und was, wenn ich dich dafür bezahle?«

»Das wäre natürlich was anderes.«

Spielerisch hatte sie Petre zwischen die Beine gegriffen.

»Hör auf«, hatte er geflüstert. »Mit einem Ständer kann ich nicht arbeiten!«

Dann war er so leise wie möglich aus dem Zelt geschlüpft. Und nun kniete Aurica mit geschlossenen Augen auf ihrem Schlafsack und betete. Viele Jahre hatte sie nicht mehr gebetet, doch nach Nelus anaphylaktischem Schock hatte sie wieder damit angefangen. Und seitdem betete sie täglich.

Ihre Entfremdung vom Glauben hatte sich in Etappen vollzogen. Als Kind im Heim hatte sie noch häufig gebetet, und sie war ständig in die Kirche gegangen, nicht nur an Sonntagen. Alle hielten es so, sie also auch. Aber mit sieben oder acht Jahren hatte sie Zweifel bekommen, und je mehr sie in der Schule gelernt hatte, desto größer waren diese Zweifel geworden. Sie hatte angefangen, mit den Schwestern im Heim über Gott zu diskutieren, über Jesus und darüber, ob es wirklich möglich war, dass jemand von den Toten auferstand. Und spätestens als sie mit ihrer Ausbildung zur Krankenschwester begonnen hatte, war sie ganz vom Glauben abgefallen: all die Krankheiten, das Leiden und Sterben, dann die Medizin, die vom Menschen erschaffen worden war. Da gab es keinen Raum für Gott.

Aber seit Nelus Bienenstich betete sie. Sie hatte keine Ahnung, warum. Es war ihr unangenehm, fast schon peinlich. Sie wusste nicht, woher es kam. Bei dem Gebet, das sie aufgesagt hatte, als sie mit dem fiebrigen Nelu zur Straße gerannt war, hatte es sich um einen reinen Reflex gehandelt. Sie glaubte nicht wirklich, dass es geholfen hatte. Und erst recht nicht glaubte sie daran, dass ihr das Beten helfen würde, aus diesem Camp herauszukommen. Es gab keinen Gott und keine Rettung. Und doch fühlte es sich gut an. So gut und richtig, wie sich überhaupt etwas anfühlen konnte.

Im Camp wurde es von Tag zu Tag schlimmer. Immer voller. Immer enger. Immer aggressiver. Inzwischen kamen die Leute von überall her, zimmerten ihre Hütten zusammen, schlugen ihre Zelte auf. Es waren zwei Plastikklohäuschen aufgestellt worden, aber sie waren ständig besetzt, weshalb trotzdem überall uriniert und geschissen wurde.

Zwei Tage zuvor war eine Sozialarbeiterin von der Caritas da gewesen, eine gebürtige Rumänin. Sie war in dem Lager herumgelaufen, hatte Flyer verteilt und ihre Hilfe angeboten. Notunterkünfte. Essensausgabe. Altkleider.

»Hast du noch Familie in Rumänien?«, hatte die Frau gefragt.

Aurica hatte den Kopf geschüttelt. »Ich bin in einem Heim aufgewachsen.«

»Was ist mit deinem Mann? Was denkt er, wie es weitergeht?«

»Ach … Er hat immer irgendwelche Träume. Eine Anstellung in einem großen Hotel. Ein eigenes Restaurant.« Sie hatte eine Pause gemacht und dann gesagt: »Er ist Koch.«

»Aha. Und wo ist er gerade?«

Sie hatte gezögert. Plötzlich hatte sie Angst gehabt, dass die Frau sie an eine offizielle Stelle verraten könnte. Vielleicht sogar an die Polizei. Aber die Frau hatte gelächelt. »Du musst keine Angst haben. Ich erzähle niemandem etwas. Das will ich nicht, und das darf ich auch gar nicht.«

»Ah. Das ist gut.«

»Willst du mir denn sagen, wo er arbeitet?«

»Es gibt da so ein Café. Da fährt er jeden Morgen mit der U-Bahn hin und hofft, dass ihm jemand einen Job gibt.«

»Und? Kriegt er dort Arbeit?«

»Manchmal ja, manchmal nein. Heute eher ja, sonst wäre er schon wieder zurück.«

»Und du bist dann die ganze Zeit hier?«

»Ja. Meistens.«

Sie hatten geschwiegen. Und dann hatte jemand am anderen Ende des Lagers geschrien. Und ein anderer hatte dagegen angebrüllt, und währenddessen hatte Nelu an Auricas Jacke gezerrt.

»Das hier ist nicht der richtige Ort für ein Kind«, hatte die Frau gesagt.

»Für niemand ist es der richtige Ort«, hatte Aurica geantwortet.

Die Frau hatte genickt und dann etwas aus der Tasche gezogen. »Hier ist meine Karte. Ich arbeite in einer Einrichtung, die sich um Mütter und ihre Kinder kümmert. Ruf mich an, wenn du magst. Wenn ich nicht da bin, kannst du mir eine Nachricht hinterlassen. Ich heiße Maria. Wie heißt du?«

»Aurica.«

»Gut. Dann bis bald!«, hatte die Frau gesagt und sich zum Gehen gewandt. Aber Aurica hatte sie zurückgehalten. Plötzlich hatte sie das Bedürfnis verspürt zu erfahren, wo es in Berlin eine rumänisch-orthodoxe Kirche gab. Jedem anderen Menschen gegenüber wäre ihr diese Frage peinlich gewesen. Aber diese Frau, die Maria hieß, strahlte etwas aus, das jedes unangenehme Gefühl sofort in Luft auflöste.

Maria hatte ihr eine S-Bahn-Linie genannt, etwas aufgeschrieben und eine schematische Zeichnung gemacht, die zeigte, wie Aurica von der S-Bahn zur Kirche kam. Aurica hatte sich noch einmal bedankt, und dann war Maria verschwunden.

Und heute war es so weit. Heute würde sie zu dieser Kirche fahren. Sie sagte sich, dass es dabei nur um einen kleinen Ausflug ging. Gemeinsam mit Nelu. Ein kleiner Ausflug mit einem Ziel. Und warum nicht eine Kirche? Eine rumänische Gemeinde.

Sie überlegte, wie oft sie mit Nelu schon in einer Kirche gewesen war. Zu seiner Taufe natürlich, aber danach? Vielleicht zwei- oder dreimal, und da auch nur, weil Petres Eltern darauf bestanden hatten. Selbst die Taufe hatten sie nur Petres Eltern und seinen Großeltern zuliebe vollzogen, die ein ungetauftes Enkel- beziehungsweise Urenkelkind niemals akzeptiert hätten.

Sie hörte Stimmen, und Nelu räkelte sich neben ihr. Das Lager erwachte.

Sie machte Knäckebrot mit Margarine und Marmelade und gab Nelu eine Banane. Mit einer Pappe verscheuchte sie die Bienen, und mehrfach ermahnte sie Nelu, vorsichtig zu sein. Immer wieder schaute sie auf die Uhr. Zwanzig nach acht. Halb neun. Viertel vor neun.

Um kurz vor neun entschied sie, dass Petre Arbeit gefunden haben musste.

Sie kniete sich vor das Zelt und schaute sich um. Zwei Bulgarinnen standen ein paar Meter entfernt vor einer Baracke und unterhielten sich. Sonst war niemand zu sehen. Aurica streckte ihren Arm unter das Zelt und tastete nach dem Stein.

Petre hatte ein Loch gegraben, und in dieses Loch hatte er ein zugeschraubtes Marmeladenglas gesteckt und einen flachen Stein daraufgelegt. In dem Glas war das Geld. Und jedes Mal, wenn neues Geld hinzukam, holte Petre das Glas heraus und füllte es auf. Er war vollkommen besessen von diesem Glas, dem Geld, dem Versteck. Alle drei, vier Tage holte er das Glas abends in ihr Zelt und zählte die Ersparnisse. Und dann erzählte er Aurica, wie der Plan war. Er erzählte es wieder und wieder, so oft, bis sie es in- und auswendig kannte. Ein rumänischer Umzugskollege, Adrian, wohnte mit seiner Frau in einer Pension. Petre hatte ihn einmal dort besucht. Für 25 000 Euro die Woche oder 400 Euro monatlich bekam man ein Zimmer. Hundertfünfzig Euro betrug die Kaution. Jeweils vier Zimmer teilten sich eine Dusche und eine Toilette. In den Zimmern waren Betten, ein Waschbecken und eine kleine Kochplatte. Die Pension befand sich im Osten von Berlin, nah an der Stadtgrenze. Sie lag an einer großen Straße, aber alles war gepflegt und in gutem Zustand. Hier lebten viele Gast- und Saisonarbeiter, es gab unzählige Kontakte, um an einen Job zu kommen. Und das Beste war: Nicht weit von dem Haus befand sich ein Krankenhaus mit angegliederter Schwesternausbildung, dort arbeitete die Frau von Adrian als Pflegehelferin. In diesem Haus würden sie wohnen. Dadurch hätten sie eine offizielle Meldeadresse, und vielleicht konnte sich Petre dann sogar bei dem Umzugsunternehmen anstellen lassen! Petres Augen leuchteten, wenn er sprach, und seine Begeisterung hatte etwas Ansteckendes. Ein sauberes Zimmer, nur für sie allein! Eine Toilette! Eine Dusche! Fließend Wasser! Und vielleicht könnte sie ja zumindest als Pflegehelferin arbeiten!

Doch wenn sie nachts wach lag und Petre nicht mit leuchtenden Augen auf sie einredete, sondern neben ihr schnarchte, kamen die Zweifel. Was waren das für Träume? Ein Zimmer mit einer Kochplatte für 400 Euro im Monat! Ein Bad, das sie sich mit etlichen anderen teilen mussten. Und all das in diesem Land, dessen Sprache sie nicht verstanden, ganz zu schweigen davon, sie jemals sprechen zu können. Wie sollte sie mit Patienten reden? Und wie sollte Petre in einer Küche arbeiten?

Petres Ziel war es, 650 Euro zu sparen. Dann hätten sie die Kaution, die Miete für einen Monat und noch hundert Euro, um notfalls zwei Wochen zu überbrücken. Aktuell fehlten ihnen noch 170 Euro.

»Und wie lange dauert das noch?«, hatte Aurica ihn gefragt. »Lange halte ich das hier nämlich nicht mehr aus!«

»Es dauert nicht mehr lange! Noch fünf Umzüge, und wir haben das Geld zusammen.«

Und nun kniete Aurica vor dem Zelt und hielt das heilige Marmeladenglas in den Händen – das Glas mit den 480 Euro – und schraubte es auf. Wenn sie nicht einkaufen gingen, hatte Petre ihnen jeweils zwei Euro für den Tag zugeteilt. Aber wie sollte sie mit zwei Euro mit der S-Bahn zu dieser Kirche kommen und wieder zurück? Außerdem musste sie noch eine kleine Flasche Wasser und ein Brötchen für Nelu kaufen, denn sie waren ja bestimmt eine Weile unterwegs. Warum hatte sie überhaupt das Gefühl, sich rechtfertigen zu müssen? Fast die Hälfte des Geldes hatte sie schließlich selbst verdient – oder erbettelt.

Sie griff in das Glas und holte einen Zehn-Euro-Schein heraus. Zusammen mit den vier Euro, die sie noch in der Tasche hatte, würde sie den Tag auf jeden Fall bestreiten können. Dann fiel ihr ein, dass sie, wenn sie schon unterwegs war, ein bisschen einkaufen könnte. Sie brauchten schon bald wieder eine neue

Packung Windeln. Außerdem musste sie etwas zu essen besorgen. Und Nelu brauchte dringend neue Socken, am besten auch ein Paar Sandalen als Bienenschutz. Sie griff noch einmal in das Glas und fischte zusätzlich dreißig Euro heraus.

Bevor sie das Geld wieder versteckte, schaute Aurica sich vorsichtig um. Die beiden Bulgarinnen waren verschwunden, und mit einer schnellen Bewegung steckte sie das Glas zurück in das Loch und schob den Stein darüber.

Es dauerte eine Weile, bis sie die richtige S-Bahn fand, denn offenbar gab es zwei S-Bahnen, die von unterschiedlichen Bahnsteigen fuhren, und es dauerte noch einmal genauso lange, bis sie an dem Automaten mit Hilfe einer jungen Frau das richtige Ticket gefunden hatte. Schließlich stand sie mit Nelu am Gleis. Es war kühl und windig, aber es gab viel zu sehen – ein Kran hinter den Häusern, ein Friedhof auf der anderen Seite, Graffiti an den Brandschutzmauern, Ratten auf den Gleisen –, Nelu deutete die ganze Zeit irgendwohin und redete in einem fort.

Die S-Bahn war angenehm leer, und sie bekamen einen Fensterplatz. Aurica erschrak ein bisschen, als die Bahn plötzlich unter die Erde fuhr, doch Nelu war begeistert. »Zug«, sagte er immer wieder, *»tren, tren«*, und dann deutete er auf die Lichter in dem Tunnel und sagte *»semfo«*, seine kindliche Version von Ampel, *semafor*.

Nach vier Stationen mussten sie umsteigen. Auf dem Bahnsteig war es voll, die Leute schoben einander in Richtung der Rolltreppen. Nelu hatte einen Kiosk entdeckt – hell erleuchtet und voller Süßigkeiten. Er zog an ihrer Hand und rief: *»Colată!«*

»Nein, nicht jetzt«, sagte sie und versuchte ihn in Richtung der Rolltreppen zu ziehen. Aber Nelu ließ sich nicht ziehen. Im Gegenteil, er zerrte seinerseits Aurica zu den Süßigkeiten.

»Colată«, rief er. *»Colată!«*

Aurica seufzte. »Okay«, sagte sie. »Du darfst dir was aussuchen.«

Nelu deutete zuerst auf einen großen Schokoriegel, entdeckte dann jedoch die Gummibärchen, die in durchsichtigen Schubladen zum Einzelverkauf ausgestellt waren, um schließlich bei einem riesigen Lolli zu landen. Und natürlich wollte er alles.

Aurica war kurz davor, Nelu einfach zu packen und ihn von dem Kiosk wegzuzerren. Aber dann musste sie daran denken, wie viel Nelu in den vergangenen Monaten hatte durchmachen müssen: das fremde Land, das Rattenhaus, das zugeschwollene Auge, das Betteln auf ihrem Schoß, der erzwungene Umzug ins Birkenwäldchen und dann, gewissermaßen als Krönung, der allergische Schock. Warum sollte sie ihm seine Wünsche nicht erfüllen? Sollte er sich doch aussuchen, was er wollte, wenn es ihn nur glücklich machte! Und wenn er den halben Kiosk leer kaufte und sie dem Mann hinter dem Tresen all ihr Geld geben musste: Es war ihr egal!

»Zeig mir, was du willst«, sagte sie zu Nelu. »Dann kaufe ich es dir.«

Und Nelu begann zu zeigen. Er zeigte und zeigte und zeigte. Ein Fruchtgummi nach dem anderen. Der Mann griff mit einer silbernen Zange in die Schubladen und zog Pfirsiche, Erdbeeren, Bananen, Colafläschchen, weiße Mäuse, rosa Schlangen, blaue Schlümpfe und bunte Drachen heraus. Hinzu kamen der Schokoriegel und der große, runde Lolli, und abschließend deutete Aurica noch auf eine kleine Flasche Wasser, denn selbst wenn Nelu nur die Hälfte von dem ganzen Zeug aß, würde er Durst haben.

Der Mann nannte ihr einen Preis, den sie nicht verstand. War das Englisch gewesen? Aurica lächelte und schüttelte bedauernd den Kopf. Daraufhin kritzelte der Mann Zahlen auf einen Zettel und schob ihn ihr über den Tresen. 8,50 war darauf zu lesen.

Acht Euro fünfzig! Für eine Tüte mit Gummitieren, einen Lolli, einen Schokoriegel und eine Flasche Wasser! Am liebsten wäre Aurica einfach gegangen, aber dafür war es jetzt zu spät. Also zog sie einen Zehn-Euro-Schein hervor und legte ihn auf den Tresen, und der Mann nahm ihn und gab ihr das Rückgeld.

Die nächste Bahn war voller, dafür fuhr sie wieder oberirdisch. Aurica hatte Nelu auf dem Arm. Sie standen an der Tür und schauten nach draußen, während Nelu mit vollem Mund immer wieder auf etwas zeigte, das er gerade entdeckt hatte: ein Auto, zwei Bagger, einen Schwarm Tauben, einen Hubschrauber.

Aurica fühlte sich seltsam frei. Das erste Mal seit Monaten tat sie etwas einfach nur für sich – für sich und für Nelu. Etwas, bei dem es nicht ums Geldverdienen ging oder darum, dass sie in Deutschland Fuß fassten. Etwas Sinnloses. Etwas Schönes. Ein Ausflug.

Das erste Mal seit Monaten folgte sie nicht dem stummen Diktat, das Petre ihnen auferlegt hatte: immer weitermachen, bis sie es endlich geschafft hätten. Aber was genau *geschafft*? Ein Leben in einer kleinen Wohnung in dieser unfreundlichen Stadt? War es wirklich das, was sie wollte? Oder war das Petres Traum, den er ihr übergestülpt hatte? Sie wusste es nicht.

Nelu aß nicht einmal ein Drittel der Fruchtgummis und ließ sowohl den Schokoriegel als auch den Lolli unberührt. Dafür trank er die halbe Flasche Wasser, was bedeutete, dass sie ihm vermutlich bald die Windel wechseln musste.

Als sie an der Station, die die Sozialarbeiterin ihr aufgeschrieben hatte, ausstiegen, hatte sich das Wetter ein wenig gebessert. Es war immer noch windig und kühl, aber die Wolkendecke war aufgerissen, und die Sonne schaute hindurch. Der Zeichnung konnte sie nicht entnehmen, ob sie nach rechts oder links gehen sollten, und so ließ sie sich einfach von Nelu leiten.

Sie kamen in eine Wohngegend. Schmale Straßen mit Kopfsteinpflaster. Häuser im Grünen. Einige groß und stattlich, umgeben von hohen Hecken, andere eher klein und bescheiden. Alles war überschaubar und gepflegt und geordnet und ruhig und irgendwie zeitlos. Es war wie eine Welt in der Welt, ein Nebenort in der großen Stadt.

Genau so hatte sie sich Deutschland immer vorgestellt. So hatte sie es sich gewünscht und erträumt. Dies hier war kein Viertel, das einfach aus dem Boden gestampft worden war wie die Häuser, in denen sie geputzt hatte. Hier gab es auch kein protziges Terrassenhaus mit einem Zaun und Kameras. Alles war mit den Jahren gewachsen. Guter, gesunder Wohlstand.

Nelu war wie beseelt. Kein einziges Mal verlangte er danach, auf den Arm genommen zu werden. Er hatte einen Stock gefunden, den er nun als Wanderstab, Schwert, Sense und Zauberstab benutzte. Ständig entdeckte er etwas: einen Käfer in dem schmalen Grasstreifen zwischen dem Gehweg und der Straße, einen Hund hinter einem Zaun, eine Pfütze, eine leere Mülltonne, die draußen stand und die er als Trommel benutzen konnte.

Sie kamen an einem Bäcker vorbei. Eine ältere Frau saß davor. Sie trank einen Kaffee und rauchte eine lange, dünne Zigarette. Sie winkte Nelu zu, und Nelu winkte zurück. Anschließend sagte sie etwas zu Aurica und lächelte. Aurica verstand kein Wort, aber das musste sie auch nicht, denn der Gesichtsausdruck und der Tonfall der Frau waren so freundlich, dass sie einfach zurücklächelte. Neben dem Bäcker befand sich ein Zigarettenladen und schräg gegenüber ein kleiner Supermarkt.

Aurica hatte kein einziges Mal mehr auf den Zettel geschaut. Aber aus irgendeinem Grund war sie sich sicher, dass sie die Kirche schon finden würde, egal, wie sie weiterlief. Sie ging nach links an einem kleinen Blumenladen vorbei und dann wieder nach rechts. Und auf einmal stand sie an der riesigen, mehrspurigen Straße, und von schräg gegenüber blickte ihr die Kirche entgegen.

Sie war viel kleiner, als sie gedacht hatte. Sie hatte nichts Trutziges, dafür viele Rundungen. Der Eingangsbereich war eine Art Patio. Ein pilzförmiger Turm mit einem großen Kreuz ragte im Hintergrund empor, umgeben von sechs Ausbuchtungen, die ihrerseits kleine Hüte mit Kreuzen trugen und die sich zu dem Turm verhielten wie die Kinder zu einer Mutter, die sie beschützte. Nun war die Wolkendecke ganz aufgerissen, und die Sonne strahlte und ließ das goldene Kreuz, das auf dem Schiff zur Straßenseite schaute, funkeln.

Nachdem sie die Straße überquert hatten, setzte Aurica Nelu auf dem Gehweg ab und stand eine halbe Minute vollkommen reglos. Auch Nelu verhielt sich auffällig ruhig.

»Haus«, sagte er zweimal, *»casă«*, und deutete mit seinem Stock zu dem Turm.

»Es ist eine Kirche«, sagte Aurica, *»biserică.«*

Das Grundstück war groß, mit vielen alten Bäumen. Auf der rechten Seite der Kirche befand sich ein flacher Anbau, vermutlich der Gemeindesaal. Nirgendwo war ein Mensch zu sehen.

Auf einmal hatte Aurica Angst, dass die Kirche vielleicht gar nicht aufhaben könnte. Dass sie vergeblich so weit gefahren waren. Doch die schwere Holztür ließ sich mit nur einer Hand öffnen, und dann standen sie im menschenleeren Inneren.

Die Kirche war hell. Ein riesiger runder Leuchter hing von der Decke herab. Der Altar nahm die gesamte Stirnseite ein. Er war aus Holz geschnitzt, mit unzähligen Verzierungen und einer Bilderreihe, die den Passionsweg Christi darstellte. Zwei offene Türen führten in den Chorraum. In der Mitte befand sich ein großes Kreuz, links davon ein Marienbild, rechts der Heiland. Das Blattgold der Heiligenscheine leuchtete in der Sonne, die schräg durch die Fenster fiel.

Nelu war an Auricas Hand. Ganz still, ja ehrfürchtig. Aurica trat an das Weihwasserbecken, legte Daumen, Zeige- und Mittelfinger zusammen und bekreuzigte sich. Anschließend bekreuzigte sie auch Nelu, indem sie ihm über die Stirn fuhr. Nelu kicherte, als ihm ein Tropfen des Weihwassers über die Nase lief.

Nebeneinander gingen sie nach vorn zum Altar. Aurica kniete nieder. Auf einmal war sie wieder fünf Jahre alt. Ein kleines Waisenmädchen, das von der Kirche gerettet worden war.

Ein Mann betrat von der Sakristei aus den Raum. Er war vielleicht Mitte vierzig, trug eine schwarze Hose und ein weißes, besticktes Hemd. Er nickte Aurica zu, sie nickte ebenfalls. Nelu deutete zu dem runden Tisch am Rand, auf dem die Kerzen standen. Die größte von ihnen in der Mitte brannte.

»Feuer«, sagte er, *»foc.«*

»Kerzen«, sagte Aurica, *»lumănări.«*

Vor dem Tisch lagen neue Kerzen, neben dem Tisch befand sich ein Opferstock. Aurica griff nach einer Kerze und reichte sie Nelu. Dann hob sie ihn hoch und führte seine Hand. Staunend beobachtete Nelu, wie der Docht seiner Kerze über der Flamme der brennenden Mittelkerze Feuer fing. Aurica stellte sich vor, was gewesen wäre, wenn der Notarzt nicht so schnell gekommen wäre. Wenn sie den Bauarbeiter mit dem Handy nicht gesehen hätte. Wenn sie vor Aufregung in die falsche Richtung gelaufen wäre. Und obwohl sie sich sagte, dass das die falschen Fragen waren und dass all das nichts mit Fügung, Schicksal oder Gott zu tun hatte, begann etwas Großes in ihrer Brust zu beben, und ihre Augen wurden feucht, und ehe sie sich's versah, weinte sie.

Während ihr die Tränen über das Gesicht liefen, stellte sie Nelus Kerze in eine Halterung und zog das Geld hervor. Es waren noch 23 Euro, ein Zehn-Euro-Schein, ein Fünf-Euro-Schein, der Rest in Münzen.

Sie nahm ein Zweieurostück und steckte es in den Stock. Die Münze klimperte. »Haben!«, sagte Nelu und streckte die Hand aus.

Nach und nach ließ sie Nelu Münzen in den Schlitz stecken. Jedes Mal ein Klimpern. Und jedes Mal freute sich Nelu und wollte noch eine Münze, und schließlich war keine Münze mehr da. Aurica zögerte kurz, griff dann nach dem Zehn-Euro-Schein, faltete ihn zu einem schmalen, flachen Brief zusammen und ließ ihn von Nelu in den Schlitz schieben.

Es fühlte sich gut und richtig an. Es war das Beste, was sie mit dem Geld tun konnte. Besser als überteuerte Süßigkeiten an einem Kiosk zu kaufen. Besser als eine Packung Windeln zu besorgen oder nach Sandalen zu suchen. Besser auch als irgendein kleines Zimmer mit einer Kochplatte an einer großen Straße zu mieten.

Aurica war es leid, dass es die ganze Zeit nur ums Geld ging. Arbeiten, Sparen, Rechnen, Zählen, Kaufen, Mieten – und dann war man plötzlich tot. Da warf sie das Ersparte lieber in einen Opferstock, nur um zu zeigen, dass es ihr nicht wichtig war.

Sie setzte Nelu ab, wischte sich mit der Hand über das tränennasse Gesicht. Der Mann mit dem weißen Hemd war wieder verschwunden, aber sie hatte noch seine Anwesenheit gespürt, als Nelu die Münzen in den Opferstock geworfen hatte. Erneut bekreuzigte Aurica sich und Nelu. Dann schaute sie noch einmal zum Altar, legte sich die rechte Hand auf das Herz und ging.

Schaum

Es war ein Wunder. Er drückte auf den silbernen Knopf, und sofort fiel das Wasser in dünnen Fäden auf seinen Kopf. In seinen Haaren wurde es zu Bächen, die weiterflossen, sich vereinigten, breiter und reißender wurden, Wasserfälle, die ihm über den Rücken und Bauch schossen, seine Beine entlangstürzten, um schließlich neben seine nackten Füße zu platschen und auf den Abfluss zuzustreben. Und es war nicht allein Wasser – viel Wasser, mit ausreichendem Druck –, sondern es war warmes Wasser! Heißes Wasser! Alles dampfte! Es roch nach Seife und Shampoo und Chlor. Wie lange hatte er schon nicht mehr geduscht? Eine Woche mindestens. Und diese andere Dusche in dem anderen Obdachlosencafé war eine Katastrophe gewesen, genau wie die Dusche in dem Rattenhaus: kein Druck, nur lauwarm, ein stinkender Abfluss. Eigentlich duschte er also das erste Mal nach fast vier Monaten richtig, seit sie aus Rumänien weggegangen waren.

Es war unglaublich. Wie konnte es sein, dass man in Rumänien besser duschte als hier in Deutschland, in Berlin? Zumindest dort, wo er sich in Berlin aufhielt. Denn er hatte keinen Zweifel daran, dass man in dem Terrassenhaus auf der anderen Parkseite ganz fantastisch duschen konnte. Als er gestern frühmorgens auf dem Weg zur U-Bahn gewesen war, hatte er die schöne dunkelhaarige Frau gesehen, die er und Aurica schon mehrfach auf ihrer Terrasse beim Blumengießen beobachtet hatten.

»Sie sieht aus wie eine indische Königin!«, hatte Aurica bewundernd gesagt. »Findest du nicht auch?«

»Stimmt«, hatte er geantwortet, »es fehlt nur die Krone.«

Gestern Morgen hatte die Frau einen blau gemusterten Bademantel angehabt und ein weißes Handtuch zu einer Art Turban um den Kopf gewickelt. Mit geschlossenen Augen hatte sie auf ihrer Terrasse direkt an der Brüstung in der Sonne gestanden.

Petre war stehen geblieben, hatte den Kopf in den Nacken gelegt und sie angestarrt. Sie war schon ein wenig älter, vielleicht Mitte dreißig, aber sie war wirklich atemberaubend schön.

Und dann hatte sie auf einmal die Augen geöffnet, und ihre Blicke hatten sich getroffen. Vogelgezwitscher. Der ferne Verkehr. Ansonsten Stille. Nur sie beide. Und ihre Blicke fest ineinander verhakt.

Es war ein Spiel gewesen: Wer den Blick länger hält, hat gewonnen. Und er hatte gewonnen. Aber nur weil ein Mann auf der Terrasse aufgetaucht war. Ein kleiner, ziemlich alter Mann mit einer glänzenden Glatze. Er hatte die Frau von hinten umarmt und ihr etwas ins Ohr geflüstert. Die Frau hatte sich umgewandt und gelacht. Und dann hatte der kleine Mann damit angefangen, ihren Nacken zu küssen, und war mit seinen Händen unter ihren Morgenmantel geschlüpft, um dort etwas zu tun, das von der Terrassenbrüstung verdeckt wurde, wobei er ganz hinter der Frau verschwunden war. Die Frau hingegen hatte sich wieder Petre zugewandt. Und nun war es mehr als nur ein Spiel gewesen. Petre hatte gespürt, wie ihm all sein Blut zwischen die Beine und zugleich in den Kopf geschossen war. Und dann hatte er sich umgedreht und war gegangen.

Er war fast gerannt, den Blick die ganze Zeit auf den Boden gerichtet. Er war geflüchtet. Aus Angst davor, dass der Mann ihn entdecken und ihm die Wachleute auf den Hals hetzen könnte. Aber vor allem aus einer absurden Angst davor, dass die Königin ihn verhexen könnte und er sich schon bald auf ihrer Terrasse und in ihrem Bett wiederfände. Und so hatte die Frau das Spiel, das längst kein Spiel mehr gewesen war, am Ende doch gewonnen – so, wie es sich für eine Königin gehörte.

Zwanzig Minuten später war er draußen. Er hatte frische Klamotten an, war rasiert, und bis auf die Nase, die noch etwas geschwollen war, fühlte er sich gut. So sauber wie seit Wochen nicht und ausnahmsweise ausgeschlafen. Er fühlte sich bereit. Und das war wichtig. Denn in einer halben Stunde würde sich ihr ganzes weiteres Leben entscheiden. Bobe hatte auf einem Bau jemanden kennengelernt, dessen Schwester mit einem italienischen Restaurantinhaber verheiratet war. Und dieser Restaurantinhaber suchte einen Aushilfskoch mit Italienisch-Kenntnissen. Petre war extra in ein Internetcafé gegangen und hatte sich die Bewertungen des Restaurants angeschaut: 4,6 Sterne. Und die Karte lag ihm. Traditionell italienisch. Schmal und ohne Schnickschnack. Und nun hatte er dort ein Vorstellungsgespräch.

Das Restaurant befand sich in einem bunten, gut durchmischten Viertel: Kneipen, Cafés und kleine Geschäfte, aber auch arabische und türkische Gemüsehändler und Bäckereien. Es lag in einer kleinen Seitenstraße nicht weit von einem Kanal und machte auch von außen einen sehr guten Eindruck.

Die Tür war angelehnt, es stand ein Barhocker darin. Petre klopfte, und kurz darauf erschien ein kleiner, korpulenter Mann mit grauen verwuschelten Haaren.

Er stellte sich als Signore Privitera vor und war Petre vom ersten Augenblick an sympathisch. Nachdem Signore Privitera ihm den Gastraum und die Küche gezeigt hatte, saßen sie zusammen an der Bar. Vor jedem von ihnen stand ein Espresso.

»Du warst in Italien und hast dort gekocht?«, fragte Signore Privitera.

»Ja.«

»Wo?«

»In Jesolo, Padua und in Triest. In Triest in einem großen Hotel. Seguso. Vielleicht kennen Sie das?«

Signore Privitera schüttelte den Kopf. »Ich war noch nie in Triest. Ich komme aus Sizilien. Norditalien ist für mich ein fremdes Land, mit dem ich nur die Sprache teile. Und genau genommen nicht einmal die.« Er lächelte. »Was ist das für ein Hotel?«

»Vier Sterne. Eine große Küche, ein gutes Restaurant. Ich war Saucier.«

»Wie lange warst du dort?«

»Ein halbes Jahr. Aber ich habe viel gelernt.«

»Warum hast du aufgehört?«

Petre zögerte. Eigentlich hatte er sich vorgenommen, der Frage auszuweichen. Doch in diesem Moment kam es ihm falsch vor.

»Es gab einen neuen Souschef. Die Stimmung in der Küche wurde schlecht. Deshalb bin ich gegangen.«

»Verstehe«, sagte Signore Privitera, und Petre hatte das Gefühl, dass er es nicht nur sagte, sondern tatsächlich verstand.

Ein kurzes Schweigen. Petre griff nach seinem Espresso und trank. Signore Privitera schaute ihn prüfend an. »Was ist mit deiner Nase?«

Natürlich hatte Petre mit der Frage gerechnet, aber nicht jetzt, in diesem Moment. Im Vorfeld hatte er überlegt, ob er irgendwas von einem Unfall erzählen sollte, aber wie wahrscheinlich war es, dass man sich bei einem Unfall die Nase brach?

Stattdessen schaute er Signore Privitera direkt in die Augen und sagte: »Eine Auseinandersetzung – *un conflitto*.«

Signore Privitera neigte den Kopf zur Seite. »Kommt so etwas häufiger vor?«

»Nein«, sagte Petre.

»In Ordnung.« Signore Privitera machte eine Pause, blieb aber mit seinen Augen bei Petre. »Ich gehe davon aus, dass du rechnen und einkaufen kannst?«

»Ja.«

»Wie gut sind deine Deutsch-Kenntnisse?«

»Nicht besonders.«

»Verstehe ich. Eine schwierige Sprache.« Signore Privitera lächelte. »Englisch?«

»Ich ... kann mich verständigen« Die erste Lüge. Aber eine mit Kalkül. Denn wenn er den Job wirklich bekam, dann würde er an seinem Englisch arbeiten, wenn es sein musste, Tag und Nacht.

»*Va bene*«, sagte Signore Privitera. »Ich habe dir die Zutaten für drei Gerichte bereitgestellt und möchte, dass du sie kochst. Es geht nicht ums Tempo, es geht um Qualität. Was aber nicht heißt, dass du den ganzen Tag dafür Zeit hast. Mit anderen Worten: So sorgfältig wie nötig, aber so schnell wie möglich. *Capisce?*«

»*Si. Capito.*«

Und dann stand er in der Küche. Sie war kleiner als die Küchen, in denen er in Italien gearbeitet hatte, von der Großküche im Krankenhaus in Bacău ganz zu schweigen. Aber sie war sauber und gut geordnet.

Petre spürte die Anspannung. Sie fühlte sich gut an. Endlich konnte er das tun, was er wirklich tun wollte. Der Grund, warum er aus Rumänien weggegangen war: Er wollte kochen, richtig kochen und damit Geld verdienen.

Vor ihm lagen die Zutaten für drei einfache, klassische Gerichte: Pasta mit Tomatensoße, Risotto mit Steinpilzen und Scaloppina milanese. Doch gerade bei den einfachen Gerichten zeigte sich, ob jemand kochen konnte oder nicht.

Petre atmete einmal tief ein, dann fing er an.

Zwei- oder dreimal schaute Signore Privitera in die Küche, aber Petre beachtete ihn gar nicht. Er war nun drin. Im Tunnel. Alles floss ineinander. Keine Gedanken, die ihn bedrängten wie beim Möbelschleppen. Kein Ärger über eine Wohnung ohne Aufzug. Hier zählten nur die Küchenuhr und die Kochminuten. Eine Welt in der Welt. Seine Welt. Genauso empfand er es: Wenn er kochte, dann tat er nichts anderes, als zu kochen. Es füllte ihn vollkommen aus. Und das war es doch, worum es im Leben ging: etwas zu tun, das einen ausfüllte.

Und dann war er fertig. Er wusste nicht, wie lange er gebraucht hatte, aber dem anerkennenden Blick von Signore Privitera nach zu urteilen, hatte er »so schnell wie möglich« mehr als erfüllt.

Signore Privitera roch, kostete von allem und nickte dann. »Das ist gut«, sagte er, »sehr gut sogar.«

»Das freut mich«, sagte Petre.

»Mein jetziger Aushilfskoch hört in zwei Wochen auf. Dann kannst du hier anfangen. Erst mal auf Minijob-Basis für 450 Euro im Monat, dann vielleicht auch mehr. In Ordnung?«

In Ordnung? Es war mehr als in Ordnung! Es war perfekt! Es war das, was er sich immer erträumt hatte! In zwei Wochen wäre er angestellt! Krankenversichert. Und wenn er nicht kochte, dann konnte er weiter als Umzugshelfer arbeiten. Und wenn all das nicht klappen sollte und er den Job als Koch nach einem halben Jahre wieder verlor, dann hätte er zumindest ein Anrecht auf Sozialleistungen. Sie hatten einen harten Weg hinter sich, aber es hatte sich gelohnt. Ab jetzt würde es besser werden.

Petre nickte und schluckte dann. *»Si«*, sagte er. »Okay.«

Signore Privitera drückte ihm einen Personalfragebogen in die Hand, dann verabschiedete er ihn mit einem festen, warmen Händedruck.

Petre lief wie auf Wolken. Seit Herz hüpfte vor Freude, am liebsten wäre er auch selbst gehüpft. So wie Nelu manchmal hüpfte: aus kindlichem Übermut. Die Nachmittagssonne schien, es wehte ein leichter Wind. Berlin im Frühling war vollkommen anders als Berlin im Winter. Es war ähnlich wie in Bacău: Die Menschen wirkten freundlicher. Die Stadt hatte ein anderes Gesicht.

Als Petre durch den Park in Richtung Lager ging, hielt er kurz inne, um zu schauen, ob die indische Königin auf ihrer Terrasse stand. Ob sie vielleicht auf ihn wartete. Aber sie war nirgendwo zu sehen, und er verspürte zu gleichen Teilen Enttäuschung und Erleichterung darüber. Er wollte gerade weitergehen, als er auf der Terrasse ein Stockwerk höher einen Mann entdeckte, der ihn anstarrte. Diesmal wusste Petre sofort, um wen es sich handelte: Es war der Mann vom Spielplatz. Dann lebte er also auch in dem Haus. Gemeinsam mit seiner blonden Frau und dem kleinen, blutarmen Sohn. Nun war es anders als mit der indischen Königin am Vortag: Diesmal zuckte der Mann zurück, und im nächsten Moment war er verschwunden.

Tagsüber war der Park inzwischen voller Wachleute. Sie trugen schwarze Uniformen und waren immer zu zweit, die meisten von ihnen Männer, aber Petre hatte auch schon eine Frau gesehen. An ihren Gürteln hingen Schlagstöcke, Elektroschocker, CS-Gas und Handschellen. Vor allem aber hatten sie diese Hunde. Große dunkelbraune Hunde mit riesigen Schnauzen. Es waren keine Schäferhunde, die er erkannt hätte, auch keine Rottweiler. Diese Hunde hier waren auffallend schlank, hatten kurzes, braun glänzendes Fell und spitze Ohren. Es waren schöne, stolze Hunde. Ihr Schwanz war in einem Halbkreis nach oben gebogen, und die Zunge hing ihnen ständig aus dem Maul.

Die Wachmänner taten so, als ob sie einfach nur für Recht und Ordnung sorgten. Aber Petre war davon überzeugt, dass es ihnen eigentlich darum ging, Angst zu verbreiten. Sie wollten verhindern, dass die Leute aus dem Birkenwäldchen in größeren Gruppen in den Park gingen. Sie platzierten sich direkt neben ihnen, sie schikanierten sie, indem sie sie verfolgten und auf irgendwelche Vergehen spekulierten. Neulich hatte Radu erzählt, dass er beim Pinkeln erwischt worden war und sie seinen Ausweis verlangt und ihm mit der Polizei gedroht hätten. Und dass er eine Strafe von fünfzig Euro bezahlen sollte.

Fünfzig Euro! Dafür, dass er in den Wald gepinkelt hatte! Das konnte doch nicht wahr sein!

Petres Gedanken sprangen zu dem Marmeladenglas unter dem Zelt und dem Geld, das daraus fehlte. Am Anfang hatte er gedacht, er hätte sich verzählt, aber auch nach dem zweiten und dritten Mal war die Summe dieselbe geblieben. Das bedeutete: Aurica hatte mindestens dreißig Euro genommen. Und sie hatte ihm nichts davon gesagt. Auch sonst verhielt sie sich in letzter Zeit merkwürdig. Sie war in sich gekehrt, oft in Gedanken. Sie behütete Nelu noch stärker als zuvor, und manchmal hatte er den Eindruck, dass sie ihm etwas verheimlichte. Radu hatte erzählt, dass sie, während er gearbeitet hatte, einen ganzen Tag lang nicht im Camp gewesen war. Petre hatte überlegt, sie darauf anzusprechen, aber dann hatte er sich gesagt, dass es falsch wäre. Aurica hatte so viel erdulden müssen in den letzten Wochen und Monaten. Hatte sie nicht das Recht auf ein kleines Geheimnis? Und für die Sache mit dem Geld gab es bestimmt einen guten Grund.

Außerdem kamen nun endlich bessere Zeiten! Er hatte einen Job! Als Koch! Er würde einen Arbeitsvertrag bekommen. Und bald hätten sie dann eine Meldeadresse. Sie würden in die Pension gehen, in einer Woche schon, und danach in eine Wohnung. Und in ein paar Jahren, wenn sie genug Geld gespart hätten, konnten sie vielleicht doch noch nach Italien, nach Rom,

Florenz oder Mailand – oder sogar zurück nach Rumänien und dort etwas Eigenes aufmachen: ein kleines Restaurant.

Petre beschleunigte seine Schritte. Er wollte so schnell wie möglich zurück. Er wollte seine Freude mit Aurica teilen. Ihre Stimmung aufhellen. Endlich hatte er etwas in der Hand, einen Arbeitsvertrag, und damit den Beweis, dass sich ihr Kampf gelohnt hatte.

Vielleicht würden sie heute Abend ein bisschen feiern, und danach würden sie vögeln, wie fast jede Nacht, seit sie in dem Camp waren. Vielleicht würde er Aurica sogar vorschlagen, auf das lästige und viel zu teure Kondom zu verzichten. Es darauf ankommen lassen: ein zweites Kind, das sie sowieso irgendwann wollten. Mit Nelu waren sie aus dem Gröbsten raus, und wann wäre ein besserer Moment als jetzt, wo endlich die Zukunft begann?!

Petre war am Rand des Wäldchens angekommen, und er wunderte sich, dass so viele Campbewohner auf dem Weg herumstanden, aber da niemand von seinen Leuten zu sehen war, ging er einfach weiter.

Als er zur Lichtung kam, sah er vom Hügel aus, dass sich ein Filmteam in der Mitte des Lagers aufgebaut hatte. Sie waren zu fünft oder sechst, umgeben von mindestens dreimal so vielen Wachleuten mit Hunden, die ein Spalier bildeten und das Lager in zwei Hälften teilten.

Ein Mann hatte eine große Kamera auf der Schulter, ein zweiter hielt ein in Fell eingepacktes Mikrofon, das an einer langen schwarzen Stange befestigt war. Direkt neben ihm standen noch ein junger Mann mit dunklen Haaren und Kapuzenpulli und eine blonde Frau im Business-Kostüm, die zwischen den Zelten und dem Müll vollkommen fehl am Platze wirkte. Die Frau interviewte gerade einen der jungen Deutschen. Er war vielleicht Anfang zwanzig, hatte abrasierte Haare, die Ohren voller silberner Ringe, die Arme über und über mit Tattoos bedeckt. Offenbar gehörte er zu der größeren Gruppe, die seit ein paar Tagen unten bei den Gleisen zeltete. Wenn Petre es richtig verstanden hatte, war das Leben im Camp für sie ein politisches Statement. Vermutlich lebten sie normalerweise in hübschen Wohnungen mit funktionierenden Duschen, Kühlschränken und WLAN. Und nun hatten sie hier für ein paar Wochen ihr Pfadfinderlager aufgeschlagen, um irgendetwas unter Beweis zu stellen.

Ein paar der Typen, von denen einer sogar Italienisch konnte, hatten versucht, mit dem restlichen Lager in Kontakt zu treten, um ihre Ziele zu erklären. Soweit Petre es mitbekommen hatte, war es dabei um lauter Sachen gegangen, die sie, wenn überhaupt, nur am Rand betrafen. Darum, dass die Immobilienpreise in Berlin zu hoch waren. Darum, dass die Außengrenzen von Europa geöffnet werden müssten und die Zeit reif für eine Weltrevolution sei.

Petre hatte dem Typen entgegengehalten, dass sie erst einmal andere Probleme hatten: den Wachdienst, der sie schikanierte, die fehlende Arbeit, offizielle Jobs, damit sie sich eine Wohnung mieten konnten. Wobei sie ja erst eine Arbeit bekämen, wenn sie eine Wohnung hätten. Ein Teufelskreis.

»*Si, certo*«, hatte der Typ gesagt, »aber es geht um viel mehr. Und dafür müssen wir gemeinsam kämpfen!«

Und jetzt saß da dieser andere Typ und ließ sich interviewen. Er gestikulierte und redete.

Die Stimmung im Lager war angespannt. Ein paar der Bulgaren standen bei den Gleisen und debattierten. In einer Gruppe von Frauen, die bei der Baracke stand, entdeckte Petre Aurica. Sie hatte Nelu auf dem Arm und winkte aufgeregt. Er winkte zurück.

Er versuchte, um das Filmteam herum zu ihr zu kommen, aber die Wachleute schnitten ihm den Weg ab.

»Stop!«, sagte einer von ihnen.

»*My wife*«, sagte er. »*My son.*«

»*You must wait!*«

»*Why?*«, fragte er.

»*Just wait!*«, blaffte ihn der Wachmann an, wobei er sichtlich Mühe hatte, seinen Hund an der kurzen Leine zu halten.

Petre spürte Wut in sich aufsteigen. Er wollte zu Aurica. Jetzt sofort. Er wollte ihr die Neuigkeiten erzählen, am besten irgendwo im Park oder auf dem Spielplatz. Er wollte ihr sagen, dass er den Job hatte, dass sie es bald geschafft hätten.

Andererseits wollte er keinen Ärger riskieren, und auf fünf oder zehn Minuten kam es nicht an, also atmete er tief durch und beruhigte sich.

Petre schaute zu Aurica, hob beide Arme und deutete auf die Wachmänner. Er streckte fünf Finger in die Höhe. Ein paar Minuten, dann bin ich bei dir! Aurica nickte, sie schien zu verstehen.

Der Wachmann zog sich mit seinem Hund etwas zurück.

»Petre!«

Petre drehte den Kopf. Von der Seite kam Radu auf ihn zugelaufen. Er war außer Atem. »Da bist du ja endlich!«, rief er. »Weißt du, was sie gemacht haben? Sie haben uns einfach gefilmt! Ada, mich und die Kinder! Sie haben auch dann noch weitergemacht, als wir gesagt haben, dass wir nicht gefilmt werden wollen!«

»Wirklich? Dürfen sie das denn?«

»Keine Ahnung. Sie sagen, wenn jemand nicht erkannt werden möchte, dann machen sie das Gesicht unscharf. Aber Ada ist vollkommen außer sich. Angeblich hat ihr die Reporterin auf Italienisch gesagt, dass wir hier sowieso nichts verloren hätten und gefälligst zurück nach Rumänien gehen sollen.«

Nun sah Petre, dass auch Ada bei der Baracke war. Sie stand neben Aurica und redete auf sie ein.

Er schüttelte den Kopf. »Wir müssen ruhig bleiben. Es bringt nichts, wenn wir uns provozieren lassen.«

»Das habe ich Ada auch gesagt, aber sie hört nicht auf mich. Und nun haben uns die Wachleute getrennt!«

Petre ärgerte sich. Über die Situation, aber vor allem über Radu. Was sollte er denn tun? Er war doch auch hier, auf der anderen Seite, getrennt von den Frauen. Warum erwarteten immer alle von ihm, dass er ihre Probleme löste? Zugleich war da ein diffuses Schuldgefühl, schließlich hatten sie wegen seiner Unbeherrschtheit das Rattenhaus überhaupt erst verlassen müssen und waren in dieser Situation gelandet.

Er sah sich um. Unten an den Gleisen schien das Wachmännerspalier ein wenig löchrig zu sein. Vielleicht konnten sie dort auf die andere Seite gelangen.

»Komm!«, sagte er zu Radu.

Sie liefen in Richtung der Gleise, wo sich die Bulgaren lautstark bemerkbar machten. Einer der Männer – der große, dicke, der aussah wie ein Bär – war betrunken. Er schrie die Wachmänner an und musste von zwei Kumpeln festgehalten werden.

»Sie wurden auch gefilmt«, sagte Radu. »Die Kamera hat mindestens eine Minute auf sie draufgehalten, als sie vor dem Zelt ihr Bier getrunken haben.«

Zwei der Wachmänner, die in dem Spalier standen, bewegten sich mit ihrem Hund in Richtung der Bulgaren. Petre gab Radu ein Zeichen, und sie schlüpften durch die Lücke. Geduckt liefen sie an der Baracke vorbei. Kurz darauf waren sie direkt hinter Aurica und Ada.

»Aurica!«

Sie fuhr herum. »Petre!«

»*Tată*«, sagte Nelu.

Petre griff nach Auricas Hand. »Lass uns gehen!«

»Wie denn? Wir sind eingekesselt.«

»Unten bei den Gleisen kommen wir durch.«

Aurica zögerte. Sie schaute zu Ada. Radu stand bei ihr und redete auf sie ein. Aber auch von ihm ließ sie sich nicht beruhigen. Sie gestikulierte und schimpfte.

»Wir müssen sie hier wegbringen«, sagte Aurica. »Sie dreht völlig durch«

»Bitte lass uns gehen!«, sagte Petre. »Radu kriegt das schon hin.«

»Dann nehmen wir wenigstens Fabia und Dinu mit.« Sie deutete auf die sechsjährige Tochter und den vierjährigen Sohn der beiden, die verschreckt neben ihrer schimpfenden Mutter standen.

»Na gut, wenn du meinst«, sagte Petre.

Im selben Moment öffnete sich das Spalier. Die Wachmänner traten zur Seite, und die Kamera und das Fell-Mikrofon bewegten sich direkt auf sie zu.

»Curvă!«, schrie Ada in Richtung der Reporterin.

»Halt den Mund!«, sagte Radu.

Doch es war bereits zu spät. Die Kamera hatte Ada und Radu erfasst, und die Reporterin schien sich von den Beleidigungen nicht einschüchtern zu lassen. Im Gegenteil.

»Foto!«, sagte Nelu von Auricas Arm aus und deutete auf das schwarze Objektiv. *»Pozǎ!«*

»Lassen Sie uns in Ruhe!«, sagte Radu auf Rumänisch.

Aber die Reporterin dachte nicht daran. Sie stand neben dem Kameramann und schob ihn mit der Hand näher an Ada und Radu heran.

Drama! Konflikt! Das war, was sie wollten. Und hier hatten sie es.

Hilfesuchend schaute Aurica zu Petre.

Petre seufzte. Er wollte mit alldem nichts zu tun haben. Er wollte gehen, Aurica von dem Job erzählen, von der Zukunft, in der alles besser würde. Stattdessen machte er zwei Schritte nach vorn und streckte seine Hand in Richtung Objektiv. »Bitte hören Sie auf zu filmen!«, sagte er auf Italienisch.

»Wir dürfen hier filmen«, antwortete die blonde Frau in einer Aussprache, die so deutsch klang, als hätte sie den italienischen Satz auswendig gelernt, ohne den Sinn zu verstehen. »Wir haben eine Drehgenehmigung. Außerdem handelt es sich um öffentlichen Raum. Wenn Sie nicht erkannt werden wollen, können wir Ihre Gesichter unscharf machen.«

»Das mag alles sein«, sagte Petre, ohne seine Hand herunterzunehmen. »Trotzdem bitte ich Sie darum, aufzuhören.«

Die Augen der Frau fixierten ihn. Blau und kalt. Für ein paar gute Bilder hätte sie vermutlich ihre eigene Mutter umgebracht.

Und dann veränderte sich etwas. In seinem Rücken hörte Petre Stimmen. Rufe. Bellende Hunde. Dann schnelle Schritte. Die Augen der Frau ließen von ihm ab. Nun waren sie nicht mehr kalt, sondern schreckgeweitet. Petre fuhr herum. Er sah den betrunkenen Bulgaren auf sie zustürmen, die Wachmänner hinter ihm her. Aurica sprang mit Nelu auf dem Arm zur Seite, und Radu stellte sich schützend vor Ada und die Kinder. Doch er, Petre, war mittendrin. Er wurde zur Seite gestoßen, hörte das Knattern eines Elektroschockers. Er war umgeben von Armen, Beinen und Fäusten, versuchte irgendwie aus dem Handgemenge herauszukommen, doch dann hörte er direkt neben sich ein Knurren und sah, wie ihm zwei schaumtriefende Lefzen entgegenflogen.

Petre federte zurück und riss den Arm in die Höhe. Er spürte einen stechenden Schmerz oberhalb des Handgelenks, dann lag er auf dem Rücken, und der große braune Hund war direkt über ihm.

Röhren

Der letzte Kilometer war hart. Seine Oberschenkel brannten, und der Schweiß tropfte ihm von der Stirn. Über zwei Monate war er nicht mehr laufen gewesen, und seine übliche Zehn-Kilometer-Strecke brachte ihn bis an die Grenze. Dennoch sprintete er wie immer die letzten hundert Meter durch den Park bis zu ihrem Haus. Mit letzter Kraft schlug er am Zaun an, stand dann vornübergebeugt, die Hände auf die Knie gestützt, und schnappte nach Luft. Eine Minute blieb er so stehen, dann richtete er sich langsam wieder auf.

Als Nächstes würde er duschen. Und sich rasieren, im Gesicht, aber auch unter den Achseln. Und sich eincremen. Und in zwei Stunden käme Lea, um ihren Film über ihn zu drehen.

Mit anderen Worten: Lea würde ihn besuchen. In seiner Wohnung. Und sie wären allein. Zu zweit.

David spürte, wie sich das Blut zwischen seinen Beinen sammelte und sein Herzschlag den Rhythmus änderte.

Er wollte sich gerade in Bewegung setzen, als er zwischen den Gitterstäben hindurch Tillmann entdeckte. Er stand im Hof, trug einen Mantel über dem Arm und hatte ansonsten nur ein Hemd und ein Jackett an. Offenbar wartete er auf etwas.

David blieb stehen, denn auf keinen Fall wollte er ihm über den Weg laufen. Seit der Versammlung im Atrium hatten sie sich ein paarmal in verschiedenen Gruppen getroffen. Immer war es dabei um die »Situation« im Park gegangen, und jedes

Mal hatte David sich geärgert, wie selbstverständlich Tillmann seine neue Führungsrolle in den *Gleisgärten* einnahm.

Oben auf der Terrasse erschien Zarina. Sie hielt etwas in der Hand und trat an das Geländer.

»Fängst du?«, rief sie.

»Klar«, rief Tillmann zurück und lachte.

Sie warf, und er fing. Sie winkte, und er winkte ebenfalls, dazu noch eine Kusshand. Dann war Zarina wieder verschwunden, und Tillmann drehte sich um und ging in Richtung Tor. Das, was er gefangen hatte, war ein zusammengeknoteter Jutebeutel, und das, was er im Gehen daraus hervorzog, war ein Schlüssel.

In den vergangenen Tagen war es kühl und regnerisch geworden – endlich Regen, auch wenn das der Tendenz von zu viel Wärme und Trockenheit natürlich keinen Abbruch tat –, und David hatte zum Joggen seinen Kapuzenpulli aus dem Schrank geholt.

Nun zog er sich die Kapuze über den Kopf und ging Tillmann in sicherem Abstand hinterher. Er hatte keine Ahnung, warum er ihm folgte. Später würde er sich sagen, es sei Intuition gewesen. Aber eigentlich war es nur ein spontaner Impuls. Eine Neugier, die er befriedigen wollte. Er fand es merkwürdig, dass Tillmann zu Fuß ging, und noch merkwürdiger, dass Zarina ihm einen Schlüssel von der Terrasse zugeworfen hatte.

Er überlegte, ob Tillmann vielleicht in der *Flussschänke* mit jemandem verabredet war, der Altberliner Kneipe nebenan, denn soweit David wusste, lag seine Produktionsfirma in Mitte und somit mehrere Kilometer entfernt. Aber Tillmann ließ die *Flussschänke* links liegen und ging weiter in Richtung Westen, dorthin, wo überhaupt nichts war: kein Café, keine U-Bahn und nicht einmal ein Taxistand. Nur der große Biodiscounter vorn an der Ecke. Wollte er etwa einkaufen? Unsinn. Tillmann war nicht der Typ, der einkaufte. Er und Zarina hatten ein sehr klassisches Rollenverständnis. Sie war für die Kinder und den Haushalt zuständig, er ging arbeiten.

Tillmann ging schnell und zielstrebig, und David hatte einige Mühe, auf der anderen Straßenseite mit ihm Schritt zu halten. Gerade als David schon davon überzeugt war, dass Tillmann doch bei dem großen Biosupermarkt einkaufen ging, verlangsamte dieser seine Schritte und schaute sich um. David konnte sich gerade noch rechtzeitig wegdrehen, sein Handy zücken und so tun, als ob er eine Nachricht lese. Als er sich kurz darauf wieder vorsichtig umdrehte, sah er, dass Tillmann vor einem Wohnhaus stand, einen Schlüssel zückte und die Tür öffnete. Es war ein einfaches Gebäude aus den Sechziger- oder Siebzigerjahren. Gepflegt, aber unauffällig. Den eng beieinanderliegenden Balkonen nach zu urteilen, waren es eher kleine Wohnungen. Konnte es vielleicht sein, dass Tillmann dort ein zusätzliches Arbeitszimmer hatte? Ein Appartement, in das er sich zurückzog, wenn er seine Ruhe brauchte? Wenn er weder von nervenden Kindern noch von klingelnden Telefonen oder seinen Mitarbeitern gestört werden wollte? Ein Ort, an dem er in Ruhe Drehbücher lesen, Anträge schreiben oder Kosten kalkulieren konnte. Oder auch einfach mal vollkommen ungestört mit Hollywood telefonieren. Das wäre doch möglich, oder?

Aber warum hatte er sich dann so seltsam umgedreht?

Und auf einmal kannte David die Lösung, und er fragte sich, warum er nicht sofort darauf gekommen war: Tillmann – meine Freunde nennen mich Till! – hatte eine Affäre oder auch mehrere, und diese Wohnung war sein Liebesnest! Hier traf er sich mit anderen Frauen und vögelte sie, während sich Zarina zu Hause um den Haushalt kümmerte und für ihre Kinder einen Biorührkuchen backte. Alles ganz einfach, alles ganz normal.

Doch dann beschlichen David Zweifel. Hätte ihm Zarina den Schlüssel zu einem Liebesnest von der Terrasse geworfen?

Unwillkürlich musste David an Lea denken. An seine immer wiederkehrenden Fantasien, die ihn inzwischen nicht mehr nur nachts in seinen Träumen verfolgten, sondern auch tagsüber – gerade tagsüber – und genau genommen eigentlich immer. Hatte er deswegen ein schlechtes Gewissen? Nicht im Geringsten, was vermutlich auch damit zu tun hatte, dass in seiner Beziehung das Rollenverhältnis genau umgekehrt war. Hier war er derjenige, der kochte, wusch und backte. Er war derjenige, der brav zu Hause saß und auf Sybil wartete. Darauf, dass sie irgendwann kam. Und dass sie sich zwischendurch erbarmte, mit ihm zu schlafen. In ihrer Beziehung war Sybil diejenige, die in der Welt unterwegs war, während er mit Jonas auf dem Spielplatz hockte und ihm beim Buddeln zuschaute. Sybil war diejenige, die ständig mit Männern zu tun hatte, die er nicht kannte und die er nie kennenlernen würde. Männer, die in Führungspositionen waren und sich bestimmt freuten, der attraktiven und selbstbewussten Burnout-Seminarleiterin ein wenig näherzukommen. David kannte diese Männer. Er kannte sie aus seinem früheren Leben nur zu gut, vielleicht war er selbst sogar so ein Mann gewesen. Diese Männer hatten beruflich viel erreicht. Sie verdienten im Monat deutlich mehr Geld als ein normaler Angestellter im gesamten Jahr, flogen grundsätzlich Business-Class, und wenn sie sich räusperten, herrschte mit einem Mal Stille. Und mit der gleichen Selbstverständlichkeit, mit der sie der Welt beruflich entgegentraten, begegneten sie auch den Frauen. Sie sahen sie als Herausforderung, als *challenges*, und je kühler und abweisender die Frauen waren, je unerreichbarer, desto besser. Frauen waren wie Berge, die man erklimmen und bezwingen wollte. Und sobald diese Männer oben standen und die Aussicht genossen – dieser endlose Blick über diese endlos vielen anderen

Berge –, war ihr Interesse auch schon wieder erloschen, und sie konnten nur noch an die nächste Gipfelbezwingung denken. Auch wenn David vermutete, dass Sybil dieses Spiel durchschaute und sie in der Regel nur wenig Interesse an dieser Art Männer hatte, konnte man ja nie wissen. Es waren viele Männer, sehr viele Männer, mit denen Sybil sehr viel Zeit verbrachte. Hinzu kam ihr seltsames Verhalten in den vergangenen Wochen. Ihre innere Abwesenheit, ihre Teilnahmslosigkeit und ihre verträumt lächelnd geschriebenen Nachrichten. Und zu guter Letzt hatte sie nun auch noch ein Kleingruppen-Coaching auf La Palma für eine international agierende Dating-Plattform angenommen, zu dem sie nicht einmal mit dem Zug fahren konnte.

»Das ist doch eine tolle Chance, dort die Öko-Kommune in Las Indias kennenzulernen«, hatte Sybil gesagt. »Darüber haben wir doch immer gesprochen.«

»Ja, aber wir haben auch immer darüber gesprochen, dass wir es nicht machen wollen, weil es nur mit dem Flugzeug geht. Und nun fliegst du. Das erste Mal, seit wir uns kennen!«

»Ja, das stimmt. Aber ich habe eine horrende Ausgleichszahlung erwirkt.«

»Wie viel?«

»Fünftausend Euro. Doppelt so viel wie der Flug kostet. Vermutlich werde ich am Ende mit einer negativen CO_2-Bilanz nach Hause kommen.«

David hatte geschwiegen. Denn eigentlich hatte er nur wenige Argumente. Sybil verdiente Geld, und sie brauchten Geld, denn ihr Leben war teuer.

Sollte sie doch tun, was sie wollte, selbst wenn sie eine Affäre mit irgendeinem Manager anfing. Aber was konnte sie dann dagegen sagen, wenn er nach mehreren Monaten der sexuellen Entbehrung und dem anschließenden Vorwurf, er bedränge sie sexuell, sein Glück woanders versuchte?

Überhaupt gar nichts. Es war sein gutes Recht.

David schaute auf die Uhr. Eigentlich musste er nach Hause und duschen, denn schon bald würde Lea kommen, um ihr »kleines Filmchen« zu drehen, wie sie es nannte. Aber fünf Minuten hatte er noch.

Jetzt kam tatsächlich eine Frau den Gehweg entlang. Aber sie war mindestens achtzig und schob einen Rollator vor sich her.

Und dann passierte etwas Seltsames.

Das Tiefgaragentor schwang auf, und aus dem Bauch des Hauses drang ein Röhren. Nein, es war mehr ein Knattern. Oder vielleicht auch ein Brüllen, ein fauchendes Brüllen. Es klang wie ein wütender Löwe, wie eine ganze Herde von wütenden Löwen. Und dazu Antilopen, die trampelten. Die auf der Flucht waren.

Die Frau mit dem Rollator blieb stehen, und instinktiv trat David einen Schritt zur Seite, halb hinter einen Baum. Das Geräusch schwoll an, und nun konnte man hören, dass das Knattern aus unzähligen kleinen Explosionen bestand, bewusst herbeigeführten Fehlzündungen, die durch den Hall in der Tiefgarage verstärkt wurden wie durch ein riesiges Megafon. Dieses Geräusch war wild. Aggressiv und böse.

Und dann erschien die Schnauze. Das aufgerissene Maul und die glühenden, halb zusammengekniffenen Augen.

Es war ein Aston Martin, weinrot, mit schwarzem Dach. Aber keiner dieser Aston Martins, die David von früher kannte, als er sich noch für Autos interessiert hatte. Kein James-Bond-Modell, sondern etwas Neueres, Moderneres. Dieser hier sah deutlich wuchtiger aus. Breiter und zugleich schwerer.

Das Geräusch war befreit, und das Garagentor schwang wieder zu. Der Aston Martin blinkte und bog dann nach links. Das Fenster auf der Fahrerseite war geöffnet, und hinter dem auffällig dicken Lederlenkrad saß Tillmann. Er wirkte ein bisschen verloren in dem riesigen Sportsitz, aber er war ja auch nur der Nebendarsteller in diesem Film, oder besser gesagt: der kaum sichtbare Regisseur. Der Hauptdarsteller, der Star, war das Auto, das nun auf Tillmanns Geheiß hoch beschleunigte. Erneut kam es zu einer Kette von kleinen Explosionen, die aus dem Fauchen und Röhren aufragten wie Baumwipfel, und zwei Sekunden später stand der Aston Martin an der Ampel und wartete auf Grün.

David war wie erstarrt. Das also war der Grund für die Heimlichtuerei. Keine berühmte Schauspielerin. Keine Affäre. Ja, vermutlich nicht einmal eine Wohnung. Es war ein Garagenplatz! Ein Ort, an dem Tillmann sein pubertäres Spielzeug unterstellen konnte. Vor allem aber ein Versteck. Denn die Regeln ihrer Hausgemeinschaft ließen keinerlei Spielraum: Der Besitz von Autos mit Verbrennungsmotoren war verboten – und dabei war es vollkommen unerheblich, ob es sich um einen Smart, einen Twingo oder einen Ford Mustang handelte. Wenn jemand ein Auto brauchte, konnte er über die Haus-App einen ihrer insgesamt acht Elektrokleinwagen reservieren, etwa um damit einen Großeinkauf zu machen oder um zum Spazierengehen in den Wald zu fahren. Diese Autos ließen keine Wünsche offen. Sie hatten eine ordentliche Reichweite und beschleunigten schneller von null auf fünfzig als die meisten Sportwagen. Doch für Tillmann reichte das offenbar nicht aus. Er brauchte das Brüllen, Fauchen, Röhren und Stampfen, die vielen kleinen Fehlzündungen, durch die jedes Mal flüssiges Benzin aus den vier armdicken Auspuffen herausgespuckt wurde.

Während David zurück in Richtung der *Gleisgärten* ging, googelte er nach dem Modell. Es handelte sich um einen *Aston Martin Superleggera*, der seit ungefähr drei Jahren auf dem Markt war. Er hatte einen 5,2-Liter-Motor, 725 PS und ein Drehmoment von 900 Newtonmeter.

Siebenhundertfünfundzwanzig PS!

Die Höchstgeschwindigkeit betrug 340 Stundenkilometer, und der Listenpreis war ohne Extras mit 286 000 Euro angegeben. Fast 300 000 Euro! Damit konnte man mehr als 60 000 Bäume im Regenwald pflanzen lassen und somit perspektivisch den CO_2-Jahresverbrauch eines ganzen Dorfes mit zweihundertfünfzig Einwohnern irgendwo in Deutschland kompensieren!

David ersparte es sich zu recherchieren, was der Wagen verbrauchte, denn erstens wurden diese Zahlen immer um etliche Liter nach unten korrigiert, und zweitens war es nicht entscheidend, ob der Motor nun vierzehn, sechzehn oder doch eher zwanzig Liter pro hundert Kilometer soff. Entscheidend war, dass Tillmann sie hinterging. Dass er nicht hinter dem stand, für das sie standen. Sie waren ein Modellprojekt, an dem sich andere Wohnprojekte in der ganzen Welt orientierten. Sie hatten eine Vorbildfunktion! Sie waren ein Leuchtturm! Was wäre denn, wenn nicht er, sondern ein Journalist Tillmann ertappt hätte? Vielleicht dieser Kolumnist der *taz*, der ihnen seit zwei Jahren immer wieder vorwarf, sie seien ein »Öko-Ghetto für die Oberschicht«? Oder dieser Reporter der *Welt*, der sie mehrfach »selbstgerecht« genannt hatte? Ihre persönlichen Überzeugungen als Bewohner der *Gleisgärten* waren das eine, das andere war jedoch die Wirkung nach außen. Es gab doch einen Grund, warum sie sich diese Regeln auferlegt hatten. Und David als derjenige, der für die Öffentlichkeitsarbeit zuständig war, wusste das am allerbesten. Inzwischen war er bei dem Tor angekommen. Er wollte das Gelände der *Gleisgärten* betreten, doch die Wachen versperrten ihm den Weg. Tillmanns Wachen! Der Hund knurrte.

David musste an die zwei Mannschaftsbusse der Polizei denken, die am Vortag in dem Park gewesen waren. Angeblich irgendeine Auseinandersetzung zwischen den Bewohnern des Camps, einem Fernsehteam und den Wachleuten.

»Ich wohne hier«, sagte er.

»Sie müssen sich ausweisen.«

»Ausweisen?«

»Ja. Zeigen Sie uns die App mit Ihrer persönlichen ID.«

»Seit wann das denn?«

»Seit heute. Neue Anweisung.«

Dunkel erinnerte sich David, dass sie einmal über eine solche Kontrolle gesprochen hatten und auch darüber, dass Besucher nur noch hereinkommen durften, wenn sie eine Bestätigungs-Nachricht mit den Daten desjenigen vorweisen konnten, den sie besuchten. Aber hatten sie dieses Procedere tatsächlich entschieden? Oder war die Entscheidung an die Orga-Gruppe weitergegeben worden?

»Und was ist, wenn ich mein Handy nicht dabeihabe?«, fragte David.

»Dann haben Sie Pech gehabt.«

»Ah. Interessant … sehr interessant.« Zumindest das zweite der beiden H funktionierte offenbar ausgezeichnet.

Widerwillig zog David das Smartphone aus der Tasche, öffnete die Haus-App und ging zu seinen persönlichen Einstellungen. Ein QR-Code erschien, den der Wachmann scannte.

»Okay«, sagte der Wachmann und trat zur Seite. »Sie können durchgehen«

»Danke«, sagte David. »Sehr freundlich von Ihnen.«

Lea kam zwanzig Minuten zu spät. David hatte ihr per Link den Besucher-QR-Code zukommen lassen, und sie hatte ihm vom Hof aus geschrieben, dass sie gleich da sei. Eine halbe Minute später klopfte es. David warf noch einmal einen prüfenden Blick in den Spiegel. Er war zufrieden mit sich. Er hatte sich bewusst locker angezogen, deutlich jünger und bunter, als er normalerweise herumlief. Er trug fair produzierte lila Turnschuhe aus

Naturkautschuk, eine hellblaue Biobaumwollhose und ein grünes Life-Tree-T-Shirt aus Bambus. Längere Zeit hatte er hin- und hergeschwankt, ob er seine weiße Planet-World-Basecap aufsetzen sollte oder nicht, sich dann jedoch dagegen entschieden. Nicht zu dick auftragen, hatte er sich gesagt.

Und nun war seine Hand auf der Klinke, und er öffnete die Tür. Das Erste, was er sah, war eine Erdkugel, eingekreist von dem Schriftzug PLANET BEFORE PROFIT. Die Erdkugel befand sich auf einem grauen T-Shirt, das unter einer Second-Hand-Jeansjacke hervorschaute, und sie wölbte sich über Leas Busen. Lea selbst sah er nicht, denn genau zwischen ihnen schwebte ein riesiges Smartphone, auf das ein kleines schwarzes Mikro gesteckt war.

»So, Leute, das ist also David, einer der Mitbegründer von den *Gleisgärten*. Hi, David!«

»Hi«, sagte David und lächelte das silberne Rechteck an. »Komm rein.«

Er machte den Weg frei, und Lea betrat den Flur. Jetzt erkannte David, dass Leas Smartphone an einem Selfiestick angebracht war, den sie wie einen Zauberstab zwischen sich und die Welt hielt. Zugleich erkannte er, dass er Lea in seinen Fantasien mindestens drei Jahre älter gemacht hatte, und selbst da war sie noch unglaublich jung gewesen. Aber in Wirklichkeit war sie so jung, dass ihm schwindlig davon wurde. Alles an ihr war so glatt und so rein und so weich und so … Er schluckte und atmete ruckartig aus. Sie war einfach nur perfekt.

»Wow!«, sagte sie, während sie in Richtung Wohnküche steuerte. »Das nenn ich mal 'nen Flur.«

David ging ihr hinterher, stoppte jedoch sofort, als sich Lea mit ihrem Zauberstab in seine Richtung drehte.

»Vielleicht magst du uns ein bisschen rumführen«, sagte sie.

Uns? Hatte sie uns gesagt? Wer war *uns?* Aber egal: Denn

natürlich wollte er sie rumführen. Sie und alle, die sie in ihrem Smartphone dabeihatte. Nichts lieber als das. Und als Erstes würde er ihr das Schlafzimmer zeigen. Das Bett. Und dann würde er ihr zeigen, was man darauf alles machen konnte.

»Ja … äh … klar«, sagte er.

Natürlich zeigte er ihr nicht das Schlafzimmer, sondern dafür ausführlich die Terrasse. Er betonte, dass nur bienenfreundliche heimische Gewächse angepflanzt wurden und viele der Bewohner selbst Bienen hielten. Außerdem sprach er viel über die Materialien, die beim Bau verwendet worden waren – größtenteils Holz! –, und betonte immer wieder, dass fast alles, was sie sah, CO_2-neutral hergestellt war. »Und wenn es einmal nicht ging, dann haben wir dafür Bäume im Regenwald gepflanzt. Also natürlich nicht selbst, sondern … Du verstehst schon.«

Lea nickte. Aber sie schien über etwas nachzudenken.

»Bestimmt nicht billig«, sagte sie.

»Nein, das stimmt …«

»Dann sind also alle, die hier wohnen, reich?«

»Na ja, also reich würde ich nicht sagen. Aber ein bisschen was auf der hohen Kante braucht man schon.«

Auf der hohen Kante. Hatte er das wirklich gesagt? Nun hörte er sich nicht mehr nur an wie Anfang vierzig – was schlimm genug war –, sondern wie Mitte siebzig. So würde sich vermutlich sein Vater anhören, wenn er noch am Leben wäre.

»Verstehe«, sagte Lea. »Und was sagt ihr zu dem Camp?«

David war unkonzentriert. Vielmehr: Er war sehr konzentriert, aber nur auf Leas Brüste und nicht auf ihre Fragen.

»Zu welchem Camp?«, fragte er.

»Zu dem Flüchtlingscamp in dem Birkenwäldchen hinter dem Park. Wie soll es eurer Meinung nach weitergehen?«

»Ach so, du meinst das Lager …«, sagte David. »Seit Wochen versuchen wir hier gemeinsam mit der Politik, eine Lösung zu finden. Aber es ist schwierig, alle Interessen unter einen Hut zu bekommen …« Unter einen Hut zu bekommen. Wieder so ein Altherren-Ausdruck. Warum konnte er nicht so reden, wie er normalerweise redete, verdammt noch mal?!

»Und die Wachleute? Kommen die von euch?«

Und so ging es weiter. Leas Fragen wirkten sehr spontan und schienen keinem bestimmten Konzept zu folgen, aber auffallend oft ging es dabei um das Thema Geld, und ob Klimaschutz nur etwas für Wohlhabende sei. Ganz ähnliche Fragen hatte ihm der *taz*-Kolumnist auch schon gestellt, aber mit dem wollte er nicht vögeln.

Es dauerte eine ganze Weile, bevor David begriff, dass Lea nicht nur ihn, sondern auch sich selbst filmte. Offenbar konnte sie gleichzeitig sowohl mit der Front- als auch mit der Rückkamera filmen.

»Eine extrem *nice* App«, sagte sie, als er danach fragte.

»Klingt cool«, sagte er.

Und dann saßen sie an dem großen Tisch in der Wohnküche.

David hatte ihnen einen grünen Tee gemacht, der in zwei Schalen dampfte. Lea hatte den Selfiestick zu einem Stativ ausgeklappt und das Handy mit dem Mikro genau zwischen sie platziert.

»Und wo ist deine Frau?«, fragte sie.

»Sie … ist nicht meine Frau«, sagte David. »Also ich meine … Wir sind nicht verheiratet.«

»Aha.« Lea schaute zum Fenster. Offenbar machte es für sie keinen Unterschied, ob sie verheiratet waren oder nicht.

»Sie geht arbeiten. Ich kümmere mich um Jonas und die Bienen. Das ist unser Modell.« Insgeheim hoffte David, dass Lea dieses Modell beeindrucken würde. Aber konnte sie mit solchen Modellen überhaupt etwas anfangen? Sie war ja noch ein halbes Kind!

»Ist sie Ärztin?«

»Wie kommst du darauf?«

»Wegen dem Doktor an der Klingel.«

»Ach so. Nein. Sie ist Psychologin.«

»Schade.«

»Dass sie keine Ärztin ist?«

»Nein, dass sie nicht da ist und eure Tochter auch nicht. Sonst hätte ich die beiden auch noch *shooten* können.«

»Shooten?«

»Ja.« Sie lächelte.

»Ich glaube ehrlich gesagt nicht, dass sie das wollen würde. Wir haben übrigens einen Sohn. Er heißt Jonas. Er ist zwei.«

»Ah, auch gut.« Sie schaute wieder zum Fenster. »Die Bienen machen bestimmt viel Honig«, sagte sie.

»Ja. Wobei ich eine naturnahe Haltung bevorzuge. Dadurch bekommt man zwar weniger Ertrag, aber für die Bienen ist es besser. Wenn du willst, gebe ich dir ein Glas mit.«

»Gern.«

Sie schwiegen. Die Vorstellung, Lea ein Glas Honig zu geben – seinen eigenen Honig, den Honig seiner Bienenvölker, um die er sich jeden Tag kümmerte –, erregte David. Er stellte sich vor, wie Lea davon aß. Wie sie einen Löffel in die süße, klebrige Masse tauchte, wie sie ihn drehte. Oder nein, besser, sie musste ihren Finger nehmen. Nicht den Zeigefinger, das wäre zu obszön, sondern den kleinen Finger. Wie sie also ihren kleinen Finger in den Honig tauchte und ihn ableckte. Und wie sie dabei die Augen schloss. Und wie sie sich anschließend …

»David?«

»Äh … ja?«

»Alles okay bei dir?«

»Klar. Alles … cool.«

Sein Schwanz drückte gegen den weichen Baumwollstoff seiner Hose.

»Ich habe gesagt, dass ich es sehr *sweet* von dir finde, dass du dich um deinen Sohn kümmerst, während deine Frau arbeiten geht.«

Also doch! Volltreffer!

»Na ja, es ist eben eine grundsätzliche Entscheidung, was man vom Leben will. Ich hatte genug beruflichen Erfolg. Jetzt geht es um etwas anderes. Um Jonas und um die Zukunft der Welt. Das ist, wofür ich kämpfen will.«

»Echt *sweet*. Das sollte ich mal meinem Vater vorspielen.«

Der Fliesenleger. Der Fliesenleger mit dem Teppichmesser.

»Was sagt er denn eigentlich zu deinem … Engagement?«

»Ach …« Sie machte eine wegwerfende Handbewegung. »Er sagt, ich soll nicht so radikal sein. Und dass ich schon noch merken werde, dass nicht immer alles schwarz-weiß ist. Er ist Ingenieur. Sehr konservativ.«

Also Ingenieur und nicht Maurer oder Fliesenleger. Aber ein Teppichmesser hatte er vermutlich trotzdem.

»Na ja, so sind Eltern vermutlich«, sagte David.

»Er ist schon okay. Immerhin lässt er mich in Ruhe. Nur wegen der Schule und den Streiks haben wir immer wieder Stress.«

»Verstehe.«

Lea streckte unter dem Tisch die Beine aus und schlürfte ihren Tee. Sie seufzte. »Aber in zwei Monaten wird es besser. Da werde ich sechzehn, ab dann kann ich zumindest bis Mitternacht unterwegs sein.« Sie hielt kurz inne und schaute David direkt in die Augen. »Und natürlich noch ein paar andere Sachen machen.«

David wurde heiß. Sie war erst fünfzehn! Hieß das, er machte sich strafbar, wenn er … also wenn sie beide … Er wusste es nicht.

Aber das Alter war ja nur ein Teil ihres Satzes gewesen. Die viel wichtigere Aussage bestand darin, dass sie dann »noch ein paar andere Sachen machen« könnte. Was um alles in der Welt hatte sie damit gemeint? Hatte sie das etwa auf ihn bezogen?

»Und ihr?«, fragte Lea über den Rand ihrer Tasse hinweg. »Seid ihr denn glücklich?«

Er schaute sie fragend an.

»Ich meine, deine Frau und du.«

»Ach so …« Er schaute zu dem Smartphone, das zwischen ihnen stand. »Sag mal, läuft die Kamera eigentlich die ganze Zeit?«

»Ja, ich lasse sie immer laufen. Aber keine Angst, *private stuff* geht auf keinen Fall online. Und überhaupt geht nichts online, bevor du es nicht gesehen hast.«

»Ah. Gut. Das ist gut. Also: Was wolltest du genau wissen?«

»Na, ob ihr glücklich seid? Ich meine so als Paar.«

»Also grundsätzlich ja. Aber es ist natürlich nicht immer einfach mit einem kleinen Kind. Man schläft wenig und hat wenig Zeit zu zweit … Und bestimmte andere Dinge kommen dadurch auch zu kurz.«

Er lächelte und hoffte, dass es nicht zu anzüglich wirkte. Nein, besser überhaupt nicht anzüglich. Nur ein kleiner doppelter Boden. Wirklich klein, aber zugleich groß genug, dass sie beide genug Platz hätten, um dort schmutzige Sachen zu treiben.

»Oh, das ist aber schade.« Lea schaute ihm direkt in die Augen. »Sehr schade für euch und …«, sie machte eine kurze Pause, »… für dich.« Sie lächelte nicht. Ihre Beine waren nach wie vor ausgestreckt, und ihr Fuß war nur wenige Zentimeter von seinem entfernt. Und die ganze Zeit hielt sie seinen Blick. Flirtete sie etwa mit ihm? Dann wäre es der offensivste Flirt, den er je erlebt hatte. Aber vielleicht war sie auch immer so. Und außerdem war sie fünfzehn, verdammt noch mal. *Fünfzehn!*

Davids Erektion war so stark, dass er Angst hatte, seine Hose könnte reißen. Er löste seinen Blick von Leas Augen, rückte ein bisschen von dem Tisch ab und schlug die Beine übereinander. Dann räusperte er sich. »Immerhin lassen wir uns … unsere Freiheiten«, sagte er.

»Also habt ihr eine offene Beziehung?«

»Na ja. Also … Nicht direkt, aber wenn was passiert, dann … na ja, dann passiert es eben.«

»Cool. Das klingt echt cool. Auch das sollte ich mal meinen Eltern vorspielen. Besonders das.« Sie lachte und stellte den Tee ab. »So. Und jetzt zeigst du mir noch den Rest der Wohnung, okay?«

»Äh. Ja. Klar.«

Das Problem war nur, dass er nicht wusste, wie er aufstehen und zugleich verhindern sollte, dass sie die Beule in seiner Hose entdeckte. Er fuhr mit der Hand in seine Tasche und schob seinen Schwanz nach oben, in Richtung Hosenbund, und er hatte Glück, denn es gelang ihm, die Spitze unter den Gummizug seiner Boxershorts zu klemmen. Dann griff er nach seiner Tasse, stand ruckartig auf und marschierte zur Spüle.

Zuerst gingen sie in Jonas' Zimmer, dann ins Bad und zu guter Letzt ins Schlafzimmer. Davids Schwanz klemmte unter dem Gummizug, aber nun, da David in Bewegung war und wieder das silberne Rechteck zwischen seinen und Leas Augen schwebte, seitdem also der doppelte Boden fehlte, ließ die Spannkraft allmählich nach, und es bestand die Gefahr, dass der Schwanz plötzlich aus dem Bund herausrutschte und nach vorn klappte. Dass er eine unübersehbare Beule in seine Hose rammte und dort direkt neben der Naht einfach hängen blieb: ein Ständer wie von einem Zwölfjährigen. David versuchte daher möglichst nah vor Lea und ihrer Kamera zu stehen, damit sie sich nur auf seinen Oberkörper und sein Gesicht konzentrierte und nicht auf seinen Schritt.

Im Schlafzimmer setzte sich Lea aufs Bett und wippte ein paarmal auf und ab, und einen kurzen Moment lang war David davon überzeugt, sie würde ihn gleich an der Hand fassen und ihn zu sich auf die Matratze ziehen. Immerhin führte diese Fantasie dazu, dass sein Schwanz wieder ein wenig wuchs und sich zurück unter den Gummizug schob.

Natürlich fasste Lea ihn nicht an der Hand. Sie *shootete* noch ein paar *stills*, wie sie es nannte, und dann verabschiedete sie sich.

»Das war echt *nice* mit dir«, sagte sie.

»Ja«, sagte er. »Das … fand ich auch. Also mit dir …« Er lächelte verkrampft und hob die Hand.

Dann klappte die Tür zu, und Lea war verschwunden. David legte das Ohr an den Spalt und lauschte Leas Schritten, die sich in Richtung Treppe entfernten, und währenddessen, in genau dem Moment, in dem das leise Quietschen von ihren Turnschuhen nicht mehr zu hören war, rutschte sein Schwanz aus dem Bund und stand schräg nach oben in seiner Leinenhose wie eine schiefe Fahnenstange.

SCHUBKRAFT

Wolken

Schon seit Minuten stand das Flugzeug in der Startposition und wartete. Sybil hatte die Augen geschlossen. Sie hörte das Brummen der Triebwerke und spürte den Sicherheitsgurt um ihre Hüfte. Ihre Hände umklammerten die Armlehnen. Sie roch das Kerosin, das durch die Belüftung nach innen geblasen wurde, und stellte sich vor, wie die Abgase langsam nach oben stiegen, hochkonzentriertes CO_2, das die Atmosphäre immer stärker verdichtete. Dabei wusste sie natürlich, dass dies hier nur der Leerlauf war, die Ruhe vor dem Start, während gleich die Beschleunigung folgen würde, der Anlauf, der Sprint und dann der Sprung. Und mit jeder Sekunde, die sie hier saß und wartete, wurden ihre Zweifel größer. Dabei ging es jedoch nicht um das Klima, sondern um den Grund ihrer Reise: Nina.

Was war, wenn sie sie nicht mehr toll fand? Wenn dieser Nachmittag und diese Nacht in dem Hotel eine besondere Situation gewesen waren, aber mehr auch nicht? Was dann?

Sie stellte sich vor, wie sie sich einfach wieder abschnallte. Wie sie sich an der Frau, die neben ihr saß, vorbeidrückte und murmelte: »Entschuldigen Sie bitte, ich muss noch mal kurz raus!« Und wie sie dann in den Mittelgang trat und auf die vordere Ausgangstür zulief, hin zu dem Steward und den beiden Stewardessen, die bereits auf ihren Klappsitzen hockten.

Sie stellte sich die Unruhe vor. Das Gemurmel der anderen Passagiere und den autoritären Tonfall der Cabin-Crew: »Bitte setzen Sie sich wieder hin und schnallen sich an! Wir starten gleich!« Sie stellte sich vor, wie sie die Hände hob und den Kopf schüttelte. Und wie sie dann rief: »Ich will hier raus! Lassen Sie mich raus!«

Und während sie es sich vorstellte, hörte sie, wie die Turbinen hochfuhren und der Käpt'n sagte: *»Ready for take off.«* Und gleichzeitig spürte sie, wie das Flugzeug beschleunigte. Nun war es ein Heulen und Dröhnen, sie wurde mit dem Rücken in den Sitz gepresst, und ihr Magen flatterte. Sie löste die Finger von den Armlehnen und öffnete die Augen. Durch das ovale Fenster sah sie den grauen Asphalt, eine weiße Trennlinie und das trockene Gras dahinter. Die Welt vibrierte und zitterte, während sich die Spitze des Flugzeugs erwartungsvoll zum Himmel reckte. Dann waren der Asphalt und der weiße Trennstrich auf einmal verschwunden, und das Flattern in ihrem Magen wurde zu einem Schwindel, der sich in ihrem gesamten Körper ausbreitete, von den Ohrläppchen bis in die Zehenspitzen. Und dann war plötzlich alles vorbei, und es kehrte Ruhe ein. Die Welt hinter dem ovalen Fenster wurde immer kleiner und unwirklicher. Und schließlich waren sie über den Wolken: ein endloses weißes Meer und darüber die Sonne. Sybil wehrte sich dagegen, aber es hatte keinen Zweck. Dieser Anblick war wunderschön. Eine leere, befriedete Welt. Keine Menschen, keine Häuser, keine Straßen, keine Autos – nicht einmal Tiere, die unter den Menschen zu leiden hatten. Keine vergifteten Flüsse. Keine umgekippten Seen, keine vermüllten und von Ölteppichen bedeckten Meere. Keine mit Insektiziden besprühten Monokulturen. Stattdessen die Monokultur des Wolkenmeers als ewige, zeitlose Weite des Himmels.

Der Flug dauerte über fünf Stunden, und sie hatte recherchiert, dass er hin und zurück pro Kopf so viel CO_2 ausstieß wie ein ganzes Jahr lang mit einem Verbrennungsmotor Auto zu fahren. Doch Nina hatte ihr wenig Anlass gegeben, sich zu beschweren. Sie hatte ihr nicht nur das Flugticket bezahlt, sondern dazu noch den kompletten CO_2-Jahresverbrauch eines durchschnittlichen Deutschen durch Wiederaufforstung kompensiert.

»Ich fliege nicht«, hatte Sybil Nina nach deren Einladung geschrieben.

»Fliegen ist schön«, hatte Nina geantwortet. »Und das Ankommen noch schöner. Und was das Gewissen angeht: Es ist alles nur eine Frage des Preises.«

»Ich bin nicht käuflich.«

»Wir sind alle käuflich.«

Und Nina hatte recht behalten. Damit, dass Fliegen schön war, und damit, dass sie auf den Ablasshandel eingehen würde.

Sybil bestellte einen Gin Tonic und danach gleich noch einen, und mit jedem Schluck wurde sie ruhiger.

Von oben sah La Palma aus wie eine riesige grüne Vulva. Der Flughafen bestand aus einer Start- und einer Landebahn, die auf einer Halbinsel lagen und so kurz wirkten, dass Sybil davon überzeugt war, dass das Flugzeug auf der anderen Seite ins Meer stürzen würde.

Nina stand vor dem Ankunftsbereich. Sie trug eine khakifarbene Hose, Wanderschuhe und eine weiße Bluse, unter der ein schwarzer BH hindurchschimmerte. Sie sah älter aus, als Sybil sie in Erinnerung gehabt hatte, vor allem aber strenger.

Sie begrüßten einander ausgesprochen förmlich, beinahe so, als ob Sybil hier tatsächlich ein Seminar geben würde: ein Küsschen rechts und eines links. Nina hatte ein schweres, dunkles Parfüm aufgetragen. Sybil roch Vanille, Kaffee und Moschus.

Plötzlich waren die Zweifel wieder da, stärker als jemals zuvor. Wie kam sie dazu, fünf Tage mit einer fast fremden Frau auf einer abgelegenen Insel mitten im Atlantik zu verbringen? Was, wenn sie sich eingeengt fühlte? Wenn sie Erstickungsgefühle bekam? Dann würden fünf Tage zu einer Ewigkeit werden, die sie nicht ertragen könnte! Sie kannte die Insel nicht, und sie hatte nicht einmal ein Auto. Auf Google Maps hatte sie gesehen, dass Ninas Haus weit abgelegen von einer Ortschaft an der Küste lag. Doch das, was ihr in ihrer Fantasie als besonders verlockend erschienen war – fünf Tage mit dieser Frau im Bett zu verbringen –, kam ihr auf einmal vollkommen verrückt vor. Was wusste sie denn überhaupt von dieser Nina? Dass sie ein Seitensprung-Portal betrieb, mit dem sie Millionen scheffelte. Dass sie in Talkshows saß und gegen den Burnout polemisierte. Dass sie gläubige Christin war, die die Klimakrise für Gottes Werk hielt, die Einleitung der Apokalypse. Vielleicht war sie ja eine Psychopathin! Eine durchgeknallte Missionarin! Vielleicht bestand ihr einziges Ziel darin, sie zu bekehren. Und nun war sie ihr für fünf Tage ausgeliefert. Fünf Tage lang!

Und leider befeuerte das, was Nina erzählte, während sie nebeneinander durch die lang gezogene Halle in Richtung Parkplatz gingen, ihre Zweifel. Es ging um ein großes Fest zu Ehren irgendeiner Jungfrauenreliquie, das alle fünf Jahre auf der Insel stattfand. Der Grund war, dass diese heilige Jungfrau »vom Schnee«, wie sie genannt wurde, die Bevölkerung im 16. Jahrhundert angeblich vor einer schrecklichen Dürrekatastrophe bewahrt hatte. »Es ist der Höhepunkt des religiösen Lebens auf der Insel. Zu dem Fest kommen Tausende Menschen aus aller Welt«, sagte Nina, und ihre Augen leuchteten. »Und in Zeiten des Klimawandels werden wir die Virgen de las Nieves, wie wir sie hier nennen, wohl noch häufiger brauchen.«

Nina lächelte, und auch Sybil zwang sich dazu, ihre Mundwinkel ein wenig nach oben zu ziehen. Zum Glück waren sie inzwischen am Auto angelangt. Es war ein mit dicken Reifen versehener, würfelförmiger Jeep in Cabrio-Ausführung. Er war weiß, sah aber so aus, als ob er direkt von einer Rallye kam. Beinahe wirkte es, als hätte Nina die Schlammspritzer bei einem Designer in Auftrag gegeben, damit man auf den ersten Blick sah, wie unglaublich »offroad« ihr Leben doch war.

Und dann waren sie unterwegs. Der Fahrtwind flatterte durch Sybils Haare, und die feucht-salzige Meeresluft umschmeichelte ihre Haut. Sybil hatte gelesen, dass La Palma nach Einschätzung der UNESCO gemeinsam mit Jamaika und Bora Bora zu einer der drei schönsten Inseln der Welt gehörte. Und auch wenn sie solchen Listen grundsätzlich misstraute, musste sie zugeben, dass die Insel tatsächlich sehr schön war. Wunderschön. Und so unglaublich grün! In der Mitte erhoben sich steile Berge, und wenn sie den Kopf in den Nacken legte, sah sie, wie die Wolken über die Gipfel flossen.

»Auf La Palma gibt es neun Berge, die über 2 000 Meter hoch sind«, sagte Nina. »Und acht, deren Höhe zwischen 1 800 und 2 000 liegt. Wenn man will, kann man das ganze Jahr wandern, ohne einen Gipfel zweimal zu besteigen.«

Sybil nickte. Nun klang Nina immerhin nicht mehr wie eine religiöse Fanatikerin, sondern eher wie eine Reiseführerin oder eine Frau, die beim Fremdenverkehrsamt arbeitete. Aber machte das die Sache wirklich besser?

Die Fahrt dauerte fast zwei Stunden, und die meiste Zeit schwiegen sie. Ab und zu deutete Nina irgendwohin und erzählte etwas, und je länger sie nebeneinandersaßen, desto selbstverständlicher wurde der Kontakt. Die Schönheit der Insel war wirklich atemberaubend.

Eine ganze Weile fuhren sie auf einer Küstenstraße. Zu ihrer Linken ragten die Berge in den Himmel, zu ihrer Rechten ging es steil hinab ins Meer, das gegen die Felsen brandete. Sybil musste daran denken, dass La Palma der letzte Außenposten des afrikanischen Kontinents war und dass westlich nur noch Wasser folgte, knapp 4000 Kilometer weites, wildes, offenes, meilentiefes Meer, bevor man schließlich in Florida landete.

Nach der Küstenstraße folgten Serpentinen, zuerst hinauf, dann wieder hinunter. Nina erzählte, dass man durch die großen Höhenunterschiede innerhalb von nur einer Stunde mit bis zu fünf verschiedenen Klimazonen in Kontakt kommen könne. Und wie zum Beweis kamen sie kurz darauf über einen Bergkamm, und Sybil entdeckte mehrere große Schneefelder, die sich zwischen den Kiefern erstreckten.

»Schnee, da ist Schnee!«, rief sie mit hoher, schriller Stimme.

Nina lächelte. »Willst du ihn anfassen?«, fragte sie.

Sybil kam sich kindisch vor, aber es war ihr egal. Besser kindisch als Erstickungsgefühle. Und besser echter Schnee als diese seltsame Reliquie, die die Jungfrau vom Schnee genannt wurde.

»Warum nicht?«, sagte sie.

Nina hielt. Sie stiegen aus. Sybil kniete sich hin und betrachtete die weiße Fläche. Auf den ersten Blick wirkte der Schnee alt und schmutzig. Er war oben mit einer dünnen Eisschicht überzogen, die etliche Kiefernnadeln einschloss, doch als Sybil ihre Hand hineinsteckte, spürte sie, dass er darunter ganz weich war, beinahe wie frisch gefallen. Ein kühler Wind kam von Westen auf und trieb die Wolken über den Himmel.

Von nun an fuhren sie nur noch bergab, und eine halbe Stunde später gelangten sie zu dem Haus. Der letzte Kilometer führte über eine unbefestigte Straße mit Schlaglöchern, Sandhügeln und mehreren kleinen Steinhaufen. Bereits auf den steilen und engen Bergstraßen hatte der Geländewagen seine Überlegenheit gegenüber normalen Pkw ausgespielt, aber spätestens jetzt verstand Sybil, warum Nina einen Jeep fuhr: Es war keine Eitelkeit, es war die einzige Möglichkeit, ohne einen Achsenschaden zu dem Haus zu gelangen, das noch abgeschiedener lag, als es bei Google Maps gewirkt hatte. Erneut verspürte Sybil

Angst, dass Nina hier etwas Seltsames mit ihr vorhätte und sie ihr vollkommen ausgeliefert wäre. Aber es war nur ein kurzer Moment. Denn dann stand sie auf dem Grundstück vor dem Natursteinbungalow und war einfach nur überwältigt. Es war atemberaubend. Palmen, Kakteen, Magnolien, Jasmin. Es duftete und summte und brummte. Eine Katze strich um Sybils Beine. Hinter dem Haus erhoben sich die schroffen Berge, und davor, oder vielmehr darunter, lag endlos ausgebreitet das Meer. Wie auf einem Thron befand man sich darüber auf der Terrasse. Und zwischen der Terrasse und dem Haus befand sich ein großer Natursteinpool: türkises Wasser, das so frisch aussah, als ob es direkt aus den Tiefen des Berges sprudelte.

Es war das Paradies. Der Garten Eden, aus dem die Menschen einst vertrieben worden waren.

Auch innen hielt das Haus, was es von außen versprach. Die Einrichtung war zwar ein bisschen spießig – zu viel Holz und Sesselbezüge mit Blumenmustern, die vermutlich Sybils Mutter gefallen hätten –, aber es wirkte alles sehr wertig, ohne protzig zu sein. Es gab eine große Küche, zwei Bäder und vier Zimmer: eine Art Wohnzimmer im Eingangsbereich, ein Arbeitszimmer, Ninas Schlafzimmer und ihr Zimmer, das Gästezimmer, das im »Ostflügel« lag, wie Nina es mit einem Zwinkern formulierte. Es war ein kleines Zimmer, aber es hatte alles, was man brauchte. Ein Doppelbett. Ein alter Schrank. Ein kleiner Tisch mit einem Stuhl davor. Und die große Glastür führte direkt auf die Terrasse, und hinter der Terrasse erstreckte sich das Meer.

Nina ließ sie allein, und während sie ihre Sachen in den Schrank räumte, wurde ihr bewusst, dass sie seit Ewigkeiten keinen Urlaub mehr gemacht hatte. Und der letzte Urlaub war kein wirklicher Urlaub gewesen, sondern eher eine Trennungsreise von ihrem Ex-Freund.

Später standen sie nebeneinander auf der Terrasse, schauten

auf das Meer unter ihnen und tranken Aperol Sprizz. Die Sonne versank am Horizont. Ein Möwenschwarm kreiste über den Felsen. Nina verhielt sich ihr gegenüber vollkommen unaufdringlich, freundlich, aber angenehm distanziert, und plötzlich kam es ihr so vor, als ob die Geschichte, die sie David erzählt hatte, gar keine Lüge gewesen wäre. Als ob es tatsächlich ein Seminar war und Nina einfach nur ihre Kundin. Bis auf die Begrüßung hatten sie einander kein einziges Mal berührt. Und gerade diese Distanz hatte etwas Aufregendes.

Sybil spürte, wie sich der Alkohol in ihrem Kopf drehte, und auf einmal war es genau wie in dem Hotelzimmer zehn Tage zuvor. Die Anziehung war körperlich spürbar, und je länger sie den Moment hinauszögerten, desto stärker wurde sie. Als es schließlich passierte, war es bereits dunkel, und sie saßen nebeneinander in Decken gehüllt, tranken Rotwein und schauten in die Sterne. Noch nie in ihrem ganzen Leben hatte Sybil einen solchen Sternenhimmel gesehen.

»Unglaublich!«, sagte sie.

»Ja«, sagte Nina. »Nirgendwo in Europa hat man einen besseren Blick auf die Sterne.« Sie machte eine kurze Pause. »Und wenn man in die Sterne schaut«, fuhr sie fort, »dann sieht man Gott …«

Seltsamerweise fand Sybil in diesem Moment nichts Seltsames an dem, was Nina sagte. Im Gegenteil. Es entsprach genau ihrem eigenen Gefühl: Dieses wunderschöne Universum konnte nicht durch einen Zufall entstanden sein. Es konnte nicht nur reine Physik sein, es war mehr. Viel mehr.

Und dann berührten sich ihre Hände, und Sekunden später fielen die Decken zu Boden.

So vergingen die folgenden Tage. Alles war richtig. Alles fühlte sich gut an. Genau so, wie es sein sollte. Immer wieder gingen sie auf Distanz, und immer wieder wurde durch den Abstand die Anziehung von Neuem angefeuert. Selbst die kleinen Irritationen am Rande – das Kruzifix in Ninas Schlafzimmer, die Tatsache, dass Nina vor jedem Essen ein Dankesgebet sprach und sich morgens mindestens zwanzig Minuten lang zurückzog, um zu beten – waren keine Störung, sondern eher eine Ergänzung, wie ein bestimmtes Gewürz, das das Essen noch schmackhafter machte. Es erregte Sybil, dass sie direkt unter den Augen des sterbenden Jesus Dinge taten, die das Christentum ohne Zweifel als Sünde betrachtete, und je sündiger es wurde, desto besser. Auch dass Nina sich Gott offenbar stärker verpflichtet fühlte als sonst etwas auf der Welt, hatte etwas Beruhigendes, ja Befreiendes.

Tagsüber arbeitete Nina. Sie hatte Video-Chats und unzählige Telefonate, und das ständige Geklapper ihrer Laptop-Tastatur erfüllte das gesamte Haus. Sie arbeitete viel, sehr viel sogar, doch wenn sie mit Sybil zusammen war, blieb das Handy unberührt. Und was machte Sybil in dieser Zeit? Nichts. Sie hatte sich eigentlich vorgenommen, an ihrem neuen Burnout-Ratgeber zu schreiben, stattdessen lag sie herum, saß herum. Schaute aufs Meer und planschte im Pool. Sie sonnte sich. Sie las. Sie schlief. Sie trank Tee und Wasser mit frischer Minze und ab dem späten Nachmittag, wenn Nina ihr Gesellschaft leistete, Longdrinks. Sie aß Bananen, die von der Insel stammten, und Aprikosen, die im Garten wuchsen. Überhaupt das Frühstück: Jeden Morgen kam eine Frau mit einem verbeulten Geländewagen und brachte ihnen frische Brötchen. Und jeden Abend kochte Nina. Einfach, aber gut.

Es war seltsam: Die Tage in dem Haus und in dem Garten fühlten sich an wie eine Ewigkeit, und zugleich vergingen sie wie im Zeitraffer. Alles war neu, aber auch vertraut, und am Abreisetag kam es Sybil so vor, als habe sie mindestens einen Monat und zugleich höchstens einen halben Tag auf der Insel verbracht.

Nina und sie verabschiedeten sich so, wie sie einander begrüßt hatten: distanziert, fast förmlich.

»Das nächste Mal zeige ich dir ein bisschen was von der Insel«, sagte Nina.

»Aha«, sagte Sybil. »Und woher willst du wissen, ob es ein nächstes Mal gibt?« Sie wollte cool bleiben, wollte sich nicht anmerken lassen, wie sehr sie sich über den Ausblick freute. Und vielleicht wollte sie Nina sogar ein wenig verunsichern.

Doch Nina ließ sich nicht verunsichern. »Ich weiß nicht, woher ich es weiß«, sagte sie. »Aber ich weiß, *dass* ich es weiß. Und das reicht. Für uns beide.« Sie machte eine kurze Pause und lächelte. »Guten Flug. Und auf bald.«

Und dann saß Sybil wieder in der Business-Class, und der Schub des Starts fuhr ihr in die Magengrube.

Der Kerosingeruch kam ihr schlimmer vor als beim Hinflug. Sie schloss die Augen und versuchte durch den Mund zu atmen, aber es half nichts. Ihr war schlecht. Vielmehr: übel. Es war schon das zweite Mal an diesem Tag. Das erste Mal war morgens vor dem Frühstück gewesen, aber da hatte sie noch gedacht, dass es vom Hunger käme, und es ignoriert. Aber nun war diese Übelkeit wieder da, und sie fühlte sich seltsam an. Keine Übelkeit, die etwas mit dem Start zu tun hatte, sondern eine, die tiefer saß.

Ein paar Sekunden bewegte sich Sybil in einem inneren Niemandsland, in einer leeren Welt.

Dann wusste sie es: die Pille! Die Pille, die sie in dem Zug in den Abfall geworfen hatte! In den kleinen silbernen Eimer unter dem Fenster. Die winzige ovale Tablette, die statt in ihrem Magen in irgendeiner Müllverbrennungsanlage gelandet war. Und der Sex, den sie an jenem Abend mit David gehabt hatte.

Schon seit gut einer Woche wunderte sie sich immer mal wieder darüber, dass ihre Tage nicht kamen. Aber sie hatte gute

Erklärungen dafür gefunden. Die Reise. Der Flug. Die Aufregung. Nina. Aber nun war ihr übel, und es war eine ganz bestimmte Übelkeit.

Sie schüttelte den Kopf. Es konnte nicht sein. Es passte zeitlich nicht. Ihr Eisprung musste mindestens zehn Tage später gewesen sein. Erleichterung machte sich in ihr breit. Doch dann hielt sie plötzlich inne. Denn es gab etwas, das zeitlich ganz genau passte. Es war der zweite Sex mit David. An dem Vormittag, bevor sie sich das erste Mal mit Nina getroffen hatte. An dem Tag nach ihrem Streit. Konnte es etwa sein, dass sie die Pille an dem Abend zuvor nicht genommen hatte? Ja, das konnte sogar sehr gut sein, denn sie hatte sich ja nach dem Streit mit David in ihrem Arbeitszimmer eingeschlossen und hatte in ihrer Wut an alles Mögliche gedacht, aber nicht an Verhütung.

Sybil klammerte sich mit beiden Händen an die Lehnen und schloss die Augen. »Oh, mein Gott!«, murmelte sie leise vor sich hin. »Oh, mein Gott!«

»So schlimm?«, fragte eine Männerstimme.

Sybil öffnete die Augen. Der Mann, der zu der Stimme gehörte, saß auf der anderen Seite des Gangs und schaute sie mitfühlend an. Er war Ende fünfzig, klein und schlank, mit weißen Haaren. Er trug ein blaues Hemd und eine lila Krawatte. An seiner Hand glänzte eine Rolex.

»Wie bitte?«, fragte Sybil.

»Flugangst. Hatte ich auch lange. Inzwischen nehme ich die da.« Er wedelte mit einer Tablettenpackung. »Kann ich nur empfehlen.«

»Was ist das?«, fragte Sybil.

»*Tavor*. So etwas Ähnliches wie Valium. Nur verträglicher. Die bewirken wahre Wunder … Wenn Sie eine halbe davon nehmen, überstehen Sie jeden Start und jede Landung. Und wenn Sie eine ganze nehmen, trauen Sie sich sogar zu, das Flugzeug selbst zu fliegen.« Er kicherte. Sybil fiel auf, dass seine Augen einen seltsamen Glanz hatten, und sie fragte sich, wie viele der Tabletten er wohl genommen hatte. Eineinhalb? Oder sogar zwei?

»Ah, das klingt gut«, sagte sie. »Aber ich … Ich habe gar keine Flugangst.«

»Oh, verstehe. Tut mir leid, ich wollte Ihnen nicht zu nahe treten.«

»Nein, nein, im Gegenteil. Nett, dass Sie gefragt haben …«

Die Übelkeitswelle war inzwischen ein wenig abgeklungen. Aber das flaue Gefühl war geblieben. Und nun kam ein seltsamer Schwindel hinzu.

Sybil versuchte sich zu beruhigen. Versuchte sich zu überzeugen, dass es nicht sein konnte.

Wie hatte sie jemals auf die Idee kommen können, ein zweites Kind zu wollen?! Es war eine weinselige Schnapsidee gewesen, angefeuert von dieser bescheuerten Talkshow. Es war Größenwahn gewesen, der sie dazu getrieben hatte. Die Überzeugung, die Welt verändern zu können. Das Gefühl, dass sie endlich mit David auf Augenhöhe war. Nicht mehr nur die Partnerin des großen Klimaaktivisten, sondern selbst eine Aktivistin. Aber dieser Moment war längst vorbei. Und inzwischen verstand sie, dass es nie ihr Kampf gewesen war, zumindest nicht so, mit dieser Verbissenheit. Sie hatte den Kampf David zuliebe gekämpft oder vielmehr: im Wettstreit mit ihm. Und inzwischen war viel passiert. Jonas hatte sich in einen kleinen Tyrannen verwandelt. Die Talkshow war verstümmelt worden. David hatte sie sexuell bedrängt, und sie hatten sich schlimm gestritten. Und zu allem Überfluss hatte sie sich jetzt auch noch verliebt.

Ja, sie war verliebt!

Sie durfte einfach nicht schwanger sein.

Das Flugzeug war über den Wolken, und die Stewardess ging

zwischen den Reihen hindurch und fragte die Passagiere der Business-Class, ob sie etwas zu trinken wollten. Sybil bestellte sich einen Tomatensaft – auch das wertete sie als schlechtes Zeichen, denn eigentlich hasste sie Tomatensaft –, doch als die Stewardess sich umdrehte, um in Richtung Cockpit zu gehen, sagte sie: »Entschuldigung.«

»Ja bitte?«

»Was für einen Alkohol könnten Sie denn in den Tomatensaft mischen?«

»Wodka. Dann wäre es eine Bloody Mary.«

»Ja, dann bitte eine … Bloody Mary.«

Eine Minute später stand der Plastikbecher mit dem dickflüssigen Rot vor ihr auf dem Tisch. Es sah tatsächlich aus wie Blut.

Der Mann mit der lila Krawatte wischte über sein iPad. Sybil atmete tief ein. »Entschuldigung«, sagte sie.

Der Mann schaute auf.

»Ich … Ich fürchte, ich habe doch ein wenig Flugangst. Es war mir gerade eben nur peinlich, es zuzugeben.«

Der Mann strahlte über das ganze Gesicht. »Sehen Sie! Wusste ich's doch! Ich erkenne jemanden mit Flugangst auf den ersten Blick!« Er zog den Blister mit den Tabletten aus der Innentasche. »Hier nehmen Sie!«

»Alle?«, fragte sie.

»Na klar. Ich kann mir jederzeit neue verschreiben lassen.« Er beugte sich ein wenig in ihre Richtung. »Ab und zu nehme ich sie nämlich einfach nur so, um ein bisschen zu entspannen. Aber das bleibt unser kleines Geheimnis, okay?« Er zwinkerte.

»Natürlich. Und: danke. Vielen Dank. Das ist sehr nett von Ihnen.«

»Wie gesagt: Eine halbe dürfte für den Anfang reichen.«

»Gut.«

Sybil drückte eine Tablette aus dem Blister, brach sie durch und steckte die Hälfte wieder zurück. Dann legte sie sich die andere Hälfte auf die Handfläche, warf sie in den Mund und spülte sie mit einem großen Schluck Bloody Mary hinunter.

»In spätestens einer halben Stunde werden Sie sich besser fühlen«, sagte der Mann. »Viel besser …«

»Das klingt gut«, sagte Sybil und lächelte.

Der Mann griff wieder nach seinem iPad, und Sybil wandte sich dem Fenster zu.

Die Übelkeit kam zurück. Und der Schwindel. Genau die gleiche Übelkeit und der gleiche Schwindel wie bei Jonas.

Und mit einem Mal wusste sie es, so sicher, als ob sie einen positiven Test in den Händen hielte und auf die zwei roten Striche starrte: Sie war schwanger. Und sie wusste, dass sie dieses Kind nicht bekommen würde.

Die Klarheit tat ihr gut. Und es tat ihr auch gut, dass die Klarheit weich gebettet war: auf Wodka und dieser halben Wundertablette, die sie sich eingeworfen hatte.

Dieses Mal gab es keine Wolken. Nur das endlose Meer unter ihr, blau und tief. Sie schloss die Fensterblende, senkte die Lehne nach hinten und drehte an der kleinen Düse über ihr. Sie spürte, wie die kalte Luft über ihr Gesicht strömte. Wie sie in ihren Haaren spielte und unter ihre Bluse kroch. Ein Schauer lief ihr den Rücken hinab, die Härchen auf ihren Armen stellten sich auf, und während sie das Rauchverbotszeichen betrachtete – diese seltsame durchgestrichene Zigarette, die aus einer anderen Zeit stammte, aus einem längst vergangenen Jahrhundert –, musste sie an Nina denken, an ihre Stimme und ihren Geruch, und mit einem Mal fühlte sich alles gut und richtig an.

Beben

Sie umklammerte den Griff des Einkaufkorbs und tat so, als ob sie die Duschgels betrachtete. Tatsächlich war sie mit ihrer Aufmerksamkeit jedoch beim Eingang der Drogerie, dem Eingang, der zu ihrem Ausgang werden sollte, zum Fluchtweg. Jetzt gerade stand dort wieder der Wachmann mit dem schwarzen Anzug, dem Knopf im Ohr und dem Funkgerät, der sie bereits skeptisch angeschaut hatte, als sie den Laden betreten hatte. Und das, obwohl sie am Vortag extra duschen gewesen war und ihre Haare ordentlich hochgesteckt hatte. Und obwohl sie ihr bestes Kleid trug. Aber darum ging es nicht, das wusste sie. Es ging um ihre dunkle Haut. Um ihre schwarzen Haare, ihre breiten Augenbrauen. Es ging darum, dass man ihr ansah, dass sie eine Cigani war – und normalerweise war das auch gut so, egal, wie viele Vorurteile sie dadurch erleiden musste. Aber bei dem, was sie heute vorhatte, war es ein Problem.

Sie hatte sich größte Mühe gegeben, den Laden so unauffällig wie möglich zu betreten. Sie hatte draußen auf dem vollen Gehweg gewartet, bis mehrere Kunden hineingingen, hatte eine Gruppe Mädchen abgepasst, die alle laut durcheinanderlachten und sich gegenseitig schubsten. Und trotzdem hatte der Wachmann nur zu ihr geschaut.

Aber war es wirklich so gewesen? Oder hatte sie sich das nur eingebildet? Sie wusste es nicht. Sie war einfach zu aufgeregt.

Sie hatte ihren Diebstahl genau geplant. Es war später Nachmittag. Stoßzeit. Alle drei Kassen in der Drogerie hatten geöffnet, und die Kunden – die zum Großteil Kundinnen waren – schoben voll beladene Einkaufswagen durch die engen Gänge. Aurica war extra in eine große Drogerie gegangen, in die sie normalerweise nicht ging, in einem Gebäude, in dem es zur Straßenseite hin noch etliche andere Geschäfte gab. Davor befand sich ein breiter Gehweg voller Menschen. Sie hatte einen Einkaufskorb anstelle eines Wagens genommen, weil sie den Korb einfach mitnehmen konnte, wenn sie rannte. Vorsorglich hatte sie zudem eine große Tüte unten in den Korb gelegt, in die sie die Sachen schnell umpacken konnte, sobald sie weit genug von der Drogerie entfernt wäre. In ihrer Vorstellung war alles ganz einfach gewesen: den Laden betreten, die Sachen in den Korb packen, sich zum Schein anstellen, dann einfach losrennen. Sie hatte sich sogar einen Einkaufszettel geschrieben, obwohl sie natürlich alles, was sie klauen musste, im Kopf hatte: eine große Packung Windeln – die zwar teuer war, aber auf lange Sicht billiger als eine kleine –, einen Viererpack Feuchttücher, bei dem man eine Packung geschenkt bekam, eine Nagelschere, Verbandszeug und Desinfektionsmittel für die Wunde, die der Hund Petre zugefügt hatte.

Am Tag, nach dem das Fernsehteam im Camp gewesen war, hatte Aurica Petre mit einiger Mühe davon überzeugt, dass er zu einem Arzt musste. Sie hatte ihn zu einer mobilen Obdachlosenpraxis begleitet, einer Ärztin, die Menschen, die auf der Straße lebten, umsonst behandelte. Die Ärztin hatte gefragt, wann die letzte Tetanus-Impfung gewesen sei – sie war gerade mal drei Jahre her –, dann hatte sie die Bisswunde gesäubert und verbunden. Sie hatte gesagt, dass sie die Wunde gut beobachten und bei Auffälligkeiten sofort wiederkommen sollten – oder am besten gleich in die Notaufnahme eines Krankenhauses gehen.

Aurica machte sich Vorwürfe. Petre war nur gebissen worden, weil sie darauf bestanden hatte, Ada mitzunehmen oder zumindest Fabia und Dinu. Wenn es nach Petre gegangen wäre, hätten sie sich komplett aus dem Konflikt herausgehalten.

Auch deswegen musste sie diesen »Einkauf« hier machen. Damit ihr Gewissen nicht noch schlechter würde, als es ohnehin schon war. Denn sie hatte Petre belogen. Als er sie nach dem Geld gefragt hatte, das aus dem Glas verschwunden war – vierzig Euro! Ein Umzug! –, hatte sie behauptet, sie brauche das Geld für dringende Einkäufe.

Tatsächlich waren die vierzig Euro in dem Fahrkartenautomaten der S-Bahn, in den Kassen des Kiosks und der Bäckerei sowie in dem Opferstock der Kirche gelandet, der sie inzwischen noch einen zweiten Besuch abgestattet hatte. Diesmal hatte sie sich zwischen den ganzen Heiligenbildern fehl am Platze gefühlt und Nelu lediglich ein paar kleine Münzen spenden lassen. Aber das Viertel hatte umso schöner auf sie gewirkt. Sie hatte mit Nelu in dem kleinen Café einen Kakao getrunken und zwei Stück Kuchen gegessen. Zu guter Letzt hatte sie auf dem Rückweg in der S-Bahn einer bettelnden Frau fünf Euro gegeben, und die Dankbarkeit im Blick der Frau hatte sie den Rest des Tages glücklich gemacht.

Und jetzt musste sie Waren im Gegenwert von vierzig Euro zum Camp bringen. Deshalb war sie hier. Deshalb stand sie vor dem Duschgel und wartete auf eine Gelegenheit, um unbemerkt zum Ausgang zu kommen. Aber solange der Wachmann dort stand, hatte sie keine Chance.

Sie dachte an die Kameras. Bestimmt hatten sie hier Kameras unter der Decke. Und vermutlich gab es auch noch einen zweiten Mann, der irgendwo hinten in einem kleinen Raum saß und die Bilder überwachte. Und dieser Mann war über das Funkgerät mit dem Wachmann verbunden. Das hieß auch, dass sie nicht lange herumstehen durfte. Also griff sie nach einem Duschgel in einer orangenen Tube und packte es in den Korb. Dann ging sie in die Kosmetikabteilung. Am Ende war es egal, ob sie Sachen im Wert von vierzig Euro oder im Wert von sechzig Euro klaute. Hauptsache, sie wirkte so, als ob sie einen klaren Plan hätte und weiter ihre Einkaufsliste abarbeitete.

Sie griff nach einer Wimperntusche und nach einem Lippenstift und warf beides in den Korb. Und dann stellte sie sich einfach in die Schlange. Sie hatte sich schon viel zu lange in dem Laden aufgehalten. Sie musste raus.

Die Schlange war lang, aber es ging schneller voran, als ihr lieb war. Die Leute vor ihr hatten nur wenige Sachen in ihren Wagen oder Körben, und die Kassierer und Kassiererinnen zogen die Waren im Akkord über die Scanner. Als sich die Schlange teilte, ging Aurica ganz nach links, zu der Kasse, die dem Ausgang am nächsten war. Leider rückte diese Schlange besonders schnell vor. Noch vier Leute. Noch drei. Noch zwei. Und der Wachmann stand immer noch am Eingang.

Nun war nur noch eine Frau mit zwei Kindern vor ihr, und dann wäre sie an der Reihe. Sie müsste ihre Sachen auf das Band legen und zuschauen, wie die Kassiererin sie einzeln über den Scanner zog. Und währenddessen würde die Summe auf dem Kassendisplay immer weiter nach oben klettern. Und dann müsste sie in ihrer Tasche nach Geld suchen, sich an die Stirn schlagen und sagen: *»Oh. Sorry. No money.«* Und keiner könnte ihr eine böse Absicht nachweisen. Aber das hieße eben auch, dass sie gezwungen wäre, sich eine andere Drogerie zu suchen, um dann noch einmal von vorn anzufangen.

Die Frau mit den beiden Kindern hatte ihre Sachen auf das Band gelegt und dahinter eine dieser bunten Plastikschienen, die zeigte, dass ein neuer Kunde folgte. Aurica trat an die Kasse und griff in den Korb. Und da geschah das Wunder. Offenbar war im hinteren Bereich des Ladens irgendetwas los. Sie hörte streitende Stimmen. Der Wachmann drückte sich den Knopf ins Ohr und bewegte sich dann mit schnellen Schritten vom Eingang weg.

Das war ihre Chance.

Aurica machte eine Geste, die andeuten sollte, dass sie noch etwas vergessen hatte und nahm das Desinfektionsmittel, das sie bereits auf das Band gelegt hatte, wieder in die Hand. Sie nickte dem Mann hinter ihr zu und ging dann zielgerichtet zu der Sonnencreme, die sich direkt hinter dem Eingang befand. Sie griff nach einer Creme und legte sie in den Korb. Dann drehte sie sich um und ging aus dem Laden. Die Alarmanlage piepte, und über den Plastikaufstellern begannen rote Lampen zu blinken. Dennoch zwang sie sich, nicht zu rennen. Noch nicht. Denn wenn sie rannte, würde man sie sofort als die Verursacherin des Alarms erkennen. So war es unübersichtlich. Ihr entgegen kamen schon wieder neue Kunden, während andere Kunden den Laden mit Tüten in den Händen verließen. Außerdem war der Gehweg voll, und sie konnte in der Menge untertauchen.

Das Piepen bohrte sich in ihren Kopf. Aurica beschleunigte ihre Schritte. Dann rief jemand etwas hinter ihr her, laut und befehlend. Einige Leute drehten sich in ihre Richtung, und im selben Moment rannte sie.

Nun war der volle Gehweg keine Tarnung mehr, sondern ein Problem. Jederzeit konnte sie jemand packen und festhalten. Ihr den Korb entreißen. Außerdem bestand die Gefahr, dass sie mit jemandem zusammenstieß oder ein kleines Kind mit einem dieser seltsamen Laufräder über den Haufen lief.

Sie rannte, so schnell sie konnte, und wenn sie wollte, konnte sie sehr schnell rennen. Sie hörte hinter sich eine Stimme. Sie sah, wie sich ihr die Gesichter der Passanten zuwandten. Ein alter Mann schwang seine Krücke in ihre Richtung und schimpfte, und bei einer mittelalten, etwas dicklichen Frau mit blonden Locken dachte sie kurz, dass sie sich ihr in den Weg stellen würde, um sie aufzuhalten. Doch die Frau blieb einfach nur stehen und starrte sie an.

Und dann war sie endlich an der Nebenstraße, die sie bereits im Vorfeld ausgekundschaftet hatte. Dort gab es mehrere offene Höfe. Einen Spielplatz, der zwischen zwei Häusern lag, über den man zu einer Straße auf der anderen Seite kommen konnte. Und am Ende gab es eine Treppe, die auf einen großen Parkplatz führte. Sie konnte sich jederzeit umentscheiden. Auf der Straße bleiben und rechts abbiegen, sich irgendwo verstecken, über den Spielplatz rennen oder nach links die Treppe hinauf.

Sie hatte Glück. Niemand war zu sehen. Dafür hörte sie nun wieder Rufe in ihrem Rücken. Ihre Lunge brannte, ihre Beine schmerzten. Als sie bei der Treppe angelangt war, drehte sie sich kurz um. Einer der Kassierer stand an der Straßenecke und schaute ihr hinterher.

Obwohl es der beschwerlichste Weg war, nahm sie die Treppe. Sie rannte hinauf, immer zwei Stufen auf einmal.

Als sie oben angekommen war, musste sie kurz stehen bleiben. Ihre Beinmuskeln zitterten. Ihre Lunge fühlte sich an, als ob sie gleich zusammenklappte. Sie stützte sich an der Mauer ab und betrachtete den Parkplatz, der zu einem Baumarkt gehörte. Menschen mit Einkaufswagen, auf denen große Pakete lagen. Ein Transporter, der rückwärts in eine Parklücke fuhr. Niemand beachtete sie. Sie stellte den Korb ab und warf die Sachen in die große Plastiktüte.

Während sie mit schnellen Schritten den Parkplatz überquerte, öffnete sie ihre Haare. Schweiß lief ihr die Schläfen hinab. Sie zog sich ihre Strickjacke aus, wischte sich damit das Gesicht ab und stopfte die Jacke in die Tüte.

Sie ließ den Baumarkt links liegen und ging in eine kleine

Seitenstraße. Und von der Seitenstraße aus bog sie in eine andere Seitenstraße und dann wieder in eine andere. Mindestens zehn Minuten lang lief sie im Zickzack, und die ganze Zeit fühlte sie ihren Pulsschlag im Hals. Sie hatte Durst, aber darum würde sie sich erst kümmern, wenn sie in Sicherheit wäre. Als sie an einem Polizeiwagen vorbeikam, der in zweiter Reihe stand, war sie einen Moment davon überzeugt, dass nun alles vorbei wäre. Dass man sie verhaften und einsperren würde. Doch in dem Wagen war niemand zu sehen. Und kein Polizist trat aus einem Hauseingang, um sie aufzuhalten.

Sie ging noch einmal rechts, dann wieder links, dann wieder rechts. Längst hatte sie keine Ahnung mehr, wo sie sich befand. Aber das war auch egal. Das Einzige, was zählte, war: Sie hatte es geschafft! Sie war gerettet!

Sie kam zu einer großen Straße, in deren Mitte sich eine U-Bahn-Station befand. Sie ging die Treppen hinunter und studierte den Plan, und zu ihrer Überraschung entdeckte sie, dass sie nur zwei Stationen von dem Park entfernt war.

Sie hatte sogar noch genug Kleingeld für eine Fahrkarte. Aber sie entschied sich, den Weg zu Fuß zu gehen.

Die Bewegung tat ihr gut, und auf diese Weise konnte sie ihre Ankunft in dem Elendsquartier noch ein wenig hinauszögern.

Seit dem Tag, an dem das Fernsehteam da gewesen war, war die Stimmung im Lager vollkommen unerträglich. Ständig gab es Streit und Schlägereien. Die Polizei kam fast täglich, und immer wieder wurden sie von den Wachleuten und ihren Hunden drangsaliert. Viele hatten das Lager inzwischen verlassen, und auch für Petre und sie wäre es in weniger als 24 Stunden endlich überstanden. Morgen konnten sie in das Pensionszimmer, am Tag darauf hatte Petre seine erste Schicht in dem Restaurant. Und danach würden sie weitersehen. Schritt für Schritt.

Im Lager war es erstaunlich ruhig. Petre saß vor dem Zelt, trank ein Bier, starrte auf sein Handy und murmelte englische Vokabeln vor sich hin, die er seit dem Vorstellungsgespräch in jeder freien Minute lernte. Er war verschwitzt von dem Umzug, den er am Vormittag gemacht hatte. Der Verband an seinem Arm war dreckig. Als er sie entdeckte, sprang er sofort auf, kam auf sie zu und küsste sie. Irgendetwas an seinem Verhalten war seltsam. Nicht dass er sie sonst nicht küsste, aber es wirkte irgendwie unnatürlich.

»Du hast lange gebraucht«, sagte er. »Nelu hat dich vermisst.«

Erst jetzt sah sie, dass Nelu bei Ada war und mit Dinu spielte. Sie winkte ihm zu, aber er war ganz in sein Spiel vertieft.

»Es war sehr voll«, sagte sie zu Petre.

Von ihm abgewandt räumte sie die Einkäufe in das Zelt, wobei sie den Lippenstift und die Wimperntusche in ihrer Tasche verschwinden ließ.

»Wolltest du nicht schon mal die Sachen zusammenräumen?«, fragte sie.

»Ja, stimmt. Aber …« Petre schwieg.

Aurica drehte sich um. Nun war offensichtlich, dass etwas nicht stimmte.

»Was ›aber‹?«, fragte sie. »Morgen früh gehen wir doch in die Pension.«

»Ja … Das war der Plan.« Er schwieg erneut.

Aurica fühlte einen Schwindel, der ihren Körper ergriff. »Warum ›war‹? Was ist los?«

Petre seufzte. »Das Zimmer … Es ist noch nicht frei.«

»Das Zimmer? Ich dachte, das wäre alles fest ausgemacht!«

»Das war es ja auch. Aber das Paar, das in dem Zimmer lebt, kann erst in ein paar Tagen in seine Wohnung. Sie haben vorhin angerufen.«

Aurica wurde schwarz vor Augen. Alles bebte, der Boden unter ihren Füßen brach ein. Sie musste sich an der Zeltstange festhalten, damit sie nicht umfiel.

Die Pension.

Das Zimmer.

Das eigene Waschbecken.

Die Kochplatte!

Seit Tagen hatte sie an nichts anderes mehr gedacht. Hatte sich daran festgehalten und innerlich damit gerettet. Und nun? Konnte die Familie nicht ausziehen, weil deren Wohnung noch nicht frei war. Und was, wenn sie nie frei wurde? Was dann?

Petre war bei ihr und streichelte ihren Rücken. »Das Wichtigste ist, dass ich den Job habe«, sagte er. »Übermorgen geht es los! Und das Zimmer bekommen wir auch in ein paar Tagen! Du wirst sehen!«

Aurica machte eine Geste und berührte dabei Petres verbundenen Unterarm. Er zuckte zusammen und stöhnte leise.

»Vertrau mir!«, sagte er.

»Aber was, wenn nicht?«, fragte Aurica. Sie spürte, wie ihr die Tränen kamen. Petre zog sie an sich heran.

»Es klappt bestimmt«, sagte er. »Ich verspreche es dir.«

Sie versuchte ihm zu glauben, aber es fiel ihr schwer. Sie legte den Kopf an seine Schulter, und der Boden unter ihren Füßen wurde wieder stabil.

Eine halbe Stunde später saß sie Petre gegenüber und wickelte den Verband ab. Nelu spielte auf ihrem Handy ein Spiel, bei dem man Luftballons zerplatzen lassen musste. Wie gebannt waren seine Augen auf das Display gerichtet, während sein kleiner Zeigefinger über das Glas wischte.

Auf den ersten Blick sah die Bisswunde gut aus. Sie verheilte schnell, und dort, wo sich die spitzen Hundezähne in den Arm gebohrt hatten, waren nur noch unregelmäßig verteilte Abschürfungen zu sehen, die sich wie eine Inselgruppe zwischen den beiden Unterarmknochen verteilten. Aber um eine der äußeren, kleineren Inseln hatte sich ein roter Hof gebildet. Aurica betrachtete die Stelle näher. Sie war ein wenig geschwollen. Prüfend drückte sie mit dem Daumen darauf.

Petre zog den Arm weg.

»Das tut dir weh?«, fragte sie.

»Ja«, sagte er, »ein bisschen. Aber nur, wenn ich dagegenkomme.«

Aurica nahm seinen Arm und befühlte die anderen Wunden. Keine Schwellungen, auch kein Druckschmerz. Dann betastete sie wieder die geschwollene Stelle. Petre zog scharf Luft ein, aber diesmal hielt er den Arm ruhig.

»Wir müssen ins Krankenhaus«, sagte Aurica.

»Ins Krankenhaus? Warum?«

»Die Stelle ist entzündet. Die Ärztin hat gesagt, dass wir darauf achten sollen.«

»Aber es ist doch nur ein kleiner Fleck.«

»Das ist egal. Es ist gefährlich.«

»Unsinn.«

»Es ist kein Unsinn.«

»Na gut, wenn du meinst, dann gehen wir eben noch mal zu dieser Ärztin.«

»Die hat erst Montag wieder Sprechstunde. Und sie wird dir das Gleiche sagen: dass du in ein Krankenhaus musst.«

Petre schüttelte den Kopf. »Ich habe keine Versicherung. Außerdem muss ich arbeiten. Morgen früh ist noch ein Umzug, übermorgen fange ich in dem Restaurant an. Wie soll ich da in ein Krankenhaus?«

»Du kannst eine Blutvergiftung bekommen!«

Petre verdrehte die Augen. »Du gehst immer nur vom

Schlimmsten aus. Ich kann nicht wegen einer kleinen Schwellung ins Krankenhaus gehen. Ich muss arbeiten! Ich muss Geld verdienen! Ich muss etwas dafür tun, dass wir endlich hier rauskommen. Verstehst du das denn nicht?«

Aurica schüttelte den Kopf. Selbstverständlich verstand sie, dass die Arbeit wichtig war. Aber begriff Petre denn nicht, worum es hier ging? Im Krankenhaus in Bacău hatten sie ein Mädchen behandelt, das von einer Katze gebissen worden war. Drei Tage hatte sie in akuter Lebensgefahr geschwebt.

»Und was ist, wenn du wirklich eine Blutvergiftung hast?«, fragte sie. »Dann kannst du gar nicht mehr arbeiten. Dann geht es um Leben und Tod.«

»Du übertreibst.«

»Ich übertreibe nicht. Warum vertraust du mir nicht?«

»Du bist keine Ärztin«, sagte Petre. »Abgesehen davon vertraue ich dir mehr, als du dir offenbar vorstellen kannst.«

»Was meinst du damit?«

»Du hast Geld aus dem Glas genommen und warst zwei Tage nicht im Camp, ohne mir etwas davon zu sagen. Und ich habe dir keine Vorwürfe gemacht.«

Aurica wurde heiß. Sie fühlte sich ertappt. »Das Geld war für den Einkauf«, sagte sie.

»Und warum hast du es dann schon eine Woche vorher aus dem Glas genommen? Und wo warst du, als du nicht im Camp warst?«

»Ich … war mit Nelu unterwegs. Ab und zu muss ich hier einfach raus. Du bist ständig irgendwo anders, aber ich sitze jeden Tag hier, vierundzwanzig Stunden lang. Mit einem kleinen Kind.«

»Ja«, sagte Petre. »Das verstehe ich.« Er beugte sich zu ihr. »Und du musst verstehen, dass ich arbeiten muss!«

Aurica wurde ungeduldig. Meinte er das wirklich ernst? Sie

schaute zu Nelu, der immer noch wie gebannt auf ihrem Smartphone herumwischte. Petre hatte eine Verantwortung! Wie konnte er so dumm sein – und so egoistisch?

»Aurica!«, sagte Petre in eindringlichem Tonfall. »Wir gehen am Montag zu dieser Ärztin. Versprochen.«

»Montag ist es vielleicht zu spät.«

»Unsinn. Mir geht es gut!«

Aurica stand auf. Sie hatte ein wenig Angst, etwas zu tun, das sie nicht zurücknehmen konnte. Aber was blieb ihr anderes übrig? Wenn Petre sich nicht von Argumenten überzeugen ließ, dann vielleicht von Taten. Sie warf Windeln, Feuchttücher und Klamotten in eine Tasche.

»Was machst du da?«, fragte Petre.

»Ich packe«, sagte sie so ruhig wie möglich. »Und dann gehe ich.«

»Aurica, hör auf mit dem Unsinn.«

»Nur wenn du mit mir und Nelu in die Notaufnahme gehst.«

»Wie oft noch: Es ist alles in Ordnung! Am Montag gehen wir zu der Ärztin!«

Aurica griff nach der Tasche. Sie ging zu Nelu, der weiterhin seinen Luftballons zugewandt war, beugte sich hinunter und nahm ihn auf den Arm.

»Aurica!« Petres Stimme zitterte. Sie hörte Angst, aber auch Wut.

Entschlossen marschierte sie in Richtung Park. Adrenalin pumpte durch ihren Körper. Nun kam es darauf an. Entweder er verstand, worum es hier ging, oder sie wäre weg. Wo auch immer. Sie hatte nicht die geringste Ahnung, wohin sie gehen könnte. Sie wollte ja nicht einmal gehen, sie wollte, dass er einsah, er musste in ein Krankenhaus!

Sie hörte Petres Schritte, und eine Sekunde lang war sie davon überzeugt, dass er zur Besinnung gekommen wäre. Dass er dem

Druck nachgab und mit ihr in die Notaufnahme kam. Doch als er sie einen Augenblick später überholte und sich ihr in den Weg stellte, begriff sie, dass sie sich getäuscht hatte.

Sein Körper war angespannt. Etwas in seinem Blick hatte sich verändert.

Er beugte sich zu ihr und nahm ihr mit einer seltsam fremden Geste Nelu aus dem Arm. Das Kind strampelte und protestierte. Petre nahm ihm das Handy ab und stellte ihn hinter sich auf den Boden. Nelu zog an Petres Hose und begann zu weinen.

»Aurica«, sagte Petre, »sei vernünftig!«

»Ich bin vernünftig. Der Unvernünftige bist du.«

Nelus Weinen schwoll an. Erst jetzt entdeckte Aurica, dass er seinen rechten Schuh verloren hatte. Der Schuh lag vor Petre auf dem platt getretenen Waldboden. Die Bilder von dem anaphylaktischen Schock flackerten vor ihrem inneren Auge auf. Eine kleine Biene, ein einziger Stich reichte. Und Petre würde es vermutlich nicht einmal bemerken. So wie er an dem Tag, an dem sie putzen gewesen war, Nelus Abwesenheit nicht bemerkt hatte.

Aurica machte zwei entschlossene Schritte auf Nelu zu.

Petre stellte sich ihr in den Weg.

Sie versuchte, sich an ihm vorbeizudrängeln, spürte einen Stoß, und im nächsten Moment lag sie auf dem Rücken im Dreck.

Wie war sie dort gelandet? Hatte Petre sie etwa geschubst? Hatte er sie zu Boden geworfen? Sie schaute nach oben, und in Petres erschrockenem Blick sah sie die Antwort: ein klares und deutliches Ja.

Krampf

Der Film war eine Katastrophe. Für das Projekt, aber auch für ihn persönlich. Er war ein Angriff auf alles, was ihm in seinem Leben wichtig war, auf alles, für das er seit Jahren kämpfte. Und das Schlimmste daran war, dass er dem Film – oder vielmehr Lea, die ihn gemacht hatte – gar keine böse Absicht unterstellen konnte. Denn dieses kleine Video stellte lediglich Fragen und lieferte die passenden Bilder dazu. Es waren viele Fragen, und viele hatte er sich in den vergangenen Wochen selbst schon gestellt: Was war die Rolle der *Gleisgärten* im Kampf gegen die Klimakrise? Waren sie wirklich die Vorreiter, die sie sein wollten? Oder waren sie eher eine abgehobene Öko-Community, die mit dem wahren Leben der Menschen nichts zu tun hatte? Konnte man die Welt wirklich verändern, indem man sich selbst veränderte? Durfte Nachhaltigkeit Luxus sein? Und schließlich: Wie war das Verhältnis der Gleisgärtner zu dem Camp vor ihrer Haustür? Sollten sie sich nicht für die Menschen dort einsetzen, anstatt einen Wachdienst zu engagieren?

Die Bilder dazu – der hohe Zaun mit den uniformierten Hundeführern mit ihren Schlagstöcken, Handschellen und Elektroschocker am Gürtel – versetzten ihm und dem Projekt den Todesstoß.

Denn tatsächlich kam David das, was er da auf seinem Laptop-Bildschirm sah, vollkommen obszön vor. Die Wohnung sah durch die weitwinkligen Aufnahmen noch viel größer aus, als sie in Wirklichkeit war, und die Terrasse hatte die Ausmaße eines üppig bepflanzten Hubschrauberlandeplatzes. Alles war neu und sauber und glänzte. Alles war glatt. Alles war Oberfläche. Sogar die Bienen.

David war erschüttert. War das wirklich ihre Wohnung? War das ihr Leben? *Sein* Leben?

Es gab sogar etliche Bilder von dem Lager, das einen entsetzlichen Kontrast zu den *Gleisgärten* bildete. Wie hatte Lea diese Aufnahmen gemacht? Hatte sie sich heimlich in das Birkenwäldchen geschlichen? Oder hatte sie von den Bewohnern die Erlaubnis bekommen?

David wusste nicht, womit er gerechnet hatte. Wahrscheinlich hatte er mit gar nichts gerechnet. Er hatte an Leas Busen gedacht und an ihren Mund und ihren lasziven Blick. Er hatte daran gedacht, wie sie mit ihren nackten Füßen und dem kleinen Kettchen um den Knöchel neben ihm saß und ihm einen runterholte. Sie wollte einen kleinen Film für ihren YouTube-Kanal? Von ihm aus eine ganze Serie mit mehreren Staffeln! Ein Film würde ihnen bestimmt nicht wehtun, schließlich kämpften sie ja für die gleiche Sache. Sie waren die Guten!

Nun war der Film da, und er tat weh. Sehr sogar. David hatte sich ein holpriges Video vorgestellt – und tatsächlich hatte er ein paar dieser holprigen Beispiele auch auf Leas YouTube-Kanal gesehen. Aber es waren frühere Filme gewesen, von vor einem, eineinhalb Jahren, und offenbar hatte Lea inzwischen dazugelernt. Denn dieser Film hier war handwerklich brillant. Er hatte Rhythmus und Tempo. Er hatte Stil. Er war cool. Vieles war offenbar am Rechner nachbearbeitet worden. Die Bilder flossen ineinander wie ein Schwarm bunter Fische, der an einem Korallenriff einen Tanz aufführte. Und Lea war so fotogen wie ein Filmstar.

David hatte sich das Video dreimal angesehen. Sowohl um das Ausmaß der Katastrophe zu erspüren, als auch um seine

Kunstfertigkeit und Leas Schönheit zu bewundern. Am liebsten hätte er es sich noch ein viertes Mal angeschaut. Aber er hatte keine Zeit mehr. Er musste los.

Zehn Minuten später saß er im Atrium. Mit ihm am Tisch saßen Jan, Steffen und Paula, die in diesem Jahr den Vorstand der *Gleisgärten* bildeten.

»Bist du dir denn sicher, dass du ihn gesehen hast?«, fragte Steffen.

Ob er sich sicher war? Was war das für eine Frage? Er war so sicher, dass er sich seinen kleinen Finger dafür abgehackt hätte, oder auch zwei Finger, nein: die ganze Hand. »Natürlich bin ich mir sicher!«, sagte er.

»Aber vielleicht hast du dich getäuscht. Immerhin war es ein fahrendes Auto«, sagte Jan.

»Ja, es war ein fahrendes Auto. Aber das Fenster war offen, und ich habe ihn klar und deutlich erkannt! Seine glänzende Glatze.«

»Ein Foto hast du nicht zufällig gemacht?«, fragte Paula.

»Ein Foto?«

»Ja, mit dem Handy. Oder ein Video. So wie bei dem Lager. Dann hätten wir einen Beweis.«

»Was wollt ihr denn noch? Eine DNA-Probe?«

»Nein, natürlich nicht.« Jan lachte. »Aber ein Foto würde uns helfen, die Sache für alle stichhaltig aufzubereiten.«

»Aufbereiten?«, wiederholte David.

»Ja, aufbereiten und dann präsentieren. Dann musst du dich auch nicht stundenlang dazu erklären.«

»Ich müsste mich nicht stundenlang dazu erklären, wenn ihr mir einfach glauben würdet!«

»Aber wir haben doch gar nicht gesagt, dass wir dir nicht glauben«, sagte Paula.

»Doch, genau das habt ihr. Ihr habt gefragt, ob ich mir denn wirklich sicher bin, dass es Tillmann war. Darauf kann ich nur sagen: Wenn ich mir nicht sicher wäre, hätte ich es euch doch gar nicht gesagt!«

»Trotzdem wird man doch noch nachfragen dürfen.«

Alle schwiegen.

»Und wo genau soll das gewesen sein?«, fragte Steffen nach einer Weile.

»Du meinst, wo es *war*. Ich kann dir nur beantworten, wo es *war,* und nicht, wo es gewesen *sein soll!*«

Jan hob beschwichtigend die Hände. »David, bitte, sei doch nicht so empfindlich!«

»Ich bin nicht empfindlich. Aber ich verstehe nicht, warum ich mich hier die ganze Zeit rechtfertigen muss.«

»Keiner verlangt, dass du dich rechtfertigst. Wir wollen doch nur auf dem gleichen Stand sein wie du.«

David nannte die Adresse.

»Echt? Das ist doch die Straße, die zum Biodiscount führt«, sagte Jan.

»Ja, genau.«

»Und das ist deine Jogging-Strecke?«

»Nein, das ist nicht meine Jogging-Strecke.« David zögerte kurz. Er konnte doch nicht erzählen, dass er Tillmann von den *Gleisgärten* bis zu der Wohnung verfolgt hatte. »Ich wollte noch was einkaufen …«

»Beim Biodiscount?« Paula schaute ihn erstaunt hat.

»Ja, ein Brötchen, was dagegen?«

»Nein, gar nicht, aber ich wundere mich nur, weil du mehrfach gesagt hast, dass du dort nie einkaufen würdest.«

David sprang auf. »Mir reicht's! Ich habe keine Lust, hier auf der Anklagebank zu sitzen. Wenn ihr Beweise wollt, können wir ja einen Privatdetektiv engagieren. Der macht dann Fotos und

Videos und nimmt Fingerabdrücke, und vielleicht findet er ja sogar DNA-Spuren in der Tiefgarage!«

»David, bitte. Keiner will dir etwas Böses«, sagte Paula. »Aber das ist nun mal eine starke Anschuldigung, die du da vorbringst. Und deshalb müssen wir ganz sicher sein.«

David biss die Zähne aufeinander. Er spürte, wie seine Kiefermuskeln krampften. Er musste sich beruhigen.

Jan räusperte sich. »Was ist, wenn wir ihn einfach mal darauf ansprechen?«, sagte er. »Warum hast du denn nicht mit ihm gesprochen, David?«

David atmete tief ein. »Weil ich befürchte, dass er sich dann irgendwas aus den Fingern saugt. Dass er uns erzählt, dass er das Auto nur kurzfristig hatte. Dass es geliehen war. Oder eine Requisite für einen Film.«

»Aber vielleicht ist es ja genau so«, sagte Steffen.

»Das glaube ich nicht. Es ist sein Auto. Er hat ...« David unterbrach sich. Fast hätte er erzählt, dass Zarina den Schlüssel von der Terrasse geworfen hatte. Aber das konnte er ja gar nicht gesehen haben.

»Er hat was?«, fragte Paula.

»Nichts. Aber ... Ich bin sicher, dass es sein Auto ist.«

»Also, ich finde deinen Vorschlag mit dem Detektiv gar nicht schlecht«, sagte Jan.

»Das war kein Vorschlag, das war ein Witz«, sagte David.

»Ja, das haben wir verstanden. Aber wenn ein Detektiv uns Fotos, Videos und Tage und Uhrzeiten und vielleicht sogar eine Mieterliste von der Garage vorlegt, dann kann sich Till nicht mehr rausreden.«

David spürte, wie seine Wut allmählich abflaute. Wahrscheinlich hatten sie recht. Wenn sie das Thema in die große Runde brachten, dann brauchten sie handfeste Beweise.

»Gut«, sagte David. »Von mir aus. Dann also einen Detektiv.«

»Was sagt ihr?« Jan schaute in die Runde. »Wenn ihr wollt, kümmere ich mich darum.«

Paula nickte. »Ich habe es ja schon gesagt: Ich finde es gut.«

Jan schaute Steffen an, der zuletzt geschwiegen hatte. »Was ist mit dir?«

Steffen bewegte langsam den Kopf. »Ich weiß nicht. Ich habe da meine Bedenken.«

»Warum?«

Alle drei schauten ihn an.

»Also mal angenommen, er hat da heimlich dieses Auto, und wir können es ihm beweisen, aber er weigert sich, irgendwelche Konsequenzen zu ziehen. Was machen wir dann?«

Davids Wut kehrte zurück. »Wir haben klare Regeln! Und die hat er verletzt!«

»Ja, das schon. Aber wissen wir denn, ob diese Regeln auch einem ordentlichen Gerichtsprozess standhalten? Wenn er sagt, dass er sich dadurch in seinen Freiheitsrechten eingeschränkt fühlt? Und das Gericht es genauso sieht? Was ist dann?«

»Dann müssen wir ihm klarmachen, dass er hier nicht weiter wohnen kann«, sagte David. »Wir alle. Als eine Gemeinschaft, die sich bestimmten Werten verpflichtet fühlt und die eine Vorbildfunktion hat. Ganz einfach! Was, wenn die Presse davon Wind bekommt?«

»Ja, wir können versuchen, ihm das klarzumachen«, sagte Steffen. »Aber was, wenn er sich weigert, irgendwelche Konsequenzen zu ziehen? Ich fürchte, es wird zu einer Spaltung der *Gleisgärten* führen. Oder zumindest zu starken Spannungen. Und das gerade jetzt, wo wir weiß Gott andere Probleme haben.«

»Was meinst du damit?«, fragte Paula.

»Was ich damit meine? Das Camp und alles, was damit zu tun hat.«

»Aber das ist doch etwas vollkommen anderes«, sagte Paula.

»Ach ja?«, sagte Steffen. Er hatte sich aufrecht hingesetzt. Seine Gesichtsmuskeln waren angespannt. »Ich fürchte, da gibt es viele, die das anders sehen. Ich zum Beispiel.«

David schluckte gegen seine Wut an. Er musste versuchen ruhig zu blieben. »Aber siehst du denn nicht den Unterschied?«, sagte er. »Die Leute in dem Camp haben keine Wahl. Viele von ihnen wissen vermutlich gar nichts von der Klimakrise. Tillmann schon.«

»Ignorantia legis non excusat«, sagte Steffen.

»Wie bitte?«

»Unwissenheit schützt vor Strafe nicht. Diese Leute wollen nichts anderes als billigen Konsum. Billiges Fleisch. Billige Milch. Billige Bananen. Und dabei vermüllen sie den ganzen Park. Sie urinieren in die Büsche und verrichten überall ihre Notdurft. Sie fällen junge Birken, um aus den Stämmen Hütten zu zimmern. Sie klauen unsere Biokisten und zum Dank betteln sie uns auf aggressivste Weise an. In letzter Zeit gab es sogar häufiger Klagen von Frauen, die im Park belästigt wurden. Hier, in unserem Park! Und wenn Tillmann nicht gewesen wäre, dann würden wir noch heute tatenlos herumsitzen!«

David schüttelte den Kopf. »Willst du damit sagen, dass dieser Ordnungsdienst die Lösung ist? Die führen sich auf wie eine paramilitärische Einheit!«

»Nicht nur der Ordnungsdienst. Auch die Sozialarbeiter. Und die Fernsehteams. Alles zusammen. Endlich war jetzt mal die Polizei da. Ein paar Leute haben das Camp schon verlassen. Und wenn es stimmt, was ich gehört habe, werden sie das Lager in den nächsten Tagen räumen.«

»Aha. Interessant. Und nur weil Tillmann dieses H-und-H-Zeug vorgeschlagen hat, dürfen wir ihn nicht damit konfrontieren, dass er sich heimlich mit einer 700-PS-Schleuder vergnügt?«

»Natürlich können wir ihn damit konfrontieren«, sagte Steffen. »Aber die Frage ist doch, ob es sinnvoll ist, das gerade jetzt zu tun.«

David seufzte und blickte hilfesuchend Paula und Jan an.

Jan wirkte nachdenklich. »Es gefällt mir zwar nicht«, sagte er. »Aber es stimmt schon, was Steffen sagt. Vielleicht reiben wir uns mit so einer Geschichte nur unnötig auf.«

»Wir reiben uns nicht auf, wir schaffen Klarheit!«, sagte David.

Paula hob die Hände. »Ich habe einen Vorschlag: Lasst uns alle noch ein paar Nächte darüber schlafen. Und dann entscheiden wir. Okay?«

Alles in David sträubte sich dagegen. Ein paar Nächte darüber schlafen? Tillmann noch drei-, vier- oder fünfmal unbehelligt mit seinem Monster durch die Stadt fahren lassen? Damit er mit pubertärem Stolz die Fehlzündungen in seinem Rücken spürte und sich daran aufgeilte, wie ihm die Leute hinterherschauten? Frauen! Junge Frauen! Vermutlich sogar klimabewegte Teenager, wie Lea einer war, denn auch negative Aufmerksamkeit war schließlich Aufmerksamkeit.

Er schaute auf die Uhr. Apropos. Es war zehn nach zwei. In zwanzig Minuten war das Treffen mit Lea. Ein Treffen, bei dem es immerhin darum ging, den nächsten Schaden von dem Projekt abzuwenden: diesen Film. Und ganz nebenbei darum, ihr wunderschönes Lächeln zu sehen und ihre Hand zu nehmen und ihr zu sagen, dass er sie küssen wollte.

»In Ordnung«, sagte David, »dann sprechen wir eben in ein paar Tagen noch mal. Abgesehen davon muss ich jetzt los.« Mit diesen Worten stand er auf und ging.

Sie waren in dem kleinen Biergarten am Kanal verabredet. Lea saß auf einer Bank in der Sonne. Sie lächelte und winkte, als sie ihn sah. Sie trug ein grünes T-Shirt mit einem Siebdruck-Baum, dessen freigelegte Wurzel genauso aussah wie die Krone, die sich über ihren Busen wölbte. Dazu Secondhand-Jeans und Turnschuhe. Ihre Augen leuchteten, und auf einmal war alles vergeben.

Sollte sie doch mit ihrem Film das Projekt in Bausch und Bogen verdammen! Sollte sie sie doch alle für Pharisäer halten, für verlogene Luxus-Klima-Schützer, für Feigenblatt-Weltretter, für neureiche Spießer. Was interessierte ihn das? Was interessierte ihn das Projekt? Was interessierte ihn das Klima? Er wollte, dass sie sich auf seinen Schoß setzte und an seinem Ohrläppchen knabberte. Dass sie seinen Schwanz massierte. Dass sie ihm mit ihrer Zunge über die Lippen leckte. Dass sie sich aneinander rieben und er ihre Titten spürte.

Er winkte zurück. Er lief wie auf Watte, lief in Leas Strahlen hinein, in ihre leuchtende Schönheit. Und während er immer tiefer in ihren Bannkreis geriet, musste er sich eingestehen: Er war bis über beide Ohren verknallt! In ein fünfzehnjähriges Mädchen! Ja, mehr noch: Er wollte mit ihr durchbrennen! In ein Auto steigen und nach Polen, Frankreich oder Italien fahren. Irgendwohin, wo sie niemand kannte.

Homo Faber, nein: Lolita!

David setzte sich.

»Hi!«, sagte er.

»Hi!«, echote sie.

»Schön, dich zu sehen«, sagte er.

Sie lächelte. »Ja, aber auch irgendwie *weird*. Ich habe dich ja die ganze Zeit gesehen.«

Er schaute sie fragend an. Das Herz schlug ihm bis zum Hals.

»In dem Film, auf dem Bildschirm.«

»Ach so«, sagte er. »Stimmt.«

Sie plauderten. Lea erzählte von einer Schüler-Klimademo und David von seinen Bienen. Alles war perfekt, alles lief in die richtige Richtung, auf das Ziel zu, das er verfolgte. Irgendwann würde er ihre Hand nehmen und sie fragen, ob sie nicht Lust hätte, sich noch ein bisschen mit ihm an den Kanal zu setzen. Und dann würden sie knutschen, und zwar genau so, wie man eben mit einem Teenager knutschte. Nicht mehr, aber auch nicht weniger.

Doch dann folgte plötzlich der Moment, der alles ins Gegenteil verkehrte. Zuerst war da nur ein Schatten, der wie zufällig zwischen ihnen auf den Tisch fiel. Dann wurde der Schatten zu einem Typen, der sich über die Bierbank bückte und Lea küsste: mitten auf den Mund. Und war da nicht sogar ein bisschen Zunge im Spiel?

»David, das ist Ben. Ben, das ist David.«

»Hey.«

»Äh … Hallo.«

Ben war Mitte zwanzig. Ein dunkler Typ. Gut aussehend, verdammt gut aussehend sogar. Er trug einen silbernen Ring in der Nasenscheidewand und zwei große hölzerne Creolen in den Ohrläppchen. Seine Haare waren an der einen Seite abrasiert und hingen auf der anderen in einzelnen Rastas herunter. Er trug Jeans und ein T-Shirt, auf dem neben einem Kopf von Karl Marx und einem englischen Zitat »Climate Revolution« stand.

»Ben hat mir ein bisschen beim Schnitt geholfen«, sagte Lea. »Er ist Cutter.«

»Cutter«, wiederholte David, als ob er dieses Wort das erste Mal in seinem Leben hörte.

»Ja, er schneidet Musikclips. Zuletzt war er ein Jahr in London.« Lea schaute Ben bewundernd von der Seite aus an.

»London. Wow.« David gab sich Mühe, nicht zu sarkastisch zu klingen.

Ben lächelte und entblößte eine Reihe sehr weißer Zähne. »Tja«, sagte er und zuckte entschuldigend mit den Schultern. »Mit irgendwas muss man ja sein Geld verdienen.« Er hielt kurz inne. »Aber immerhin mach ich keine Werbung. Das ist meine Grenze.«

David starrte ihn an. War das ein bewusster Angriff? Es wirkte nicht so, denn Ben schaute offen und ohne jede Feindseligkeit zurück. Aber er wusste doch bestimmt, dass David aus der Werbung kam. Oder etwa nicht? David überlegte, was schlimmer wäre: Wenn er es wüsste oder wenn er es nicht wüsste, und er entschied, dass beides schlimm war. Alles an dieser Situation war schlimm. Sehr schlimm sogar.

David schwieg. Er spürte, wie sich sein Inneres eng zusammenzog. Er hatte Schwierigkeiten, Luft zu bekommen.

Unterdessen legte Ben ein MacBook Pro auf die Bierbank und klappte es auf.

Wie naiv war David eigentlich gewesen? Wie hatte er nur davon ausgehen können, dass Lea diesen Film allein geschnitten hatte? Eine Fünfzehnjährige! Natürlich nicht! Es war ein professioneller Cutter gewesen. Sie lieferte das Material, er schnitt.

»Le hat gesagt, du wünschst ein paar Änderungen?« Ben schaute ihn fragend an, während Leas Hand auf seinem Oberschenkel lag.

Le. Ben und Le. Er war ihr Auserwählter. Auf seinem Schoß saß sie. Ihn küsste sie. An ihm rieb sie sich. Ihm zeigte sie ihre Titten. Und er fickte sie, während sie ihre rosa Zunge in seine Holzcreolen steckte.

David schaute zu Lea. Er versuchte, ihren Blick aufzufangen. Er wollte ihr zeigen, dass er auch noch da war. Er, mit dem sie vor einer Woche noch offensiv geflirtet hatte. Er, der in dieser coolen Beziehung mit Sybil lebte. Doch Lea beachtete ihn überhaupt nicht. Vielleicht hatte sie vergangene Woche gar nicht mit ihm geflirtet? Sie schien Ben vollkommen verfallen zu sein. Merkte sie denn nicht, dass er nur mit ihr spielte? Dass es in Bens Leben vermutlich noch zehn andere Leas gab? Und spürte sie denn nicht, dass es bei ihm, David, anders wäre, dass er sie *wirklich* wollte? Nur sie und keine andere?

Nein, sie merkte gar nichts. Ben war ihr Gott.

David atmete tief ein. Er musste Haltung bewahren. Er musste diese Sache hier souverän zu Ende bringen.

»Ja«, sagte er, »das stimmt. Ich wünsche Änderungen. Aber ich fürchte, es sind mehr als nur ein paar.«

»Ach ja?«, sagte Ben.

»Ja. Denn ich finde, dieser Film wird uns nicht gerecht. Er stellt uns in einem falschen Licht dar. Er ist polemisch.«

David schaute zu Lea. Sie wirkte unsicher. Auf einmal sah er alles. Die Naivität, das Kindliche, die Dummheit. Wie sollte es anders sein? Sie war fünfzehn. Ein Teenager!

»Aber wie kommst du denn darauf?«, sagte Lea. »Wir … stellen doch nur Fragen.«

»Ja, aber die Art und Weise, wie ihr diese Fragen stellt, ist suggestiv. Der Film lässt uns als einen Haufen reicher Klimaspießer erscheinen.«

»Aber das ist nicht das, was wir wollten. Wir wollten die Frage aufwerfen, ob … also, ob …« Lea unterbrach sich und warf Ben einen hilfesuchenden Blick zu. Und auf einmal verstand David. Ben war nicht nur der Cutter, er hatte den Film gemacht. So wie er vermutlich alle ihre Filme machte. Lea war sein trojanisches Pferd, mit dessen Hilfe er in ihr Projekt gedrungen war.

Ben lächelte. »Ich denke, wir haben eine vollkommen legitime Frage gestellt. Sie lautet: Kann eine Änderung im Privaten wirklich die Lösung sein?«

Es war gemein. Es war genau die Frage, die David sich seit Wochen selbst ständig stellte. Aber jetzt musste er sich verteidigen. »Es ist die einzige Lösung!«, sagte er. »Zumindest, bis die Politik sich so ändert, dass es endlich große Lösungen gibt. Aber die Politik ändert sich nur, wenn wir uns ändern. Das ist der Weg, den wir gehen. Und es ist ein Weg, den wir alle gehen sollten.«

Lea schüttelte den Kopf. »Aber wer kann sich denn ein solches Leben leisten? Was ist mit dem Camp vor eurer Haustür?«

Wieder so eine Frage, die er sich selbst ständig stellte. »Das Camp hat nichts mit unserem Projekt zu tun. Jeder kann sein Leben ändern, wenn er möchte. Dazu muss man nicht in den *Gleisgärten* wohnen.«

»Ich glaube, dass das Camp einiges mit eurem Projekt zu tun hat«, sagte Ben. »Denn am Ende ist es doch ganz einfach: Das Problem ist der Kapitalismus.«

»Der Kapitalismus?«

»Ganz genau.«

»Es ist interessant, dass du über den Kapitalismus redest, während vor dir ein teures MacBook liegt.«

Ben lächelte. »Es ist eben genau so, wie der gute alte Adorno schon sagte: Es gibt kein richtiges Leben im falschen.«

David spürte, wie Wut in ihm aufwallte. Am liebsten hätte er das silberne Notebook mit dem glänzenden Apfel in der Mitte geschnappt und es Ben in die Fresse geschlagen. Aber er durfte jetzt nicht die Fassung verlieren. Er musste ruhig bleiben. Regelmäßig atmen: ein und aus.

»Es gibt gute Gründe, warum Adorno auf dem Müllhaufen der Geschichte gelandet ist«, sagte er.

»Ach ja?« Ben lächelte und zog dabei die Augenbrauen hoch. Die Ironie stand ihm. Er sah noch besser aus als vorher.

»Ja!«, sagte David so bestimmt wie möglich. »Und der Kapitalismus ist nicht das Problem, sondern die Lösung!« Doch wirklich überzeugt war er nicht. Im Gegenteil. In letzter Zeit hatte er immer häufiger Zweifel gehabt, ob das wirklich stimmte.

Ben schüttelte einfach nur müde lächelnd den Kopf. »Lassen wir das mit dem Kapitalismus … Ich glaube, euer Problem in den *Gleisgärten* ist, dass ihr die ganze Zeit nur über Konsum redet – richtigen und falschen Konsum – und dass euer Ansatz dabei einzig und allein auf Vertrauen basiert.«

»Das stimmt nicht! Wir haben klare Regeln!«

»Kann sein. Aber weißt du denn wirklich, was jeder Einzelne bei euch im Projekt macht? Ob sich da nicht ein paar Leute ihre Freiheiten herausnehmen? Ob sie nicht doch ab und zu mal fliegen oder einen Burger bei McDonalds essen? Und was, wenn das nicht nur einer macht, sondern zehn? Was ist dann?«

David fühlte sich ertappt. Er dachte an Tillmann und an den Aston Martin mit den vier armdicken Auspuffrohren. Und an Sybils Flug nach La Palma. Doch die Tatsache, dass Ben recht hatte – ohne eine Ahnung zu haben, wie recht er eigentlich hatte! –, machte David noch wütender.

»Wisst ihr was?«, sagte er. »Ich glaube, es hat keinen Zweck, den Film umzuschneiden. Ich möchte, dass ihr ihn einstampft.«

»Aber … was …«, sagte Lea. »Ich meine, wie meinst du das?«

»Dass ihr ihn vernichtet. Ihn löscht. Ohne dass ihn jemals irgendjemand zu Gesicht bekommt.«

»Aber … das … Das kannst du doch nicht verlangen.«

»Doch. Das kann ich.«

»Weißt du, wie lange wir daran geschnitten haben?«

»Das ist mir egal.«

Ben straffte seine Schultern. »Also, so wie ich das sehe, bräuchten wir gar keine Erlaubnis von dir. Wir haben das Material. Und du hast Lea zu euch eingeladen. Ganz offiziell. Das müsste als Einverständnis eigentlich reichen.«

Lea sagte nichts mehr.

»Okay«, sagte David. »Wenn das so ist, dann muss ich wohl ein bisschen deutlicher werden. Ihr stampft den Film ein und löscht das gesamte Material. Sobald der Film online geht, bekommt ihr Post von meinem Anwalt.« Er wandte sich Lea zu. »Vielmehr: Deine Eltern bekommen die Post, denn du bist ja noch nicht geschäftsfähig. Und nur damit du es weißt: Es ist nicht irgendein Anwalt. Er leitet die größte Medienkanzlei Deutschlands. Er wird deine Eltern auf Schadenersatz verklagen, und zwar auf einen hohen fünfstelligen Betrag. Und anschließend werden deine Eltern nicht nur einen Großteil ihres Ersparten verloren haben, sondern es wird auch deinen YouTube-Kanal nicht mehr geben. Und zwar nie wieder, verstanden?!«

»David …«, sagte Lea. »Bitte! Ich meine, bitte … nicht!«

»Lösch den Film, und es wird nichts passieren.« David stand auf. »Ich wünsch euch noch einen schönen Tag.«

Er drehte sich um und ging. Er spürte ihre Blicke in seinem Rücken. Leas Angst und Bens Wut. Und es fühlte sich gut an. Die Blicke trugen ihn zwischen den Bierbänken hindurch und noch mehrere Hundert Meter am Kanal entlang. Er war angegriffen worden, aber er hatte sich gewehrt. Er hatte gewonnen.

Eis

Sie lag auf dem Rücken. Ihre Beine waren gespreizt, unter ihren nackten Oberschenkeln spürte sie die beiden Hartplastikschalen. Ihr Körper war in einen dunklen Umhang gehüllt, und auf dem Kopf hatte sie eine hellblaue OP-Haube. Eine Arzthelferin stand neben ihr und hielt ihr die Hand. Der Arzt sagte: »Ich werde jetzt anfangen.«

»Okay.«

Sie hatte sich für eine Abtreibung ohne Narkose entschieden. Nicht weil sie so tapfer war, sondern weil man sich nach einer Narkose abholen lassen musste und sie nicht wollte, dass irgendjemand – vor allem nicht David – von der Schwangerschaft erfuhr.

Herr Dr. Maul hielt ein schmales Metallrohr in der Hand und betätigte einen Schalter. Es hörte sich an wie ein Handstaubsauger. Sybil schloss die Augen. Die Schwester drückte ihre Hand. Sybil begann leise zu summen. Vorab hatte sie mehrere starke Schmerzmittel bekommen und vorsorglich direkt vor dem Termin noch eine *Tavor* genommen, die sie sich nach dem Rückflug von La Palma von ihrer Hausärztin hatte verschreiben lassen – »Gegen meine Flugangst, leider muss ich in nächster Zeit viel fliegen« – und seitdem mehr oder weniger durchgehend nahm.

Und nun lag sie hier mit gespreizten Beinen und wartete darauf, dass der Arzt endlich das rückgängig machte, was sie selbst angerichtet hatte.

Sie spürte einen spitzen, heißen Schmerz, der ihr vom Unterleib bis in die Zehen fuhr. Sie drückte die Hand der Schwester und biss sich auf die Unterlippe.

»Sie haben es gleich geschafft«, sagte die Schwester.

Auch der Arzt sagte etwas, aber nicht zu ihr, sondern zu der zweiten Arzthelferin, die neben ihm zwischen Sybils Beinen stand.

Noch ein Schmerz, diesmal dunkler und dumpfer, dafür strahlte er nach oben, bis in ihren Unterkiefer.

Sie stöhnte.

Das Sauggeräusch verschwand kurz, als ob sich der Sauger verschluckt hätte. Dann war es wieder da, und ein paar Sekunden später hörte es ganz auf.

»Sie können sich entspannen«, sagte der Arzt.

Sybil öffnete die Augen. Die Arzthelferin neben ihr lächelte und tätschelte ihren Handrücken.

Noch eine Stunde musste Sybil auf der schmalen Liege in der Umkleide liegen bleiben, dann schaute die Schwester nach ihr, anschließend durfte sie gehen.

Die breite Binde zwischen ihren Beinen fühlte sich an wie eine Windel, und sie musste immer wieder gegen das Gefühl ankämpfen, dass die Leute sie anstarrten. Dass sie erkannten, dass mit ihr etwas nicht stimmte. Dass sie hinter ihrem Rücken über sie tuschelten.

Abgesehen davon fühlte sie sich gut. Viel besser als in der vergangenen Woche. Sie war im wahrsten Sinne des Wortes erleichtert. Als ob ihr kein winziger Embryo abgesaugt worden wäre, sondern ein schweres Gewicht, ein Stein, der ihren Körper nach unten gezogen hatte.

Wie hatte sie jemals auf die Idee kommen können, ein zweites Kind zu wollen? Gemeinsam mit einem Mann, von dem sie sich entfremdet hatte? Und nicht nur sie hatte sich von David entfremdet, auch David von ihr. Seit jenem Abend, als er sie sexuell bedrängt hatte, war nichts mehr wie zuvor. Er hatte sich verkrochen. Hatte sich mit dem Camp beschäftigt und mit der Hausgemeinschaft. Mit den Bienen, mit Tillmann, mit seinem dämlichen Blog. Als sie vor ein paar Tagen nachts wach gelegen und über die Abtreibung nachgedacht hatte, hatte sie gehört, wie er im Traum mehrmals einen Namen gestöhnt hatte: »Lea.« Sie kannte keine Lea. Und das Schlimmste war: Es war ihr egal.

Sie fuhr mit der S-Bahn und ging dann über die Brücke in Richtung Park.

Seit die Polizei mehrfach angerückt war, war das Lager leerer geworden. Angeblich war sogar bereits die eine Hälfte geräumt worden. Trotzdem wurde noch immer aggressiv gebettelt, es wurde Feuer gemacht und überall auf den Rasenflächen Müll liegen gelassen. Hinzu kamen die Proteste von linken Gruppen, die Transparente an ihren Zaun gehängt hatten, auf denen stand: »No Borders«, »Wohnraum für alle« oder »Grenzen töten«.

Während Sybil an dem Birkenwäldchen entlanglief, hörte sie grölende Stimmen, und unwillkürlich musste sie an La Palma denken. An Ninas Garten. An die Weite des Meeres. Sie musste daran denken, wie unbeschwert dort alles war, und sie ertappte sich bei der Vorstellung, wie es wäre, für immer dort zu leben. Oder zumindest sehr oft da zu sein.

Obwohl die Wachleute sie längst kannten, musste sie am Tor ihr Smartphone vorzeigen. Es machte den Wachen sichtlich Spaß, ihre Autorität zur Schau zu stellen, aber Sybil hatte im Gegensatz zu vielen anderen Bewohnern kein Problem damit. Im Gegenteil. Diese Leute machten ihren Job, und sie machten ihn gut. Sie konnten ihnen dankbar dafür sein.

Das erste Mal seit vielen Monaten nahm sie den Aufzug. Die Binde hatte sich mit Blut vollgesaugt, und Sybil hatte Angst, dass der nächste Schwall durch den Zellstoff dringen könnte. Sie hoffte, dass David und Jonas vielleicht noch draußen wären, auf dem Spielplatz oder im Park. Dass sie vielleicht noch eine halbe Stunde allein hätte. Sich vielleicht noch ein paar Minuten hinlegen. Es war halb fünf, wunderschönes Wetter, die Abendessenszeit war erst in eineinhalb Stunden. Sie waren bestimmt noch draußen.

Doch als sie an die Wohnungstüre trat und den Schlüssel aus ihrer Tasche holte, löste sich diese Hoffnung in Luft auf. Sie hörte Jonas. Er weinte. Nein, er weinte nicht, er brüllte. Offenbar hatte er wieder einen seiner Anfälle. Sie musste an den Bioladen denken und überlegte, ob sie nicht noch eine Runde drehen sollte. Ein bisschen in den Park gehen und warten, bis sich alles beruhigt hätte. Aber sie musste aufs Klo, die blutige Binde wechseln.

Sybil öffnete die Tür. Jonas' Brüllen wurde noch lauter. Etwas schepperte.

»Jonas!«, rief David.

Sie überlegte, direkt ins Bad zu gehen. Aber vorher musste sie ins Schlafzimmer, um sich eine frische Unterhose zu holen. Und um ins Schlafzimmer zu kommen, musste sie durch die Küche.

»Verdammt«, murmelte sie.

Jonas hockte in seinem Babystuhl und schrie. David saß vor ihm. Ein Teller Nudeln stand zwischen ihnen. Sehr viele Nudeln lagen zudem um den Teller herum und auf dem Boden. Dort lag außerdem eine Tasse, um die sich ein kleiner See ausgebreitet hatte.

»Hallo«, sagte Sybil.

Jonas schrie weiter, David reagierte nicht.

»Was ist denn los?«, fragte sie.

»So geht das schon, seit ich ihn vom Kindergarten abgeholt habe«, sagte David, ohne sich zu ihr umzudrehen. »Seit über zwei Stunden!«

»Aber was ist denn das Problem?«

»Er hat Hunger. Aber er weigert sich, etwas zu essen. Und außerdem ist er vollkommen übermüdet. Er hat keinen Mittagsschlaf gemacht.«

»Hast du es mal mit einem Keks versucht?«

»Keks!«, schrie Jonas. »Keks haben!«

Nun wandte David sich ihr zu. »Danke!«, sagte er und verdrehte die Augen. »Er hat alle Kekse aufgegessen, und jetzt will er Eis. Aber der Zucker macht es nur noch schlimmer.«

»Eis!«, schrie Jonas. »Eis!«

»Lass mich doch mal versuchen«, sagte Sybil ohne jede Überzeugung, einfach nur, um etwas zu sagen.

»Bitte! Nichts lieber als das!«

Sybil ärgerte sich, das Angebot gemacht zu haben. Was, wenn sich das Blut in den Stoff saugte und David sah, dass ihre Hose feucht war? Sie setzte sich. David schob ihr den Teller Nudeln hin.

Sybil steckte die Gabel in die Nudeln und streckte sie Jonas hin.

»Jonas«, sagte sie, »du musst was essen.«

Jonas schlug mit der Hand nach der Gabel, bog den Rücken durch und bäumte sich in dem Stuhl auf.

»Raus!«, schrie er. »Raus!«

»Er will aus dem Stuhl«, sagte sie.

»Ach wirklich? Wenn ich ihn rauslasse, rennt er sofort zum Kühlschrank, schreit ›Eis, Eis, Eis‹ und fängt an, alle Sachen, an die er herankommt, herauszureißen.«

Sybil schaute zum Kühlschrank. Davor lagen unzählige Erbsen, die offenbar aus ihrem Vorrat an selbst eingefrorenem Gemüse stammten.

»Eis!«, schrie Jonas. »Eis!«

»Haben wir denn Eis?«, fragte Sybil.

»Nein«, sagte David mühsam beherrscht, »haben wir nicht. Aber selbst wenn wir es hätten, wäre es nicht die Lösung. Er braucht nicht noch mehr Zucker. Er muss etwas Richtiges essen, und danach muss er schlafen.«

»Pass auf«, sagte Sybil. »Ich muss kurz auf die Toilette, und dann übernehme ich, okay?«

»Okay«, sagte David.

Sybil holte sich eine Unterhose und ging ins Bad. Die Binde war so blutdurchtränkt, dass sie sie hätte auswringen können. Sie wickelte sie in Klopapier und warf sie in den kleinen Mülleimer. Eine Sekunde hatte sie das Bild vor Augen, wie sie einen Teil von Jonas kleinem Geschwisterchen wegwarf. Ein zweites Kind, dessen Schreie sie einfach erstickt hatte.

Sybil wusch sich mit einem Waschlappen zwischen den Beinen, trocknete sich ab und zog sich wieder an.

Jonas' Schreien, das sich zwischendurch ein wenig beruhigt hatte, war inzwischen wieder lauter geworden.

»Eiiiiiis!«, schrie er.

»Jonas, nein!«, brüllte David.

Sybil fragte sich, was mit David los war. Er blieb sonst ruhig. Er war immer geduldig, mit Jonas und mit ihr, aber in letzter Zeit wirkte er oft gereizt. Wieder ein Beweis dafür, wie sehr er sich verändert hatte. Noch vor ein paar Wochen hätte er ihr Angebot, in einer Krise Jonas übernehmen zu können, lächelnd ausgeschlagen, und nun sagte er einfach nur: »Bitte! Nichts lieber als das!« Das war unfair. Es war gegen die Absprache, die unausgesprochene Übereinkunft. Die Heimatfront war er. Er war für den Haushalt und vor allem für Jonas zuständig. Erst recht in derartigen Krisen.

»Eiiiiiiiis!«, brüllte Jonas.

Am liebsten hätte sich Sybil die Ohren zugehalten und wäre direkt wieder rausgegangen. Raus in die strahlende Klimakrisensonne. Irgendwo einen Tee trinken. Ein bisschen Zeitung lesen und abwarten, bis Jonas endlich schlief.

Doch das war nun leider nicht mehr möglich. Sie hatte David gesagt, dass sie übernehmen würde, und das hieß, sie musste es auch tun.

Sie öffnete die Badezimmertür.

In der Küche fiel etwas um. Jonas schrie. David brüllte.

Jonas' Stuhl lag auf dem Boden. David hatte Jonas unter den Armen gepackt.

»Was ist passiert?«, rief Sybil.

»Er hat mich gebissen!«, schrie David. »Er hat mich gebissen!«

»Lass ihn los! Ich übernehme!«

Doch David ließ ihn nicht los. »Hör auf zu heulen!«, schrie er Jonas an. »Hör sofort auf!« Er begann, ihn zu schütteln.

»David! Du tust ihm weh!«, schrie Sybil.

Jonas brüllte. Diesmal nicht vor Wut, sondern aus Angst und vielleicht sogar, weil er Schmerzen hatte.

»Hör auf zu schreien!«, brüllte David und schüttelte Jonas erneut. Der Kopf des Kindes tanzte auf seinem Rumpf herum, als wäre Jonas ein Wackeldackel in einer Kopfsteinpflasterstraße.

»Lass ihn los!«, schrie Sybil. »Lass ihn sofort los!«

David schüttelte weiter. Und Jonas schrie dagegen an. Und dann war Sybil bei David. Sie packte seinen Arm.

»Lass ihn los!«

Doch David hörte nicht. Er war nicht mehr ansprechbar. Er stieß Sybil beiseite. Seine Arme pumpten vor und zurück wie die Kolben einer entfesselten Dampfmaschine. Jonas' Brüllen überschlug sich, und für eine Sekunde wirkte es, als ob er gleich kollabierte.

»Hör auf zu heulen«, brüllte David. »Hör! Auf! Zu! Heulen!«

»David!«, schrie Sybil. »Du bringst ihn um!« Sie krallte ihre Fingernägel in Davids Hals. »Du bringst ihn um!«

Und dann hielt sie Jonas plötzlich in den Armen. Seine Augen waren schreckgeweitet. Er zitterte am ganzen Körper. David lehnte an der Arbeitsplatte neben dem Kühlschrank und atmete schwer.

»Bist du völlig verrückt geworden?«

David antwortete nicht. Sein Atem ging stoßweise. Seine Kiefermuskeln mahlten. An seinem Hals sah Sybil die Abdrücke ihrer Fingernägel.

Sie wurde von einem starken Schwindel ergriffen, und einen Moment hatte sie das Gefühl, ohnmächtig zu werden. Sie dachte an den Blutverlust durch die Abtreibung, an die vielen Schmerzmittel und daran, dass sie sich eigentlich schonen musste.

Aber dann übernahm das Adrenalin, und der Schwindel verflog. Sie stand auf. Jonas war an ihren Oberkörper geschmiegt und zitterte.

Sybil atmete tief ein. »Ich werde jetzt mit Jonas zu meinen Eltern fahren«, sagte sie. David reagierte nicht. Er stand wie erstarrt.

Mit Jonas auf dem Arm ging Sybil ins Schlafzimmer. Wahllos stopfte sie ein paar Klamotten in eine Tasche. Anschließend machte sie das Gleiche in Jonas' Zimmer. Dazu zwei Bilderbücher und Elfo, seinen Kuschelelefanten. Sie ging ins Bad, griff eine Packung Windeln, Jonas' und ihre Zahnbürste und warf sie in ihren Kulturbeutel.

Jonas zitterte immer noch. Offenbar hatte er einen Schock erlitten. Hoffentlich war es nur ein Schock und nicht mehr. Eine Gehirnverletzung.

»Jonas!«, sagte sie.

Er schaute sie an. Sein Blick war verschreckt, aber sie hatte das Gefühl, dass er sie erkannte und ihr Gesicht fixieren konnte.

Vielleicht musste sie, bevor sie in den Zug stieg, noch zum Arzt. Aber zuerst musste sie hier raus. Raus aus dieser Wohnung und weg von David.

Als sie erneut in die Wohnküche kam, stand David immer noch vollkommen regungslos, an genau derselben Stelle und in genau derselben Haltung wie drei Minuten zuvor.

»Du hättest ihn umbringen können!«, sagte sie noch einmal. »Ist dir das klar? Du warst kurz davor, ihn umzubringen! Deinen eigenen Sohn. Unseren Sohn!«

David protestierte nicht. Er reagierte überhaupt nicht. Er stand da und schwieg.

»Ich gehe jetzt«, sagte sie und drehte sich um.

Sie nahm die Treppe und hoffte inständig, dass ihr auf dem Weg nach draußen niemand begegnen würden, doch im Erdgeschoss kam ihr Zarina entgegen. Offenbar war sie gerade im Garten gewesen. Sie sah besorgt aus. »Alles okay bei euch?«, fragte sie.

»Ja«, sagte Sybil. »Wir … ich …« Sie merkte, dass sie zitterte.

»Ich habe Jonas schreien gehört und David auch, und da dachte ich …« Zarina ließ das Satzende in der Luft hängen.

»Ja«, sagte Sybil. »Jonas … hat nicht geschlafen und … ich … Entschuldige … ich muss los. Ich fahre jetzt zu meinen Eltern.«

»Ah, das ist gut«, sagte Zarina. »Gute Reise. Und bis bald.«

»Ja. Danke.«

Als sie draußen waren, wurde Jonas' Atem ein wenig gleichmäßiger, aber er zitterte immer noch.

Sybil ging zu der türkischen Tiefkühlbäckerei auf der anderen Straßenseite, die sie bislang immer gemieden hatte: Backtriebmittel, Geschmacksverstärker, Kühlketten, die täglich vermutlich mehr CO_2 ausstießen als ihr Haushalt im gesamten Jahr. Die Frau hinter dem Tresen trug ein Kopftuch, unter das ein Handy geklemmt war. Während sie Sybil bediente, telefonierte sie einfach weiter. Mit einer Brezel, einem Laugencroissant und einem Kakao verließ Sybil mit Jonas den Laden.

Draußen setzte sie sich auf einen der silbernen Metallstühle und drückte Jonas das Croissant in die Hand. Sofort biss Jonas hinein, und zwei Minuten später war es in seinem Bauch verschwunden. Dazu trank er den Kakao. Seine Augen ganz groß und leuchtend. Vermutlich würde er Durchfall bekommen, denn er hatte in seinem ganzen Leben noch keine Kuhmilch getrunken. Aber das war es wert. Jonas lebte.

Dennoch würde sie bei ihren Eltern zur Sicherheit zu einem Kinderarzt gehen und ihn durchchecken lassen.

»Willst du noch einen Schluck?«, fragte sie.

Sie gab ihm den Becher und spürte, wie ihr die Tränen kamen. »Mein armer kleiner Schatz. Es tut mir leid.«

»Leib.«

»Ja, leid.«

Sybil fragte sich, was gewesen wäre, wenn sie nicht eingegriffen hätte? Wenn sie eine halbe Stunde später gekommen wäre? Wenn sie ihre Fingernägel nicht in Davids Hals gerammt hätte? Dann wäre Jonas womöglich tot, und David säße in Untersuchungshaft.

Mit aller Kraft schob sie den Gedanken beiseite. Sie gab Jonas noch ein Stück Brezel, holte ihr Handy heraus und bestellte ein Taxi mit Kindersitz.

Schwindel

Er wusste nicht genau, wie lange Aurica und Nelu schon weg waren. Ob es fünf, sechs oder sogar schon sieben Tage waren. Es war so viel passiert seitdem, er hatte sein Zeitgefühl verloren. An dem Tag, nachdem Aurica verschwunden war, war das Lager geräumt worden. Zumindest der obere Teil und damit auch ihr Zelt und die Baracken. Die Polizei war am frühen Morgen gekommen. In voller Ausrüstung und Kampfmontur hatten sie das Birkenwäldchen gestürmt. Mit Megafonansagen wurden sie in mehreren Sprachen dazu aufgefordert, ihre Zelte abzubauen und ihre Sachen zu packen. Und wenn sie nicht reagierten – oder auch nur nicht schnell genug reagierten –, dann wurden kurzerhand die Heringe und Zeltstangen herausgerissen. Für die Baracken hatten die Polizisten Rammen dabei. Nachdem sie die Leute mit ihren Schlafsäcken nach draußen gezerrt hatten, machten sie die wackligen Hütten dem Erdboden gleich.

Petre hatte am Morgen der Räumung Kopfschmerzen gehabt. Denn an dem Abend, an dem Aurica mit Nelu verschwunden war, hatte er noch fünf oder sechs Bier getrunken, um den Schock zu verdauen. Den Schock darüber, dass Aurica wirklich ernst gemacht hatte mit ihrer Drohung, aber vor allem den Schock über seine Reaktion darauf. Er hatte die Kontrolle verloren, abermals. Genau wie mit dem Mann auf dem Spielplatz und mit Dacian. Nur dass es sich diesmal nicht um einen verrückten Fremden oder ein ausgemachtes Arschloch gehandelt hatte, sondern um Aurica. Um die Frau, die er liebte. Die Mutter seines Sohnes. Was war in ihn gefahren? Er hatte versucht sie aufzuhalten und sie dabei zu Boden gestoßen! Und als sie vor ihm gelegen hatte, hatte er die Angst in ihren Augen gesehen. Sie hatte Angst gehabt. Vor ihm! Ihrem Mann!

Aurica war aufgestanden, hatte Nelu auf den Arm genommen und war gegangen. Und Petre hatte nicht einmal mehr Kraft gehabt, ihr nachzulaufen oder auch nur ihren Namen zu rufen. Er war wie ausgehöhlt gewesen.

Danach hatte er getrunken. Ein Bier nach dem anderen. Er hatte gehofft, dass sie zurückkommen würde, und sei es nur, um ihr Handy zu holen. Aber sie war nicht gekommen, und irgendwann war er betrunken eingeschlafen.

Und dann waren die Polizisten gekommen. Die gesamte Räumung hatte keine zwei Stunden gedauert. Wobei bemerkenswert gewesen war, dass nur das Ursprungslager geräumt worden war – ihre Leute, die Bulgaren und die deutschen Obdachlosen –, während die selbst erklärten Revolutionäre vorerst bleiben konnten. Vermutlich, weil der Widerstand dort größer sein würde.

Petre hatte gerade noch genug Zeit gehabt, seine Sachen zu packen und das Marmeladenglas mit dem Geld unter dem Zelt hervorzuholen. Radu und Ada hatte er nicht mehr gesehen, und die anderen hatten sich in alle Himmelsrichtungen zerstreut.

Als Erstes hatte er in der Pension angerufen, jedoch mit demselben Ergebnis wie am Vortag: Das Zimmer war noch belegt. Daraufhin war er mit dem Smartphone in der Hand durch die Straßen gelaufen und hatte nach einer billigen Jugendherberge oder einem Hostel gesucht. Es war ihm wichtig gewesen, dass es nicht allzu weit von dem Park entfernt lag, denn der Park und das Birkenwäldchen waren die einzigen Brücken, die ihn mit

Aurica verbanden. Schließlich war er für achtzehn Euro pro Nacht in einem Hostel an einem Kanal gelandet, von dem man in nur zwanzig Minuten den Park erreichte. Und dort schlief er nun mit drei jungen Männern in einem Zimmer. *Wenn* er schlief. Denn die meiste Zeit lag er wach, starrte an die Stahlfedern des Bettes über ihm und dachte an Aurica und an Nelu. Er spürte die Sehnsucht körperlich. Es war, als ob etwas aus ihm herausgeschnitten worden wäre, ein Stück seiner Seele, und dieses Gefühl wurde von Tag zu Tag schlimmer. Die drei Schichten, die er seitdem in dem Restaurant gearbeitet hatte, hatte er irgendwie hinbekommen. Nach außen hatte alles reibungslos geklappt, und Signore Privitera war zufrieden mit ihm. Aber er stand die ganze Zeit neben sich. Er führte die einzelnen Handgriffe aus, gab alle Essen pünktlich heraus, aber er empfand nichts dabei. Er war eine Maschine. Seine Handgriffe von der Seele komplett entkoppelt.

Entsprechend froh war er, als er freihatte. Vier Tage, in denen er in dem Park und in der Nähe des Birkenwäldchens sein konnte. Denn er hoffte inständig, dass irgendwann Aurica auftauchen würde. Dass es ihr ähnlich ging wie ihm. Dass sie ihn vermisste. Oder dass sie sich zumindest Sorgen um ihn machte. Oder dass sie vielleicht auch nur auf der Suche nach Ada war. Dann wollte er da sein. Er wollte vor ihr auf die Knie fallen und sie um Verzeihung bitten. Und vielleicht würde sie dann ja auch einlenken. Sich für ihre panische »Diagnose« entschuldigen: Blutvergiftung! Krankenhaus! Leben und Tod! Damit hatte sie falschgelegen: Die Wunde sah deutlich besser aus. An den meisten Stellen hatte sich der Schorf bereits gelöst, und auch die Schwellung und der Schmerz in dem Bereich, den Aurica betastet hatte, waren zurückgegangen. Nur wenn er seitlich dort drückte, wo der spitze Eckzahn in seinen Arm gedrungen war, tat es noch ein bisschen weh. Das war alles. Aber selbst wenn sie ihre Fehldiagnose nicht einsah, war es egal. Wenn sie wollte, ging er auch mit ihr in die Notaufnahme. Hauptsache, sie und Nelu waren wieder da. Hauptsache, sie waren alle wieder zusammen.

Das Problem bestand darin, dass der Bereich rund um das ehemalige Camp weiträumig mit Bauzäunen abgesperrt war und dass die Wachleute noch schärfer kontrollierten als vorher. Inzwischen war es kaum noch möglich, den Wald zu betreten, ohne dass zwei Uniformierte auf einen zukamen und verlangten, dass man sich auswies. Und so saß Petre im Park, trank Bier und hielt Ausschau. Sein Lieblingsplatz war die Bank, auf der er vor Wochen eingenickt war. Von hier aus hatte er eine gute Sicht auf den Weg, der zu dem Wald führte, und wenn Aurica wirklich käme, dann würde er sie sehen. Aber sie kam nicht. Petre fragte sich, wo sie sein konnte. Sie hatte kein Geld. Sie hatte kein Handy. Sie kannte niemanden in Berlin.

War es möglich, dass sie wieder in Rumänien war? In Bacău? Ein paarmal hatte er überlegt, seine Eltern anzurufen, sich aber dagegen entschieden, denn diese Blöße konnte er sich unmöglich geben. Außerdem spürte er, dass Aurica noch hier war, in Berlin. Und er spürte auch, dass sie irgendwann hierherkommen würde, zu dem Lager und in den Park. Einmal hatte er sogar das Gefühl gehabt, dass sie sich ganz in der Nähe befand. Er war sofort von der Bank aufgesprungen und einmal um den Bauzaun gelaufen. Er hatte ihren Namen gerufen, so lange und so laut, bis die Wachmänner auf ihn aufmerksam geworden waren und ihn vertrieben hatten. Und dann war das Gefühl wieder verschwunden gewesen, und alles hatte von vorn angefangen.

Wenn Marian anrief, um ihm einen Umzug anzubieten, nahm er das Gespräch nicht an. Er würde dann ja einen ganzen Tag nicht hier sein können. Außerdem ergab das Geldverdienen keinen Sinn mehr, seit Aurica und Nelu nicht mehr da waren. Er hatte es für sie getan, für sie als Familie. Für sich allein brauchte er kein Geld, auch keinen Job als Koch. Für sich allein brauchte er gar nichts.

Aurica, wo bist du?!

Manchmal, wenn er es nicht mehr aushielt, versuchte er den seelischen Schmerz mit körperlichen Schmerzen zurückzudrängen. Dann kniff er, so fest er konnte, in die Eckzahnwunde, und für ein paar Sekunden war er nur noch in seinem Körper und nicht mehr in seinem Kopf oder seinem Herzen.

Wenn er abends nicht kochte, begann er bereits mittags zu trinken, es war das Einzige, was half, zumindest ein wenig. Am heutigen Tag hatte er bereits vormittags das erste Bier geöffnet, inzwischen war er beim sechsten oder siebten. Er hatte nichts gegessen. Auch das war eine Folge des herausoperierten Seelenstücks: dass er keinen Hunger mehr hatte. Er aß nicht mehr. Er konnte nicht mehr essen. Selbst wenn er sich dazu zwang, eine Portion Pommes zu holen: Er bekam sie nicht hinunter. Er aß zwei oder drei Bissen, dann begann er zu würgen. Trinken hingegen ging ohne Probleme, wobei die Wirkung des Alkohols entsprechend stärker war.

Inzwischen war Nachmittag, und ihm war so schwindlig, dass er, wenn er aufstand, das Gefühl hatte, sich um sich selbst zu drehen: ein zweiter Petre, der um den ersten kreiste wie ein Karussell. Dieses Bier hier war leider schon sein letztes. Das hieß, er brauchte Nachschub.

Er packte die leeren Flaschen in die Tüte und ging zu dem Getränkemarkt. Er fühlte sich zittrig, und ihm war heiß. Der Schwindel war so stark, dass er kaum noch geradeaus laufen konnte, und als er an dem Döner-Imbiss unterhalb des Terrassenhauses vorbeikam, entschied er, dass er etwas essen musste – ganz egal, wie schwer es ihm fiel.

Die Tür stand offen. Auf einem großen Fernseher an der Stirnseite lief Fußball, irgendein türkisches Ligaspiel. Hinter dem Tresen stand ein Mann im Alter seines Vaters – Anfang, Mitte fünfzig –, der ihn aus irgendeinem Grund auch tatsächlich an seinen Vater erinnerte. Es war keine physiologische oder physiognomische Ähnlichkeit, sondern eher die Haltung und der Gesichtsausdruck. Die Art, wie er sich auf den Tresen stützte, während er zu dem Fernseher schaute. Die Neigung seines Kopfes und seine Mimik, als in dem Spiel etwas passierte, das nicht in seinem Sinne war.

Petre hatte ein schwieriges Verhältnis zu seinem Vater – die Strenge, die Religiosität und die innere Enge –, aber in diesem Moment vermisste er ihn. Er stand vor dem Tresen, der einzige Gast in dem Laden, aber der Mann schien ihn gar nicht zu bemerken. Er war vollkommen gebannt von dem Fußballspiel. Dann lächelte er entschuldigend, deutete auf den Fernseher und sagte etwas, das Petre nicht verstand.

Petre zuckte mit den Schultern. »Kein Deutsch«, sagte er. Das Lächeln des Mannes wurde noch breiter, und er nickte.

Petre bestellte einen Döner, und jetzt, wo er das Fleisch roch, merkte er, dass er tatsächlich Hunger hatte. Er musste etwas essen!

Er beobachtete, wie der Mann das Fladenbrot in den Kontaktgrill legte und die Fleischfetzen von dem Spieß schnitt. Wie er die Fleischfetzen in das Brot schaufelte und Salat und Tomaten und Zwiebeln daraufpackte. Der Mann deutete auf zwei Soßen, und Petre entschied sich für diejenige, von der er vermutete, dass es sich um Knoblauchsoße handelte.

Erneut fragte der Mann ihn etwas und machte dazu Gesten. Hier essen oder mitnehmen? Petre antwortete mit der Geste für mitnehmen und wunderte sich, dass das Hungergefühl plötzlich wieder verschwunden war. Was war los mit ihm?

Und dann passierte etwas Seltsames. Er strauchelte. Ihm wurde schwarz vor Augen. Im nächsten Moment fand er sich auf dem Boden wieder, und der Mann kniete vor ihm und hielt ihm ein Glas Wasser hin. War er ohnmächtig gewesen? Wie konnte das sein? Er richtete sich auf, leerte das Glas und danach gleich noch eines. Nun fühlte er sich besser, viel besser. Er hatte einfach zu wenig getrunken. Zu wenig Wasser und zu viel Bier.

»Alles okay?«, fragte der Mann.

Petre schüttelte langsam den Kopf. Er wusste nicht, ob es die Ähnlichkeit mit seinem Vater war oder einfach nur die natürliche Freundlichkeit des Mannes, aber auf einmal verspürte er den Drang, ihm alles zu erzählen – vollkommen egal, ob der Mann es verstand oder nicht.

Und dann erzählte er. Von seinem Wunsch, Rumänien zu verlassen. Es als Koch irgendwo anders zu schaffen. Von seinen Erfahrungen in Italien und davon, wie er Aurica kennengelernt hatte. Er erzählte ihm, wie sie sich ineinander verliebt hatten, auf den ersten Blick und Hals über Kopf. Er erzählte von ihren Plänen, gemeinsam nach Rom zu gehen, und von der Schwangerschaft, die ihnen dazwischengekommen war. Er erzählte von Nelu und von Dacian und von ihrer Ankunft in Berlin. Er erzählte von dem Rattenhaus und von dem Tag im Park, als er Nelu verloren und wiedergefunden hatte. Und er erzählte von dem Mann. Von dem Wahnsinn in seinen Augen und davon, wie er selbst die Kontrolle verloren hatte. Er erzählte von Dacians gebrochener Nase und dem Leben im Camp. Und schließlich erzählte er von dem Streit mit Aurica und davon, dass er sie zu Boden gestoßen hatte. Und während er all das erzählte, kamen ihm die Tränen. Sie liefen ihm die Wangen hinunter und fielen auf den gefliesten Boden.

Der Mann reichte ihm eine Serviette und hörte einfach nur zu. Hörte zu, obwohl er kein einziges Wort verstand. Und nachdem Petre seine Erzählung beendet hatte, nahm ihn der Mann in den Arm und drückte ihn an sich. Petre dachte an seinen Vater, und erneut überkam ihn ein Weinkrampf.

Dann stand er mit seinem eingepackten Döner auf dem Gehweg vor dem Imbiss, und der Hunger schlug zu wie eine große Faust. Mit zitternden Händen riss er die Alufolie auf, ließ die Fetzen einfach auf den Boden fallen und biss hinein. Kaute, schluckte, biss erneut. Am liebsten hätte er den Döner sofort hier im Stehen heruntergeschlungen, aber dann fiel ihm ein, dass er ja zurückmusste. Vielleicht war Aurica wirklich gekommen, genau jetzt, in diesem Moment!

Ja, er spürte es ganz genau! Sie war auf dem Weg zu ihm! Sie suchte ihn! Er musste zu seiner Bank!

Er griff nach den Tüten und überquerte die Straße. Ein Hupen ertönte. Es war ganz nah, aber es gab kein Motorengeräusch. Wie konnte etwas hupen, ohne zu fahren? Er wandte sich nach links, und jetzt sah er es: ein Auto, das ohne Motor fuhr, und es war schnell, viel zu schnell. Und dann sah er den Mann hinter dem Lenkrad. Es war der Mann vom Spielplatz, sein Gesicht war verzerrt vor Wut.

Petre wusste nicht, wohin. Er war wie gelähmt.

Die Hupe dröhnte, aber warum bremste der Mann nicht? Warum fuhr er geradewegs auf ihn zu?

Er hörte ein Quietschen, spürte einen harten Stoß, merkte, wie ihm der Döner aus der Hand rutschte. Das Letzte, was er sah, waren die hasserfüllten Augen des Mannes, und das Vorletzte, was er dachte, war: Er will mich töten. Und das Letzte: Gleich bin ich tot. Und dann sah er nichts mehr, dachte nichts mehr, und alles war stumm.

Nebel

Die Frau, die ihm gegenübersaß, entsprach in jeder Hinsicht dem Klischeebild einer Sozialpädagogin. Dabei war sie nicht einmal Sozialpädagogin, sondern Psychologin. Zumindest hatte sie sich ihm so vorgestellt – und es stand auf ihrer Tür: Dipl.-Psych. Sie war in seinem Alter, klein, eher dicklich, trug Birkenstocksandalen, einen Rock und hatte ein gebatiktes Tuch in den Haaren.

Er hatte den Termin vereinbart, weil er von Sybil dazu gezwungen worden war. Familienberatung. Es war ein schlechter Witz: Eine Psychologin zwingt ihren Mann, zu einer Psychologin zu gehen, so wie ein Missionar von einem Indigenen forderte, sich taufen zu lassen, um in den Genuss bestimmter Vorteile zu kommen.

Zweimal hatten sie telefoniert, seit Sybil vorgestern mit Jonas die Wohnung verlassen hatte. Und beide Male war sie auf nichts von dem, was er gesagt hatte, eingegangen. Auf keine Entschuldigung, keine Erklärung, erst recht nicht auf seine Bitte, dass sie zurückkommen sollten. Stattdessen hatte sie einen einzigen Satz wiederholt: »Ich möchte, dass du dir Hilfe suchst.«

»Ich brauche keine Hilfe«, hatte er gesagt.

»Du hättest ihn umbringen können, ist dir das klar?«

»Du übertreibst.«

»Ich übertreibe nicht.«

Er hatte geschwiegen.

»Noch einmal: Ich möchte, dass du dir Hilfe suchst. Es gibt Familienberatungen. Mach dort einen Termin. Bevor du das nicht aufgearbeitet hast, kommen wir nicht zurück.«

»Aufarbeiten. Wie das klingt. Als ob es um irgendein Trauma geht. Ich habe kurz die Kontrolle verloren. Das ist alles.«

»Du hättest ihn umbringen können. Und ich glaube, wenn ich nicht gewesen wäre, hättest du ihn auch umgebracht!«

»Hör jetzt auf!«

»Such dir Hilfe! Und jetzt muss ich auflegen.«

»Warte! Warte kurz, ich …«

Doch da hatte Sybil das Telefonat bereits beendet.

Also hatte er einen Termin vereinbart. Die Psychologin, die aussah wie eine Sozialpädagogin, hatte sich ihm vorgestellt – Frau Finger –, und nun fragte sie ihn: »Was führt Sie zu mir?«

Was mich hierherführt? Meine Frau hat mich gezwungen. Und wissen Sie, warum? Weil ich meinen Sohn gepackt und ein wenig geschüttelt habe. Und das, nachdem er mich über zwei Stunden lang nach Strich und Faden tyrannisiert hat. Er hat geschrien, Essen und Geschirr nach mir geworfen, mich getreten. Und zur Krönung hat er mich auch noch gebissen. Ja, Sie haben richtig gehört: Er hat mich gebissen! Und da sind mir nach zwei Stunden eben die Sicherungen durchgebrannt. Ich glaube allerdings, dass ihn jeder gepackt und geschüttelt hätte: meine Frau, Sie, Martin Luther King, Gandhi, Buddha und sogar Jesus.

Die Frau schaute ihn fragend an. »Sie müssen mir schon sagen, warum Sie hier sind. Sonst kann ich Ihnen nicht helfen.«

Helfen, helfen. Er brauchte keine Hilfe, verdammt noch mal!

»Ich … Ich hatte eine schwierige Situation mit meinem Sohn.«

»Aha. Und wie alt ist Ihr Sohn, wenn ich fragen darf?«

»Knapp zwei.«

»Verstehe. Und möchten Sie mir erzählen, was für eine Situation das war?«

Nein, das wollte er nicht. Sie würde es ja doch nicht verstehen.

Er schwieg.

Nach einer Weile sagte die Frau: »Ich kann Ihnen nur helfen, wenn Sie mir erzählen, was vorgefallen ist.«

Ja. Aber er wollte keine Hilfe. Er war hier, weil Sybil ihn gezwungen hatte.

»Es ist …« Er brach ab.

»Was?«

»Es ist … kompliziert.«

»Was ist kompliziert?«

»Die Situation. Man kann sie nicht ohne das … Umfeld verstehen.«

»Dann erzählen Sie das Umfeld. Nehmen Sie sich Zeit. Wir haben eine Dreiviertelstunde. Das heißt: jetzt noch vierzig Minuten.«

Er seufzte. Einmal, zweimal und noch ein drittes Mal. Und dann begann er zu erzählen. Erst stockend, mit vielen Pausen und dem wiederkehrenden Gefühl, dass es vollkommen sinnlos war. Doch je mehr er erzählte, desto selbstverständlicher wurde es. Und schließlich sprudelte es förmlich aus ihm heraus.

Er erzählte davon, wie sie sich kennengelernt hatten. Von ihrem gemeinsamen Kampf für das Klima. Er erzählte von den *Gleisgärten*. Von Jonas und von ihrer bewussten Entscheidung für eine andere Rollenverteilung. Er erzählte davon, wie schwierig es manchmal für ihn war als mehr oder weniger alleinerziehender Vater. Aber auch, wie viel Sinn ihm dieses Leben gab. Viel mehr Sinn, als es ihm jeder Job hätte geben können.

Dann erzählte er von dem Biss, von dem Mann und davon, wie Jonas sich danach verändert hatte, von seinen Wutanfällen.

Er erzählte, wie Sybil und er sich gestritten hatten. Er erzählte von Tillmann und von Lea und sogar von den Fantasien, die er gehabt hatte.

Es tat gut, all das zu erzählen. Er fühlte sich leichter.

Frau Finger hörte einfach nur zu. Sie machte keine Notizen. Sie schaute ihn an, den Kopf leicht zur Seite gelegt, und nickte ab und zu.

Und schließlich kam er zu dem Nachmittag. Wie er den völlig übermüdeten Jonas vom Kindergarten abgeholt hatte. Wie Jonas ihn die ganze Zeit provoziert hatte. Wie sie nach Hause gekommen waren. Wie er etwas zu essen gemacht hatte und wie Jonas, obwohl er vollkommen ausgehungert gewesen war, nichts gegessen hatte. Nicht gegessen und nicht geschlafen.

Er stockte. Erzählte weiter. Brach wieder ab. Und fing dann von Neuem an. Und währenddessen sah er die Situation aus Sybils Augen. Und mit einem Mal verstand er, was sie gesagt hatte: Er hätte Jonas umbringen können! Wahrscheinlich wäre etwas Schlimmes passiert, wenn Sybil nicht dazwischengegangen wäre. Wenn sie ihm nicht die Fingernägel in den Hals gegraben hätte. Dann wäre Jonas jetzt schwer verletzt oder tot, und er hätte die größte denkbare Schuld auf sich geladen. So groß, dass er selbst nicht mehr hätte weiterleben wollen.

Auf einmal konnte er nicht mehr reden. Er schluckte. Er kämpfte dagegen an, presste die Augen zu, seine Kiefermuskeln krampften, es brach einfach über ihn herein.

Er begann zu weinen. Erst stoßweise und in sich gewandt, dann immer heftiger. Es schüttelte ihn, sein Oberkörper schwankte, die Tränen liefen über seine Wangen. So ging es eine Minute, zwei Minuten, drei Minuten, es fühlte sich an wie eine Ewigkeit.

Irgendwann wurde es weniger. Frau Fingers Hand streckte ihm eine Packung Kleenex hin, er putzte sich die Nase und wischte sich das Gesicht ab.

Schweigen. David schämte sich.

»Ich glaube, es ist gut, wenn Sie über diese Sachen sprechen«, sagte Frau Finger.

»Keine Ahnung … Ich … weiß es nicht.«

»Es ist immer gut, Gefühle rauszulassen.«

Sein Bauch gab ihr recht, aber sein Kopf arbeitete dagegen an. Er musste die Fassung bewahren, sich zusammenreißen.

Dennoch vereinbarte er einen neuen Termin.

Als er zurück zum Auto ging, musste er sich beherrschen, nicht erneut in Tränen auszubrechen. Er blieb stehen, schluckte. Schloss die Augen.

Was war los mit ihm? Was hatte er getan? Er hätte fast seinen eigenen Sohn umgebracht!

Die gesamte Rückfahrt verlief wie im Nebel. Dinge tauchten auf und verschwanden – Ampeln, Kreuzungen, Autos, Fußgänger, Motorrad- und Fahrradfahrer –, und sobald sie verschwunden waren, hatte er sie schon wieder vergessen.

Und dann kam er schließlich an die Ampel, an der er zu den *Gleisgärten* abbiegen musste, und als er nach rechts schaute, sah er den Mann: der Mann, mit dem alles begonnen hatte. Der Vater von dem beißwütigen Jungen. Dieser brutale Rumäne, der ihn in aller Öffentlichkeit gedemütigt hatte und der ohne Zweifel zu den vielen Männern, Frauen und Kindern aus dem Camp gehörte. Inzwischen war es zwar größtenteils geräumt, aber es hatte schlimme Folgen gehabt. Es hatte Tillmann zum heimlichen Herrscher über die *Gleisgärten* gemacht, einen Klimapharisäer, der mit seinem Verhalten die Glaubwürdigkeit ihres gesamten Projekts infrage stellte.

Der Mann stand vor dem Imbiss. Zwischen seinen Beinen waren zwei Plastiktüten voller Flaschen – zwei dieser Tüten, die vor zwei Wochen auf ihre Terrasse geflattert waren –, und in den Händen hielt er einen in Alufolie gewickelten Döner. Er sah schlecht aus. Ungepflegt, unrasiert. Während er aß, schwankte er vor und zurück, und er aß nicht, sondern er fraß wie ein ausgehungertes Tier. Und dann wurde die Ampel grün, und David bog ab. Im selben Moment fuhr irgendeine unerklärliche Energie in den Körper des Mannes – eine Art Ruck –, und er griff nach den Tüten zwischen seinen Beinen, hob den Kopf und setzte sich in Bewegung. Ohne nach rechts oder links zu schauen, betrat er die Straße. David drückte auf die Hupe und zugleich drückte er auch auf das Gaspedal. Das war seine Straße, der Mann hatte den Gehweg, und dort sollte er mit seinem Billigfleisch-Döner und den Plastiktüten auch gefälligst bleiben!

Der Elektromotor nahm den Befehl zur Beschleunigung ohne jede Verzögerung an. David spürte den Kitzel in der Magengrube. Der kleine Wagen schoss nach vorn, und David presste mit der flachen Hand auf die Lenkradhupe, die für einen Kleinwagen erstaunlich tief und laut war.

Der Mann drehte den Kopf. Seine Augen wirkten glasig, aber David war sich sicher, dass er ihn erkannte – Auge in Auge, keine zwanzig Meter voneinander entfernt und nur durch die Windschutzscheibe getrennt –, er dachte, dass er bremsen musste, aber zugleich war da eine Stimme in ihm, die ihm befahl, nicht zu bremsen. Er war im Recht. Genau wie damals auf dem Spielplatz. Nur mit dem Unterschied, dass er heute nicht klein beigeben würde. Heute war er der Stärkere!

Der Mann rührte sich nicht. Wie ein Reh im Scheinwerferlicht stand er da und starrte David an.

Für den Bruchteil einer Sekunde nahm David die Hand von der Hupe, nur um dann erneut mit aller Kraft daraufzudrücken.

Tuuuuuuuuuuut!

Der Mann reagierte nicht.

David bremste. Das heißt, sein Fuß bremste, denn sein Kopf wollte den Mann überfahren, ihn umstoßen, so wie der Mann ihn auf dem Spielplatz umgestoßen hatte. Und sein Kopf gewann, denn die Reaktion seines Fußes kam zu spät, viel zu spät.

Es folgte der Aufprall. David hörte einen dumpfen Laut und sah, wie der Mann abhob und in die Luft geschleudert wurde. Etwas Feuchtes klatschte auf die Windschutzscheibe, und einen schrecklichen Augenblick lang war David davon überzeugt, dass es ein abgerissenes Körperteil wäre. Eine Hand oder ein Stück vom Kopf, der aufgeplatzt war wie eine Melone. Dann erkannte er das Brot, den Salat, das Fleisch und die rosa Soße.

David stellte den Scheibenwischer an. Er umklammerte das Lenkrad und trat das Gaspedal durch. Mit quietschenden Reifen schoss das Auto geradeaus. An der nächsten Seitenstraße setzte David den Blinker. Erst jetzt schaute er in den Rückspiegel. Er sah einen leblosen Körper auf der Straße liegen, ein paar Meter weiter die Plastiktüten. Ein Auto auf der gegenüberliegenden Seite bremste, ein Fußgänger rannte den Gehweg entlang. Dann war die Szene aus seinem Blickfeld verschwunden, und er bog noch einmal ab, und noch einmal und noch einmal – so lange, bis er ganz sicher war, dass ihm niemand folgte.

Zittern

Plötzlich war eine Unruhe in ihr. Nicht die allgemeine Unruhe, die sie seit knapp einer Woche empfand, sondern ein viel drängenderes Gefühl: eine Sorge, die sie zum Handeln aufforderte. Jetzt sofort! Irgendetwas war mit Petre. Es ging ihm nicht gut, das spürte sie ganz genau!

Aurica saß im Aufenthaltsraum des Frauenhauses und schaute Nelu dabei zu, wie er Bauklötze aufeinanderstapelte.

Sie versuchte dem Gefühl auf den Grund zu gehen. Woher kam es so plötzlich? Sie hatte keine Ahnung. Sie machte sich die ganze Zeit Sorgen um Petre. Aber diese hier war viel konkreter. Als ob sie aus der Ferne ein Signal erhalten hätte.

Nachdem Petre sie zu Boden gestoßen hatte, war sie wie in Trance aufgestanden, hatte Nelu auf den Arm genommen und war gegangen.

Sie hatte die Karte von Maria aus ihrer Tasche gezogen, der Sozialarbeiterin, die zwei Wochen zuvor in dem Camp gewesen war, hatte sich an der Bushaltestelle ein Handy geliehen und die Nummer angerufen. Es war nicht Maria dran gewesen, aber eine andere Frau, die ein bisschen Italienisch konnte, und so war sie hier in dieser Einrichtung der Caritas gelandet. In einem Frauenhaus, einem Ort, an dem Mütter mit ihren Kindern Zuflucht suchen konnten, deren Männer sie geschlagen hatten. So weit war es gekommen!

Maria hatte am nächsten Vormittag Dienst gehabt. Aurica

hatte ihr alles erzählt: von dem Geld, das sie heimlich aus dem Glas genommen hatte, von ihrem Kirchenbesuch, von der Bisswunde, von dem Diebstahl in der Drogerie, von dem Streit. Und schließlich: von Petres Sturheit und davon, wie er sie zu Boden gestoßen hatte.

Maria hatte all das nicht gewertet. Sie hatte einfach nur zugehört und Anteil genommen. Und das hatte gutgetan. Maria hatte ihr gesagt, dass sie sich darum kümmern würde, dass sie wieder nach Bacău zurückgehen konnte, sofern sie das wollte. Aber Aurica wusste nicht, was sie wollte. Sie befand sich in einer Sackgasse. Jede Entscheidung schien falsch zu sein.

Und dann waren die Sorgen gekommen. Was, wenn Petre sich nicht um die Wunde kümmerte? Was, wenn er am Montag nicht zu der Ärztin ging? Er ging bestimmt nicht zu der Ärztin! Schon zu dem ersten Termin hatte sie ihn mitschleifen müssen. Was, wenn er weitere Warnsignale seines Körpers ignorierte? Sie hatte versucht sich zu beruhigen. Schließlich wusste er ja nun, was auf dem Spiel stand, und spätestens wenn er Symptome wie Fieber oder Schüttelfrost bekam, würde er etwas unternehmen. Oder etwa nicht? Aber vielleicht war es ja auch nicht so schlimm. Vielleicht war es einfach nur eine kleine Entzündung, die längst abgeklungen war. Vielleicht hatte sie überreagiert: der ganze Stress der vergangenen Wochen, die Obdachlosigkeit, Nelus anaphylaktischer Schock, ihre seltsame Religiosität, ihre Schuldgefühle, dass Petre ihretwegen von dem Hund gebissen worden war – und schließlich der Diebstahl. Womöglich hatte sie die geschwollene Wunde falsch bewertet.

Sie wusste es nicht.

Zwei Tage nach dem Streit war sie mit der U-Bahn zu dem Park gefahren. Doch zu diesem Zeitpunkt war der größte Teil des Lagers bereits geräumt gewesen, und der Birkenwald war von großen Bauzäunen umstellt.

Sie hatte in dem Park nach Petre gesucht, vergeblich. Sie hatte versucht sich daran zu erinnern, wie das Restaurant hieß, in dem er arbeitete. Voller Stolz hatte er ihr ein Foto und die guten Bewertungen auf dem Smartphone gezeigt. Aber sie konnte sich beim besten Willen nicht mehr an den Namen erinnern. Oder auch nur daran, in welchem Viertel es lag.

Zwei Tage später war sie noch einmal da gewesen. Dieses Mal hatte sie ganz deutlich Petres Anwesenheit gespürt. Er war hier irgendwo in dem Park! Er suchte sie! Mit Nelu auf dem Arm war sie an dem Zaun entlanggelaufen, und einen Augenblick war sie sogar davon überzeugt gewesen, Petres Stimme zu hören, die ihren Namen rief!

Doch dann hatten sich ihr drei Wachleute und zwei Polizisten in den Weg gestellt und sie in Richtung Straße geschickt. »Verboten!«, hatte der eine Polizist gesagt und »Verschwinde!« einer der Wachmänner. Als sie eine Viertelstunde später wieder in der U-Bahn gesessen hatte, war sie davon überzeugt gewesen, sich alles nur eingebildet zu haben, Petres Stimme und das Gefühl, dass er in der Nähe war.

Doch nun bildete sie es sich nicht ein. Etwas mit Petre war nicht in Ordnung, das spürte sie!

Sie stand auf und begann in dem Aufenthaltsraum hin und her zu laufen. Nelu schaute von seinen Bauklötzen auf, und sie streichelte ihm über den Kopf. Er vermisste Petre, fragte täglich mehrmals, wo *Tată* sei, und sie antwortete jedes Mal: »Er kommt bald wieder.«

Sie schaute auf die Uhr. Es war kurz vor vier, das hieß, es war gerade Schichtwechsel, und danach würde Maria mit dem kleinen Caritas-Dienstwagen in die Stadt fahren. Sie hatte Aurica schon einmal mitgenommen, und obwohl Aurica gespürt hatte, dass sie es nicht guthieß, dass Aurica nach Petre suchte, hatte sie nichts gesagt. So war Maria. Sie urteilte nicht, sie half.

Unruhig lief Aurica vor dem Büro hin und her. Die dicke Deutsche mit den zwei blauen Augen kam gerade die Treppe herunter und grüßte sie. Aurica lächelte ein wenig gezwungen. Immer wenn sie sie sah, hatte sie ein ungutes Gefühl. Ähnlich ging es ihr bei der Polin, die wie ein scheues Reh durch das Haus lief und ständig durch die Gardinen lugte, offenbar aus Angst davor, dass ihr Ex-Freund sie hier fand und sie umbrachte. Zumindest war es das, was sie immer wieder sagte: *»He will kill me! He will kill me!«* Und dann gab es da noch eine türkische oder arabische Frau in ihrem Alter, die beide Arme verbunden hatte, angeblich weil ihr Mann Zigaretten darauf ausgedrückt hatte. Alle diese Frauen waren mit ihren Kindern hier, so wie sie. Die Frau mit dem Kopftuch sogar mit drei Mädchen, wovon zwei Zwillinge waren. Doch wenn Aurica mit diesen Frauen in Kontakt kam, fragte sie sich, wie viele Gemeinsamkeiten sie eigentlich mit ihnen hatte. Petre hatte sie nicht geschlagen. Er hatte ihr keine Zigaretten auf den Armen ausgedrückt und auch nicht gedroht, sie umzubringen – und sie wusste, dass er das auch nie tun würde.

Endlich öffnete sich die Bürotür, und hinter zwei anderen Sozialarbeiterinnen kam Maria heraus. Aurica stürmte auf sie zu. »Maria!«

»Aurica. Was ist?«

»Es ist wegen Petre. Ich glaube, es geht ihm nicht gut.«

»Wie kommst du darauf?«

»Keine Ahnung. Ich spüre es einfach!«

»Und nun?«

»Fährst du mit dem Auto?«

»Ja.«

»Kannst du mich vielleicht zu dem Park mitnehmen?«

Maria legte den Kopf zur Seite. »Glaubst du, das ist eine gute Idee?«

Aurica war den Tränen nah. »Bitte!«, sagte sie einfach nur.

Maria schwieg zwei Sekunden und schaute ihr einfach nur in die Augen. Dann nickte sie. »In Ordnung. Ich hole meine Tasche, dann können wir los.«

Fünf Minuten später saßen sie in dem kleinen weißen Auto mit den Caritas-Aufdrucken an den Türen. Nelu saß in einem Kindersitz und brabbelte glücklich vor sich hin. Er liebte Autofahren.

Maria schlängelte sich gekonnt durch den Feierabendverkehr und schien es dabei mit den Regeln nicht immer ganz genau zu nehmen. Dennoch ging es Aurica nicht schnell genug. Immer wieder rote Ampeln und Baustellen, überall Autos, Fahrräder, Motorräder, Fußgänger.

Und dann erkannte sie endlich die vierspurige Straße, die parallel zu dem Park verlief. Die Straße, an der sie mit Nelu auf den Notarztwagen gewartet hatte.

»Wo soll ich dich rauslassen?«, fragte Maria.

»Ich weiß es nicht«, sagte Aurica.

Plötzlich kam sie sich dumm vor. Was war los mit ihr? Eine unbestimmte Sorge brachte sie dazu, sich mit dem Auto durch die halbe Stadt fahren zu lassen, und nun war sie an dem Park und hatte keine Ahnung, was sie hier eigentlich sollte.

»Lass mich da vorn an der Ecke raus«, sagte sie. »Ich gehe dann einmal durch den Park zum Birkenwald.«

»Ich frage dich noch mal: Meinst du, das ist wirklich eine gute Idee?«

»Ich … weiß es nicht.« Auf einmal wusste sie gar nichts mehr. Die Sorge um Petre, die sie wie aus dem Nichts überfallen hatte, war verschwunden und mit ihr die Überzeugung, ihren Gefühlen trauen zu können.

»Was würdest du denn tun, wenn du ihn triffst?«, fragte Maria.

»Ich … Ich würde schauen, ob es ihm gut geht.«

»Und was, wenn er wieder gewalttätig wird?«

»Er war ja nicht wirklich gewalttätig. Er hat mich geschubst. Und das würde er nicht wieder tun. Das weiß ich!« Immerhin hier war sie sich ganz sicher.

Maria blinkte, fuhr rechts ran und hielt gegenüber der Straße, die den Park auf der Seite des Terrassenhauses rahmte. Auf der Gegenfahrbahn staute sich der Verkehr, es wurde gehupt, und mehrere Autos versuchten zu wenden. Fußgänger standen an der Ampel und schauten in Richtung des Imbisses, bei dem sie sich vom Camp aus regelmäßig was zu essen geholt hatten.

Maria wandte sich zu Aurica. »Ich habe noch einen Termin in der Hauptvertretung. Von da aus gibt es eine direkte U-Bahn-Verbindung zur Sophie-Charlotte-Straße. Wenn du willst, lasse ich dich da raus.«

»Ich weiß es nicht. Ich … weiß gerade gar nichts mehr.«

Maria legte ihr die Hand auf den Arm. Die Berührung tat gut. Wahrscheinlich hatte Maria recht. Es brachte nichts, mit Nelu durch den Park zu laufen, um Petre zu suchen. Stattdessen würde Aurica in die U-Bahn steigen und zurück zu dem Frauenhaus fahren. Und dann würde sie darauf warten, bis der Antrag für die Reisekosten zurück nach Bacău genehmigt war. Petre war schließlich kein kleines Kind mehr. Er würde sich schon um sich kümmern können. Und irgendwann würde er sich bei seinen Eltern melden, und dann könnten sie einen Neuanfang starten – wie und wo auch immer.

»Abulată!«, rief Nelu von hinten, seine kindliche Version von *ambulantă* – Krankenwagen –, und deutete auf die andere Straßenseite.

Aurica folgte seinem Finger. Ein Rettungswagen bahnte sich seinen Weg durch den Stau. Die Sirene mischte sich mit dem Hupen der Autos, die Blaulichter kreiselten über den Karosserien.

Und plötzlich war das Gefühl wieder da, noch stärker als zuvor. Petre ging es nicht gut! Und ehe sie einen weiteren Gedanken fassen konnte, sagte sie zu Maria: »Kannst du noch kurz warten? Ich muss da rüber!«

Maria schaute auf die Uhr. »Fünf Minuten habe ich noch, aber was …«

Mehr hörte Aurica nicht. Sie war bereits draußen, hatte die Beifahrertür hinter sich zugeworfen und rannte, knapp an einem hupenden Auto vorbei, über die Straße.

HUBKRAFT

Lähmung

Er lag zusammengerollt im Bett und hatte die Augen geschlossen. Aber er konnte nicht mehr schlafen. Er hatte bereits vierzehn Stunden geschlafen. Und währenddessen hatte er Albträume gehabt. Trotzdem war das Schlafen und Träumen immer noch besser, als wach zu sein. Viel besser sogar. Denn wenn er wach war, hatte er den Mann vor Augen. Seinen entsetzten Blick, seinen leblosen Körper im Rückspiegel.

Nach dem Unfall war er einmal quer durch die gesamte Stadt gefahren, dann aus der Stadt hinaus. Zwischen Wannsee und Potsdam hatte er an einer großen Straße gehalten und war ausgestiegen. Er hatte das Auto nach Spuren abgesucht, nach Kratzern oder Beulen, aber außer ein paar Rotkohlstreifen und Zwiebelringen nichts gefunden. Danach war er bis zur Havel gefahren, hatte geparkt und war spazieren gegangen. Zwei Stunden war er gelaufen, langsam und wie in Trance. Einen Fuß vor den anderen. Immer wieder hatte er sich gesagt, dass es nur ein Unfall gewesen sei. Dass er keine Schuld gehabt habe. Der Mann war betrunken gewesen. Er war ihm direkt vor das Auto getorkelt, und David hatte nicht mehr bremsen können. Er hatte sich gesagt, dass er zur Polizei gehen, es genauso erzählen sollte: Es war ein Unfall. Ihn traf keine Schuld.

Aber er wusste, dass es nicht stimmte. Er hätte bremsen können, natürlich hätte er das. Stattdessen hatte er das Gaspedal bis zum Bodenblech durchgetreten und war auf den Mann zugeschossen.

Er hatte ihn mit voller Absicht überfahren. Er hatte ihn töten wollen, vielleicht hatte er ihn sogar getötet. Es war ein Mordversuch gewesen oder sogar Mord! Er war schuldig.

Erst in der Dämmerung war er wieder an den *Gleisgärten* angekommen. Einen Moment lang war er davon überzeugt gewesen, dass da noch ein Krankenwagen stehen musste. Aber nichts und niemand war zu sehen gewesen. Keine Polizei. Keine Absperrung. Er hatte den Wagen in der Tiefgarage geparkt, war mit dem Aufzug nach oben gefahren.

Und seitdem lag er im Bett und war wie gelähmt. Er wischte auf dem Handy herum, ging aufs Klo, zwischendurch aß er ein Brot, ansonsten lag er nur da und rührte sich nicht. Mehrmals hatte ihn Judith, eine der Organisatorinnen von der großen Klimademo, auf der er am kommenden Wochenende eine Rede halten sollte, versucht zu erreichen. Aber er antwortete ihr nicht. Er antwortete niemandem.

Neben der moralischen Seite gab es auch eine juristische, und die war nicht minder schlimm: Was, wenn ihn jemand gesehen hatte? Vielleicht nicht ihn persönlich, aber das Auto? Ein kleines weißes Elektroauto, von dem es in ganz Berlin gerade einmal fünfzehn Stück gab und von denen über die Hälfte aus den *Gleisgärten* stammte. Es wäre ein Leichtes, ihn anhand ihres Buchungssystems als Fahrer auszumachen. Oder was, wenn der Mann überlebt hatte und sich an ihn erinnern konnte? Auch dann wäre er geliefert. Der Mann wusste sogar, dass er in den *Gleisgärten* wohnte. Er hatte ihn ja auf der Terrasse gesehen.

David spürte, wie ihm kalt wurde.

Das war also sein Leben: Sybil war nicht mehr da und Jonas auch nicht. Er hatte absichtlich einen Mann überfahren, hatte ihn umgebracht oder zumindest schwer verletzt. Und wenn Sybil nicht gewesen wäre, hätte er wahrscheinlich sogar Jonas umgebracht, seinen Sohn, den er über alles liebte. Und sonst?

Kämpfte er seit Jahren den großen Kampf ums Klima, während die Menschheit weiter auf ihre Selbstverbrennung zusteuerte. Und seine Mitkämpfer brachten nicht einmal den Mut auf, einen Verräter an den Pranger zu stellen, der heimlich einen Verbrennungsmotor mit 725 PS sein Eigen nannte!

Erneut brummte sein Handy, und er griff danach, um es endlich auszustellen. Keine E-Mails mehr. Kein Instagram. Kein Twitter. Keine weiteren Hiobsbotschaften. Einfach nur Ruhe!

Doch dann sah er den Betreff: »#dergoldeneKäfig«, und tippte mit dem Daumen darauf. Ein Link zu einem YouTube-Kanal. Ben. Wer war Ben? Er kannte keinen Ben. Gerade wollte er den Link löschen, dann fiel es ihm ein. Lea. Lea und Ben.

Ben hatte einen Film gepostet. »Der goldene Käfig«.

Es war nicht mehr der Film, den David gesehen hatte, er selbst kam gar nicht darin vor. Ebenso wenig Lea. Aber das war nicht entscheidend. Denn dieser Film hier war schlimmer. Viel schlimmer. Er zeigte eine Welt, die in zwei Hälften zerfiel. Der goldene Käfig der *Gleisgärten* im hellen Sonnenlicht und das Elendslager der Obdachlosen im dunklen Birkenwald. Die beiden Welten waren hart gegeneinandergeschnitten. Der hohe Zaun. Die Terrassen. Die teuren Fahrräder. Die Elektroautos. Der Wachschutz. Die Polizei. Und dann die Zelte. Die Baracken. Männer, die Flaschen sammelten, und Kinder, die bettelten. Frauen, die verzweifelt wirkten. In diesem Film ging es nicht mehr um das Klima, um ein nachhaltiges Leben oder um den Müll. Hier ging es um Klassenkampf.

Es gab bereits etliche Kommentare, und alle gingen in die gleiche Richtung: Öko-Millionäre. Rassisten. Faschisten. Ein paar Klimaaktivisten hatten unter falschen Voraussetzungen die CO_2-Bilanz der *Gleisgärten* überschlagen und waren zu dem Ergebnis gekommen, dass sie kaum unterhalb von normalen Mehrfamilienhäusern lag. Es war an den Haaren herbeigezogen,

Fake News, aber von außen wirkte es, als ob diese Behauptungen auf festem Boden stünden. Und die Bilder unterstützten diese Lügen. Denn natürlich war es für jemanden, der sich nicht näher mit der Materie befasste, nur schwer vorstellbar, dass ein so großes und luxuriöses Haus tatsächlich CO_2-neutral sein konnte.

Ein paar Minuten empfand David Wut, ja regelrechen Hass. Er überlegte, ob er seinen Anwalt anrufen sollte, um eine Unterlassungsklage anzustreben. Aber mit welcher Argumentation?

Und so überfallartig sie gekommen war, so schnell war die Wut wieder verschwunden. Vermutlich hatte Ben recht, und das, was er zeigte, war die Wahrheit, eine Wahrheit, die er und die anderen einfach nicht sehen wollten: Sie waren privilegiert, und nur die Tatsache, dass sie alle ein finanziell vollkommen sorgenfreies Leben führen konnten, ermöglichte es ihnen, sich um die Natur, das Klima und die globale Gerechtigkeit zu kümmern. Sobald ihre Wohlfühlinsel durch ein paar bettelnde und Flaschen sammelnde arme Teufel gestört wurde, war es vorbei mit ihrem Gutmenschentum.

An die Stelle der Wut trat Resignation. Eine noch größere, umfassendere Resignation als zuvor.

Er hatte einen Mann überfahren. Er hätte fast seinen Sohn umgebracht. Sybil hatte sich von ihm getrennt, und er hatte sich von einer fünfzehnjährigen Schülerin Hörner aufsetzen lassen. Und nun wurden von dem Freund dieser Schülerin auch noch die *Gleisgärten* in ein denkbar schlechtes Licht gerückt. Und das war seine Schuld.

Er lag wie erstarrt da und versuchte so flach wie möglich zu atmen.

Ein, aus, ein, aus, ein, aus, ein, aus.

Und dann kam ihm wieder der Gedanke, den er schon mehrfach in den vergangenen Stunden gehabt hatte: Was, wenn er einfach Schluss machte? Wenn er sich in die Badewanne legte und sich die Pulsadern aufschnitt? Oder – besser noch, weil symbolischer – sich selbst mit CO_2 erstickte? Er hatte einmal gelesen, dass dies die sicherste und sanfteste Methode war, sich umzubringen: glühende Kohle in einem luftdichten Raum. Man wurde müde und schlief einfach ein. Und bevor man wieder aufwachte, war man tot. Sang- und klanglos verschwunden.

Bei diesem Gedanken ging es ihm besser. Es beruhigte ihn, zumindest über diesen Schritt selbst entscheiden zu können, und er hoffte, dass ihn diese Beruhigung wieder in den Schlaf geleiten würde.

Doch plötzlich setzte er sich aufrecht hin, denn ihm war ein anderer Gedanke gekommen. Vielmehr: ein Bild, das ihm vor Augen stand. Er spürte, wie ein Adrenalinschwall seinen Körper überspülte, wie sein Herzschlag dagegen anpumpte. Was, wenn er aus der Not eine Tugend machte? Was, wenn er ein Zeichen setzte? Eines der größten Zeichen, das die Menschheit je gesehen hatte? Ein heroischer Akt, der den Weltenlauf verändern könnte! Eine Tat, die ihresgleichen suchte!

Das Bild, das in seinem Kopf entstand, war so gewaltig, dass er die Augen schloss.

Eine Weile lauschte er dem Rauschen des Bluts in seinen Ohren. Dann war das Bild wieder verschwunden. Doch die Idee blieb.

Seine Gedanken überschlugen sich, und er versuchte sie in eine sinnvolle Ordnung zu bringen. Er musste Judith schreiben. Er musste seine Rede vorbereiten. Er musste reinen Tisch machen, vor allem mit dem Mann, seiner Frau und seinem Sohn. Er musste Sybil und Jonas einen Brief schreiben. Auch seiner Mutter – egal, ob sie ihn verdient hatte oder nicht.

Auf einmal ergab alles einen Sinn. Nicht nur die Begegnung mit dem Jungen und seinem Vater, sondern auch Tillmann und sein Aston Martin, Lea und Ben. Sein ganzes Leben ergab Sinn. Das erste Mal in seinem Leben ergab sein Leben wirklich einen Sinn!

Mit zitternden Knien stand er auf. Er griff nach dem Handy, wischte sich zu Judiths Nummer. Während er wartete, sah er eine weiße Taube, die über ihre Terrasse flatterte, und er dachte: ein Zeichen.

Und dann dachte er: Ab jetzt ist alles ein Zeichen!

Sybil saß in einem Liegestuhl im Garten und blinzelte in die Sonne. Sie hörte, wie ihr Vater etwas auf der Terrasse von der einen zur anderen Seite räumte. Sie war Mitte dreißig, aber sie fühlte sich wie dreizehn. Es war Sonntag. Wochenende. Ihre Mutter war mit Jonas im Wildtierpark, und ihr Vater wühlte im Garten. So war es immer gewesen, und so würde es sein, bis ihre Eltern starben oder in ein Altersheim kamen. Doch das würde noch dauern. Nach Sybils Einschätzung mindestens fünfzehn bis zwanzig Jahre. So lange würden sie weiter ihr Leben mit dem viel zu großen Fußabdruck leben. Ein Abdruck, in den vermutlich mindestens dreißig Füße aus ärmeren Erdteilen passten: zwei Autos, zahlreiche Flugreisen, eine Ölheizung im Keller und so viel Fleisch in der Kühltruhe, dass sie den ganzen Ort damit versorgen könnten. Dazu noch die Firma ihres Vaters: ein Logistikunternehmen mit zehn Angestellten und fünf eigenen Lkw. Mehrmals hatte sie versucht, mit ihrem Vater über die Klimakrise zu sprechen, aber vergeblich. Er hatte lediglich mit den Schultern gezuckt. »Es bleibt eben nichts, wie es war. Warum sollte das mit dem Klima anders sein?«

Als sie noch Unternehmensberaterin gewesen war, war ihr Verhältnis zu ihren Eltern einfacher gewesen. Klarer. Aber seit sie als Coach arbeitete – »Psychoberatung«, wie ihr Vater es nannte –, war die Sache kompliziert. Und das, obwohl sie als Coach und Autorin mehr verdiente als zuvor und sogar in den Medien präsent war. Eine Prominente.

»Burnout« – wenn ihr Vater diesen Begriff in den Mund

nahm, klang es, als ob er etwas Ekliges mit spitzen Fingern anfasste.

Das erste Mal in ihrem Leben hatte Sybil das Gefühl gehabt, sich beweisen zu müssen. Sie hatte begonnen, ihren Eltern am Telefon beiläufig von Vorträgen und Interviews zu erzählen, doch die Reaktion war immer gleich gewesen: Desinteresse. Und dann hatte sie David kennengelernt. Einen Aussteiger. Einen Mann, der mit Anfang vierzig nicht mehr arbeitete und stattdessen einen Blog schrieb. Der bereitwillig die Kindererziehung übernahm, während sie weiter ihre »Psychoberatung« machte.

Bezeichnenderweise war die Verachtung ihrer Mutter für diese Beziehung und das Modell, das dahinterstand, noch größer als die ihres Vaters.

Ihre Lieblingsfrage lautete: »Wie lange hast du Jonas jetzt nicht mehr gesehen?«

»Eine Woche.«

»Eine Woche?«

»Ja. Und?«

»Nichts. Ich frage ja nur …«

»Aha.«

Und dann folgte: Schweigen, Schweigen, das wie eine Anklage in den Ohren dröhnte.

Und seit sie nun mit Jonas bei ihnen war, konnte sie die Gedanken ihrer Mutter förmlich hören: »Das hast du davon, dass du mit diesem Mann eine Familie gegründet hast. Wir hätten es dir gleich sagen können: Er ist nicht gut für dich. Diese ganzen verrückten Öko-Ideen und dieses seltsame Wohnprojekt. Warum hast du dich darauf eingelassen? Warum konntest du dir nicht einen normalen Mann suchen, so wie andere Frauen auch?«

Und das Schlimmste war: Vermutlich hatte sie sogar recht. Eigentlich gehörte es zu den eisernen Grundregeln, kein intimes Verhältnis zu einem Klienten einzugehen, und sie hatte diese

Grundregel gebrochen. Und viel schlimmer war, dass sie überhaupt eine Familie gegründet hatte. Denn eigentlich hatte sie nie Interesse an einer Familie und an Kindern gehabt. Sie hatte sich von David überreden lassen: Gemeinsam würden sie die Familie neu erfinden. Sie könnte weiter arbeiten. Er würde sich um alles kümmern. Um die Erziehung. Um den Haushalt. Darum, dass das Abendessen auf dem Tisch stand, und darum, dass die Bienen schwärmten.

Und er hatte sein Versprechen gehalten. Zumindest bis vor eineinhalb Monaten, als Jonas gebissen worden war und sie ihn auf der Terrasse gefunden hatte. Ab diesem Tag waren die Dinge aus dem Lot geraten. Aus einem treu sorgenden Vater und Partner war ein Psychopath geworden, und sie hatte den Glauben an ihre Mission verloren und eine Affäre begonnen. Oder vielleicht auch mehr. Und nun war sie zu ihren Eltern geflohen, dachte sehnsüchtig an Nina und wusste nichts mit ihrer Zeit anzufangen.

Sie überlegte, ob sie Nina eine Nachricht schicken sollte, entschied sich aber dagegen. Stattdessen legte sie das Handy beiseite, stieß sich von den Armlehnen des Liegestuhls ab und ging über die Terrasse ins Haus, um sich eine halbe *Tavor* zu holen und einen Tee zu kochen.

David hatte eine Liste geschrieben. Einzelne Punkte und die Reihenfolge, in der er sie erledigen wollte. Nach dem Telefonat mit Judith hatte er geduscht. Dann hatte er sich erste Notizen für die Rede gemacht. Nun musste er alles auf seinem Facebook- und seinem Instagram-Kanal vorbereiten. Ankündigungen posten. Das Narrativ schaffen, in das die Tat eingebettet werden konnte. Doch vorher wartete noch eine andere, deutlich schwerere Aufgabe auf ihn: Er musste herausbekommen, ob der Vater des Jungen überlebt hatte, und wenn ja, in welchem Krankenhaus er lag. Und wenn nein – der Gedanke fühlte sich schrecklich an –, musste er herausfinden, wo seine Frau und sein Sohn waren. Und wenn er all das, ohne sich dabei verdächtig gemacht zu haben, herausgefunden hatte – wie auch immer er das schaffen sollte –, musste er seine Öko-Bank anrufen und einen Termin für eine größere Bargeldabhebung vereinbaren. Von dem Verkauf seiner Anteile an seine *Dreiender*-Kollegen hatte er noch knapp 100 000 Euro. Das musste reichen.

Eine ganze Weile saß er da und überlegte, wie er vorgehen sollte. Dann entschied er sich für den einfachen und direkten Weg.

Während er die Wohnungstür zuzog, hielt er sich sein Handy ans Ohr und tat, als ob er telefonierte. Auf keinen Fall wollte er mit jemandem aus dem Haus sprechen.

»Ja … ja, genau …«, sagte er.

Zuhören. Nicken.

Treppe.

»Ja, das wäre toll …«

Zuhören.

Schnelle Schritte.

»Das klingt gut … So machen wir es …«

Erdgeschoss.

Nicken.

»Ja, ich lasse dir den Text bis morgen zukommen … zumindest den Rohentwurf.«

Eingangstür.

Hof.

Er entdeckte Sarah, die durch das Tor auf ihn zukam. Er beschleunigte seine Schritte, hob die Hand zum Gruß.

Sarah grüßte ebenfalls, lächelte.

»Nein, ich denke, Freitag ist zu knapp. Lass uns besser sagen Donnerstag.«

Die Stufen zwischen den jungen Birken nahm er im Laufschritt.

»Ja, das klingt doch gut. So machen wir es.«

Nun war er auf Höhe der Mittelinsel. Er schaute nach links, dann nach rechts, dann wieder nach links. Ungefähr hier musste es gewesen sein. Einen Moment lang war er davon überzeugt, dass sich mitten auf der Straße ein Blutfleck befand. Aber dann erkannte er, dass es sich nur um eine halb vertrocknete Pfütze handelte.

Hatte es wirklich geregnet? Vermutlich irgendwann während der vergangenen sechzehn Stunden, in denen er geschlafen hatte.

Nach wie vor hatte er das Handy am Ohr.

»Okay«, sagte er. »Dann melde ich mich. Tschüs.«

Endlich war er vor dem Imbiss angekommen. Zum Glück war er leer. Hinter dem Tresen stand ein Mann Mitte fünfzig, vermutlich türkischer Herkunft, der zu einem Fernseher schaute. David stieß die Tür auf.

Erst jetzt fiel ihm ein, dass er natürlich keinen Döner oder eine türkische Pizza nehmen konnte, nicht einmal zum Schein, denn erstens müsste er das Essen sofort wegwerfen, und zweitens lief er Gefahr, dass ihn jemand aus dem Haus sah – und dann musste er sich Fragen gefallen lassen. Berechtigte Fragen.

Wasser! Gegen Wasser konnte niemand etwas sagen, außer vielleicht, dass es Plastikflaschen waren. Aber immerhin Pfand. Er öffnete den Kühlschrank und stellte zwei Flaschen auf den Tresen.

»Drei Euro zwanzig«, sagte der Mann.

Er legte einen Fünf-Euro-Schein auf den Tresen. »Stimmt so«, sagte er.

»Danke«, sagte der Mann und schaute auf. Einen Euro achtzig Trinkgeld bekam er vermutlich nicht allzu oft.

Während David nach den Flaschen griff, hielt er inne, so als ob ihm in diesem Moment etwas eingefallen wäre. »Was war hier eigentlich gestern los?«, fragte er.

»Gestern?«, sagte der Mann.

»Ja, gestern Nachmittag. Ich habe Blaulichter gesehen und einen Krankenwagen.« Natürlich hatte er keinen Krankenwagen gesehen und auch keine Blaulichter. Er war ja auf der Flucht gewesen. Aber er war sicher, dass es sie gegeben hatte. Oder etwa nicht? Einen Moment lang hatte er Angst, dass er in eine falsche Richtung gesteuert war, aber an dem Gesichtsausdruck des Mannes erkannte er, dass er richtiglag.

»Ach so, das … Eine schlimme Geschichte. Jemand ist von einem Auto angefahren worden. Fahrerflucht.«

»Oh. War er denn … schwer verletzt?«

Der Mann zuckte mit den Schultern. »Er konnte kein Deutsch. Außerdem war er betrunken. Kurz vorher hat er hier bei mir noch einen Döner gekauft. Er hat mir seine ganze Lebensgeschichte erzählt. Ich hab kein Wort verstanden. Ich glaube, er war Rumäne und gehörte zu dem Lager im Park.« Er machte eine kurze Pause. »Er hat sogar geweint.«

»Geweint?«

»Ja, ich glaube, er war ziemlich verzweifelt.«

David spürte einen Stich. Der Mann hatte geweint. Gestern Nachmittag. Hier, in diesem Imbiss. So wie er bei der Psychologin geweint hatte. Und direkt danach hatte er ihn überfahren.

»Aha. Und dann?«

»Was dann?«

»Der Krankenwagen. Haben die ihn mitgenommen?«

»Ja.«

Am liebsten hätte David noch gefragt, ob er vielleicht das Auto gesehen hatte, von dem der Mann angefahren worden war. Aber dadurch hätte er sich nur unnötig verdächtig gemacht.

Stattdessen verabschiedete er sich und ging hinaus. Das Abendrot strahlte hinter den *Gleisgärten* wie auf einer kitschigen Postkarte. Die Wolken hingen als schwarze Schatten darüber.

Einen Moment lang kam ihm sein Plan vollkommen wahnsinnig vor: die Geburt eines kranken Geistes. Dann dachte er wieder an das Gefühl der Bestimmung, das er keine zwei Stunden zuvor verspürt hatte. Er dachte an Lea und an Ben. Er dachte an Tillmann, an die Millionen und Abermillionen anderen Tillmanns, die es noch gab. Er dachte an Jonas. Daran, dass er es eines Tages verstehen würde und stolz auf ihn wäre. Er dachte an Sybil. Vor allem aber dachte er an die Welt. Daran, dass sie litt und gerettet werden musste und dass er seinen Teil dazu beitragen konnte.

Entschlossen umklammerte er mit einer Hand die Wasserflaschen. Dann zog er mit der anderen Hand sein Smartphone heraus, hielt es sich ans Ohr und überquerte die Straße.

Mitten in der Nacht schreckte Sybil hoch. Sie hatte etwas geträumt, aber sie wusste nicht mehr, was. Nina? David? Jonas? Oder etwas ganz anderes? Sie hatte keine Ahnung. Sie griff nach ihrem Handy. Nina hatte geschrieben: »Bin am Donnerstag für zwei Tage in Frankfurt. Würde mich freuen, dich zu sehen!« Sybils Herz machte einen Sprung. Sie hatte sich gemeldet. Und sie wollte sie sehen! Sybil antwortete: »Könnte klappen. Genau weiß ich es erst Mittwoch. Freu mich.«

Jonas wälzte sich auf die andere Seite und stieß ihr dabei das Knie in die Seite. Sie legte das Handy weg und betrachtete ihn. Er war so klein und zart. An seinem Arm zeichnete sich immer noch die Bisswunde ab – zwei Zahnreihen als ein schmales, helles Oval –, es war gut möglich, dass er dort lebenslang eine Narbe behielt.

Sie betrachtete seine Wimpern. Die geschlossenen Augen. Sie

betrachtete seinen Mund. Die halb geöffneten Lippen, und wie der Atem kam und ging. Und auf einmal empfand sie eine kaum aushaltbare Liebe. Jonas war ihr Sohn. Er war in ihr herangewachsen, und inzwischen konnte er laufen, reden, lachen, schreien und weinen. Er konnte Spatzen erkennen und Eichhörnchen und Bienen und Katzen und Hunde. Er konnte nach Fleisch verlangen und Olivenöl aus Regalen treten. Schon bald würde er ganze Sätze sagen und nachfragen, wenn sie ihm etwas verbat. Und irgendwann wäre er ein großes Kind und dann ein Teenager. Alles ging so schnell, und alles war so flüchtig.

Sie schob sich an ihn heran, streichelte seine Haare und küsste seine Stirn.

Sie fragte sich, warum sie solche Gefühle so selten hatte oder genau genommen: nie. Sie fragte sich, warum sie nicht eine normale Mutter sein konnte, die ein normales, mütterliches Verhältnis zu ihrem Kind hatte, und einen Moment lang dachte sie an das mögliche Geschwisterchen von Jonas, das in dem Saugrohr des Arztes gelandet war. Sie überlegte, ob sie im Nachhinein an ihrer Entscheidung zweifelte, aber da war nicht einmal ein leises inneres Wackeln. Die Entscheidung schien ihr sogar noch klarer als in dem Moment, in dem sie sie gefällt hatte.

Jonas lebte. Und um Jonas würde sie sich ab jetzt mit allen Kräften kümmern, egal, ob er nach Fleisch verlangte, mit einem Messer spielte oder versuchte sie zu beißen.

Ein paar Minuten lang lag sie auf dem Rücken und dachte darüber nach, was die Zukunft für sie bereithalten würde. Für David. Jonas. Die *Gleisgärten.*

Dann wanderten ihre Gedanken nach Frankfurt und zu Nina. Zu ihrem Wiedersehen. Und kurz darauf war sie eingeschlafen.

Fallen

Er schwebte. Zwei Meter über seinem eigenen Körper und betrachtete sich von oben. Es war ein seltsames Gefühl, denn der Körper unter ihm war unförmig und aufgedunsen, und er selbst war leicht und frei. Plötzlich verstand er: Der Körper war nur eine schwere, lästige Hülle, und er war froh, dass er sie endlich verlassen hatte. Warum verstand er erst jetzt, wie unwichtig ein Körper war. Wie unsinnig! Wozu brauchte man einen Rumpf, Arme, Beine, Füße, Hände? Und vor allem diesen großen, klobigen Kopf, den man die ganze Zeit zwischen den Schultern balancieren musste? All das war nur Ballast!

Und doch gab es da etwas, das ihn noch hielt. Besser gesagt: das ihn davon abhielt, ganz davonzuschweben, in die Ferne des Himmels. Es war Aurica. Und Nelu. Es war sein Wissen darum, dass sie beide noch in der Körperwelt gefangen waren und nicht zu ihm kommen konnten. Dass er sie nicht einfach mitnehmen konnte. Er hatte Angst, sie niemals wiederzusehen. Es war der Grund, dass er weiter über seinem Körper schwebte. In diesem seltsam kargen Raum mit dem Bett, den vielen Kabeln und Schläuchen. In den ständig jemand herein- und wieder hinausging, in dem Monitore herumstanden und ständig etwas piepte.

Was piepte da? War er das selbst? War das sein Herzschlag?

Wo war Aurica?

Wo war Nelu?

Wussten sie, dass er hier war?

Er musste an den Mann denken. An sein Gesicht hinter der Windschutzscheibe. An seine eng zusammengezogenen Augenbrauen. An den hasserfüllten Blick. Er hatte nicht gebremst, im Gegenteil: Er hatte beschleunigt, und dieser kleine weiße Wagen mit dem lautlosen Motor war auf ihn zugeschossen wie ein Raubvogel im Sturzflug.

Dieser Mann hatte ihn töten wollen. Er hatte das Ziel gehabt, ihm jeden Knochen einzeln zu brechen und seine Organe zu zerquetschen. Und er hatte es geschafft. Zumindest fast. Oder etwa doch schon ganz? Vielleicht war er ja schon tot? Vielleicht war das der Grund dafür, dass sich auf einmal alles so leicht anfühlte.

Vielleicht war der Tod genau das: ein Zwischenzustand. Ein Schweben über dem eigenen Körper. Zwar noch angefüllt mit den Erinnerungen aus dem Leben, aber schon nicht mehr Teil davon.

Aber wenn es wirklich so war, würde sich denn dann sein Brustkorb weiter heben und senken? Und müsste das Piepen nicht durchgängig zu hören sein? Ein ewig langes, gedehntes Geräusch, das in den Ohren schmerzte? Und wäre er dann überhaupt noch in diesem Zimmer? An die vielen Schläuche angeschlossen? Wäre er nicht längst hinausgerollt worden? Abtransportiert in irgendeinen Kühlraum?

Nein, er war nicht tot. Er lebte. Der Mann war nicht erfolgreich gewesen. Zumindest noch nicht. Denn der Tod war nah, ganz nah, das spürte er.

Der Arzt sah müde aus. Er war blass und hatte tiefe Ringe unter den Augen. Das Stethoskop hing schief um seinen Nacken, und am Kragen seines Kittels war ein winziger Blutspritzer zu sehen, von der Größe eines Stecknadelkopfes.

Sie befanden sich in einem kleinen Besprechungsraum. Neben ihr saß Maria, die in den vergangenen zwei Stunden nicht von ihrer Seite gewichen war. Nelu hockte auf ihrem Schoß. Die

Stimme des Arztes war leise. Aber Aurica hatte das Gefühl, dass er die Konsonanten überbetonte. Er redete schnell und schaute dabei ausschließlich Maria an. Aurica kam es so vor, als ob er ihren Blick bewusst mied. Vermutlich weil er ihre Angst nicht sehen wollte, ihre Verzweiflung.

Es stand schlimm um Petre. So schlimm, dass sie ihn noch nicht einmal hatte besuchen dürfen. Er war auf der Intensivstation. Er schwebte in Lebensgefahr. Jemand hatte ihn angefahren und war anschließend geflohen. Irgendein feiger, gemeiner Deutscher – natürlich musste es ein Mann gewesen sein, denn Frauen taten so etwas nicht –, bestimmt in einem dieser dicken, glänzenden Geländewagen, von denen die Stadt nur so wimmelte. Und anschließend hatte er Petre liegen lassen wie ein Tier auf der Landstraße. Ein Reh, einen Fuchs, einen Dachs oder einen zerquetschten Igel.

Inzwischen hatte der Arzt aufgehört zu reden. Maria stellte ihm gerade eine Frage. Er hielt den Kopf ein wenig geneigt und hörte ihr zu.

Er antwortete. Dann schwieg er.

Es entstand eine Pause.

Aurica wandte sich Maria zu. »Und?«, fragte sie. »Was hat er gesagt?«

Maria zog die Augenbrauen hoch, schüttelte kurz den Kopf. Sie wirkte verwirrt. »Er sagt …« Sie brach ab, schien nach Worten zu suchen, setzte dann neu an. »Er sagt, dass der Unfall gar nicht das Problem ist.«

»Was? Aber ich … Ich verstehe nicht.«

»Petre ist durch den Unfall kaum verletzt worden. Er hat Prellungen und Schürfwunden. Aber es ist nichts gebrochen, und innere Blutungen können sie ausschließen.«

»Aber warum liegt er dann auf der Intensivstation? Warum darf ich nicht zu ihm?«

»Er hat … eine Blutvergiftung.«

»Eine Blutvergiftung?«

»Ja. Und sie wissen nicht, woher.«

Eine Sekunde lang war Aurica wie vor den Kopf gestoßen. Dann lag alles ganz klar vor ihr. »Der Biss!«, rief sie.

»Der Biss?«

»Ja, der Hundebiss, von dem ich dir erzählt habe! Der Grund für Petres und meinen Streit. Der Grund, warum ich mir solche Sorgen gemacht habe!«

»Ja, natürlich«, sagte Maria und schlug sich mit der Hand an die Stirn, »daran habe ich gar nicht gedacht!« Sie wandte sich dem Arzt zu und sagte etwas auf Deutsch. Der Arzt schien nun deutlich wacher zu sein. Er schaute Maria an, dann Aurica, dann wieder Maria. Der Stift lag vor ihm auf dem Schreibtisch. Als Maria fertig gesprochen hatte, stellte er sofort eine Frage. Er redete deutlich lauter, schneller und weniger konsonantisch. Und das erste Mal schaute er Aurica an, während er sprach.

Maria wandte sich zu Aurica. »Er fragt, wo genau Petre gebissen wurde.«

Aurica überlegte kurz. »Am rechten Unterarm. Die Blutvergiftung kommt bestimmt daher!«

Sie spürte, wie ihr Herzschlag schneller wurde. Wenn eine Sepsis der Grund für seinen schlechten Zustand war, gab es vielleicht noch Hoffnung.

Maria übersetzte, und der Arzt nickte. Er schien es auf einmal eilig zu haben.

Er stand auf, und sie folgten ihm in den Flur.

Nun war er weg, weit weg. Längst nicht mehr in dem Zimmer mit den vielen Schläuchen, auch nicht mehr in dem Gebäude drumherum. Er schwebte nicht mehr, er flog. Das hieß also: Er hatte es geschafft, und es fühlte sich gut an. Besser als unter der

Decke über dem Bett, viel besser als in dieser dunklen, labyrinthischen Zwischenwelt. Und doch war da immer noch diese Sehnsucht nach Aurica und Nelu. Das Gefühl, dass er sie nicht allein zurücklassen konnte, dass sie ohne ihn verloren wären und er ohne sie. Aus irgendeinem Grund spürte er auf einmal ihre Nähe. Als ob sie neben ihm wären, hier oben im raumlosen Nichts. Aber wie konnte das sein? Waren sie etwa auch gestorben? Nein, sie lebten, das wusste er. Aber wie konnten sie ihm dann so nah sein? Er bildete sich sogar ein, Auricas Stimme zu hören.

»Petre! Petre! Hörst du mich?«

Ja, er hörte sie, so nah, als ob sie im Schlafsack neben ihm lag. Oder in einem Bett. In ihrem Bett, in ihrem gemeinsamen Haus. Einem Haus, das von einem Garten umgeben war, ihrem eigenen Garten. Einem Garten mit Obst, Gemüse, Kräutern und Blumen.

»Petre, Petre!«, sagte Auricas Stimme »Hörst du mich? Ich bin da. Und Nelu auch. Er vermisst dich.«

Nelu. Nelu, ihr gemeinsamer Sohn. Wie konnte er da sein? Jetzt wusste er, dass er träumte. Es war irgendeine Erinnerung, die er in die Zukunft verlegt hatte. Eine Erinnerung an die Zeit in Rumänien, als sie noch eine Wohnung hatten, ein Dach über dem Kopf, und alles bei allem Schlechten doch viel besser gewesen war als in den vergangenen Wochen und Monaten. Das war die Erinnerung, die einzige Welt, in der sie noch leben konnten.

Und erneut war da Auricas Stimme. »Petre! Bleib bei mir«, sagte sie. »Bleib bei uns! Wir brauchen dich!«

Und dann war Auricas Stimme wieder verschwunden.

Und gleichzeitig passierte etwas Seltsames. Sein Körper wurde wieder schwerer. Er hatte das Gefühl, die Erdanziehung zu spüren. Die Schwere ergriff seinen Kopf und seine Gedanken. Alles drückte nach unten, in die Matratze, auf das Bett. Das freie, neue Gefühl war weg, aber dafür kehrte etwas Vertrautes zurück. Etwas, das ihn beruhigte. Er fühlte sich müde, sehr müde sogar. Er war wieder zurück in seinem Körper, zurück in der Welt. Und mit diesem Gedanken ließ er sich fallen. Und es war ein tiefer Fall in ein tiefes und traumloses Nichts.

Es war schlimm, ihn so zu sehen. Wie er da lag, zwischen all den Schläuchen und Apparaten. Dieses Piepen zu hören. Und seinem Brustkorb dabei zuzuschauen, wie er sich hob und wieder senkte. Hob und senkte. Hob und senkte. Das Einzige, was half, war, seine Hand zu nehmen. Seine Wärme zu spüren. Und sich dabei immer wieder die Worte des Arztes zu vergegenwärtigen: »Er ist nicht mehr in Lebensgefahr. Sein Zustand ist stabil.«

Es war Maria gewesen, die diese zwei knappen Sätze für sie auf Rumänisch wiederholt hatte, und Aurica wäre ihr und dem Arzt am liebsten um den Hals gefallen. Der Arzt hatte noch viel mehr gesagt, und Maria hatte noch mehr übersetzt – dass sie ihn operiert hatten, an dem Arm, der Bisswunde, dass es eine komplizierte Operation gewesen sei und sie den Arm weiter gut beobachten mussten –, aber diese Worte waren das Entscheidende gewesen: »stabil« und »nicht mehr in Lebensgefahr«.

Was wollte sie mehr? Dafür hatte sie gebetet, stundenlang und ohne Unterlass, und egal, ob es einen Gott gab oder nicht: Ihr Gebet war erhört worden. Selbst als der Arzt nach einer kurzen Pause noch einmal darauf hingewiesen hatte, dass ihm der Arm Sorgen bereitete und dass sie bei einem Wiederaufflammen der Infektion über »weitere Schritte« nachdenken müssten, hatten diese beiden Sätze alles andere dominiert: Sein Zustand war stabil! Er war nicht mehr in Lebensgefahr!

Sie hielt seine Hand. Seine Hand war warm, sein Atem ging regelmäßig. Er schlief jetzt. Ein tiefer Schlaf, aber er würde weiteratmen. Das war das Wichtigste.

Strudel

Über seinem Bett stand Aurica. Sie weinte. Aber sie lachte auch. Sie lachte und weinte zugleich, wie Sonne und Regen. Es fehlte nur noch, dass über ihr ein Regenbogen erschien.

Sie war so schön, und es war so gut, dass sie wieder da war.

»Petre«, sagte sie.

»Aurica«, sagte er. Seine Stimme klang fremd. Tatsächlich wie die Stimme eines Fremden.

Sie küsste ihn auf die Stirn.

»Wo ist Nelu?«, fragte er.

»Er wartet draußen.«

»Warum?«

»Weil …« Sie brach ab. Senkte den Kopf. Hob ihn wieder. Nun war das Lachen verschwunden.

»Was?«

»Wir müssen dir etwas sagen.«

»Wir?«

Er drehte den Kopf. Erst jetzt sah er, dass sie nicht allein waren. Ein Arzt war da. Eine Schwester. Und eine Frau. Diese rumänische Sozialpädagogin, die ein paarmal im Camp gewesen war.

»Was ist?«, fragte er.

»Dein Arm.«

»Mein Arm?«

Er legte das Kinn auf die Brust und schaute an sich hinunter.

Auf der einen Seite war sein linker Arm, sein starker Arm, er sah ihn. Er konnte ihn spüren und bewegen. Und auf der anderen Seite war … Er hielt inne. Auf der anderen Seite, seiner rechten Seite, war nur ein verbundener, ungefähr zwanzig Zentimeter langer Stumpf. Sonst nichts.

Aber das konnte nicht sein. Er spürte den Arm doch. Er spürte, dass er da war. Er spürte, dass er wehtat. Er spürte sogar noch den Schmerz des Hundeeckzahns. Er versuchte sich aufzurichten.

»Was ist mit meinem Arm?«, fragte er.

Der Arzt trat einen Schritt nach vorn.

Aurica schluckte. Hatte sie etwa Tränen in den Augen? Ja, da waren Tränen.

»Sie mussten ihn … amputieren«, sagte sie. »Der Arm war entzündet. Wegen dem Biss. Dem Hundebiss. Du wärst fast gestorben.«

Amputieren? Aber warum spürte er ihn dann? Er versuchte seine Finger zu bewegen. Aber es bewegte sich nichts.

Der Arzt machte einen Schritt nach vorn. Er sagte etwas auf Deutsch. Petre betrachtete seinen Mund und die Falte zwischen seinen Augenbrauen. Aus irgendeinem Grund sah die Stelle zwischen den Augenbrauen älter aus als der Rest des Gesichts. Als ob sie aus einer früheren Zeit stammte.

Der Arzt hatte seine Sätze beendet und nickte der rumänischen Sozialpädagogin zu.

»Hallo«, sagte sie. »Ich bin Maria.«

Petre schwieg.

»Der Arzt hat gesagt, dass sie den Arm amputieren mussten, weil es eine Infektion gab. Eine schwere Infektion. Es ging nicht anders. Es ging um Leben und Tod.«

»Aber …« Tausend Fragen schossen ihm durch den Kopf. Wie sollte er ohne Arm arbeiten? Wie sollte er kochen? Wie sollte er Aurica umarmen? Wie sollte er mit Nelu spielen, ihn in die Luft werfen? Wie stellten sie sich das vor? Aber das, was er schließlich sagte, war viel direkter, ganz unmittelbar: »Aber ich spüre ihn noch.«

Die Frau nickte. »Der Arzt hat gesagt, dass das normal ist. Es dauert, bis der Körper verstanden hat, dass da nichts mehr ist. Manchmal sogar Monate.«

Erst jetzt schaute er erneut an sich hinunter. Auf seine rechte Seite. Dorthin, wo früher sein Arm gewesen war. Und wo jetzt nichts mehr war.

»Ich …« Er schaute zu dem Arzt. Schaute in seine Augen, die unter der Furche lagen. Zwei Augen. Noch einmal dachte er: Ich kann nicht ohne Arm leben. Aber dann dachte er an das Gefühl, das er gehabt hatte, als Aurica weg gewesen war, und er dachte: Vielleicht ist der Arm der Preis dafür, dass sie wieder bei mir ist.

Dann dachte er wieder: Aber ich kann doch nicht ohne Arm leben. Er wuchtete seinen Oberkörper hoch. Die Schmerzen waren überall, aber es kümmerte ihn nicht.

»Ich kann nicht ohne Arm leben!«, schrie er.

»Petre!« Aurica beugte sich über ihn. »Petre, bitte beruhige dich!«

Wie sollte er sich beruhigen? Er hatte seinen Arm verloren! Seine Hand! Zwar war der rechte Arm nur sein schwacher Arm und die rechte Hand seine schwache Hand, aber das spielte keine Rolle. Sie hatten sie ihm abgeschnitten! Einfach weggenommen, ohne ihn zu fragen! Sie hatten ihm seinen Arm geklaut!

Der Arzt sagte etwas zu der Schwester, und sie bewegte sich aus seinem Blickfeld. Seine ganze Wut richtete sich nun gegen diese beiden Augen. Gegen die Falte darüber. Er wollte ihn packen und schütteln und schlagen. Dieser Mann hatte ihm den Arm geklaut!

Im selben Moment verspürte er eine tiefe Müdigkeit. Sie überfiel ihn, zog ihn mit aller Kraft nach unten.

»Petre!«

Auricas Stimme war nun schon weit weg.

»Aurica, ich …«

Ihm fielen die Augen zu.

Das Letzte, was er dachte, war: Es stimmt nicht. Es ist alles nur ein Traum. Sie haben sich geirrt.

Ich spüre meinen Arm, also ist er auch da.

Es war Abend, und sie war allein. Maria war gegangen. Nelu schlief in einem Kinderkrankenbett, das sie in Petres Zimmer geschoben hatten. Petre schlief seinen Beruhigungsschlaf, den die Schwester ihm durch den Infusionsschlauch verabreicht hatte. Und sie? War unglaublich müde, aber trotzdem wach. Maria hatte ihr gesagt, dass sie mitkommen sollten, sie und Nelu. Zumindest für ein paar Stunden. Dass sie auch ein wenig Schlaf brauchte. Aber es ging nicht. Sie musste hierbleiben. Hier bei Petre. Sie musste zumindest da sein, wenn er das nächste Mal aufwachte.

»Es dauert«, hatte der Arzt gesagt. »Sie müssen Geduld haben. Aber er wird lernen, damit umzugehen.«

Geduld. Wieder Geduld. Das war das, worum es ging, seit sie in diesem schrecklichen Land waren: um Geduld. Aber es ging nicht mehr länger. Sie wollte keine Geduld mehr haben. Sie wollte, dass es endlich vorbei war.

Es klopfte, und Aurica schreckte hoch. Draußen war es bereits dunkel. Offenbar war sie doch eingeschlafen. Sie setzte sich auf, wischte sich mit den Händen übers Gesicht. Es klopfte noch einmal.

»Ja?«

Die Tür öffnete sich, und eine der Nachtschwestern erschien.

Sie sagte einen Satz, den Aurica nicht verstand. Die Schwester deutete hinter sich. Ein großer, schlaksiger Mann tauchte auf. Er war blond und kam ihr bekannt vor. Aber sie hatte keine Ahnung, woher.

»May I come in?«, fragte er.

»Yes …«, sagte Aurica. Aber sie wusste nicht, ob sie es wirklich meinte. Das Wort kam ihr nur leichter über die Lippen als ein *»No«*.

Der Mann betrat das Zimmer. Die Schwester schloss die Tür. Mitten im Raum blieb der Mann stehen. Er starrte Petre an. Führte die Hand zum Mund und ließ sie wieder fallen: Sein Blick hing an dem fehlenden Unterarm.

Aurica ging zum Bett und legte die Decke darüber.

Der Mann schloss die Augen. Schüttelte den Kopf. Öffnete den Mund. Schloss ihn wieder. Öffnete ihn erneut.

»Sorry!«, sagte er. *»I'm so sorry!«*

Aurica schwieg. Der Mann schien mit sich zu ringen, einen Moment lang hatte sie das Gefühl, er könnte umdrehen und das Zimmer wieder verlassen. Dann machte er zwei Schritte nach vorn und sank vor ihr auf die Knie. Er hob beide Hände in die Höhe wie ein Betender. *»It was my fault!«*, sagte er. *»I drove the car! I'm sorry! I'm so sorry!«* Seine Stimme zitterte.

Aurica wusste nicht, was *»fault«* bedeutete, und auch das Wort *»drove«* kannte sie nicht. Aber *»car«* hieß Auto, und wenn man auf die Knie sank und *»sorry«* sagte, dann musste es einen Grund dafür geben.

Er hatte das Auto gefahren.

Das war der Mann, der Petre fast getötet hätte!

Sie spürte, wie sich etwas in ihr zusammenzog. Sie wollte ihm ins Gesicht spucken. Ihm die Finger in die Augen rammen und sie ihm auskratzen. Ihn beißen, so fest, bis er blutete. Und anschließend wollte sie ihn packen und aus dem Zimmer zerren, bis ans Ende des Ganges und dann aus dem Fenster werfen. Sie hasste ihn! Er stand für alles Schlechte, das ihnen in diesem Land und in dieser Stadt widerfahren war.

Aber dann fiel ihr ein, dass Petre ja nicht wegen des Unfalls in Lebensgefahr geschwebt hatte, sondern wegen der Infektion, wegen des Bisses, und auf einmal war ihre Wut verschwunden.

Genau genommen hatte der Mann Petre sogar das Leben gerettet. Denn wenn er Petre nicht angefahren hätte, wäre Petre nicht ins Krankenhaus gekommen. Und wenn Petre nicht ins Krankenhaus gekommen wäre, hätte er die Sepsis vermutlich nicht überlebt.

Sie überlegte, ob sie versuchen sollte, ihm zu erklären, dass er nicht schuld an dem amputierten Arm war, sondern ein Hund. Ja, dass sie selbst größere Schuld hatte als er, denn wenn sie an jenem unsäglichen Nachmittag, an dem das Fernsehteam da gewesen war, nicht darauf bestanden hätte, bei Ada zu bleiben, wäre Petre nicht gebissen worden. Aber sie wusste nicht, wie sie ihm all das sagen sollte. Es war viel zu kompliziert.

Außerdem gefiel es ihr, dass er Schuldgefühle hatte. Er hatte Petre angefahren und danach das Weite gesucht. Letztlich hatte er das Schuldgefühl verdient.

Der Mann betrachtete Nelu, der sich in seinem Bettchen auf die Seite gerollt hatte und ruhig und regelmäßig atmete.

»*Sorry*«, sagte er noch einmal.

»Okay«, sagte Aurica und meinte es auch so.

Der Mann neigte den Kopf. Dann griff er in die Innentasche seiner Jacke und zog einen Briefumschlag heraus, den er Aurica hinstreckte. Aurica zögerte. Er nickte aufmunternd.

Es war ein dicker, schwerer Umschlag.

Sie schaute ihn fragend an.

»*Look inside*«, sagte er und machte dazu eine Geste mit seinen Händen.

Der Umschlag war nicht zugeklebt. Die Lasche war nur hineingesteckt, und aus irgendeinem Grund musste sie an Blumen und Blütenblätter denken. Sie zog die Lasche heraus.

Es war Geld. Viel Geld. Sehr viel Geld.

Lauter Hunderteuroscheine.

Erst ein- oder zweimal in ihrem Leben hatte sie einen Hunderteuroschein in der Hand gehabt, und das hier waren mindestens fünfzig Hunderteuroscheine.

Sie starrte den Mann an.

Er wich ihrem Blick aus.

Nun war ihre Wut wieder da. Er wollte sich freikaufen. Seine Schuld mit Geld begleichen. Und sie? Sie wollte ihm den Umschlag ins Gesicht werfen. Einen verlorenen Arm konnte man nicht bezahlen!

Aber dann dachte sie wieder daran, dass er für den amputierten Arm nichts konnte. Und dass er nichts von dem verlorenen Arm gewusst hatte, bevor er hereingekommen war. Und dass er Petre genau genommen das Leben gerettet hatte.

Er hatte ihm das Leben gerettet, und nun gab er ihr noch Geld dafür!

»*Thank you*«, sagte sie.

Der Mann hob die Hand.

»Alles Gute«, sagte er.

Und dann war er draußen, und im selben Moment wusste sie, woher sie ihn kannte. Es war der Mann, dem sie mit Petre im Park begegnet war. Der Mann, mit dem Petre auf dem Spielplatz aneinandergeraten war. Und nun hatte der Mann Petre überfahren. Und ihr einen Umschlag mit Geld gegeben. Mit viel Geld.

Wie passte all das zusammen?

Eine ganze Weile stand Aurica wie erstarrt in dem Krankenzimmer und lauschte den arhythmischen Atemzügen von Petre und Nelu. Schnell, schnell, schnell. Tief und langsam.

Dann setzte sie sich hin und begann zu zählen.

Sie zählte langsam, und während sie zählte, begannen ihre Hände zu zittern. Erst jetzt fiel ihr auf, dass sich auf der rechten Seite des Stapels zusammengefaltete Zweihunderteuroscheine befanden und dass mindestens so viele Zweihunderter in dem Umschlag waren wie Hunderter.

Ein paarmal fing sie wieder von Neuem an zu zählen, aber nicht weil sie sich verzählt hatte, sondern weil sie es nicht glauben konnte.

Dann hatte sie die Summe. Und selbst wenn sie sich um tausend, zweitausend oder sogar um fünftausend Euro verzählt hätte: Es spielte keine Rolle.

Hunderttausend.

Es waren hunderttausend Euro.

Ihr wurde schwindlig, einen Augenblick war sie davon überzeugt, ohnmächtig zu werden.

Sie steckte den Umschlag mit dem Geld in ihre Tasche, ging ins Bad und starrte in den Spiegel.

»Danke«, sagte sie. *»Mulţumesc!«*

Sie schaute auf ihren Mund: auf ihre Lippen und darauf, wie sie sich bewegten.

Sie senkte den Kopf und schloss die Augen.

Als sie erwachte, fühlte sich alles ganz vertraut an. Nicht mehr der große Aufruhr und auch nicht mehr die Abstoßungstendenzen, die sie noch auf La Palma gespürt hatte. Es fühlte sich nach Alltag an, aber ohne den schalen Beigeschmack, den Alltag normalerweise hatte.

Es war eine Altbauwohnung. Gemütlich. Vier Zimmer, ein großer Balkon. Ganz anders, als sie es sich vorgestellt hatte. Sehr persönlich. Jedes Möbelstück und jeder Gegenstand schien seine Geschichte zu haben.

Neben ihr lag ein Zettel: »Guten Morgen! Ich habe dich schlafen lassen. Der Kühlschrank ist voll, nimm dir, was du willst. Bis später: N.«

Als sie in der Küche stand und sich mit dem vollautomatischen Teekocher beschäftigte, leuchtete ihr Handy. David. Sie wollte nicht rangehen. Es war das Letzte, was sie wollte, hier, in Ninas Wohnung. Sie würde es einfach leuchten lassen, bis ihre Mailbox ansprang. Aber dann ging sie kurzentschlossen auf den Balkon und wischte über das Display.

»Hi«, sagte sie.

»Oh, hallo«, sagte David. »Fast hätte ich aufgelegt … Störe ich denn?«

»Nein, gar nicht, ich … habe es gerade erst gesehen.«

Es entstand eine Pause.

»Ich wollte mich mal melden.«

»Das ist schön«, sagte sie. »Wie geht es dir?«

»Besser«, sagte er. »Es ist gut, mal ein bisschen Zeit für mich zu haben«

»Das freut mich. Gehst du noch zu der Beratung?«

Er zögerte einen Moment. »Ja«, sagte er dann. »Freitag ist der nächste Termin.«

Seine Stimme war ganz klar, aber es fühlte sich komisch an, mit ihm zu telefonieren. Und gleichzeitig auch wieder nicht.

Es entstand eine Pause.

»Und du?«, fragte er. »Wie geht es dir? Wie geht es Jonas?«

»Gut«, sagte sie.

»Wo seid ihr gerade?«

»Ich bin in Frankfurt. Jonas ist bei meinen Eltern.«

»In Frankfurt? Was machst du da? Ein Coaching?«

Nun hatte er ihr die Vorlage geliefert. Sie musste einfach nur Ja sagen, und alles wäre erledigt. Aber sie wollte nicht Ja sagen, sie wollte nicht, dass alles erledigt wäre. Sie wollte die Dinge aussprechen, ein für alle Mal. Sie wollte sagen: »Ich habe mich verliebt«, aber ihr Mund sagte etwas anderes. Er sagte: »Ich habe … abgetrieben.«

»Du hast … bitte was?«

»Ich war schwanger, und ich habe abgetrieben.«

Er schwieg. Sybil hörte den Verkehr rauschen und Musik aus einem der Fenster gegenüber. Und sie fühlte ihren Herzschlag.

»Bist du noch dran?«, fragte sie schließlich.

»Ja.« Er schwieg erneut, und sie wunderte sich, warum er gar nicht nachfragte. Wie sie hatte schwanger werden können, obwohl sie doch die Pille nahm. Sie überlegte, ob sie ihm eine Erklärung liefern sollte. Dass sie sie einmal vergessen hatte und es ein großer Zufall gewesen war. Aber gerade als sie Luft holte, sagte er: »Das ist gut.«

»Was ist gut?«, fragte sie.

»Dass du … das getan hast.«

»Findest du?«

»Ja.«

»Ich glaube auch«, sagte sie.

Sie schwiegen erneut. Sybil schloss die Augen und umklammerte mit der linken Hand das Geländer des Balkons. »Und da ist noch etwas …«, sagte sie.

»Ja?«

»Ich … habe mich verliebt.«

Erneutes Schweigen.

»David?«

»Ja.« Seine Stimme klang auf einmal weit weg.

»Willst du gar nicht wissen, in wen?«

»Doch.«

»Eine Frau. Nina. Sie war mit mir in der Talkshow.«

»Die Frau mit dem … Datingportal? Die Burnout-Leugnerin?« Seine Frage klang nicht böse, eher überrascht.

»Ja …«

»Hast du nicht erzählt, dass sie auch die Klimakrise leugnet?«

»Na ja … Zumindest an dem Abend hat sie das. Aber … so ist sie gar nicht!«

»Wie ist sie dann?«

»Sie ist …« Fast hätte sie gesagt: eine Christin. Aber stattdessen sagte sie: »… ein guter Mensch.«

»Aha. Und seit wann geht das?«

»Seit … ein paar Wochen.«

»Okay. Verstehe.«

Schweigen.

»Ich wollte es dir nur sagen«, sagte Sybil.

»Danke. Es ist gut, dass du es mir gesagt hast.« Seine Stimme war klar. Nah. Direkt. Er meinte das, was er sagte.

»Ja. Aber möchtest du denn gar nicht mehr wissen?«

»Nein … oder warte, doch: Hat sie Kinder?«

»Nein.«

»Kennt Jonas sie?«

»Nein.«

David schwieg erneut. Sybil hätte gern ein bisschen mehr erklärt. Dass es nichts mit ihm zu tun hatte. Dass es eine Art spätes Coming-out war und sie es schon immer gespürt hatte. Aber es kam ihr komisch vor, all das einfach ungefragt zu erzählen. Außerdem stimmte es bestenfalls teilweise.

David räusperte sich. »Das Wichtigste ist …« Er hielt inne und atmete so tief und laut, dass der Lautsprecher zischte. »Das Wichtigste ist, dass es euch gut geht. Jonas und dir.«

»Es geht uns gut. Du musst dir keine Sorgen machen.«

»Das ist gut. Sehr gut sogar …« Er atmete schwer und machte dann eine Pause, und für einen Moment dachte Sybil, er sei in einem Funkloch verschwunden. Dann sagte er: »Lass uns die

Tage mal skypen. Zusammen mit Jonas. Wenn du wieder bei deinen Eltern bist. Okay?«

»Ja«, sagte sie. »Gut. Bis bald«

Davids Stimme verschwand, und das Display wurde schwarz. Eine Welle der Traurigkeit überspülte Sybil, aber zugleich war da Freude, und beides mischte sich und wurde zu einem Strudel, in dem sie sich so lange drehte, bis ihr ganz schwindlig wurde. Sie hielt sich an dem Balkongeländer fest und versuchte, nicht nach unten zu schauen.

Langsam ließ er das Handy sinken. Er stand auf der Terrasse. Ziemlich genau dort, wo er an dem Abend gestanden hatte, als Sybil ihn aus seiner Trance gerissen hatte. An dem Abend nach dem Biss und nach der Begegnung mit dem Mann. Aber es war auch der Abend, als sie das erste Mal seit vier Monaten wieder miteinander geschlafen hatten.

War sie an diesem Abend schwanger geworden? Vermutlich.

Und nun hatte sie abgetrieben. Und sie hatte sich verliebt.

Er überlegte, wie es ihm damit ging. Bei der Abtreibung war das Gefühl ganz klar: Er spürte Erleichterung. Denn eine Schwangerschaft hätte alle seine Pläne über den Haufen geworfen.

Aber Sybil in den Armen einer Frau? Und nicht nur irgendeiner Frau, sondern einer Frau, die Pferde hielt und ein Datingportal betrieb. Die allen Ernstes behauptete, dass es keinen Burnout gab – und viel schlimmer noch: eine Klimaleugnerin.

Das war etwas anderes.

Er versuchte, Wut zu empfinden. Den Schmerz des Betrogenen. Des doppelt Betrogenen: um die Liebe betrogen und um ihren gemeinsamen Kampf für eine bessere Welt.

Stattdessen dachte er an Lea. Daran, dass er bereit gewesen wäre, eine Affäre mit einer Minderjährigen anzufangen. Er dachte daran, wie er sich vorgestellt hatte, Hand in Hand mit ihr auf Demos zu marschieren, und diese Fantasie kam ihm noch viel verrückter vor als die Wirklichkeit, in der Sybil gerade lebte. Und wenn es schon um Schuld ging: Was zählte Sybils Betrug gegenüber dem, was er dem Vater des Jungen angetan hatte? Er hatte ihn absichtlich überfahren. Der Mann lag im Krankenhaus. Er hatte seinen Arm verloren. Das war wahre Schuld.

Vor allem aber dachte er an seinen Plan. Daran, was er vorhatte und was dafür noch zu tun war. Er dachte an die Wirkung, die seine Tat haben würde, an das große Opfer, das er Sybil und Jonas damit abverlangte.

Und plötzlich machte sich ein anderes Gefühl in David breit: Sybil hatte sich verliebt. Glücklich offenbar. Sie war in guten Händen. Was wollte er mehr? Sie war nicht mehr schwanger, und sie war nicht allein. Es war alles so, wie es sein musste. Langsam hob er den Blick zum Horizont. Dann spannte er seine Muskeln an, drehte sich um und überquerte mit entschlossenen Schritten die Terrasse.

Energie

Jedes Mal, wenn Petre aufwachte, war er davon überzeugt, alles nur geträumt zu haben: ein schrecklicher Albtraum. Und dann dachte er jedes Mal, dass er nun, da er endlich wach war, in der Wirklichkeit angekommen sei. Und in dieser Wirklichkeit spürte er ganz deutlich seinen rechten Arm und seine rechte Hand. Jeden einzelnen Finger.

Doch wenn er nach ein paar Sekunden den Kopf drehte und an sich herunterschaute, traf es ihn wie ein Schlag: Es war kein Traum gewesen. Die Hand und der Arm waren weg. Verschwunden. Zumindest der größte Teil des Arms. An seiner Schulter baumelte ein ungefähr zwanzig Zentimeter langer, in Mullbinden eingewickelter Stumpf. Ein schlechter Witz, eine Salami an einem Haken im Supermarkt.

In den ersten Tagen hatte er jedes Mal geschrien, und eine Schwester war gekommen, um an dem kleinen Rädchen unter der Flasche zu drehen, die links von ihm kopfüber an einem Ständer hing. Dann war er erneut weggedämmert. Und wenn er das nächste Mal wach wurde, ging alles von vorn los. Wirklichkeit und Traum vermischten sich. Meistens war Aurica da gewesen. Während die Schwester an dem Rädchen drehte, hatte sie seine Hand gehalten – die eine Hand, die er noch besaß – und ihm Mut zugesprochen. »Es wird alles gut werden«, hatte sie gesagt. »Ganz bestimmt!«

Und auch wenn er ihr kein Wort glaubte – nichts würde gut

werden, rein gar nichts! –, hatte es etwas Beruhigendes, ihre Stimme zu hören und ihre Hand auf seiner zu spüren und auf den Schlaf zu warten.

Als er heute erwachte, war es anders. Aurica war nicht da. Das erste Mal, seit er in diesem Bett lag. Und dann war da noch jemand in sein Zimmer gekommen. Ein zweites Bett mit einem zweiten Menschen, von dem er jedoch nur den Rücken sah. Aber der größte Unterschied bestand darin, dass er das erste Mal nicht dachte, dass sein Arm noch da war. Er wusste, dass er weg war, auch wenn es sich nach wie vor anfühlte, als wäre er noch da.

Er erinnerte sich dunkel, dass Aurica gesagt hatte, dass sie heute Morgen nicht da sein könne. Dass sie ein paar Sachen erledigen müsse und erst am Nachmittag kommen könne. Überhaupt hatte sie in den vergangenen Tagen seltsam aufgedreht gewirkt. Als ob etwas Großes bevorstünde. Aber was sollte das sein?

Er schaute zum Fenster. Die Sonne schien, der Himmel war strahlend blau. Ein herrlicher Tag.

Er dachte daran, dass Aurica und die Schwestern ihm immer wieder gesagt hatten, er müsse aufstehen. Sich bewegen. Einmal raus zum Ufer des Kanals, der am Krankenhaus entlangführte, und wieder zurück. Dass er, wenn er sich nicht bewegte, eine Thrombose bekommen könne und Schlimmeres. Doch was interessierte ihn eine Thrombose, wenn er nur noch einen Arm hatte? Sollte er doch sonst was bekommen, von ihm aus auch die Embolie oder den Schlaganfall, mit dem Aurica ihm gedroht hatte, dann wäre es wenigstens endlich vorbei.

In den vergangenen Tagen war er nur aufs Klo gegangen und wieder zurück ins Bett. Von dort aus hatte er auf Auricas Geheiß seine Mutter angerufen und aus eigenem Antrieb Signore Privitera, um ihm zu sagen, dass er einen Unfall gehabt hatte und nicht mehr für ihn arbeiten konnte. Ansonsten hatte er nur auf dem Rücken gelegen und an die Decke gestarrt.

Aber heute war es anders: Er wollte sich bewegen. Den Boden unter den Füßen spüren. Die Luft in seine Lunge strömen lassen.

Er setzte sich erst auf den Bettrand, dann stieß er sich ab. Von der Hüfte aus schoss ihm der Schmerz ins rechte Bein, die Platzwunde an seinem Kopf pochte, doch er setzte vorsichtig einen Fuß vor den anderen. Die Sonne schien, und Petre vermutete, dass es ein heißer Tag werden würde. Dennoch musste er seine Jacke anziehen, um den Stumpf zu verdecken. Die Jacke hing am Haken. Sie roch nach dem Camp, hatte aber erstaunlicherweise kaum Spuren von dem Unfall davongetragen.

Der Rücken im Bett neben ihm entpuppte sich als ein übergewichtiger Mann, der eine ungesunde Gesichtsfarbe hatte. Er schlief oder hatte zumindest die Augen geschlossen.

Petre schlüpfte mit dem linken Arm in den Jackenärmel und legte sich die rechte Seite vorsichtig über die Schulter. Der Stumpf tat weh, aber wie jedes Mal, wenn er die Amputationswunde berührte, fühlte es sich so an, als ob der ganze Arm wehtat, von der Schulter bis zu den Fingerspitzen.

Er ging zum Schwesternzimmer, um sich abzumelden.

Der Weg nach unten war eine Tortur.

Seine Beine waren schwach, und auf dem Gang hatte er das Gefühl, dass ihn alle anstarrten. Dass alle sahen, dass er nur noch einen Arm hatte. Dass er behindert war. Ein Krüppel. Aber als er den Eingangsbereich durchquerte, war dieses Gefühl verschwunden, und tatsächlich gab es niemanden, der überhaupt Notiz von ihm nahm.

Durch die große Schiebetür trat er hinaus. Die Sonne hatte so viel Kraft, dass er sich einen Moment lang an einer Säule im Eingangsbereich abstützen musste.

Langsam ging er hinunter bis zum Kanal. Es kam ihm vor wie eine Wanderung, und als er an dem breiten Fußweg angelangt war, ließ er sich erschöpft auf eine Bank sinken.

Obwohl es noch nicht einmal zehn war, knallte die Sonne vom Himmel. Am liebsten hätte Petre die Jacke ausgezogen und wäre in den Kanal gesprungen. Aber erstens wäre er dann ertrunken – denn mit nur einem Arm konnte er vermutlich noch weniger schwimmen als mit zweien –, und zweitens hätte er dann den Stumpf freigelegt, und das wollte er auf keinen Fall.

Es war erstaunlich viel los. Jogger. Hundebesitzer. Fahrradfahrer. Eine Gruppe Jugendlicher mit Transparenten und Fahnen tauchte auf. Zwei von ihnen hatten Tröten, und es gab Trillerpfeifen und laute Klapperrasseln. Petre betrachtete die Transparente. Auf einem war eine riesige Sonne, die ein böses Gesicht hatte. Darunter rauchende Schornsteine.

Auf einem anderen eine große grüne Erdkugel.

Auf einem dritten nur ein Totenkopf.

Es dauerte ein paar Sekunden, bis Petre verstand. Während seines Aufenthaltes in Triest hatte er mehrere große Klimademonstrationen erlebt. Auch in Bacău gab es Häuser, an denen Transparente hingen, die auf die Bedrohung aufmerksam machten, die von den fossilen Brennstoffen ausging. All das war für ihn nichts Neues gewesen. Schon in der Berufsschule hatten sie über den Klimawandel gesprochen: Wie sich regionale Spezialitäten veränderten, weil die Gemüsesorten, die seit Jahrhunderten in einer Region wuchsen, nicht mehr angebaut werden konnten, während bestimmte Obstsorten immer weiter nach Norden wanderten.

Vor allem wusste er, was sein Großvater seit Jahren sagte: Es wurde immer wärmer und trockener. Die Apfelbäume verdorrten. Um Melonen anbauen zu können, brauchten sie Unmengen an Wasser, das aus dem Stausee bei Dărmăneşti abgepumpt wurde – viel zu teures Wasser. Die Eichenwälder waren krank: der Borkenkäfer. Die Wildbestände gingen zurück. In dem großen Flusslauf der Bistrița gab es kaum noch Fische. Und Petre wusste auch, wie sich sein Großvater bei dem Thema aufregte. Er sprach von Gottes Schöpfung, von der Sünde der Menschen, und dass sie dafür bestraft gehörten. Er sagte: »Gott hat uns diese Welt anvertraut, und was machen wir mit ihr? Wir zerstören sie!«

Petre hatte nur wenig Sinn für die religiösen Szenarien seines Großvaters, aber in dieser Frage vertraute er ihm. Sein Großvater war Landwirt. Er hatte Petre Bilder gezeigt: wie viel Schnee es früher in Bacău gegeben hatte. Er hatte ihm seine privaten Temperaturmessungen auf den Tisch gelegt. Die Niederschlagsmengen, die er über viele Jahre fein säuberlich in eine Tabelle eingezeichnet hatte. Er hatte ihm die Krankheitszeichen der Bäume gezeigt und die Trockenheit des Bodens, indem er mit dem Spaten hineinstach und die oberen Schichten abtrug. Und nun gingen überall auf der Welt Schüler auf die Straße, weil sie Angst um ihre Zukunft hatten.

Petre schaute der Gruppe hinterher und dachte an Nelu. Wie würde die Welt, in der er erwachsen war, aussehen? Was wäre in zwanzig, dreißig, fünfzig Jahren? Waren die böse Sonne und der Totenkopf eine Übertreibung, oder ging es hier wirklich um alles oder nichts?

Der Gedanke beunruhigte ihn – er beunruhigte ihn sogar sehr –, aber er war dankbar, dass er dadurch ein paar Minuten von seiner eigenen Katastrophe abgelenkt wurde. Davon, dass er wahrscheinlich nie wieder arbeiten konnte, nie wieder Gemüse schneiden, nie wieder Seil springen, nie wieder Karten spielen, nie wieder Motorrad fahren, ganz zu schweigen vom Boxen.

Petres rechter Arm juckte. Genau an der Stelle, wo die Bisswunde gewesen war: die Wunde, die es nicht mehr gab, an einem Arm, den es nicht mehr gab.

Erneut wurde ihm schwindlig, und jetzt merkte er, dass er Hunger hatte. Seit Tagen hatte er kaum etwas gegessen, sosehr ihn Aurica auch dazu gedrängt hatte. Heute würde es Pasta geben, hatte ihm die Schwester vorhin gesagt: Spaghetti bolognese. Und auch wenn die Gerichte hier vermutlich nicht viel besser wären als in dem Krankenhaus, in dem er in Bacău gekocht hatte, lief ihm das Wasser im Mund zusammen.

Essen. Endlich etwas essen.

Langsam richtete er sich auf und humpelte zurück.

Kurz bevor er das graue Gebäude betrat, drehte er sich noch einmal um und hielt einen Moment lang sein Gesicht in die Sonne. Dann ging er durch die Schiebetüren in die Eingangshalle.

Es würde ein heißer, trockener Tag werden, genau wie die Tage zuvor. Kein Regen weit und breit, nur dieses Blau und die unbarmherzige Sonne, die alles überstrahlte. Es war ein Tag, der exemplarisch zeigte, wie es um den Planeten bestellt war. Und damit genau der richtige Tag für eine große Klimademonstration. Und der perfekte Tag für die noch viel größere Demonstration, die er selbst plante.

David stand an der Tankstelle. Er stand direkt vor den Zapfeinheiten und betrachtete die Aufschriften.

Super bleifrei.

Bleifrei.

Diesel.

Das war der Stoff, der die Welt am Laufen hielt und sie zugleich zugrunde richtete. Die Droge, an der die Menschheit hing wie ein Haufen Junkies.

Zu seinen Füßen befand sich der schwarze Kanister, den er eine Minute zuvor in dem Tankstellenshop gekauft hatte.

Er zögerte kurz. Diesel kam nicht infrage, weil es schlechter entflammbar war. Also entschied er sich für das, was dem Original am nächsten kam: Super Plus. 98 Oktan.

Er zog die Pistole aus dem Schlitz, steckte sie in die Öffnung des Kanisters und drückte den Auslösehebel. Einen Moment lang passierte nichts. Dann begann die Zapfeinheit zu brummen, und eine Sekunde später spürte er, wie das Benzin durch den Schlauch und die Pistole in den Kanister rauschte.

Für einen Augenblick verließ er seinen Körper und betrachtete sich selbst von außen. Er sah sich wie durch eine der Kameras, die überall hingen: ein Mann Anfang vierzig, der gebeugt neben einer Zapfsäule stand und einen Kanister betankte. Das Ganze im statischen Weitwinkel aufgenommen von schräg oben, während andere Menschen durchs Bild liefen und Autos hielten. Bestimmt würde auch dieser kleine Film im Zuge des medialen Sturms seinen Weg in die Welt finden: Schaut her! Hier trifft er die Vorbereitung für seine unglaubliche Tat! In diesem Moment befüllt er den Kanister!

Die Sekunden dehnten sich. Die Glastür des Shops öffnete und schloss sich wieder. Ein Taxi hielt neben ihm. Jemand telefonierte. Ein Auto hupte. Jemand rief etwas.

Dann war der Kanister voll, und David ließ den Auslösehebel los und hängte die Pistole wieder ein.

8,26 € stand auf dem Display.

Acht Euro sechsundzwanzig für so viel Energie! Gute fünf Liter Benzin.

Energie, mit der man hundert Kilometer mit dem Auto fahren konnte oder einen ganzen Tag den Rasen mähen. Energie, die, wenn man sie verbrannte, auf dem CO_2-Friedhof in der Atmosphäre endete.

Tödliche Energie.

Er verschraubte den Deckel und ging erneut in den Shop, um zu bezahlen.

Draußen vor der Glastür steckte er den Kanister in seinen Rucksack und bedeckte ihn mit seinem Sweatshirt. Er schloss sein Fahrrad auf und schwang sich auf den Sattel.

Es waren mehr Menschen da als erhofft. Im Vorfeld hatten die Veranstalter von bis zu hunderttausend Demonstranten gesprochen, aber nach aktuellen Schätzungen waren es hundertfünfzig- oder sogar zweihunderttausend.

Entsprechend groß war das Gedränge vor der Bühne. David stand rechts an der Seite, betrachtete die Siegessäule und wartete auf seinen Auftritt.

Er sollte der dritte Redner sein, und abgesehen von einem Klimaforscher aus Potsdam wäre er mit Anfang vierzig auch der älteste. In dem Flyer war er als Blogger und Umweltaktivist angekündigt. Aber war er das denn wirklich? Ein Umweltaktivist? Immerhin tat er etwas. Oder er versuchte zumindest etwas zu tun. Doch nach dem heutigen Tag würde diese Bezeichnung in Zusammenhang mit seinem Namen einen neuen Klang haben. Und vermutlich würde ihr noch ein Adjektiv beigefügt werden müssen: »radikaler Umweltaktivist«. Ja mehr noch: der radikalste Umweltaktivist aller Zeiten.

Gerade sprach eine junge Studentin, die mit zitternder Stimme ihre Wut ins Mikro schrie. David versuchte zuzuhören, aber er war zu aufgeregt, und so schnappte er nur einzelne Wörter auf: »Artensterben«, »Hitzetod«, »Überschwemmungen«, »Massenflucht« und »Genozid«. Es wurde getrötet, getrillert und geklappert. Transparente wurden hochgereckt und Fahnen geschwenkt.

Er spürte die Energie der Frau, ihre unbändige Wut, und er bewunderte sie dafür. Er selbst würde ganz anders sprechen. Ruhig und besonnen. Dafür würde es inhaltlich die schärfste Anklage werden, die vorstellbar war. Und das wäre nur der erste Schritt, gewissermaßen die Eröffnung. Der entscheidende, zweite Schritt, die Abrechnung, würde erst danach folgen.

Er dachte daran, dass irgendwo in der Menge auch Lea stand. Vermutlich gemeinsam mit Ben, ihrem Freund mit dem Apple-Laptop und dem Marx-Shirt.

Er stellte sich vor, was sie sagen würde, wenn alles vorbei war: Ich kannte ihn. Ich war in seiner Wohnung. Ich habe einen Film über ihn gedreht. Er war nett. Er hatte einen kleinen Sohn. Ich hätte nie gedacht, dass er so etwas tut. Ich … stehe immer noch unter Schock!

Und dann war es endlich so weit. Der junge Mann mit dem Pferdeschwanz, der die Bühne organisierte, gab ihm ein Zeichen, und David stieg die Stufen hinauf.

Von hier oben sah es nach unglaublich vielen Menschen aus: So weit er schauen konnte, drängten sich die Demonstranten auf der Straße des 17. Juni, und es kamen immer noch mehr. David saugte dieses Bild in sich auf. Es war ihm egal, ob es hundert-, zweihunderttausend- oder fünfhunderttausend waren, das Problem, um das es ging, ging alle etwas an: 7,6 Milliarden Menschen auf der ganzen Welt. Und er würde zu ihnen allen sprechen.

Er stellte den Rucksack hinter das Podium und trat an das Mikrofon.

Sybil hatte ihr iPad auf dem Esstisch aufgestellt und betrachtete den Livestream von der Demo. David hatte soeben die Bühne betreten. Er sah gut aus. Erstaunlich gut. Er trug ein rotes T-Shirt und eine helle Leinenhose, dazu blaue Sneaker. In seinem Gesicht sah sie Kampfgeist und Entschlossenheit.

»Jonas!«, rief sie aus dem Haus heraus in den Garten. »Jonas! Hier ist Papa! Auf dem iPad! Komm mal her!«

Gestern hatten Jonas und David per Video telefoniert, und Sybil waren fast die Tränen gekommen. Jonas hatte immer wieder seine Hand in Richtung des iPads ausgestreckt und »Papa!

Papa!« gerufen. Aber sie hatten auch tatsächlich eine Art Gespräch geführt, und Sybil war wieder einmal klar geworden, wie viel vertrauter Vater und Sohn waren als Sohn und Mutter.

Auch da hatte David sehr gut gewirkt, voller positiver Energie. Er hatte Grimassen für Jonas geschnitten und immer wieder die Backen aufgeblasen. Als sie anschließend noch zwei Minuten mit ihm allein gesprochen hatte, war es ihr vorgekommen, als ob er irgendeine rätselhafte Wandlung durchgemacht hätte. Nichts war mehr von der Anspannung der letzten Wochen spürbar gewesen. Nichts mehr von der Aggression. Nichts mehr von dem Vorwurf, dass er bei ihrer Rollenverteilung schlechter weggekommen sei. Er schien vollkommen frei zu sein, befreit von allem. Zum Abschied hatte er ihr eine Kusshand zugeworfen und gesagt: »Ich vermiss dich. Pass auf dich auf!« Und dann war er verschwunden.

Und nun stand er auf der Bühne, und gleich würde er sprechen. Zu ihr und zu den hunderttausend Demonstranten. Und zu Millionen Menschen im Netz.

»Jonas!«, rief sie noch einmal. »Jonas, komm! Hier ist Papa!«

Aber wenn sie ehrlich war, rief sie gar nicht Jonas. Sie rief ihre Mutter und ihren Vater. Sie wollte ihnen zeigen, dass David, der Vater ihres Enkels, nicht der Loser war, für den sie ihn hielten. Er hatte nicht aus Faulheit seine Agentur aufgegeben, sondern weil er an etwas glaubte. Und nun stand er auf einer großen Bühne vor über hunderttausend Menschen – weil er der Welt etwas zu sagen hatte.

Doch weder Jonas noch ihre Eltern kamen. Also ging sie hinaus in den Garten und schaute, wo sie waren. Ihr Vater stand auf einer Leiter im Kirschbaum. Ihre Mutter saß mit Jonas in dem kleinen Holzsandkasten, den sie extra für diesen Aufenthalt gekauft und den ihr Vater aufgebaut hatte.

»Jonas«, rief sie. »Willst du Papa sehen? Er ist auf dem iPad.«

Jonas schaute auf, hüpfte aus dem Sandkasten und rannte in Richtung Terrasse.

»iPad!«, rief er.

Sybil schaute, ob ihre Mutter hinterherkam. Aber sie machte keinerlei Anstalten.

»Pass auf, dass er nicht den ganzen Sand ins Haus trägt!«, rief sie.

Sybil krempelte Jonas die Hosenbeine aus und klopfte ihn sorgsam ab.

»iPad! Will iPad pielen!«, sagte Jonas.

»Nein, Papa ist auf dem iPad«, sagte sie und ärgerte sich, dass sie »iPad« gesagt hatte, denn Jonas verband das Gerät mit »Muh«, einer App, die verschiedene Tierbilder mit entsprechenden Lauten kombinierte.

Inzwischen hatte David angefangen zu sprechen.

»Papa! Papa in iPad!«, rief Jonas.

Zum wiederholten Mal wurde ihr bewusst, dass es noch nie einen so langen Zeitraum gegeben hatte, in dem Jonas und David sich nicht gesehen hatten. Und noch nie hatte sie so viel Zeit mit Jonas verbracht. Und das, obwohl sie in Frankfurt gewesen war.

David sah ernst aus. Er stand ein wenig nach vorn gebeugt und stützte sich auf dem Podium ab.

»Natürlich müssen wir alle bereit sein zu verzichten. Jeder Einzelne von uns! Und zu verzichten heißt: wirklich verzichten! Keine Flüge mehr. Kein eigenes Auto. Keine Verbrennungsmotoren. Kein Fleisch. Kein Plastik. Verzichten heißt: weniger Konsum! Denn nachhaltigen Konsum gibt es nicht. Er ist eine Lüge, die uns die Werbeindustrie auftischt. Und ich weiß, wovon ich spreche, denn ich habe selbst viele Jahre für diese Industrie gearbeitet. Wir müssen lernen, dass Verzicht glücklich machen kann. Erstens weil Konsum nicht glücklich macht und zweitens weil nur Verzicht die Welt rettet. Viele werden nun sagen, dass der Einzelne nicht viel ausrichten kann, dass der Einzelne nur ein Tropfen auf den heißen Stein ist. Und das ist richtig, aber zugleich auch falsch. Natürlich kann der Einzelne nur wenig tun. Aber er ist immer der Anfang. Er ist der Anfang für eine Demonstration, wie wir sie heute sehen. Jeder Einzelne, der heute hier steht, ist wichtig. Nur gemeinsam können wir etwas ausrichten. Denn so wichtig der Einzelne ist, entscheidend ist die Politik! Sie muss die Rahmenbedingungen schaffen! Die Gesetze! Sie muss handeln! Und zwar nicht morgen, sondern jetzt! Denn es ist nicht fünf vor, sondern fünf nach zwölf!«

Die Demonstranten johlten und klatschten und pfiffen.

»Papa«, sagte Jonas noch einmal. Aber dann sagte er: »Muh. Will Muh!«, und er versuchte mit dem Finger auf den Bildschirm zu tippen.

»Nein, nicht Muh. Wir schauen uns jetzt Papa an.«

Ihre Mutter kam durch die Terrassentür. »Puh«, sagte sie. »Ist das wieder heiß heute.«

Jonas glitt von Sybils Schoß und lief zu ihr. Gemeinsam verschwanden sie in Richtung Küche.

Unterdessen war David in seiner Rede bei den *Gleisgärten* angelangt. Er berichtete davon, was sie alles versuchten. Er beschrieb ihre Regeln und den täglichen Kampf. »All das ist gut und richtig«, sagte er. »Aber es ist etwas, das sich nur sehr wenige Menschen leisten können. Es ist eine Art Luxus-Verzicht. Vor allem aber ist es sinnlos, wenn sich das große Ganze nicht ändert«, sagte er. »Und wenn ich das Ganze sage, meine ich auch das Ganze. Der Kapitalismus muss endlich seine Grenzen erkennen. Denn egal, wie viel wir persönlich tun, es reicht einfach nicht. Es ist genau so, wie Theodor W. Adorno schon vor fünfundsiebzig Jahren geschrieben hat: Es gibt kein richtiges Leben im falschen!«

Die Demonstranten johlten und applaudierten.

Sybil schüttelte den Kopf. War das wirklich David, der dort sprach? Der David, der immer der Meinung gewesen war, dass Konsum und Nachhaltigkeit nicht in Widerspruch zueinander standen? Dass sie sich tatsächlich sogar gegenseitig befeuerten? Der David, der immer so optimistisch in die Zukunft geschaut hatte?

»Ich muss mal kurz die Wäsche machen«, rief ihre Mutter aus dem Flur.

Jonas lief auf Sybil zu und sagte noch einmal: »Will Muh!«

»Nein«, sagte Sybil. »Kein Muh. Kein iPad.«

Jonas begann zu weinen, drängte sich an den Tisch und patschte mit beiden Händen auf den Touchscreen.

Das Letzte, was Sybil von David sah, war, wie er die rechte Hand zum Himmel hob, und sie hörte, wie er sagte: »Unsere Zukunft!«

Dann war er verschwunden, und sie sah nur noch ihre Apps, die sich in Reih und Glied auf ihrem Desktop gruppierten.

Noch ein letztes Mal holte er tief Luft. Er spürte, wie die Menge an seinen Lippen hing, wie sie auf den Schlussakkord hinfieberte, auf die Erlösung. Er lehnte sich nach vorn. Er sprach langsam und betonte jedes Wort einzeln: »Und deshalb müssen wir ein Zeichen setzen. Wir können nicht warten. Wir müssen verstehen, dass wir uns selbst zugrunde richten, wenn wir so weitermachen, dass wir uns selbst verbrennen! Das Zeitalter der fossilen Energie muss begraben werden. Aber auch das Zeitalter des sinnlosen Konsums. Dafür müssen wir gemeinsam kämpfen!«

Dann war er fertig. Der Lärm war ohrenbetäubend. Die Menge johlte, pfiff, rasselte, schwenkte Fahnen. Alles verschwamm vor seinen Augen und waberte in seinen Ohren. Der

Applaus. Die Schulterklopfer. Der Weg hinunter. Fast hätte er seinen Rucksack vergessen. Den Kanister, das Benzin! Er ging noch einmal zurück, nahm den Rucksack, setzte ihn auf. Er spürte das Gewicht und die Flüssigkeit, die leicht hin- und herschwappte.

»Tolle Rede, David, danke!«

Natürlich wollten sie, dass er noch blieb. Sie wollten einen Mate oder eine Biolimo mit ihm trinken und seine Meinung zu den noch folgenden Reden hören. Aber er hob abwehrend die Hände. »Ein anderes Mal«, sagte er. »Ich ... habe noch eine Verabredung.«

Sie schauten ihn fragend an – was für eine Verabredung konnte er am Tag der großen Demo haben? –, aber sie fragten nicht. Sie akzeptierten es. Und im Nachhinein würden sie es auch verstehen.

Er bahnte sich einen Weg durch die Menge. Nun war er wieder einer von vielen. Ein schlaksiger Mann Anfang vierzig mit einem Rucksack, den niemand beachtete.

Der Tiergarten war voll, viel voller als er gehofft hatte: viele Demonstranten, die sich abseits von der großen Meile auf eine der Wiesen gesetzt hatten. Aber auch unzählige Menschen, die einfach nur das schöne Wetter genossen. Das Wochenende. Touristen. Menschen, die sich keine Gedanken über das Klima machten. Oder zumindest nicht genug, um dafür zu demonstrieren. Aber eigentlich spielte es auch keine Rolle, wie viele Menschen hier waren. Es würde nichts ändern. Im Gegenteil: Je mehr Zeugen es gab, umso besser. Dennoch versuchte er sich so weit wie möglich von dem großen Trubel zu entfernen.

Er fand eine kleinere, etwas abgelegene Wiese. Im Hintergrund eine Eiche, bestimmt zweihundert Jahre alt und damit älter als die Industrialisierung, mit der alles begonnen hatte. Es war der perfekte Ort.

Während er das Stativ aufbaute, dachte er an Jonas. Wie gut, dass er noch so klein war. So klein, dass er sich vermutlich nicht an ihn erinnern würde, an seinen Vater, der sich die ersten zweieinhalb Jahre um ihn gekümmert hatte. Aber er würde größer werden und älter, und er würde von ihm erfahren. Und eines Tages würde er verstehen, was er getan hatte – und warum. Er dachte an Sybil. Dachte daran, dass es gut war, dass sie sich verliebt hatte. Und dass sie stark war und allein durchs Leben kommen würde. Und er dachte auch an seinen toten Vater und seine neurotische Mutter, die nur ihre Bilder im Kopf hatte, ihre Malerei, ihre Kunst.

Das Stativ stand. Das Smartphone war daraufgesteckt und das Mikro. Nun sah er sich selbst auf dem Bildschirm. Er öffnete den Livestream bei YouTube, wählte die Einstellungen und teilte die URL in seinem Blog. Dann war alles vorbereitet. Zwei Kinder rannten über die Wiese. Eine Amsel sang. Der Verkehr rauschte, es näherte sich ein Hubschrauber.

Er holte den Kanister und die Schrifttafeln aus dem Rucksack und stellte beides neben sich.

Dann ging er zu dem Handy und tippte auf das Display. Nun war er live, und alle, die ihn sehen wollten, konnten ihn sehen. Und das Video würde seinen Weg machen, so wie ein Bach, der zuerst zu einem Fluss und dann zu einem Wasserfall wurde.

Er trat einen Schritt zurück, griff nach den Tafeln und hielt sie hoch. Schwarze Schrift auf weißem Passepartout. Palatino Linotype, gut leserlich für alle, die es lesen wollten – und auch für all diejenigen, die es nicht wollten: *»Last warning!«*, stand auf der ersten Tafel.

Zweite Tafel: *»We burn ourselves!«*

Dritte Tafel: *»We must stop it!«*

Vierte Tafel: *»NOW!«*

Das *»NOW!«* hielt er etwas näher an die Kamera.

Dann griff er nach dem Kanister und hob ihn in die Höhe. Er drehte den Verschluss.

Alles kam ihm irreal vor. Als ob er gar nicht hier auf dieser Wiese stand, in diesem Park mitten in Berlin, sondern in einem virtuellen Raum, auf dem Bildschirm seines Handys, auf dem er sich selbst sah. Doch das Benzin roch nach echtem Benzin, und als er es sich über den Kopf goss, fühlte es sich auch an wie echtes Benzin. Es brannte in seinen Augen und an der Kuppe seines Zeigefingers, die er sich am Vortag an der Kante eines Papiers geschnitten hatte. An der Kante des Briefs, den er Jonas geschrieben hatte.

Und dann war der Kanister leer, und er war klitschnass. Aber es war keine Wassernässe. Es fühlte sich klebriger an. Tiefer. Als ob das Benzin in jede Pore seiner Haut gedrungen wäre. Bis in sein Innerstes.

Er klammerte sich an das *»NOW!«*.

Er hörte Stimmen. Rufe. Aber er wusste nicht, ob sie ihm galten. Und es war auch nicht wichtig.

Er griff in die Hosentasche und holte das Feuerzeug heraus. Sein silbernes Zippo: Benzin mit Benzin entzünden, auch das gehörte zu dem Zeichen, das er setzen würde.

Die Rufe kamen näher. »Hey! Sind Sie verrückt?«

Eine Frau schrie. »Hilfeee!«

Jemand brüllte: »Tun Sie das nicht!«

Und dann öffnete er das Zippo und ratschte mit dem Daumen über den Feuerstein.

Nichts passierte.

Er ratschte noch einmal. Und noch einmal. Und noch ein viertes Mal. Aber der Feuerstein warf keine Funken. Offenbar war er nass geworden. Durchtränkt mit Benzin wie sein ganzer Körper. Er pustete dagegen, ratschte erneut.

Vergeblich.

Er fragte sich, wie seine Planung in diesem entscheidenden Punkt hatte versagen können. Er hatte an alles gedacht, aber nicht daran, dass ein nasses Zippo nicht funktionierte. Er stellte sich vor, wie er jemanden in dem Park um Feuer bat. »Entschuldigung, wären Sie so freundlich, mir kurz Ihr Feuerzeug zu borgen? Oder Sie schnippen mir einfach Ihre brennende Zigarette in die Haare.«

Er musste lachen und zugleich weinen. Seine Augen brannten so stark, dass er davon überzeugt war zu erblinden.

Er ließ das *»NOW!«* aus seiner Hand gleiten.

Noch einmal pustete er und ratschte. Wieder kein Funken.

Nun waren die Stimmen ganz nah. »Hören Sie auf!«, rief eine Frau, und eine Männerstimme sagte in befehlendem Ton: »Werfen Sie sofort das Feuerzeug weg!«

Alles verschwamm. Er sah nur noch farbige Flecken wie auf einem Aquarellbild, über das jemand Wasser gekippt hatte.

Dann nahm er am Rand seines Blickfelds eine unscharfe Bewegung wahr und spürte einen harten Stoß. Er taumelte und fiel, und das Feuerzeug rutschte ihm aus der Hand.

Flamme

Es regnete, aber es war kein normaler Regen, es war eine Regenwand. Ein Wasserfall, der aus dem Himmel stürzte und alles unter sich begrub. Sie hatte sich mit Nelu in einer Einfahrt untergestellt, aber dann war ihr eingefallen, dass Petre auf sie wartete und auch Maria, die extra von einem Außentermin gekommen war, und sie hatte Nelu auf den Arm genommen und war einfach weitergerannt.

Im Eingangsbereich des Krankenhauses standen unzählige Menschen. Aurica und Nelu waren vollkommen durchnässt, allerdings war es warm, sehr warm sogar, und vermutlich würde in einer halben Stunde wieder die Sonne scheinen.

Sie schüttelte sich, stampfte das Wasser aus ihren Schuhen, und Nelu machte es ihr nach. In der Halle zögerte sie kurz. Sie entdeckte einen Blumenladen.

»*Floale*«, sagte Nelu.

»*Da, floare*«, verbesserte ihn Aurica.

Sie musste sich bei Maria bedanken. Und das Mindeste, was sie tun konnte, war, ihr ein paar Blumen zu kaufen.

Die Verkäuferin schaute sie und Nelu misstrauisch an. Entweder weil sie klatschnass war oder weil sie nun einmal so aussahen, wie sie aussahen: fremd. Eine Cigani mit einem Kind. Oder beides. Vermutlich war in ihren Augen eine nasse Cigani mit einem nassen Kind noch weniger vertrauenerweckend als eine trockene.

Aber all das wäre bald vorbei. Oder es wäre zumindest anders. Auch in Rumänien fühlte sie sich oft genug fremd.

Sie deutete auf ein paar Blumen und machte sich dabei nicht einmal die Mühe zu überschlagen, wie viel der Strauß am Ende kosten würde. Sie hatte ja genug Geld. Und Maria hatte so viel für sie getan. Unbezahlbar viel. Für sie, aber auch für Petre, und jetzt hatte sie es sogar geschafft, dass das Sozialamt die Krankenhausrechnung übernahm. Obwohl sie die ja genau genommen hätten selbst bezahlen können. Andererseits: So viel Geld waren 100 000 Euro auch wieder nicht. Vor allem nicht vor dem Hintergrund, dass Petre vorerst nicht mehr arbeiten könnte – zumindest nicht in seinem Beruf.

»Einen Moment«, sagte die Frau und ging in den winzigen Laden, um die Blumen zu binden. Aurica nickte. Nelu starrte in eine bestimmte Richtung, und sie folgte seinem Blick. Er landete bei einem großen Fernseher, der im Wartebereich an der Wand hing. Ein Nachrichtensender, ohne Ton. Am unteren Bildrand liefen die Aktienkurse durch: rätselhafte Zahlen, die für diese Welt mehr zu bedeuten schienen als ein Menschenleben. Auf dem Fernseher war ein Mann zu sehen, der mindestens so nass war wie sie in diesem Moment. Nur mit dem Unterschied, dass um ihn herum traumhaftes Wetter zu sein schien: kein Regen, kein Gewitter, kein Tropfen an den Blättern, keine Wolke weit und breit. Der Mann stand in einem Park. Hinter ihm befand sich ein großer Baum. Er hielt eine Pappe hoch. Eine Pappe, auf der etwas in Englisch geschrieben war.

Neben ihr standen mehrere andere Leute, die dem stummen Schauspiel auf dem Bildschirm mit offenen Mündern folgten.

Auf der Pappe stand in großen Buchstaben *»NOW!«*.

Der Mann griff in seine Hosentasche und zog etwas hervor. Ein silbernes Feuerzeug, das in der Sonne glänzte. Und plötzlich verstand sie: Er wollte sich anzünden. Er hatte sich mit Benzin übergossen und wollte sich selbst verbrennen! Aurica streckte die Hand aus und machte einen Schritt auf den Fernseher zu. Der Mann klappte das Feuerzeug auf und ratschte.

Aurica spürte, wie sie zitterte. Am liebsten hätte sie die Augen geschlossen, aber sie konnte den Blick nicht abwenden.

Noch einmal ratschte der Mann. Aber es kam kein Funken und keine Flamme. Gott sei Dank kam keine Flamme!

Und dann war es vorbei.

Aurica schaute sich um. Sie sah, wie eine Frau neben ihr mit vor Schreck geweiteten Augen die Hand vor den Mund hielt und ein Mann entsetzt den Kopf schüttelte.

Nun war eine Reporterin mit einem Mikrofon zu sehen. Sie stand auch in dem Park, aber an einer anderen Stelle und redete offenbar über den Vorfall. Es folgten Bilder einer großen Demonstration. Und dann war der Mann auf einer Rednerbühne zu sehen. Nun, da er trocken war, erkannte sie ihn: Es war der Mann, der Petre überfahren hatte. Der Mann, der ihr das Geld gegeben hatte. Aber wie konnte das sein?

Was hatte all das zu bedeuten?

»Hallo?«

Die Frau aus dem Blumenladen stand mit einem Strauß hinter ihr und schaute sie vorwurfsvoll an.

Aurica musste ihren Blick von dem Bildschirm fortzwingen. Im selben Moment bemerkte sie, dass Nelu nicht mehr neben ihr stand. Er war bei den Blumen und betrachtete einen Plastikpapagei, der an einem Stock in einem Kübel steckte.

»Sorry«, sagte sie, nahm Nelu an die Hand und bezahlte. Der Strauß kostete über zwanzig Euro, aber für Maria hätte sie auch das Doppelte ausgegeben. Auf dem Weg zum Aufzug schaute sie noch einmal zu dem Bildschirm. Nun stand ein Mann im Studio und unterhielt sich mit einem anderen Mann.

»Mama«, sagte Nelu und zog an ihrer Hand.

»Ja«, sagte sie. »Ich komme.«

Sie ging zum Aufzug. Sie drückte. Wartete.

Unterdessen flackerten die Bilder von dem Mann in ihrem Kopf. Immer wieder sah sie den Moment, in dem er das Feuerzeug herausholte, es aufklappte und ratschte, aber keine Flamme kam.

Was hatte er getan? Warum wollte er sich anzünden? Wegen Petre? Weil er sich schuldig fühlte?

Aurica hatte Petre nichts von dem Mann und dem Geld erzählt. Das würde sie erst tun, wenn alles überstanden war. Wenn sie wieder zu Hause waren. In Sicherheit. Endlich raus aus dieser Stadt und diesem Land.

Petre war bereits angezogen. Er hatte die neue Hose, das neue T-Shirt und die Jacke an. Er sah gut aus. Sehr gut. Besser denn je.

»Hallo«, sagte sie und küsste ihn.

»Hallo«, sagte er. »Ihr seid nass geworden.«

Nelu kletterte auf seinen Schoß. »Es donnert«, sagte Nelu aufgeregt, *»a tunat!«* Petre lächelte und küsste ihn auf die Stirn.

»Ich nehme mir mal ein Handtuch«, sagte Aurica. Sie ging ins Bad und rubbelte sich ab.

Als sie wieder herauskam, um Nelu abzutrocknen, hatte sich Petres Miene verfinstert. Er deutete auf den Strauß, den sie auf einen Stuhl gelegt hatte. »Was sind das für Blumen?«, fragte er.

»Sie sind für Maria.«

»Für Maria?«

»Ja. Wo ist sie?«

»Im Schwesternzimmer. Sie bringt ihnen die Unterlagen.« Petre schaute erneut zu den Blumen. »Und von welchem Geld hast du die bezahlt?«

Sie lächelte. »Ich habe dir doch gesagt, dass wir das alles besprechen, aber später.«

»Ja …«, sagte er. »Ich wollte nicht … Das ist alles … ein bisschen viel.«

»Das verstehe ich. Es ist alles gut … Und es wird alles gut.«

Sie nahm ihn in den Arm, und Petre flüsterte: »*Te iubesc* – Ich liebe dich!«

»*Si eu pe tine* – ich dich auch!«

Sie schaute Petre in die Augen, und erneut dachte sie an den Mann. An das Feuerzeug und das Schild, das er hochgehalten hatte. Sie hatte sein Geld in ihrer Handtasche. Er hatte es ihr gegeben. Und danach hatte er versucht, sich anzuzünden.

Die Tür ging auf, und Maria kam herein. »Ah, da seid ihr ja«, sagte sie. Nelu rannte auf sie zu, und sie streichelte ihm über den Kopf.

»Ja, wir mussten uns unterstellen«, sagte Aurica. »Der Regen …«

Maria lachte. »Das sieht man.«

Aurica gab Maria die Blumen, und ohne dass Maria es verhindern konnte, umarmte sie sie.

»Danke!«, sagte Aurica. »Danke für alles!«

Als sie sie wieder losließ, sah sie, dass Marias Bluse nass war und dass ihre Augen glänzten.

»Tut mir leid«, sagte Aurica und deutete auf die Bluse.

Maria schüttelte den Kopf und lachte. »Mir tut es leid«, sagte sie und wischte sich die Tränen aus den Augen.

Aurica schaute zu Petre, der auf den Boden starrte. Dann schaute sie zum Fenster. Der Regen hatte aufgehört. Alles dampfte.

Die Milchglastür öffnete sich, und Sybil betrat die Station. Der Arzt empfing sie und führte sie zu dem Besprechungszimmer.

Als sie vorgestern Abend da gewesen war, hatten David und sie nur vier oder fünf Sätze gesprochen. David hatte vollkommen abwesend gewirkt, beinahe katatonisch. Sybil hatte ihn kaum wiedererkannt. Sie hatte gehofft, dass es vielleicht an den Medikamenten lag. Aber dann hatte sie erfahren, dass David bis auf ein Beruhigungsmittel überhaupt keine Medikamente bekam.

Der Arzt hatte gesagt, dass David kein klassischer Suizidpatient sei. Und dass er nicht glaube, dass er es noch einmal versuchen werde. Dafür sei die Tat zu sehr nach außen gerichtet gewesen. Zu sehr für das Publikum und die Nachwelt bestimmt. Dennoch seien die psychischen Folgen unabsehbar. Mindestens zwei Wochen müsse er in der geschlossenen Abteilung bleiben, danach bräuchte er dringend eine Anschlussperspektive, am besten eine Therapie. Schließlich hatte der Arzt Sybil gesagt, dass sie mit David unter keinen Umständen über den Vorfall sprechen dürfe.

»Er bekommt hier nichts mit, verstehen Sie? Und das ist gut so. Er braucht jetzt ein paar Tage Ruhe.«

Aber heute, zwei Tage später, durfte sie sprechen, ja, sie sollte sogar sprechen, wie der Arzt ihr nun sagte: »Ich glaube, es ist wichtig, dass er erfährt, was er mit seiner Tat ausgelöst hat. Aber er soll es von Ihnen erfahren. Erzählen Sie es ihm. Erzählen Sie ihm alles. Ich glaube, es könnte ihm helfen.«

Dieses Mal wirkte David zwar deutlich wacher, war aber noch immer in sich gekehrt. Als ob er nur seine eigenen Gedanken beobachtete und nicht, was um ihn herum passierte.

Sie saßen im Besuchsraum. David teilte sich ein Zimmer mit einem 19-Jährigen, der im Drogenrausch auf ein Dach geklettert und davon überzeugt gewesen war, fliegen zu können.

»Wie geht es dir?«, fragte Sybil.

»Es geht so«, sagte er. »Es ist alles sehr … speziell hier.«

Sie lächelte. »Ja. Das kann man wohl sagen.«

»Wie geht es Jonas?«, fragte David.

»Gut. Er und meine Mutter haben viel Spaß zusammen.«

»Füttert sie ihn den ganzen Tag mit Würstchen und Kinderschokolade?«

»Nein. Das hat sie inzwischen akzeptiert. Sie ist erstaunlich entspannt und lässt sich wirklich auf ihn ein.«

»Das klingt gut.«

»Ja.«

Sybil hielt kurz inne. »Aber er vermisst dich … Sehr sogar. Ständig fragt er nach seinem Papa.«

David nickte. Einen Moment lang schloss er die Augen und presste die Finger dagegen. Dann atmete er ruckartig aus. »Ich … vermisse ihn auch.«

Sybil dachte an den Brief, den er ihm geschrieben hatte. Sie hatte ihn nicht gelesen, aber auch nicht weggeworfen. Vielleicht sollte David ihn für Jonas aufheben und ihm später irgendwann zu lesen geben. Denn wenn die nicht vollzogene Selbstverbrennung weiter so hohe Wellen schlug, dann würde sie in die Geschichtsbücher eingehen.

David schaute zum Fenster. Sie schwiegen.

»Ich habe mit deiner Mutter telefoniert«, sagte Sybil.

»Mein Beileid … Wie war es?«

»Sie ist wirklich erstaunlich. Sie hat die ganze Zeit nur über sich gesprochen und darüber, wie es ihr geht.«

»Das klingt ganz nach meiner Mutter …«

»Sie überlegt, ob sie kommen soll.«

»Bloß nicht …«

Erneut schwiegen sie. Schließlich räusperte sich Sybil.

»Möchtest du denn wissen, was … da draußen los ist?«

David drehte den Kopf. »Was meinst du damit?«

»Dein Video.«

Er schüttelte den Kopf. »Ich bin gerade sehr froh, dass uns die Smartphones abgenommen wurden und es hier nicht einmal einen Fernseher gibt. Aber ich kann es mir gut vorstellen.«

»Ach ja?«

»Ja«, sagte er. Er richtete sich auf und legte die Unterarme auf den Tisch. Sein Blick wurde hart. »Ich wollte ein Zeichen setzen. Ich wollte zeigen, dass es so nicht weitergeht! Aber stattdessen …« Er brach ab und schüttelte den Kopf.

Eine Patientin kam herein. Sie war vielleicht Mitte sechzig, trug ein Nachthemd und redete leise vor sich hin.

Sybil senkte die Stimme. »Du irrst dich«, sagte sie. »Es ist alles ganz anders.«

»Ich will es gar nicht wissen! Ich will alles einfach nur vergessen!«

Sie schwiegen. Die Frau lief zweimal vor dem Fenster hin und her, dann ging sie wieder hinaus.

Sybil beugte sich nach vorn. »Ich kann dich nicht zwingen, aber ich glaube, es wäre gut, wenn ich dir ein bisschen was erzähle. Ich glaube, dass es dir helfen könnte.«

David schüttelte den Kopf. Aber Sybil hatte das Gefühl, dass es kein Kommentar zu dem war, was sie gesagt hatte, sondern eher ein allgemeines Schütteln.

Erneut schwiegen sie. David stand auf, ging zum Fenster und schaute hinaus. »Gut«, sagte er nach einer Weile. »Wenn du meinst, dann erzähl …«

Und dann erzählte sie. Vom Internet. Vom Fernsehen. Von den Zeitungen. Davon, dass sogar CNN darüber berichtet hatte, kurz gesagt: von der unglaublichen Welle, die sich innerhalb von zwei Tagen aufgebaut hatte und die immer noch wuchs und wuchs.

»Ist das dein Ernst?«, fragte David. Er stand immer noch am Fenster, hatte sich aber nun umgedreht und schaute sie mit halb offenem Mund an.

»Ja.«

Er schüttelte den Kopf. »Aber … Ich versteh das nicht. Der

Versuch ist doch …« Er brach ab und setzte dann neu an. »Ich meine, ich bin doch kläglich gescheitert.«

»Ja, aber genau deshalb funktioniert es so gut. Was meinst du denn, was passiert wäre, wenn es dir wirklich gelungen wäre, dich …« Sie hielt kurz inne. Es fiel ihr schwer, das Folgende auszusprechen, aber sie zwang sich, ganz neutral zu bleiben. »… dich anzuzünden?«

»Keine Ahnung. Ich habe mir vorgestellt, dass es eine Schockwelle auslösen würde.«

»Ja. Vielleicht. Bestimmt sogar. Aber das Video wäre doch sofort verschwunden. Videos von Menschen, die sich selbst verbrennen, haben im Netz nur eine kurze Halbwertszeit. Fernsehsender strahlen so etwas erst gar nicht aus. Genauso wenig werden die Bilder in Zeitungen oder Magazinen gedruckt.«

»Ja … Das kann sein.«

»Ganz bestimmt sogar. Aber den gescheiterten Versuch zeigen alle. Und er wird überall diskutiert. Im gesamten Netz ist es *das* Thema! Und jedes Mal wird es mit deiner Rede verlinkt. Die Printmedien sind aufgesprungen. Und ich glaube, das ist erst der Anfang. Es wird noch größer werden. Es berührt die Leute. Dieses Foto, auf dem du das NOW! hochhältst, hat das Zeug, zu einem ikonografischen Bild im Kampf gegen die Klimakrise zu werden!«

Sybil spürte, wie das, was sie sagte, allmählich bei David ankam. Seine Körperspannung veränderte sich, und sein Blick wurde deutlich wacher. »Aber das ist ja … unglaublich.«

Sybil schaute sich kurz um und zog dann ihr Smartphone heraus. Sie wischte mit dem Daumen über das Display. Nacheinander zeigte sie ihm die Schlagzeilen von *Spiegel*, *Zeit*, *Bild*, *taz*, *FAZ* und *Süddeutsche*. Alle hatten ihn zu ihrem Hauptthema gemacht.

David schüttelte ungläubig den Kopf. »Das ist … ich … fasse es nicht …«

»Ich hebe alles auf. Und alles, was online kam, habe ich gespeichert. Wenn du hier rauskommst, kannst du dir selbst ein Bild machen.«

»Okay.«

Ein Pfleger betrat den Raum. Gerade noch rechtzeitig hatte Sybil ihr Smartphone wieder weggesteckt.

»Herr Bieler?«

David schaute auf.

»Ihre Gruppensitzung fängt gleich an.«

»Ich komme.«

Sybil verabschiedete sich. Am liebsten hätte sie David in den Arm genommen und eine Weile festgehalten, aber es wäre ihr falsch vorgekommen. Zu nah, nach allem, was passiert war. Abgesehen davon war eine geschlossene Psychiatrie einfach nicht der richtige Ort für körperliche Zuneigung.

Als sie durch den Krankenhauseingang nach draußen trat, spürte sie, wie eine gewaltige Last von ihr abfiel. Sie schaute auf die Uhr. Bis ihr Zug fuhr, hatte sie noch gut eineinhalb Stunden. Sie entschied sich zu laufen – immer am Kanal entlang, bis zum Hauptbahnhof –, und mit jedem Schritt, den sie machte, fühlte sie sich leichter und freier.

Summen

Es war unwirklich schön. Die Felsformationen. Die Bäume. Die Art, wie das Licht der Sonne durch die Nadelzweige rieselte, um anschließend auf dem Boden zu tanzen. Unten im Tal war es unerträglich heiß und trocken, aber hier oben, auf knapp 1500 Metern, regnete es fast täglich, und es wehte ein angenehm kühler Wind.

Über einen Pfad kamen sie an einen kleinen Gebirgsbach. Längst liefen sie nicht mehr auf den ausgetretenen Wegen der Tagesausflügler. Schon seit einer halben Stunde hatten sie keine Menschenseele mehr gesehen.

»Wollen wir hier eine Pause machen?«, fragte Petre.

»Gern«, sagte Aurica.

Sie setzten sich auf zwei große Steine, die neben dem Bach lagen. Es summte und brummte im flirrenden Sonnenlicht. Sie schauten auf einen gegenüberliegenden Berg, der aussah wie ein schlafender Bär mit einem kahlen Nacken. Aurica schob sich die Sonnenbrille, die Petre ihr von dem ersten Umzug mitgebracht hatte, in die Haare, packte Brote und eine Wasserflasche aus. Petre trank zuerst und biss dann ab.

Petre fragte sich, warum er früher nie hier gewesen war. Warum sie beide nie hier gewesen waren. Dabei lag die Antwort auf der Hand: Sie hatten immer nur weggehen wollen, das war ihr einziges Ziel gewesen. Wie besessen waren sie davon gewesen, woanders ihr Glück zu suchen. Sie hatten die Welt erobern wollen, und dabei hatten sie ganz übersehen, dass direkt vor ihrer Haustür das Paradies lag.

Das Naturschutzgebiet des Rodna-Gebirges war nur gute zwei Stunden von Bacău entfernt: bis zu 2000 Meter hohe Berge. Wälder. Wunderschöne Seen. Wasserfälle. Schluchten. Aurica hatte entschieden, dass sie ein paar Tage hier verbringen würden. Ohne Nelu, nur sie beide. Sie hatte ihnen ein Zimmer in einer modernen Pension gebucht. Ein teures Zimmer, für 400 Leu, achtzig Euro die Nacht. Aber als Petre angehoben hatte, etwas zu sagen, hatte sie ihm nur den Finger auf die Lippen gelegt.

Der fehlende Arm fühlte sich immer noch fremd an, doch die Fremdheit hatte in den vergangenen drei Wochen ihren Charakter verändert. Das Gefühl, dass etwas fehlte, war nicht mehr so stark, viel stärker war die Verwunderung darüber, dass etwas da war: ein Stumpf, den er bewegen, mit dem er sogar Dinge machen konnte: etwas festklemmen oder öffnen, eine Tür oder ein Fenster.

Seltsamerweise hatten seine Eltern keine Berührungsängste mit dem halbierten Sohn gehabt. Sie hatten es beinahe so selbstverständlich hingenommen, wie Nelu es hinnahm. Seine Mutter hatte sich ihm gegenüber verhalten wie immer: streng und ohne Mitleid – und das hatte gutgetan. Wenn der Tisch gedeckt wurde, musste er natürlich mitdecken wie alle anderen. Sein Vater hatte ihn gleich am zweiten Tag darum gebeten, ob er ihm beim Holzhacken helfen könnte – und sogar das hatte erstaunlich gut geklappt. Durch diese kleinen, alltäglichen Normalitäten hatte er Mut geschöpft, und er hatte sich fest vorgenommen, bald ein großes Essen für die ganze Familie zu kochen – für seine Eltern, seine Großeltern, seinen Bruder, seine Schwester und deren Kinder –, und zwar ganz allein.

Maria hatte ihm erzählt, dass es Prothesen gab, mit deren

Hilfe man feinmotorische Tätigkeiten verrichten konnte. Mit ein bisschen Übung würde es mit einer solchen künstlichen Hand vielleicht sogar möglich sein, als Koch zu arbeiten. Zwiebeln schneiden, Knoblauch, Fleisch. Aber das war im Moment noch Zukunftsmusik. Vorerst hatte er eine ganz einfache kosmetische Prothese, die er heute zum Wandern allerdings im Schrank gelassen hatte. Der Stumpf war noch empfindlich, Petre schwitzte unter dem Plastik und bekam Schulterschmerzen, wenn er sie zu lange trug.

Auch ohne Prothese war das Wandern seltsam. Auf der rechten Seite fehlte beim Laufen der Arm, der im Takt baumelte, und manchmal hatte er Schwierigkeiten, das Gleichgewicht zu halten. Einmal war er von einem relativ breiten Weg fast abgerutscht – etwas, das ihm mit zwei Armen und Händen niemals passiert wäre. Sein Körper hatte einfach keine Mitte mehr. Und all das wegen einem Hundebiss. Wegen ein paar spitzen Zähnen, die sich in seinen Unterarm gebohrt hatten! Und seiner Dummheit, dass er nicht auf Aurica gehört hatte!

Unwillkürlich musste Petre wieder an den verrückten Mann denken. An ihre erste Begegnung auf dem Spielplatz. Daran, wie der Mann sich den Unterarm vor das Gesicht gehalten und die Zähne gebleckt hatte. Und mit einem Mal verstand er, was der Mann ihm hatte sagen wollen. Nelu hatte jemanden gebissen. Vermutlich seinen Sohn, mit dem Petre ihn zwei Wochen später im Park gesehen hatte. Er fragte sich, warum er nicht schon viel früher darauf gekommen war. Nelu biss häufig andere Kinder, vor allem wenn er sich ungerecht behandelt fühlte.

Vor diesem Hintergrund war die Reaktion des Mannes fast schon nachvollziehbar: Nelu hatte seinen Sohn gebissen, und anschließend hatte er die Sandförmchen genommen und war damit weggerannt. Und der Mann hatte einfach überreagiert. Und einen Monat später hatte der Mann ihn überfahren.

Inzwischen hatte Aurica Petre die ganze Geschichte erzählt. Diese unglaubliche Geschichte. Von dem Besuch des Mannes im Krankenhaus, während Petre geschlafen hatte. Von dem Briefumschlag und den 100 000 Euro.

Und dann hatte sie ihm von den Fernsehbildern erzählt. Und davon, was im Internet kursierte: Der Mann hatte versucht, sich anzuzünden. Aus Protest gegen die Kohle- und Erdölindustrie und als Zeichen gegen den Klimawandel. Wenn es noch eines zusätzlichen Beweises bedurft hätte, dass der Mann verrückt war, dann wäre er damit wohl erbracht gewesen: Er hatte sich mit Benzin übergossen! Er hatte vorgehabt, sich bei lebendigem Leib zu verbrennen! Und nur die Tatsache, dass das Feuerzeug nass geworden war, hatte es verhindert. Es war eine vollkommen wahnsinnige Tat. Zumindest auf den ersten Blick. Denn vielleicht war es hier ja ähnlich wie auf dem Spielplatz. Vielleicht war der Mann gar nicht so verrückt. Vielleicht war er auf einer höheren Ebene sogar sehr vernünftig.

Mehrere Nächte lang hatte Petre vor dem Computer seines Vaters gesessen und hatte alles über den Mann und seine Tat gelesen, was er hatte finden können: alle Kommentare, vor allem auf den italienischen Zeitungswebseiten, aber auch einiges auf Rumänisch. Und je länger er sich damit beschäftigt hatte, desto mehr Verständnis hatte er verspürt. Der Mann war verzweifelt gewesen. Er hatte etwas unternehmen wollen. Ein Paukenschlag, der alle aufrüttelte. Und hatte er nicht auch recht damit? Schließlich stand die Welt ja tatsächlich auf der Kippe. Auch dazu hatte Petre in diesen Nächten am Computer seines Vaters viel gelesen. Und gleichzeitig hatte sein Großvater nach ihrer Ankunft sofort wieder zu erzählen begonnen – dass er sich aufgrund der Trockenheit bald nicht mehr von seinem Gemüsegarten würde ernähren können, genauso wenig wie Hunderttausende andere Familien.

Alle Wissenschaftler waren sich einig: Die Menschheit musste dringend umsteuern. Und zwar sofort. Aber wie sollte das möglich sein? Wie sollten sie innerhalb von wenigen Jahren all die Autos und Flugzeuge und Fabriken und Kohlekraftwerke verschwinden lassen? Wie sollten sich die Leute fortbewegen? Wie wollten sie im Winter ihre Häuser heizen? Allein in Rumänien gab es noch unzählige private Kohleöfen, von den Fabriken im Land ganz zu schweigen.

Er wusste es nicht. Und die Politiker wussten es offenbar auch nicht.

Petre beugte sich vor und streckte seine Hand in das Wasser des Bachs. Es war eiskalt, so kalt, dass es schmerzte. Er schaute zu Aurica. Sie deutete auf zwei Eichhörnchen, die einander durch die Bäume jagten.

»Das müsste Nelu jetzt sehen«, sagte sie.

Petre nickte und lächelte. Und während Aurica die Eichhörnchen beobachtete, beobachtete er Aurica. Seit ein paar Tagen hatte er ein seltsames Gefühl. Aurica roch anders. Süßlicher und irgendwie schwerer, und in der Region zwischen ihren Beinen fühlte sie sich anders an als sonst. Vielleicht bildete er es sich nur ein, aber das letzte Mal, als ihm eine solche Veränderung an ihr aufgefallen war, war Aurica schwanger gewesen. Und immerhin ließen sie die Kondome nun schon seit ein paar Wochen weg.

»Glaubst du denn, es geht ihm gut?«, fragte Aurica.

»Wen meinst du?«

»Nelu.«

»Ganz bestimmt.«

»Bist du sicher?«

»Natürlich.« Er legte seine Hand auf ihre Hand, eiskalt auf sonnenheiß. »Hast du nicht gemerkt, wie glücklich er bei meinen Eltern ist? In dem Garten? Mit den Tieren und dem Hund?«

»Ja … doch«, sagte Aurica. »Aber ich bin immer so …« Sie hielt inne. »So …« Sie brach ab und schüttelte den Kopf.

»Du musst dir keine Sorgen machen«, sagte Petre. »Es geht ihm gut. Ich verspreche es dir.«

Aurica nickte. »Ja. Du hast recht«. Sie hob den Blick. Ihre dunklen Augen waren von einem dünnen Tränenfilm bedeckt. »Danke!«, sagte sie und drückte seine Hand.

Er schüttelte den Kopf. »Ich muss mich bei dir bedanken.«

»Wofür?«, fragte sie.

»Für … alles.« Er beugte sich vor und küsste sie, und sie erwiderte seinen Kuss. Und wieder roch er es, süß und schwer. Er schloss die Augen und spürte, wie sich in seiner Brust eine Wärme ausbreitete, die bis in den Stumpf seines rechten Arms pulsierte. Und währenddessen klopfte über ihnen ein Specht.

An den Bienen erkannte David, dass der Herbst kam. Es war immer noch sommerlich warm und viel zu trocken, aber die Tage waren spürbar kürzer geworden. Schon längst bereiteten sich die Bienen auf den Winter vor. Die Drohnen waren vertrieben, und die Arbeiterinnen flogen aus, um genug Futtervorräte für die kalten Monate anzulegen.

Es war später Nachmittag. Er saß auf der Terrasse in einem Liegestuhl. Jonas hockte ein paar Meter weiter und bemalte Steine, die er mit Sybil gesammelt hatte.

Es war einer der ersten wirklich ruhigen Tage, und er war dankbar dafür. Die vergangenen Monate waren unglaublich voll gewesen.

Anfangs hatte er alles mitgenommen: Talkshows, Interviews, Reportagen, Podcasts, sogar einen Dokumentarfilm. Denn als die Medien mitbekommen hatten, dass er eloquent und fotogen war und sich darüber hinaus ausgesprochen versiert zum Klimawandel äußern konnte, wollten ihn alle haben. Und seitdem die internationalen Medien wussten, dass sein Englisch mehr als passabel war, hatte es unzählige Anfragen von internationalen Sendern gegeben, von der BBC, von CNN und sogar von Al Jazeerah.

Politiker hatten über ihn und mit ihm geredet, und er war auf etliche Konferenzen eingeladen worden. Viele weitere würden noch folgen.

»Burning Man.«

Ein großer Verlag hatte ihm einen Buchvertrag angeboten, die Vorschusssumme belief sich auf 250 000 Euro. Eine Viertelmillion! Und dann war da noch Hollywood, das angeblich Interesse an den Filmrechten hatte.

Es war unwirklich, und er wusste nicht, ob er sich in der Rolle gefiel. Aber er hoffte, dass er vielleicht etwas damit erreichte. Dass er seinen Teil zum großen Ganzen beitragen konnte.

Aber ob all das wirklich etwas brachte? Ob es tatsächlich zu einem radikalen Umsteuern beitrug, wie die Welt es brauchte? Er bezweifelte es.

Immerhin schien die Geschichte, die über seine Person erzählt wurde, zu funktionieren. Und offenbar war sie wirksamer als die meisten Geschichten, die bisher erzählt worden waren: ein erfolgreicher ehemaliger Werber, der der Werbung abgeschworen hatte, weil er dem Massenkonsum abschwören wollte. Ein liebender Familienvater, der freiwillig Hausmann geworden war, während seine Frau das Geld verdiente. Ein Mitbegründer eines wegweisenden Öko-Wohnprojektes in Berlin. Ein Hobbyimker, der einen Blog über nachhaltiges Leben schrieb und unzählige Follower auf Instagram hatte. Und dieser Mann war so verzweifelt gewesen, dass er sich am Rande einer Klimademonstration aus Protest mit Benzin übergossen und versucht hatte, sich anzuzünden! Vielmehr: Er *hätte* sich angezündet, wenn das Feuerzeug nicht nass geworden wäre. Er wäre bei lebendigem Leib verbrannt. Und all das konnte man in einem Video sehen!

What a story!

Nun war es ein wenig ruhiger geworden. Aber das hatte vor allem damit zu tun, dass er bei Interview- oder Reportageanfragen wählerischer geworden war. Seit ein paar Wochen machte er nur noch die großen, internationalen Sachen: *New York Times*, *Time Magazine*, *Washington Post*, *Herald Tribune*, *Libération*, *El Pais* oder eine Titelgeschichte für den *Spiegel*.

Auch sonst hatte sich in den vergangenen drei Monaten alles neu geordnet. Sybil war ausgezogen. Sie hatte eine kleine Wohnung in einem befreundeten Öko-Projekt südlich von Berlin, aber die meiste Zeit war sie sowieso unterwegs, stellte ihren Burnout-Ratgeber vor, gab ihre Seminare oder traf sich mit Nina. Jonas war wieder so oft es ging bei ihm und pendelte sonst zwischen Sybil und Sybils Mutter hin und her. Die Bewegung schien ihm gutzutun. Er wirkte viel ausgeglichener.

Auch in den *Gleisgärten* und um die *Gleisgärten* herum war einiges anders. Die Spuren des Camps waren verschwunden und mit ihnen auch der Wachdienst. Vor allem aber war Tillmann endlich ausgezogen, nachdem sie ihm dank eines Privatdetektivs nachgewiesen hatten, dass er mindestens zweimal pro Woche mit seinem Aston Martin durch Berlin donnerte. Zwar hatte er selbst keinerlei Einsehen gehabt – »Das ist doch reine Symbolpolitik!«, hatte er gesagt, »der CO_2-Ausstoß eines Sportwagens, mit dem man einmal in der Woche eine kleine Spritztour macht, fällt im Vergleich zum Konsum oder der Fliegerei kaum ins Gewicht!« –, aber am Ende war der Druck zu groß gewesen.

Manchmal dachte David noch an Lea. Seit ihrem Treffen in dem Biergarten war sie spurlos aus seinem Leben verschwunden. Insgeheim hatte er gehofft, sie werde sich im Zuge seiner plötzlichen Berühmtheit vielleicht wieder bei ihm melden, ihm schreiben, ihn anrufen oder zumindest einen seiner Tweets retweeten. Er hatte gehofft, sie werde sich bei ihm entschuldigen oder ihm zumindest zu verstehen geben, dass sie sich in ihm geirrt hatte – und er könnte ihr daraufhin die kalte Schulter zeigen. Aber nichts davon trat ein, und so blieb nur sein gekränkter Stolz und das Gefühl, sich vor ihr bloßgestellt zu haben.

Deutlich häufiger dachte er an den Vater des Jungen, und er fragte sich, wie es ihm und seiner Familie wohl ging. Vor einiger Zeit hatte er eine E-Mail von der Mutter bekommen. Im ersten Moment war er davon überzeugt gewesen, dass es sich um eine Phishing- oder Spam-Mail handelte – und tatsächlich hatte er wohl eine frühere Mail von der Frau bereits gelöscht. Nach zwei gemischt englisch-deutschen Anfangszeilen war die gesamte E-Mail auf Rumänisch gewesen, und er hatte sie sich erst von einem Dolmetscherbüro übersetzen lassen müssen, bevor er den Inhalt verstand. Die Frau hatte ihm geschrieben, dass er an dem amputierten Arm keine Schuld hatte. Dass es dabei um eine Infektion gegangen sei, die sich ihr Mann in dem Camp eingefangen hatte. Einer der Hunde der Wachtrupps habe ihn gebissen. Es sei ihr wichtig, dass er das wisse, denn im Grunde habe er ihrem Mann durch den Unfall das Leben gerettet.

Die Erleichterung, die er verspürt hatte, war unbeschreiblich gewesen. Er hatte sich bei der Frau bedankt und ihr viel Glück gewünscht.

Paradoxerweise dachte er seitdem noch häufiger an den Mann und an seine Familie, und er hatte sich fest vorgenommen, bald noch einmal Kontakt mit der Frau aufzunehmen, um sie zu fragen, ob sie noch irgendwas brauchten – und sei es nur Geld. Denn eine gewisse Schuld trug er trotzdem. Vielmehr: sie alle.

Schließlich hatten sie sich für Tillmanns H und H, für die Wachtrupps und die Hunde dieser Trupps entschieden. Und wenn der Mann tatsächlich seinen Arm verloren hatte, weil einer dieser Hunde ihn gebissen hatte, dann hing dieses Unglück mit ihrer Entscheidung zusammen.

Das waren die Gedanken, die ihn mal stärker, mal weniger stark beschäftigten, doch seine größte Übung bestand darin, mehr im Moment zu leben, im Augenblick. Einfach nur die Sonne zu spüren, den Wind, den Regen – wenn es denn Regen gab –, und nicht jedes Mal an das große Ganze zu denken.

Und genau das versuchte er auch jetzt. Er saß auf der Terrasse und betrachtete die Bienen. Er beobachtete Jonas, wie er mit dem Pinsel über die Steine strich und dabei auch seine Finger bemalte. Er machte ein Foto davon, das er Sybil schickte. Er beobachtete einen Mauersegler bei seinen Flugkünsten. Dann wieder Jonas. Dann wieder die Bienen. Und schließlich schloss er die Augen und spürte die späte Nachmittagssonne, die sein Gesicht wärmte.

Das Leben war schön. Aber es war auch sinnlos. Eine Aneinanderreihung von Momenten. Keine große Fabel, die alles überspannte.

»Hab Hunger!«, rief Jonas.

David öffnete die Augen. »Das heißt, du möchtest etwas essen?«, sagte er und lächelte.

»Ja, essen! Jonas will essen!«

Es war erstaunlich. Seit einigen Wochen sprach Jonas in ganzen oder zumindest halben Sätzen. Schon bald würden sie sich richtig unterhalten können.

»Gut, dann mach ich dir was. Willst du Nudeln? Oder lieber ein Brot?«

»Boot«, sagte Jonas. »Jonas will Boot!«

»Okay, dann mache ich dir ein Brot.«

Alles bestand nur aus lauter kleinen Bedürfnissen. Und am Ende erzählten die Menschen sich darüber ihre großen Geschichten.

David stand auf. Ein paar Sekunden betrachtete er die Sonne, die als orangener Ball über den Dächern stand. Dann ging er hinein, um Jonas eine Scheibe Brot abzuschneiden.

MIX
Papier aus verantwortungsvollen Quellen
FSC® C014496

Penguin Random House Verlagsgruppe FSC® N001967

1. Auflage

btb Verlag in der Penguin Random House Verlagsgruppe GmbH,
Neumarkter Straße 28, 81673 München
Dieses Werk wurde vermittelt durch die Literarische Agentur Michael Gaeb
Umschlaggestaltung: buxdesign | Ruth Botzenhardt
unter Verwendung eines Motivs von © plainpicture / Hayden Verry
Satz: GGP Media GmbH, Pößneck
Druck und Einband: GGP Media GmbH, Pößneck
Printed in Germany
ISBN 978-3-442-75908-8

www.btb-verlag.de
www.facebook.com/btbverlag